E R S H I Y I S H I J I
Z H O N G G U O W E N X U E D A X I

二十一世纪

中国文学大系

2001—2010

总主编 何言宏

报告文学卷2

本卷主编 丁晓原

南京师范大学出版社
NANJING NORMAL UNIVERSITY PRESS

图书在版编目（CIP）数据

二十一世纪中国文学大系：2001～2010．报告文学卷．2/丁晓原主编．—南京：南京师范大学出版社，2014.11

ISBN 978-7-5651-1778-7

Ⅰ．①二…　Ⅱ．①丁…　Ⅲ．①中国文学－当代文学－作品综合集　②报告文学－作品集－中国－当代　Ⅳ．①I217.1　②I25

中国版本图书馆 CIP 数据核字(2014)第 213090 号

书　　名	二十一世纪中国文学大系(2001—2010)·报告文学卷 2
本卷主编	丁晓原
责任编辑	尹　引
出版发行	南京师范大学出版社
地　　址	江苏省南京市宁海路 122 号(邮编:210097)
电　　话	(025)83598919(总编办)　83598412(营销部)　83598297(邮购部)
网　　址	http://www.njnup.com
电子信箱	nspzbb@163.com
照　　排	南京理工大学印刷照排中心
印　　刷	南京爱德印刷有限公司
开　　本	660 毫米×970 毫米　1/16
印　　张	37.25
字　　数	555 千
版　　次	2014 年 11 月第 1 版　2014 年 11 月第 1 次印刷
书　　号	ISBN 978-7-5651-1778-7
定　　价	88.00 元

出 版 人　彭志斌

目录

天使在作战

朱晓军

当医疗腐败的雪球从高山上滚下，越来越大，呼啸着砸向病人时，一位女医生挺身而出。她一次次勇敢地向有关部门举报。为了取证，她让自己柔弱的身体遭受一次次戕害。9 年来，她一次次陷入极度被动的境地，两次被迫离开挚爱的医疗岗位，至今享受着“工人编制，农民待遇”，没有经济收入和养老保险、医疗保险等“四金”。

“医疗器械企业制假，医院用假，医生为病人进行假治疗，这已成为一种潜规则。在医疗系统中，这个过程几乎就是各方牟取利益的流程图。”她说。她知道自己的对手是一个强大的利益联盟——有钱的造假厂商、有权力的官人、有名望的专家，还有那些谋财害命的医务人员。

有人说她打的是一个人的战争，有人说她就是中国的“唐·吉诃德”，也有人说她是啄木鸟，在啄害虫。她家的保姆却说：“陈医生是在拿石头砸天。”几乎没有几个人相信她会赢得这场战争，可是她却顽强地坚守阵地，对医疗腐败的死穴，发起一次次猛烈的进攻……

2006 年 3 月，人民的总理温家宝在记者招待会上说，他最觉得痛心的问题是：“还没能够把人民最关心的医疗、上学、住房、安全等各方面问题解决得更好。”

住房、教育和医疗，这是中国百姓最关注的三大焦点。

住房关系着人们生活的质量，教育关系着人们未来的生存状态，医疗关系着人们的生命和健康。

人，在医院降生，回到医院辞世。医院是生命的始点，也是终点。

佛家认为，人生有四苦——生老病死。这“四苦”都需要医生帮忙解弭。医生在病人的眼里是神圣的，西方将医生誉为白衣天使，东方则将医生视为菩萨。

俗话说，吃五谷杂粮哪有不生病的？在生命的苦旅上，医院是驿站，谁都免不了要跟医生“亲密地接触”。张洁在《世界上最疼我的那个人去了》中写道，母亲在开刀手术前，拉着医生的手说：“从今以后，你就是我的亲人了。”在病人的眼里，医生是最亲的亲人。他托付给医生的是生命。生命是一切的平台，失去了生命，权力、金钱、爱情、事业、未来，还有家人的幸福都要归零。因此，不论什么人站在医生的面前都要虔诚、敬服和信赖。不想信赖也要信赖，你别无选择。生命都交人家去打理了，再掖点藏点还有什么意思？

亲人，是需要双方承认才能确定的。不论希波克拉底誓言、《赫尔辛基宣言》，还是中国唐代著名医学家孙思邈都认为，对医生而言，病人的健康高于一切。医生要对得起病人的那份信赖。孙思邈在《大医精诚》中说，医生首先要有慈悲同情之心，决心解救百姓疾苦。若有人求医，不要看他的贵贱贫富，老少美丑，恩怨亲疏，同胞老外，智商高低，都像对待自己的亲人一样；也不能瞻前顾后，先考虑自己的利弊和生命。

“这些医生究竟是上帝派来的天使，还是撒旦派来的魔鬼？”

在 20 世纪末，几千年来的信赖动摇了，从没有过的疑惑出现了。病人将医生一分为二，一类是救死扶伤的“白衣天使”；另一类是劫财害命的“白衣魔鬼”。在“白衣魔鬼”的眼里，疾病就是他的钱口袋和来钱道儿。他们要跟疾病狼狈为奸，密切勾搭。落在他们手里，小病会搞得你倾家荡产，大病让你家破人亡，健全的让你缺少“部件”，残缺的让你支离破碎……

老百姓愤愤地说：“十个劫道的，不如一个卖药的。”卖药的并不可怕，只要捏紧钱包死活不撒手，他就干没辙。最可怕的是医生，他说你有病，你没勇气否认；他要你服这药，你不能买那药。有时，你明知那种药药价虚高，医生会得到回扣，还得咬牙买。破财免灾，这是中国人的思维逻辑。

可是，“白衣魔鬼”的逻辑却是破财招灾。他们将谋财害命的游戏已玩到了极致。俗话说：“倒霉上卦摊。”那是自找挨骗。如今是倒霉上医院，那是无奈，有病拽着，不去不成，明知被宰，也要拎着钱袋子自己送上门儿。

Who（谁）？“白衣天使”还是“白衣魔鬼”？当病人在医生的对面坐下，心里难免要打鼓。

有的医生委屈地说，医生倒霉就倒在媒体上了。其实绝大多数医生是好的，败类只是少数。也有医生很客观地说，现有的医疗体制就这样，我们不宰病人，医院就要宰我们，不仅让我们拿不到工资和奖金，甚至要“炒”我们。谁不想当孙思邈、希波克拉底、白求恩，可那样在医院混得下去吗？

天使和魔鬼是势不两立、不共戴天的，就像李逵容不得李鬼。

这是一场残酷的战争，你死我活、惊心动魄的较量。

正义终归要战胜邪恶，世界不可能划归魔鬼，中国的医疗界也不可能让“百年魔怪舞蹁跹”。可是，人们要记住天使在战争中付出的代价！

为什么要把光量子说成激光？医院怎么可以骗病人？从医 28 年，陈晓兰从来没有像今天这么困惑，这么迷茫，这么痛苦。

1997 年 7 月 24 日，这本来是个寻常的日子。寻常的日子就像从树上飘落溪流的树叶，打个漩儿就冲走了。可是，这片树叶却滞留在陈晓兰的心里，漂不走了。

早晨 6 点，她就上班了。上海市虹口区广中地段医院的办公区内还沉浸在梦境。理疗科位于办公区，距院长和书记的办公室仅几步之遥。她打开门，来苏儿味扑面而来，理疗器械和理疗床像一群乖孩子似的迎接着她。她将它们一一看过后，换上白大褂。在所有的衣服中，她最喜欢穿的就是这白大褂，几十年来怎么都穿不够。女儿说过，妈妈穿白大褂最好看，最像医生。

医生不是演员，不是演出来的，是做出来的。为做好医生，她坚持提前一小时上班，拖后一小时下班。在给病人治病前，医生需要一个心理缓台，来净化心绪。不是所有病人都能在工作时间出来的，晚下班一小时，一些病人就可以在下班后来看病了。

“陈医生，×科的医生非让我扎激光针不可，我不扎他就不给我开药。”开诊后，一位老病人上来对陈晓兰说，“光扎一针激光针就要 40 元，再加上药费就得 100 多元。激光针扎上后不仅很痛，还浑身颤抖……”病人信赖她，看病时遇到问题都会找她商量。

“激光针，什么激光针，我怎么不知道?”陈晓兰疑惑地问。这时，理疗床躺满了病人，她脱不开身，只好让护士到注射室取一份说明书来看看。

陈晓兰将说明书读了一遍，没发现什么问题。据说明书介绍，这种疗法能够降低血黏度，增加血氧饱和度，适用于治疗脑血栓、脑动脉硬化等症，是一种先进的医疗器械。

“那激光针一扎，人就抖起来。”旁边的两位病人说道。

一个病人抖，两个病人抖，怎么病人都抖呢？是输液反应，还是器械的问题？这是性命攸关的事情。她给病人处置好，下楼去了注射室。

狭小的注射室弥漫着浓重的臭氧味儿，输液的病人一个挨一个地挤坐着。陈晓兰说，她想看一下“激光针”。手忙脚乱的护士抬手指了指：“这就是。”她走过去，弯下腰，仔细地打量着那个像月饼盒似的器械，那上面有“光量子氧透射液体治疗仪”几个字，与之配套的是“石英玻璃输液器”。在输液前，先对药液进行充氧，然后让含氧的药液流经治疗仪，经激光照射后输入病人的静脉。

蓦然，她见那盒子上印有“ZWG－B2 型”一行字。一年前，在晋升医师职称时，她申报内科、外科或者儿科医师，可是医院却非让她申报医技类医师。申报医技类医师是要考医用物理学的，这对 1968 年中学毕业，没有学过物理的陈晓兰来说是不可能通过的。她知道，自己得罪了院长，院长在刁难她。她想去找区卫生局讨个公道。“如果你有本事就考出来，没本事就别丢人现眼。怎么那么没骨气，像是跟人家讨饶似的，”爸爸生气地说，“真不像是我的女儿!”说完，爸爸妈妈就不再搭理她了。她只好硬着头皮申报考了医技类医师。参加辅导班学习时，她每次都早早去，坐在第一排。老师在上面画，她在下面画。可是，老师讲的是什么，画的是什么，她都不明白。好在课后爸爸给她辅导，妈妈托人帮忙找一位大学的副校长给她补习。结果，有许多读过医用物理学的医生都没考及格，她却考了 86 分。

陈晓兰直起身子，当着病人的面对护士说："这哪里是激光？回家查查字典吧。"说完，转身回理疗科了。

金钱的能量往往是无法估量的，它可以把冷僻变成火热，也可以让火热变成冰冷。如果你是医生，只要在处方上写"激光针"三个字就可以赚钱，在"激光针"的后边写 1 就可以拿到 7 元钱，如果写 7，就可以将 49 元畅畅快快地收入囊中，你会怎么样？会不会感觉天上掉下一只钱口袋？对，那些汲汲于捞钱的医生可能就是这种感觉，他们拼命地向病人推荐"激光针"，甚至逼病人就范。阿基米德说："给我一个支点，我就能够撬动地球。"钞票改变了医生的支点，"激光针"在广中地段医院流行起来，在狭小的注射室外病人排着长队等候扎"激光针"。

"你昨天是不是讲了一句影响医院经济效益的话？"第二天早晨一上班，院长悻然过来问罪。

"没有呀！"陈晓兰莫名其妙地看着院长。

"你是不是讲过光量子不是激光？"

"是啊。"她恍然大悟，"光量子确实不是激光，那上面不是写着'ZWG'吗？那是'紫外光'三个字的汉语拼音缩写。"说着，她拿出书来，跟院长解释道："激光和紫外光，一种是受激辐射发出的光，一种是自发辐射发出的光，二者的物理性能是不一样的。"

她抬头，发现院长已气呼呼地走了。她望着院长的背影，百思不解，不明白医院为什么非要把紫外光说成激光。难道激光就等于高科技？近年来，激光在普外、心脑血管、泌尿、口腔、妇科、耳鼻喉、眼科、肛肠科都被广泛应用。将"光量子"说成激光，病人容易接受，觉得多花 40 元钱值得，如果说是紫外光，病人就会觉得物无所值。

可是，紫外光不是激光。医院怎么能欺骗病人，医生怎么能说谎？苦恼会让人思索，思索在不经意间就会推开意想不到的柴扉。药液经紫外光照射后会不会发生药性变化？她疑惑了。“药物可以用紫外光照射吗？”她打电话问老师和上海有名望的医生，多数医生都认为不行。

“光量子”像光阴冲不走的淤泥滞留在她的心头，堵得难受。她是一位行医严谨、恪守规范的医生，为此深受病人的欢迎，写给她的表扬信像春风中飘飘洒洒的花瓣。按医院的规定，医生上交一封表扬信奖励 2 元钱。她却把表扬信锁在抽屉里，拒不上交。她认为，医生就应该为病人治好病，就应该像对亲人那样来对待病人；不论医生待病人怎么好，只有不够，没有过分。医生给病人看好了病就要受到表扬，那就像赞扬裁缝“非常会做短裤”一样，让人耻笑。

陈晓兰性格内向，不善交际。每天上班后，她除上厕所之外，从来不离开诊室。可是，同事却非常喜欢在她那儿坐坐，她那儿不仅有几张舒适的理疗床，还有她这位乐于助人的医生。她心灵手巧，不仅理疗室的一些器械是她自己做的，而且同事的雨伞、拉链等东西坏了，她都会一声不吭地给修好。她淡泊名利，在医院，人们往往会为半级工资打破头，她却把两次涨工资的机会让给了别人。她从来不主动讨好领导，也不跟别人拉关系，却在医院口碑极好，每次选先进，她都全票通过。

可是，她却感到自己在医院越来越“水土不服”了。从医 28 年，她从来没有这么困惑过，这么迷茫过，这么痛苦过。

一位病人死了，不是死于疾病，而是死于医生给她开的那瓶药——过期失效的药。面对这种图财害命的医疗腐败，她怎么能够保持沉默？

28 年前的上海北站，知青们在跟亲人告别，月台上泪雨纷纷。爸爸、妈妈、奶奶，还有一些亲属簇拥着身高只有 1.48 米、梳着两只小抓鬏的陈晓兰。大家目光依依，泪水滚落。她刚满 16 周岁，从来没有一个人出过门。她感到很新奇，欢心雀跃，喜笑颜开，好似不是去江西安福县插队落户，而是去北京大串联。

陈晓兰（后排左一）四姐弟照片

“呜——”的一声，知青专列呼啸着驶离上海，车窗外的爸爸、妈妈还有奶奶的慈爱面容不见了，小弟跟着火车跑动的身影也像一片落叶似的刮走了。陈晓兰“哇”地咧开嘴——哭了，蹦着跳着喊着要下车了。带队的老师哄了一阵子，才把她哄住。

车厢愔愔，沉沉闷闷，知青满脸黯然。陈晓兰在厕所里，像个孩子似的跳高去摸上面的一根管子。一下，两下，三下，她摸着了，开心地笑了。她出生于上海滩家道从容的读书人家，父母都毕业于圣约翰大学，家里有50多位亲属遍及海外，其中不乏社会名流。文革前，她家不仅拥有一幢三层小楼，还有两个保姆和自己的裁缝、医生。那时，她看弄堂里的小朋友踢毽，就跑回家把奶奶的金戒指拿出去当毽踢。

有人吃饭了。吃饭也会传染，本来没什么感觉，突然看见别人吃东西就饿得抓心挠肝了。知青们纷纷从行囊里取出吃的，摆放在茶几上，摆出与这些吃的决战的架势。陈晓兰的行李很沉，可是里边没多少能吃能穿的，有的是榔头、锯子、刨子，规格不同的凿子，什么七分凿、五分凿、三分凿；有青霉素、链霉素、土霉素等药物，还有听诊器、止血钳和一个布娃娃。

她从小就想像表姨那样身穿白大褂，做一位医生。她最理想的是做外科医生。爸爸说，当外科医生要心灵手巧，不仅能缝缝补补，还要有木工、钳工的手艺。为此，她买了一些木工工具，在家里“吱嘎吱嘎”地锯木头，“乒乒乓乓”地做凳子、椅子。

陈晓兰天真地望着车窗之外，想像着自己背着药箱，行走在阡陌的田间小路。她笑了，笑得很甜……

火车终于到站了，她跳下车，就像只欢快的黄鹂跑去逮蚂蚱去了。咦，蚂蚱都是绿的，这里的却是黄的，太好玩了，逮几只拿回去给弟弟。老师终于把她喊了回来，见她小脸上蹭着红色的泥土，掏出手帕给她擦。擦着擦着，几滴泪水滴落在她的脸上，老师哭了。来接他们的贫下中农挑着青年的行李，像背孩子似的背起陈晓兰，沿着山上的羊肠小路向山村走去……

陈晓兰以为插队的地方肯定缺医少药，没想到那里不仅不缺医，居然有两位权威。一位姓廖，是华侨，在德国学成后，不远万里回来报效祖国，结果被“造反派”打成了特务，流放到乡村；另一位姓朱，曾是江西省人民医院药剂科主任，他出身不好。下乡后，陈晓兰当上了赤脚医生，师从那两位“反动学术权威”，开始了医务生涯。老师是监督改造对象，在她面前却是很严厉，要求她一招一式都要符合规范，不得有半点偏差。是啊，医生是跟生命打交道的，哪能容得半点粗心和马虎？

20 年后，在上海一家大医院的手术室里，没有剪刀、止血钳、托盘的尖锐的碰撞声，无影灯也关了。在一个僻静的角落，传出手术刀在肌体上划动的声音。陈晓兰捧着一条腿，按廖老师当初教的姿势在解剖。这条腿刚刚从病人身上截下来，还没僵硬。老师让拿包扎和填单，她却用它来温习老师讲过的人体结构。表皮剖开了，肌肉剥下了，血管却怎么也剥不下来，像豆腐渣似的没有弹性和韧性，一碰就断。她执著地剥着，时间悄然而过。“这是德派！”突然，老师站在她的后面，望着她的姿势和动作惊讶地说。

廖老师教她的不仅是标准的“德派”，还有作为医生应有的医德医风。简陋的公社卫生院，一位蓬头垢面的患有肺炎的病人蜷曲在病床上。突然，病人呕吐起来，陈晓兰本能地躲开了，廖医生却迎面冲过去，将病人抱坐起来。呕吐物一股股喷射在廖医生的身上，弥漫着难闻的气味儿。病人吐完了，望着廖医生衣襟的秽物，难为情了。廖医生却安慰道：“没关系，没关系，吐了就好了。”她劝廖医生赶紧把脏衣服脱掉。廖医生却摆摆手，直到把病人安置好了才去换衣服。廖医生语重心长地对她说，当病人躺着呕吐时，要马上把他扶起来，这样当他吐完第一口后吸气时，才不至于把呕吐物吸入气管，造成窒息。否则的话，不仅病人很痛苦，医生抢救起来也很费事。不要当着病人的面就把吐脏的衣服脱下来，那会加重病人的心理负担。医生是属于病人的，要时时刻刻为病人着想。

爸爸对她说，在英语中，医生和博士是同一单词。你要经常想想，凭你的医德医术配得上这个称呼吗？做医生的，心里应该装着病人，哪能唯利是图？

可是，这几年医院一切向钱看了，“以物代药”盛行，医生开的治疗单像商场的提货单，可以在医院领到按摩仪、袜子、短裤；医院对医生采取奖金与病人的支出直接挂钩的管理政策，出现了“大处方”；医生越来越依赖于仪器，可是对仪器的性能却了解得越来越少；医生越来越缺乏诚实、认真细致和应有的责任感，让病人越来越感到没有安全感……

1996 年，医院调整诊室，把理疗科从二楼调到三楼。调整，是一个很敏感的字眼，或显或隐地泄露出调整者的倾向、态度和被调整者的价值和地位的变化，甚至牵涉利益的重新分配。陈晓兰跟院长提意见，理疗科的病人多数七老八十，还有些病人患有半身不遂，走路腿脚画圈，趔趔趄趄，上楼非常不方便，这么一调，他们很可能就不做理疗了。诊室的调整是根据创收决定的，就像街头书报摊，看上去五花八门的报刊一种挨一种地摆着，无章可循，其实赚钱多的、畅销的都放在抢眼的位置；赚钱少的、不大畅销的被冷落在边上。科室的调整表明理疗科边缘化了。过去，那是黄金科室，病人多，收入高。由于陈晓兰拒绝开大处方，病人虽然没有减少，可是收入却不如其他科室了。

出乎陈晓兰意料的是，调整后理疗科的病人并没有减少，病人艰难地跟着她爬上来了，甚至本该看内科、外科等科的病，病人也要挂理疗科，还有的病人在其他科看完病，像走亲戚似的爬上来看看她。

“陈医生，我家离这儿很远，倒三趟车才到你这儿……”一位年逾古稀的老奶奶坐下来，气喘吁吁地对她说。

“您这么大年纪了，为什么不在家附近的医院看呢?”她惊异地问。

“我们那儿的医生看病很贵，我都不敢去医院哪。听说你陈医生这儿不宰病人，我就来了。”老人这话说得陈晓兰脸一阵阵发热，心里很不是滋味。不宰病人就是好医生，病人对医生的要求是多么的低啊。

她给老人看完病，开了药，老人满意地走了。

过一会儿，老人却哭着回来了：“陈医生，人家都说你不宰病人，可是你给我开的药咋这么贵呢?”

“不贵啊，心痛定片 2.40 元 100 片，每片 10 毫克，那是很便宜的药啊。”陈晓兰望着老人，疑惑不解地说。突然，她发现老人手里拿的不是心痛定片，而是心痛定缓释胶囊。这种药 17.60 元 6 片，每片 5 毫克，100 片就是 281.6 元，那是很贵的。

她激愤地匆匆下楼，径直去药房。她让药剂员出来，把她开的处方念一遍。然后，她问药剂员，你能不能搞清片剂和缓释胶囊的区别? 对方委屈地说，陈医生，你的处方量是其他医生的几倍，提成还不到他们的零头。这事儿，陈晓兰早就听说过，据说院里提成最高的医生每天只看 16 个病人，什么药最贵给病人开什么，每月提成几千元。陈晓兰却和他们相反，尽量给病人开便宜药，她每月的提成只有几元钱。有一个月，她拿了 2.6 元，同事都笑她。她比其他医生更需要钱，她是单亲母亲，要供养女儿。为多赚点儿钱，她下班后给裁缝店缝纽扣、锁扣眼，给厂家拆纱，跟别人去修空调。可是，她情愿挣那些辛苦钱，也不愿拿药品提成。病人绝大多数都不是有钱人，因为有病不得不将血汗钱拿出来治病。如果医生多拿几元的回扣，病人就得多付几十元钱的药费。当病人用那虔诚的、信赖的目光望着你，你怎么狠得下心去宰他呢？

性情耿直的陈晓兰不买账地对药剂员说："我是医生，你没资格改我的处方。今后，我给病人开什么药，你就要给病人拿什么药。"她平日从不跟护士或药剂员摆资格，这次却不这样了。

药换了，钱退给了病人，她跟老人道了歉。老人走了。

"陈医生，我老伴去世了，死于心梗。她每天都按时服用阿斯匹林，怎么会心梗呢？"陈晓兰回到诊室，一位多日不见的老病人悲戚满面、恍惚无神地坐在她的面前。

不会吧，阿斯匹林是预防心梗的药啊，他会不会吃错药了？陈晓兰感到蹊跷，让病人把药拿给她看看。

"她什么时候开的药？"第二天，老病人把药拿来了，陈晓兰看后惊诧地问道。那是过期药，早已失去疗效。

"她死前在你们医院开的，24.80 元一瓶。"老病人说。

医院怎么能给病人开过期药，怎么能坑害病人？另外，这药在药店只卖 6.20 元，医院怎么加价这么高？6.20 元，一位病人失去了性命。院长啊，你为什么就不想一想，如果这位病人是你的父母、妻儿、兄弟，你能让他服用这种过期失效的药吗？

"陈晓兰掉进化粪池了。"消息像风似的传遍医院的角落。那是一个严冬的上午，天出奇地冷，陈晓兰给一位 80 多岁的老病人开完处方后，匆忙跑到另一幢楼去帮她付款。理疗科迁到 3 楼后，凡是年过古稀或腿脚不好的病人，陈晓兰都要帮他们去交医疗费。那天医院的下水道堵塞了，门诊的一楼粪水横溢，陈晓兰小心翼翼地踩着污水里的砖头走了出去。回来时，她一掀门帘就跨了进来，"扑通"一声掉进了门口的窨井。反应机敏的她用双手撑住了井沿，下半身没在粪水里。粪水淋漓的她爬了上来，一头钻进消毒室，脱去衣服，用冰凉刺骨的自来水冲洗身体。寒冬腊月，消毒室里没有空调，她冻得身抖牙颤。事后，院领导脸无愧色地对她说，医院赔偿你损失，你开个价吧，上不封顶。她气愤极了，这哪里是“开价”的事儿？你开的是医院哪！如果哪位年迈的病人，或者是孕妇掉下去，被夺了生命，你怎么赔？

痛苦和失望像结石一般地折磨着陈晓兰，夜晚闭上眼睛，那位流着泪的老奶奶，那瓶失效的阿斯匹林，还有候诊室里那口敞开的窨井就浮现在眼前。当医院偏离救死扶伤，把行医当成牟取私利的工具时，医院还是医院吗？她想找领导谈谈，一想医院情况领导不比她更清楚吗？她想给虹口区有关部门写封信，一想还是不行，那样不仅自己与院长的关系会恶化，还会得罪许多同事。院长平素待她不错，信任她，器重她。当年她进医院时还是院长亲自拍的板，院长领着她去领的白大褂，把她安排在了人人争着去的理疗科……

可是，作为医生她怎么可以面对医疗腐败保持沉默，怎么能眼睁睁地看着病人遭受戕害而不管？这不符合她陈晓兰做医生的原则啊。经过一番痛苦的思想斗争，她将一封检举信交给虹口区纪委。他们说她反映的问题很严重，表示查处，结果却把信转给区卫生局的领导，区卫生局的领导又转给广中地段医院的院长。从此，院长和一些同事对她的态度发生了变化。

倔强的陈晓兰又写了一封检举信，连同那瓶过期失效的阿斯匹林一起交给上海市卫生局的纠风办。她对纠风办主任说，医生吃的是蛋炒饭，病人喝的是稀粥。可是当今的一些医生却将匙子伸到病人的碗里捞米粒。他们不是因为贫穷而宰病人，而是私欲的膨胀。

“你讲得太可怕了，我汗毛都竖起来了，不至于吧？”主任说。

“那么请你到下面去看看。”陈晓兰说。

结果，还是没有查处。她失望极了，痛苦极了。她只不过是一名普通医生，不想升官，不想发财，也不想轰轰烈烈。她本来性格内向，从不抛头露面。从小到大，如果家里来了父母的客人，她就躲在自己的房间里看书，直到客人走了才出来。客人一天不走，她就闷在里边一天不出来。她爱幽静，一杯香茗一本书。读累了，拉一会儿小提琴。她想洁身自好，不再操心医院里的事。不过，每次给病人开完药后，她都会叮嘱他们取完药后给她看看，以保证病人不服用过期失效的药，不被医院宰。她再也不把自己的病人介绍给其他医生，怕他们被自己的同事宰。

可是，一年后，偏偏又冒出了“光量子”，她哪里沉默得下去！如果她保持沉默了，她还是那个对病人满腔热血的陈晓兰吗？她对得起那些培养她的老师吗？

陈晓兰不断地讲紫外光不是激光，“光量子”是个骗局。院领导恼羞成怒地斥责：“谁再提紫外光不是激光，谁就下岗！”

陈晓兰是一个眼睛里容不得沙子的人，“光量子”成了她一块心病。下班回家后，她跟父母讲了。学化学的母亲十分肯定地说，生理盐水充氧后会变成酸性溶液。说着，妈妈给她写出化学反应式。学土木工程的父亲说，氧微溶于水，把氧充入药液是不可能的。

夜晚，她躺在床上，辗转反侧，不能入寐。给药液充氧？不对！氧气中不仅存有颗粒和有机微颗，还存有细菌，其中的一些细菌紫外线是无法杀除的，如枯草菌和芽孢，它们会污染血液。另外，那些无法溶解吸收的微粒会形成各种异物栓子随血流动，对器官和脏器形成威胁。用紫外光照射药液？也不对，紫外线能使葡萄糖分子的空间结构破坏，产生氧化反应。丹参、黄芪、鱼腥草、头孢拉定等药物本身就要求“避光保存”，怎么能光照呢？药品经过这一系列理化作用后，原有的药理活性会发生变化，除被激活或者灭活之外，还会有其他物质的生成。世界上没有医生会让病人把药品放进微波炉转一转，放在太阳下晒一晒，然后再服用。可是，光量子就是要把药液用紫外光照射，然后再注入病人血液的。

药物是把双刃剑，既是生命的卫士，也是生命的杀手。据世界卫生组织调查，世界上有三分之一的病人不是死于疾病，而是死于药物中毒。医生怎么可以随心所欲地给病人用药？病人找你看病的，不是花钱来送命的！

想到这，她不由打个寒噤，感到有点儿心惊胆战了。每天那么多病人接受“光量子”治疗，万一出现问题，那将危及多少病人的生命和健康？不行，必须把这事弄清楚。

周六值班，她买了两瓶盐水和丹参，从注射室借来一套“光量子”。她先将丹参注入盐水，然后给药液充氧，经“光量子”的紫外光照射后，输入一个代表人体的干净的密封药瓶里。下班时，试验做完了，凭肉眼没有发现什么变化。她把“光量子”还了回去，匆忙赶去上课了。那时，她正在读医科大专自考，每周六晚上都去上课。

周一早晨上班，陈晓兰目瞪口呆地望着那瓶经过“光量子”处理过的药液，它不仅变得混浊了，而且里边还悬浮着絮状物。如果把这种药液输入人体，那将会成为栓塞，还会造成免疫系统机制紊乱，产生各种各样的免疫疾病。“光量子”不仅谋财，而且是害命！

她想，这回院长该让“光量子”停下来了吧？结果，院长还没等她把话说完就恼羞成怒地说，光量子是专家发现的，你算什么东西！

“我不算什么东西。我是医生。医生要为生命和健康负责！”陈晓兰气愤地说。

最可怕的就是法官失去了良心，医生丧失了医德。金钱可以是一笔财富，也可以成为万恶之源。它不仅能改变一个人的地位，也可以改变一个人的智力和是非观念。院长连“ZWG”是紫外光都拒绝承认，怎么会承认“光量子”对病人有害？退一万步说，就是对病人有伤害，她院长大人又有何责任？“光量子”是厂家生产的，又不是从她家厨房搬来的。出了问题，倒霉的是病人，医院顶多被罚点钱。

中国对造假的行为太宽容了，宽容到了近乎纵容！赚一百万，罚三五千，这还能算是罚款吗？而且罚的不是责任人，而是单位。倘若医院故意使用假冒伪劣医疗器械，不仅要对院长本人进行罚款，而且视后果轻重追究其刑事责任，那么院长不仅要对陈晓兰感恩戴德，甚至早已被吓得屁滚尿流了。

院长的态度像把钝刃戳在陈晓兰的心上。下班后，她把那瓶药水拿回了家。爸爸看后，拍案而起：“病人的血管不是下水道，把这种东西输进去后，让它怎么出来?”妈妈取出试纸，测试一下絮状物的 pH 值，果然呈弱酸性。他们都是理想主义者，具有同一种基因——疾恶如仇。

“光量子”说明书说，这种“治疗理论”是上海医科大学陆应石教授发明的。一位医学教授怎么会犯如此低级的错误?

“我已经给上医的一位同学打电话了，她说上医没有叫‘陆应石’的教授。”一天，妈妈对陈晓兰说。

“妈妈，您的同学都年近古稀了，可能对本校的年轻人不熟悉。”她不相信地说。

妈妈又打电话问一位同学的弟弟，他也说上医没有这么个人。这怎么可能呢！陈晓兰亲自跑到上海医科大学人事处去查询。工作人员把“陆应石”三个字输入电脑，结果出来了：上海医科大学根本就没有叫陆应石的教工。

造假者可谓胆识非凡，居然发明了一个陆应石教授，而且还是上海医科大学的。可能他认为在上海就不会有像陈晓兰这样的医生。这到底是对上海医生尊严和责任心的蔑视，还是对上海医生现状的一种把握?

治疗理论发明人是假的，那么“光量子”会是真的吗？如果是假的，这是一件多么恐怖的事情？仅广中地段医院，一年将有 4 万多人次接受“光量子”治疗；那么全上海呢，起码有百万人次；那么全国呢，将是数千万人次！这是多么触目惊心的数字，在这个数字的背后，将是震惊人寰的灾难！

陈晓兰再次跟院长汇报。院长还是置之不理。她跟同事们说，也没几人理睬，甚至有人用异样的目光看着她，似乎她在那儿说谎，在嫉妒别人拿回扣。可是，用药怎么能当儿戏？这将会带来多么大的灾难?

28 年前，天若泼墨，寥落疏星挣扎地眨动着眼睛。17 岁的陈晓兰背着药箱深一脚浅一脚地出诊归来，在路过一个村庄时，蓦然，不远之处飘来时断时续的凄厉哭声，阴森可怖，让她毛骨悚然。为什么会这么哭呢？是家里发生不幸，还是有人生病？她循声而去。

在一间低矮的农舍，门开一道缝。昏暗的灯光似乎为逃避瘆人的哭声，从缝里挤了出来。她走进去，见狭窄的地上摆放一口新做的薄皮棺材，里面躺着一个小男孩。一位农妇趴在棺材边哭着。陈晓兰摸了摸那孩子的脉搏，没摸出来。她取出脱脂棉球，拽出棉丝放在孩子的鼻孔前。棉丝被吹动了，这孩子还没死！她急忙把他抱出来。怎么抢救呢？她有点不知所措了。突然，她想起药剂老师曾给休克病人注射过阿托品，她取出一支阿托品，用针管吸了小半支，注入小男孩的臀部。听孩子妈妈说，小孩是拉肚子死的。她冲些淡盐水，给他灌了下去，他肚子渐渐鼓了起来。她又给孩子针灸和按摩足底。四五个小时过去了，天放亮时，她已累得腰酸背疼，两手麻木。突然，一线尿液喷射在她的脸上，接着孩子排出粪便。孩子被救活了，她笑着抹去脸上的汗水和尿液。

那年，她回上海探亲时，放下行囊就跑到上海市第四人民医院。“我在乡下救活一个小孩儿。”她把抢救小男孩的过程声情并茂地讲给表姨的同事。开始时大家听得津津有味，当听她说给孩子注射了小半针阿托品时，一位医生跳起来：“你怎么给他用阿托品？你们看这个赤脚医生，她给拉肚子的孩子用阿托品！”接着，那位医生把她从二楼拽到四楼，拖到表姨的跟前。表姨听说那件事后，瞪大了眼睛：“啊？昏了头了，你？”表姨让那位医生把陈晓兰拽到药房，交给药房主任开导。

药剂科主任严肃地对她说，在20世纪50年代欧洲流行给孕妇用“反应停”。一年后，许多欧洲妇女生下了海豹胎——婴儿像海豹一样没有胳膊和腿。后来发现这是“反应停”引起的，这时欧洲已经出生了10 000多个海豹胎，而且大部分存活，给这些残疾人和家庭带来了无尽的苦恼。

3年后，陈晓兰回上海探亲时，听了一场专家的讲座，当听说阿托品可以治疗中毒性痢疾时，她差点跳起来。她跑到上海第四人民医院，得意洋洋地把这事告诉了表姨。没料到，表姨却冷面地质问道：“你用的时候知道吗？你说你给孩子注射小半支阿托品，小半支是什么概念？用完后，你跟踪调查了吗，作记录了吗？他后来有没有不良反应，有没有并发症？你还想为自己平反昭雪？做梦去吧。作为医生，你怎么能够胡乱用药？”

怎么能胡乱用药？“光量子”倘若出现后遗症，将危及多少病人和他的家庭？“光量子”在广中地段医院已成为主打疗法，不论大病、小病，医生都要病人接受“光量子”治疗；“光量子”成为一种医疗的高消费，治疗费加药费平均150元/人次。

“光量子”这是一座金矿，它使得医院的收入直线上升，渐渐占到整个医院收益的65%～70%，医生的奖金如遇牛市，一个劲儿地往上蹿，连小护士的奖金都飙升为每月1 200元了。这么好的东西，院长怎么会放弃，医生怎么会放弃？哪怕它是假的，可是用它赚来的钱却是地地道道的真金白银。这些钱能使医院富足，让院长、医生和护士的腰包变得鼓鼓的。病人有不良反应又怎么样？在市场经济下，做任何事都需要成本，“光量子”治疗的成本是病人付出的，医院只管弯腰捡钱就是了。出了事故怕什么？既不会有人丢官，也不会有人坐牢。

作为一个医生，必须维护生命的价值和尊严！陈晓兰不放弃，不断地宣讲紫外光不是激光，“光量子”是个骗局。这样必然要遭人骂，可是不这样，她要骂自己一辈子。人际关系陡然紧张起来，她与同事间的和谐融洽不见了，许多人对她恨之入骨。在医院的大会上，院领导恼羞成怒地讲：“谁再提紫外光不是激光，谁就下岗！”年底，医院给她的评语不再是以往的优了，而是雪意涔涔，寒气逼人：“不服从组织的统一决定，反对把光量子说成激光。”

独裁会让人忘乎所以，权力会让人变得弱智。

医院作出“关于陈晓兰同志自动离职的处理决定”，她下岗了。“光量子”却没有“下岗”。

20世纪80年代初，安静的考场，分分秒秒都似拉圆的弓，只能听到笔和试卷的轻微摩擦声和考生的清清浊浊的呼吸声。时间过半，有人满面焦炙，有人一脸平静，也有人满脸畅快。陈晓兰左手捂着嘴，右手在不停地写着。“叭”又一滴殷红的鲜血落在试卷上，像绽开一朵红梅。她掏出手帕，小心翼翼地将它拭去，接着答题。哦，她的脸挂彩了，嘴唇在流血。

陈晓兰在农村当了 7 年的赤脚医生之后，终于返城了。下乡的第二年，她得了风湿性心脏病，按政策可以返城，不过返城后就不能当医生。她放弃了返城的机会，让妈妈托人将她从江西转迁到生活条件较好、离家较近的安徽农村。可是，她的病情越来越重，最后还是返回到上海。她进了一家小集体企业，当了工人。接着，她完成了女人一生中最重要的两件大事——结婚和生子。

生活中没有来苏味，没有病人，听诊器寂寞地守着抽屉，陈晓兰感到郁闷，心里没着没落。她的病不仅没有减轻，反而更加病病歪歪的了，一年要休半年的病假。突然听说局里要举办招贤考试，给当过教师、会计和医生的返城知青一个重返原来岗位的机会，她跑到厂部报了名。可是，她要生火烧饭，照看刚刚两岁的女儿，哪有时间复习功课。她心急如焚。在考试的那天早晨，夫妻发生了冲突，她被丈夫打了一顿。她顾不得脸面，捂着伤口进入了考场。

伤口在一跳跳地痛，血流不止，她清楚这伤势很重，需要缝合。她不能管它，这是返回医疗岗位的难得机会，如果失去了，也许今生今世就无缘了。她埋头答着，渐渐忘记了脸上的伤，忘记了挨打的委屈，卷面上的字像一个个痊愈的病人，笑脸盈盈地向她走来。铃声响了，考试结束了，她从卷面收回目光，交卷了。伤口好似醒了过来，疼痛难忍了，她急忙赶到医院，缝合 4 针。

成绩公布了，陈晓兰取得 96.5 分的优异成绩，被安置到厂里的医务室，终于返回医疗岗位。

1981 年，她爬出了痛苦婚姻的僵壳。当初结婚时，父母反对；离婚时，父母还是反对。在老人的眼里，离婚是件很丢人的事，她应该“嫁鸡随鸡，嫁狗随狗，嫁根扁担抱着走”。可是，那不符合她的性格，她宁肯死，也不愿跟他过了。离婚后，她没有搬回娘家，领着 3 岁的女儿搬进老式弄堂的一间旧房子。那居室位于二楼，只有 11.4 平方米，没有煤气和卫生间，厨房在一楼，6 平方米，4 户人家共用。她自己动手，在居室搭一层阁楼，上面当卧室，下面做书房，在苦难中营造出一缕温馨。

陈晓兰（左）和爸爸妈妈

下班了，她匆匆离开医务室，跑去接上小学的女儿。路上买点吃的，让女儿填饱肚子。然后，她领着女儿赶到另一学校。她安顿好女儿，在教室坐下，从自己的书包掏出课本，跟一群没有学历的医务人员听老师讲课。厂里的领导本来不同意她报名参加医科的中专自考。他们认为，陈医生的医术已经很厉害了，外科、内科、妇科都能治，还读什么自考？干吗要拖家带口地跑去混那张轻飘飘的文凭？可是，对陈晓兰来说，她为的不是那张文凭，而是渴望学习，渴望提高自己的医术。最后，领导被她感动了，在她的报名申请表上盖了章。

下课了，女儿手里还拿着没吃完的食物，趴在课桌上睡着了。女儿那么小的年纪，上一天的学已经够累的了，晚上还要陪妈妈读书，想到这儿，陈晓兰心酸酸的。她心疼地背起女儿，左肩挎着女儿的书包，右肩背着自己的书包，迎着一盏盏昏黄的街灯向家走。为省几角钱，陈晓兰要饿着肚子背着女儿走五六站路。没办法啊，每月只有 42 元的薪水，她要买油盐酱醋，要支付水电柴煤的开支，要供女儿读书，自己还要学习。到家了，总算到家了，她疲惫地把女儿放到床上，给女儿脱去衣服。她真想爬上床，舒展开僵硬的四肢，可是不行，还要生火烧饭，慰藉辘辘饥肠。

经济拮据，她常常为买不起一本医学书而苦恼。在中专毕业前，她交不出那笔不菲的实习费，只好狠心卖掉奶奶的遗物——一套金首饰。她身体本来不好，加上营养不良，走路就像踩在海绵上似的飘飘悠悠的。在实习中，她昏倒在手术室里。她就是这样完成了学业。

工厂还没挺到她中专毕业就倒闭了，36 岁的她下岗了。倒闭的原因除经营不善之外，还有医疗的负担过重。在改革初期，许多机构千方百计地将改革的成本划给别人，自己坐享其成果。那时，医院已有了医疗腐败的萌芽，出现了“以物代药”——药品用饭盒、暖瓶来包装，诱使不自觉的职工跑到医院大开猛开药物，然后把药倒掉，将精美的包装盒拿回家。医院的这种做法无疑使不景气的企业雪上加霜。陈晓兰对此非常痛恨，在职工报销医药费时，卡得很紧，不该做的检查坚决不让做，不该报销的绝对不签字。尽管如此，医药费还是像管涌洪水从工厂流向医院，每年的医疗费数额大得惊人。企业倒闭了，好占小便宜的职工傻了，后悔去吧。

一个冬日的傍晚，陈家灯火辉煌，高朋满座。这天是陈晓兰父亲 70 大寿，天南海北的亲戚纷纷赶来祝寿。夜巷深处，一叶剪影独自徘徊。夜寒袭来，剪影若冬日的柳枝瑟瑟缩缩，那是陈晓兰。两年来，她疲于奔命地四处寻找工作，耗尽了自信和勇气。医院是全民的事业单位，而她是集体的编制，进不了全民；她又是企业编制，进不去事业单位。难道只有一条路——放弃做医生吗？她不甘哪，这份职业已融入她的生命，她就是为当医生而活着，怎么可能放弃？夜深人静，席散客去，她踽踽踏入家门，含泪祝福父亲。凌晨，她房间里的灯还亮着，她饱蘸泪水给虹口区委书记写信。

那封信改变了她命运，她被破格调入上海市虹口区同心地段医院，被安置在理疗科当医生。那是医院最好的科室，工作环境舒适，不值夜班，还拥有内科、外科、儿科等科室的处方权。6 年后，她随同同心地段医院合并到广中地段医院。

陈晓兰啊，你已经 46 岁了，倘若为“光量子”下岗了，你该怎么办？

你为何就不能变通一下，别那么较真，同事们给病人开“光量子”，你不好也开吗？别跟钱过不去，一针赚 9 元（后来回扣调至 9 元），一个月下来轻轻松松入账三四千元，何必下班回家守灯熬油地一边读书一边拆纱，搞得满屋灰土飞扬，让妈妈家的保姆都不高兴。你要想洁身自好，也可以呀，只要对医疗腐败视而不见，充耳不闻，装聋作哑，就可以求得生活的安稳平静。下班后，你可以继续给人家缝纽扣，拆纱，写稿子，赚干净钱。你跟“光量子”过不去，就等于跟院长过不去；跟院长过不去，就等于跟自己过不去。你的饭碗掌握在院长的手里。

可是，医生是跟生命打交道的，是为病人而活着的，看病人受戕害怎么能不管？

“光量子”的不良后果出现了，一些接受过 10 次“光量子”治疗的病人出现了重度感染，用一般的抗菌素无效，只有用“新型”的三线抗菌素。一位叫施洪兴的病人因咽痛咳嗽而接受“光量子”加先锋 6 号治疗，第一天不仅出现了输液反应，而且牙龈和鼻腔出血。由于医院不予退款，他选择了继续接受“光量子”治疗，10 来分钟后，再次出现牙龈和鼻腔流血。连续治疗两天，病人出现了血尿和昏迷。送进海军 411 医院抢救，人救过来了，病情转为慢性尿毒症。他能够活下来还算幸运，在陈晓兰调查的 23 位接受过“光量子”治疗的病人中，有 9 位死于肾功能衰竭和肺栓塞。

陈晓兰将“光量子”事件举报到上海医药管理局。举报材料递上去了，烦恼和麻烦接踵而至。院方先是通知她理疗科取消，接着雇人把理疗科的门撬开，将所有的理疗器械和陈晓兰的私人物品搬走。然后，院方让她去某二甲医院进修。她在院方的眼里已是眼中钉、肉中刺，害群之马。她把学习上的那股刻苦劲头用在调查医疗腐败上了，她溜进电脑室，破译了医院药品的虚高；她在医院除了工作就是搜集证据。有她在医院，什么猫腻能遮掩住？没有猫腻，哪有暴利？那么，最好的办法就是让她离开医院。

“请你告诉我，让我去进修什么？是让他们跟我进修，还是我跟他们进修？如果是让我跟他们进修，你最好去打听一下，他们的业务水平是否比我高？”陈晓兰理直气壮地对领导说道。

院方黔驴技穷了，给陈晓兰找个进修的地方还真不容易。最后，院方决定让她回家“全脱产自学”，工资和奖金照发。让医生离开临床，这是惩罚。她哭着回到家，把医院的决定跟父母说了。爸爸没说话，去书店买回一本《孙子兵法》。爸爸说，你的唯一目的不就是让“光量子”停下来，不再坑害病人吗？那么，你可以同意在家脱产自学，利用这段时间去跟有关部门反映问题。最后她听从了爸爸的劝说。

对于老病人来说，陈晓兰的理疗科就是一个温馨的家园，在那里不仅可以疗治肌体的病痛，还可以得到心灵慰藉。理疗科突然变成一间冷冷落落、空空荡荡的屋子，亲人般的陈医生也不见了，病人们愤怒了。他们不能没有理疗科，更不能没有陈医生！几十位病人坐在医院里不走，他们坚持：“陈医生不在，我们就不看病。”

医院会在意他们看不看病吗？他们大多数是中老年病人，是边缘化的消费者，他们不吃医院里虚高的药品，也不做“光量子”治疗。可是，几十号病人待在医院不走，他们不像候诊室的凳子一声不吱，他们有头脑，有嘴巴，要说话，要讲述陈医生多么多么的好，要宣传“光量子”是如何的骗人，这会影响医院收入的。医院里有人提议拨打 110，让警察把他们带走。一位在某检察院当检察长的病人说：“你们拨吧，不过请你们告诉 110，最少要来 3 辆警车，少了坐不下。”医院束手无策了。

一位病人给有关部门写了一封信，其他病人争相签名。信中写道：“陈晓兰医生医德高尚，她急病人所急，想病人所想，所有经过她治疗的病人都会异口同声地称赞她：‘当今社会像这样的医生确实难找！’她（对病人）态度好，医术高，技术上精益求精，对病人提出的问题从来都是耐心解答。我们唯一要求就是：保证陈晓兰医生仍旧能以她的精湛医术为我们广大的患者服务。”在那封信的天头、地脚、两侧白边签下了 68 位病人的姓名、住址和电话号码。这哪里是密密麻麻的签名啊，这是病人们对陈晓兰的肯定、信任和厚爱。现今的医生，有几人能享受到这样的厚爱？

上海化工研究院的退休职工应先生也写了一封信。他在信中讲述了自己的所见所闻：“从八十多岁的老人到七八岁的小孩，都一致认为她（陈晓兰）是一位罕见的好医生。每天来她理疗室的病人有 50 多人次，甚至经常高达 80 多人次。由于她的医术高明，有的病人远在仁济医院也专程赶来找她看病。有的小孩脚跌伤了，流着血，按理应该去看伤科或外科，但也来找陈医生。可见她对病人的吸引力……陈医生不怕脏，不怕臭。有的病人呕吐，不仅吐一地，还吐在她身上，她一把一把揩洗干净。她对老人特别照顾，经常帮助他们下楼去付款和配药……她经常（为病人）选用药价便宜、疗效好的几元钱的药，代替那些几十元药价的昂贵药，来减轻病人的经济负担。她对来理疗的各种病人经常讲吃药用药的学问、理疗的知识，病人不仅受益匪浅，而且如同到家里一样温暖。陈医生把温暖带给病人，病人把心交给了陈医生……尤其可贵的是她疾恶如仇，对那些只要赚钱不讲医德的同仁同事，不讲情面，毫不护短，有力揭露。因此，她得罪了一些人，所以有些人伺机打击报复……对这样的好医生，尊敬的领导请给予大大的表扬，并准许陈医生留下来，（让她继续）为我们这一大批病人治病，赐准为祈，谢谢！再谢谢！！”

还有的病人在信中愤怒地写道：“目前，医院借改革之名，把价格低、疗效好的科室解散，让我们这些患者去光顾那些昂贵的治疗手段，这简直是与改革的宗旨背道而驰……”

陈晓兰听说后赶过去，劝他们回去。病人一见到她就像久别的亲人，一拥而上，这个拉着她的手，那个抚着她的背，满眼的亲情与泪花。病人非常信赖她，对她的话就像医嘱一样听从。临别，她对病人依依不舍，一一叮嘱，如何继续治疗，服什么药，多食哪些食物，要注意什么，还把自己家里的电话告诉了他们，让他们有事就给她打电话。离开了病人，她的心一下了变得空空落落，泪水潸然而下。此时，她只有默默地为他们祈祷，祝他们健康。

经调查，“光量子”的真实情况浮出水面，它是上海市某三甲医院的实业有限公司盗用河南的“光子氧透射液体治疗仪”的生产许可证号非法生产的，配套用的“一次性石英玻璃输液器”也是非法生产的。1998 年 6 月，河南省药监局在来函中明确指出：“在（使用‘光子氧透射液体治疗仪’）

治疗的过程中，不得擅自加入任何药物输入人体”，“该产品的使用说明书中若有加入药物输入人体的内容，可按伪劣产品予以查处”。6 月，上海医药管理局责令广中地段医院停止使用“光量子”，并罚款一万余元。这家医院使用“光量子”长达 23 个月，已赚得数百万元真金白银。失得相比，九牛一毛。这哪里称得上罚款，只不过是跟用假者讨点儿小费而已！

医疗腐败那是一张庞大的密实的网，从上到下，从里到外，从卫生局到医院，从院长到医生护士，从厂商到销售、到设备科主任，有多少人像贪婪的蜘蛛蜷伏在网上？陈晓兰这样做，无异于划破了网，阻了他们的财路，他们怎会不对她恨之入骨？于是，院方一边通知陈晓兰中止自学，回医院上班；一边背地组织 3 名职工和 1 名家属充当打手，想将她打昏后送进精神病院。幸亏四人中有一位有正义感的人怕陈晓兰吃亏，悄悄地告诉了她。怀疑陈晓兰精神有问题的又何止是医院，甚至区卫生局的一位局长（后来其因涉嫌经济犯罪而被捕）在跟她谈话时，特意安排精神病院的一位副院长对她进行诊查。

在他们的眼里，陈晓兰确实有病，她百读不厌的书竟是《医学伦理学》，不仅仅是看，而且按照书上说的去做；她掉进窨井后，医院的赔偿她不要，反而写检举信。院里的医生们为躲避献血服用阿托品，使得心动过速，体检不合格，她明明患有心脏病，反而主动去献血；医院为献血者提供的出租车她不坐，却带着女儿骑自行车去血站；医院给献血者一周假，她第二天就上班了。别人利用“光量子”捞钱，她却不顾一切地去反对。别人没把选择区人大代表当回事，她看得很神圣，在投票前特意烫了头，穿得漂漂亮亮。她拒绝投组织者推荐的人物，而是认真地读一遍候选人的介绍，将票庄重地投进选举箱。离开时，有人告诉她，中午医院招待大家一顿饭，她却说：“选举是我的权利和义务，吃饭是你们的事情。”转身走了。他们认为，在这个世道，哪有不为自己着想、哪有不想捞钱的人；哪还有“毫不为己，专门为人”的白求恩？陈晓兰有病，确实有病，而且病得不轻。

时代变了，过去私心过重被唾弃；如今没有私心或私心太少被认为是不正常。这到底是陈晓兰不正常，还是社会的不正常呢？

科学可以为权力服务，可是不会随权力的意识而改变。那位精神病医院的副院长说，陈晓兰的精神没有问题，她看问题是立体的，全面的，客观的。陈晓兰有精神病之说破灭了。

1999 年 1 月 31 日晚上，陈晓兰躺在床上，辗转反侧。明天，她要去医院接受“光量子”的“治疗”，让那经紫外光照后会产生絮状物的药液输入自己的静脉，随着血液流入心肺肝肾。这有可能导致她隐性感染和栓塞、溶血、败血症、弥散性血管内凝血功能障碍（DIC），甚至诱发红斑狼疮……妈妈就是红斑狼疮的患者，在陈晓兰体内可能潜在着红斑狼疮基因。她也许像那位姓施的病人由此而患上尿毒症，也许会因此而不幸地死去。父母年迈体弱，女儿正值豆蔻，他们都离不开她。她犹如面对千仞悬崖，拍天海啸，转过身便可重拾安乐。可是，她不能转过去，转过去就会看见一批批的病人前仆后继地去遭受“光量子”迫害。医生，难道你的责任只是手持听诊器为病人断病祛疾吗？天降你大任是救死扶伤，你要像战士一样去保护病人的生命与健康，不论对手是病毒、细菌，还是“白衣魔鬼”。

可是，1998 年 11 月，她在那场较量中已失败一次了——广中地段医院作出“关于陈晓兰同志自动离职的处理决定”。她下岗了，失去了工作，离开了医院。

可是，“光量子”却没有完全“下岗”，在其他医院仍然火爆，它像外来的有害生物快速蔓延，在金钱的支撑下表现出旺盛的生命力。广中地段医院的要好同事也开始抱怨陈晓兰了：“你呀，尽胳膊肘往外拐，现在我们医院的‘光量子’停下来了，其他医院还都在用。过去，我们医院每天收入两万多元，‘光量子’一停，连 6 000 元都不到了。”

陈晓兰不相信，骑着自行车跑遍了虹口区各个医院。她越跑腿越软，越跑头皮越麻，“光量子”果真在其他医院盛行。难道这“光量子”像《晏子春秋》中所说的：“橘生淮南则为橘，生于淮北则为枳，叶徒相似，其实味不同。所以然者何？水土异也。”在广中地段医院是假劣器械，是非法的、害人的，在其他医院就会变为合法的、有医疗价值的吗？否则，为何只查禁广中地段医院一家？陈晓兰再次去上海市医药管理局反映。她得到的答复是：人家那些医院没人举报，所以我们就不能查处。

这是什么道理？执法部门明知假冒医疗器械在那些医院泛滥，只因为没有人举报就允许它存在？如果警察看见有人抢劫杀人，是否因没有人举报就视若无睹？这到底是病人的悲哀，还是百姓的悲哀？执法官员看得下去，陈晓兰却看不下去。

“那么我来举报好了。”她说。

“你不是那些医院的职工，举报无效。”官员说。

“那么，除了医院的职工之外，谁举报有效？”她不甘地追问道。

“患者，病人是受害者。”

执法的官员啊，你明知道病人是受害者，为什么就不能保护他们？为什么非要等有资格的人来举报？在中国，有多少医生会像陈晓兰这样冒着下岗的风险去举报呢？对于病人，有谁能知道医院给自己用的医疗器械是假的，是对身体有伤害的？如果 5 年没有病人举报，你们就让它泛滥 5 年；10 年没人举报，你们就让它泛滥 10 年？坑害的是谁？是病人，是百姓，是养活你们的人民！百姓对政府部门的最大不满不是生活的艰苦，而是他们用自己血汗养活的官员不把他们当人！

只有先当受害者，才有资格当举报者。陈晓兰只有冒险接受“光量子”的戕害。“受害”前，她找上海市药品检测所的工程师咨询，如何避免“光量子”的伤害，发生意外怎么处理。工程师们纷纷劝她不要去做这个受害者，等大家想办法来解决“光量子”的事情。可是，“光量子”每天都要戕害成百上千的病人，怎么等得了呢？

从 2 月 1 日起，陈晓兰在朋友的陪伴下，在 3 天内接受 4 次“光量子治疗”，取得了有力的证据。她到上海医药管理局举报，没有立案；到上海虹口区人民法院起诉，也没有立案。她走出那些机构的大门，心里弥漫着悲哀和凄苦，难道在这么大个上海就没有机构让病人免遭“光量子”的戕害？最后，她只好去北京，向国务院、卫生部、医药管理局、工商总局等部门反映情况。

1999 年 4 月 15 日，上海市卫生局会同医疗保险局、医药管理局终于作出了在全市医院禁止使用“光量子”的决定。在上海为害长达 3 年之久的“光量子”终于寿终正寝。据上海市医疗保险局的一位负责人讲，上海市有 1 000 台“光量子”，以平均每台每天治疗 10 人次计，那么一天至少要用掉医保费用 40 万元！

上海是幸运的，幸运的是出现了陈晓兰。几乎全国各地都把“光量子”列入医保项目，直到 2005 年卫生部下文取缔“光量子”。6 年，它骗去全国百姓多少钱，有多少人被它害得家破人亡？

没过多久，又一种假冒伪劣治疗仪进入医院使用。到新医院工作不久的陈晓兰就像炒股被套上似的，欲罢不能啊！

2000 年 6 月 22 日，陈晓兰经过长达 19 个月的艰难上访之后，总算迎来了一道曙光：上海市信访办、卫生局等 7 个厅局就她在举报过程中遭受的不公正待遇当面道歉，并奖励人民币两万元；同时决定将她调到闸北区彭浦地段医院理疗科当医生，由广中路地段医院补发她两年的工资，并补缴“四金”。

一位官员对陈晓兰说，这是上海市信访办有史以来规格最高的一次道歉。

“你们不用给我道歉，应该给那些被‘光量子’害死的人道歉，看看他们能不能爬起来原谅你们。”性情倔强的陈晓兰说道。官员尴尬了，可是官员就是官员，不论什么样的尴尬都走得出来。一位官员意味深长地对她说，陈医生，你可要珍惜这次工作机会啊。

陈晓兰的委屈涌上心头，忍不住放声大哭起来。她怎么不珍惜机会，怎么不珍惜工作？不珍惜她那个医生职业，会顶着如磐的压力，艰难困苦地去举报“光量子”吗？她使多少病人免遭戕害，为社会和百姓减少了多少经济损失？仅上海市一天就是 40 万，那么 10 天是 400 万，一年就是 1.46 亿元！可是，有多少人这么想呢？连这位政府官员都不一定想到这一点。不过，她还是接受了他的好意。她告诫自己：反腐，那是党组织的事；

打假，是政府的职责，自己别再管了。

“给你查一下血好吗？”2001 年 2 月 1 日，陈晓兰身着白大褂坐在彭浦地段医院的理疗科里，对病人说。听说她又当医生了，老病人纷纷赶来就医。新医院的院长待她不错，给她配备了一位护士。

“那么你明天早晨来抽血。抽血前要 12 小时空腹，对，对，连水都不要喝。”见病人点头同意后，她叮嘱道。病人满意地拿着化验单走了。

“给你拍一张 X 光片好吗？”每当病人需要器械检查时，她就跟病人商量。当年学医时，老师教导她，看病是要花钱的，你不问病人，怎么能知道他在经济上能不能承受呢？病人惊异了，怎么还有这样的医生？在商场顾客是上帝，在医院病人却是仆人。病人在医院是没有话语权的，医生要他做 10 项化验，他不能做 8 项。尤其是在这“以疗养医”的年代，医院赚的就是检查化验拍片的钱，往往药还没配，病人几百元的血汗钱已经扔了出去。

“你哪儿不舒服呢？我给你检查一下。”她和颜悦色地对一位病人说。西医诊病要视、触、叩、听，中医要望、闻、问、切。她采取中西医结合，对病人看得认真，触得仔细，听得专注，叩得用心。绝不会像有些医生那样，没问两句就开了一沓检验单，把该医生做的检查统统交给仪器去做。

“吃梅干菜烧肉就可以降血脂。梅干菜要切得很短，肉要炖三个多小时。连续吃两周……”她对一位病人说。

“陈医生，你还是给我开点儿药吧。”病人说。

“你需要用药，我会给你开的；不需要，我就不能开。医生不能乱开药，病人也不能乱吃药。”她对用药很谨慎，能食疗的不开药，哪种药没有副作用呢？

“你家里有什么药？”她对另一位病人说。在给病人开药之前，她总要问这么一句。如果她要病人服的药病人家里有，她就叮嘱病人每天服几次，每次服多少，什么时候服。

“陈医生，我家有一大堆药，究竟是什么药，我也说不清了。”病人比划着说。

“家远不远？那么，你回去取来让我看看好吗？”

病人把药拿来了，她一一鉴定，这种是什么药，那种又是什么药，这种药过期了，千万不要再服了。

“陈医生，我就这么些钱，你按钱给我看病好了。”一位中年人对她说。他可能被医生宰怕了，进了医院心里就没了底，见到医生就像遭遇打劫似的，先主动把自己包里的钱“洗”了出来。

“该用的药要用，不该用的再便宜我也不会给你开。”陈晓兰感到脸像被人打了似的，心里十分难过。医生怎么会把病人搞成这个样子？她给病人看了病，开了药。

“陈医生，谢谢您，谢谢！”不一会儿，那位病人又回来了，给她深深鞠一躬。他做梦也没想到没花几个钱就看了病。

“别谢了，陈医生不光对你，对所有病人都这样。”旁边的老病人说。

医生首先要把病人当亲人，他才能相信你，把他的心里话都说给你。否则，你不了解病人，怎么诊断？一天，老患者给陈晓兰领来一位年过古稀的病人，她得了一种怪病，儿女领着她跑遍了上海的各大医院，看了好多名医，都说她没有病。可是，她清清楚楚地感觉到自己有病，是心脏病，而且越来越重。儿女认为她是没事找事，折腾家人，也就不再理睬她。我明明有病，我痛苦啊，医生看不出来也就罢了，怎么儿女也不理解呢？老人孑然独坐街头，默默流泪。

陈晓兰一边给其他病人看病，一边听她跟别人闲聊。她原来是自己过，后来儿子把她接过来。她不愿意住在儿子家，又不好意思说。儿子媳妇上班后就把她一个人锁在家里，连个唠嗑的人也没有。陈晓兰明白了，她是心理的问题。

“您心里很难受是吗？”陈晓兰给她听听心脏，第一心音和第二心音改变不大，只是心跳略快。

“是啊，我心口难受死了。”病人说。

“哦，你心口难受是真的。你的心脏是有点儿问题。比方说，心脏是一扇门，你的门不是关不上，也不是卡紧了，而是没关好，或者说关轻了，没关严。不过，你的门没有坏，门框也没有坏，只要用一点儿药就好了。”陈晓兰和风细雨地对老人说。

“专家都讲我没病。”老人悻然地说。

“专家讲你没病，是说你的心脏没坏掉，它既没缺少一块，也没多出来一块。”

“对，你说得对，我的心脏不会缺少一块的。”老人佩服得五体投地。

陈晓兰给她开了一盒逍遥丸。

“陈医生，你开的药太好了，我的心脏好多了。”两天后，老人来了，感激不尽地说。

“陈医生，我的病好了。”几天后，老人又来了，红光满面地说。

在病人的眼里，陈晓兰这个医生很神奇，不管什么病她都能看好。陈晓兰说，我不是神奇，只不过注重跟病人沟通罢了。在沟通中，你就会找出他的病究竟在哪里。他认为自己有病，你否定他有病，他认为你没检查出来。这样，他心理压力更大了，新的病又出来了。有些病是不需要治疗的，只要心理疏导一下，用点儿安慰剂就行了。

第一个月，陈晓兰的门诊量只有 380 人次，连自己的工资都没挣出来，她感到非常难为情。可是，情况很快发生转变，她的门诊量直线上升，没几个月就突破 6 000 人次。

8 个月后，陈晓兰自己却有了心病。她发现医院新引进的鼻激光治疗仪是一种类似“光量子”的器械，病人治疗一次也收 40 元。骗人的医疗器械又出笼了，她心里矛盾重重，管还是不管？管的话，还会陷入矛盾漩涡，遭受打击和迫害。唉，别管了，自己已年近半百，学历不过大专在读，职称还是初级的医师，二者都不具竞争优势，下岗后能重返医疗岗位已属不易。可是，每当她的目光和病人眼中流露出的依赖相遇时，她就感到不安，心灵就遭受一次鞭挞……

不久，医院出台了新规定，要求医生多开诊疗费和检查费，限制药费，“鼻激光”在医院越来越火了。病人的有限的救命钱被这种伪劣器械吞噬掉了，疾病却没得到治疗。陈晓兰感到块垒在心，觉睡不稳，饭吃不下，无

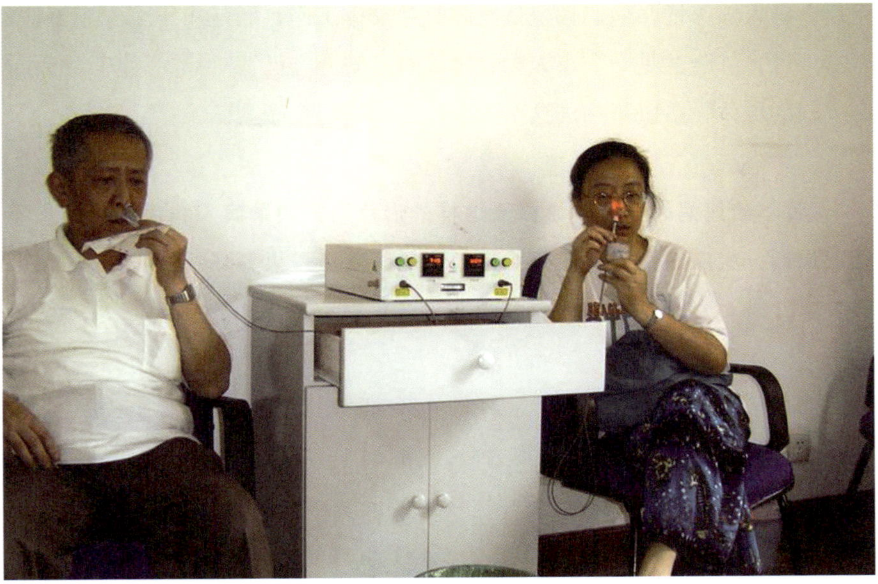

陈晓兰（右）为取证不得不去医院做“鼻激光”

论如何也说服不了自己不再去管伪劣器械。她写了一份举报材料，请上海的全国人大代表李葵南带上市人代会，转交给常务副市长。

鼻激光治疗仪被取缔了，输液的“光纤针”又冒了出来。鼻激光是骗钱的，“光纤针”却是图财害命的。陈晓兰就像炒股被套上似的，欲罢不能，只好继续举报……

2002 年 12 月 31 日，院方突然通知陈晓兰：她已按“工人编制”退休了。

“你们错了，我是干部编制，不是工人编制。”在办公室里，她莫名其妙地望着对方。

院方说，广中医院是集体所有制的，彭浦医院是全民所有制的，你在这里只能享受工人待遇。她就这样离开了医院，“退休”了。

“我是工人编制，农民待遇。”她自嘲地说。“四金”被“强制封存”，她既领不到退休金，也享受不到医疗保险。彭浦医院说，在她调动时，两个医院有协议，她在岗时，工资由彭浦医院发；退休后，回广中医院办理手续。有人愤愤说，他们哪里是给陈晓兰安排工作，而是布下了一个圈套。也有人说，陈晓兰是一个小人物，她没有“安分守己”，得罪了掌有生死予夺大权的群体，所以不钻进这个圈套也得钻进那个圈套。

“我不陪妈妈来，她就该遭受这样的治疗吗？如果病人和病人的家属不认识你们，就应该回家等死吗？你们这是医院还是火葬场？”她忍不住恸哭起来。

那是一个天寒地冻，雪虐风饕的冬日，医疗腐败不仅让她失去了工作，还夺去了她亲人的生命。父母离去后，留下了一个个漫长的夜晚，让她去内疚，去痛苦。如果不去检举揭发医疗腐败，而是精心照料年迈的父母，他们是不会走那么早的。可是，他们不走又会怎么样呢？会心安理得地活着吗？

“晓兰，晓兰！”呼唤声梦呓般地细微，像枚树叶被风吹送进窗棂。在妈妈去世 9 个月前，在家忙于整理举报“光量子”材料的陈晓兰闻声放下笔，趴在二楼的窗口向外一看，啊，是妈妈。妈妈怎么的了？腰弓成 90 度，苍白的脸艰难地仰着，一副痛苦的表情。

“噔噔噔”她慌忙跑下楼。看来妈妈虚弱得已爬不上 20 来级台阶了，要不绝对不会在楼下喊她。她把妈妈背上楼，安放在床上。妈妈长长喘口气，绵软无力地告诉她，妈妈又去医院了，医生给妈妈做了胃肠道钡餐造影透影。第一杯硫酸钡服下去后，医生说边缘模糊，看不清楚，又让妈妈吃了一杯，最后确诊了：幽门梗塞。

“妈妈，开什么玩笑，那是不可能的。”她不相信地对妈妈说。怎么会可能呢，懂点医学的人都知道，幽门梗塞是外科急诊病人，医生怎么会让妈妈回家呢？

妈妈无力跟晓兰争辩，接着说，给她看病的医生说，让她下周一去做肝功，如果肝功正常的话，就可以给她开单做胃镜了。妈妈多么渴望做胃镜，渴望把自己的病查清楚。她胃不舒服已经半年了，一次次去医院看病，那些医生连检查都不肯做，给开点儿多酶片就把她打发了。可是，那药妈妈服后毫无效果，只好再去看医生。一次，妈妈问医生，能不能换一种药，比如吗丁啉？医生却冷冷地说那种药太贵了，不属于你们公费吃的。妈妈请求做胃镜，医生又冷冷地说没必要。妈妈是享受公费医疗的，似乎公费医疗的待遇就该如此。她多次要陪妈妈去看病，可是妈妈却让她先把“光量子”的事了结，那是关系千万人生命和健康的大事。妈妈过去是中学教师，她教过的学生在那所医院工作，可是她不找他们，她不愿意也不习惯于走后门，不习惯给别人添麻烦。

尽管她不相信妈妈会是幽门梗阻，但她知道妈妈是不会说谎的。她给在那所医院工作的同学打电话，请同学帮忙了解一下妈妈的病情。很快那位同学就回话了：

“没错，是幽门梗阻。”

“是完全梗阻还是不完全梗阻？”她焦切地问。

“上面没写。”同学说。

“太过分！”陈晓兰火冒三丈地赶到医院，质问那位给妈妈看病的戴眼镜的医生：“这个病人已经好几天没吃东西了，你给她触诊没有？你听见振水音没有？那么，你现在告诉我：她的幽门已经梗阻，那么喝进去的那两杯 500cc 的硫酸钡怎么出来？你让她 4 天之后再来做你的肝功，查你的胃镜，你这不是糟践人吗？”

“这样吧，你把她先弄过来。”那位医生说。

“我还能相信你吗？就凭你对病人这种态度，还把人弄过来！”她更加愤怒了。

她转身去找院长，要求医院组织内科、外科和胃镜室主任会诊。院长同意了。

“晓兰，这是你妈妈么？你为什么不陪她来呢？”跟她稔熟的内科主任说。

“我不陪她来，她就该遭受这样的治疗吗？如果病人和病人的家属不认识你们，就应该回家等死吗？你们这是医院还是火葬场？”她忍不住恸哭起来。医生啊，你应该全力以赴去拯救每一位病人，怎么能将病人分出远近亲疏、贵贱贫富？怎么能够有关系就好好治疗，没关系就见死不救？中国几千年的医德医风，难道就这么丧失殆尽？

“不是，不是。晓兰，别急，别着急……”内科主任安慰道。

那是她的母亲，她能不急吗？如果医生能够把病人当亲人，病患的家属哪里会这么心急如焚？

最后，妈妈被确诊为胃癌，是硬介细胞癌，那是癌中最猖獗的疾病，而且是中晚期。妈妈被误诊了，被延误了。在那一刻，陈晓兰感到天塌地陷，头痛欲裂，恶心欲呕，站不起来。她一测血压，高达200。她让女儿给她倒水喝。她不断地大量饮水，喝到一遍遍地去解手，这样血压就降下来了。她把家里所有的钱都拿出来，去给妈妈买药。

妈妈住院了，这位坚强的、可爱的、高尚的老人非常想让自己的小女儿陈晓兰守在身边，可是她却拒绝陈晓兰护理，甚至以放弃治疗来要挟。她要晓兰去把“光量子”的问题尽快解决。她是女儿与医疗腐败斗争的坚强后盾，不论女儿遭受多么残酷的打击，面对黑云压城，妈妈都像一株坚定不移的大树站立在她的身后。妈妈也许为自己的倒下，不能再给女儿以帮助和支持而感到不安，为不能跟女儿一起同医疗腐败抗争而感到遗憾。

“妈妈，‘光量子’被取缔了，信访办向我赔礼道歉了，市卫生局的领导说，要来医院看您。我很快就要回到医疗岗位上去了。”一天，她对妈妈说。妈妈笑眯眯地望着她，不说话。“妈妈，怎么的，他们确实跟我道歉了，你不相信吗……”她问道。妈妈摇摇头，什么话也没有说。也许妈妈知道女儿将面临着什么，也许妈妈不相信医疗腐败会轻而易举地解决，“光量子”只不过是晓兰的万里长征的第一步，以后的路还很长，将更加艰难。

“妈妈，我的内科学、外科学、老年医学都通过了。”陈晓兰高兴地对妈妈说。妈妈看着她，微笑着。妈妈不相信，她也不相信。“妈妈，我真的通过了，而且分数挺高。”妈妈越笑越开心，最后眼泪都笑出来了。妈妈的最大心愿就是女儿能成为最好的医生，她不让女儿来医院护理自己，要女儿去钻研医术，去复习功课，顺利通过大专自考。

在那些日子，陈晓兰哪有时间和心思去看书复习啊，那本《外科学》

几乎没有翻过。考试前，她坐在学校的大门口，手捧着书和考试大纲却看不进去。过来一位同学，她就会问：

“我妈会不会诊断错了，不会是癌吧？”

“病理不是都做了吗？那不会搞错的。”一位将要参加给妈妈做手术的同学十分肯定地说。

“老师说，年纪大的人不大可能得恶性肿瘤。这种说法对不对呢？”

“也会搞错，也会搞错的。”另一位同学望着失魂落魄的陈晓兰，不忍心再坚持下去了，安慰道。

铃响了，陈晓兰被人流裹进考场；考试结束的铃响了，她又被人流裹出考场。同学们纷纷问她一些试题应该怎么答。以往，她会很清楚地告诉他们，可是这次考的什么，怎么答的，她无论如何也想不起来，脑袋里一片空白。

自己这次肯定不及格了，她想。同学告诉她：成绩公布了。她懒得去看。老师打电话来告诉她，她的外科学、内科学和老年医学都通过了。她不相信，认为老师在安慰她。直到老师通知她去取单科结业证时，她才相信。

“老天有眼，在人生低谷给了我安慰。这靠的完全是平时的基本功……”她捧着结业证说。

在妈妈手术后，陈晓兰在病房护理妈妈 28 天。在那 28 天里，她是一个很乖巧的女儿，白天精心护理妈妈，陪妈妈聊天；晚上，她在水泥地铺上泡沫，睡在妈妈的床边。妈妈虽然饱受疾病的折磨，却享受着跟女儿朝夕相守的幸福。在妈妈手术的那一天，还有四位病人做了手术，这四人数妈妈的年纪最大，体质最差，病情最重。医生、护士都认为那四位病情较轻的病人都能够活下来，而妈妈是根本没有希望的。

没想到，那四位病人很快就相继去世了，妈妈却活着。这与陈晓兰科学的、精心的照料有关。

在医院，妈妈目睹了许多绝对不该发生的事情，给妈妈带来很大的刺激：在一位病人急需抢救时，医护将呼吸机推过来，插头却与插座不匹配，急忙换了一台，还不行。一连换了 4 台，最后总算插上了，呼吸机却不工作，医务人员围着呼吸机团团转。妈妈让陈晓兰去帮忙，她过去一看，呼吸机开关没打开。她伸手将开关打开，呼吸机终于工作了，可是病人早已死了。

在抢救另一病人时，医生做人工呼吸的动作很不到位，角度和力度都远远不够，陈晓兰看在眼里，急在心上，这哪是诚心抢救病人，只不过给活人看一看，让家属感到医生已经尽力罢了。妈妈让她过去帮忙，可她不是这家医院的医生，确切地说，她不过是一个下岗失业的医生，病人的主管医师怎么会允许她去抢救呢？她只有转过脸去不看。

那位病人死了。那是必然的。在中国，有多少生命在医生的手边流逝？医疗腐败哪里只是医生多开药，多拿回扣，而是无视病人的健康和生命啊！

妈妈数日沉默无语，心绪低沉。一天，妈妈突然让陈晓兰在病榻前跪下。她莫名其妙地跪下了，两眼疑惑地望着妈妈，从小到大，不论她犯什么错误，当初她不听父母的话，执意要嫁给那个男人，妈妈都没有让她跪过。妈妈要她答应一件事：当妈妈病危时，放弃抢救。

陈晓兰心如刀绞，泪水涌漾地跪在地上，说什么也不肯答应。膝盖麻木了，腰酸背痛了，她的脸颊挂着泪珠，嘴角紧闭。她是女儿，怎么可以眼睁睁地看着妈妈死去？她是医生，怎么可以见死不救？可是，她不是妈妈的主治医师，在医院这种医德医风下，能抢救过来的可能性究竟会有几成？她渐渐理解妈妈了，这是拒绝亵渎生命，践踏人格尊严啊！最后，她答应了妈妈。

癌细胞在妈妈的肌体扩散了，转移了。母女间生死离别的日子逼近了，陈晓兰经常趴在妈妈的枕头旁，享受那最后的融融母爱。妈妈不停地摩挲着她的头发，似要把所有的母爱都释放出来。一天，妈妈突然语调轻微，却字字如钉地说：

“晓兰哪，你是医生，患者不懂，你懂，你要保护他们的权利。”

她明白了，让妈妈最后放心不下的是医疗的腐败。她的心碎了，恨自己无能，不仅对不起病人，更对不起妈妈。

妈妈走了。陈晓兰悲痛欲绝，不知道妈妈留给她的那么漫长的抗争医疗腐败的道路，她能否有能力和气力走下去。她后悔啊，后悔当初当了医生，如果不当医生也就不知道妈妈是怎么死的了，就不会为那些医疗界的同道去背负沉重的十字架；她后悔自己对妈妈关心得不够，陪伴妈妈的时间太少。过去，妈妈喜欢去的地方就是陈晓兰的诊室，静静地坐在一旁，看女儿给患者看病，喜欢听病人夸奖女儿，赞美女儿。这是母亲的最大快乐和享受。可是，陈晓兰不愿妈妈在那儿，撵妈妈回去，她是怕同事怀疑她“以权谋私”，给妈妈做理疗。世界上，任何一对母女组合中，自私的是女儿，无私的是母亲。想到这时，陈晓兰为自己当年的自私而感到愧疚。

在妈妈去世 8 个月后，爸爸也走了。陈晓兰听爸爸的左肺有明显的锣音，领着爸爸去医院看病。没想到医生居然连听都不听就给爸爸开心痛定。心痛定会使血压降下来，可是它会使心跳加快。爸爸已经心跳过速，再用心痛定是非常危险的。可是，不论她怎么说，那位医生就是不听。这哪里是医生，这是杀手，是病人说的“杀人不偿命的职业杀手”！她把医生开的药夺了过去，扔了。她跟医生吵了起来，最后吵到院长那里，心痛定才撤下来。这时，他们已给爸爸注射了半瓶心痛定，爸爸的心跳已高达 170 多次/分钟，经过一番抢救才把爸爸抢救过来。

爸爸住进了监护室，14 天后，医生还没查出病灶。在爸爸拍 X 光片时，她提出要把爸爸扶起来拍，医生拒绝了。她认为，他们拍出的 X 光片模糊，看不清楚。医生说，她的要求太高了。她一遍遍地问爸爸的主管医师：“请你告诉我，我爸爸到底是心衰（心脏衰竭）引起的呼衰（呼吸系统衰竭），还是呼衰引起的心衰？”医生说不出来，她要组织会诊。医生说，不能会诊。她提出转院，又被拒绝了。他们找不出病灶，不能对症下药，只好一天天地拖着。最后，陈晓兰忍无可忍地去找主任。

最终医院同意请专家会诊，她从胸科医院请来两位专家。两位专家没有要求拍片，分别用听诊器听了很久，然后两人会意地对视一下，不约而同地将手指指在爸爸左肺的位置：“感染的病灶就在这，后边的锣音都是传导性的！”一位专家把爸爸扶坐起来，用空掌轻轻地拍打爸爸的后背，让爸爸轻轻地咳嗽，突然专家重拍一下，爸爸的一口很浓重的痰咳了出来，爸爸的心跳好多了，呼吸也流畅了。爸爸的病确诊了，是肺部感染引起的呼衰，并发了心衰。

父亲去世那天是周六，这时她已调到彭浦地段医院，周末上午值班。在快下班时，来了一位要做理疗的病人，对她来说，病人不做完理疗，她是不会离开岗位的。当病人做完理疗，已是 2 时 30 分，她收拾一下，下班回家，想吃口饭就去医院看望爸爸。

她刚进家门，就接到外甥女的电话，急忙跑到医院。她的同学、爸爸的主治医生对她说，他已经竭尽全力抢救了，很遗憾没抢救过来。为抢救爸爸，他们连午饭都没有吃。他认为，爸爸的气管进了食物，因此导致窒息而亡。她对那位同学千恩万谢。

她无比悲痛地走进病房，昨天爸爸还在跟她聊天，今天却再也不能说话了，想到此她泪如雨下。她打来一盆清水，想给爸爸洗洗脸，让他清清爽爽地上路。突然，她发现爸爸那满口的假牙戴得好好的。谁给爸爸戴的呢？这个人还蛮细心的，如果在爸爸死后不及时戴上，遗体僵硬时就戴不上了。弟弟说："爸爸的假牙根本就没摘下来。"原来在爸爸吃蚕豆时噎了一下，眼睛突然瞪大了。弟弟慌忙喊医生。医生过来就抢救。陈晓兰感到眼前一黑，好像被人打了一闷棍。在抢救时，先要取出病人的义齿。爸爸的假牙不摘下来，吸痰器的气管插管怎么能插进气管？难怪那位同学说吸上来的都是食物。他们肯定把插管插进了爸爸的食道，导致爸爸窒息而死。如果医生能够正确地抢救，能够认真负责的话，爸爸是不会死的；如果她那天正点下班，及时赶到医院，爸爸也不会死的。

她喟然长叹，如果医疗制度改革不成功，医疗腐败现象不改变，那么不论有权人，还是有钱人，抑或有熟人，很可能一场小病进了医院都会一命呜呼，甚至留给生者一屁股的债！

"我在 1997 年就反映假冒医疗器械的问题，到现在一没有立法，二对造假用假的机构没有制裁。我不能再相信你们了。"一次次的较量，已把她打造成战士。

在第一次下岗时，许多海外的亲友劝她出国，别跟医疗腐败抗争了，甚至还帮她找好了工作，到妈妈一位同学的诊所里当医生。她执著地说，出国容易，海外有那么多亲戚，随时都可以走。可是，中国不强大的话，你跑到天堂又怎么样，还不是受人欺辱？20 世纪 50 年代，华侨在印尼受到了惨无人性的迫害，一位华侨不是只穿着一只鞋子跑回祖国的吗？

中国要想强大，想要建设一个和谐的社会，医疗腐败不解决怎么行？

医疗腐败那不是某个人的问题，那是整个医疗体系和制度的问题。她清楚地意识到："医疗器械企业制假，医院用假，医生为病人作假治疗，这已成为一种潜规则。在医疗系统中，这个过程几乎就是各方牟取利益的流程图。"对手太强大了，那不是某个医院，某些医生，而是一个庞大的利益联盟，是有钱的造假厂商、有名望的专家、有权力的官人，还有那些借用假器械捞钱的医院领导和医务人员。她一个没权、没钱、没地位、没了工作的医生，一位跟女儿相依为命的弱女子，何以能与之抗争？

通过一次次的上访，她总结出了上访的要件：上访要具备专家的头脑，无赖的脸皮，运动员的体魄，还需要有足够的财力。对于她而言，除了清醒的头脑之外，其他都不具备。

有人说，这是陈晓兰一个人的战争；有人称她是中国的唐·吉诃德。在海外的弟弟很体贴姐姐，出钱给她请了一位保姆。那位从农村来的保姆在她家干了不长时间，知道了陈晓兰在做什么之后，说，陈医生那是拿石头砸天……

在一次上访中，一位官员很直率地问她，现在像你这样的医生还多不多？

"我从来没有孤独过。"她坦率地回答。是啊，她凭着一个医生的良心，为全国老百姓做事，怎么会孤独？

陈晓兰说："我得到过不少人的支持和帮助，其中有医生、记者、亲戚、朋友，是他们给了我勇气和力量。"在她要去上海市医药管理局举报"光量子"时，跟一位医药管理局的离休干部打听路，老人先是劝她不要管，那事很复杂。她坚持要去，老人就摇着头把医药管理局的地址写给了她。当她走出很远时，老人托人追上她，捎话说，让她去找某处长，这个人还比较正直。一次上访时，接待室门前排着长龙，很多人都是前一天就来排队。听说她是为老百姓反映医疗腐败问题的医生，人群中让出了一条路，大家纷纷把她让到前面。在北京，一位陌生的老板听说她的事后，不仅帮她找一家便宜旅店，而且还叮嘱旅店老板，她是一个好医生，你要保护好她。中专和大专自考班的同学，还有同学的家人、朋友和病人都帮她搜集各医院的医疗腐败的证据。一位博士生导师、医疗器械专家对她说："你咬咬牙再顶一下，我们大家支持你。看病的事儿，我们替你做，举报医疗的黑幕没人能取代你啊!"一位朋友帮她在网上建一个主页："一个有良心的医生——陈晓兰医生主页。"一进入这个主页，你就会发现她感动了多少人。许多人在网上留言，说她是英雄，真正的医生，对她敬佩得五体投地；有人坚决支持她，愿意为她提供帮助……

可是，在这个世界上，有多少人会相信陈晓兰能赢得这场战争?

可是，她是一位医生，一位真正的医生。在医疗腐败面前，她是没有任何退路的，要像《英雄儿女》中的王成一样与阵地共存亡。"你是医生，患者不懂，你懂，你要保护他们的权利。"妈妈的遗嘱，她不能辜负。

"第一，我不能放弃，我放弃了就没人替病人说话了；第二，我不能输，我输了，全国的老百姓就都跟着输了，那些假的医疗器械、假的治疗就要在医院存在下去，全国的病人就要被其盘剥和戕害。"她把反医疗腐败的重点放在假冒器械上。

那些造假的厂商对她恨之入骨，有人嚣张地说，如果不是李葵南在前边挡着，几个陈晓兰都让她闭口。有些官人对陈晓兰怕得要命，他们无法预料她能把他们的"天"砸出多大的窟窿。某区卫生局要求下属的各医院要像解放初期全民"防奸防特"那样严加防范陈晓兰，许多医院还向医生护士介绍陈晓兰的长相和身高。上海市卫生局一位领导在写给上海市委、市政府的信中说："建议有关部门对原虹口区广中地段医院陈晓兰医生扭曲事实真相，混淆视听的行为予以训诫。"市药监局的某位官员对采访、报道过陈晓兰的记者说："陈晓兰里通外国，她找外国记者反映……"还有一位官员呼吁，对陈晓兰要进行政治定性。那些有医术没良知的医生，甚至于既没医术又没良知的医护人员，对她怨恨不已，称她是医疗界的“叛徒”，一时间各种势力黑云压城似的袭向陈晓兰。

“我的原则是中国人的事情，中国自己解决，不可能找外国记者的。”她说。可是，这声音太弱了，弱得远远不如妈妈当年站在楼下，腰弯成90度的呼唤声。有谁能听得见呢？

那些人会不会找什么借口对我进行迫害？她跑去找妈妈的同学、解放前曾是中共上海地下党、解放后曾担任过领导干部的王伯伯。王伯伯劝她，你要把所有证据存放到外滩的银行里去，或者放到我家。否则，他们把你抓起来，搜查你的家，把所有证据收走了，最后顶多给你赔礼道歉，赔偿你点儿钱。你要避开这场灾难……

我又没干坏事，为什么要躲起来？她心情灰暗地回到家，挥笔给主管医疗的市长写了一封信，要求市领导安排人直接跟她谈话。

主管医疗的市长安排市长办公室主任、信访办主任接待了她。他们告诉她，市里始终在关注她的情况……

尽管那些人不能把她怎么样，可是在这场实力悬殊的较量中，她怎么能够胜出？从反抗医疗腐败那天起，她的处境极其被动，历经11个月的检举揭发，“光量子”被禁止了，可是它的替代产品——“鼻激光”和“光纤针”出现了；她把“鼻激光”举报停了，“静舒氧”、“伤骨愈膜”又出现了，假冒器械层出不穷……表面看，陈晓兰获胜了，实质上却败了，病人不受这个骗了，就受那个害，病人的权益根本没法得到保护。在这么一种适合医疗腐败滋生的环境里，别说中国只有一个陈晓兰，就是有十个、百个陈晓兰也无济于事啊！

在斗争中，她渐渐明白一个道理，假冒医疗器械之所以能够在医院猖獗，其根本原因是：在中国买卖假币、假烟、假酒、假药都是犯罪，而制造和使用假劣的医疗器械却不是犯罪。她决计进京，向卫生部、国家药监局反映，呼吁为医疗器械立法。有人劝她不要外出，劝她要注意人身安全，以防那些人狗急跳墙，对她下毒手……

2003年的一天，陈晓兰登上了开往北京的列车。她刚爬到上铺，整理

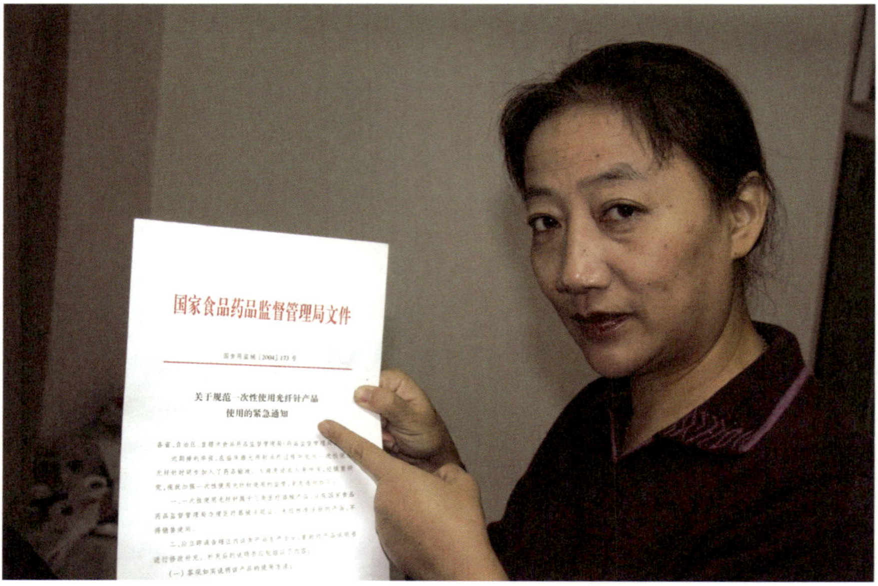

在陈晓兰不懈举报下，光纤针于2004年终于被禁了

好自己的铺位，一位陌生男子敲着她的铺位，用一种不容商量的口吻让她下来。

“下来干吗？”她以为对方找错了铺位，“你把你的票仔细看看呀，这是我的铺位啊。”

他仍然坚持让她下来。他身材高大，可以平视上铺的她。接着又过来三四个男子，要取下她的旅行包，让她下来。

她制止他们动她的东西，并要他们出示车票。他们说，X在下面等她。

“我也不找X，我下车干什么？”她明白了，他们是怕她进京上访，想把她拦下。

“就是她，就是她！”又有许多人跑了过来。周围的旅客也聚拢过来，有人让那些男子出示证件。他们拒不出示，只是让她下车。正值相持不下之际，她认识的官员X跑过来。

“陈医生啊，我们可找死了。好好，回去吧，回去吧。”X说。

“我又不找你，跟你回去干什么？我是医生，我要把所发现的有关医疗器械方面的腐败向国家药监局反映情况。”1999 年 4 月，“光量子”在上海被禁用后，上海药监局没有向国家药监局反映，“光量子”在其他地方仍然泛滥。她给国家药监局写过信，发过传真，可是一直没有答复。

“回去吧，上海能解决。”他说。

“我在 1997 年就反映假冒医疗器械的问题，到现在一没有立法，二对造假用假的机构没有制裁。我不能再相信你们了。”一次次的较量，已把她打造成战士。

“走开，走开，不要影响我的工作。”列车员走过来说。那些人很无奈地下车了，列车员悄悄地拉一下她的衣角。

那些人不甘心地站在月台威胁道：“陈晓兰，你到不了北京!”

“我一定能够到北京，而且还能到国家药监局!”她回应道。

列车驶离了上海，滑入了夜幕，蓦然，莫名的恐惧袭上她的心头，父母去世了，亲属大部分在海外，万一自己出了意外，谁来接替自己？那些历经千辛万苦收集的证据交给谁？还有，女儿托付给谁？近来，经常有素不相识的人问她：“你女儿好吗？”她很惊异，也很敏感，他们怎么知道她有个女儿？女儿过去很支持她，觉得她很伟大，为她而自豪。一次，女儿在公交车读到一篇关于她的报道，当读到她为了取证竟然“以身试针”时，女儿放声大哭起来。回到家，女儿搂着她哭着说：“妈妈，假冒伪劣的医疗器械层出不穷，你是抵挡不住的。妈妈，你不要再管了……”

陈晓兰打电话给一直支持她的同学倪平：“如果我有不测，你一定要接替我干下去。”倪平是全国“五一劳动奖章”获得者，安徽省“三八红旗手”，她非常爽快地答应了。陈晓兰就把证据存放在哪儿都一一交代清楚了。接着，她又给王伯伯打电话，如果她回不了上海，请王伯伯帮忙做几件事。这位可爱的老人多次为她的事去找市长，他曾经跟市长说：“我用党性担保，陈晓兰是没有私心的。”当老人听完陈晓兰的话后，坚定地说：“晓兰，放心吧，你做的事，我老头子一定会接着做下去的……”那夜，老人几乎未眠，一会儿一个电话打过来，他劝她说：“晓兰，下车吧，你的爸爸妈妈都不在了，你要听伯伯的话，伯伯不想让你发生任何意外……”他说，他有责任替她的父母保护好她，要她赶快下车，换一列车进京。陈晓兰被说服了，去找列车员索票下车。这时，列车上的人知道了她就是那位同医疗腐败决一死战的医生。列车员劝她不要下车，乘警对她说，陈医生，你在我们列车上是绝对安全的。周围铺位的旅客爬起来了，要保护她的安全……

列车驶入北京站，还没停稳，乘警就护送她下了车。当她走出车站时，身后的旅客还都没跟上来。

第二天，倪平赶到北京，特意来保护陈晓兰。在第三天，当她们要去国家药监局时，发现了跟踪者，那是一个男子。倪平乱了方寸，她们身带重要证据，万一被劫，那么就无法去药监局举报。最后，她们分开，几经周折，甩掉跟踪者，分别赶到国家食品药品监督局（SFDA）。那天是局长接待日，一位副局长接待了她们……

年过古稀的舅妈带着沉重的药液离开了人世，在没有尿的情况下，医生给她输入 19 公斤的药液，这让她怎么排出来？她怎么会不死，胀也把她给胀死了。大输液中的病人会带来什么？

年过古稀的张印月躺在病床上，脸色苍白，双目紧闭，浑身插满管子，嘴里还插着一支塑料注射器，血水顺着嘴角流下来，本来枯瘦的身体却像充足气的皮球——鼓胀胀的……

2005 年 9 月 21 日晚，陈晓兰接到表哥张怡打来的电话后，赶到上海某三甲医院，看到的就是这一情景。张印月是她的舅妈，三天前老人因感染性休克被送进医院抢救。老人出现心跳、呼吸和肾脏三项功能衰竭，经过一天的抢救，病情有所缓解，转入急诊住院部。

陈晓兰当了 30 多年医生，从来没见过这种把注射器插入病人的嘴里的抢救方法。医生解释说，呼吸机没牙垫，他们发现用注射器代替效果挺好，于是就在院内推广起来。看来他们颇具“创新”能力。呼吸机怎么会没有牙垫？陈晓兰提出要看看产品说明书，说明书是医疗器械使用的法定依据。他们却推说找不到了。

突然，医生发现老人的血压还有，呼吸还在，心电监护器上那条波动的曲线似乎被一种神秘的力量扯平了，怎么会出现这种怪现象？医生立即组织抢救。在“叭叭”的电击中，老人的身体上下跳动。家属看着老人被这般折腾，万箭穿心。忽然，医生停止了电击，原来老人的心脏并没有停止跳动，是心电监护器的导线被碰掉了。导线接上了，那道可爱的波动曲线复现了。这是多么低级的错误，会有心跳停止，血压和呼吸依然还存在的现象吗？医生怎么退化到了只会看仪器，不会摸脉搏的地步？

“这种抢救药在短时间内注入体内才有效，怎么能选择输液？你们把药放进 500cc 溶液中，那得什么时候输完？”陈晓兰问道。

“我放了 10 支药，肯定能达到疗效。”医生说。

“这样就超剂量了，我舅妈还能醒过来吗？”

“你们以前的医生不懂，我们现在……”

“你懂什么？临床经验是积累出来的，不是读出来的。对肾衰的病人，你一天就给她输液 6 000cc。3 000cc 就足以把她的所有血管胀开！在病人尿少和无尿的情况下，输液要有所限制，用量应该是前天的出量再加 400～500cc，否则液体进去后，怎么出来？胀也把病人胀死了。你这是治病吗？你的目的就是把所有的药都给输进去，然后跟家属收钱。家属花钱的目的是抢救亲人，你各种药超剂量地都给她输进去，她不是死于这种药，就是死于那种药！”陈晓兰气愤地说。

老人住三天医院，花了 8 645.62 元，其中药费 5 591.46 元，治疗费 460.34 元，化验费 934 元。在抢救中，医生给老人开了七支泰能亚胺培南(其中有三支不知去向)，每支 218 元。在泰能药品说明书的注意事项一栏明确说明：“过敏、严重休克或心脏传导阻滞者禁用。不用于脑膜炎治疗。肾功能衰竭时须调整剂量。”陈晓兰认为，在舅妈住院抢救的三天，最能体现医生技术水平和价值的花费只有 34 元。医生却认为：“对于她这种病人来说，这是个很一般的数字。”是啊，难怪病人不敢进医院。

陈晓兰请医生检查舅妈的瞳孔。没想到，在这家现代医疗设备齐全的三甲医院居然找不到一只常用的诊疗用具——手电筒。陈晓兰只好从手袋中取出手电筒递过去。陈晓兰已发现舅妈瞳孔扩散，对光反射已经不存在，手脚出现大片淤血，实际上已经死亡，心跳和呼吸之所以还有，那是在呼吸机与药物作用下的一种假象。

“扩散没有？”她问。

“没看到边缘。”医生说。

这是什么话呢？瞳孔扩散还是没扩散，病人死了还是没死，连这一点都判断不出来吗？陈晓兰要求撤掉呼吸机。医生说，只要病人心脏还跳就不能撤，要撤需要征得上海市医保局的同意。荒唐！陈晓兰拨通医保局的电话，得到的答复是：我们不可能作出这种规定。

“你在撒谎。医务人员是不能撒谎的！”陈晓兰气愤地说。

“我记错了，是我们医院的规定。”医生说。

“你们哪位院长规定的？你讲吧，我可以打电话问。”

“不不，是我们科主任规定的。”

“你们科主任我认识。”陈晓兰说。

医生不吱声了，只好同意撤下每小时收费 8 元的呼吸机。当医生拔掉插在张印月嘴里的注射器时，鲜血和血块从嘴里喷涌而出。这又是陈晓兰从来没见过的现象。医生解释说，这是病人牙齿出的血。可是，她满口的假牙，难道假牙也会出血？

老人死了，在医院走完了最后的旅程。在去世的前五天里，老人的尿量只有 40 毫升。可是在最后这三天里，医生给她输液 1.9 万毫升（约 19 公斤）。她是背着沉重的药液离开人世的。

在 SFDA 的药品法则里写着，100 毫升以上的输液叫大输液。国际医生的用药原则是：能口服的不肌注，能肌注的不静脉注射和输液。可是，在经济利益的驱动下，大输液却成为当今医生的首选。医学专家认为：“输液产品是直接进入人体血液的药品，哪怕将 0.05 毫米直径以下的不溶性微粒带入人体，微粒也不会被排出，能造成静脉炎、肺动脉炎、肉芽肿、栓塞等，灭菌不彻底的药品还会造成中毒甚至死亡。”在国外，大输液前需要病人和家属签字，病理科主任签字，药剂科主任签字。

在80年代中期，中国大输液的产量只有3亿瓶。据有关资料显示，2003年，中国大输液的产量已达到32亿瓶。“其中，一种新型包装的大输液产品，国内制药企业一下子从国外引进了37条生产线，此外还有10多条生产线正准备投产。”大输液成为中国制药行业5大制剂之一。

“据世界卫生组织2000年的估计，全球每年人均注射3.4次，其中不安全注射的比例高达40%，造成全球每年有2 170万人感染乙型肝炎，在新感染病例中占32%；使200万人新感染丙型肝炎，占新感染病例总数的40%；使26万人感染艾滋病，占新感染病例总数的5%，在南亚，这一比例可能已高达9%。另外，肝癌的28%和肝硬化的24%也可归因于不安全注射。全球每年死于不安全注射的人数达50万人。在全球，不安全注射使130万人提早死亡，其中我国占29.4%；造成2 600万寿命年的损失，直接医疗费用达5.35亿美元，我国占26.5%。”流行病学家、计划免疫学家王克安说：“在发展中国家，每年大约有160亿次各种注射，其中95%以上用于治疗目的，约3%为免疫预防注射。据报告，70%用于医疗目的的注射或是不必要的，或是可以通过口服途径给药代替的。”

陈晓兰认为，大输液的泛滥也是一种医疗腐败现象。她正在收集有关大输液的证据，准备向国家卫生部反映。

医疗腐败如同从高山上滚下来的雪团，它越滚越快，越滚越大，呼啸着向病人的头上砸来。如果说陈晓兰父母的死是医生的失职的话，舅妈的死则有点谋财害命的味道了。那么后边发生的“哈尔滨天价医药费”、“沈阳的敲骨吸髓事件”等震惊人寰的事件则是医疗腐败的“深入发展”。

医疗腐败日益猖獗了，如制止不住将会出现雪崩，给中国的百姓带来巨大的灾难！

打假应该是政府的行为，是你们的不作为才导致假劣医疗器械泛滥成灾，才逼迫她这位医生下岗失业，耗七八年的宝贵时间去举报啊！

“陈医生，您又来反映问题了。”在SFDA的电梯里，官员们跟陈晓兰打招呼。她已经进京 34 次，SFDA 的门槛已被她踏平了，跟这里的人也都混熟了。有时，她需要复印资料，不用像那些上访者满大街找复印社，在他们的办公室就复印了。

“来了。”她回答道。不来怎么办？问题没解决，伪劣医疗器械还在全国各地泛滥。

“在医疗器械领域，唯一执行的法律依据是《医疗器械监督管理条例》，可是，在这一条例中却没有对假冒伪劣医疗器械进行定义，也没有相关的处罚条款。生产医疗器械的企业应该对其产品负责、承担后果，不能只取利润，不承担风险，一边行贿，一边造假。另外，应该把在医疗机构内通过医疗服务达到欺诈目的的案件，从普通的医疗纠纷、医疗事故中剥离出来，追究其刑法责任……”这种话，她不知在 SFDA 说过多少遍。

“陈医生，这些问题你最好到卫生部反映，让他们解决。”一位 SFDA 的官员对她说。他是球技精湛的“足球门卫”，不论什么问题都能挡在球门之外，或把它踢回，或传给他人。

“不，不。到卫生部只能反映医风医德的问题，医疗器械的注册、销售、使用都归你们药监局管。你们的权力很大，连医疗器械的说明书都归你们管。可是，你们连说明书都没管好。几乎所有医疗器械的说明书上都写着‘或遵医嘱’。遵医嘱意味着什么？那就是医生想给病人怎么用就怎么用。这样，说明书还有什么用？”她可不是一般的中锋，不仅进攻性极强，而且对各部门的职责了如指掌。

她来到 11 层 01 办公室门口，轻叩两下，随即推门而入。一位胖胖的、脸色黧黑的官员坐在一张大大的办公桌前。他衣着朴素，看上去有几分憨厚质朴，身后耸立一面共和国国旗，桌上插着袖珍国旗。他就是 SFDA 的医疗器械司司长郝和平。自 SFDA 成立，他就出任这个司的司长，在医疗器械领域是位呼风唤雨的人物。前不久，他还荣获“中央国家机关防治非典型肺炎工作优秀共产党员”的称号，是中央国家机关工委表彰的 58 名共产党员之一。这位司长并没有因为她的贸然闯入而表现出不快，热情地让她坐下。她在他的对面坐下，再次向他反映情况。他似乎在听，可是对她既不反驳，也不首肯。她讲累了，口干舌燥了，停下来，望他一眼就把目光转向了他身后的国旗。郝和平啊，你怎么也应该对得起这面国旗吧！

郝和平这人很平易近人，不论陈晓兰说什么或怎么说，都不愠不恼。不过，她是不说白不说，说了也白说，这位执掌医疗器械行政审批大权的官员这耳听那耳冒。他可不像那些手下的小官吏去挡你的球，而是敞开球门让你猛劲儿踢。当你踢完之后，汗流浃背地坐在地，再看一眼球门，立马就傻掉了，里边空空如也，踢进去的球早已没了踪影。你还会爬起来继续踢吗？陈晓兰却踢了下去，她是一位百折不挠、执著不已的中锋，一次次去攻郝和平的球门。

“司长的办公室，你怎么可以随便乱闯？”SFDA 有人不满了，指责她道。

“我反映的是人命关天的问题，应该他管他没有管好，我怎么就不能进去跟他说？再说，我已经象征性地敲两下门了。”她理直气壮地说。

在 SFDA，陈晓兰不仅只找郝和平，还先后跟四位副局长反映了八次问题。一次，一位副局长听完她反映的情况后，让身边的郝和平和另一位司长把手机号码告诉她，以便联系。这有何用？当面反映都解决不了，在电话里谈能解决吗？尽管如此，她还是很感激那位副局长。

卫生部下文了，在全国范围内取缔光量子。可是，厂家还在成批生产，一箱箱光量子销售到全国各地，在一些医院它还是主打治疗。陈晓兰专程去北京，要求 SFDA 撤销“光量子”的注册证号。郝和平不作为，他手下的官员说：“既然卫生部已经取缔了，那么就让它自生自灭吧。”

“你们不撤销它的注册证号，它就是合法的医疗器械，生产厂家就要继续生产，医院要继续使用！”陈晓兰说。

可是，她人微言轻，球踢进去了，算不算数，官员们说了算。他们想管就管，不想管她又奈何？

在一次 SFDA 局长接待日，一位副局长端坐在会议圆桌的上首，身边围坐着郝和平和其他司的司长，陈晓兰坐在圆桌的下首。当副局长听完她所反映的“光量子”等医疗器械的情况后，当即给郝和平布置了五项任务。

“以医疗器械司为主，以市场司为辅，根据陈医生提供的证据，召开专家论证会。专家由 SFDA 和陈医生分头请，双方数量相等。”副局长说。

“我不是专家，只不过是名临床医生。”陈晓兰说。

“不，你就是这方面的专家。”副局长肯定地说。

陈晓兰长长喘口气，这次没有白来，问题终于得到了解决。没想到，郝和平一出门就把五项变成了两项，到了下边的处室两项变成了一项半，副局长的指示还没出 SFDA 就流失了 70%。

专家论证会终于召开了。郝和平没有让陈晓兰去请跟她观点一致的专家，而是在开会的前三天才通知她参加会。她打的是一个人的战争，要孤军对付那些专家和官员。为备战，她连续 3 天带着黄瓜和馒头，跑北京紫竹院的图书馆去苦读，去收集资料。

论证会开始时，在专家们面前，陈晓兰不敢讲话。听北京的一位专家讲某种医疗器械如何好，她憋不住了，对那位专家说：“您先等一下，不要说它好或是不好，如果您是中医请告诉我，用这种器械治疗半小时后，在望、闻、问、切上有什么变化，比方一小时后脉搏有什么变化，病人的舌苔是什么样的；如果您是西医，请您告诉我，治疗后血液的黏稠度是多少，列出伯努力方程式，把整个过程告诉我……”她说完，那位专家马上坐下了，没再发言。他并没有因此而记恨陈晓兰，在一次陈晓兰没有出席的论证会上，上海的某位专家攻击陈晓兰，说她是工人。这位专家拍案而起：“如果有像陈晓兰这样的工人，那么我们这些专家就不必坐在这里论证了！”

在讨论光量子时，G 官员不准陈晓兰提石英玻璃输液器，因为它是药监局注册产品。陈晓兰只好讲氧加入生理盐水或葡萄溶液中会有化学反应。G 官员马上对生产厂家说：“陈医生对你们在盐水和葡萄溶液中加氧有意见，你们能不能在说明书上不加那些文字？不加就不加了。”似乎他是他们的老板。

陈晓兰接着说，用紫外光照也不对。

“那么把紫外光照射那部分的文字也改了。”G 官员说。

“G 官员，你这样讲就不对了。光量子就是由这些组成的。这就像一幢三层楼房，你不要一楼，也不要三楼，那么那幢三层楼房还存在吗?”陈晓兰不快地说。气氛顿时紧张了。

“陈医生，你打这个比方我听不懂。”G官员瞪着她说。气氛有点儿剑拔弩张了。

“是啊，你现在听不懂，回去琢磨琢磨就明白了。”她毫不让步地说。全场寂然，时光似乎凝固，不再流淌。那毕竟是高层的论证会，与会者见过的世面多了，沉寂很快就被划破。

“你不是有乳腺癌吗？为什么不用‘光量子’来治疗一下？你说它好，你自己不用让别人用，你只能诓人家，诓不了自己。”当一位专家大谈特谈光量子好时，陈晓兰忍不住质问道，流淌的时光又停顿了。

“她那癌症跟别人的不一样。”有人打圆场说。

“有什么不一样？癌就是癌，跟癌不一样那就是瘤了?”陈晓兰想，你不要耍花样，以为别人低能!

当论证光纤针时，G官员又喋喋不休地大讲光纤针效果如何好。

“你不是有糖尿病么？光纤针不是能治糖尿病么？你为什么就不试试呢?”陈晓兰质问道。

“哦哦，我不试，我不试。”G官员把脑袋摇得跟拨浪鼓似的说，在场的人都忍俊不禁了。

“你明知道那东西根本就没有疗效。你自己不用，却让全国的病人用!”陈晓兰一针见血地指出。G官员尴尬地闭上他的嘴巴。

她对国家药监局越来越不满，对郝和平这种欺上瞒下的作为越来越深恶痛绝。医疗器械司的职责是起草有关国家标准，拟订和修订医疗器械、卫生材料产品的行业标准、生产质量管理规范并监督实施；负责医疗器械产品的注册和监督管理；负责医疗器械生产企业许可的管理；负责医疗器械不良事件监测和再评价；认可医疗器械临床试验基地、检测机构、质量管理规范评审机构的资格；负责医疗器械审评专家库的管理；负责对医疗器械注册和质量相关问题的核实并提出处理意见等。陈晓兰怀疑郝和平等SFDA官员与医疗器械生产厂家、药品生产厂家有着千丝万缕的联系，甚至在某种程度上已形成利益的共同体。他们是故意不作为，利用相关条例的漏洞牟利。

一次，她对SFDA的一位副局长说，郝和平阳奉阴违，在监管上不作为。事后，SFDA的一位官员说："你老告郝司长的状，说他的坏话，这不对。要知道郝司长多次帮你的忙，开第二次光纤针的论证会时，你们上海的专家都攻击你，有人说你是工人。郝司长用手指叩着桌面说，你们不要这样评价陈晓兰，我们是用纳税人的钱请你们到北京来开会，要论证的就是陈晓兰提出来的问题。我接待过许多上访者，只有陈晓兰不是为自己，她没有私心，为的是病人利益。"

难道郝和平说她好，她就得说郝和平好吗？中国医疗改革20年，"光量子"泛滥了15年，老百姓的数以百亿的救命钱被它吞噬掉了，无数家庭被害得倾家荡产，家破人亡，这能说跟郝和平这位SFDA的审批大员、医疗器械司的司长没有关系吗？

"绝对的权力导致绝对的腐败。"陈晓兰总结的是，SFDA有100%的权力，却没有任何责任；卫生监督管理局有95%的权力，只有5%的责任；医疗保险局只有权力，而没有责任。这样怎么会不导致医疗腐败，医疗改革又怎么可能成功？

一次，陈晓兰去SFDA，经常接待她的官员大都不在。

"那几位去哪了？"她问一位熟悉的官员。

"有出国的，有去献血的。"那位年轻的官员说。

"那你怎么没去？"她奇怪地问。

"我才不去呢，那么脏。"官员说。

这句话犹如搬起石头砸在她的心，你们是监管医疗器械的权力机构啊，知道那些医疗器械脏，自己不去用，可是你们却眼睁睁地看着全国的病人用。我的爸爸妈妈用的就是这些脏的医疗器械啊。她的心碎了，泪流满面地走出SFDA的大楼。

她顶着寒冷的西北风，泪流满面地走在街上。从SFDA到旅馆只需10分钟的路程，她却转悠两个来小时。她伤心啊，委屈啊，打假应该是政府的行为，是你们 SFDA 的职责，是你们的不作为才导致假劣医疗器械泛滥成灾，才逼迫她这位医生下岗失业，耗七八年的宝贵时间去举报！她在没有工资，没有医保的情况下，为举报假劣医疗器械花去了近 10 万元钱。为节省几个钱，往返于京沪她尽量坐慢车，一次从北京回上海，她站到济南，脚肿得站不住了，狠狠心补了一张上铺，仅仅因为上铺便宜那么几元钱，年过半百的她要爬上爬下。她喜欢清洁和安静，刚进京上访时，她住的是 280 元的宾馆标准间，后来降到 100 元的普间，后来降为 30 元的地下室。

这次，她原打算在京待 3 天，没料到要找的官员出国了，她只好等了 10 天。带的盘缠越花越少，她只好天天啃馒头喝开水，甚至连 3 元钱的澡都不洗了。最后，只剩下买一张返程硬座票的钱了。可是，她一次次地跑北京，有多少次是有效的，是对那些官老爷那麻木、冷漠的心灵有所触动的？有多少次是无效的，是劳民伤财的呢？她的泪越流越多，脸颊涉得难受。她感到自己无法面对死去的父母和支持她的女儿，也无法面对自己，还有那些病人。眼泪哭干了，她回到旅馆。她不愿意让旅馆的老板知道自己哭了。那位老板听说她是为举报医疗腐败而进京的，对她非常照顾，30 元宿费只收她 20 元。

她举报的那些伪劣医疗器械，多数都是在药监局注册的，在产品鉴定书上有专家签名的。难道那些专家不学无术，还是药监局的官员被蒙骗了？

2005 年 6 月，SFDA 的局长被免职。7 月的一天，陈晓兰去 SFDA 时，一位官员欢欣地告诉她：郝和平因涉嫌商业受贿被刑拘。陈晓兰没有感到大快人心，而是感到了沉重。2001 至 2004 年，经 SFDA 注册的境内医疗器械产品平均每年高达 7 370 种。2004 年，美国食品和药品管理局仅批准了 52 种使用新技术的新医疗器械，公布了 3 365 种使用现有技术的医疗器械。在每年注册的 7 300 多种医疗器械中，哪怕其中仅有一两个伪劣产品，她就是一辈子也举报不完！

6 个月后，SFDA 的药品注册司司长曹文庄等官员被“双规”，随即被正式批捕。医疗器械注册和药品注册是 SFDA 的两大“主业”，随着两位行政审批大员的被捕，引发了一场地震。陈晓兰对北京市西城区检察院的检察官说，郝和平等贪官不仅是经济犯罪，更重要的是渎职！他们放弃国家和人民的利益，坑害了全国的百姓！

2005年9月5日，SFDA局长接待日，这次只接待陈晓兰一个人。一位副局长绕过长长的会议桌走过来，跟她握手，真诚地说："感谢你这8年来的坚持！"这是陈晓兰第9次参加SFDA局长接待日，也是她第32次赴北京反映医疗器械问题。这次她反映的是"静舒氧"的问题。

"静舒氧"这东西太有诱惑力了，就像一条传送带，这边放上它，那边就传过来一捆一捆的百元现钞。陈晓兰却把传送带割断，将"静舒氧"打入地狱。她冒着生命危险来到Y省。

她被一些人围困在医院……

陈晓兰第一次见到被称为"静舒氧"的东西，是在上海一家医院的高干病房。那是一个绿色的塑料小瓶，与之配套的是一根长长的针。据说这种东西很神，可以在呼吸系统之外，为病人"再架一条给氧通道"，"在病人输液的同时使氧气直接溶解到液体中，以溶解氧的形式直接供给组织利用，减轻组织缺氧，即内给氧，再配合吸氧，从而达到治疗各种缺血缺氧

陈晓兰向记者介绍"静舒氧"

性疾病的目的”。

陈晓兰的同学 L 的父亲接受的就是“静舒氧”治疗，在那次的 2 600 多元治疗费中，有 2 100 多元被它吃掉了。他是具有相当级别的离休干部，这些开销由国家买单。

L 和母亲都是医生，她们对“静舒氧”表示怀疑，请陈晓兰去看看。

“这肯定是个骗局。按生理学原理，氧气吸入人体与红细胞化学结合后，通过动脉和人体组织进行气体交换。氧气直接输入静脉怎么能提高血氧饱和度？高氧血在静脉里是否会引起血管壁氧化脆性？”陈晓兰说。

于是，L 跟护士长说，不要再给父亲使用“静舒氧”了。

“没事的，反正也不要你们出钱，给他用用也没关系。”护士长坚持要用。

“我去买瓶敌敌畏请你吃，你吃吗？我也不要你付钱。你肯定不吃，你知道有毒。可是，这种器械可能会对人体有害，你却非要给人家用。”陈晓兰气愤地说。

可是，“静舒氧”是经过上海医学会临床试用准入论证的，五位专家均同意准入，无一人不同意。陈晓兰在“静舒氧”的说明书上发现，那绿色塑料瓶子里充的根本不是什么氧气，而是洁净空气。可是，这洁净空气却比氧气还昂贵，一小瓶 37 元。

陈晓兰一次次赴京向 SFDA 反映，在她的不懈努力之下，2005 年，SFDA 终于下文严肃查处“静舒氧”。她以为这下“静舒氧”可以寿终正寝了，不能再坑骗病人了，没想到这时，她接到了 Y 省的医疗器械销售主管 S 的电话。

S 说：“如果不是你举报，在 2006 年全国每个病人在输液时都会挂上一瓶‘静舒氧’。你截断了那些人的财路，他们恨死你了。不过，我却认为你很伟大。”

“我没有你们想像那么伟大，我是一个很平凡的人，在不知深浅的时候，觉得是对的就跨了一步，没有去想跨出去的那只脚能不能站住，所以每一步都跨得挺艰辛。”她实事求是地说。

S说，他们给省里的两位主管官员20万元。可是，在论证会，七位专家却没有一人同意准入。他们原以为用20万元搞定那两个官员，让那官员把专家搞定。没想到，官员没把钱分给专家。专家也不过是聋子的耳朵——摆设。他们不签字“静舒氧”照样进入了Y省。他说，Y省的“静舒氧”除了7台之外，都是经他的手卖出去的，总共600多台。

他说，他早就知道“静舒氧”是骗人的。一次，他到下边给当地的官员和医院的头头送回扣，在那里见到一对年迈的村民。老太太患有心脏病，老汉好不容易凑了百八十元钱，陪着她去看病。结果，医生就给老太太开了两针“静舒氧”。老汉满怀悲凄地说：“70多元钱就扎这么两针，还不知道能不能治好，这针咋就这么金贵呢。”老头说着说着就老泪横流。老人的话像巴掌似的打在他的脸上，S转过脸去，哭了。这哪里是推销器械，这是在作伤天害理的勾当啊！他决心洗手不干了。

可是，“静舒氧”太具诱惑力，就像一条传送带，这边把它放上去，那边就传过来一捆一捆的百元现钞。厂家以每针6元钱的价格卖给他们，他们以每针23.17的价格卖给医院。他想，我不推销“静舒氧”别人也会推销。对那些病人来说，又会有什么不同呢？再说，我们这些人不从这些病人身上赚钱，从谁身上赚呢？于是，他又做了下去。

一天，在外地的母亲来电话说，她病了，在医院扎了几针，很贵。他问妈妈，那针是什么样的？妈妈说，有一个绿色的塑料瓶，还有一根长长的针……他立马明白了，那就是“静舒氧”。他叮嘱妈妈千万不要再扎那种针了。放下电话，他一拍大腿，真是报应！他推销的“静舒氧”用在了他妈妈的身上。后来，“静舒氧”给央视曝光了，他也就从医疗器械公司辞职了。

“Y省的一些地方还在用‘静舒氧’，尤其是C地区。不过，你千万不要来，他们跟黑社会有联系。”

可是，不去就没有证据，没证据就不能举报，不举报“静舒氧”就要继续坑害那里的病人！

2006年3月，陈晓兰来到Y省的省会，随同她前往的是央视的三位记者。

在宾馆入住后，她就给 S 打电话。他很快就过去了。她说，还有两位朋友，想一起聊聊。他说，不是两位，而是三位，你们一起来了四人，一位住在外边，两位跟你住在宾馆。入住后，你们调过一次房间。陈晓兰惊呆了，突然感到有点毛骨悚然。

“在这里，你不能出去，否则会有生命危险的。你在央视是露过脸，网上还有你的照片，他们会认出你来的。”

“可是，我又没伤害谁，我只想让病人不遭受伤害。我又不想得到任何好处……”她望着 S 说。

“谁拦了他们的财路，他们就要干掉谁。你千万不要去 C 地。”

可是，陈晓兰他们还是去了远离省城的 C 地区。他们昼伏夜出，一天，晚上出来吃饭时，突然陈晓兰心酸地说：“怎么那些造假、售假、用假的人变得光明正大，我却变得鬼头鬼脑的。”

在要回来的那天上午，他们去了一家医院。听说，他们在使用“静舒氧”，可是在医院转了好几圈儿也没见到。陈晓兰只好故意弄脏手，然后跟护士借肥皂，趁机查看护士的工作间。几个楼层都看过了，没有发现。在准备撤离时，她提出去跟医生打听一下。记者连忙阻拦，那样太危险了。她说，我们不能白来。

“我是从上海来的，想了解一下‘静舒氧’的情况，听说你们一直在用。”她走进医生的办公室，对一位医生说。

“我们医院这个月没有用。不过，上个月还在用。”那位医生很诚实地说。

“那么器械放到哪去了？”她问。

他带他们去找护士长，护士长又把他们带到办公室，从工作台下边取出三台“静舒氧”。央视的记者急忙进行拍照。

“你是哪的，销售公司的？”突然，护士长觉得有点不对头了，问陈晓兰。

“不是……”陈晓兰本可以哼哼哈哈搪塞过去的，可是她不会撒谎。

“那你们是干什么的？把拍完的带子都给我留下来！”护士长变脸了，说着掏出手机拨打了一通。片刻，从四面八方跑来很多人，把他们团团围了。

“你们不交出带子就别想出去！”他们凶狠地说。

这时，一位个头很高、穿着黑衣服的男子走进来，一眼盯住了陈晓兰。原来他是这所医院的设备科主任。

“我在前天的电视上见到过你。我已经通知供货商了，他们马上就到了……”

供货商来了，这意味着什么？

“你知道造假是违法行为，你通知他们来是什么目的？那样的话，我不仅要打 110 报警，还要给你们当地的药监局和卫生局打电话报案！”陈晓兰气愤地说。

那位主任有点害怕了，因为他们用的“静舒氧”不是从医疗器械采购部门购的，而是厂家直接送进医院的。这是违规的。

“到这里来的不是我们三个，外边还有一帮记者。我们事先约定，如果 11 点钟我们不出去，他们就要进来。”记者吓唬地说。

最后，那些人无奈地让开一条路，陈晓兰他们终于逃离医院，当天带着证据乘飞机返回上海。

尾　声

傍晚，上海嘉定公墓，碑碣如林，万籁俱寂，光阴恍若辍止。

陈晓兰坐在墓前，沉浸在手捧的书中。夕阳轻抚她憔悴而苍老的面容，在风儿的撩拨下，花白发根钻出来。夕阳带走了最后一道光线，她站起来，深情地望着眼前那两座墓：一座墓是爸爸的，一座是妈妈的。这里是她心灵的家园，每当心情烦躁时，她来陪父母坐一会儿，跟他们唠唠，在墓前读一会儿书。

她从来不给父母烧纸，只给他们读报读刊，将医疗领域的反腐败情况告诉他们，甚至将一些文章烧给他们。她知道他们最关心的是医疗界能否清除污染，让病人有一个安全的放心的医疗环境。

2006年，她获得央视“3.15质量先锋奖”。9年来，在她的举报下，7种伪劣医疗器械被禁用。可是，她也为此付出很大的代价。抗击医疗腐败，她呕心沥血，饱经风霜。过去她不仅比实际年龄年轻许多，而且长得也漂亮；如今她比实际年龄老许多，脸上过早地出现了老年斑，她越来越害怕照相和上镜头，自己看了都心酸。她经常夜以继日地写举报材料。一次，她想从电脑桌前站起来，突然感到心慌气短，绵软无力，摔倒在地，怎么也爬不起来。她打电话给一位同学。同学不在家，同学的丈夫焦急不安地说：“你千万不能去医院啊，有些医院和医生都恨死你了，别让他们再对你下黑手……”

“放心吧，我不会去医院的。如果我生病了，我就挺；挺不过去，我就死。我绝不能带着一身的药去西天，让女儿背下一身的债务……”

三年前，女儿在她的催促下结婚了。了却她一块心病，不用再为女儿的安全担忧了。

“妈妈，你的话女儿一直铭记在心：‘晓兰，病人不懂，你懂，你是医生，你要保护病人的权利。’女儿不遗余力去做了。爸爸妈妈，你们活着的时候女儿没有陪好你们，没有尽到女儿的孝心，总有一天女儿会来陪伴你们的，一直到地老天荒。”

她对女儿说，等妈妈死后，一定要让妈妈穿着白大褂离去，另外，把妈妈的执业医师证放在妈妈的身边。哪怕到另一个世界，她还想做个医生，一个真正的医生！

医疗腐败还存在，魔鬼还猖獗，天使还要战斗下去。

（原载《北京文学》2006年第6期，文中图片有少量调整）

以此文献给第20个世界艾滋病日

感动中国的桂西恩

叶　梅

中国，温暖的阳光，平原大地上盛开的牡丹花还没有凋谢，那是1999年初夏。人们后来才知道，有一位叫桂西恩的医学教授，当时所做的事情将会感动全中国。

那件事与亿万中国人生死攸关。

村子里没有狗，但有着一道道猜测或含着敌意的目光，年过六旬的桂西恩沿着高低不平的村道，走进了河南省上蔡县文楼村一户户村民的家，他用温和的笑容掩饰着内心的焦虑——从他已经掌握的血样来看，有一个可怕的事实已经不容怀疑：中国不仅存在艾滋病，而且已经出现了艾滋病村。

人类的发展是在与疾病瘟疫的抗争中进行的，中国人的历史同样如此。就看近期，明清时候，富庶的川蜀盆地曾因瘟疫流行而人死城空、老虎结伴爬上城头，朝廷不得不从江西湖广一带大量移民进川；上个世纪30年代，黄河花园口被扒开大堤，百姓流离失所而引起瘟疫蔓延，几十万灾民倒毙荒野，百里绝无人迹……这一切，对于专门从事地方病和传染病研究多年的桂西恩教授而言并不陌生。1981年，他赴美进修时，美国教授沉重地告诉他，人类又有了一种新型传染病——艾滋病，这种让人完全丧失免疫力并无法治疗的疾病，正在非洲和西方的某些地区悄悄流行，引起了人们巨大的恐慌。桂西恩警觉地听着，当得知它的传播途径之后，又有些释然，他说："在我的有生之年，中国不会有这种传染病，因为中国的传统道德与西方不同。"

1999年的初夏他惊诧地发现，那个结论错了。

最初是从一位进修医生那里听说，老家河南的村子里很多青壮年都得了一种怪病，发烧拉肚子，接二连三地死去。凭着医学家的敏感，桂西恩毫不犹豫地从自己工作的地方——武汉大学中南医院赶到了那个村子。第一次抽取了 11 个人的血样，带回来一化验，不禁大为震惊。

其中有 10 个是 HIV（艾滋病毒）携带者。

桂西恩坐卧不安，心急如火地向当地卫生部门作了报告："我担心我看到的是冰山一角，一个比血吸虫病更可怕的瘟神来到这个地区，必须采取紧急措施。"可是信发出以后没有得到他所期待的回音。

苦苦地等待，使那个炎热的夏季显得格外漫长。1999 年中秋，人们尽情赏月的当儿，忧心如焚的桂西恩带着三个学生悄悄地走进了文楼村。这次他们抽取了 140 份血样。结果是：一半以上的人呈阳性。也就是说，这个村子里至少有一半的人感染上了艾滋病，其中包括儿童。艾滋病——目前仍被视为人类最可怕的疾病，已在中国的中原地区爆发。

这是一个让中国人震惊而又痛苦的发现。

但在当时，最震惊最痛苦的人还是桂西恩。

一位母亲带着她的小女儿走来了，那是一个漂亮的女孩儿，天真无邪的笑靥像花儿一样开放。一堆村民围着桂西恩，急不可待又饱含恐惧地领取自己的血样化验结果，母亲一直等着众人散去，才步履迟缓地走到桂西恩跟前。

桂西恩手里拿着这母女俩的化验结果，感觉自己正向地狱沉落，但他是医生，他不能不说真话。他轻轻的，轻得像是只有自己才能听见……可那位母亲却分明是遭了雷击，轰的一下跪倒在地："救救我的孩子——她才 5 岁呀！她没有做过任何错事……如果我死了，她的病能好，那让我现在就死吧……"

桂西恩热泪纵横。桂西恩想说，如果能以死换回孩子的生命，那么他也愿意去死。那会儿在青海，正是三年自然灾害，满山遍野找不着吃的，村民们面黄肌瘦，政府派出救助医疗队，1960 年毕业于武汉大学医学院后志愿来到青海的桂西恩就在那队伍里。他给所发的药取名叫"糖酥药丸子”，说是药，实际上就是三种成分，红糖酥油加面粉。那药丸救了好多人的命，可不满两岁的孩子吃了还是站不起来，在妈妈肚子里营养就不够，只能满地上爬。桂西恩从书上得知血液注射可以刺激肌肉生长，于是他就抽了血。

他抽的是自己的血。一管一管殷红的热血，汩汩地流进那些个不知姓名的孩子身上，红润了他们的小脸，滋养了他们的筋骨。哪怕自己一米八的个子东倒西歪，哪怕脸色苍白气喘吁吁，可还是一管一管地往外抽，他是O型血，他没有病，他得救那些孩子！

我以我血荐轩辕。可是现在，他桂西恩仅靠鲜血救不了文楼村的村民，就是把自己的血抽干也无济于事。他要做的是以一个知识分子的良知，以一颗天使般的心灵向瘟神开战，还有——向与科学相悖的愚昧无知开战。

学者桂西恩住在文楼村附近20块钱一夜的小旅馆里，很有些像是当年的“地下工作者”，用个别接头的方式，将一个个病人接到旅馆里诊疗，搜集各种数据。进展异常艰难。驱赶的人来了一拨又一拨，旅馆换了一家又一家。有人对桂西恩说：“你一个湖北的医生管到别省来做什么呢？”桂西恩苦笑着说：“艾滋病是不分国界的，哪还能分什么省界？”

那天，又一位艾滋病人死了。桂西恩赶到死者的轿子前，征得同意，想拍张照片。但刚按下快门，旁边闪出一个人来，厉声喝道：“你想干什么？”桂西恩的学生连忙解释说：“我们的导师想做个资料。”

上来一个乡长，拿过桂西恩的身份证、工作证看了又看，训斥说：“亏你还是个教授，你懂不懂法律？谁让你来这里的？”桂西恩无言以答，因为他一直就没有得到过当地的欢迎。

乡长一挥手，上来几个人就对着桂西恩的学生拳打脚踢。这比打在他身上更让他心痛，他颤巍巍地上前拉住他们的手，喊道：“你们别打了，我把相机和胶卷都给你们，好吗？”学生呼叫着：“教授，你不能给！”可桂西恩没有别的办法，虽然相机里都是他视之为生命的宝贵资料。

等那些人停下手后，他又低三下四地说好话，说我错了。但我是医生，要治病救人，想取得一些学术资料！请不要毁了胶卷，我谢谢你们……他脸色憔悴，但双眼却清澈，充满诚挚和善良。那位乡长被打动了，沉默着将相机和胶卷递还到桂西恩手里。头发花白的桂西恩朝着他，深深地鞠了一躬。

这一躬让那个男人不禁连连后退。这文楼村里天天都在死人，有时一天死上七八个，多得都哭不出眼泪来了，而这个人为什么偏要呆在这灾难之乡，分文不取地为素不相识的人做这做那呢？乡长和抬轿人呆呆地站在那里，看着夕阳下的乡道上，桂西恩与他的学生步履蹒跚的背影，一种说不出的灵光在他们周围升腾。

是的，在桂西恩的心目中，个人的痛苦和得失早已置之度外。为了受苦受难的病人，他不下地狱谁下地狱？他饱含的是一种大爱，对人类对生命的大爱。

村民只知道这是一位远道而来的医生，一位没什么钱的医生，60 多岁的人了挤在乡下人坐的长途车上来来去去，吃的是馒头喝的是凉水，比老百姓还节俭。村民却不知道这医生出身于书香人家，父母都是武汉大学的著名教授，家族中有一大半人在海外；更不知道这医生几十年从事地方病和传染病的临床、科研和教学工作，早已取得卓越成就，多次获得全国、全军科技进步奖励，被评为全国卫生系统优秀留学人员、模范工作者、先进个人和全国优秀教师。

年轻时，桂西恩是一个英俊的男人，他个子高高的，穿着藏袍骑马挎枪，模样十分潇洒。他在青海整整工作了 16 年，青海人至今记得这位好“门巴”。而在文楼村，老百姓给了他另外一个名字：白求恩。

他太像白求恩了。

自那个难忘的夏天开始，桂西恩将近 20 次去河南，为不计其数的艾滋病高危人群检测治疗。所有往返的路费住宿费，全是自己掏的腰包，连好些病人的治疗费用也都是他付的。病人大多家庭贫困，桂西恩不管踏进哪家的门，总要留下一些钱救急。一位大妈说：“我家两年收麦子的钱都是白求恩给的。”还有一家，儿子媳妇和老伴都死了，只剩一位老人和几个孙子。桂西恩带着那几个孩子走进文具店，让他们“想要什么就买什么”。孩子们盯着复读机眼睛发亮却不敢开口，细心的桂西恩看了出来，二话没说就掏钱买了。老人和孩子捧着复读机，直抹眼泪。还有当地政府，一位县长内疚地说：“我们经历了隐瞒、认识和主动争取治疗的过程，桂教授看我们县资金困难，给我们寄来 1 万元，那全是他个人的钱。”……这样的事桂西恩做得太多，做过也就忘了，但乡亲却都记在了心里。

2004 年 2 月，欧洲银行家马丁 · 哥顿来到中国武汉市，将 2003 年度艾滋病预防的国际最高奖“贝利 · 马丁”奖颁给了桂西恩，而桂西恩当场宣布将 5 000 美金奖金全部捐献，用做艾滋病防治。当媒体执意要采访他时，桂西恩说：“我不缺钱用。”他又反问：“人要那么多钱做什么呢？巴尔扎克在《人间喜剧》里写过一句话：没有一个作家能够写尽金钱的罪恶。把钱看得太重就会引起罪恶，那些收购人血引起艾滋病流行的人不就是把钱看得太重吗？”

不缺钱的桂西恩过着什么样的日子呢？他的简朴让那些走进他家的贫困病人都暗暗吃惊：陈旧的家具和电器，没有装修过的水泥地和门窗，连电灯的开关都还用着拉绳……一位叫程金的病人离开桂西恩的家时，将别人捐给他的一件新衬衫塞到了枕头底下，留下一张字条：桂教授，你比我更需要它，你穿得不比我好。

五位文楼村的病人是桂西恩请到武汉来检查治疗的。一开始住进了医院的招待所，可周围住户得知以后，情绪激动地将招待所围了起来，有人还写了一封措辞强烈的信，坚决要求这些病人离开。桂西恩无法指责人们对艾滋病的恐慌，但他实在不想让病人们白来一趟，他回到家里，跟妻子商量了几分钟，做出了一个石破天惊的决定，将那几位病人领进了家门。

人们惊呆了。可这一幕幕就发生在眼前，桂西恩和夫人亲手铺好了一张张温暖的床，他们同吃一桌饭。而后的一些天，桂夫人回到家里就给他们做饭，桂夫人也是教授，白皙的手将一碗碗饭菜端到得了病的乡下人手里，然后自己也坐下来，静静地陪着。

好人啊！

很多人到现在都不理解，怎么敢？把艾滋病患者请到家里？那是家里呀！桂西恩说，并不是我特意要请他们到家里，而是他们没有别的地方可去！他们是我的病人，是我的朋友！

朋友。这些备受病痛折磨和社会冷眼相待的病人，在桂西恩的心里是朋友。

他的手机不对记者不对官员，可是有 500 多位艾滋病人跟他却是热线联系，只要他们一声召唤，桂西恩就是半夜三更也要接听。

2005 年底，美国《时代》周刊选出了全球 18 名医疗英雄。

人类有许多必须共同面对的问题。就在这年就有南亚地震及海啸、第三世界的饥饿、飓风“卡特里娜”以及笼罩全球的禽流感……在与这些苦难的较量中，产生了一个个英雄：在乌干达送医送药的有心人；在柬埔寨难民营对抗肺结核的生还者；在洪都拉斯教导母亲卫生的营养师；潜入缅甸照顾当地村民的“背包医生”……这些英雄为无数徘徊于生死边缘的人送去温暖。

而桂西恩，正是其中的一位。

1999 年那个让人震惊而又痛苦的发现，经过桂西恩的报告，引起了中国政府和全社会的高度重视，把防治艾滋病摆到一个十分重要的位置。随后几年里，文楼村和其他地方的艾滋病患者得到了政府的免费治疗和经济救助。河南共投入经费达到 12 亿元，建立 HIV 初筛实验室 494 个，确认实验室 235 个，救助病人及家属近 10 万人。这片曾被瘟神的阴影笼罩的古老土地重新回到了阳光下，那些绝望的人在阳光下绽开了笑脸。

东湖之滨，桂西恩教学的武汉大学成为训练全国治疗艾滋病医生的中心，桂西恩的研究不断向一个个新的领域深入。

国务院总理温家宝走进了桂西恩那简陋的家，他坐了下来，环视着文楼村人也曾环视过的一切，眼里流露出缕缕温情：“我在电视上看到你的事迹，很感动。”

桂西恩说：“我只是尽了一个医务工作者的职责。”

为了病人，他几乎放弃了一切，财富、享受，甚至爱好。他曾经那么喜欢游泳、打猎、骑自行车，还有音乐、文学。年轻时曾从武汉骑自行车一路奔到南京，也曾打算写写散文小说什么的，可因为忙都逐渐淡化了。近年来他的身体也不如从前，有一次或许是太累了，昏倒在洗手间里，可他一会儿也没休息，打着点滴还是继续给病人看病。对他来说，时间是那样的宝贵，简直就是在赛跑，多工作一分钟，或许就能多救一个人的性命。

2004 年，桂西恩被中央电视台评为“感动中国的十大人物”。曾获诺贝尔和平奖的印度人英·甘地说：“英雄体现着人类最高的道德水平，他吸收了人类过去最美好的一切，他是通过自己一生的实践来形成自己的思想的。”桂西恩对于人生的理解，远远超越了自我的狭小世界，他将人类的幸福作为一生追求的目标。我们可以仔细地品味另一位伟人的话：他是一个高尚的人，一个纯粹的人，一个真正脱离了低级趣味的人，一个有益于人民的人。桂西恩与这段话是如此贴切，他是我们这个时代真正的英雄。

（原载《光明日报》2007 年 12 月 10 日）

木棉花开

李春雷

从公元 1978 年到 2008 年，30 年的时间，不过是历史长河中的一滴水，却融尽了中国改革开放的潮起潮落，风云激荡。

总有那么一些人，站在时代大潮的最尖端，以敢为天下先的胆识和智慧中流击水，成为这个时代的开拓者和先行者。30 年虽短，却已经凝固成为了历史，而这些人的名字，还有他们的故事，就像一枚枚恒久的钻石，将会在时空的深入闪烁出耀眼的光芒，成为这个民族永不磨灭的宝贵回忆。

木棉花开，南国正红，岭南大地永均匀记得这样一个名字——任仲夷。

——编者

到广东上任的时候，他已经 66 岁了。面皱如核桃，发白如秋草，牙齿大多脱落了，满嘴尽是赝品。心脏早搏，时时伴有杂音，胆囊也隐隐作痛。但他显然还没有服老，1.71 米的个头，80 公斤的体重，敦敦实实，走起路来，风风火火，踩得地球“咚咚”直响。

省委门口有一个副食店，每天凌晨 3 点钟，黑黝黝的寒风中，市民们揣着鱼票、油票、糖票等花花绿绿的票证，开始在这里排队抢购。什么物资都缺，广东产鱼，广东人更喜欢吃鱼，可市民们每人每月只有 0.5 元的鱼票，还不能保证供应。副食店 7 点 30 分才开门营业，买鱼的队伍长长的，比鱼还多。排在前面的阿公阿婆太困了，要回家再睡一觉，就放下一个替身：一把凳子，一顶帽子，或者一个菜篮子……

几天后的一个傍晚，他又来到了深圳的文锦渡口。放眼望去，河对岸就是英国政府租管的香港，高楼大厦，灯火璀璨。而自己这边呢，黑灯瞎火，四野无声。

就在一年前，这里曾经发生了一起震惊全国的大逃港事件。十多万饥民扶老携幼，面对着荷枪实弹的边防军，冒死闯关，出逃香港。一位村党支部书记向着黑压压的人群哭喊："跟我回去！跟我回去！"因为跑过界河的人群中，还有他患难的妻子。但隔着界河抛过来的却是一句比石头还要生硬冰冷的诅咒："死了以后骨灰都不要吹回这边来！"……

黑格尔在他那个时代曾经称中国历来就是一个"灾荒之国"，亚当·斯密则认为中国下层农民的生活状况，比欧洲的乞丐还要凄惨。

枯黄的秋风吹乱了他的满头白发和满心愁雾。

这一顶白发，这一腔愁雾，就是1980年11月的中共广东省委第一书记任仲夷。

疯狂的年代过去了，苦难的中国终于找到了自己的轨道，而濒临香港、澳门和台湾的广东省还是一片低地。长期以来的战争思维，国家在这里基本上没有工业项目投资；交通更是落后，京广铁路在广东境内竟然全是单行线。从广州到珠海、深圳，中间都要转乘四、五次轮渡，需要花费一天的时间；农业也不行啊，是全国最大的缺粮省份，虽然国家每年都要调进5亿公斤，但仍是饥肠辘辘，路人相闻。1979年全省工农业生产总值人均只有520元，远远低于全国平均数字636元。还有一个数字更让粤人汗颜，偌大的广东省，面积是香港的200倍，而每年的创汇总量却不足人家的十分之一。与台湾相比，更是无法同日而语。

台湾海峡对岸的蒋经国一直在宣称，让共产党划给他两个省，看看国民党的治理水平。香港、澳门也像两颗复杂的眼睛，在冷眼观望着这一片沉浮未定的大陆。

也许正是这诸多的原因，中央政府才下决心在广东试办经济特区，先行一步。于是，就选派了他。

应该说，在共产党的高级干部里，任仲夷是一位少有的既懂政治又懂经济的通才。青年时代他在中国大学攻读的专业就是政治经济学；抗战时期，他就主编了党内第一本《政治经济学》教材；建国后长期担任黑龙江省委书记，他的政绩至今仍活跃在松花江畔；主政辽宁三年，这个“文化大革命”的重灾区不仅政局平稳，经济发展更跃至全国三甲之列。

可他毕竟已经年近古稀，又是第一次来广东，这一片土地，能接受他吗？

省委大院里植满了榕树，这南国的“公民”，站在温润的海风中，悬挂着毛毛茸茸、长长短短的胡须，苍老却又年轻，很像此时的他。

但他似乎更喜欢木棉树，高大挺拔，苍劲有力。忽地一夜春风，千树万树骤然迸开，那硕大丰腴的花瓣红彤彤的，恰似一团团灼灼燃烧的火焰，又如年轻威武的丈夫，用刚健的臂膀挽着娇美的新娘，虽然来去匆匆，却也轰轰烈烈……

他的血液像珠江一样奔腾起来。

他摸了摸满头秋草，似乎那是蓬蓬勃勃的南国春芽……

查阅中国统计年鉴：1978 年广东省的经济总量为 185 亿元，列全国第 23 位。可仅仅到任仲夷离任的 1985 年，广东已经赫然位居榜首。短短的几年时间，这是一个怎样超常规的跨越！

20 多年后，回味那一场不太遥远的过去，好多故事仍然令人瞠目结舌，不可思议。

放开物价、市场经济、私营企业、出让土地、政企分离、股份制、外资银行……在那个严格的计划经济体制年代里，这一切都无异于玩火弄险，又无异于雾中疾行，而路途中又是一个个隐蔽的雷区，随时都有可能被炸得人仰马翻……

2007 年 8 月，我应邀到广州采访丰田汽车公司，晚上和广东作家吴东峰、鲍十诸位喝茶，聊及广东经济已超越香港、新加坡和台湾时，话题自然而然地谈到了已故的任仲夷先生。吴东峰兄感叹道，任仲夷是广东的恩公，实在应该写一笔。此时，窗外桂兰氤氲，室内茶香浓浓。我心内猛然一顿，似乎感应到了一个使命的召唤。

在哈尔滨，我曾听到关于他亲手研制和推广冰灯的传说，那里的人们至今仍然尊称他为“冰灯之父”；我也去过辽宁，他冒险为烈女张志新平反的故事更是妇孺皆知。其实，在座各位并不知晓，我与任仲夷本是同乡，相距不过百里，他的传奇在我们冀南一带也早已广为流传。

于是，年底的时候，我再次赶到羊城，开始了有关任仲夷的采访。

很多广东人至今仍能清晰地记得当年的“鱼骨天线”风波。

经济状况稍稍好转，广东沿海地区的不少家庭开始有了黑白电视。可有了电视却没有可看的节目，大陆电视台节目频道少，信号不稳，且播出时间太短。很快，不知谁发现了一个好看处，那就是香港电视节目，只需要一根带有放大器的鱼骨架形天线，用竹竿伸进天空，指向东南方向就可以直接收看。于是，美味的食品，漂亮的服饰，欢快的主持人，批评总督的辩论，自卖自夸的广告，还有邓丽君的情歌，恋人的拥抱和接吻……哇，香港人竟然是这样生活的！资本主义社会原来就是这般模样？

一时间，家家户户效仿，很快就普及到了整个珠江三角洲。连广州市的高高矮矮的楼顶上也发豆芽般地长出了密密麻麻的鱼骨天线，像向日葵一样，仰望东南方向。

当时正值全国舆论开始猛烈围攻广东的时候，“鱼骨天线”事件不啻是火上浇油，再次引爆了海潮般的谴责声，又赶上中央主抓意识形态的负责人正在酝酿发动“排除精神污染”活动，广东更成了众矢之的。

“香港电视每分每秒都在放毒！”

“广州已经香港化了！”

高层某领导公开批评：“广东变修了，变烂了！”有关部门更将此定性为“反动宣传”，必须“坚决打击，依法严惩”。不少内地城市甚至打出了“反对广州的精神污染”的标语。

“资本主义道路”和“社会主义道路”属于意识形态的高压线，是当时最敏感的政治问题。迫于压力，广东省委、省政府紧急制订措施，严禁收看香港电视，对违反的党员干部进行严厉处分，并严令各地派出工作组，甚至动用消防车逐村逐户地强行拆除。特别是每每有中央领导人莅临广州，位于某地的一个大功率干扰电台就会施放出强烈的干扰信号，使整个珠三角地区的电视屏幕里飘满茫茫大雪。

老百姓竟然想出了一个当年对付日本鬼子的办法：空舍清野。工作组未进村，消防车刚出动，家家户户的“鱼骨天线”就快速地撤下来，夜幕降临之后，再悄悄地送上屋顶，当地人称之为“晚上升旗，早晨降旗”。有的党员干部家庭被查到了，也有解释：“孩子老婆不是党员，他们觉悟低，是他们看的。”无法处分，只能收缴。但仅仅是在当天晚上，另一架鱼骨头就伴随着咒骂声再一次升上了天空。

群众怨声如蝉鸣蛙鼓，鱼骨天线似春树满山。于是，全省各地的数百辆红色消防车，像热锅上的蚂蚁，四处出击，疲于奔命，焦头烂额，各地收缴的鱼骨天线像柴垛一样堆成了小山，又成吨成吨地卖给了炼钢厂。

外商们意见更大。此时，佛山、南海、江门、中山、顺德、东莞和惠州一带的“三资企业”正在渐成气候，无数的港、澳、台客商及东南亚华侨资本如过江之鲫，纷纷来穗试水。他们都在驻足观望：连香港电视也不让看，还算什么经济特区？我们的生意怎么做？我们的信息哪里来？我们的娱乐何处寻？

鱼骨天线，恰如鱼骨在喉，顿时成为任仲夷最为棘手的火辣辣的难题。

广东省委宣传部原副部长张作彬告诉我，当时的省委真是左右为难，中央三令五申，严禁收看，坚决拆除，而城乡群众怨声载道，情绪激烈。长期下去，不仅进一步激化干群矛盾，而且将严重影响外资的进入。任仲夷苦思许久，终于下定了决心。一天，他打电话把张作彬找去，给他布置了一个特殊的任务。

1983 年 5 月上旬的一天，张作彬带着两名干事，悄悄赶到深圳，住进了临近香港的一家旅馆里，专门找了一台信号清晰的电视机，三天三夜没睡囫囵觉，把香港电视所有的节目一一记录下来，并写出了一份调查报告，交给了任仲夷。报告中分析，香港两家电视台的电视剧和综艺节目，是为了迎合一般香港市民的口味而设计的，比起还处于起步阶段的大陆电视剧和文艺节目，自然具有较大的吸引力。而知识分子喜欢的是香港电视台快捷的新闻，尤其是那些转自 CNN、BBC 的快讯，中央电视台要么没有，要么隔一天才能看到。低俗无聊的节目时有所见，而黄色和反动的宣传几乎没有。

几天之后的一个上午，任仲夷来到省委宣传部，召集宣传文化系统负责人开会，正式表明了自己的看法和意见。

采访时，我想方设法找到了这份当年记录的讲话稿。

在这份约 5 000 字的讲话里，他主要谈了两个问题。一是不提倡看香港电视，要与中央保持一致。第二就是要千方百计办好自己的广播电视节目，丰富群众的文娱生活。

正是在这个讲话里，他第一次提出了那个著名的观点："排污不排外。"自觉排污是必要的、明智的，但决不能因噎废食，笼统地反对一切外来思想文化，盲目排外是错误的，愚蠢的。排污要分清界限，要排真正的污，对资本主义国家先进的科学技术和优秀的文化成果，我们不仅不能排斥，还应当积极地吸收借鉴。

在整篇讲话里，对于拆除鱼骨天线和干扰香港频道，他只字未提。

就在此后的不长时间，中共中央总书记胡耀邦来到广州，住进了珠岛宾馆。按照惯例，服务员把他房间电视的香港频道全部锁闭了。任仲夷发现后，马上吩咐把所有的电视频道全部打印出来，放在电视机旁边，方便客人选择收看。

连续几天，胡耀邦始终没有提什么意见。

从此之后，香港电视在任仲夷的任期内再也没有受到强行干扰，鱼骨天线也成了南粤大地一道独特的风景，在悄悄地却是猛烈地发酵着传统的岭南意识……

正是这个时候，发酵的珠江三角洲像一个硕大无朋的香喷喷的蛋糕，依靠毗邻港澳的独特地理优势和侨乡众多的人文优势，以较低的土地价格和充足的廉价劳动力吸引了大量外资的直接进入，尤其吸引了港澳台制造业的大规模转移，以"三来一补"（来料加工、来样制作、来件装配、补偿贸易）为主要贸易形式的外向型企业迅速遍布城乡，如春风野火，熊熊燎原，形成了星河般繁密的群落，掀起了中国改革开放之后的第一轮经济大潮……

搬掉罗湖山，填平罗湖洼地，是深圳特区建设的第一项大工程。可刚刚开工，就遇到了种种人为难题，任仲夷不得不亲临现场融通。

正是从这个问题中，他又发现了一个更大的问题：特区的领导班子不够协调，靠这个班子打不开局面，更别说“杀出一条血路”了。经与刘田夫、梁灵光、吴南生等人协商后，决定马上动手调整。

经过多方考察后，他认定省委常委、广州市委第二书记梁湘是最佳人选。

身材魁梧的梁湘是军人出身，建国之前即随叶剑英南下接管广州，他不仅是一位具有开拓精神的实干家，还十分熟悉城市管理和经济工作，更重要的是，他身上充溢着一种饱满的理想主义激情。

但 62 岁的梁湘毕竟是一位老资格的省级干部了，而且性情刚烈如火。他明确表示不去深圳，愿意继续留任广州。

反复谈话，梁湘仍然不情愿。不少资料在叙述这一段历史时，都记载了一个相同的情节：梁湘曾为此与习仲勋大吵一架。这应是笔误或者是以讹传讹，因为习仲勋此时早已离开广东工作。如果有此事，吵架的对象应是任仲夷。这的确是一个颇具戏剧性且无比珍贵的文学细节，只是缺少鲜活文字的详细描述。采访时，我曾刻意搜寻，但因为两位当事人俱已作古，当时无人在场，笔者又不能妄自虚构，所以只好望风而叹了。

不过，任仲夷并没有轻易放弃，他再一次地约见了梁湘。

这一次的谈话，他的秘书琚立明正好值班。那是 1981 年 1 月的一天晚上，心事重重的梁湘步履蹒跚地走进了任仲夷的办公室，这可以从他的满脸愁云里看得出来，也可以从他上楼时拖沓迟缓的脚步声中听得出来。任仲夷微笑着从座位上走出来，与梁湘握手后，又亲自为他沏了一杯热茶，而后就随意地坐在了旁边的一把竹制躺椅上。

据琚立明回忆，一直到凌晨时分，任仲夷办公室的门才缓缓打开。他进去的时候，两人的正式谈话已经结束，原本诙谐幽默的梁湘又回复了本性，他似乎刚刚讲了一个广州时下流行的笑话，任仲夷猛然“哈哈”大笑起来。他仰躺在竹椅里，一前一后地晃悠着。雪亮的灯光下，浑圆的银白色的笑声在四壁间清脆地撞击着、回响着，他头上的丝丝白发也仿佛是一绺绺导电的钨丝，在闪烁着明晃晃的光泽。

1981 年 2 月，梁湘慷慨赴任。

随后，任仲夷又从各地选调一批专业对口、德才兼备的精锐干部，为深圳特区打造了一个特别能战斗的领导班子。

从此之后，深圳特区建设踏入快车道，开始上演一幕幕惊天活剧！

但是，一切都在试验探索，樊篱重重，荆棘遍野，跨越常规，冲破体制，特事特办，很多创举连最高决策层也无法表态，这就使得深圳的道路显得格外地血腥和惊险。

1982 年春天，深圳市政府与外商合资开发土地，并出台了相关地方法规。一时间，舆论如鞭似刀，黑云压城，“深圳除了九龙关门口仍挂着五星红旗，一切都已经资本主义了”，“姓梁的把国土主权卖给了外国人，是卖国贼”……正在这时，中央针对广东开展了大规模的反走私斗争，而深圳又深陷其中。更让人惊骇的是，有关部门还专门下发了一个白头文件《旧中国租界的由来》，直接针对深圳，使得政治气氛骤然紧张！在高层会议上，有人甚至声言“要收回失地”，“要杀一批头”……

向来敢说敢干、敢冒风险的硬汉梁湘此时也胆怯了，常常紧锁双眉，沉默不语，缓缓踱步，狠狠抽烟。

梁湘当年的秘书邹旭东清清楚楚地记得，就在这气氛最为肃杀的一个多月里，平时很少亲临的任仲夷竟然连续三次来到深圳，时间分别是 2 月 2 日、2 月 18 日和 3 月 6 日。每次到来后，除与市委领导班子全体成员见面外，重点就是与梁湘谈话。最后一次谈话是在任仲夷下榻的宾馆房间里，关着门，吩咐谁也不许打扰，一直谈了 3 个小时。两人谈了什么内容，谁也不知道，但送别任仲夷时的场面大家都印象深刻：两人紧紧握手，相视无言，一个笑靥如菊，一个满面春风。

从此之后，梁湘如释重负，依然故我。

地球人都知道，正是在这短短的几年时间内，深圳以她特有的“深圳速度”，从一片偏僻的小渔港蜕变成为一座繁茂的大都市，成为面向世界的最靓丽的东方形象……

几年后，67 岁的梁湘悄然卸任。站在市府大楼门口，面对着近千名依依不舍的深圳人，他满眼泪花，哽咽着说：“如果我必须生一千次，我愿意生在这个地方；如果我必须死一千次，我也愿意死在这个地方！”那一天阴云密布，电闪雷鸣，但所有的人都黯然不动，任凭冷雨浇淋。梁湘汪然出涕，猛地扔掉雨伞，双手抱拳，大声鸣誓：“我在此先立下遗嘱：死后骨灰安葬在梧桐山上！”说到这里，闻者无不泪流滂沱，嚎啕失声。

历史已经证明，梁湘是这座城市的英雄！而成就梁湘的正是任仲夷！

他们之间肯定有着太多的故事和秘密，只是可惜无法探知了。但有一个细节让我感慨不已：多年以后，梁湘病重，八十多岁的任仲夷不顾年老体衰，多次亲趋探望。病危通知书下达之时，任仲夷正在医院输液，听到消息后，他马上拔掉针头，执意让家人搀扶着，赶到病房，紧紧握住梁湘的手，无语凝咽，老泪纵横……

在采访中，我还听到一个任仲夷和袁庚的故事。

深圳腾飞的同时，位于其西部一隅的蛇口工业区也以惊世骇俗之举引起社会瞩目。蛇口工业区隶属于国家交通部，管委会主任袁庚也是一位老干部，曾任中国驻印尼雅加达总领事馆领事、交通部招商局常务副总经理，此人有胆有识，敢作敢为。任仲夷经过多方考察后，深知此人是一个不可多得的干才，考虑到特区工作过于繁重，而梁湘又身兼两职，便以省委的名义向中央推荐袁庚拟任副省长兼深圳市市长。中央组织部经过相关程序后，同意省委意见，并颁布了任命。

可是，出乎所有人意料的是，袁庚竟然拒不赴任。他表示蛇口的改革试验刚刚全面启动，自己不愿离开。另一个原因是自己与梁湘性格相近，一山二虎，恐生矛盾。更主要的是本人无意为官，决心为中国的经济改革和政治改革作一些实质性的探索。

任仲夷经过慎重考虑后，理解并同意了袁庚的请求。后来又反复向中组部解释，最终收回成命。

不久之后，任仲夷主持省委常委会，专门为蛇口工业区制定了一个"31 号文件"，赋予四大特权，使之成为中国大陆上第一个真正实现政企分离的企业，为袁庚的改革扫平了道路。果然，蛇口很快便成为中国最先锋也是最鲜亮的"改革试管"。

如果说深圳是中国改革开放的皇冠，那么蛇口就是这顶皇冠上的明珠。

深圳和蛇口，梁湘和袁庚，相互避让，相得益彰，成为一段历史佳话。

那一年，青涩男孩郑炎潮还是华南师范大学的一位在读研究生，专业是经济学。

这时候，他用自己的眼睛惊奇地发现了一个天大的秘密：马克思经典著作与广东现实之间竟然存在着尖锐的矛盾！

按照马克思《资本论》中的界定，个体经济的雇工不能超过 8 人，超过这个数目就不是普通的个体经济，而是资本主义经济，其性质是资本家剥削。根据这个论断，国家对个体经济的帮工和学徒数目进行了明确规定，不允许超过雇工 8 人的个体经济存在和发展。但是，广州的现实情况却是大相径庭，几百年通商口岸的历史在这里积淀了丰厚的经商传统，政治气候稍稍回暖，以手工业者和小商贩等为代表的中国第一代个体户已在街头巷尾星火重燃。特别是近年来，随着与港、澳地区联系的增多和外资企业的逐渐进入，以服装、皮具、电器、餐饮等行业为主的大量家庭作坊和私营工厂的规模越来越大，雇工数目何止 8 人，有的已经突破 80 人，甚至 800 人。这是一种什么性质的经济呢？他们都是新兴的资本家吗？

此时，"私"字在中国还是一个让人谈虎色变的名词，官方理论界仍然坚持马克思的说法，言辞很是霸权，甚至杀气腾腾。他们说，个体企业的再扩大就是私营化，而私营化就是私有制，私有制就是地地道道的资本主义经济，允许私有制经济发展，中国就是走资本主义道路。正在这时，

1981 年 12 月 30 日，国务院又出台了严格控制农村劳动力进城务工的规定，舆论界蔑视其为“盲流”。

面对这种现状，郑炎潮很是担心，但这个课题却又强烈地吸引着他。于是，这个初生牛犊不怕虎的研究生在毕业论文里悄悄地列出一章，开始专门探讨。他走街穿巷，对广州市超过 8 个雇工的个体企业进行了大量调查，为这种新兴的经济形式定义了一个名字：“社会主义初级阶段的私营经济。”无疑，这个概念太敏感、太越轨了。论文答辩前夕，导师明确告诉他，这一章必须放弃，如不放弃，答辩肯定不能过关，他也不能毕业，更分配不了工作。

郑炎潮很迷茫，很痛苦，也很不甘心。这时候，他偶然听到一则消息：省委第一书记任仲夷很重视个体经济的发展，最近曾要求广东学术界专门研究这个问题。于是，1982 年 5 月的一天，他突发奇想，把这一敏感的章节单独抽出来，买了一张 8 分钱邮票，用平信寄了出去。

让他做梦也没有想到的是，仅仅几天之后，任仲夷的电话就来了。

任仲夷的电话是亲自打给学校研究生院办公室的，说要找小郑。办公室人员根本没想到对方就是省委第一书记，说小郑不在，有什么事我们转告吧。任仲夷说这个事可没法转告，我要和小郑本人见面谈谈。于是就留下了一个电话号码，让郑炎潮晚上与他联系。

那一天晚上，这个平时羞与人言的农家小伙子忐忐忑忑地拨通了省委第一书记办公室的电话。

“您是任书记吧？”

“是啊。”

“我是郑炎潮，您打电话找我吗？”

“是啊，我打电话找不到你呀。”

“您有什么事吗？”

“你的论文，我收到了，感觉非常好，我想约你谈谈这个事，你有没有时间来？”

“好啊，我也想请教您啊。”

“明天来吧，怎么样？我接你过来。”

“不用接，不用接，我自己坐车就行了，我知道您在省委。”

“你不用自己来，我派车接你。是我请你的嘛，怎么能让你自己来？”

郑炎潮的心激动得“嗵嗵”狂跳，他不敢想象省委第一书记的专车到学校接他会引起什么后果，他只是不想让别人知道他的秘密。于是就在电话里结结巴巴地解释着，坚持要自己去。最后，任仲夷只好同意了，并告诉明天下午 3 时在省委办公楼三楼办公室等他。

谈起那一天，郑炎潮永远记得。

第一次走进省委大院，而且是面见省委第一书记，对于这个乡下出身的孩子来说，实在是太离奇了，太紧张了。当走进那栋神秘的办公楼时，他愈发地双手颤抖，心如撞兔。他被领进了一间宽大且简朴的办公室，一位满头白发满脸皱褶的老者微笑着迎了出来，拿住了他的手，用力地握着。当他明白这一掌温暖，这一泓微笑就是任仲夷时，心底那一只惊慌的兔子竟然倏忽不见了，他猛地感到面前这位慈善的老者极像自己乡下的父亲。这位慈善的父亲告诉他，自己 46 年前上大学时，专业也是经济学，自己也曾对理论感兴趣，后来在战争间隙还写过一本书叫《政治经济学》……他们的话题就这样徐徐展开了。

原来，以任仲夷为首的广东省委，对新兴的个体经济和雇工经营不仅没有任何“制止”和“纠正”，而且一直在努力为其争取着合法地位。上一年底，广东省工商局就出台了全国第一个鼓励支持个体经济发展的具体措施，就在十多天前，佛山市还成立了全国第一家个体劳动者协会。

郑炎潮结合调研资料和一些具体案例，对自己的观点进行了阐述。

任仲夷说：现在对于个体经济，只能扶持不能压制，但要扶持，首先就要正名，如果头上始终悬着一把“资本主义”的达摩克里斯之剑，那还怎么发展？马克思关于个体经济有一个“8 人规定”，但是到底超过雇工 8 人的个体经济应该叫什么？我们也没有想好，刚好看到你的论文，这在理论上是一个重大突破和创新，为我们的决策提供了依据，我支持你！我们还要围绕你的这些观点，制定一个政策，给它取一个正式的名字，就叫作

"私营经济"怎么样？让它发展，让它壮大。

从此，中国改革开放史上正式诞生了一个全新的名词：私营经济。

接着，任仲夷深深地叹了一声："在中国搞学问不容易啊，有风险。"

"是啊，导师提醒我有麻烦，答辩可能过不了关。"

"你已经超出了马克思的书本，人家说你怎么样你就怎么样，说你反马克思你就成了反马克思。"

"我没有反啊，马克思也主张解放生产力，列宁还有'新经济政策'呢，为什么我们不能借鉴呢？"

"不过你不要怕，时代在进步，你要根据自己掌握的材料，选准自己的研究方向。选准了方向就要坚持下去，坚持自己的学术品格，不要为任何非学术的评价所动。"

……

窗外的木棉树在静静地聆听着，思考着。

谈话时，任仲夷的眼睛一直在慈祥地抚摸着郑炎潮。据不少见过他的人说，任仲夷相貌清奇，最奇迥的就是那一双凸出的大眼：愤怒时猎猎如火，静思时深邃如渊，兴奋时明亮如灯。文革时，造反派画漫画，就抓准他这个特点，三笔五画，就是一副肖像。多少年后，郑炎潮永远铭记着那一双慈祥的眼睛，热热的，亮亮的，像一盏灯，在他的心底温暖了几十年。

这次谈话之后，郑炎潮的论文答辩顺利过关。毕业后，他也走上了经济研究之路，直至成为广东一名优秀的经济学家。

这一年，广东省进一步出台了一系列支持个体私营经济的措施，并组建广东省和广州市个体私营协会，同时划分皮具、服装、美容、饮食、眼镜等行业分会，西湖路灯光夜市、一德路咸杂干果市场、文园电器城、番禺易发商场等专业市场纷纷成立。

"东南西北中，发财到广东"。一时间，广州成了个体私营者的天堂，成了试水者冒险家最早的乐园，大街上挤满了操着南腔北调，提着大包小包的外地批发商……

喇叭裤、牛仔装、运动鞋、电子表、计算器、烫发头、迪斯科、邓丽君……“广式潮流”引发的蝴蝶效应，像春风一样吹绿了全国城乡的角角落落，为正在从动乱和贫穷中走出的 12 亿国民送上了第一束五彩缤纷的时尚之花。

据不完全统计，截至 1985 年年底，珠江三角洲地区的个体私营从业人员已经超过 500 万人。

这五百多万名个体私营企业雇工，连同“三资企业”里的数百万打工仔一起，共同掀起了声势浩大的第一轮中国民工潮，汹涌澎湃，直至今天。

他们为传统的中国带来了时尚，带来了财富，带来了活力，也带来了方向……

那是一个乍暖还寒的时节，一棵初试天地冷暖的幼苗刚刚出土，或冻死荒郊，或傲霜凌寒，只要挺过惊蛰前的冰雪肃杀，她就是天之骄子，她就占领了整个春天。

那是一个意识形态过分敏感的年代，“公”和“私”，“资”和“社”，“左”和“右”，这几个金属般生硬的字块常常在天空中碰撞着，碰撞得火光四溅，铮铮作响，浓雾弥漫，空气中的每一丝颤动，都有可能引爆一场惊雷和闪电……

1981 年，广东旅游部门开始组织内地公民香港游，这是中国大陆第一批惊艳的眼睛。

也是在这一年，香港歌星第一次来广州演出。按照多年的模式，歌者只能端庄地站在舞台上，对着固定的麦克风，像做报告一样表演。但是这一次却出了大乱子，唱到兴奋处，这位名叫罗文的著名歌星，一把抓过麦克风，拉起电线，在舞台上边跳边唱，指手画脚，摇头摆尾，煞是陶醉。这一下引来舆论大哗，各地报刊纷纷开炮，痛批“资产阶级腐朽台风”。

炮声越来越响，硝烟越来越浓，任仲夷不得不出面表态，马克思怎么说的？难道站着唱就是社会主义，走着唱就是资本主义？我们共产党的省委应该只管唱什么，不应该管怎么唱。

东方宾馆最早开设了一家营业性音乐茶座，很是火爆。笙歌悠悠中，霓虹明暗里，青年男女在这里唱歌，跳舞，喝咖啡，广州人开始享受一个个温馨浪漫的彩色之夜。

时尚渐起渐盛，街头巷尾处处飘起了港台流行的抒情歌曲，浓浓的情歌情调中，款款而行的是烫发头、喇叭裤、迷彩服、高跟鞋、超短裙……内地传言成虎：广州街头到处是“美军”（因男青年的迷彩服上襻多、兜多，类似美国军服）！到处是妓女！内地一位副省长来广州出差，看到种种场面，气愤得在旅馆里擂墙大哭：“没想到我们社会主义国家竟然变成这个样子了！”还有一位老将军，更是跺足捶胸，仰天长叹：“靠这一代年轻人当兵上战场，我们部队如何能打胜仗？”于是向中央写信控诉，痛骂广东，坚决要求“收复失地”。

1981 年 4 月，国务院副总理万里来广州督导疏港（因广东进出口量剧增，港口吞吐量太小，致使不少外国货轮无法报关，在公海等候，形成国际纠纷），看到大街上的花花世界，这位中国农村改革的先行者也有些担心，他劝道：“仲夷，北京议论很大啊，还是管一管吧！”

任仲夷半开玩笑地说：“万里同志啊，我们要管大事，这些生活小事还是随他吧。留胡子，我们共产党的祖师爷马克思就是大胡子。穿喇叭裤有什么不好，我们老祖先在唐朝就开始穿了。至于迪斯科，不就是蹦蹦跳跳扭扭屁股吗？男女并不贴身。我们过去跳交谊舞，可都是男女搂在一起的。在延安时，我们党的领袖们不是每个周末都举行交谊舞会吗？”

白天鹅是第一个来粤试水的海外来客。

这是中国大陆出现的第一家五星级宾馆，由香港霍英东先生投资，设计楼高四十多层，是当时广州的最高建筑。可想而知，白天鹅从开工的第一天起，就引起国内舆论热议：“共产党怎么能和资本家签约呢？”“五星级宾馆里允许开妓院。”……

白天鹅本来是涉外宾馆，服务对象是港澳台外地客商，可是为了汇聚人气财气，1982 年试营业时，霍英东决定向全社会开放。于是，门童的斑马裤、迎送小姐的旗袍、银制的餐匙、精致的牙签、室内的瀑布等等都惊爆了广州人的眼球。

可好景不长，尴尬事接踵而至。原来不少广州人此时还没有见过牙签、餐巾等一次性用具，顺手就牵走了。当时卫生纸在普通市民中还未普及，因此酒店卫生间的厕纸也成了抢手货，一天就要补上几百卷。更让店方痛惜的是，一些男青年穿着时髦的带有铁掌钉的皮鞋，在大理石地面上随意踢踏，留下了难以修补的斑斑点点。

宾馆不得不有所规定：衣冠不整者禁止入内，皮鞋掌钉者禁止入内，并在门口专设了拔除铁掌钉的工具和工作人员。

这一来，引起举国诉讼，羊城内外，南北媒体，口诛笔伐，气势汹汹地围攻这一只刚刚出巢的白天鹅：根本不合中国国情，倡导资产阶级生活方式，歧视国人，是旧中国“华人与狗不得入内”的翻版。

霍英东忧心如焚，悔恨自己投资大陆过于冒险了。

苦恼中的霍英东决定在白天鹅请任仲夷吃一顿饭，于是便试探着发出了一份请柬。

身边人员劝说任仲夷，这种场合还是不要去了吧，一旦出席，明天的香港报纸就登出来了，北京也都知道了。你吃一顿饭，人家就会说你与资本家穿连裆裤，是把兄弟。

他边打领带边笑哈哈地说：“广州和香港不是把兄弟，而是亲兄弟，不仅合穿连裆裤，还同吃一个奶（指同饮珠江水）。今天亲兄弟请客，又是一个出名的好机会，我为什么不去？况且，谁规定共产党的省委书记不能去五星级酒店呢？”

席间，面对着境内外的新闻记者，西装革履的任仲夷与港澳各界商人谈笑如故友，满堂生春风。

霍英东喜出望外，唤来纸笔，请他题词。他环视大家：“题什么好呢？”稍稍构思，援笔立就，是李白的浪漫诗句：“两岸猿声啼不住，轻舟已过万重山。”

白天鹅起飞之后，李嘉诚、胡应湘、郑裕彤、利铭泽、李兆基等港商投资的中国大酒店、花园酒店也先后落户羊城。接着，连官方的东方宾馆也扩建成了五星级。

1985 年，中国公布了大陆第一批五星级酒店，共 5 家，前 4 家全在广州。

一场突如其来的风暴，几乎击碎了广东的春天。

那是 1982 年的早春二月。

广东率先放开物价等几项大胆的经济改革引起了各地恐慌，在价值规律的作用下，国内流通渠道里原本十分匮乏的商品物资纷纷流向广东，周边几省惊呼“广东是特区，我们变灾区”，于是在省界各路口设立岗哨，严查过往物品和商贩。财政、经委、计委、税务、工商、外贸、物资等国家机关也叫苦不迭，因为当时实行严格的计划经济，而广东的市场经济是对全国一盘棋的巨大冲击。还有意识形态的开化和自由，也让内地省份视若洪水猛兽、瘴氛瘟疫。这一切，都使得中央高层震动不已，据说一位领导人曾经这样责问过：“任仲夷还是共产党员吗？”

风暴在云层里剧烈地酝酿着。

伴随着经济的突飞猛进，广东沿海也出现了较为严重的走私现象。于是，走私事件便成了这场风暴的导火索。

1982 年 1 月 11 日，中央以 2 号文件形式下达了一个《中共中央紧急通知》，矛头直指广东等沿海地区，言辞之烈，让人心惊肉跳：“对于这个严重毁坏党的威信，关系我党生死存亡的重大问题，全党一定要抓住不放，雷厉风行地加以解决。对那些情节严重的犯罪干部，首先是占据重要职位的犯罪干部，必须依法逮捕，加以最严厉的法律制裁。”

文件下达后，中纪委主要领导立即带队进驻广东，调查办案。

不难想象，此时的南粤大地已是山水战栗，群鸟惊飞。

事态还在继续恶化。2 月上旬，中央书记处紧急电令广东所有的省委常委立即进京开会。接到通知，任仲夷大惊失色！本党对某一个省委采取如此特殊的严厉措施，在建国之后还从未有过。

会议气氛极为严峻，中央大员纷纷发言，认为这是“资产阶级又一次向我们的猖狂进攻”，“宁可让业务上受损失，也要把这场斗争进行到底”！因为“文化大革命”后已经宣布不再搞政治运动，所以就讲这场斗争是“不叫运动的运动”。“决不能手软！”由于过去对走私罪没有规定死刑，会上就有人提出要修改刑法，要准备枪毙一批人。某领导人在讲话中明确表示，广东已经变了颜色，过去的租界就是糊里糊涂送给外国人的，经济特区就像当年的租界。还认为，广东这样的地方，是资本主义的熟门熟路，不应当用思想解放的人，必须用金刚钻。

任仲夷两耳轰鸣，五脏俱裂。

会议结束后，他扛着一颗覆满白发的沉重的脑壳，忐忑不安地回到了广州。可刚刚坐稳，胡耀邦的电话又急急火火地追了过来，说书记处将会议情况向中央政治局常委作了汇报，政治局常委认为广东的思想还是不通，有些问题还没讲清楚，明确指示任仲夷马上再次回京。

这就是社会上传说的所谓“二进宫”。

见面后，胡耀邦代表政治局常委再次对广东进行严肃批评，并希望他站稳立场，明确表态。最后，责成他给中央政治局写出一份书面检查。

任仲夷呆若木鸡。

胡耀邦摊开双手，同情却又无奈地说：“我都（口头）检查了啊。”

当天晚上，任仲夷回到宾馆后，枯坐无言，感慨如海。参加工作近 50 年，他还从来没有写过检查。文化大革命中，他曾受到过一千多次万人以上的残酷揪斗，鞭鞭见血，唾液满脸。一年冬天，红卫兵把一桶臭臭的墨汁兜头浇下，棉袄棉裤全湿透了，他彻底被涂成了黑人。虽然皮肉受苦，脸面受辱，可他的心底是坦然的，清白的。但这一次，他是违心的，扭曲的。作为一个历经政治运动的省委第一书记，他清楚这份检查意味着什么。但是，如果不承担这一份责任，不仅自己过不了关，整个广东的干部都难逃一劫啊。

夜色如铁，冷月如冰。昏黄的灯光，映照着任仲夷乱草般的白发，和乱草般的愁绪。47 年前，就是在这里，就是在北京，自己还是中国大学的一名学生，秘密加入了共产党，从此舍生忘死，投身战火。建国后，从最北端的黑龙江，又到最南端的广东，兢兢业业为党工作了一辈子，总还算是一个合格的党员吧，难道中央真的要开除自己的党籍吗？他的心在颤抖，在泣血，他哆哆嗦嗦地拿起了笔……

在以后的日子里，他一直在挂念着这一份沉痛的检查。退休后，他曾多次向有关部门申请，想复印一份，留作永远的纪念，但至死也未能如愿。

书面检查虽然交上去了，但另一道难关却在广州等待着他。

如何向全省传达会议精神呢？广东的各项改革刚刚开始，正是如火如荼的时候，如果把会上实况全部传达下去，势必会浇灭大家的热情。还有，会议明确指示要查处一批干部，但他坚信，广东的干部除极个别害群之马外，绝大多数是清白的。面对这些披荆斩棘、冲锋陷阵的亲爱的可敬的勇士们，他如何能下手呢？

几天之后，全省三级干部大会庄严肃穆地开幕了。

风声鹤唳，草木皆兵，各路诸侯早就闻知了中央会议的内幕。不少人战战兢兢，如临大难，有的人干脆带来了行李，准备接受随时可能到来的审查和询问。

但出乎所有人预料的是，在会上，任仲夷仍然轻松自若，谈笑风生。他在强调“打击经济犯罪”的同时，重点强调的仍然是“改革开放坚定不移”，希望大家进一步放开手脚。别的省领导私下劝他：“都什么时候啦，还讲这些，最近北京的报刊都不讲了啦。”他说，中央文件并没有不让讲啊。

讲到大家最为关心的干部处理问题时，任仲夷霍地站了起来，深深地注视着在座的各位，双目炯炯似火，然后，慢慢地却是庄严地、斩钉截铁地承诺：“只要没有往私人腰包里装钱，而是按照省委部署抓工作的，即使出些问题，也由省委负责，主要由我负责！”

这时候，整个会场鸦雀无声，旋即掌声雷动，泪飞如雨。

广东的那一批干部至今都在感谢任仲夷。他们说，如果任仲夷是一个明哲保身的官僚，或者是一个胸怀野心的政客，他完全可以顺着上面的旨意，严厉清查干部队伍，进行人人过关，撤职一批，判刑一批，甚至杀掉一批。他自己不仅可以金蝉脱壳，顺利过关，而且还可以博取上悦，邀功讨宠。如果那样，广东肯定会是另外一种样子，广东就没有今天！

这一场风暴总算过去了。但是，有谁知道任仲夷为此付出的是一个怎样沉重的代价。

那一年的秋后，中共“十二大”即将召开，以他的资历、能力、政绩和威望，本来已经被列入中央领导班子的考察人选，并很有可能出任重要的职务。但他的名字最终没有在人们所期的位置上出现。任仲夷到广东后的所作所为，引起了太多的是是非非，他的名字最终被去掉了。

历史上的改革者大抵如此，他们在革除社会痈疽的同时，也往往革除了自己。

香一年，臭一年，香香臭臭又一年。

在这香香臭臭、坎坎坷坷的雾途中，是任仲夷和岭南人倔强的背影。

走私事件之后，中央政府及有关部门把下放给广东的外贸进出口权收了回去，内地一些省市也采取措施，把广东运往各地的许多物资当作走私物品扣压、冻结。广东的供销人员到外省市进行正常的业务活动，也受到冷落，有的还被当作走私分子看待，轻者搜去证件，重者无理扣押，有些省市甚至明确表示不准供销人员去广东做生意……

全国各地的邮政部门对来自广东境内的邮品也格外虐待，随意拆封检查，在他们的意识里，广东就是全国黄货毒品的老巢，精神污染的源头。

这种现象也渗透到了意识形态领域。在那些年拍摄的电视和电影中，几乎形成了一个固定模式，大凡经济领域的反面人物都被刻画成了广东人，说一口粤语。这种现象甚至一直遗误到今天。

一段时间，北京曾有这样的传言，要将任仲夷撤职，开除出党。

经济特区的思路是邓小平提出的，但是几年来，他一直在观察，在思考，不否定，也没有肯定，他只是说：“深圳经济特区是个试验，路子走得是否对，还要看一看，搞成功是我们的愿望，不成功是一个经验嘛。”

境外不少媒体就此大肆渲染，夸大中共高层的分歧，说深圳只是一个试验品，很可能是牺牲品，最后肯定还要斩马谡。

那些年，中国的经济改革正是全面探索时期，连国务院的官方文件中也表示“要摸着石头过河”。的确，在那个复杂的年代里，在那个特殊的环境中，处在那个敏感的位置上，任仲夷需要摸的石头太多了，不仅有经济的，还有政治的，文化的，稍不小心，这些石头们就会突然飞起来，无情地砸破他的头。

他的秘书据立明告诉我，年岁的逐渐增大，工作的极度繁忙，心理的重重压力，再加上生活习惯上的巨大差异，使得任仲夷的健康状况频频亮起红灯。他的牙齿早就全部脱落了，满口假货，吃东西很不方便，且极易损坏，常常要去看牙医。

1983 年春天，任仲夷明显感到心律不齐，去医院检查，连医生的脸都白了：他的心跳竟然每天比正常人早搏 3 万次。劝他马上动手术，他笑一笑，说自己身体好能抗得住，拒绝了。又劝他半天工作半天休息，可这无异于与虎谋皮，怎么可能呢？

任仲夷的工作量之大让人难以想象。有一个细节可窥一斑，他在任期间极少乘坐轿车，他的专车就是一部 12 座的丰田面包。为什么？就是为了利用路途时间便于听取汇报和讨论开会。面包车就是一个流动的办公室，而他就是一台永远不知疲倦的机器，每时每刻都在高速地高效地运转着……

驾驶着羸弱的身躯，背负着繁重的压力，任仲夷像一个无所畏惧的孤胆英雄，高擎着自己的灵魂之火，透支着全部的生命能量，义无反顾地行走在广袤的岭南大地上。他在探求着一条道路，他在追寻着一个梦想。

那是百姓的福祉，那是文明的微笑，那是人类的大道！

……

他的胆囊又开始隐隐作痛了，愈加剧烈，发展到腹胀，厌食，疼痛难忍。

1984 年元旦过后，他被送进了医院。胆囊结石，严重发炎，必须马上切除，否则，腹背受敌，危及生命。

手术开始了，所有的医生简直惊呆了，做了这么多例手术，还从来没有见过如此畸大的胆囊，畸大的胆囊被撑得鼓胀胀的，随时可能爆裂，像一个熟透的桃子。打开桃子，医生们更是叹为观止：里面塞满了 16 枚圆圆滚滚的结石，大的像鹌鹑蛋，小的似花生豆、黄豆、豇豆……

哦，怪不得老家伙如此生猛，原来他的胆囊里揣满了石头！

哈维尔说：政治是求得有意义的生活的一种途径，是保护和服务人的一种途径。真正的政治家，并不仅仅是那些手握国柄、经略风云的股肱巨擘，而是每一个公务员，是不是在各自所处的岗位上尽到了应尽的社会责任。从这个意义上说，绝大多数的人都有所欠缺，而任仲夷则是一位伟大的政治家。他在广东省委第一书记的任职上，竭尽全力，敢踩逆流，不避斧钺，为天地立心，为生民立命，为岭南开太平，尽到了当时的历史条件下所能尽到的几乎全部天职。

但他又是一个清醒的现实主义者，他阅尽沧桑，大彻大悟，洞察世事，知其能所为，亦知其不能为。这就注定了他的一生是一位奋勇的开拓者，冒险者，同时又是一位清醒的孤独者，失落者。

任仲夷退休的 1985 年，广东的经济总量已经跃居全国第一位。岭南大地已经全面发酵，物阜民丰，山河肥美，而只有他自己萎缩了。他的体重比上任时减少了近 30 公斤，身材也矮小了 5 厘米，他瘦弱成了一个干巴巴、颤巍巍的岭南阿公……

卸任前，他又一次去了深圳。站在文锦渡口，眺望着两岸星河般灿烂的灯光，他笑了，他的笑容一如这星河般灿烂。

他挥挥手，他要告别这一片灿烂的星河了。

这是一次平静而隆重的谢幕……

任仲夷退休时，中央本已安排他到北京定居。但是，他的感情已经在这里深深扎根，他决心把自己的余生交给这片土地了。

生为岭南人，死亦岭南土。

他的身体在一天天地衰老下去，像一株粗皴枯朽的木棉树，但他思维的枝叶依然滴青流翠，他激情的火焰仍旧喷薄迸溅。而且愈到晚年，其情愈殷，其心愈烈，烈烈如火，殷殷似血。他用颤抖的双手高捧着自己滴血的心脏，向他的后人向这个民族奉献着最后的真诚……

他惋惜邓小平没有运用自己的崇高威望，适时地将改革推向更高层面。

他大胆建议，中国可以借鉴经济特区的成功经验，创办政治特区，例如把海南岛划分出去，进行民主试验，然后再逐步推广。

对于“和谐社会”建设，他也有着自己独特的慧解：“和”由“禾”与“口”组成，意为人人有饭吃；“谐”由“言”和“皆”搭配，含义人人可说话。所以，和谐社会的基础应该是经济发达，生活富裕，社会民主，言论自由。

……

哦，人之将死，其言亦善。让我们理解这位可敬的老人的一颗大爱之心吧。

任仲夷晚年喜欢与社会各界人士交往，也包括那些颇受争议的人物。2004 年 3 月的一天，他突然吩咐儿子把家院的门槛锯掉。家人大惊，原来是北京的好朋友于光远要来了。于氏小他一岁，已经瘫痪，出行需乘坐轮椅。于光远到来后，90 岁的他颤巍巍地推着轮椅上的老友，慢慢地在东湖边散步、聊天，累了，就坐下来，静静地看着湖畔晚霞般漫衍的木棉花，那是生命的火焰，那是岁月的叹息，那也是他永远的遗憾和隐痛啊……

公元 2007 年 11 月，我去广东采访的时候，任仲夷已经逝世两周年了。

我穿过繁华的广州街市，去银河公墓凭吊。浩瀚的碑群中，静静地矗立着一块普通的石碑，碑面上只是嵌刻着他的名字。如果不注意的话，来往的人们根本不会联想到他。可他的碑石似乎是一块奇异的磁铁，吸引了几乎所有人的目光和脚步。人们站在他的面前，垂首弓身，默默地致敬，或上前抚摸一下石碑，似乎在与主人对话，似乎在与主人握手。而那块幸运的碑石，早已被抚摸得光光亮亮的，像老人慈祥的笑脸。

他的儿子告诉我，临终时，任仲夷早已不能言语，但意识里仍然半明半昧，交代完遗言后，似乎仍有牵挂，便用手指为笔，在儿子的手掌上哆哆嗦嗦地写字，让把生前所用的老花镜、放大镜、收音机、钢笔与他的骨灰放在一起。

哦，可爱的老人，即使在天国里，他也在惦念着这片土地，凝视着这个民族……

我相信，1 000 年之后，当广东的后人们在数念起 20 世纪时，仍然会敬重他的名字。

岭南的疆土上肃立着数不清的木棉树，像一枚枚火炬，在默默地燃烧着……

（原载《广州文艺》2008 年第 4 期）

用镜头定格真相　让文字留下思考

震中在人心

李鸣生

序幕　震中不在汶川

2008年5月12日下午3点50分，我正在北京家中写作，儿子突然从长春打来电话，急问，听说北京地震了？我慌忙打开凤凰卫视，果然地震了！但不是北京，而是四川！

四川，我的故乡！

我急忙抓起电话，给四川的亲人打电话，不通，再打，还是不通。直到晚上6点，我终于打通一位朋友的电话，没想到他的第一句话竟是：我正忙着扒人呢！那一刻，望着电视上到处倒塌的房屋，一片狼藉的废墟，遍地血淋淋的尸体，无数求救的孩子，我的心，战栗了……

当晚，我守着电视，一夜不眠。第二天，我就想去灾区，但无数信息告诉我，故乡还在余震，还会随时吞掉任何一个人的生命！于是，我有些顾虑，有些犹豫，甚至还有几分胆怯。

但我是四川人，故乡有难，岂能袖手旁观！我是军人，虽然没有上过战场，却亲历过危险，见证过死亡，中国的所有重大发射，我几乎都在现场采访——“长征号”火箭横空爆炸时，我在发射现场；“神舟5号”飞船发射那一刻，我在离火箭最近的地方……火箭爆炸，杀伤力巨大，那种瞬间灰飞烟灭的风险，根本无法想象。于是我决定：必须返回故乡！我不为写什么文章，而只想用自己的眼睛去看一看故乡滴血的伤口，用自己的鼻子去闻一闻故乡哀恸的气息，用自己的良心去贴近故乡倒塌的废墟！

终于，我在煎熬中等来了5月19日——全国哀悼日。这天上午，我将随“中国作家抗震救灾采访团”赶赴灾区。在出征仪式上，我代表作家发言的观点是：“文学，首先是对社会的发言；作家，最宝贵的是良知与责任。面对灾难，投身于大地震的现场，感受生命，感受死亡，感受废墟，感受苦难，义不容辞，理所应当。”仪式一结束，中国作家网的主编胡殷红递上一张纸条，说，写一句话吧，我发表在中国作家网上。我不知道要写的这句话是临别壮语，还是最后遗言。去灾区，像出征打仗，似生死别离。早上离家时，妻子泪水汪汪，叮嘱再三；儿子也打来电话，注意安全！尽管寥寥数语，我听到的却是怦怦心跳！然而一切都来不及多想了，我当即提笔写道：“面对灾难，作家不应缺席；面对死亡，文学不该沉默！”

中午 1 点，飞机起飞。我紧贴窗前，望着故乡，心情复杂而又悲凉。我生在四川，长在四川，在四川度过了我的童年和少年，是四川的土地养育了我的生命，是四川的山水浸润了我的心灵。35 年前，我穿上军装，背井离乡，故乡的山山水水一草一木，始终令我魂牵梦绕时时难忘。但 35 年后，我与故乡的重逢，为何是在一片血肉模糊、尸骨遍野的废墟上？

下午 2 点 28 分，全国人民为大地震中的遇难者默哀，我和采访团则在高空为遇难者默哀。默哀完毕，《文艺报》记者刘颋递过纸笔，说空中不便采访，就写两句感受吧。我写的是：“默哀，是一种仪式，也是一种选择。面对灾难，我们无可奈何，但面对死亡，我们却有多种选择。选择降旗，是对生命的尊重；选择低头，是对人性的敬礼！”的确，在这 3 分钟里，国家主席低下了头，国务院总理低下了头，13 亿同胞低下了头，而共和国的国旗，也从空中缓缓降落。我身在万米高空，看不见国旗降落的情景，却能想象国旗降落的样子——是那样的真实，那样的亲切，那样的优美，那样的动人！她从空中缓缓落下，轻轻地，温柔地，覆盖在故乡满目疮痍的废墟上，抚慰着数万遇难者的魂，温暖着 13 亿中国人的心！尽管只有短短 3 分钟，却足以胜过 3 000 年！

下午 3 点 30 分，飞机降落成都。一踏上故乡的土地，我便感到了故乡的惊恐与战栗，尴尬与狼狈。成都，这座我熟悉的城市，尽是陌生的景象，陌生的人影；机场四周，遍地是救援的军人，救援的武警，救援的志愿者；街道路旁，到处是堆放的物品，耸立的帐篷，流浪的受灾群众；扛帐篷的，背纸箱的，抱矿泉水的，扶老携幼的，头缠纱布脚裹绷带的，缺胳膊断腿的，满大街都是；还有刺鼻的消毒水，弥漫在城市的上空，散发出一种怪异的气味。一向风平浪静、悠闲安逸的蓉城，好像一下变成了收容所，而1 300多万成都市民，仿佛时刻都在做着同一个姿势：准备逃命！

果然，刚一住下，就有朋友告诉我说，汶川大地震，摧毁了2万多公里的道路，27个隧道，近3 000座桥梁；交通线路，几乎全部瘫痪；数百万民众，失去岗位。大地震发生后仅15分钟，就发生了一次6级余震；30个小时内，就发生了40次3.5级以上的余震。从5月12日到5月19日，已发生余震近8 000次！即是说，平均一分钟就有一次余震！所以一个星期来，成都人民都是在余震的煎熬和折磨中度过的。这种煎熬与折磨，已让成都人民身心疲惫，不堪重负。过去成都人见面就问，吃没有？现在逢人就问，晚上睡哪儿？过去打听别人离没离，现在关心别人死没死；过去

为孩子们烧上一炷香，算是对自己心灵的一种慰藉

住 26 层都嫌低，现在睡二楼都觉得高；过去下班就喝茶，现在进门就拿放大镜观察墙上的裂缝有多大；过去有空就琢磨如何炒股，现在一有时间就计算从楼上到楼下要跑多少秒；过去下班就搓麻（打麻将），现在蹲厕所都看《地震自救小常识》；过去晚上搂着老婆或者老公睡，现在晚上搂着包包睡——包里不是方便面，就是矿泉水；过去总是很自信，现在每隔几分钟就要问，刚才是不是又晃了一下？尤其一些小女生，过去看见男人捅刀子都敢往上凑，现在看见谁抖一下腿都哆嗦，甚至手机都不敢开到震动上……

正说着，我的手机响了，是一位四川朋友发来的短信：

> 近期灾区人民的精神状况是：比地震可怕的是余震，比余震可怕的是预报余震，比预报余震更可怕的是预报了余震却又不震。
>
> 近期灾区人民的生活状况是：震不死人晃死人，晃不死人吓死人，吓不死人困死人，困不死人累死人，累不死人跑死人，跑出去没穿裤子笑死人！

一则短信，足见四川人的真实内心，而大悲面前不失幽默，则是四川人的性格，也是四川人的智慧。我当即复短信一条：“旷世幽默，智胜千军！”

下午，我走进市区，所见之处，都在忙着搭建灾棚，转移学生；都在运送伤员，安顿老人。这一天，是成都市民最难熬的一天。从上午大约 9 点起，大街小巷就开始疯传：晚上有余震！有人说 6 级，有人说 7 级，有人说 8 级，还有人说 10 级！到底是几级，谁也不知道。但当晚有余震，却是来自官方的正式消息。从中午开始，成都所有电视台都在滚动播放四川地震局的一条公告：今晚有余震，大约 6～7 级！但震中在哪里，谁也说不清。有人说，震中在北川；有人说，震中在绵阳；有人说，震中在都江堰；有人说震中就在成都！于是全城沸沸扬扬，惊恐万状——越是说不清楚，越是忐忑难忍！下午 3 点不到，不少市民就背着水壶，带上食品，扶老携幼，离开家门，或在街头支帐篷，或在路边搭地铺，忙得汗流浃背，晕头转向。

当我来到青羊区受灾群众安置点时，看见上千名老人、妇女、儿童等散居在一顶顶灾棚里，脸色凝重，神情惶惑，好像既不知道昨天是怎么过来的，也不知道明天该怎么活下去。随行的一位朋友告诉我说，这些受灾群众有的来自汶川、彭州、江油、什邡，有的来自北川、平武、都江堰和绵阳。据不完全统计，受灾群众总数高达 480 多万，受灾面积 13 万平方公里，直接受灾人口 1 300 多万，伤残三四十万，死亡七八万！此刻的我并不知道灾区到底倒塌了多少房屋，死了多少百姓，也不知道今晚和明天还会不会发生地震，更不清楚地震是几级，震中在哪里，但望着眼前一个个愁眉苦脸、狼狈不堪的受灾群众，我已明显感到了地震的残酷与无情！

当晚，成都注定不眠，我也难以入睡。深夜 12 点，我来到成都天府广场。来之前我就听说，这天从清晨到晚上，数万四川人民一直聚集天府广场。整整一天，偌大的广场始终持续不断地响彻四川人民那惊天动地、撼人心魄的哭诉与呐喊！而此刻，广场的四周，依然有人在祝福，有人在祈愿，白色的纸花，一朵一朵，血红的烛光，一束一束；广场的中央，则是数以万计的年轻人，手牵着手，肩并着肩，围着广场不停地转圈。突然，我看见，成千上万双手臂同时高高擎起，旋即一起喊出一个山呼海啸般的声音：中国加油！四川雄起！中国加油！四川雄起……在大悲大痛降临之际，居然还能发出如此激情澎湃、百折不挠的呼喊声，这就是四川人——诙谐幽默的四川人，桀骜不驯的四川人，我行我素的四川人，无所畏惧的四川人，压不垮、震不倒的四川人！这一刻，我仿佛听到了亿万四川人民的心跳，感到了亿万四川人民的分量！我被深深感动了，也被深深震撼了，禁不住连连仰天长叹：川人不死！川人不死！

此后 10 天时间里，我随中国作家抗震救灾采访团在灾区奔波采访。采访团结束后，我又独自留下，第二次进入灾区，奔走了 10 天 10 夜。两次

川人不倒

行程近 7 000 公里。其间，我曾强行冲进北川；我曾遭遇 6.4 级余震；我曾在 4 台推土机的夹缝中躲闪拍照；我曾两次进入成都军区陆航团；我曾 4 次进入成都市儿童医院；我曾 5 次进入成都市精神病医院；我曾走遍了灾区重点倒塌的学校；我曾在弥漫着尸体腐烂气息的废墟中掏出一个个打满红钩和 100 分的作业本；我曾与 800 多名学生家长在废墟上度过了最悲惨的儿童节；我曾在雨中跪在数百个孩子的坟前以泪洗面；我录下了 120 多个小时受灾群众的哭泣与诉说；我拍下了 5 000 余张现场真实的照片。我还看见，成千上万的乡亲在逃亡，无数失学的孩子在流浪，90 岁的老人在废墟中寻找孙子，3 岁女儿在灾棚里哭喊着要妈妈，年轻的妻子跪在坟前叫着丈夫的名字，白发苍苍的母亲趴在房前哭喊儿子，双胞胎双双血溅教学大楼，五口之家同时葬身废墟，花朵般的少女被切除胸脯，7 个月的婴儿双腿截肢……尤其当我置身于一所所倒塌的学校，面对废墟上血迹斑斑的书包与课本、钢筋与砖头、衣物与尸骨，以及无数号啕大哭、悲痛欲绝的父母时，我才第一次懂得了什么叫凄惨，什么叫悲伤，什么叫撕心裂肺，什么叫悲痛欲绝，什么叫万念俱灰，什么叫生不如死！于是极少流泪的我，每天总是管不住自己的眼睛，甚至有一次竟陪着数百名学生家长在废墟上流了两个多小时的眼泪，以致回到北京，采访本上依然可见斑斑泪痕。肯定地说，在故乡的废墟上，我已流尽了一生的眼泪！

然而回到北京后，我还是感到怎么也不对劲，好像身体回来了，魂还在灾区，吃不下饭，睡不着觉，恍惚，难受，坐卧不安，心绪难宁；眼前一直晃动的，是一个个遇难的孩子，一群群逃亡的受灾群众；耳边始终回响的，是废墟上的哀乐，家长们的哭声；打开电脑就发呆，坐上饭桌就发愣，以至于妻子每天不得不反复提醒：鸣生，这是在北京，不是在灾区！

于是 7 月 16 日，我再次返回故乡，返回灾区。这次我住在什邡市最偏远的红白镇，住在黄继光生前所在团的帐篷里。我对红白镇一开始便情有独钟，5 月中旬，曾冒险闯进那里，当时红白镇给我的感觉，就像一个受到重创的受灾群众，已经失去了哭诉自己的力气，所以一直沉默不语，因此不像汶川、北川那么引人注目。据说，当初胡锦涛、温家宝两位国家领导人都有亲临红白镇的计划，却因山体滑坡道路中断，最终止步于离红白镇 7 公里之遥的蓥华镇。

但我没想到的是，7 月的灾区，时值盛夏，中午，帐篷里的高温，高达 40 多摄氏度，连体温计都能爆炸；晚上倾盆暴雨，帐篷里潮湿无比，被子抓上一把，像要拧出水来；晚上通信班发报声通宵达旦，清晨 6 点起床号准时吹响；苍蝇挥之不去，蚊子赶也不走，我只能用左手驱赶苍蝇和蚊子，右手敲击电脑，再加上采访繁重，无法入眠，于是病魔乘虚而入，最后我不得不躺倒在了酷热、潮湿的帐篷里，让一瓶又一瓶的液体输入我的血管……

坦白地说，这是我从军 35 年来最苦的一段日子，甚至有一天已到支撑不下去的时候了。但一想到山中那些至今飘摇在风雨中的乡亲，那些永远长眠于撒满石灰的坟坑里的孩子，以及每天舍生忘死、挥汗如雨却只能一二十个人挤在一顶帐篷里的官兵，我感到我还活着，而且是一个人活在一顶帐篷里，简直就是活在天堂里了！

于是我选择了留下。半个月里，我以什邡红白镇和洛水镇为基地，深入灾区的乡镇、山村和军营，走访了 100 多个军人、医生、教师、护士、镇长、山民，录音130多个小时，笔记30余万字，拍照近4 000张。此次走访，尽管经历了多次山洪和上百次大小余震，还掉了十多斤肉，但当我踏上返回北京的飞机时，我心里感到踏实多了。

我承认，在故乡废墟上奔走的日子里，看到了太多的柔情与悲壮，太多的慈悲与善良，太多的哀婉与凄美，太多的坚韧与刚强，太多的无私与无畏，太多的大真与大爱！然而，故乡废墟上太多的伤口与血迹，太多的悲伤与凄凉，太多的课桌与作业，太多的钢筋与危房，太多的书包与尸体，太多的断壁与残墙，犹如汶川大地震震出的漫天碎片，总是不断向着我的大脑和心脏袭来，令我伤心至极，难以自抑。于是，我躁动，我心酸，我呕吐，我失眠，甚至还做起了噩梦。有一次我梦见一条毒蛇，很大的毒蛇，怎么打也打不死，后来很多人一起围上来，用铁锹打，用木棍打，毒蛇被打成了好几截，还是打不死，最后我大叫一声，从梦中惊醒……我感到我的心快碎了，我的精神快崩溃了！我痛苦，欲哭无泪；我悲伤，不知伤在何处；我愤怒，不知该向谁提起诉讼。

因此，我在离开灾区前，曾走进成都市精神病医院，找到该院副院长文荣康，向他求助心理问题。很快，我和一位叫施玮的年轻女心理咨询师面对面地坐在了医院门前绿油油的草坪上。我们聊地震，聊受灾群众，聊创伤，聊人心，聊了足足一个多小时。最后，这位女心理咨询师对我说，凡从灾区来的人，心里或多或少都会感到难受，这在心理学上称为“次级创伤”。作家、记者、医生、护士、志愿者、救援者，都有这个现象，连我们这些从事心理工作的人也不例外。你难受，是因为你的心受到了创伤！

那一刻，我幡然醒悟：汶川大地震，震中其实不在汶川，而在人心——在受灾群众的心里，在中国人的心里，在全人类的心里！地震摧毁了房屋，摧毁了家园，摧毁了生命，摧毁了财产，摧毁了村庄，摧毁了校园，摧残了健全的肢体，破坏了端庄的五官……但创伤最重的，是人的心灵，人的精神，人的情感！

直到这时，我才真正想写一部书。

其实，从我内心来说，一方面，我希望我在故乡废墟上看到的一切，都是假的，都是我的梦幻，我的错觉，甚至压根儿就不曾发生过，即便是真的发生过，我也恨不得彻底忘掉；但另一方面，我又渴望见证一切，渴望向幸存下来的人们诉说一切，向永远不死的历史诉说一切！

也许有人会问，这究竟为什么？

我的回答是——不为什么，什么也不为。我只为真相，只为实情。我不想把废墟变成大厦，把悲剧变成喜剧；我不想把谎言变成真理，把哭泣变成歌声；我不想把反思变成庆典，把灾区变成秀场；我不想把鲜血变成酒水，把死尸变成活人！我必须公示汶川大地震灾难的真相，传递废墟的气息，留下亡灵的心声，定格人心的表情，赞美中国国格的崇高与伟大，颂扬国家以人为本的大爱精神！写作此书，我只想证明，我的眼睛曾经流过泪，我的心灵曾经滴过血，在故乡那生灵涂炭的废墟上，不仅留下了我匆忙的脚印，还留下了我诚实的反省。如果说地震是事件，废墟是法庭，我写下的文字便是陈词，我拍摄的照片便是证据。而最公正的法官，就是时间，就是历史，就是地球全体公民！

于是，我为本书的写作定下一个规矩：必须坚守一种纯粹的写作动机，捍卫一个作家起码的良知；必须以诚实的态度和实事求是的精神，面对故乡 13 万平方公里的废墟、500 万苦难苍生、40 万伤残者和 10 万个毁灭的生命；必须对得起故乡的父老乡亲、全国的救援大军、全世界的慈善之举以及永远埋葬在废墟下的孩子和所有的亡灵！

而面对汶川大地震，思考、反省，则是所有幸存者和亲历者共同的义务与责任，也是全人类共同的义务与责任！

第一幕　山崩地裂那一刻

汶川大地震，据有关专家测算，其破坏程度，是当年唐山大地震的 3 倍；其经济损失，是唐山大地震的 19 倍；其杀伤威力，相当于当年美国投放在日本广岛的 5 000 颗原子弹！那一刻，人性像从地心里蹦出的碎片，万般奇妙，色彩纷呈，先腾空而起，再沉入废墟。这些

“碎片”有血迹，有泪痕，有伤痛，有悲愤，有情感，有体温。然而，人类天生患有失忆症，汶川大地震震出的这些“碎片”，能进入我们记忆的博物馆，成为中华民族永恒的“古玩”吗？

镜头 1　汉旺镇的时间

2008 年 5 月 22 日，我途经绵竹汉旺镇钟楼广场时，在奔跑的汽车上，抢拍下了两张关于时间的照片。

地震那一刻，汉旺镇钟楼广场的四周，不少房子都倒了，然而唯有钟楼上的这座大钟——掌控我们人类命运的时间，却昂首挺胸，巍然不倒！

我不知道这是一个奇迹，还是一个谜。我只清楚地看见，钟楼上的这座大钟，为我们显示的时间是：2 点 28 分！而且永远定格！

正是这个定格的时间——公元 2008 年 5 月 12 日 2 点 28 分，生养我们的地球，不知是因为她千年劳累不停运转出了毛病，还是人类胡乱动手动脚触碰到了她的某根神经，总之生气了，发怒了——汶川大地震在我们的

公元 2008 年 5 月 12 日，绵竹市汉旺镇广场的塔钟，永远停留在了 2 点 28 分

脚下爆发了，灾难从我们的头顶降临了！

灾难如同一头怪兽，常常出其不意扑向人类，狠咬一口，然后转身离去，像一阵狂风，瞬间便消失得无声无息，无影无踪。

然而，灾难留给人类的泪水与伤痛、记忆与噩梦，犹如时间，反反复复，轮回循环，永世不灭，代代承传。

1945 年，美国在日本的广岛和长崎首次扔下两枚原子弹，摧毁了两座美丽的城市，毁灭了数十万人的生命，此后死亡的阴影一直在日本人心中生根发芽，挥之不去；32 年前，唐山大地震，24 万条生命葬身废墟！如今，这座曾被血水与泪水浸泡过的城市，依然血迹斑斑，泪痕点点！而 2008 年的汶川大地震……

如此残酷的打击与摧残，脆弱的人类哟，你还能承受得了吗？

好在时间不倒。

时间不倒，就有希望；时间不倒，人类的生命就会延续！

然而时间既是神，又是魔鬼，它可以创造辉煌，也能毁灭一切！

那么，汶川大地震究竟毁灭了什么，又留下了什么呢？

汉旺镇的时间，你能告诉我们吗？

镜头 2　映秀：一个不会拐弯的人

汶川大地震，震中在汶川，在汶川的映秀镇。

受灾群众陈全君，便是映秀镇人。我见到陈全君时，汶川大地震已经过去 10 天了。我刚举起相机，就明显看出，他依然神志恍惚，惊魂未定。

陈全君是映秀镇的一个村民。很多年前，土地退耕，他家祖祖辈辈靠土地吃饭的日子从此结束。为了生存，他去映秀镇一家拉丝厂打工，老婆也在这家工厂帮人做饭。两口子靠微薄的收入，供养着 3 个孩子上学。一家人的日子虽说清贫，倒也平安。用陈全君自己的话说，平平安安的日子，还是被狗日的地震给搞乱了！

地震发生那一刻，陈全君正在睡觉。陈全君说，我头天晚上加夜班，中午在睡觉。本来，上午我割（买）了一斤新鲜猪肉，准备晚上炒一盘回锅肉来吃。当时我好像在做梦，梦见自己家变成了一栋 24 层的高楼，我正

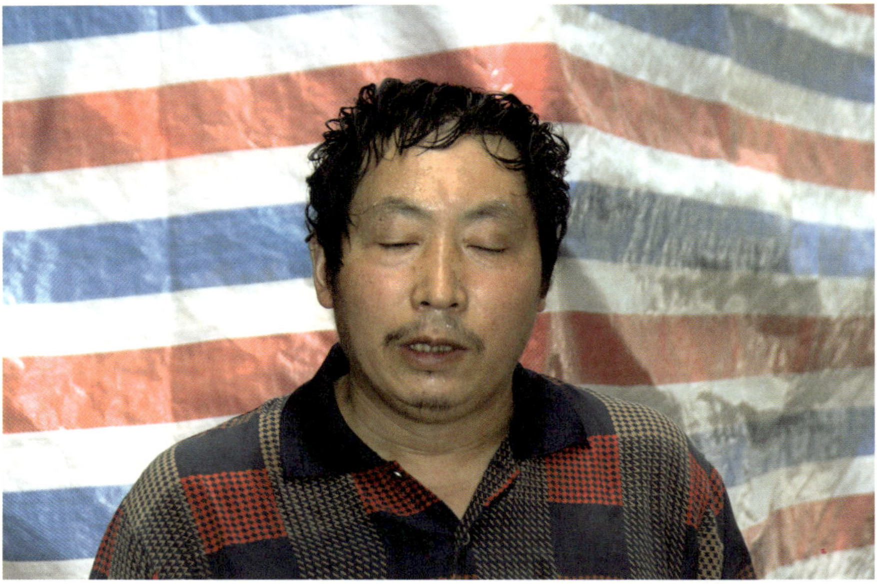

映秀受灾群众陈全君。他说，地震都过去一个星期了，脑子里还总是轰隆隆地响，像打雷，像原子弹爆炸

往楼上爬，刚爬到 12 楼，突然感到床在晃，房子在晃，我的屁股和脑壳（脑袋）也在晃，从床上被晃到了地上，接着我家的房子也被晃倒了。我爬起来，就往外跑，跑到外面，外面黑乎乎的，什么也看不清，只听见到处都在轰隆隆地响，不知道是天上还是地上，像是在打雷，又像有什么东西在爆炸。接着我就看见四周的房子哗啦哗啦地全垮了！几个电站的铁塔，也哗啦哗啦地全垮了。等我反应过来，也就是不到一分钟，所有的建筑全都垮了，电力和道路也全部中断了。我还看见石头到处乱飞，好大的石头，对面有一座山，一下就倒下来，把岷江给填了，河水冒出来，又劈出一条河来。山垮了，水也涨起来了。我一看事情不对，就想跑，可突然发现自己没穿裤子。我看见有一条裤子挂在木桩上，就跑过去抓下来，边跑边穿，边穿边跑。和我一起跑的还有好多人，大家都往后山跑，跑到半山腰上，我还差点死了。当时有一辆旅游车，好像被什么东西突然抬起来，飞起来十多米高，一下飞到我们面前，但汽车却没有倒，可能是冲击波，把整个汽车抬起来，又冲出去了。后来听说这辆车上的人死了七八个。

陈全君向我讲述时，开始时思维还比较清晰，但讲着讲着，就开始有些零乱，有点意识流，不过意思还能听得懂。

陈全君说，我们在后山，躲了两天两夜。这两天两夜，可惨了！主要是怕，太可怕了，山下到处是死人，山上到处都在晃，都有石头在飞。冷，有风，还打雷，好像是天上在打雷。不知道是不是打雷，反正风一吹，就响。我蹲在山坡上，心里害怕极了，还饿得不行。逃的时候我们都没带东西，只顾逃命，谁顾得上啊？后来口干（口渴），干得不行了，就找水。没水，山上去哪儿找水啊？我就用舌头去舔树叶，舔树叶干啥子？树叶上有剩下的水珠。后来大家都去舔，一片一片树叶地舔。树叶上的水珠本来就不多，很快就舔完了。还口干，怎么办？熬到天亮，下雨了，雨不大，但雾很大。我从树上扯下一片树叶，那种比较大的树叶，我们那儿树多，经济来源主要是种树，沙树、杜仲什么的。原来种树是可以赚钱的，国家让我们把树种好，一亩承诺补助 200 斤粮食。我双手捧着树叶，对着老天，用树叶去接雨水。大家看我用树叶接雨水，也去扯下树叶，学着我的样子，双手捧着，望着老天，去接雨水。接雨水时，有的站着，有的蹲着，有的趴着，有的还跪着。有的女人一边接雨水，一边哭着说，我们太惨了，老天爷都哭了，可怜我们了，下雨了！但刚说完，雨停了，老天爷不哭了，雨不下了。这下大家急了，开始骂人了，骂老天爷不是东西，没有良心。后来嘴巴实在干得很，饿得受不了了，就去摘茶叶吃。茶叶好，我们那儿的花茶好，漩口茶叶，名牌，真的，我不骗你。我摘下茶叶就往嘴里塞，开始一片一片地塞，一片一片地嚼，后来一把一把地塞，一把一把地嚼。好，茶叶好，很管用。大家正嚼着茶叶，地震又来了，吓得大家赶紧趴在地上。后来我才听说，那不叫地震，叫什么震？对了，我想起来了，叫余震，狗日的余震，凶得很呢！山上好像到处都是余震，一会儿来一下，一会儿又来一下，像抽风似的。怎么办？还跑不跑？有人说不跑了，就在这儿等救援部队。我说不行，山上连飞机都落不下来，得赶快往外逃，不然只有等死。后来大家就一起往外逃。一路上，我的妈呀，全是从山上滚下来的大石头，大得不得了，我从来没见过。到处是坑坑洼洼的，又是风，又是雨，人掉下去，连脑壳尖尖都看不到一眼。刚刚走出映秀不远，我的一个老乡本来已经跑出去了，又跑了回来，他说跑不出去，外面到处都在地震，只有回家算了。正说着，一个石头突然从山上飞下来，把他压在下面，脑浆都溅出来了。死了，没法救了，我也差点儿吓死了。映秀镇政府上班的人全死了，没人组织，后来才有几个人在那儿组织。我身上到处都是伤，我爱人的伤最重，盆腔骨折，是后来医生说的。但当时我们什么都不知道，只知道逃命，我扶着她，她攥住我，我们俩谁都丢不下谁。我们在路上坐了一晚上，走了两天两夜，身上的衣服全被汗水打透了，没有衣服换，只有穿着湿衣服跑，全身是汗，头发尖尖上都在冒热气，脑壳像个蒸笼似的。后来打湿了的衣服，又被身上冒出来的热气烤干了！

直到第三天，陈全君他们才死里逃生，逃出了映秀镇。陈全君腿上、胳膊上、屁股上，到处是伤，两只脚板被沿途的石块、瓦片、树枝、荆条全扎烂了，一路走一路流血。陈全君说，映秀镇外来人口可能有1万多人，大概只逃出了1 000多人。他那个厂虽然只死了几个人，但80%的人都受伤了。另外一个锅炉厂，只跑出来两三个人，还是重伤，其余的全死了。

陈全君从映秀逃出后，被送进了成都第二人民医院。开始在外科，一周后伤情好转，转到中医科。但10天过去了，他说心里总有一种恐怖的感觉，总感到天在晃，地在晃，楼在晃，墙在晃，床在晃，有人站在他面前，人好像也在晃；总感到脑壳上被扣了一个什么东西，像顶着一个锅盖，一个铁桶，很不安逸。他还说，他的脑壳里总在响，像打雷一样，特别是到了晚上，只要一躺在床上，脑壳里就轰隆隆地响，像原子弹爆炸似的；眼里总看见房子在倒，电杆在倒，山在倒，水也在倒流。山倒下来的样子特别凶，像老虎下山吃人似的。水的颜色是红色的，像地下冒出的血。还有汽车在飞，石头在飞，像电影里看到的飞碟；耳朵里也总听见有人在拼命地喊，拼命地叫："救命呀！救命呀！"总感到自己还在映秀，还在映秀的山上，惊醒后爬起来一看，却在医院，在医院的床上。

和陈全君一起躺在医院病床上的，还有他的爱人。陈全君的爱人经医生诊断，盆腔严重骨折，伤势很重。陈全君说，爱人现在整天躺在床上，动不了，还得他伺候。爱人好像也跟他一样，心里总是怕。有一天晚上，他爱人正躺在病床上睡觉，突然风一吹，把门吹开了，门响了一下，爱人一下就从床上爬起来，冲到门口又喊又叫："还有一个！还有一个！"护士急忙跑过来，问她怎么了？她说地震了，你们都跑了，我还在屋里呢！千万别扔下我！之前爱人上厕所都起不来，床都下不了，必须要有两个人扶着才行。没想到门响了一下，她居然自己从床上爬起来，跑了好几米远。结果把腰给扭了，躺了一个星期，天天在床上直叫唤。

陈全君现在唯一的牵挂，就是他的小儿子。陈全君有 3 个孩子，都在读书。老大已在成都上大学；老二在读高二，成绩很好；老三中考得了全校第一，考进汶川中学，理想是读四川大学。地震突然来了，小儿子所在的汶川中学垮了，一个班 70 多人，死了好几十个。小儿子至今还在映秀，出不来。

陈全君还有一个隐忧，就是现在无家可归，不知道今后该怎么办。陈全君说，我不知道我们山里人为什么会这么倒霉，1999 年，我们那儿发生了一场火灾，不知是用电引起的，还是什么原因，16 户人家全烧光了，一个村子都烧得光秃秃的。我的家也烧了个精光。后来还是共产党好，重新给我们修了房，就是用树枝和水泥建起来的简易小平房。我们山里人要求不高，能遮遮风挡挡雨，就行了。但没想到这几年日子刚刚好过一点，狗日的地震又来了，把房子全给震垮了。

而陈全君眼下最着急的，是他家的存折。我问他家有多少存折？他想了半天，也没想起来。陈全君说，他现在的记忆力很不好，反应也慢，早上去买一个烧饼，给了摊主 10 元钱，摊主却只找了他 5 元钱，其余的钱全找给另一个人了。他拿着就走，到晚上才想起来不对，忙去找卖烧饼的摊主，人家早已经关门走人了。他说，这事要是在地震前，马上就反应过来了。

陈全君的记忆的确不好，他的手机号我问了三遍，他想了三遍，说了三个手机号。我问他哪个号是对的，他说最后一个号是对的，肯定是对的。

后来我一打，空号，还是错了。但他家的存折，后来他还是想起来了。他告诉我说，他家有一张 2 万元的，还有一张 2 000 元的，都是他和爱人 10 年积攒下来的血汗钱，是他到陕西、广东、深州去拉电线、挖地基打工挣来的血汗钱，是他准备给 3 个孩子上大学的血汗钱，现在全被狗日的地震给震丢了，找不着了，一分也没有了！所以在成都住院期间，他伤势刚好一点，就上街去找银行，找保险公司，打听存折的事到底怎么办？房子的事如何赔偿？

但陈全君做梦也没想到，“狗日的地震”不仅改变了他走路的姿势，还改变了他走路的方向。他在成都街上走路，只能直着走，不能拐弯，只要遇上拐弯的路，头就晕，脑子就乱，找不着北，不知该往哪儿走，甚至有一次还差点走丢了。后来他只要一出门，就在身上带着一张写有地址和电话的纸条。但路上还是不能拐弯，只能走直路，直着走路。

陈全君说，他问医生这是什么病，医生说，这是地震落下的后遗症！陈全君搞不清这地震怎么会闹出个“后遗症”，更不知道这“后遗症”会“症”到什么时候有个完。他为此很苦恼，反复对我说，完了，我这一辈子完了，再也不会拐弯了，只能直着走路了。

我安慰他说，不会拐弯也好，这个世界弯太多，走起来太累。直着走路，直来直去，省时间，省力气，还省心！

他听我这么一说，心里好像轻松了不少，忙说，对对对，成都的路要都是这么直端端的，没这么多弯，我找起银行和保险公司来，就没这么累了。

说完，陈全君走了。他头朝前方，脚踩地面，直端端地往前走去。看上去小心翼翼，诚惶诚恐，一点不像一个山里汉子的样子。

这位不会拐弯的映秀人，最终能走多远呢？

镜头 3　北川：一只雪白的乳房

汶川大地震，最让人揪心的，是北川！

北川，这座深藏于川北大山中的南方小城，大地震前，世人极少知晓；大地震后，一夜间却“享誉”全球！

北川封城后，这是通往北川的唯一关口

北川从一块蛮荒之地，到一座具有现代化风情的小城，至少走过了1 000年；而从一座具有现代化风情的小城，变成一片废墟，最多只用了10秒钟！

于是北川，成为全世界关注的焦点。

当我匆匆赶到北川时，进出北川的城门，已被封死了！

但，我还是以一个军人的姿态，强行冲进了北川。

北川如同汶川，有太多的传说，也有太多的真实。

出现在我面前的这位羌族小伙子，叫郭志武，时任北川县委宣传部常务副部长。郭志武的老家在陈家坝，距离北川城约15公里，那是一个像仙境一样的地方。也许受家乡山水文化的熏陶，郭志武从小就喜好文学艺术，进县委宣传部工作后，业余时间写点小说，近几年又对羌族文化情有独钟，所以在朋友圈里，都叫他青年作家。

北川分老城和新城。地震发生那一刻，郭志武正在北川新城一家“干锅鱼”陪几个朋友喝酒。“干锅鱼”很爽，酒也不错。但就在郭志武刚刚端起第六杯或者第八杯时，桌子上的酒杯突然晃起来了。郭志武并没有像我们想象的那样慌张，不但没有慌张，反而还给朋友开玩笑说：“地震了，地震了！”为什么？郭志武说，因为北川经常闹地震，大家都习以为常、见怪不怪了。每次闹地震的时候，我们都不跑。所以开始晃动的时候，我根本就没当回事儿，更没有跑。大概过了五六秒钟，凳子、桌子开始晃动了，房子开始晃动了，紧接着我们全都跟着一起晃动了！

直到这个时候，郭志武才恍然醒悟：不好，玩笑开大了！说时迟，那时快，郭志武扔下酒杯——准确地说是震掉了酒杯，然后向门外冲去。但晚了，房子开始倒塌了，人群开始混乱。在混乱的人群中，郭志武摸索着往外跑，准确地说是往外爬。幸而他吃“干锅鱼”的地方是在一楼，趁房子还没有完全垮下来，郭志武稀里糊涂地就爬到了“干锅鱼”的门口。一抬头，他看到了“世界末日”！

郭志武说，我出来看到第一眼就傻了！我不知道是怎么回事，不知道

这是地震 10 天后，我从一个半山腰上抢拍下的北川

这个世界怎么了，当时什么感觉都没有，就感到黑，整个北川全是黑！本来那天是个晴天，有太阳，肯定有太阳。但那个黑呀，简直无法形容，整个天，整个地，整个北川，全是一片昏天黑地！说实话，地震刚发生那一会儿，我并没有什么感觉，也不害怕，但当我面对眼前一片黑暗的时候，当我什么都看不见，什么也看不清的时候，我心里有了一种莫大的恐惧感，我真的害怕了！我以为这个地球就这么沉下去了，这个世界从此就这么结束了！因为我不仅什么都看不到，还什么都听不见。我没有听见房子倒塌的声音，也没听见有人呼救的声音，我只听见了山在垮的声音。这声音也不大，嗡嗡的，因为当时山是在整体移动，不是一下倒下来的，但这声音听起来非常恐怖，非常吓人！虽然这时我什么都看不见，但我感到我的右边相对安全一些，因为我知道右边是老百姓的房子，于是我就往右边跑。这个时候好像开始有一点光亮了，我一边跑还一边看，怕电线杆倒下来砸了我的头。大概过了 2 分钟，眼前的黑渐渐散去，我才看见，200 米左右的高空，全是一片灰尘；两边的山都垮下来了，一个垮的是石方，一个垮的是土方，街上全是石头，几百吨重的石头都滚下来了！大约每隔几秒钟，就有石头掉下来。后来我计算了一下，山上垮下来的石块和泥土，大概有 500 多万立方米！我周围的房子全倒了，北川城的房子也全倒了！而我的身边，全是死人！好大一片，至少好几十个！我不知道该怎么走，连去老城的方向都找不着了。我下意识地一低头，看见一个女人，一个很丰满的女人，估计 20 多岁，就在我的脚边，躺在那里，脑袋没有了，肩膀没有了，半个身子也没有了，就剩下了一只乳房，一只雪白的乳房，一只非常美的乳房！乳房的四周，都是血迹斑斑的衣服，都是横七竖八的尸体，都是乱七八糟的脏东西，所以这只乳房就显得特别干净，特别抢眼！当时我一眼看过去，一下子就惊呆了！怎么会这样？一个好端端的姑娘，怎么只剩下了一只乳房？如果不是我亲眼看见，打死我也不会相信现实会是这样！我长这么大，从来没见过这么惨的场面，过去在美国大片里看到的灾难画面，全都变成了现实。我想起我的妻子，想起我的母亲，她们都是女人啊！还有我的女儿，还有世界上那么多的女人！这简直太残酷了，太不可思议了！我脑子嗡的一声，顿时一片空白。当时我的感觉就是，我的家人已经全部死光了，北川城的人也可能全部死光了，这个世界现在就剩我一个了，人类的末日来临了！

郭志武是一个遇事冷静的人。他很快从惊恐中清醒过来，第一个反应就是赶紧打电话。可他一摸兜里的手机，没有了，不知丢到哪儿去了；再一看，脚上的鞋子、袜子也没有了，原来自己打着一双光脚板。他这才想起，自己刚才从废墟里爬出来时，腿发软，站不稳，刚站起来，又摔倒了，摔了好几跤，身上被摔了十几处，现在腰杆就痛得厉害。他后来才知道，他的肋骨当时就断了。郭志武说，我当时第一个念头就是，赶快找到我的爱人，看她还在不在？然后，赶快找到我们宣传部的同事。因为我是常务副部长，我有责任。

于是，地震过后 5 分钟，郭志武就开始从新城往老城跑。注意，郭志武是汶川大地震后，第一个从北川新城跑向老城的人。所以别人向我介绍郭志武时，都要说上一句，这是我们北川的刘翔！

郭志武说，我刚往前跑了几步，就看见死人堆里突然爬起来一个人，满脸是土，再一看，居然是个熟人！我非常惊讶，怎么还有活人？我赶紧上去用手拍了他一下，果然是个活人。因为当时能活着真是太不容易了，所以我看见死人很正常，见到活人反而很奇怪。接着我又碰见了第二个熟人，我又上去拍了一下，又往前跑。后来凡是见到活着的熟人，我第一个动作就是上去用手拍一下，一瞬间就成了一种习惯。接着，我听到有骂人的声音，一看，是两个男人，一个躺在地上，满身是血；一个正把他从石头缝里往外拖，一边拖，一边用手使劲拍打他的脸，一边还骂：“狗日的，不准死，不准死！狗日的，不准吓我！不准吓我！”其实那个人早就死了。

我问郭志武，当时想没想过自己先逃出去？郭志武说，没有，这个想法一点都没有。我问，为什么呢？郭志武说，如果全家都死了，就剩我一个，逃出去还有什么用？活着还有什么意思？所以，我决定赶紧往老城跑，去找我爱人，找我同事！

因为是打着赤脚在跑，跑过几百米废墟后，郭志武发现自己脚底全被扎烂了，满脚都在流血，钻心的痛。嘴也痛，用手一摸，左边两颗牙没有了，但他继续往前跑，很快跑到一条公路上。这条公路是从新城到老城的一条必经之路，大约有 500 米。北川人平常从新城到老城上班，或者从老城下班返回新城，都要经过这条路。5 月 12 日下午地震那一刻，正是上班的高峰期，所以当时有很多车辆和市民，都匆匆穿行在这条突如其来的死亡之路上，而郭志武是地震后第一个冲上这条公路的人。他一跑上这条路，马上就发现公路全拱起来了，一段一段的，像一块块跷跷板；路面好像被什么东西扯开，又合拢了，合拢了，又再扯开！由于公路紧贴着山，所以公路上全是滚下来的石头，直径都有四五米；市民的伤亡情况，远比他想象的要严重得多！

郭志武说，我一跑上这条公路，就看见公路上全是死人，至少有一百多个！路边上的死人和受伤的，还有几十个。有一辆出租车，趴在路边，被拧得像根麻花一样。我在这条大约 500 米的公路上，一共就看到 4 个生还的人。这几个人能活下来，简直都是个奇迹。我看到的第一个人，是个女的，大概四五十岁，躺在地上。其实路上根本没有路，她躺在石头缝隙里，她的腿没有了，正用手在地上到处摸她的腿，不知是左腿还是右腿，反正我看见少了一条腿。她一见我，就喊："我的腿没有了，快帮我找找腿吧！快帮我找找腿吧！"我一看，地上除了石头，哪有什么腿？我实在顾不上帮她找腿，也没法把她转移到安全的地方，何况石头不停地在往下掉，随时都有可能砸在头上。我在她面前犹豫了一下，很歉意地给她摆了一下手，就又往前跑。接下来，我又见到两个人，一男一女，男的少了胳膊，女的缺了小腿，两人正在对话。女的说："完了，这一辈子完了，我的腿断了！你倒好，还有腿。"男的说："好个球，你比我强，还有手。我的手没有了，以后怎么干活？"这个男人满身是血，离我很近，大概就一米左右的样子。我犹豫了几秒钟，只看了看，并没有去救他们，也没法去救他们。我爱人不知是死是活，心里着急呀，但他们的对话我听得很清楚。事后想来，连我自己都感到奇怪，在那种情况下，两人怎么还会坐在那儿对话呢？

是动不了，还是什么？再往前走，我又见到一个人，是个开车的司机，卡在车里面了，司机一见我，就叫我："快救我一下吧，你只给我一点力气，我就出来了！"我迟疑了一下，还是把他的话听完了。可我没法救他，因为他和我隔着一条河沟。虽然我与他的直线距离只有二三十米，但我不能直接过去，必须绕过一条河沟，来回至少得走上200米，才能到他跟前，而我根本没有这个时间。因为我心里只有一个念头，尽快跑到县委找到我的爱人，找到我的同事，他们这天下午都在县委礼堂参加青年表彰大会，好几百人呢，还有学生！

郭志武在500米生死线上狂奔的途中，余震不断，石头从山上纷纷滚落而下，所以他一边跑，一边还要躲闪不时落下的石头。而且他根本不是在路上跑，而是在一个个的石头缝里钻，在一具具尸体上跳，因为根本没有路，全是石头。往常，他每天上班都走这条路，只需20分钟就够了，可这天他却跑了大约35分钟——这是后来他自己估算的。他说事实上他自己也不知道跑了多长时间，只感觉那天的路很长，像跑了整整一个世纪！他以为，越过这500米生死线就好了，没想到跑到老城边上后，发现通往老城的桥已经垮了！有20多个人待在桥头，都在找亲人，急得团团转。郭志武毫不犹豫地从桥上跳下去，然后再爬上对岸。可等他爬上河岸，已经认不出去县委的路了，老城的房子全垮了，所有的路都被废墟堵塞了。他记得河边有一条小路能进县委，就寻着这条小路走去。走过一条窄窄的小巷子，他看见有一双毛皮鞋，想起自己还光着脚，而且还在流血，顾不得是谁的，抓起来就穿在自己的脚上。这时，一次比较大的余震发生了，他一下就被晃倒了，四周人群也惊恐万状，几个披头散发、泪流满面的妇女竟扑通跪在废墟上，跪在砖块瓦砾上，不停地磕头，不停地祷告："观音菩萨，求您老人家保佑，不要再震了嘛，不要再震了嘛！我们家的人都震死了！"但他顾不了她们，爬起来继续往前跑。

郭志武说，等我跑到县委大楼，县委大楼已经全垮了，后面的大山垮下来，大概有500立方米的泥石流一下覆盖了六层高的办公楼。我找我爱人，我爱人也在围着宣传部办公室哭着找我，见人就问，看见郭志武没有？见郭志武没有？大家都摇头。因为我的办公室已经全压垮了，都以为我死在里面了。大概只有 2 分钟，我就找见我爱人了，我爱人见我突然出现，哭得一塌糊涂。但我没哭。在这次地震中，我家死了 3 个人，一个是我父亲，一个是我岳父，一个是我女儿的亲生母亲，也就是我的前妻。直到现在我都没哭，我没时间哭。我找到爱人后，赶紧去找单位的同事。我们宣传部有 6 个人在办公室，跑出来 5 个人，都是从里面爬出来的，头上、身上全是玻璃渣子。但有一个爬出来就死了，有一个是重伤，另一个脊椎压断了。组织部有一个姓齐的两只腿全断了，躺在草地上，一直在说话，居然不知道痛，直到晚上才送上救护车，后来听说死了。从县委机关跑出来的人这时候全都聚集在县委大院里，大概有 500 多人，县长经大忠立即组织大家救人。我是和武装部一起参加抢救的，武装部有 200 多人，当天在训练应急分队，本来应该有更多的人，由于有 120 多个应急队员在午睡，结果许多应急队员全死在里面了。我第一个就抬了一个大胖子，我的腰不行了，根本抬不动。当时大家都没有工具，没有专业设备，只有站到楼上去喊：有没有人？有没有人？就听见废墟下有人在答应：我在这里，快来救我！快来救我！但很多人压在下面没办法救，只能救上面可以挖出来的人。说实话，前几天本来不少人是可以救出来的，但没有设备和工具，当时只有武警战士，拿着铁锹，站在废墟上喊，有没有人？有没有人？第二天下午，部队拼着命赶来了，但还是救不了人，为什么？没有专业设备，没有专业工具，有劲使不上，心有余而力不足。后来，重庆消防队赶来了，海南消防队赶来了，江苏消防队也赶来了。江苏消防队最敬业，设备最齐，他们有很先进的生命探测仪。重庆消防队的探测仪最厉害，只要在 15 米之内有生命，就能探测出来。我亲眼看见他们救出来一个人，后来有一支部队也在救学生。县委大概一共救出了 30 多人，还有 50 多人全压在下面，根本救不出来。全县真正从废墟里救出来的人，大概只有 100 多人。北川县公安局 100 多人，只剩下 27 人；北川县医院 100 多人，只剩下了 3 个人，其余的全死了。全县没有一个完整的家庭。县委有 30%的人伤亡，有

30％的人在找亲人，有 30％的人在现场。当时，所有的水电、交通全中断了。前几天我们不知道外面的情况，外面的人也不知道我们的情况。后来来人了，不相信我们里面会震得这么厉害，因为绵阳的房子基本没垮。

就在北川城里忙着救人之际，北川城外有一个人也在奔忙之中。这个人就是北川县委书记宋明。地震那天下午，宋明去绵阳开会，刚走出北川县城 3 公里就地震了！宋明立即掉头返回，在离北川县城 2 公里的北川中学成立了临时指挥部，随即展开救援。于是，北川城里城外，很快形成两条指挥线，一条以县长经大忠为首，在城里自救；一条以县委书记宋明带头，在城外援助。郭志武说，大概到晚上 10 点，北川到安县的路就通了。这时县委大院已经汇聚了五六百人，大家茫然四顾，不知所措。怎么办？是在原地等待救援，还是撤出县城？如果撤出县城，怎么走？怎么才走得出去？

就在这时，站出来一个小伙子，民政局驾驶员，名叫王刚。王刚 38 岁，当过兵，羌族。地震那一刻，王刚一家死了十几个人！但他还在现场，还在和大家一起参加救援。大家看着王刚，不说话。王刚说，我去找一条出城的路，我熟。经大忠县长说，好！王刚一转身，很快消失在黑暗中。很快，王刚回来了，报告说，顺着县城走，走不通，必须另外找路。说完，王刚又走了。不一会儿，也就十多分钟，王刚又回来了。王刚说，出城的路找到了，这条路，过去我走过，我熟，肯定能走出去！人群立即有了响动。县长说，那好，走，立即走！于是，逃亡的人群组成三路，一路是老人、学生；一路是武警，押着几十个犯人；一路是剩下的群众，包括从废墟中救出的伤残人员。两千多人的逃亡队伍，在黑暗中摸索着，在余震中爬行着，小心翼翼，战战兢兢，经过一个多小时的挣扎，终于逃出了北川这个死亡之城，然后来到北川中学的操场和路边；另一部分当晚走不动或者没走的人，第二天中午也基本逃了出来，全部汇集在了北川中学的废墟前。

郭志武说，第二天下午，六七千人的逃亡队伍，又开始往绵阳方向逃。

这六七千人包括北川城里和城外的受灾群众。当时，不知道是不是死的人太多，打动了老天爷，反正天下起了雨。雨下得很大，哗哗的，我感觉直往下流，直往下倒。逃亡的人有的披着麻布口袋，有的披着蛇皮口袋，有的披着塑料布，有的披着床单被褥，四人一组，四人一排，你拉着我，我牵着你，相互搀扶着，一起往外走，一起往外逃。一路凄凄惨惨，悲悲切切，惨不忍睹！

在郭志武的整个讲述中，我注意到，在大地震降临那一刻，郭志武反复提到当时他内心的一个念头，就是先找到他的爱人，再找到他的同事。我在采访中，曾三次向他核实这个问题的真实性，他三次都确认，他当时的真实想法就是这样。我回到北京后，又反复听了采访录音，他确实是这么讲的。但我还是不放心，在撰写此文时，又专门打去长途电话，再一次向他求证。他在电话里依然坚持说，当时就是这么想的，先找爱人，再找同事。

那么，郭志武为什么要先找爱人，再找同事呢？当我打破沙锅问到底时，郭志武说，地震发生后，凡是有幸活下来的人，最先想见到的，都是自己的亲人。我想这是人之常情，无可厚非。我女儿在绵阳上学，13 岁了，我不可能去绵阳找她；第二，我父母的家住在老城，他们的家离我吃饭那个地方隔着一条河，大概就 200 米远，我非常熟悉，所以我出来后就看了一眼，他们的房子全垮了，我心想肯定完了。那么，我身边唯一的亲人，就是我的爱人了。而且找到了她，马上就可以找到我的同事，因为他们都在一起开会。

第二点，郭志武第一个从新城跑向老城，在他穿越 500 米生死线的过程中，他看到了 4 个幸存者，但他都只寄予了同情，并没有伸出救援之手。关于这个过程，他依然没有添油加醋，而是实话实说，再一次做了诚实的表述。

上述两个问题，在我看来非常重要，从某种意义上说，比郭志武讲的故事本身还要重要，也非常值得关注，甚至值得研究。郭志武作为唯一的当事者，他在向我们讲述这段故事时，完全可以把他内心的念头，颠倒一下顺序，即是说，把先找爱人，说成是先找同事（个人内心的念头谁知道啊？过去我们很多人不都是这么颠倒的吗?)。他也完全可以把自己第一次穿越500米生死线，说成是一次惊世骇俗的壮举，也顺便把自己说成是个舍己救人的英雄，或者是个无所不能的大侠，甚至干脆施展自己的文学才华，编造出一个个一路救人的感人故事。身为县委宣传部副部长，郭志武当然懂得“颠倒”一下的分量和效果。如果这样，除了天知、地知、自知，谁也不知；如果这样，他肯定一下就会“高尚”起来，就会“英雄”起来，就会获得种种社会“荣誉”甚至提拔的绝佳机会。但他没有这样。他只是实话实说，说出了他的尴尬，他的紧迫，他的无助，他的无奈，以及一路的挣扎与真实。作为一个在大山里长大的年轻人，他从小就懂得一个再简单不过的道理：红薯就是红薯，茄子就是茄子；既不能把茄子说成是红薯，也不能把红薯说成是茄子，而只能遵守一个山里人的诚实与本分——实事求是！

在我看来，这就是一个在地震中留下的生命的真正价值！这就是一个在废墟上存活下来的生命的全部意义！

还有一点，郭志武在向我讲述中，反复提到他看到的那只乳房——那只雪白的乳房！郭志武说，这么多天过去了，那只雪白的乳房始终在我眼前晃来晃去，无法让我从记忆中抹去。地震太可怕了，一个年轻的姑娘，也许还是一个非常美丽的姑娘，短短一瞬间，就只剩下了一只孤零零的乳房！地震太惨烈了，它能摧毁人间所有美好的东西！什么叫“世界末日”，这次我是真正看到了！

可见，地震那一刻，除了震出了这位北川羌族小伙儿的诚实，还给这位小伙儿留下了无形的惊恐与噩梦！一场地震，让那位姑娘失去了脑袋，失去了胳膊，失去了半个血淋淋的身子，只留下了一只雪白的孤零零的乳房！这只乳房失去了生命，失去了性感，甚至失去了性别，却留下了记忆。这记忆，是汶川大地震留给郭志武最血腥的记忆，也是留给我们最伤感的记忆。倘若我们记住了这只雪白的乳房，便记住了汶川大地震的残酷与无情，也记住了人间的纯洁与永恒的美丽！

镜头 4　一座城市与一个声音

汶川大地震那一刻，距离汶川只有 92 公里的成都——一座以聪慧与幽默、花茶与麻将组合的城市——第一次出现了集体主义式的摇晃！用成都人自己的话说，全都吓瓜了！而以幽默、诙谐著称于世的 1 300 多万成都市民，也第一次真正懂得了什么叫滑稽，什么叫惊慌！

那一刻，有人正在上班，有人正在睡觉，有人正在开会，有人正在闲聊，有人正在喝酒，有人正在洗澡，有人正在炒股，有人正在谈情说爱，有人正在喝茶打麻将……总之，那一刻，聪明透顶、反应极快的成都人可能想到了 2 300 多万个各种复杂深奥的问题——比如，如何把一块豆腐从 52 种花样做到 53 种花样；怎样把星期七变成星期八；如何让物价不再上涨；怎样让“国足”马上解散；如何让希拉里当上总统；怎样让马英九管好台湾；如何让普金牵制美国；怎样让布什教训朝鲜等等。但就是没有想到一个问题：地震——“狗日的地震”！

在这 1 300 多万成都市民中，有一个成都女孩，同样也没想到。在那一刻，也就是整个成都市惊慌失措、混乱不堪，所有广播电台都哑然失声的那一刻，这个成都女孩却冲进了自己的工作间——电台播音室，在汶川大地震后的第一时间，通过无线电波，把自己的声音传向成都市的上空，并将这个声音持续了整整一个半小时！

这个成都女孩叫孙静，成都市广播电台交通台播音主持。

我见到孙静，是在她单位的办公室，时间是 5 月 21 日下午 6 点 30 分。我们的手刚握在一起，她第一句话就说，千万不要说我很勇敢，或者说怎么样怎么样。这是我的工作，我的职责。

孙静刚从山里采访归来，一副风风火火的样子，给我的第一印象是：率真坦诚，聪慧精明，干练泼辣，个性十足。

孙静忙活了一天，还没顾得上吃饭。一位同事帮她拿来一个馒头，她拿起来就啃，连水都忘了喝一口。孙静啃了一口馒头，还没等咽下去，又嘟囔着说，哎呀，这几天睡不好觉，都是余震闹的，一有时间，我就往山里跑，今天又去了，看到的东西太惨了，接受的东西太多了，心都是慌的。

孙静一边啃着馒头，一边讲，滔滔不绝，语速极快。话讲了一长串，馒头却还剩一大半。尤其讲起地震那一刻，情绪似乎还沉浸在几天前的亢奋中。

孙静说，地震那一刻，我正在自己的车上。因为下午3点整有我的直播节目，所以我提前到了办公楼的后门。与我同在车上的，还有一位同事。我开始感觉车在晃，以为是同事在开玩笑，便说，你老晃车干吗？同事说，我没晃啊！我一看，院里有一堵很矮的墙，晃得厉害，房子也在晃，而且能听见一种很响的声音，便急忙跳下车。我双脚刚一踩在地上，就感到地面像波浪一样，一翘一翘的，人像站在船上，不停地荡，不停地晃。那一刻，我知道地震是什么感觉了。地震的时候，地面不是一个坑一个坑地凹下去，你看到的不是一个一个的洞，而是呈直线的裂缝。这是我的观察，我的体会。我看到同事都纷纷下了楼，全聚在大楼门前，几个女孩见我后就说，地震了，地震了！我说知道了，就往楼上走。一个同事拦住我问，你干吗？我说上班啊！同事说地震了，你不知道啊？我说，知道啊。同事说，知道了你还往楼里走，有病啊？告诉你吧，台里所有人都出来了，楼上的墙都裂缝了！我说不行啊，还有半个小时我就该上节目了，我得上去准备准备，再说，也没有人通知我不上节目啊！说着我就上去了。我到二楼一看，办公室一个人都没有了，墙面果然裂了，门也没关。我一边关门，一边还自言自语，太慌张了，太慌张了，门都没关就跑了。我一边关门，一边还掏出手机，给自己拍了一张相。

到这个时候了，孙静居然还有心思拍照，而且还能潇洒拍照，这实在有些匪夷所思。我问孙静，你明知已经地震了，而且也看见单位的同事都下来了，为什么还要上楼，还要去直播间？

孙静说，因为当时我走到大门口的时候，看见所有的人都围在路口，所有的车也拥挤在那儿。我的第一个反应就是，交通堵了，应该马上做节目。我们频道的副总监石建蓉也说，我们应该做节目了。事实上，我当时并不知道是四川地震了，更不知道这场地震会改变我的生活，改变我们的生活。因为我们的生活经验告诉我们，我们生活的地方是四川，四川没有地震，也不会有地震，所以当时几乎所有的人都以为是外地地震了，比如唐山或是北京啊什么的。但我在第一时间亲眼看到的，就是交通堵了。作为一个交通节目的新闻工作者，当然要在第一时间去做我的节目，何况下午 3 点整，就该是我做节目的时间，所以我就上楼了。我刚进直播间不久，石建蓉也第一个冲了上来，帮我接电话。接着有一个叫晶晶的导播妹妹也来到了直播间，帮我接电话。她先在人群中找我，找到我后就哭了，问我，没事吧？我说，没事，走，上节目去。她说，还上节目啊？我说，没人说不上节目啊！所以她也到了直播间，一边接电话一边哭。接着我们办公室的方芳姐也到了直播间。刚开始，我往办公室打电话，没想到她还在办公室，我问她台长呢？她说不清楚。我说地震了，你怎么还没走啊？她说，我手上的事情还没做完呢！我说大楼的人都下楼了，你快走吧！方芳姐就走了，但她没下楼，而是到了我们直播间。我感到方芳姐很奇怪，地震都过去 8 天了，她居然没说过一句话，那天的事，更是只字未提，不知道是什么原因。

就这样，在大难来临那一刻，在楼房的摇晃中，以孙静为首的 4 位女将先后冲进了直播间，坐在了属于自己的工作岗位上。

就在孙静准备开始直播的时候，强烈的余震发生了！但这个时候孙静的压力不是个人的安全，而是如何直播的问题。尽管这个时候的孙静已经千真万确地感觉到是地震了，但作为播音员，她不能说是地震了！为什么？她所在的单位是成都市广播电台——这可是国家电台啊！而国家电台在没有接到官方红头文件或者官方正式通知之前，是不能擅自对外播放“地震”这一事关广大民众生死问题的消息的。这是几十年沿袭下来的制度和规矩，也是几十年沿袭下来的习惯。孙静不能改变，成都广播电台不能改变，四川广播电台不能改变，中央人民广播电台同样不能改变！

但是，孙静是国家公务员，是成都市广播电台的播音员，播音室是她的岗位，如同战士的战壕，对着话筒说话，是她唯一的权力。这权力是国家赋予她的，是人民赋予她的。

问题在于，她怎么说话？如何说话？

这是一个难题，无论对孙静，还是副总监石建蓉，都是。这个时候的孙静在直播间，与外界完全隔离，成都市以及成都市外所有关于地震的情况和信息，她一概不知。其他三位女将同样如此，她们一到直播间，首先就向政府有关部门打电话询问、核实情况，但通信完全不通，连网络也一度中断，所以石建蓉告诉我说，虽然当时直觉告诉我们这是地震，但没有得到官方证实之前，我们不能擅自宣布地震这一消息。我只能告诉孙静，为大家提供一些逃生和救护知识，以及交通道路信息，尽可能避免大家的恐慌，但具体怎么说，得靠孙静现场的临时发挥。

当然，这时候的孙静，也可以选择放弃——放弃这次直播，放弃这次说话的权利。但这个时候的成都市民，反应过来是地震后，已经纷纷冲出办公楼，或逃出家门，拥挤在了所有的大街小巷。他们惊魂未定，不知所措，纷纷打开手机，联系亲人。但“中国通信”不通。他们继而转为相互打听，彼此询问，却谁都没有准确信息，更不知道这个世界到底发生了什么。于是，平时人们并不怎么关心甚至被忽略的广播电台，成了人们获得信息的唯一渠道。不少人想起了收音机，打开了收音机，围住了收音机。遗憾的是，成都所有的广播电台都停止了正常的播放，一律改为音乐。

就在这时，孙静的声音出现了：

> 听众同志们，刚才那个晃动，把大家都吓着了吧，我也感觉到了摇晃！不过，我想告诉大家的是，请千万不要害怕，更不要慌张。不管你现在在什么位置，请告诉我你那里的交通状况。另外，正在驾车的朋友，一定要把车停在安全的地方；没有驾车的朋友，请一定要小心，千万别站在一个不安全的地方……

这就是汶川大地震发生那一刻，拥有 1 300 多万人口的成都市出现的第一个声音。这声音是我从电台查到的原始录音，可以保证绝对真实。这声音突兀而起，灵光一现，在第一时间通过电波传向成都市的上空，传向成都市的每一个角落，像漆黑的夜空突然有人点燃了一道篝火；像迷失的航船突然有了罗盘；像溺水的孩子突然遇到援救；像雨中的人群突然有人撑开第一把雨伞。这声音没有说"地震"两个字，却传递了地震的信息，这是孙静的智慧；这声音没有渲染地震的恐怖，却预示了大难来临的危险，这是孙静的聪明；这声音听似自然亲切，温柔平和，却迅速敏捷，沉稳有力，这是孙静的冷静。

于是，慌乱的成都市民少了一分慌乱，多了一分安全。尤其成都市8 000多名"的哥"，听到孙静的声音后，渐渐平静下来，交通道路情况，也明显开始好转。而且当天不少出租车，都是一路闪着应急灯，听着孙静的声音，前往都江堰接送一个个伤员的。

我曾采访过大约20个成都"的哥"，除两个"的哥"没有明显感觉外，其余"的哥"一致认为，孙静的声音当时对他们起了很大的作用。一个"的哥"告诉我说，地震发生时，他正在青年路，突然觉得车子荡了起来，

正在直播灾区节目的孙静

他以为自己的车胎爆了，下来一看，好的。一抬头，见很多人从屋里往街上跑，然后不停地打电话。由于中国移动通信不通，都不知道怎么回事。他回到驾驶席打开电台，成都所有电台都是音乐。但就在这时，他听到了孙静的声音，知道了事情的真相，很快将这一真相转告了其他人。于是很多人通过孙静的声音知道了当时的情况，稳定了情绪，得知了亲人的下落，让他非常感动！

还有阿坝州交通大队的十余个警官，地震后一直睡在随时可能滑坡的山体下面，手机一直没有信号，也听不到任何信息，全靠听孙静的声音度过那段恐怖的日子。后来孙静采访他们时，一个警官还对孙静说，我的老婆孩子到现在也没找到，不知道他们生死，你能不能在电台里给我播一下？就跟他们说，我很好，很安全，让他们知道一下。孙静听了这话后，眼泪刷地就流出来了。

事实上，孙静的节目开通仅 5 分钟，第一个“的哥”就打来电话，及时报告了他所处的交通道路情况。接着不少“的哥”也纷纷向孙静打来电话，或报告堵塞情况，或询问路况信息。还有不少听众，也纷纷把问题抛向孙静。比如有人问：中国移动、联通怎么了？关键时候为什么电话不通？请帮忙询问一下。有人问：请问绵阳的情况如何，那儿的通信中断了……

汶川大地震后的第一个信息平台，就这样迅速搭建起来。

大约半小时后，孙静和三位女将通过直播间的网络，获悉国家地震局已正式发布了汶川大地震的消息。但节目接下来具体怎么做？直播的具体内容说什么？没有现成的文稿，信息也不畅通，而且该说什么，不该说什么，也没一个成文的规矩。这对孙静无疑又是一次考验。

历史常常很奇妙：在关键时刻，总会有人突然现身。

就在孙静为难之际，一个神秘人物出现了。这个神秘人物通过短信平台，在第一时间不断向孙静发去各种有关地震的信息，让孙静及时掌握到了地震发生的情况。孙静说，这个人太厉害了，这个人太让我佩服了！我们的节目刚播出不久，这个人就不断向我发来信息，起码发了 20 条！这个人告诉我的地震情况，全是官方消息，新华社的消息，中央台的消息，还有地震局的消息。我就是依赖他的信息，才知道外面发生了什么。我把这些信息及时播了出去，外面所有听我们节目的人在第一时间就知道了当时发生了什么。后来有人说我开始的状态不够紧张，不够严肃，甚至还说我不是人，我实在冤枉。因为当时我真的不清楚外面究竟发生了什么，也不知道这件事情对我的生活会有这么大的改变，一直以为是北京或者别的地方发生了地震，与四川没有什么关系。正是这个人告诉了我一切。这个人先说是北京，后来说是四川。我说你能不能告诉我具体点？后来他说是汶川发生了7.8级地震，还说全国不少城市都有震感。得知这个信息后，我才紧张了。因为我是做交通节目的，我知道汶川离成都有多近！所以我的第一个反应就是都江堰麻烦了，但没想到绵阳也有问题。

孙静把地震的信息播出之后，很快就收到各种反馈的信息。

有人开始求助：孙静，请帮我播一下：刘华、妈妈、姐姐，你们安全吗？崇州好吗？妈妈在崇州。我很安全。我是李敏。

有人不断发问：乐山的地震厉害吗？茂县的情况怎样？汶川派出所的情况怎样？都江堰青城桥地区的情况怎样？

……

但节目刚播出30分钟，频道节目的总监詹伟，突然闯进了孙静的直播间。詹伟长得年轻，帅气，属于那种一眼看上去就非常精明能干的年轻人。采访中，詹伟一边接电话，一边和我说话，显得非常忙碌。地震发生后，詹伟一直在楼下忙这忙那，比如组织搭建直播车，指派记者采访等等。这期间他无数次感到了大地的摇晃与震颤，当他发现孙静和三位女同胞不在楼下时，作为主管领导，他首先想到的就是她们的安全。于是他很快冲上楼，冲进了孙静的直播间。

詹伟一进直播间，开口就喊，你们马上下楼，办公室很危险！

孙静说，没事，我做完节目就下去。

石建蓉也说，没关系。

詹伟说，不行，现在余震不断，楼房随时都有倒塌的可能，必须撤！

石建蓉、晶晶、方芳，三人只好很不情愿地离开了座位。

但孙静不走。

詹伟再次催促孙静，快走啊！

孙静还是不走，说，没事，我不怕！

詹伟急了，说，不行，必须走！一旦出了问题，谁也负不起这个责任！

孙静也急了，倔脾气跟着就上来了，说，我不要谁替我负责，我死了，是我的事，与台里没有任何关系！我可以马上签字，立下字据！

孙静的任性，让詹伟愣了一下，但他必须对孙静的安全负责，于是坚持说，在楼上工作确实很危险，你下楼后，到直播车上去，节目照样可以进行嘛！

孙静一听有直播车，尽管很不情愿，还是离开了直播间。临走时，她将频道暂时切换成了音乐。

但孙静下楼后，发现直播车还没完全搭好，性急的孙静马上又下了直播车，要冲回办公楼。不过在她上楼之前，下意识地看了詹伟一眼。詹伟与孙静共事多年，从孙静的这个眼神中，当然知道孙静要干什么，更清楚此刻交通节目的重要性，但台里为确保每个工作人员的生命安全，已经正式通知，所有人员必须撤离大楼！于是身处两难中的詹伟不得不做了一个有违常规的动作：悄悄给孙静使了个眼神！

这是一个上级传递给下级的眼神；一个同事传递给另一个同事的眼神；一个男人传递给女人的眼神；一个只有在特殊的历史时刻才可能有的眼神。这个眼神既包含了对固有体制的尴尬与无奈，又包含了对事业的共同追求和同事关系的一种宽容与理解。有了这个眼神，孙静像吃了一颗定心丸，当即又冲回办公楼！

这时，余震再次发生了！孙静听见有人发出惊叫；感到窗户的摇晃；甚至还感到了大楼的颤抖，但她还是上楼了。她走近直播间，发现直播间的门打不开，便使劲敲门。

一个老师探出头来，见是孙静，问，你怎么又上来了？

直到这时，孙静才知道，台里冒着危险偷着工作的，不止她一个人。

孙静说，直播车还没有搭好，让我进去吧，我的节目还没做完呢！

这位老师开了门。

孙静刚进直播间，石建蓉、晶晶、方芳三位女将也跟着冲了进来。

四位女将，从离开，到回来，8分钟！

8分钟后，四位女将再次投入直播，再次进入一种忘我状态。于是，灾区所有守候在收音机旁的“的哥”和不是“的哥”的听众，又听见了孙静那亲切熟悉的声音……

这期间，大小余震不断，大楼多次出现摇晃，甚至孙静和石建蓉都明显感到，自己的电脑桌在不停地剧烈抖动！但在持续不断的余震中，孙静的声音没有断过一分钟！

我问孙静，当时楼里那么危险，你为什么不肯出去？

孙静说，我的职业习惯已经这样了。当时我已经收到有人从短信平台发来的信息，说他们那里现在晃动很厉害，到处人心惶惶！这个时候我不能走，因为我是播音员，走了，声音就没了，信息就断了，大家就更慌了，还会产生疑问：刚刚听到你的声音，怎么又断了？我想这个时候他们肯定最需要我留下，留下为他们传递信息。我的责任，就是及时与他们沟通，消除他们的恐慌心理。我走了，灾区这些人怎么办？所以我不能走。说真的，那一刻，我真的感到了自己的责任。

我又问，听说当时你的电脑桌都抖动起来了，说实话，怕不怕？

孙静说，许多人都问我怕不怕？当时我真没感觉，只想到我的节目，只想到和我的听众说话，不知道怕不怕。后来我也问过石建蓉，我说你怕不怕？她也说，没想那么多。我认为，人感到害怕和慌乱，有一种特定的情况，就是自己当时不知道发生了什么。地震时为什么会有那么多人害怕，是因为他们不知道发生了什么。我很幸运的是，地震发生那一刻，虽然身处的地方很危险，但我知道发生了什么，知道是怎么回事，而且随时都清楚，所以我不怕。那一段时间我最大的收获，就是把我所知道的信息及时传递给了广大听众。而我能做到这一点，是因为我身后有一个无名无姓的人，一直在默默地支持着我，是这个人给了我信息的源泉，所以我要特别感谢这个人！

下午 4 点 10 分，成都公安部门为稳定民心，派出宣传车上街宣传。成都市人民政府随后也发布了公告，通告市委、市政府成立了市抗震救灾指挥部，成都市地震应急预案已全面启动，恳请广大市民支持配合全市抗震救灾工作。

在直播间的孙静当然不知道这一情况，但这一公告却通过那个神秘的人物及时传递给了孙静，孙静再通过交通文艺频道在第一时间发布给了广大市民。孙静说，成都市的公告出来后，我就开始播，但后来想起来也有些后怕，万一播错了怎么办？公告上说的，和我自己说的，是一样吗？幸好一样，但万一说错了呢，责任谁来承担？

的确，当时没有人给孙静下命令，她完全可以不管，可以不播，或者装傻——装着没有听见这个公告，装着不知道这个公告是什么东西。因为她身边没有公告的原件，也就没有根据。没有原件和根据，怎么播？凭什么播？为什么要播？但孙静非常清楚的是，自己是一个新闻工作者，是一个交通台的播音员，而新闻工作者的责任，就是要在第一时间把真相告诉大家，把信息告诉大家。这样做的好处是，大家心里会踏实一些，可以稳定人心，避免引起市区不必要的慌乱。

接着，温家宝总理到了成都。孙静说，我在第一时间就知道温家宝来成都了，也是那个人给我发的信息，说温家宝到机场了，到都江堰了，都是他告诉我的。我从网上得到确认后，当即就把这个消息播了出去，四川的受灾群众马上就知道温家宝总理到灾区了，就知道党和政府在关心这场大地震了，有希望了！这个信息对稳定当时大众的情绪很重要，让灾区人民有了活下去的希望和勇气。这个人肯定一直坐在电脑边上，一直守在收音机旁，一直在听我的节目。我中间还休息了一会儿呢，可这个人就没有离开过，没有休息过。这个人太让我感动了！

“5·12”大地震后，用捐钱捐物的方式援助灾区的，不乏其例，但用输送信息的方式支持灾区的，却极为罕见。孙静反复提到的“这个人”一直全身心地、源源不断地给孙静提供各种信息，直至节目结束，直到大局平稳。我问孙静，这个神秘人物到底是个什么人？他为何不顾个人安危如此敬业？为何不顾一切向你传递真相与信息？

孙静说，我只知道这个人是一个持小灵通的人，我太感谢这个小灵通了，我也太感谢这个人了！我一直在找他，可惜当时太乱，我忘了记下他的小灵通号码，后来查了一下，太忙，也没查着。现在一个多星期过去了，就是找不着他。好像“5·12”之后，他就消失了，我也感到奇怪。

下午4点32分，楼下的直播车终于准备完毕。詹伟再次让孙静下楼。这次孙静没有固执，3分钟后，出现在了楼下的直播车上。而这时，台里已果断决定，四套节目打破常规，并机播出。于是孙静的声音随着电波，再一次传遍成都市区大街小巷。此时，节目已播出100分钟，其间虽有两次断点，电波却一刻也没中断。成都其他电台，此刻也恢复了播出。

13日凌晨1点，坚持了十多个小时的孙静这才想起应该给妈妈打个电话，报声平安。孙静的父母都在成都，但自地震前一个小时离开后，就再也没有见过女儿。

电话接通后，孙静第一句话就说，妈，担心我了吧？放心，我没事！

妈说，妈才不担心你呢！

孙静很奇怪，也有些失望，以为没有及时给妈打电话，妈生气了，便问，妈，你怎么就不担心我呢？

妈说，我知道你没事。

孙静说，妈，你怎么知道我没事？

妈说，傻丫头，我和你爸从昨天下午到现在，一直趴在收音机旁听你说话呢！

孙静恍然大悟，原来地震那一刻，自己是成都市最让人放心的人！

的确，大难来临之际，孙静镇静自如，表现的是一种生命的从容。而生命的从容常常在低处，在角落，在最不起眼的地方，因而也常常最容易被人忽略。

孙静的故事，让我想起法国小说家都德的小说《最后一课》；孙静的故事，还让我想起灾区传说的“范跑跑”。在我看来，“范跑跑”可以选择跑，但不可以跑得问心无愧，跑得理直气壮；更不可以用一个教师的名义，为自己的“跑”八方贴金，四处标榜。孙静不是“范跑跑”，那一刻她没有跑。那么孙静在那一刻为什么没有跑？是性格使然，还是职业习惯？是天生造就，还是后天养成？是胆魄过人，还是本能反应？总之，汶川大地震把这个普普通通的成都女孩抛在了我们面前，让我们欣赏，让我们品味，让我们评判；同时也让我们反省：

——假如新闻工作者都能恪守职业道德，在人民最需要的时候，敢于站出来，讲出应该讲的事，说出应该说的话，现实的中国，会是怎样？

——假如国家公务员都只对工作负责，而不对某个“领导”“负责”，明天的中国，将会怎样？

——假如中国 56 个民族、13 亿人民都说真话，都做真事，中华民族在世界人民的心里，又会是什么形象？

镜头 5　和尚、尼姑，还在山上

汶川大地震从地理的角度来说，最大的特点，不在城市，而在深山。深山有村庄，有寺庙，有尼姑，有和尚。

从古至今，和尚、尼姑都在山上。可现在，有的和尚、尼姑，早就下山了。下山干什么？山下的世界很精彩，走走，看看，逛逛，瞧瞧。甚至有的假和尚、假尼姑，还下山坑蒙拐骗，骗人财钱。

但我在彭州龙门山见到的一位和尚和一位尼姑，是真正的和尚，真正的尼姑。地震发生前，两人没有下山；地震发生后，两人也没下山；直到我见到他俩，八天八夜，一直都在山上。

和尚法名宏永，是龙门寺的住持。龙门寺位于彭州龙门山。记得 8 年前的一个深秋，我曾到过龙门寺。这里海拔约 3 000 米，山顶终年积雪，树木四季常青，行走其间，但见云雾环绕，野鸟空鸣，漫山遍野，尽是一片红叶绿林。可惜，昔日风光，如今面目全非。

龙门寺与映秀镇相距不过 20 公里。龙门寺在龙门山的前胸，映秀镇在龙门山的后背。所以地震发生那一刻，无论“前胸”还是“后背”，都被震得天翻地覆，遍体鳞伤。

地震来临前，龙门寺的15个和尚，正在庙里打坐念经，没有任何预感。地震来临时，全吓坏了，纷纷冲出寺庙。出门一看，周围的房子全垮了，两边的山也倒了，只有身后的寺庙，稳稳当当，原模原样。于是又折了回去，趴在庙里，听天由命。

和尚尚且如此，山民可想而知。地震发生后，成千上万的山民不知所措，纷纷扶老携幼，朝着山下，夺路而逃。但这一刻，有一个人，却偏偏逆流而上。

这个人，就是宏永法师。

宏永法师乃阿坝州人，年方45岁，体格健壮，见多识广，学位不高，古书却看了不少。地震前，他对古书中描写的“山崩地裂”、“飞沙走石”、“地动山摇”等古代汉语，一直停留在字义上，具体是什么意思，儿时父母没说，出家后师傅也没讲，所以从来就没搞明白过。但地震那一刻，他全明白了！

那一刻，宏永法师正在山下办事，一见情况不妙，便向山上冲去。宏永法师说，他刚一冲出门，只见几座大山都在同时抖动，同时崩裂，同时滑坡，同时被强大的冲击波一手掀翻，然后裹着泥沙，裹着巨石，裹着那些乱七八糟的瓦砾和树枝，一起扑向村庄、扑向房屋、扑向山路、扑向桥梁、扑向成千上万个无辜的老百姓。当时整个山沟都是尘土，都是烟雾，都是轰隆隆的冲击波，都是哭天叫地的“救命”声……

宏永法师冲到小鱼洞，小鱼洞的桥已经垮了，他只好跳进河里，涉水而过。当时，全世界的目光几乎都聚焦在了汶川，聚焦在了映秀。其实彭州县的许多村庄，和汶川都在一个山脉，同样震得非常厉害，甚至有的地方比汶川还要厉害！但震后3天了，无人进去，也进不去，所以山里的灾情没有及时报道出去，外界根本就不知道。宏永法师说，我从小鱼洞镇进山，看见一路上都在余震，一路上都在断裂，一路上都在流血，一路上都在死人，一路上都在赶着救灾，一路上都忙着埋人。我从来没见过这么惨的情况，一路上我的心好像都被震碎了！说实话，当时我也害怕，谁不怕呀？但我的弟子还困在山上，许多山民还困在山上，我必须回去！

宏永法师冲回龙门镇后，很快从山里逃出来的人口中得知，里面的房子全垮了，只有龙门寺没倒。15 个僧众，和一些水电站的电工、正在施工的木匠、上山采药的药农、游客等，全躲在龙门寺里，等待救援。于是，他和镇上的干部很快组织了一个“敢死队”，立即进山救人。但进山的路，非常危险，沿途有 10 处路段，均因山崩阻绝，即便没有余震，随时都有飞石滚落，一旦碰上余震，石如雨下，纵然身怀绝技，也躲之不及。沈阳军区的一位战友告诉我说，穿越这段路程，遇上飞石的几率是 80%。一旦遇上，肯定是九死一生。他们曾派出一支先遣小分队进山抢救，路经桂花树水电站第一个飞石区时，就有 3 名官兵被飞石击中，造成一人重伤，两人轻伤。

宏永法师说，龙门寺在半山腰上，当时余震非常厉害，一会儿来一下，一会儿又来一下，导致泥石流、塌方不断，许多路基也全垮了。他和敢死

采访宏永法师

队只有绕着山路，一边躲着山体塌方，一边往山上爬。不到 3 公里的路，从早上 8 点走到中午 12 点，才赶到龙门寺。然后大家带着 45 名幸存者分成几批往外逃，他带着 6 个敢死队员殿后。但在返回的路上，通过一片飞石区时，还是碰上了大余震，一米多见方的石头纷纷滚下来，当场把一个叫陈武明的敢死队队员砸倒在地，导致重伤，众人不得不抬着这个队员走。而他自己当时也无路可逃，只好冒死跳进一条河里！大家都以为他再也不会起来了，谁知他很快又从河里冒了出来，可惜他从寺里带出的一万多元香客们敬献给寺里的香资和一些贵重物品，全被汹涌的河水冲走了。直到太阳落山，他们才逃到沟口，抱头痛哭，四个水电站的女工，还向他跪下磕头。望着山沟里的一片片废墟和一具具尸体，他的灵魂受到极大震撼，再也无法抑制内心的悲痛，一屁股坐在地上，对着苍天，声嘶力竭般狂喊道："老天爷，你太无情了！你为何要灭我苍生啊？"

救援部队抵达银厂沟后，宏永法师因为是本地人，熟悉山路，熟悉地形，熟悉每间房子倒塌的位置，所以又主动给救援部队带路，协助抢险救人。他每天身着橙黄色的僧袍，在山沟里跑进跑出，在废墟上跑来跑去，几天几夜，都顾不上休息。他的 15 个弟子都被他安排下山了，整个龙门寺就剩他一个人。他说，他不走，他要留下来参加救灾，协助受灾群众渡过难关。18 日，搜救工作告一段落后，他又忙着联系成都附近熟悉的信众居士，通过电话，化得 1.4 万余元善款，然后从彭州买回一万多斤大米，分给山里的受灾群众。他说，过段时间，他还要到深圳、香港等地，去寻求募捐，以供受灾群众重建家园。

我见到宏永法师时，地震已经过去 8 天了。他向我讲起这段经历时，依然情绪亢奋，十分激动，一看便是一个有勇气、有血性的男儿！但他说，我没什么，最了不起的是军人！这次让我震撼的，除了地震，就是军人！抢险救灾中，军人表现最好，军人是真正的英雄！为什么说是英雄？他们不怕死！不怕死的人就是英雄！特别是沈阳军区的一个副司令，还有那个唐营长，不得了啊！一个军区的副司令员，不顾自己的生命安危，带着人去救老百姓，这不是英雄是什么？他们的事迹太让我震撼了，太让我感动了！

而最让这位和尚感动的，是国家领导人。他说，温家宝总理在第一时间就赶到灾区，看望灾区的老百姓，让我非常感动。接着，国家主席胡锦涛也来了，也到我们这个山沟来啦！不得了呀！当时余震不断，一个国家主席不怕死，亲自来山沟看望老百姓，真是开天辟地，从来没有过的事呀！

地震那一刻，龙门山莲池寺的一位尼姑，也没下山。

莲池寺是一座很不起眼的尼姑庵，位于白水河通往银厂沟的一个路边，与龙门寺仅一箭之遥。

尼姑法名弘法，她的弟子都喜欢叫她弘法师傅。弘法师傅长得慈眉善目，一脸清秀，谁见了，都说她有一副菩萨心肠。

弘法师傅不愿拍照，但地震后的龙门山，还是留下了她的故事。弘法师傅出家前是一位外科医生。她毕业于北京医科大学，却痴迷于佛，于是一边行医，一边研读佛学，后官至一家医院副院长，但最终她还是舍弃红尘，剃度出家，皈依佛门。

弘法师傅修行莲池寺，已 10 年有余。十余年来，弘法师傅一边悟佛，一边讲经，一边为银厂沟的山民治病，深得山民的喜爱与尊敬。山民们告诉我说，弘法师傅人好、心善，是我们这儿的活菩萨。我们每次去看病，不管是白天，还是半夜，她都很热情，还不收钱。有从山外来的病人，她还给人家送饮食和路费。弘法师傅的一位弟子也对我说，弘法师傅平时对我们要求很严，要我们一定要好好做人。师傅常说，佛门子弟，要讲仁，讲爱，讲善。只有关爱百姓，普度众生，才会佛光高照；只有行善天下，善待苍生，才会功德无量。

地震发生那一刻，弘法师傅正在莲池寺进行一场法事。弘法师傅说，突如其来的震动，让莲池寺左右摇晃，就像大江里摇摆的船一样，根本站不稳脚跟。短短几十秒钟，她就看见银厂沟通往龙门山镇的公路被摧毁了；周围的山体都在迸裂，泥石流都在下滑；山沟里老百姓的房子，也在纷纷倒塌。奇怪的是，莲池寺除了房顶掉了一片瓦，个别佛像部分垮塌外，整个结构和架构，基本完好无损。而且莲池寺里面的三个尼姑，一个传经师，以及 20 多个居士（有些居士已 80 有余）也全都安然无恙。但望着眼前发生的一幕幕惨景，弘法师傅的心像被刀割一般难受。

弘法师傅的一位弟子告诉我说，强大的地震过后，我们看见师傅泪流满面，痛苦不堪。当时，余震依然不断，山体滑坡也在持续。我们都劝师傅赶快下山，逃命要紧，但师傅却不顾危险，返回莲池寺，把我们和附近的村民组织起来，先把一些老人、孩子背出来，再把一些妇女送出去。后来，从银厂沟逃出来的村民越来越多，不少人头上、腰上、腿上、胳膊上，到处是伤，师傅又指挥我们把药箱找出来，然后给老百姓包扎治疗。但村民受伤的很多，找出来的药有限，西药很快就用完了，师傅就领着我们找出原来从山上挖的中草药，然后连夜赶制中药。由于有的跌打损伤、消炎消毒的中草药含有毒性，所以两天下来，师傅的好几个指甲都溃烂了。但师傅坚持给山民敷药，一边敷药，一边掉泪，一边还跟我们念叨着说：慈悲为怀，普度众生。救人一命，胜造七级浮屠！两天后，抢修公路的施工队到了，弘法师傅忙组织弟子给工人烧水煮饭，炒菜熬汤。接着，空军救灾部队也赶到了，师傅又为部队送药，给抢险中负伤的战士疗伤；为防止疫情发生，还给部队送上一些自配的中药；把寺里的一些粮食和盐巴分送给饥饿的村民。

事情过去了八九天，弘法师傅的脸上看起来波澜不惊，但谁能断定，她的内心早已风平浪静？弘法师傅说，我行医多年，看到过不少的伤残疾病，但这一次，是我一生中看到的最悲惨的一幕，也是我的心灵受到最大的一次震动！地震那天，我呼天抢地，无可奈何。我不知道这一切为什么会发生？我只祈求上苍保佑灾区百姓，让他们好好过几天安稳的日子，中国的老百姓活得太不容易了！

当然，无情的地震并未影响弘法师傅的正常修行，她每天带领着弟子，除了行善，照样晨钟暮鼓，照样打坐诵经。但与往常不同的是，她只要一敲钟，一诵经，总会想起山崩地裂那一刻，想起那一片片废墟，想起那些无家可归的村民，尤其是想起那些儿童、妇女和老人，她常常泣不成声，泪流不止……

采访中，我还得知，全国其他名山的不少僧人、尼姑、居士，也纷纷带着弟子，赶赴灾区参加救灾，并将随身带去的香资，一一分发到受灾群众的手中。少林寺的和尚，还带去了一个医疗队。成都文殊院，在第一时间就安置了逃亡出来的受灾群众，有的“活菩萨”还甘当志愿者，赶赴灾区运送救灾物资。5 月 15 日，成都文殊院还向佛教界发出了“同发菩提心，践行菩萨道”的赈灾倡议。于是广大佛教界人士和佛教团体纷纷慷慨解囊，为灾区奉献爱心。随后，全国各地的佛教寺院和佛教团体，先后为灾区的众生举行了“祈福法会”。

在绵阳市区，我看见一辆基督教的专车，奔忙在各个受灾群众安置点，为受灾群众排忧解难；在绵竹汉旺镇，我看见被安置在灾棚里的僧人，在灾棚里打坐念经，祈祷上苍，保佑灾区百姓平安度日，不再遭受劫难；在什邡洛水镇，我专程拜访了大王庙的道长钟至兴。钟至兴道长告诉我说，“5·12”大地震那一刻，大王庙正举办放生会，当时她正在办公室收会费，忽然听见山上传来轰隆隆的声音，她以为是什么火车开进山里来了，愣了一下，接着地震就发生了！大王庙自然受到了一定的损坏，最可惜的是已有 500 年历史的壁画遭到破坏，但所有的道士都没有离开。当日下午和晚上，就有十几个受灾群众跑进大王庙求救避难。尽管道观规定外人不得借宿，但钟至兴道长说，为了解救民众的苦难，我们也就破了道教的规矩，将十余个受灾群众留了下来，为他们敷药治病，腾出床位，吃住都在道观里。

此外，空降兵 133 团参谋长彭元军还告诉我一个惊人的信息：“5·12”地震发生后，有六七十个即将临盆的孕妇无处避难，跑进了什邡的罗汉寺，后来连当地医院也搬进了寺庙，对伤员就地展开救护。罗汉寺的住持不仅安排了这六七十个孕妇的住宿和医院的医治地点，而且还准许这六七十个孕妇在寺庙里生下了六七十个孩子！

一场大地震，竟破千年教规，委实令人感叹不已！而在这场大地震中，出家人变得更真，佛心变得更善，这一真一善，让我们看到了人性的风景，佛性的光辉。在大灾大难面前，出家人虽然身在化外，却心系红尘，信仰不同，但爱心相同。无论是僧人、尼姑，还是道士，或施勇，或行善，或布道，虽皆为出家之人，但都是人——原原本本的真人。而人，不在于入世，不在于出世，不在于山下，不在于山上，不在于衣衫，不在于外表，而全在于内心——在于内心的修行与历练。

这让我不由得想起1 500年前，中国历史上那场“太武灭佛”的浩劫：太武帝称帝期间，曾两度下诏灭佛，撤除寺庙，捣毁佛像，强令僧人还俗，并捕杀不肯还俗的高僧。

而今，千年岁月转瞬即逝，下诏灭佛的帝王已然作古，灭佛的浩劫一去不返，普度众生的慈悲早已化石为佛！

而这佛，在我看来，就在芸芸众生的人间，就在我们每一个人的身边。只要人人心中充满爱与善，人就是佛，佛便是人！

镜头6　生命·纸片·炸药·雷管

位于成都西郊的凤凰山机场，是个军用机场。机场所在驻军，就是如今名扬天下的成都军区陆航团。

汶川大地震之前，陆航团的知名度和汶川一样，几乎没人知道；汶川

成都凤凰山机场

大地震之后，陆航团的知名度和汶川一样，几乎没人不知道。

陆航团之所以如此闻名，是因该团的直升机曾两次将温家宝总理及时送到灾区，而且温家宝总理点名要坐陆航团的飞机，并留下这样一句话："陆航团是为抗震救灾立了战功的！"当然，最主要的原因还是 2008 年 5 月 31 日下午，陆航团飞行员邱光华驾驶的直升机不幸遇难，机组全体成员壮烈牺牲，陆航团由此成了全世界关注的热点！

两次将温家宝送往灾区的飞行员，叫余志荣，陆航团的团长。我与余志荣见面，正是邱光华机组遇难的这一天。4 天前，即 5 月 27 日上午，我曾来过陆航团。陆航团留给我的表面印象是：默默无声胜有声，静中有动动中静。而当我采访了刘绍良、陈远康两位特级飞行员后，更感到了陆航团在抗震救灾中的分量。于是 5 月 31 日中午，我再次驱车来到陆航团。

这个中午的陆航二团和往常一样，机场秩序井然，一切按部就班。当时邱光华的驾机就停在机场，我先在机场拍了几张照，然后走向机场旁边的塔台，走向正在塔台指挥调度的余志荣。本来，我打算随邱光华的飞机进入灾区，后决定第二天早上 8 点乘坐余志荣团长的飞机。这个决定并非事前有什么预感，而只想对余志荣团长进行跟踪采访。因为当时余志荣的名气最大，温家宝总理点名要坐的就是他驾驶的飞机，所以我想随机对他观察，得出属于我自己的结论。没想到这个不经意的决定，竟让我与死神擦肩而过。下午 1 点左右，邱光华驾驶的米—171 运输直升机从机场起飞，我正采访团长余志荣，透过塔台上的落地玻璃窗，亲眼看见邱光华的飞机从凤凰山机场腾空而起。事后得知，那一刻站在机场边上目送着邱光华起飞的，还有邱光华和其他飞行员的家属。而那一刻，余志荣团长的心情和我完全一样，是平静的，轻松的，绝无任何预感，更没想到邱光华的飞机会一去不再回来，惨剧会在 1 小时 56 分后发生！

然而，汶川大地震那一刻，余志荣的内心则完全不同，面对闪电般来临的地震，他像遭遇了一场突然爆发的战争！

汶川大地震那一刻，余志荣团长也在机场的塔台上。余志荣说，汶川大地震发生后，楼房在晃动，飞机场旁边的机库也在晃动，甚至能听见机库大门嘎嘎作响的声音，大家马上想到了停放在机库里的飞机。五六分钟后，大家就把十几架飞机从机库里全部推出，因为陆航团已组建了21年，机库已有20年了，担心机库倒塌毁坏飞机。接着，在没有接到任何命令的情况下，团里启动应急方案，仅用了半小时就完成了飞行员、机务组和地面保障三大准备工作，进入待飞状态；地震后一个多小时，副团长姜广伟和参谋长杨磊两个机组就在能见度不到300米的条件下奉命飞往都江堰，拍摄了大量图片影像资料，为抗震救灾指挥部的决策提供了依据；接着全团出动18架直升机，满载食物、药品等飞往灾区，再将大量危重伤员运送出来。

而汶川，是陆航团实施空中救援的第一个目标。余志荣说，从12日到13日，我们曾6次派出24架直升机飞往汶川，都因气候条件实在太差，没能成功。汶川的地形我非常熟悉，它处在一个"V"字形的狭长山谷中，谷底与山顶悬殊有3 000多米，地形非常复杂；加上下雨，云很低，雾很浓，能见度不到200米，根本无法进入。当时从中央到团里，都很着急。5月14日早上，我们又派出3架直升机飞往汶川。当时机组人员只有一个想法，只要能救出老百姓，哪怕有一线希望，冒死也要降落在汶川！但飞机飞临汶川上空后，无法降落，原因是汶川城原来只有一个体育场能降直升机，地震后受灾群众已在那儿支满了帐篷，根本没有降落的空间。飞机在峡谷中盘旋了大约一个小时，才发现一块40多平方米的草滩，但上面有三层高压线，场地非常危险。机长杨磊靠着过硬的飞行技术，一米一米地向下降落，最后几乎是擦着高压线才着陆成功的。当时汶川已与外界隔绝了两天两夜，受灾群众看到直升机后，又喊又叫，疯了一样从四面八方涌了上来，有的女同志抱住机组人员失声痛哭；有的孩子两眼发直，不停流泪；有的白发苍苍的老人竟跪在直升机跟前，连连磕头……

而余志荣本人的驾机，同样是冒着极大风险进入汶川的。我无法确认余志荣一定是第一个飞临汶川上空的飞行员，但我敢肯定余志荣是陆航团所有飞行员中内心最痛苦、最复杂、最微妙的一个飞行员。因为，余志荣是羌族人，他的家乡就在汶川，就在离汶川10公里一个叫龙溪乡的村寨。龙溪乡山清水秀，景色迷人，尤其是那风情万种、神圣古朴的羌族碉楼，从小就令他流连忘返。余志荣是家中的老大，家乡还有老妈、老爸，以及6个弟妹，一共8个亲人。地震降临那一刻，他很想知道家中8个亲人的情况——是生，是死？是伤，是残？但通信不通，音信全无，一切还来不及容他多想，救灾的电话已经鸣响！

当我问及余志荣从空中第一眼看到汶川的心情时，余志荣说他当时的心是虚的。他说，我的第一反应是，怎么会是这样呢？怎么会是这样呢？我的家乡过去是满目青山，现在却是满目疮痍。我看见到处是垮掉的山寨，倒塌的房屋；到处是横竖的电杆，倾斜的碉楼；到处是摆放的尸体，哭叫的孩童。我的家乡自然环境很美，是羌族聚集的地方，很有民族文化的特点，我熟悉那儿的山山水水。我从小对家乡的感情就很深，常常下河去摸鱼、捉蟹、洗澡，童年、少年都很快乐。我在那儿长到16岁，高中毕业就当兵了。那儿有的碉楼已经好几百年了，经过很多大地震的考验，都没有垮，这次却垮了，几分钟就垮了，大概有三分之二都没有了。其他文物古迹，也受到了破坏。有的一个村子夷为平地，有的几十台客车找不着了，估计是被大山埋了。什么叫山崩地裂？这就是。这些惨景过去我从未见过，第一次从空中见了，怕都来不及，只是伤心！

在此后一个星期的时间里，余志荣每天驾机低空飞过自己的家乡，不是送去物资，便是拉走伤员。特别是5月17日这天，已近晚上7点，上级下达命令，说安县茶坪乡有12名受灾群众伤情危重，必须紧急转运！此时全团的飞行员已飞行整整一天了，余志荣自己也飞了差不多10个小时。但为了抢救百姓的生命，余志荣当即决定，自己驾机前行，等完成任务返回，已近12点了。而在这七八天时间里，余志荣的父亲、母亲以及6个兄弟姊妹，一直杳无音信，他也顾不上联系。从内心来说，他每次低空飞过自己的家乡，都很想多看一眼家乡的废墟，多看一眼废墟上是否有自家倒塌的小房，多看一眼废墟上是否埋着自己的亲人。他如果要这么做，就像一个司机路过自己的家门，稍稍一抬脚，轻轻一刹车，只需短短一分钟！但他是穿军装的飞行员，他是陆航团的团长，他知道此时此刻全世界都在盯着汶川，全中国都在盯着陆航团！所以他既没让自己的飞机在家乡的上空悬停一秒，也没让自己的眼睛往废墟上的家中多看一眼！他不是不想停，而是刻不容缓；他不是不想看，而是不能分心！汶川地形复杂，气候恶劣，尤其是映秀上空，两座大山间隔距离，不足 300 米。头上是滚滚气流，厚厚乌云；四周是高山峡谷，崇山峻岭；脚下是千里岷江，滔滔滚滚，稍有闪失，便会机毁人亡！加上直升机属于低空飞行器，其安全性在飞机家族中排名最低，即便一股气流，或者一根树枝，都可能给飞机致命一击！更何况，直升机上没有任何逃生设备，也就是说，驾驶直升机的飞行员是无伞可跳的，飞行员从驾机离开地面那一刻起，就注定与飞机共命运、同生死！因此那一刻，余志荣心里涌起的，完全是当年项羽面对乌江似的豪迈与悲怆！

余志荣所在的陆航团，是全军级别最低的一个场站，却是第一时间到达灾区的空中部队。此前只要西南地区有灾情，他们的直升机也总是第一时间赶到现场。从 12 日下午起，余志荣的团队除有两天因大雨停飞外，天天都在飞，每天都要往返灾区 6 次以上。每次从起飞到降落，飞行一个多小时，是平时的好几倍。但他们能多飞一次，绝不少飞一次。因为灾区不少地方成了孤岛，救援人员进不去，即便进去了，伤员也救不出来。这个时候，空中成了唯一的通道，而能在空中通行的，只有直升机。

余志荣说，每次飞到灾区，看到那些悲惨的现状，就会产生一种力量。从映秀到汶川，两边都是山，下面是岷江，山都塌了，植被全没有了，百分之七八十的道路被损坏，桥梁几乎全部中断，有的直升机在下面救人，上面的直升机就下去了，飞行员都知道有危险，但有危险也得飞，因为被困的老百姓太需要我们了！汶川有个草坡乡，困了 5 000 多人，在山上下不来，现在还下不来。特别是许多被困的学生，必须及时抢救出来。比如映秀的学生，埋了好几天了，就是我们用直升机救出来的。银杏小学也是，学生 230 人，老师 16 人，一共 246 个人，被困了七八天，当时我们就两架

余志荣说，截至 5 月 31 日下午，全团已飞行 1 791 个架次

飞机，不停地飞，从早上飞到晚上，全给救出来了。我们有时运输货物，运到灾区后，却没人卸货，飞行员和机组人员就自己卸，一件一件地卸，卸完货，再拉伤员回来。抬伤员的人手不够，我们的飞行员和机务人员就上去帮着抬。有的伤员没有担架，就用门板抬，先抬重伤员，后拉轻伤员，飞机上摆不下了，就想法挤，有的伤员腿都伸不直，但没办法，能多拉一个，就多拉一个，全拉满了！把伤员抬上飞机后，飞行员再驾机飞行，而且用最快的速度。因为飞得快，就可以多跑几趟，多拉伤员，多送物资。大家每天晚上很晚才能吃上饭，吃完饭，等把第二天的任务分配了，差不多就 12 点了。我们全团有 7 名飞行员的老家都在重灾区，在执行各种任务时，他们数十次驾机低空飞过自己的家乡，却没有一个飞行员把飞机停在自家的门前，下去看一眼自己的亲人或者倒塌的房屋。当时全世界都盯着凤凰山机场，都盯着我们的飞机，可全团能飞的飞机就十多架。为什么？有的飞机坏了，不能起飞。比如从美国进口的“黑鹰”直升机，一些零配件早就没有了，但美国有关方面不给我们零配件，只有停飞。但 5 月 15 日

这天，我们的飞机曾救出了十多个外国游客，其中有几个就是美国人。这些人有海事卫星电话，有 GPS，他们把电话打到美国，美国找中国外交部，外交部再通知我们。于是我们不顾自己的危险，把这些游客全部救了出来。他们非常感激我们，说中国好！但飞机配件，却要卡我们。没有办法，我们只有多飞、快飞，弥补飞机的不足。

余志荣还告诉我说，他们每次飞灾区，都有详细记录，飞行员是谁，机组是谁，起飞时间多少，着陆时间多少，到什么地方，什么任务，送了多少物资，拉了多少伤员，完成任务怎样，全都有个登记表记录在案。但实际完成的任务，常常比登记表上的多。比如，去的时候，登记表上写的是计划拉 10 个伤员，等回来的时候，实际拉回的伤员可能是 15 个。为什么呢？因为灾区伤员太多，飞行员每次总是想方设法，能多拉几个就多拉几个。最紧张的一天，全团飞行了 110 个架次！

余志荣说着，还当场让工作人员为我打出一份飞行登记表，然后指着表格说，我们今天是第一次向你公布这些数据。你看，截止到今天下午(即 5 月 31 日)，全团已飞行 1 791 个架次，飞行时间为 1 559 小时 17 分，运送物资 714.3 吨，运送伤员 1 119 人，转移群众 1 951 人，送医疗人员、专家、救灾人员 2 315 人，仅今天就飞了 10 个架次。这些，表上记录得一清二楚。

我举起相机，拍下了这份登记表。

最让余志荣难忘的，是第一次从汶川带出的写满各种字迹和电话号码的香烟盒与小纸片。

地震后最初几天，汶川信息不通，与外界完全失去联系，因此传出信息，成了每个汶川人的第一需求，如同空气、阳光，如同面包、药品。有人说，能从一个香烟盒上带出一个电话号码，抵过 100 袋方便面！但飞机进入汶川的航线，不仅云层密布，高压线横七竖八，而且山上的石头不断往下掉，余志荣他们的飞机几次差点被山上的石头砸中。虽然陆航团地处四川，但过去的飞行训练都是在常态下进行，在如此恶劣气象条件下执行如此紧急任务，对每个飞行员来说都是第一次。所以每次飞行，都是一次生命的冒险，都是一次死亡的穿行。

余志荣说，记得第一次我们的飞机刚一落地，老百姓看到解放军来了，感动得不得了，觉得自己的命有救了。在没见到我们的飞机前，乡亲们很绝望，都以为自己这一辈子完了！看见飞机后，一下就有了安全感，有的抱着我们的腿就跪下磕头。还有一个老太太跪在地上，嘴里不停地念叨着说，活菩萨派飞机救我们来了！活菩萨派飞机救我们来了！我们说，不是活菩萨派飞机救你们来了，是解放军派飞机救你们来了，是共产党派飞机救你们来了。这些村民非常纯朴，过去他们只听说过“神鹰”，现在真的看见了“神鹰”，“神鹰”就在他们的面前，所以把一切希望都寄托在了我们的飞机上。特别是知道我们的飞机可以把信息带出去后，都围上来了，开始是一个人，后来是几个人，再后来是几十个上百个全上来了！这些人中有当地的村民，有读书的学生，还有外地的游客，跑长途的司机，有的还是从新疆过来的。他们随便从废墟上捡起一些香烟盒或者小纸片，在上面写上给亲人最想说的话，再写上自己的电话号码，一张接着一张，一堆接着一堆，后来我们装了好几麻袋。乡亲们求我们说，拜托解放军了，请一定帮我们把这些纸片带出去，无论如何，也要找到我们的亲人，就说我们还活着，我们还活着！有的说着说着就哭了，接着又跪下了……看着这些无助的乡亲，看着这些写满信息的香烟盒和小纸片，我们很感动，感到了一种责任。我们像接受了一项重大任务似的，把这些香烟盒和小纸片装上飞机，平安地带了出来，再通过电台、广播或者电话，与他们的亲人进行联系。

我在陆航团拍下了这些写满了各种话语和电话号码的小纸片。当我的镜头对准这些通过一架架飞机从“死亡地带”带出的一个个香烟盒和一张张小纸片时，我被深深震撼了，也被深深感动了！这些香烟盒和小纸片，在城市里绝对都是垃圾，即便那些在街头拾破烂的人，我想也不会放在眼里。但这些香烟盒和小纸片，在大地震后的非常时期，对那些断绝了亲人联系的灾区百姓来说，却价值连城，胜过千金！因为它连着亲人的血脉，

用飞机从汶川空运回来的小纸片

连着亲人的感情，连着亲人的心肝，甚至连着亲人的生命！这些香烟盒和小纸片把被大地震割断的亲情重新连接起来，让身处绝境中的受灾群众不仅获得了亲人的信息，还感到了军人的可靠与可信，从而增添了活下去的希望与勇气。这一看似微不足道的细节，体现的是中国军人伟大的善美壮举！看着这些香烟盒和小纸片，我想到了 21 世纪的信息社会。在美国，只需 3 秒钟，总统的指令便可通过天上的通信卫星传至连队；在中国，在大地震后的汶川，却只能靠从废墟上捡起的香烟盒或小纸片来传递信息，并且这些涂抹在香烟盒或废纸片上的信息，是通过直升机的冒险飞行才传递出来的。尽管二者没有可比性，但当我们面对这些通过直升机从汶川废墟上带出的香烟盒与小纸片时，我们应该思考与反省的又是什么呢？

余志荣和他的飞行团队，除了运送物资，接送伤员，转运受灾群众，传递信息，还担当了一个完全超乎人们想象的艰巨任务，这就是：用直升机运送炸药、运送雷管、运送汽油！

为什么？

为了排除悬挂在灾区人民头上随时可能引爆的“原子弹”——唐家山堰塞湖！

5 月 26 日，即我采访余志荣的前 5 天，是堰塞湖危及绵阳最可怕的时期。而这天，我恰巧在绵阳采访。当时绵阳整个市区，气氛一片紧张，甚至可以说相当恐怖！能逃的、有地方可逃的市民，纷纷扶老携幼，逃离绵阳；不能逃的、无处可逃的市民，则纷纷在外面搭起临时帐篷，在诚惶诚恐、胆战心惊中熬度分分秒秒。就在如此气氛下，我们在绵阳市委听宣传部副部长胡科介绍情况。胡科说，汶川大地震，绵阳受灾乡镇 274 个，受灾人口 410 万。截至 5 月 26 日中午 12 点，绵阳死亡人数 2 068 人，失踪 8 044 人，受伤 16.67 万人。北川死亡 15 385 人，安县死亡 2 800 人，平武死亡 1 000 多人。这还不算失踪和伤残的人数，仅北川一个县的失踪人数就是 3 397 人。绵阳城区人口现有 80 多万，需要拆除的房子有 100 万平方米，也就是说有十二三万人没房住。绵阳受灾群众安置点有 800 多个，原计划转出伤病员 1 万人，现在才转出去 3 000 人，所以到绵阳救援的部队最多，仅北川就六七万部队。日本、韩国、俄罗斯等救援队，以及无数的志愿者等，都到了绵阳。温家宝总理来过三次绵阳，胡锦涛总书记也来过一次绵阳。但绵阳的灾情还没搞清，水患又突兀而至，从天而降！

胡科讲的水患，就是堰塞湖！

5 月 16 日，陆航团大队长伍安国驾机飞临北川县城运送危重伤员时，发现唐家山堰塞湖。后经四川抗震救灾指挥部进一步查实，唐家山堰塞湖危险极大，必须尽快采取措施！于是全国 70 多位专家纷纷聚首绵阳，人们关注的焦点又转向了唐家山堰塞湖！此前，由于堰塞湖的泛滥，北川的漩坪乡、禹里乡变成泽国，大禹纪念馆沉入水中，李白的故乡江油也有 20 万人被迫转移逃亡。现在，唐家山堰塞湖又突然告急！由于唐家山一带一直下雨，堰塞湖每天上涨 700 万立方米！唐家山堰塞湖可容纳 3 亿立方米的水，现在已经有 1.4 亿立方米了，而且还在不断上涨！如果唐家山堰塞湖一旦溃发，100 多米高——相当于 30 多层楼房的水浪将从 600 多米的高处向绵阳方向倾泻而下，那么沿途 130 多万老百姓的生命，很可能惨遭灭顶之灾！而堰塞湖的水冲进绵阳的时间，只需五六个小时！

本已伤亡惨重的绵阳，气氛再度空前紧张！保卫绵阳，保卫绵阳地区 130 多万人民的生命安全，成为整个四川抢险工作的重中之重！5 月 19 日上午，陆航团副团长姜广伟机组紧急起飞，在万般无奈的情况下，用直升机的单轮着地加悬停的高难飞行动作，将 12 个水利专家安全降落在唐家山。同时四川抗震救灾指挥部紧急会商，制定了多个抢救方案，其中一个方案，就是择机炸掉堰塞湖！

于是唐家山急需汽油，急需炸药，急需雷管！

于是 5 月 25 日晚，1800 多名官兵，肩背炸药，以急行军的速度，徒步紧急送往唐家山！

然而通往唐家山的途中，根本无路可走，战士们在无路的“路”上爬行，每人最多只能背负 10 公斤炸药。也就是说，1 800 名官兵冒着生命危险背着炸药跑一趟，炸药总量加起来也不过 1.8 万公斤！而专家说，要炸掉唐家山堰塞湖，至少要 10 万吨炸药！最后只好决定，用直升机运送炸药、运送汽油、运送雷管！

稍有常识的人都知道，汽油、炸药、雷管等易燃易爆物品，是飞机的天敌，随机装载，等于引火烧身，自掘坟墓！

但灾情就是命令，军人的职业就是冒险，军人的使命就是玩儿命！在如此危急的情况下，军人不冒险，军人不玩儿命，就无法挽救绵阳 130 多万百姓的生命！

于是陆航团再次出动，一架一架载着炸药、雷管和汽油的直升机，紧急飞往唐家山……

陆航团的这一举动，揪住了无数人的心，也揪住了飞行员家属们的心！

飞机的安全，是飞行员家属们唯一的牵挂。自“5·12”下午起，陆航团飞行员的家属们就天天守候在机场，看着第一架飞机起飞，再望着最后一架飞机降落。尤其是飞行员们在运送炸药、雷管期间，她们一大早就站在机场边上，守着，望着，等着。从清晨守到中午，从中午望到傍晚，从傍晚等到深夜。从第一架飞机起飞开始，她们就望着天空等着，她们就掰着指头数着，直到最后一架飞机安全返回，她们悬了一天的心，才暂时放了下来。

然而，5月31日这天，她们从中午一直等到傍晚，从傍晚一直等到深夜，从深夜一直等到凌晨，也没等到邱光华的飞机回来。邱光华是我军第一代少数民族飞行员，51岁，羌族，有33年飞行经验，是陆航团资历最老、经验最丰富的特级飞行员，已安全飞行5 800多小时，曾荣立二等功2次，三等功4次。这天上午，邱光华机组往灾区飞了两个架次，接到新任务时，正值午饭时间。邱光华和机组人员匆匆吃了两口饭，就驾机起飞了。谁知返回途中，突遇低云大雾和强气流，只短短一瞬间，大片的浓云密雾，一下便遮蔽了狭窄的通道……14点56分，飞机不幸失事，机长邱光华、副驾驶李月、机械师王怀远和陈林、士官张鹏5人及14名搭乘人员全部遇难！

余志荣说，这次救灾，团里本来安排邱光华负责地面指挥，但他主动请战，坚决要求参加飞行。他的家乡就在汶川与茂县之间，他80岁的老母在地震中生死不明，但他依然每天坚持飞行。他率领机组先后执行了64次救灾任务，运送救灾物资7.3吨，抢运伤员54人。他一次次将空中“死亡航线”变成“生命通道”，即便在运送炸药和雷管期间，也化险为夷。本来还有半年，他就该停飞退休了，但最终还是把自己的生命献给了灾区人民！

这个晚上，邱光华的妻子和所有飞行员的妻子，全都哭了。她们从深夜哭到凌晨，哭了整整一个晚上。陪同她们一起哭泣的，还有儿子，还有女儿，以及公公和婆婆。他们哭得很伤心，很无助，很无奈，甚至很绝望。

但他们是军人的家属。军人的家属就意味着同甘共苦，意味着风雨同舟！这是军人家属的选择，也是军人家属的宿命。

6月1日早上7点30分，当我第三次驱车来到陆航团时，得知了邱光华机组失事的消息。我站在机场旁边，望着突然平静、肃穆的凤凰山机场，望着机场上一架架纹丝不动的直升机，我的目光在寻找、探望，心却在落泪、滴血。邱光华的驾机昨天中午刚从这里轰然起飞，转瞬便悄无声息，默默悬停在了一个死亡的峡谷中，永远盘桓在了一个民族的记忆里！

我慢慢抬起头来，直视天空。此刻的我，对空中的每一片云彩，仿佛都充满了敌意甚至仇恨！我真不明白，一场大地震已经吞吃了数以万计百姓的生命，上苍为何还不肯放过像邱光华这样一个为了百姓生命可以舍弃自己生命的军人？

莫非这就是命？

我忽然想起汶川大地震后，一位美国著名军事专家说过的一句话，他说中国人一瞬间由一盘散沙凝聚成钢板一块，真是太可怕了！几十年来总弄不明白美国为什么会在朝鲜战争中失败，通过此次汶川大地震，这个答案我总算找到了。

是的，为了人民的安全，不顾自己的安全；为了人民的生命，不惜自己的生命！这就是中国军人！而军人，这个一向高大神圣而又总是一路唱着挽歌的名字，在这场大劫难中，又再一次变得更具体、更实在了！截至6月3日，全体解放军和武警在地形环境和气象条件极为复杂的条件下，累计出动直升机上百架，累计飞行3 879架次，向重灾区投送食品、医药品、帐篷等物资5 956.6吨，运送应急通信分队、医疗分队和各类救援专家4 724人，回运危重伤员2 189人。而其中成都军区陆航团，截至6月10日，紧急飞行1 950架次，成功抢运伤员1 126人，运送急需物资638吨，转运被困群众2 171人，保障中央和军委首长视察灾区16架次。其中，超常规、超气象飞行达1 341架次，创造了中国人民解放军陆航史上的最高纪录！

过去，当我们跪着看待人生的时候，看到的往往是自己的膝盖；当我们抬头仰望世界的时候，看到的常常是洋人的美元。而今天，当中国军人从高空俯瞰大地废墟的时候，看到的却是生命——灾区千千万万个普通百姓的生命！

这，或许才是那位美国军事家要找的答案。

第二幕 面对亲人的“战争”

汶川大地震，像一场突然爆发的战争，一场大自然向人类发动的战争，一场不是战争的“战争”！

这场“战争”与军事战争的根本区别，就是拼搏的地点不在沙场，而在废墟；面对的不是荷枪实弹的死敌，而是情同手足的亲人；军人既是勇士，也是“伤兵”！

镜头 7 是红白，不是滚白！

什么叫地震？

这个问题对已在地球存活了 30 亿年的人类来说，本该是一个常识，但对奔赴灾区的绝大多数军人来说，却是一个抽象的概念，空洞的名词！这是因为，和平年代的军人，早已远离了战争，远离了鲜血，远离了死人，更远离了地震！虽然，中国曾经发生过震撼世界的唐山大地震，但那已是 32 年前的事啦！32 年前，在中国军队中，现在的团级干部有的还没出生，营连排干部的父母，还没恋爱或者结婚，即是说，全军团级以下干部和所有战士都是唐山大地震后出生的人！

更何况，四川汶川大地震百年不遇，前所未闻，绝大多数军人过去只听说过四川，却从来没去过四川，四川在他们的头脑中最多是一张军用地图，或者中学课本中的一个章节。因此，尽管不少部队在赴灾区之前就向战士们进行了抗震救灾的紧急动员，而实际上战士们并不清楚什么是地震，地震到底是怎么回事，灾区究竟是个什么状况，“抗震救灾”具体又是一个什么概念。至于灾区的气象条件，道路情况，地理特征，人文风俗，就更是丈二和尚摸不着头脑了。但一切还来不及多想，也容不得让你多想，上级一声令下，战士们就被送上飞机或汽车，昼夜兼程，马不停蹄，轰隆隆地开赴灾区四川了！

黄继光生前所在团，即空降兵 133 团，是 5 月 12 日晚 11 点正式接到赴灾区命令的。团长文东只用了 5 分钟，就向全团官兵传达了命令。黄继

黄继光团团长文东

光是当年大名鼎鼎的战斗英雄，在朝鲜战场曾用自己的胸膛堵住了美国人的枪眼。但今天，为了灾区人民的生命安全，黄继光的战友们却要用自己的血肉之躯，去顶住倒塌的房梁和水泥板。这不仅对黄继光团的战士是个考验，对团长文东也是一次挑战！

文东，40 岁，湖北人，1.8 米的个儿，威风八面，虎气生生，走起路来，脚下能荡起一阵风。此人先在黄继光连当过排长、副连长，后在上甘岭八连当过指导员，再后来出任团副参谋长，又到俄罗斯受过军事指挥培训，可谓能文能武，智勇双全。我首次与文东见面，用不着说话，抬眼一看，就是一条汉子！黄继光生前所在团是一个非常特殊的团队，为叙述方便，以下我简称“黄继光团”。说黄继光团特殊，不在于它一直举着黄继光这面英雄的大旗，把黄继光作为一种精神的象征，再注入士兵的血液，以此鼓舞全团官兵；而在于或者说更在于，凡国家重大战备及国防任务，一向都是由该团担当主角。换句话说，在中国 960 万平方公里的版图上，黄继光团可以在任何时候从空中降落任何地点。空降兵原来的计划是，由黄继光团挑选 600 名官兵直接伞降灾区，后情况有变，改成机降。然而，即便像这样一支具有很高军事素养，经过长期实战考验，见过大场面、大世面的特殊部队，面对大地震这场不是战争的“战争”，在进入灾区最初的那一刻，也不知所措，乱了阵脚！

13 日凌晨 6 点，黄继光团 1 672 人全副武装，准时开进武汉阳逻机场。同时开往机场的，还有空降兵的两个师。但到了阳逻机场，文东带领的黄继光团等了两个小时，才登上飞机，而且团队的编制在登机时就被打乱。原因是全团 1 000 多人不能同坐一架飞机，只能拆开打散，分批登机。于是按照作战惯例，每架飞机上谁的官大，就听谁的指挥。10 点 40 分，飞机降落成都国际双流机场，团长文东俩眼儿一抹黑，部队去哪儿？不知道。怎么走？闹不清。至于灾区“敌情”，更是一概不知。作为军事指挥员，这是最忌讳，也是最心虚的事情。好在文东身为黄继光团的团长，有着丰富的实战经验，所以他做的第一件事情，就是迅速将团队的编制重新收拢。

蜀道难，进灾区更难！想想吧，陆、海、空，13 万大军，几乎同时扑向四川，天上、地上，飞机、轮船，火车、汽车，金戈铁马，滚滚人流，怎么飞？如何走？怎么指挥调度？如何分配协调？吃喝拉撒怎么解决？医疗卫生如何保证？此外，还有 14.5 万志愿者第一时间就赶到了灾区，紧接着又增至 20 万，而随后全国报名要去灾区的志愿者竟多达上百万！以致四川省省委有关部门不得不一边对志愿者深表感谢，一边恳请志愿者先别来了！意思是说四川这个小小的盆地实在装不下了！何况，交通中断，通信不通，一切又来得是那样的迅猛，那样的惨烈，那样的突然！因此，当全国飞往灾区的飞机一起扑向成都双流机场时，机场的混乱状况可想而知。黄继光团在机场又滞留了 4 个小时，才上了汽车。上车时，因载送部队去灾区的车是地方大巴车，军人无法按正规连队的编制乘坐，团队的编制再次被迫打乱。这一乱，让黄继光团更是乱中添乱！

文东说，离开成都双流机场时，我接到的信息是去绵竹，于是我安排副团长带着一个营在前，跟在师部后面，我带着一个营居中，政治部主任田新带着一个营殿后。当时路上非常乱，到处是车，到处是人，我一路折腾，好不容易赶到绵竹，空降兵的人却一个见不着。我下车问老乡，刚才有没有看见空降兵路过？老乡说，没见空降兵，只有消防兵。我想，坏了，部队找不着了，忙打电话问前面的副团长，你在哪儿？副团长说，我也不知道我在哪儿，好像是在什邡。我说不是说好了去绵竹吗，你怎么跑到什邡去了？副团长说，我也不知道咋回事，跟着前面的队伍就到什邡了。

文东后来才知道，绵竹和什邡，其实是一条路，走到半路上，前面的车拐了个弯，就拐到什邡去了。但文东当时什么也不知道，急忙给师长打电话，却怎么也打不通！他这下急了！当兵 20 来年了，还是黄继光英雄团的团长，走南闯北，上天入地，什么场面没见过，什么地方没去过，什么时候走丢过队伍？这次真要走丢了，岂不成了笑话！后来，师长的电话终于打通了，文东急忙问师长，师长你在哪儿？师长说我在什邡。文东说我在绵竹，我们去哪儿？师长说，你到红白！文东说什么红白啊？师长说就是红白镇，红色的红，白色的白，那儿灾情严重，你尽快赶到，立即展开抢救！文东问，师长，红白怎么走？师长说，到洛水，过蓥华，再往前……刚说到这儿，电话突然断了，文东再打，就怎么也打不通了，再也打不通了！

文东说，我挂了电话，忙问老乡，到洛水怎么走？老乡说，路都震坏了，没路可走了。我找到一个交警，让他给我带路，他不干。我立即打开地图，一看，知道了红白的大致方位，决定走大路，主要是怕堵车。然后我打电话通知前面的副团长，让他带着队伍去红白；又打电话通知后面的田新，让他带着队伍也去红白。可我刚给田新说了一句话，电话又断了！我救人心切，急急忙忙跳到第一台车上，带着队伍就往红白赶！

文东带着队伍走了，殿后的政治部主任田新却乱了方寸。田新聪明、能干，脑子反应快，平常说话办事，干净利落，非常认真，政治、文化素养也不错，而且近 10 年来还多次参加过全军各种军事大演习以及 1998 年的抗洪救灾等。尤其是他参加 1999 年国庆大阅兵训练时，高温 60 多摄氏度，鸡蛋打开摊在地上，立马都能熟了，他往武汉机场一站，裤腿下全是一片汗，即便一站就是一天，也给扛下来了。但这次，一进灾区，他的脑子就蒙了！

田新说，我们从成都机场上车后，一心想着救人，根本就不知道车往哪儿开，当时只知道个汶川，就以为肯定是去汶川，司机带我们去就行了。后来我打开车窗一看，怎么路牌上写的是德阳？我问司机，这儿离汶川还有多远？司机反问我，你们去哪儿啊？我说不知道呀，你不知道吗？司机说，我哪儿知道啊，你们去哪儿，我就把你们拉到哪儿。我一听，坏了！赶紧报告团长，团长说可能情况有变。话还没说完，车队已进入德阳，五六十辆车的队伍马上就被切割开了。我跑到前面问营长，营长说我也不知道，一天一夜没睡觉了，累得实在不行，刚迷糊了一会儿，一睁眼，前面的车就没有了。我忙给团长打电话，不通，再打，还是不通。我又用对讲机呼团长，呼不着，对讲机的电却快用完了。这下我傻了！队伍失去联系，怎么办？就在这时，我收到团长发来的短信，短信说，你现在在哪儿？一定要让部队跟上，不能掉队！我马上给团长回短信，可短信发不出去，发了好几次，还是发不出去！这时我的对讲机响了，我拿起来，听见里面哧哧地响，团长说，田主任，我不管你想什么办法，你必须无条件地把队伍给我带到滚白！我忙问团长，什么滚北？滚北在哪儿？可话还没说完，信号突然断了，我急得又喊又叫，可除了哧哧的声响，再也听不见团长的声音。后来我才知道，团长说的是“红白”，不是“滚北”，但由于信号不清，我听到的就是“滚北”。于是我马上下达命令，队伍向“滚北”开进！并让营长殿后，我到第一辆车上带路。这样，每到一个路口，我就问老乡，滚北怎么走？老乡就告诉我，滚北怎么怎么走。说来也奇了，我用湖北话说的滚北，和四川老乡说的红白，谐音差不多，所以一路上我不断问“滚北”怎么走，老乡一路上告诉我“红白”怎么走，居然走到了洛水。这时候温家宝总理的车过来了，我们还让温总理的车先走。到了洛水，我看见一个警察，急忙跑过去，很严肃地对警察说，我们是从武汉赶来的空降兵部队，我们要去滚北救人，但不知道滚北怎么走，请你一定想法派一辆车把我们带到滚北！警察看着我，莫名其妙，问，什么滚北啊？我说就是……就是滚北啊，大概是个小镇什么的。警察说，这哪有什么滚北啊？我告诉你，是红白，不是滚北！我一听，我的妈呀，当时就吓出一身冷汗！为什么？到灾区，就是到前线，这是打仗啊！如果我没有按照团长的指示，在第一时间赶到目的地，错失或者延误战机，作为一名指挥员，就是严重失职，那是要杀头的呀！后来一辆警车开过来，带着我们往红白赶。刚走到蓥华镇，我就看见团长了！一看见团长，我眼泪都快掉下来了！我问团长，副团长他们呢？团长说，我也不知道他们跑到哪儿去了！

其实，文东与田新中断联系后，一路过来，同样不易。队伍路过洛水时，文东并不知道里面的灾情严重，一看外面没人可救，就带着队伍继续往红白走，更不知道副团长带的队伍其实就在洛水。到了蓥华，文东才开始感到了灾情的严重。文东说，在武汉时，都说四川地震厉害，受灾严重，但说实话，一路上我并没有这种感觉，好像没有传说的那么严重。可一到蓥华，我看见镇上所有的房子几乎都倒了，街道上，马路边，躺着不少死人。受灾群众跑的跑，逃的逃，个个失魂落魄，惊慌失措，什么人都有，到处乱七八糟，一片乌烟瘴气，还有汽车、拖拉机、摩托车等，把蓥华镇全给堵了！直到这个时候，我才真正知道了地震的厉害。而我的战士们，也个个瞪着眼睛，眼里尽是诧异与惊恐，有的甚至呆在那儿一动不动。我问几个正往外逃的老乡，红白在哪里？老乡说不知道，一眨眼就跑得没影了。我又问另外几个老乡，红白怎么走？老乡说，到红白路不通，桥也断了，过不去，里边很危险，千万别进去！我心想，我就是要去过不去的地方，就是要去最危险的地方，不然的话要我们黄继光团干什么！这时候，我看见一个交警，就赶紧跑过去让他给我带路，交警不干，说现在很忙，离不开。我想，不带拉倒，我自己找，我就不信找不着红白！我带着队伍继续往前找，刚走不远，就碰见一个干部模样的人，一打听，是什邡市武装部的部长，姓姚，叫姚远。我把部队的情况简单给他讲了一下，他说红白灾情非常严重，水、电全部中断，受灾群众没吃没喝，没有医生和药品，急需部队救援！我说那你赶紧带我去啊！他说通往红白只有一条公路，全部中断了，现在进去非常危险！我一听就来劲了，就像打仗时在前线突然发现了敌情！我说我就要去灾情最严重的地方，就要去最危险的地方，只要有人带路就行。我现在有几百人的队伍，后面还有！他说好，我这里有一车救援物资，车上有药品、食品和水，红白非常急需，但车进不去！我说车进不去，我就用人扛进去！就在这个时候，也就是我正需要人扛东西的时候，就看见满头大汗的田新带着队伍匆匆赶来了！我马上向田新和炮兵营营长下达了命令，立即搬运救援物资，向红白徒步开进！

红白，是什邡市最偏远、最孤独的一个小镇。红白地处龙门山脉中心地段——蓥华山麓，东与绵竹隔河相望，西南与彭州相连，西北与茂县接壤，距汶川最近的地方仅 18 公里。红白常住总人口 3 万余人，总面积 332.93 平方公里，除有蓥华山、八卦顶、青牛沱、黑龙池、南天门、太子城、佛光寺等风景名胜和前朝遗迹外，还有煤炭、磷矿、水泥矿、花岗岩等主要矿产，以及金河、通溪河、连山湾等水系资源。地震前，红白镇有 36 个村民小组的公路已经连通，镇内还设有 3 个火车站，照明、电话、光

这就是地震后从空中看到的红白镇

纤电视、移动通讯等，也实现了无缝覆盖。但汶川大地震，红白死亡 1 000 多人，伤 2 397 人，失踪 358 人，房屋倒塌 1.5 万多间，直接经济损失高达近 100 亿！

当团长文东带着部队向红白挺进时，天空下起了小雨。自 12 日下午起，灾区就开始下雨，红白地区更是雷电交加，雨水不停。官兵们提着方便面，抱着矿泉水，背着药物，扛着食品，上至营长、团长，下至班长、士兵，每人至少背负 30 斤，这还不算自己的行囊。为防止包装药品和食品的纸箱被雨水淋湿，官兵们用随身携带的雨衣把纸箱包起来扛着走，而自己则全身湿透。刚走不远，一阵刺鼻的异味扑鼻而来！官兵们抬头一看，前方半个天空，一片乌气沉沉。后来得知，这是地震时蓥峰实业公司的管道发生爆炸，引起液氧和氨气泄漏，在方圆 1 平方公里范围内形成死亡区。于是战士们立即掏出毛巾，将矿泉水浇一点点在上面，然后用毛巾捂住鼻子，弯腰低头，快速跑过“死亡区”！

后来，雨越下越大，路越走越难，一路是残崖断壁，一路是裂缝深坑。余震不断，山石不时滚落下来，发出轰隆隆的声响，像放鞭炮一样，一边走，一边还得随时躲避，其间经历了一处断桥，两处危桥，以及十几处山体滑坡和山石坍塌。田新说，他们开始扛着矿泉水，还觉得没什么，可走到后来，越走越沉，肩上的矿泉水简直就像石头一样！特别是有的小战士，才十七八岁，两条腿几乎就是拖在地上走。由于一天一夜没吃东西了，又饥又渴，又困又累，有的战士实在走不动了，很想把矿泉水扔掉几瓶，哪怕扔掉一瓶，也会轻松一些，但一想到里面的老百姓缺水，一瓶也没舍得扔。有的战士刚一扔掉，又急忙捡起来，而且自己渴得嘴上冒泡，也没舍得喝上一口！

队伍走到一个叫烂柴湾的地方，由于山体滑坡，无路可走，一打听，山民说附近有一条铁路桥，估计能过。文东带着部队来到铁路桥，却大失所望。铁路桥长约 600 米，宽约 4 米，桥下是四五十米深的河流和悬崖，12 根桥墩已经整体向下沉了约 60 厘米，整个铁轨也被悬置起来，官兵们双脚刚一踩在上面，桥梁就直摇晃，而且余震随时都有，一旦坍塌，任何

黄继光团和广州军区武汉总医院医疗队，冒险过危桥

人绝无生还的可能！

怎么办？是进还是退？

田新找到当地几个受灾群众，问，这桥能不能过？

群众说，一次过 200 多人，这桥从来没有过，还说，红白非常危险，已经死了不少人，里面的人都在往外逃命，你们千万不要进去，进去等于送死！

田新听了，又是一头冷汗。他和战士们找来木板，盖住桥上的空隙和漏洞，以免战士们看见桥下陡峭的悬崖和湍急的河流，引起心理恐惧。

文东仔细查看了地形，询问了情况，经简短分析，果断决定：250 人的队伍，变成一路纵队，每人间隔 7 步，每 5 人中间，再插入一名干部，小步快速通过铁路桥！

接着，文东对身后的官兵说，你们别动，我先过去，等听到我的口令后再前进！说着自己扛起两箱矿泉水，第一个向大桥走去。

就在这时，炮兵营营长叶恒星一步冲了上去，横在文东的前面，说，团长，你不能先走，让我先过去！

紧接着，十几个连长、排长也站了出来，说，你是团长，不能先走，让我们先过去！

文东望着身边的弟兄，眼睛一下便潮湿了，但他很快大声说道，不行，没有我的命令，谁也不准动！说罢，一把拨开营长叶恒星，疾步向大桥走去。

大雨中，250 名官兵的眼圈顿时全红了，他们望着团长的背影，迎着随风飘来的毒气与雨水，一起大声喊道：团长，小心……

随后，250 名官兵扛着一箱一箱的物资药品，踏上了晃晃悠悠的铁路桥……

如果说，在此之前，地震对黄继光团的官兵们只是一个神秘的传说，那么此时此刻，当他们的命运与脚下晃晃悠悠的铁路桥紧紧连在一起时，才开始知道了地震的确切内容。后来不少战士告诉我说，刚踏上铁路桥时，

空军邓昌友政委在洛水向废墟上的救援官兵致敬

双腿都在发抖，不敢往桥下看一眼，但一看见走在前面的团长，还有营长和连长，一想到要赶着进去救人，也就豁出去了，什么都不顾了！

下午6点，黄继光团250名官兵经过近两个小时的艰难跋涉，终于抵达红白镇！这是第一支成建制到达红白的部队，从武汉接到命令那一刻算起，只用了20个小时！

然而，见多识广的250名官兵刚一踏进红白，全都惊呆了！

此时的红白，几乎成了一座空城。到处是尸体，到处是伤员，到处是血迹，到处是泪水，到处是哭喊、逃命的。从下午起，数以千计的受灾群众纷纷背井离乡，冒死踏上了逃亡之路。伤员能抬的抬出去了，能背的背出去了，剩下的，不是死的，就是残的；不是老的，就是少的；不是忙着救人的，就是哭着找人的；不是趴着求救的，就是躺着等死的……

红白镇办公室副主任文孝桂告诉我说，地震发生后，红白的交通、通信全部中断，与外界彻底隔绝，成了一个孤镇！大约10分钟后，我们就派出第一拨到什邡报信、求救的人，但出去后都没有回音；半小时后，我们又派出第二拨人，还是有去无回；后来每隔半小时我们就派出一拨人，一连派了五拨人，都没有一个返回的！后来才知道，通往红白唯一的一条公路，因山体滑坡，全被堵塞，加上蓥峰实业公司的液氧和氨气泄漏后形成了“死亡区”，所以我们五拨人冒死冲出去后，再也无法返回。而外面要来红白救援的队伍，又必经洛水，一到洛水，就被洛水拦腰截住，所以导致红白的救援出现空白！我们只好组织自救。当时，红白镇惨不忍睹，一片惊恐！镇政府机关垮了一栋半楼，镇上的干部死了4个，还有9个干部的亲人也死了。光是一个木瓜坪村，受困群众就有1 800多人。镇上全是伤员，全是尸体！过一会儿就抬出一批尸体，过一会儿就抬出一批尸体。有的人刚抢救出来是活的，过一会儿就死了！两个小时大概救了300人出来，不一会儿就死了30多个！直到12日晚上10点钟，什邡市的副市长蒋明忠和武装部部长姚远，才冒着危险带着人员赶到了红白。

文东告诉我说，说实话，到了红白，我才看见了真正的灾情，也才真正知道了什么叫地震！我经历过很多残酷的大场面，但像这样惨烈的场面，第一次！

田新告诉我说，尽管空降兵参加过国内许多重大的抢险活动，但参加抗震救灾的活动，却是第一次。战士们亲眼见到那么多的死人，更是第一次！虽然在嘴上谁都不说什么，但每个人的心里，都是胆战心惊的！

炮兵营营长叶恒星告诉我说，走进红白镇时，我才知道，真正震撼我们的，不是一路上看到的倒塌的房屋，垮掉的大山，沉陷的路基，震断的桥梁，而是人——那些乱七八糟躺在路边上的死人，以及一群群从山里拼命往外逃命的活人！他们两眼空空，面无表情，眼睛里除了绝望，就是绝望，除了恐惧，还是恐惧！尤其是那些一排排躺在学校操场的孩子，我一看见，就想哭！如果不是亲眼看见这些，我永远无法知道地震的确切含义。

文东很快找到红白镇指挥部，报告了部队前来救灾的情况，请求分配抢险任务！在文东报告的时候，250 名官兵就整整齐齐地站在指挥部的帐篷前，个个摩拳擦掌，恨不得马上奔赴救人现场！

遗憾的是，此时天色已晚，加之红白停水停电，通信中断，到处黑灯瞎火，混乱不堪，救援工作很难展开。指挥部希望部队先把急需抢救的伤员连夜送出，明日一早再展开救援。这让黄继光团的官兵们大感意外！因为从武汉出发，千里迢迢，一路紧赶快赶，就是为了尽快赶到红白，扑向废墟，抢救亲人！没想到好不容易赶到现场，拳脚尚未施展，却要无功而返！就像打仗，刚刚冲到前线，敌人的影子还没见着，一枪未放，就立即撤退！于是不少官兵们感到非常憋气，甚至有点窝火！

但是，当官兵们看见马路边上、救灾棚里、卫生院门口那些濒临死亡、极度恐慌的伤员，尤其是看见学校门口那些躺在地上不停呻吟的孩子和守在孩子身边孤立无助、哭哭啼啼的母亲时，心中的那点憋气顿时烟消云散，代之而起的是一种悲悯，一种责任。于是文东一边安排部分人员就地展开最急需的抢救，一边带着几个干部查看镇上的重点灾情，同时安排部分人员准备转送伤员的工具。准备工具的官兵接到命令后，立即行动，就地取材，用木棒、门板、家具或衣服、床单、编织袋等，迅速绑扎起一个个简单的担架，然后把一个个伤员抬在上面。担架不够用，就安排部分战士把有的孩子抱在怀里，或者把老人背在背上。

一切准备就绪，文东一声令下，带着运送伤员的队伍，又匆匆离开了红白！

此时，已是晚上 10 点，长长的山谷，死一般的漆黑，死一般的沉寂。队伍刚走出几百米，老天就下起了大雨。官兵们一天没进一粒粮，没喝一口水，体力早已严重透支，再加上天黑路滑，道路不熟，余震不断，不时还得躲避山上滚落的石头——有一块石头从山上滚下来，砸在一个地方干部的腿上，粉碎性骨折，当时就卧地不起。来到金花镇大桥时，桥断了，过不去，而余震却还在不断继续。战士们就背着伤员走，抬着伤员走，扛着伤员走。伤员在战士的背上喊，在担架上叫，战士们则默默地哭。汗水、泪水、血水纷纷滴落下来，流在战士们的脸上、身上以及身后长长的路上。为防止伤员感染，战士们取出雨衣，或者脱下衣服，盖在伤员的身上，然后咬着牙，一步步地往前挪。特别是路经铁路桥时，为防止伤员下滑，有的战士竟用单腿跪着抬担架！等队伍返回蓥华镇，已近深夜 12 点了。当官兵们把伤员交给地方负责人时，有几位伤员竟从担架上挣扎着爬起来，扑通跪在了官兵们的面前……

这个夜晚，黄继光团的官兵们草草吃了点干粮，连衣服也没脱，就睡在了车上。谁都累得半死，却谁也睡不着。一个战士告诉我说，这个晚上他感到非常恐怖，非常害怕，但又很兴奋。刚刚经历的这一天，像一场噩梦，一闭上眼睛，那些路边上死去的受灾群众和躺在担架上的伤员，以及孩子们的遗体和抱着孩子遗体哭诉的母亲，就像电影镜头一样，不停地在脑海里闪来闪去，根本无法入睡。结果第二天起来，眼睛全是红肿的。田新告诉我说，战士们除了心理上的恐慌，还有一个原因，就是余震不断，一有余震，就能感觉到车轱辘又蹦又跳，像跳迪斯科似的。我怕汽车的刹车刹不住，溜车，就叫战士们搬来石头，把所有汽车的轮胎全给垫上了！

文东这个晚上也没睡觉，不是睡不着，而是压根儿就没睡。由于通信不通，已经深夜12点多了，他还没有和师长、副团长联系上。也就是说，他仍不知道师长带的队伍在哪儿，副团长带的队伍又在何处。作为一个指挥员，失去了与上级的联系，缺了团队的兵力，是绝对不可以的！文东连一口饭也没吃，便带上通信股长，又拉着什邡武装部部长姚远，先洛水，后蓥华，到处找师长，找副团长！因为他必须要把红白镇的灾情向师长及时汇报。而他并不知道，师长和副团长也在到处找他。等他终于找到师长和副团长时，已是凌晨2点多了！

直到凌晨5点，文东才带着黄继光团的750名官兵，以急行军的速度，浩浩荡荡，再次挺进红白！而黄继光团的另两支队伍，一支由政委孙传海带领645名官兵去洛水；一支由翁副团长带领300名官兵奔湔氐。只是谁也没想到，抗震救灾这一仗，远远超出了他们的想象！

镜头8　踩着死人救活人

如果说在战场，军人最大的炫耀，就是打了多少胜仗，缴了多少武器，杀了多少敌人；那么在灾区，军人最大的炫耀，就是救了多少亲人，运了多少伤员，挖了多少尸体，刨了多少坟坑，埋了多少死人！

黄继光团十六七岁的兵

但救人没有那么简单。

首先是怕。以黄继光团为例，全团共有 1 672 人，均是“70 后”生人。其中，“70 后”的干部 103 人，战士 123 人；“80 后”的干部 95 人，战士 1 236人；“90 后”的干部为零，战士 115 人。“80 后”、“90 后”干部战士加起来，一共 1 446 人。即是说，黄继光团有 1 446 人都是“80 后”、“90 后”的“青年军”，而其中有一部分还是刚刚下连队才 8 天的新兵——最小的只有 16 岁！他们和那些躺在废墟下等着被救的娃娃——比如高中生——年龄不相上下，有的甚至还要更小！难怪灾区的老百姓见了他们，都叫“娃娃”，这些“娃娃”在唐山大地震发生时还没有出生，自然没见过地震，更没见过地震中的死人！因此，当他们踏入灾区，冲进废墟，一旦面对一具具狰狞恐怖、惨不忍睹的尸体时，能不怕吗？

黄继光团三营营长张同春告诉我说，我们路过洛水镇政府门口时，看见摆放着许多尸体，我怕战士们看了受刺激，受不了，马上下令，把车上所有的窗帘都放下来，不让战士们看。一个连长悄悄跟我说，营长，让我们看一眼嘛，我说不行。连长说，就看一眼，我就同意了。没想到，刚一打开窗帘，战士们一看见地上的尸体，所有的人都不说话了，连气都不敢出了，眼睛直直的。到了红白，我第一天带着战士去救人也是这样。有个老乡，说他爱人埋在下面了，还活着，因为他听见了他爱人的手机铃声。战士们一听就很兴奋，马上冲进废墟就开干，可刚刨了两下，就发现一块预制板中间卡住一个人，却是个男的，已经死了！战士们第一次看见自己亲手刨出来的死人，一下就愣在那儿，像根木头桩子似的，眼睛直愣愣地看着地上，一动不动。我叫他们的名字，没有反应，我再叫第二次，还是没有反应，直到第三次我大喊一声，他们才像做梦似的，一下惊醒过来。晚上吃饭时，也不像平常在连队，有说有笑，打打闹闹，而是非常安静，没有一个人说话，没有一点声音，大家端着饭碗，举着筷子，愣在那儿，半天不动一口。

黄继光团参谋长彭元军告诉我说，战士们最害怕的是晚上。13 日晚我们住在洛水镇，战士们到处找厕所，但洛水镇乱糟糟的，找不着。后来问

重任在肩

老乡，老乡说走过前面一条街，再拐一个弯就是。战士们走到前面一看，是个院子，地上怎么睡了好几百个人？有大人，有小孩。再走近一看，原来全是死人！战士们顿时吓得哇哇乱叫，转身就跑。后来才知道，那是洛水镇镇政府的大院，12 日和 13 日从废墟上抬出来的尸体，全都摆放在那里。虽然战士们下午也看见了尸体，却是分开的，一具一具的，现在几百具尸体集中堆在一起，又是晚上，当然就非常恐怖了！所以战士们憋了整整一个晚上，也不敢去上厕所。还有一件事，就是地震后头两天，洛水镇的社会治安非常混乱，有人到处造谣，特别是到了晚上，有 10 个人骑着摩托车到处喊叫：有人抢劫了！有人抢劫了！其实并没有抢劫，搞得整个洛水镇人心惶惶，一片恐慌！地方政府希望我们出面维持秩序，给了我们一辆小拖斗车，当天晚上我就派了几个战士开始巡逻。上半夜，他们集中精力巡逻，并没注意坐的什么车。后半夜，有人总觉得不对劲，总感到屁股下面的气味都很熟悉。突然，一个战士大叫一声，说，我想起来了，这辆车就是下午装运尸体的那辆车！大家细细一看，果然就是。这下麻烦了，不想都不行，越想越害怕，两个十七八岁的战士马上就哆嗦起来。第二天一早，他们连长就找到我，说参谋长求你一件事，我说什么事？连长说，巡逻的战士向我反映，说他们什么困难都不怕，就怕坐那辆车，因为那辆车起码装运过上百个死人，能不能换一辆？我听了后觉得应该换，就找地方负责人交涉。可当时车辆非常紧张，实在没车可换，战士们只好继续使用这辆车。特别是到了深夜，整个洛水镇死亡的气息非常恐怖，别说小战士坐在装过尸体的车上害怕，就是我们干部在街道走上几步，心里都瘆得慌。但没办法，为了老百姓的安全，几个战士就相互挤在一起，背靠着背，手拉着手，每晚坚持巡逻！

一个参加过洛水镇小学救人的战士告诉我说，我从来没见过地震后的场面。第一天冲进废墟时，看见到处是鲜血，到处是尸体，脑子顿时蒙了，额头冒汗，手忙脚乱，心跳加快，气都不敢出，当时就吓傻了！

一个参加过北川中学救人的战士告诉我说，去灾区之前，我以为地震最可怕，到了灾区救人的现场，我才知道，原来死人比地震还要可怕！12日晚上，我们稀里糊涂就去救人，开始也许太紧张，太突然，救人的时候，只管往外抬人，好像没时间感觉怕不怕。到了后半夜，实在太累了，班长让我们轮换着休息一下，我们刚一坐在地上，头一歪，身子一倒，就全在地上睡着了。后来听见班长在喊，快起来！快起来！我睁眼一看，我的妈呀，我的身边全是死人！因为就在我们刚才迷糊的时候，废墟上的尸体不停地往下抬，所以我就和一堆死人睡在一起了！我当时就吓坏了，两腿发软，浑身哆嗦，心里像地震似的抖个不停。但没办法，一声令下，我们又冲进了废墟，真的，我们是踩着死人救活人！

其次是官兵们没有救人的经验。可以说，凡是奔赴灾区的军人，如同一群跃进战壕的勇士，个个都想建功立业，一战成名，心里想的第一件事就是救人！不少部队在去灾区之前就动员说，救人是关键，救人是第一，多争取一秒钟，就能多救一个人；多扛一根房梁，就能多为亲人减少一分痛苦；多搬一块砖头，就能多给孩子一次生存的机会！所以一定要争分夺秒，拼命救人！但愿望不等于现实，想救人是一回事，能不能救人又是另一回事。战士们个个求战心切，浑身是劲，却常常有劲使不上。灾区胜似战场，却不是战场。战场面对的是敌人，灾区面对的是亲人。战士们虽然演练过怎样打仗，如何杀敌，却从来没有演练过地震后如何救人，而历史留给他们的经验又是零。所以，当他们冲进废墟，面对那些废墟下呼救的亲人尤其是孩子时，常常束手无策，不知所措。一个参加过北川中学救人的战士告诉我说，他是练过武术的，功夫相当不错，可当他冲进废墟时，到处都是呼救声，这儿在喊“解放军叔叔，救救我吧”，那儿也在叫“解放军叔叔，快来救我吧”。他心里痛苦极了，恨不得一口气把他们全部救出来，却不知道用什么办法能救他们，更不知道到底应该先救谁，后救谁。他恨自己练了一身功夫，却无用武之地！一个参加过洛水中学救人的战士告诉我说，他入伍才 3 个月，下连队才 20 天，既没打过枪，也没扛过炮，更没学过如何救人。开始冲击废墟时，他信心百倍，一看见血淋淋的场面，就手忙脚乱，脑子一片空白！因为这种场面他从来没见过，甚至从来没听说过！

三是缺乏救人的工具。由于不少部队出发之前，并不清楚地震后应该怎么救人，再加上走得匆忙，没有什么准备，只带了一把铁锹，或者一把铁镐，有的干脆什么也没带。等到了现场，原来的预想与残酷的现实大相径庭，既没有生命探测仪，又缺少针对性的工具，手中的铁锹、铁镐几乎没有用武之地。比如，在红白镇救人时，3 个抢救点，仅有一把钢筋钳，只能在废墟上传来传去，轮番使用。因此，当现场没有工具，或者不能使用铁锹、铁镐时，战士们就只有用手刨！

四是和遇难者亲属有冲突。在救人现场，开始什么人都有，秩序非常混乱。但救人，现场不能乱，必须有全局观念，统一组织，统一指挥，分先后次序，轻重缓急，既需要理性，还需要安静。如果各自为战，结果反而适得其反。为了确保救人的有效实施，军人一边充当救星，一边充当保安，维护现场秩序，不让遇难者的亲属随便冲进废墟。但部分遇难者的亲属，尤其是部分学生家长，眼睁睁地看着自己的孩子压在下面，并清清楚楚地听见自己孩子的呼救声，作为亲生父母，不去救自己的孩子，还算父母吗？还算人吗？所以情绪非常激动，硬是要往里冲！虽然他们也的确看见军人们满头大汗、冒着生命危险在抢救自己的孩子，甚至有的还受了伤，同时也看见有的战士还是个孩子，当他们面对鲜血和尸体时，一双双稚嫩的眼里充满的是惊慌与恐惧，甚至有的愣在那儿不知道该怎么救人。有个别的家长就急了，甚至完全失去理智，拼命往里冲！于是，军人与百姓在废墟上的冲突便不可避免地发生了，和平年代的军人便有了前所未有的尴尬、无奈甚至委屈。而这种尴尬、无奈与委屈，又无法言说，只能让它和自己的泪水一并吞进肚子里。一位战士告诉我说，一个学生的妈妈要冲进去，被我拦住了，这位妈妈就使劲推我，还用手指抓我的脸，鲜血当时就从我的脸上流了下来。但我忍住了，想，自己的脸再痛，也没有妈妈失去孩子的心痛。如果她抓我心里好受一些，就让她抓吧！

尽管如此，救人是无条件的。哪里有人求救，哪里就必须出现军人！

5 月 13 日下午 4 点 20 分，黄继光团二营刚到洛水，气还没来得及喘一口，就接到了救人的命令！二营是黄继光团的先遣营，每次重大任务，总是打头阵。营长叫肖亮，四川人，家就住在都江堰，地震时父亲在映秀旅游，地震后杳无音信。12 日晚，肖亮得知家乡地震和父亲的消息后，一夜没睡，第二天上了飞机，仍嫌飞机飞得太慢！但到了洛水，肖亮根本无暇顾及父亲的死活，甚至连问一句的时间都没有，带着突击队便赶到了洛城小学。此时的洛城小学，还埋着几十个孩子！现场没有大型机械，肖亮便安排人工作业。这时天空下着雨，官兵们跪在废墟上，手上、脸上、身上全是稀泥。不到一个小时，手套就刨破了，有的战士甚至连手指也抠烂了，血水刚一渗出，就被雨水冲走了。夜幕很快降临，没有灯光，他们就借助手电作业，一旦发现有生命迹象，再用手一点一点地抠，一点一点地刨。后来雨越下越大，官兵们的脸上，已分不清哪儿是雨水哪儿是泪水，但他们一刻不停，很快救出了一个又一个孩子。

到了深夜 12 点，还有 7 个孩子埋在下面！官兵们着急，家长们更着急！由于没有现代化的探测仪器，肖亮只好带着机炮连的战士，趴在废墟的角落或者缝隙处，扯着嗓门大声呼喊：下面有人吗？下面有人吗？孩子，你在哪里？孩子，你在哪里……每隔 5 分钟，他们就喊一次。可洛水镇一片漆黑，一片死寂，除了天上哗哗滚落的雨水声，街上受灾群众偶尔仓皇逃过的脚步声，以及地上随风飘零的树叶声，听不见孩子们的一句回应！由于天热，官兵们的嗓子很快就喊哑了。凌晨 3 点，他们终于发现了第一个孩子。凌晨 6 点，30 多个孩子全部救出！可惜，30 多个孩子中，只有 3 人幸存！

第二天中午，肖亮又接到了去洛水新金河水泥厂救人的命令。新金河水泥厂面积几百平方米，毁坏严重，压在里面的人全都救出来了，唯独一个机修工，怎么也找不着。肖亮带着六连官兵赶到现场时，机修工的妻子趴在废墟边上，已哭得死去活来。可肖亮他们挖了半天，也不见人影。当时，偌大的厂房摇摇欲坠，一有余震，便有水泥、砖块、房梁纷纷落下，所以里面一直没人敢进。为了搞清厂房的内部结构，判断准确的挖掘位置，肖亮下令战士原地待命，自己则不顾战士的劝阻，钻进厂房，一边观察，一边不停地呼喊着机修工的名字。而守在外面的几十个战士，也一边抹着眼泪，一边呼喊：营长，快出来！营长，快出来！尤其是肖亮的通讯员，趴在工厂歪歪斜斜的铁门前，盯住黑漆漆的厂房，边哭边喊，嗓子都喊哑了……但肖亮最终还是没有找到那位机修工。

就在这时，移动通信公司的一辆应急通信车开了过来，手机突然有了信号。肖亮灵机一动，让机修工的妻子给丈夫拨打手机，看看有没有反应。妻子恍然大悟，立即拨打，奇迹出现了——丈夫的手机居然是通的！妻子的眼泪一下便哗哗地流了出来，官兵们也振奋不已，立马来了精神。为了准确判断机修工在废墟下的位置，肖亮让战士们停止说话，保持安静，用耳朵去听手机的铃声。于是几十个战士分头趴在废墟上，让自己的耳朵紧紧贴着地面，然后屏住呼吸，反复倾听。片刻，战士们果然听见了手机的铃响声，有的说是震动声，有的说是乐曲声，肖亮和两个战士听见的则是广播电台声。

可当战士们终于挖出机修工的半截身体时，一股恶心的气味顿时扑鼻而来。战士们明知遇难者已气绝身亡，却只流泪不说话，任由机修工的妻子继续一次次地拨打着手机！当机修工的尸体被战士们用手全部刨出后，战士们这才惊奇地发现，机修工的头和双腿已经砸扁了，但他的手上，却依然紧紧攥着那个一直铃声不断的手机！

5 月 13 日下午 4 点 40 分，黄继光团机炮连连长鲁旭带着一个排的兵力赶到宏达集团公司家属区救人。家属区是一栋六层高的楼房，楼房整体已经全部扭曲，随时面临坍塌的可能，但楼房里还压着 15 个人！当时，天空下着雨，雨中的挖掘机正在作业，鲁旭立即指挥战士们协同挖掘机实施救援！但一个多小时过去了，眼看天色渐暗，依然不见遇难者的身影。突然，一名男子跑到鲁旭面前，哀求说，解放军同志，我老婆还在下面，又饿又冷，太可怜了，你们可千万不要扔下她不管啊！鲁旭抓住他的手说，放心吧，老乡，今天不把你老婆救出来，我们绝不离开，就是用手刨，我们也一定要把她刨出来！

下午 6 点 30 分，战士们终于用手刨出了遇难者。可遇难者已被钢筋穿

背起亲人回家

破后背，头也变形，模样惨不忍睹，战士们刚看了一眼，便吓得目瞪口呆，愣在那儿，两手发抖，再也不敢往下刨了。这时，所有遇难者的亲属和围观的人群，眼睛全都盯着废墟。鲁旭小声说了一句：弟兄们，你们回头看一看，周围的老百姓都在看着我们呢！战士们愣了一下神，又很快蹲了下去，继续用手刨……但由于遇难者脸朝下，一只手在背后，另一只手埋在下面，操作非常困难。于是为保证遇难者不受到损伤，鲁旭单腿跪在地上，双手托住遇难者，使其身体悬空，然后再让战士们从侧面一点一点地挖，一点一点地刨……尸体完整清理出来后，鲁旭又抱起尸体，小心翼翼地走出废墟。两个战士迅速脱下雨衣，盖在死者的身上；围观的受灾群众则纷纷举起塑料布，挡在官兵们的头上；而那位在大雨中亲眼目睹了一切的男子，竟跪在地上，抱着鲁旭连长的双腿，久久不起。

5 月 14 日中午，黄继光团参谋长彭元军正在洛水中心小学组织救人，几个回民急匆匆跑来求救！当时所有连队都救人去了，彭元军身边就剩下了一个兵，背着两部电台，加上他自己拿着一部对讲机，就是司令部指挥所了。但彭元军立即通知军务股股长曾建中，哪怕找几个机关的新兵，也必须赶去救人。曾建中带着战士赶到现场后得知，遇难者祖孙三代都是回民，埋在下面的，一个是他们的父亲，一个是领头人的妻子，他们开始自己挖，后来看见了头发和血迹，就再也不敢往下挖了。曾建中立即组织战士实施抢救。两小时后，遇难者刨出来了，却没有了呼吸，而且尸体已经开始腐烂，很难往外挪动。而几个战士都是曾建中顺手“捡”来的小新兵，下连队才一个星期，敢于动手刨人，已经相当了不起了，现在要挪动尸体，却害怕了！曾建中也怕，可他是干部。后来在他的鼓励下，一个 17 岁的新兵终于鼓起勇气，帮他一起挪动尸体。新兵没有一点经验，再加上心里本来就怕，刚一触到尸体，一股尸水便从死者的肚子里喷了出来，溅到曾建中的脸上！在场的战士和围观的人群顿时发出一片惊叫！甚至连遇难者的亲属也吓得连连倒退几步。但曾建中一句话也没说，抬起胳膊，用衣袖轻轻擦了擦脸，捡起废墟上的一床被子，轻轻包裹好，然后再把尸体慢慢抬出废墟。曾建中万万没想到，当他放下尸体直起腰杆时，突然发现，遇难者祖孙三代几十个回族同胞——上至80多岁的老爷爷，下到五六岁的小孙子，全部跪在了他和战士们的面前！

军人的善举感动着百姓，百姓的爱心同样震撼着军人。

5月14日早晨，奋战了一夜的二营四连官兵正准备回撤，一位中年妇女突然跑过来说，旁边居民区有一个小女孩和她的爷爷、奶奶还埋在废墟里！四连连长立即带着人马赶到现场，脚跟尚未站稳，余震突然降临，只见已经塌陷的三层楼房上，瓦片、碎石、泥块纷纷下坠。后来通过喊话，他们听到了小女孩在楼上很虚弱的哭泣声。经过好一番折腾，他们利用倒塌的缝隙，终于扒开了一个只能容一人进去的4米深的洞。排长殷果主动请缨，冒险爬进洞内，眼前的情景竟让他感动万分：一个小女孩蜷缩在墙角，瑟瑟发抖，她的头上是一块1米多长的斜压在墙角的预制板，身边是两位六七十岁的老人；两位老人双膝跪在地上，相互搂抱着双肩，年迈的身躯至死也死死扛着那块斜压过来的预制板！很快，余震再次袭来，殷果迅速将满头是血的小女孩紧紧护在自己怀里，爬出了洞口。获救的小女孩却死活不肯离去，向着倒塌的楼房，大声哭喊着："我要爷爷！我要奶奶！"

5月15日上午8点，黄继光团机炮连指导员郑荣带着队伍刚刚来到宏达股份有限公司家属区，一个大约20岁的小伙子就拉着他的手哭喊着说：解放军叔叔，我舅舅、舅妈、表弟一家三口，全埋在里面了，求你们救救我的亲人吧，我的表弟才8岁啊！郑荣立即带着几名骨干展开救援！当三位遇难者全部现身后，官兵们看见的是一个令人难以置信的画面：一家三口坐在地上，父母的双臂搭在一起，彼此头顶着头，垮塌下来的砖块、钢筋、混凝土全部砸在了他们的头上和身上；而被护在下面的孩子，则坐在两人的中间，手抱着爸爸的腰，头靠着妈妈的胸，全身上下，干干净净。尽管孩子早已死去，身上却没留下一道伤痕，像静静地睡着了一样！如此不可思议的父爱母爱，让全连官兵感动得热泪盈眶！他们将遗体清理干净后，自觉站在一排，面对三位遇难者，恭恭敬敬地敬了一个军礼！在场的百姓也被感动得泪流满面，跟在抬着尸体的官兵们的身后，愿为这对伟大的父母送上最后一程。

5月15日下午2点，副参谋长杨勇琦带着队伍到洛水科化水泥厂搜救，看见一个男人蹲在废墟边上，死死盯着倒塌的厂房，脸色苍白，目光呆滞。杨勇琦一打听，这是一个山西男人，妻子在科化水泥厂打工，地震后他从山西急忙赶来，却没有找到妻子。水泥厂的人不管是死是活，是伤是残，全都抢救出来了，唯独他的妻子却不见踪影。3天来，山西男人一直守在水泥厂门口，无论白天夜晚，不管刮风下雨，不吃不喝，一刻不离。他对杨勇琦说，他心里有感应，妻子肯定在里面，肯定还活着！现在，他什么都没有了，就剩一个老婆了，即便老婆死了，也该留下一具尸体。不管老婆是死是活，如果不找出来，他就一辈子守在这里！希望解放军一定帮他找到妻子！听了山西男人的哭诉，杨勇琦和在场的官兵们非常感动。一个外地打工者，无权，无势，无钱，除了对妻子的一片深情厚爱和绝对忠诚，还有什么？什么也没有！这个时候军人不帮他，谁帮他？所以杨勇琦对战士们说，既然他的妻子没有找着，就很可能仍在里面。再说了，老百姓有这个要求，无论有多大的困难，我们一定要想办法满足！即使他妻子已经去世，我们也要挖出一具完整的尸体，给他一个交代！

但杨勇琦领着官兵们挖了一个多小时，还是没有找着。这时，有的老百姓见他们实在太辛苦了，便过来劝说道，算了，不要再找了，水泥厂下面有高温池，可能掉到坑里被烧化了。但官兵们还是不甘心，找来纸和笔，询问工人厂房结构情况，然后画出草图，反复分析，看地震时她可能会往哪儿跑，是厕所？还是厨房？是客厅？还是过道？最后判定两个点，一是楼梯，二是窗户，然后集中这两个点再挖。结果，只用了一个多小时，便在楼梯口找到了山西男人的妻子。山西男人一见妻子，疯了一般冲上去，抱着妻子痛哭不止。为防止瘟疫，官兵们赶紧将他拉开，他却坚持要把尸体背回山西。后经官兵们反复劝说，并答应一定帮助他安葬好妻子，他这才勉强同意。于是，按照山西男人的心愿，杨勇琦带着战士们选了一块好地，为他安葬了妻子。妻子刚刚掩埋完毕，山西男人就扑通跪在地上，向官兵们磕头致谢！而后趴在妻子坟前，放声大哭，直至第二天傍晚，才一路流着眼泪离开了洛水。

在洛水救人的同时，文东团长带领队伍到达红白镇后的第一件事，也是救人！而救人中遇到的问题，和洛水几乎一样，不是缺乏救人经验，就是缺少救人工具，面对废墟中求救的孩子和百姓，官兵们常常感叹的，同样是英雄无用武之地！

政治部主任田新说，由于我们既没有日本的生命探测仪，也没有韩国的搜救犬，其他有效的救人工具也很缺乏，所以战士们刚开始冲进废墟后，确实不知道该怎么救人。而且废墟上空间有限，除了几个人能作业外，其余的人只能站在那儿看。为了尽可能在最佳时间多救人，大家动脑筋，想办法，比如，大致方位不知道的，就先问，问亲人，问街坊，问邻居，问路人；具体目标不明确的，就先想，想哪儿可能有人，哪儿可能没人，是在厨房、卧室、卫生间，还是通道、走廊、饭厅？难以下手的，就先看地形，看结构，看洞口，看缝隙，看有没有潜在的危险；再就是多听——用耳朵贴在废墟上听，多喊——用嘴巴对着洞口喊，或者捡个脸盆对着缝隙敲，拾根棍子反复拍打预制板。一旦发现有人，为防止灰土掉进遇难者的呼吸道，战士们就先用嘴把遇难者脸上的灰土吹掉，然后找块塑料布挡在遇难者的四周，接着用钢钎先撬开大的预制板，再用绳子拉出来，用肩扛走，最后再用铁镐挖，铁锹铲，双手刨。反正不管是几层高的楼房，都一层一层地往下扒，像剥洋葱一样——由于每救出一个人来，战士们都会流泪，所以战士们把这叫做“剥洋葱”！

为了多救人，黄继光团采取的是 24 小时不间断、轮流作业的方式。战士们冲到哪里，就把印着“黄继光生前所在团”8 个大字的红旗插在哪里。红旗插在废墟上，像一团熊熊燃烧的火，鲜艳，耀眼，给人以信心与力量。战争年代，红旗插上山头，是一种胜利的标志。今天，红旗插在废墟，却表示一种存在，一种象征，一种希望。它像蓝天下一双清澈的眼睛，看着废墟上的活人和废墟下的死人，看着每一个人的行动与每一个人的表情。而老百姓从这面旗帜上看见的，则是 8 个血写的大字——舍己为人，拯救苍生！

有个战士告诉我说，有一天接到救人的命令后，他扛着红旗跑在队伍的最前面，不知是余震，还是路滑，突然一下就摔倒了！他双膝跪在地上，但手中的红旗却没有倒。他爬起来扛着红旗继续往前走，直到把红旗稳稳地插在废墟上，才腾出手来揉了揉自己的膝盖。可等他晚上回到帐篷，却脱不下裤子了，因为膝盖上的血已经把裤腿完全粘住了。

还有一个战士告诉我说，他们到灾区后，曾经扛着“黄继光生前所在团”的红旗去过英雄黄继光的家乡，并瞻仰了英雄的墓地。但英雄的家乡让他感到迷惑——他做梦也没想到，黄继光的家乡至今依然还很贫困！他看见一个大娘站在路边，望着他们，眼里充满了饥渴，充满了忧愁，甚至还有某种乞求。那一刻，他受不了了，不知道该说什么不该说什么，更不知道该做什么不该做什么。最后，他把自己兜里仅有的 50 元钱放在了大娘的手上，然后望着黄继光家乡那片荒凉的大山，深深鞠了一躬。回到驻地后，每次一到现场救人，只要看见废墟上的红旗，他就会想起黄继光的家乡，想起那位站在路边上的大娘，浑身上下好像真的就长出一股劲来！

的确，战士们虽然是第一次看见废墟，看见尸体，看见死亡，可当他们见证了废墟上一个个的活人如何变成了一个个的死人——从最初的拼命呼救，到声音逐渐变弱，直至最后没了表情，完全没了气息，没了心跳的全过程之后，渐渐从胆怯变成勇敢，从懦弱变成坚强。他们将所有的悲伤与哀痛全都憋在心里，整天在脑子里琢磨的，就是怎么救人，怎么多救人！

为了救人，有的战士指甲盖都刨掉了，仍然坚持，医生为他包扎伤口时，感动得直掉眼泪。炮兵营有个战士，大腿上长了一个疖子，开始不吭气，谁也不知道，后来发现他走路一瘸一拐的，强行把他从废墟上拖到救护所，医生扒开他的裤子一看，腿部四周都变黑了。医生生气了，说你怎么不早点儿来看，不要命啦！他说，我只顾救人，忘了！

二连有个班长，叫王进，5 月 12 日 7 点接到哥哥在广州遭遇车祸的电话后，连队考虑到他哥哥是家中的顶梁柱，批准他去广州照料哥哥，并买好了次日 10 点的火车票。但当晚 11 点 30 分，连队就接到了赴四川抗震救灾的命令。于是王进找到连长，坚决要求到灾区。他说，我的哥哥现在已在医院抢救了，但灾区还有好多人在等着我们去抢救！来到灾区后，他每天第一个赶到救人现场，最后一个撤出废墟，还亲自救出了两个人。但由于过度劳累，他本来就腰肌劳损的腰疼得直不起来了。排长说，你腰疼，先休息一下。他却说，我的腰是疼，但看到那些缺胳膊、砸断腿的乡亲和那些被楼板砸死的孩子，我的心更疼！

炮兵营还有一个战士，叫张震，胳膊缝了 9 针，一缝完就冲进废墟，拦都拦不住，赶都赶不走。医生让他必须休息，他就趴在帐篷里写血书。

此外，还有不少战士的家就在四川灾区，光炮兵营和三营两个营，就有 40 多个。有的找不到父母，有的找不见兄妹，有的失去任何联系，但他们不讲自家的情况，甚至有的领导问到了，还隐瞒实情。我曾经和这些家在灾区的四川小老乡举行过一次座谈，问他们担不担心家人，他们说看到灾区这么严重，说不担心，是假的。但这儿除了救活人，就是刨死人，每天要干十七八个小时，累得半死，根本就没有时间去担心。再说了，担心有什么用，与其分心，不如全力救人，谁让我们是军人呢！有个家在江油

与死神赛跑

的战士，叫陈雪，离红白镇只有 80 公里，他到灾区后天天拼命救人，既不知家中受灾情况，也不晓得父母是死是活。指导员担心他的情绪，找他谈话，他却回答说，指导员你放心，没事的，我在灾区救别人，别人肯定也在救我家的人！

炮兵营营长叶恒星，更是红白镇废墟上最抢眼的一个。叶恒星体格精瘦，脑子聪明，举手投足间冲劲十足，血气逼人，一个典型的“亡命徒”！他常挂在嘴边的一句话是，做人就要有血性！血性就是勇敢、善良、智慧、刚强！他说，我带这么多年兵，一靠人格去感染人，二靠能力去征服人，只要做到了这两点，战士们可以站出来为你挡子弹！他还说，要做好一个军人，首先得做好一个人，一个有良心的人！所以，5 月 14 日 6 点，叶恒星带着官兵第一时间赶到金河磷矿家属区，往废墟前一站，几句话就让全营官兵热血沸腾！他说，我们是军人，到灾区来，不求功利，不求回报，但必须讲良心，必须干良心活儿！因为灾区的百姓，就是我们的亲人！说完，带着官兵，冲进废墟！

金河磷矿家属区是一栋 6 层高的楼房，楼房全部倒塌，有 20 多个人被埋在下面，要救出下面的人，就要从上到下，把 6 层垮塌的楼板一层一层地翻开。而且每翻一层，必须小心翼翼，稍有闪失，便会殃及下一层的人。叶恒星他们先用铁锤打穿混凝土，用氧焊切割钢筋，接着用肩扛走一个个预制板，用手搬走一块块混凝土，然后再一点一点地探寻生命的迹象和线索。从早上 6 点，干到晚上 12 点，连续干了 18 个小时！18 个小时中，他们忘了害怕，忘了劳累，忘了吃饭，甚至忘了喝一口水，每个人都像疯了一样，心里唯有救人、救人！虽然不管是谁，都要承受巨大的心理压力，接受从未有过的心理考验，克服常人难以想象的恐惧，但面对遇难者亲属们一双双求助的眼睛，救人成了他们唯一的选择。他们先后搬走水泥板七八十块，扛走大小屋梁上百根，挂破迷彩服几十件，扒坏手套上百只，到后来，连号称黄继光团“第一猛男”的罗顺千都给累趴下了！

当天，叶恒星他们就刨出 25 个人，可惜只有两个活人。其中一个叫文健，32 岁，父亲是个矿工，他本来在什邡上班，10 日这天回到红白，12

从金河磷矿逃到红白镇的矿工父女

日就地震了。文健被救出后，一直不相信自己真的还活着，在送往救助点的路上，脸色苍白，浑身发抖，不停地问，我是不是还活着？我是不是还活着？叶恒星问他，头疼不疼？他说疼。叶恒星说，既然你知道头疼，证明你还活着。然后又不断地安慰他，告诉他确实已经从废墟下救出来了，而且身体很好，现在正送他去检查治疗。文健的情绪这才渐渐好转起来，然后告诉叶恒星说，他在废墟下听见一拨一拨的人从他头顶上走过，但没有一个人发现他。废墟下太可怕了，一片漆黑，什么也看不见，眼里只有黑暗，心里只有恐惧！他吃过地上的土，喝过自己的尿，后来实在忍受不了了，再也不想等死了，就下决心自杀！他用手到处摸，最后终于摸到一块玻璃碎片，如果今天解放军再不把他救出来，他就用这块玻璃碎片结束自己的生命了！文健说着，一块玻璃碎片从他的手心滑落下来，而他摊开的手心则是一片凝固的血迹！望着地上的玻璃碎片和文健手心上的血迹，叶恒星的心一阵战栗：原来把一个人的身体从废墟里抢救出来，并不等于这个人就得救了，只有这个人的心真正从死亡的地狱中挣脱出来，才算真正获救！人的生命真是太脆弱了，生与死的距离，竟在一块小小的玻璃碎片之间！

等叶恒星带着队伍拖着沉重的步子走在回来的路上，已是翌日凌晨。叶恒星说，路上除了战士们走路的脚步声，和远山深处偶尔传来的几声犬吠，方圆几里路听不见一点声音，整个红白镇就像死去了一样！战士们连续干了 18 个小时，没吃一口饭，没喝一口水，等回到帐篷里，已是浑身无力，两手发抖，拿起一块饼干，想送进嘴里，都送不进去了。

然而屁股还没坐热，金河磷矿一名老职工又急匆匆跑来。老职工 60 多岁，头发花白，面色憔悴。他告诉叶恒星说，他家住在 3 楼，他在楼下的废墟里听见了老伴喊“救命”的声音。叶恒星带着战士立即赶到现场，抬眼一看，3 楼与 2 楼的楼板已经完全重合，整栋楼房垮塌得一塌糊涂，遇难者存活的希望几近为零，很可能是这位老人思妻心切，产生幻觉，所以“听到了”老伴的“救命”声。但叶恒星还是决定：不管什么情况，一定要挖！即便真的死了，也要当成活人来挖，才能给老人家一个交代！于是叶恒星投入一个连的兵力，全力搜救！可挖了 3 个小时，战士们的手套都磨破了几十双，也没见着人影！又经 9 个小时的苦战，终于在 2 楼楼道下找到了遇难者。可这位遇难者的身体，已经被楼板压得只有 10 厘米厚了！望着眼前仅有 10 厘米厚的尸体，跪在废墟上的叶恒星禁不住仰天大哭：老天啊，你为何要灭我无辜百姓啊！

从 5 月 13 日到 15 日，黄继光团在红白镇和洛水镇共救出幸存者 39 人，接着以空降兵侦察科科长戴志强和三营营长张同春为首的数十名官兵，又从深山老林中解救被困受灾群众和受伤人员 457 人！

黄继光团最大的特点，就是当有人忙着接受记者采访时，他们却谢绝采访，只顾忙着救人！团长文东告诉我说，如果说黄继光团在灾区唯一有一点作秀嫌疑的话，就是在我们的头盔上印了“空降”两个字。因为当时部队很多，一方面是为了便于辨认自己的队伍，另一方面也是为了让老百姓对我们有个监督。

老百姓监督的结果是，不光救活人要找戴着“空降”头盔的人，而且挖死人、埋死人也要找戴着“空降”头盔的兵！

镜头 9　用鼻子寻找尸体

挖尸体、找尸体、埋尸体，是黄继光团的又一艰巨任务。

从某种意义上说，和死人打交道，比与活人打交道还要难，还要苦！难在哪里？难在心里。苦在哪里？也苦在心里。

挖尸体，是个良心活儿。有的尸体亲人清楚，一挖就挖出来了；有的尸体外人知道，一刨就刨出来了；有的尸体有线索，一找也找到了，但有的尸体只知道在废墟里，却不知道具体的位置；有的尸体只听说在楼房下，却无法确定到底在不在；有的尸体明知在下面，上面却是五六层高的危房；有的尸体则埋在深山里，谁也看不见，谁也不知道。也就是说，灾区没有明文规定，所有的尸体，军人都必须要去找，要去挖，要去刨。尤其是后来大型挖掘机、大型推土机以及大型搅拌机都轰隆隆地开进灾区后，如果用这些现代化机械去清理、挖掘尸体，比用铁锹挖，用手刨，更省事、更省力，还省心！因此，在对待尸体这个问题上，挖不挖？刨不刨？怎么挖？怎么刨？用黄继光团炮兵营营长叶恒星的话来说，全凭良心了！而正是凭着军人的职责和良心，黄继光团提出了“让死者安心，让生者放心”这一极富人性和人情的口号，不管什么时间，什么情况，无论多忙多累，多苦多脏，一旦发现尸体，就加班加点，争分夺秒，拼命去挖，拼命去刨！

挖尸体，是个胆量活儿。地震中的遇难者，奇形怪状，千姿百态，尸首分离，残缺不齐，血迹斑斑，腥味浓烈，一般远远看上一眼，还能承受，一旦零距离接触，恐怖程度，不可想象！炮兵营营长叶恒星说，废墟上的尸体，场面太惨烈了！可以说，什么样的尸体我都见了，趴着的，躺着的，横着的，竖着的，吊着的，挂着的，缺胳膊断腿的，眼珠蹦出来的，没有谁比我见过的尸体更多！面对这些尸体，确实让人感到恐惧，但我把他们看成是自己的亲人，就无所谓了。要是我能早来一步的话，我一定能把他们救出来。这一点我非常自信，因为我有这个能力。可惜我来晚了，而且来了又缺乏工具，所以非常惭愧！炮兵营二连班长王进说，来灾区之前，我连亲人死了都没有见过，但到灾区后，在金河磷矿家属区和红白中学，我看到了各种各样、惨不忍睹的尸体。有的刚跑到过道上，就被预制板拦腰斩断；有的头已经伸在了阳台外面，身体却还压在阳台里面；特别是有的孩子，只差一步甚至半步就可以跑出教学楼了，但还是被预制板砸在了头上，或者让钢筋穿破了胸膛；有的孩子等我们挖出之后，全身已经压扁了，放在担架上，连亲生父母都认不出来了，只有靠孩子的书包、脚上的鞋子或者衣服上的一个小饰物，才能确认到底是不是自己的孩子。看到这些惨象，心里确实害怕，泪水在眼里打转，都不敢哭出声来，因为我一哭，全班战士就会跟着哭。一想到那些失去孩子的父母，就什么都忘了，硬着头皮往上冲！二营营长肖亮带着战士在洛水新星河水泥厂挖第一具尸体时，遇难者眼球都没有了，脸上只剩下了两个洞，十分恐怖！战士们见了，谁都害怕！当时，还没有装尸袋，搬尸体时只能一个人抱，或者两个人抬。这事看似简单，实则非常复杂，用力不够，抱不起来；用力过猛，或用力不当，又会伤了尸体。肖亮只有自己干，自己给自己壮胆。他走过去，先用手扒去尸体上的土，然后把尸体从下面慢慢拖上来，放平，用床单裹好，再把尸体抱出去。他心里当然也怕，但现场他的官衔最大，死者的亲属就在身边，尸体不刨出来，没法向亲属交代。

挖尸体，是个细心活儿。挖尸体，光有胆量不行，还必须心细。即是说，除了克服心理障碍，不怕尸毒感染，还要认真对待遗体，不能有丝毫的懈怠。因为在尸体没有挖出之前，你不知是死是活，万一这个人还活着呢？所以，在挖尸过程中，必须小心谨慎，稍有一点疏忽，就会损坏尸体。比如，5 月 16 日这天，地方上有一个开大铲车的司机在清理废墟时，事前不清楚里面有没有尸体，一不留神，一铲下去，竟把一具尸体的脸铲去一小半！二营一个排长发现后，疯了样扑上去，一边冲着司机大喊停，一边用自己的身体奋不顾身挡住大铲车，然后跪在地上，双手捧起遇难者的头，放声大哭了一场。后来这位排长说，在废墟上挖尸体，我们没有经验，每天只凭着对老百姓的感情在挖。尽管这件事不是出自我们当兵的手，但要是我们有点经验的话，是完全可以避免的。有的战士还说，早知道要地震的话，提前练练怎么挖尸体就好了！所以后来凡是发现可能有尸体的地方，战士们宁肯自己多干一点，多累一点，多苦一点，也要坚持用手刨，不让机械推。

挖尸体，是个危险活儿。二营五连班长李清梨，四川广元人，5 月 13 日来到什邡洛水后，便开始与死人打交道。每当发现尸体，他总是一马当先，冲在前面，在连续四天四夜的挖掘过程中，没吃过一顿热饭。5 月 18 日这天，挖尸的地点两边都是危楼，一有余震，便摇摇欲坠，既不能机械施工，又不便锹镐作业。他仔细观察了地形后，主动爬到废墟上，用手一块块地捡砖头，一根根地拔房梁，一点点地刨泥土。由于天气炎热，尸体已经腐烂，尸水开始流出，尸味非常刺鼻。但在防护器材有限的情况下，李清梨强忍着刺鼻的尸味，坚持作业。尸体挖出后，他的手套和手指全被磨破了，死者的亲属捧着他的手哭，他则陪着死者的亲属哭。

挖尸体，还是个伤心活儿。挖尸体不只面对死人，还要面对活人——死者的亲人。官兵们既要让死者安心，还要让活人放心。而要做到这一点，

生命高于一切

不光要付出汗水，还要付出泪水。比如，战士们挖出尸体后，在有条件、有时间的情况下，一般都要将尸体一一摆放好，以便于死者亲属认领。有的尸体，特别是孩子的尸体，刚一挖出来，未等放好，母亲们就要扑上去，抱着尸体号啕大哭。为了亲属们的安全和健康，防止瘟疫，战士们就胳膊挽着胳膊，用自己的身体挡住尸体，然后苦口婆心，劝导亲属们不要接近尸体。有的孩子的母亲，拼死拼活，不顾一切地要扑向自己的孩子，怎么劝阻也不行。在这种情况下，有的战士就一边流泪，一边抱着孩子的母亲死死不撒手。

班长王进说，在废墟上挖尸体，开始是孩子的母亲哭着求我们，求我们快点把孩子们挖出来；后来是我们哭着求孩子的母亲，求她们千万不要靠近孩子的尸体。有一天，我们从红白中学的废墟上刚挖出一个孩子，孩子的母亲一下就扑了上去，抱着孩子不撒手，哭得死去活来，怎么劝也不行。后来，班里一个刚入伍才 20 天的新兵一下就跪在了地上，抱着这位母亲，一边哭，一边喊着说："妈妈，求求您了，快起来吧！妈妈，求求您了，快起来吧！"这位母亲一听有人叫"妈妈"，猛地转过身来，一看是个战士，却还是个孩子，慌忙放下自己的孩子，扶起身后的战士，说："孩子，快起来，妈妈听你的，妈妈听你的！"

叶恒星营长对此也感受很深，他说，每次我看见废墟边上那一排一排望着、等着渴望见到孩子的母亲，我心里就受不了！大概是 5 月 17 日这天，红白中心小学一个学生的母亲找到我，说她的儿子还埋在废墟下，怎么也挖不出来。我立即带着队伍赶了过去，可这位母亲只知道孩子埋在下面，却不知道孩子埋在什么地点。我问老师，老师说不清楚，又问老乡，老乡也说不知道。我只好领着战士自己找，自己挖。第一天挖了整整一天，没挖着。第二天，我让这位母亲领着我们找，她说在哪儿，我们就挖哪儿。第一遍挖了个底朝天，没有；第二遍又挖了个底朝天，还是没有。战士们累得满头大汗，有点儿泄气了。可这位母亲却一直守在废墟边上，一天一夜，不弃不离，而且还拿出儿子的照片给我看，并向我哭诉着说，她儿子怎么听话，成绩如何好。看见照片上那位天真可爱的孩子，我就想起我 7

岁的儿子，恨不得打个洞钻进去，也要为她找到儿子！我对战士们说，不管有多苦，我们必须找出这个孩子！不然对不起孩子的父母，也对不起死去的孩子。这些孩子本来就死得不明不白，父母要是最后一面都见不着，那就太残酷了！虽然我们不能把死人变活人，但我们可以让活人见到死人！可以让死人死得体面一些，死得有尊严一些，死得让亲人放心一些！于是，我们又挖了第三遍，终于在楼房的最下层找到了这个孩子！当我们慢慢刨开最后一层泥土时，看见孩子的手上，居然还紧紧抓着一支铅笔！在场的战士们都惊呆了，流下了感动的泪水。

还有一次，即5月18日晚，叶恒星带着队伍路过红白镇松林村时，发现路边有一个瘦瘦的小女孩抱着一个布娃娃站在一片垮塌的房屋前发呆。叶恒星一打听，小女孩叫李琳嫒，12岁，父母都是湖南道县人，来红白镇打工多年，以弹棉花为生。地震那天，李琳嫒的哥哥、弟弟在学校遇难，爸爸、妈妈在家遇难，原本一个圆满的五口之家，顷刻间便只剩下她一个了。小女孩天天守在这里，希望有人帮她找出爸爸妈妈，哪怕见上一面。了解情况后，叶恒星抚摸着小女孩的头说，孩子，放心，只要解放军叔叔在，就一定把你爸爸妈妈找出来！说完下令队伍立即行动。从傍晚8点，到翌日凌晨1点，叶恒星领着官兵们连续苦战了5个小时，终于把小女孩的父母从废墟下刨了出来，可倒塌的房梁和预制板已将两人砸成了肉饼！为了不让小女孩看到人间血淋淋的一幕，叶恒星让战士先把小女孩带到一边，等整理好她父母的遗体并用棉被包裹好之后，才让小女孩与她父母见面。之后，为了能让小女孩从悲痛中缓解过来，叶恒星一直把小女孩带在身边，不断地安慰她，鼓励她，然后又连夜把她送到政府指挥所，协调安排好她的吃住问题，并把自己身上仅有的100元钱也留给了她。5月24日，是小女孩的生日，地方某孤儿救助站为小女孩庆祝生日，邀请叶恒星参加。可在这个集会上，一个电视台的新闻主持人为了煽情，制造所谓的“现场气氛”，不断提起小女孩的爸爸和妈妈，致使刚刚平静下来的小女孩的情绪再次受到刺激，泪水止不住地往外流。叶恒星愤怒了，他冲上台去，几乎是从人群中一把抢走了小女孩，然后将她带到后台，用自己的身体护着，不让任何人采访，像一位父亲，保护着自己的女儿。两个多月后，叶恒星在帐篷里接受我的采访时，含着眼泪对我说，地震太残酷了，它撕碎了遮挡人世间的一切，把血淋淋的东西展现在了我们面前，也展现在了孩子们的面前。本来，地震已经伤害了小女孩的全家，伤害了她的心灵，我不愿让这小女孩再受到人为的伤害了！

其实，挖尸体最大的“敌人”，是尸味——尸体的气味！谁都知道，尸味是世界上最难闻的一种气味。地震后的灾区，开始是下雨，接着是烈日，于是随着时间的推移，气温逐渐升高，尸体渐渐腐烂，尸味开始弥漫。特别是后期，废墟中尸味之臭，刺激之大，语言难以表述。在灾区采访的日子里，我曾无数次闻到过尸体的气味，其中最强烈的，有三次：第一次是5月20日，在都江堰聚源中学，由于废墟上撒满了石灰和消毒药水，尸体味、石灰味和药水味三者搅混一起，相当浓烈，相当刺鼻！第二次是5月22日，在什邡蓥华镇蓥峰实业有限公司的废墟上——据说日本、韩国、新加坡等国的救援队，均先后来过此地——当时五六台挖掘机、推土机正在挖掘清理一塌糊涂的废墟，我冒着危险，冲进废墟，辗转穿行在几台挖掘机之间，不断抢拍照片。忽然，一辆大铲车掀起大铲，一堆水泥、钢筋、砖块和衣物中，我竟看见有残尸遗骸搅混一起！我顿时惊骇不已，迅速按下快门！就在这时，一股强烈的尸臭味钻进了我的鼻孔，我一阵恶心。后来当有记者问我为什么要冒险冲进废墟呼吸尸味时，我回答说，废墟是历史的见证，转瞬即逝，今天血迹斑斑，明天便干干净净，若不及时抓拍下来，不久的一天我们便会失去记忆。而废墟上的尸体气息，对和平年代的军人来说，也许是一剂最有效的清醒剂！第三次是5月23日，在北川中学的废墟上。那天时值中午，太阳很大，天气很热，一走进废墟，浓浓的药水加上自身的汗水和泪水，一下便熏得我睁不开眼睛。当时我不知什么原因，以为眼睛会瞎，心里一阵害怕。后来用纸巾不断擦洗，才慢慢睁开。就在我睁开双眼继续走进曾经埋葬过1 400多名学生的废墟时，一股强烈的尸味扑鼻而来，熏得我头昏脑涨，差点呕吐。我慌忙捂住嘴脸，逃出废墟。

但黄继光团的官兵们面对尸体，面对尸味，却不能逃避，只能接受，只能呼吸！而且，不光被动接受被动呼吸，还要主动接受主动呼吸。即是说，随着时间的推移，废墟中剩下的尸体越来越少，那些表面的、容易发现的尸体基本都找到了，但还有一些埋在废墟深层的、楼房底下的、很不容易发现或者根本不为世人所知的尸体，依然存在。那么对这部分尸体如何处理呢？是继续寻找？还是干脆放弃？黄继光团决定，为了让死者真正做到入土为安，让生者不留最后遗憾，不管是在野地，还是在深山，无论是在废墟深处，还是在楼底下面，必须想方设法绞尽脑汁竭尽全力，找出最后一具尸体，给亲人一个交代，还生者一个心愿。

军队毕竟不是挖尸队，既没专业的工具，也无专业的仪器，加之时间非常紧迫——再不及时找到尸体，就会完全腐烂，因此当“生命探测仪”、“尸体探测仪”之类的玩意儿只能成为挂在军人嘴边的一个名词时，寻找尸体的最现代、最实用、最有效的工具，便只有军人身上的器官——鼻子！也就是说，军人们只能用自己的鼻子到废墟上去闻，才能判断尸体是否存在，确定尸体具体位置——如同应对一场非常规的战争，只能按非常规出牌，按非常规出兵。

黄继光团三营机炮连三排长汪继敏，曾亲自参加了用鼻子在废墟上寻找尸体的全过程。汪继敏告诉我说，5 月 19 日上午，我们奉命到红白镇松林村六组去搜寻尸体。松林村六组离红白镇有 5 公里左右，里边的山路很难走，建在这里的一级电站全被泥石流埋了，上面还出现了一个小的堰塞湖。我们找来一些木板，搭了一个独木桥，才进了山。一到松林村，有个十三四岁的孩子就跑来找到我们，说他爸爸还埋在下面，怎么也找不着，让我们去帮他挖出来。我二话没说，带着 9 个人就去了。到那儿一看，只有两个小木房还在，其他的都垮了。我们没有探测仪器，只有在废墟上到处挖，到处刨。挖了好长时间，就是挖不着。小男孩说可能是在下面，我们又到下面去找，还是没找着。后来有个战士叫牟方富，重庆人，他对我说，排长，尸体可能在这儿！我跑过去看了看，并没有发现尸体，就问他，你怎么知道尸体在这儿？他说，我趴在地上用鼻子闻出来的。我大吃一惊，半信半疑，但想了想，也没有别的办法，只好叫另一个战士也去闻一闻。这个战士蹲在地上，用鼻子闻了几下，起来说，对，是有味！我也蹲下去，尽量贴近废墟，闻了闻，果然有味！于是我马上集中兵力，锁定这个地方挖。

很快，汪继敏他们就把尸体挖出来了。但小男孩一看，挖出的不是他爸，而是村里另一个孩子的妈。大娘约 50 岁，被压在一块大石头下面，两只眼珠都挤没了。那天天气非常热，汪继敏他们只带了两双胶手套，和一层纱布的口罩，所以气味非常大！有个战士后来说，他都熏得快吐了。但那个小男孩的爸爸还是没找到。小男孩哭着对汪继敏说，他在很小的时候，妈妈和爸爸就离婚了。他从小跟着爸爸长大，和爸爸的感情很深，求他们一定要想办法找到爸爸！

汪继敏说，看着小男孩可怜兮兮的样子，我们只好又用刚才的经验，用鼻子继续闻。很快，我从一个石头缝里闻到了一股异味。但我不敢确认，就叫有经验的牟方富来闻，他闻了后也不敢确认，我又叫另外 8 个战士过来，排成队，一个个趴在石头缝的边上，依次闻了一遍。结果，4 个战士说有，2 个战士说没有，3 个战士说闻不出来。就在这时，我突然发现有不少苍蝇，围着我们刚才闻的地方飞来飞去，赶都赶不走。我一下有了根据，于是决定挖。挖了两个多小时，累得汗流浃背，最后终于在一块大石头下面找到了小男孩的爸爸。但由于石头太大，我们用铁镐挖，挖不开，用木棍撬，撬不动，最后 9 个人全累趴下了，石头还是掀不开，尸体还是弄不出来。天眼看就要黑了，村里人和孩子只好让我们就地掩埋。但我们不能草率行事，必须认真对待，尽管这是一具在山里谁也看不见谁也不知道的尸体。于是我们到村里抬来一筐石灰，撒在上面，盖上一层土，再盖上一层土。孩子眼看着自己的父亲一点点完全消失，趴在地上哭了，我和战士们也跟着哭了。

王进也告诉我说，为了给亲人一个交代，我们到处找尸体，到处问哪儿有尸体，只要老乡说哪儿有，我们就去哪儿挖。有一天在松林村的废墟上，一个战士无意间在他的脚下闻到一股很大的味儿，说这儿可能有尸体。我们一挖，果然挖出一个老大爷，一根大梁压在他的背上，尸体已经开始腐烂。我们用手抓住他的两个肩膀，费了好大的劲，才把他拖出来。有了这次经验，每当找不着尸体的时候，战士们就趴在废墟上用鼻子到处闻，像一条警犬一样。这个办法很管用，后来不少尸体，都是用鼻子闻出来的，但也有失误的时候。有一次我趴在一堆废墟的缝隙里，闻到下面有一股强烈的异味，就说下面有尸体。为了更有把握，我又把一个战士叫过来，让他也闻一闻，那个战士闻了闻也说，对，有好大一股味，肯定有尸体！于是我们就开挖，挖了一个多小时，个个累得满头大汗，气喘吁吁，最后扒开一看，下面不是人，而是一条狗，一条已经腐烂的狗！

此外，尸体挖出后，官兵们还要对尸体进行消毒。对尸体消毒，同样要近距离地接触尸体，呼吸尸体的气息。三营八连指导员崔新武告诉我说，为防止瘟疫，防止传染，对尸体必须进行消毒处理。他们连在 5 月 15 日早上就接到了团长文东的命令，负责整个红白镇的防疫消毒特别是尸体消毒工作！于是他将 30 人的队伍分成 12 个组，二排长谢展和四排长余飘带领两个组主要负责尸体和坟场，其余 10 个组分头行动。没有专业的消毒服，战士们就穿上部队的制式雨衣、跳伞鞋，戴上头盔和口罩，然后每个人的背上再背一个药水壶！药水壶重约 25 公斤，跳伞鞋本来三四公斤，沾上泥土，就变成了五六公斤，再加上雨衣、头盔等，一个战士身上负重近 50 公斤。如此武装，别说干活，只在太阳下站一刻钟，一动不动，也会全身湿透！何况 5 月的灾区，天气异常闷热，红白镇方圆十几公里，山高路远，坡陡路滑，遇上雨天，尽是泥泞。一壶药水还未喷完，一身汗水已经流出来了。一天下来，不少战士都肿了脚腕，起了水泡，伞鞋里尽是汗水和雨水。

消毒工作的最大特点，就是哪儿苦，就去哪儿；哪儿脏，就去哪儿；哪儿臭，就去哪儿；哪儿有垃圾，就去哪儿；哪儿有苍蝇，就去哪儿；哪儿有尸体，就去哪儿！尤其是尸体，一旦发现或者有人报告，第一时间必

战士为墓地消毒

须得赶到，及时进行处理。比如，刚从废墟上挖出的尸体，马上就得喷药、消毒。如果尸体是趴着的，喷了后面，还得把尸体翻过来，再喷前面；如果尸体是躺着的，喷了前面，还得把尸体翻过去，再喷后面。战士们把这叫做“为尸体翻身”。总之，为了对生者负责，防止疫情，战士们不放过一个角落、一处废墟，更不放过任何一具尸体！每天行程约 80 公里，喷洒敌敌畏 600 瓶，消毒液 1 200 桶！一周下来，处理废墟上百处，消毒杀虫面积近万平方米，消耗药水上万壶！

战士们的工作环境如此恶劣，加上天热，还喝不上水，更不可能洗澡，一天下来，汗水、泪水、药味、尸味，混合一起，让人浑身不是滋味。比如杀虫药水，毒性甚大，滞留身上，不仅难受，还易中毒。于是不少战士开始头晕，手上发痒，身上起疙瘩，常常一放下药水壶，就不停地搓手，挠大腿，或者抓屁股。排长刘彦龙、战士王晓仲以及刚下连队 20 天的新兵谭超，都明显有头晕、恶心、湿疹等过敏反应。甚至有的战士还出现烧裆——即裆部溃烂！一走路，一出汗，裆部受到裤子的摩擦，又疼又痒，难受至极，还羞于启齿。实在受不了时，只有搞点痱子粉，偷偷擦一擦，抹一抹，第二天又背上药水壶，咬着牙继续坚持消毒！

崔新武指导员说，八连先后对 300 具尸体进行了消毒处理，其中有 3 具已经严重腐烂，每处理一具，战士们就会恶心一天，既严重影响食欲，又严重影响睡眠！特别是处理一些腐烂尸体时，非常棘手，对战士们的心灵和精神都有很大影响。比较典型的一个例子，是 5 月 17 日这天下午，天下着小雨，但天气非常沉闷，红白镇一家水泥厂来人说，在家属楼的废墟下发现一具尸体，他急忙带着四排战士赶到现场。大概还有 30 米远的样子，他们就闻到臭味了！原来，地方人员在用铲车清理废墟时，发现了这具尸体，吓得全跑了，然后让部队来处理。遇难者是个中年男人，身体大部分埋在废墟里，仅露出一个背部，头已经断裂，嘴里却还咬着一块小石头！而尸体的四周，则是一群乱飞乱转的绿苍蝇！战士们哪儿见过这么残酷的场面，一个个愣在那里，全吓傻了！他立即分工，组成 4 个小组，一是观察组，负责观察余震时房子会不会垮塌，山上石头会不会滚下来；二

有盆没水。战士们一个星期不能刷牙洗澡

是挖掘组，负责把尸体挖出来；三是抬运组，负责对尸体进行消毒，然后装进尸袋，再负责送到山上；四是掩埋组，负责挖坑、掩埋。由于这具尸体的腐烂程度相当严重，而战士们又要尽量保证尸体的完整和干净，所以这个活儿干了两个多小时，干得非常累，心里也特别的苦。等处理结束后，脱下防护服，战士们的脸上、身上，尽是雨水、汗水和泪水，一屁股坐在地上，几乎都快脱水晕倒了！等回到帐篷，战士们一头栽倒在床铺上，炊事班长吆喝几次开饭了，却没有一个战士走进食堂！

镜头 10　替生者下葬，为死者站岗

什么叫军人？

在敌人面前，军人就是长城，要为人民挡住敌人射来的子弹；在冰雪面前，军人就是帐篷，要为人民挡住肆意刮起的风暴；在非典面前，军人就是抗体，要为人民挡住无孔不入的毒菌；在水灾面前，军人就是沙包，要为人民挡住奔泻而来的洪水；在地震面前，军人就是万能机器人，除了开路架桥、打通道路、抢救生命、护送伤员，还要挖尸体、掘坟坑、埋死人，还要在墓地为遇难者站岗放哨，护魂守灵！

因此，在全国 13 万抗震救灾大军中，除了举国闻名、家喻户晓的军人，还有另一类鲜为人知的军人，这类军人在灾区做了一件极其特殊而又非常隐秘的善事，这就是：挖坟坑，埋死人，守魂灵！

埋死人，是灾区最重大、最突出、最尖锐、最敏感、最棘手的一个问题。

以什邡市为例，什邡死亡大约 5 000 余人，其中，洛水镇百姓死亡约 400 人，学生死亡 175 人；红白镇百姓死亡约 1 100 人，学生死亡 166 人。这数以千计的尸体如何处理，让乡镇的领导们十分头疼！其原因是，若是火化，洛水没有火葬场，红白没有火葬场，什邡市也没有火葬场，只有广元才有一个火葬场。但广元离洛水 30 多公里，离红白 50 多公里，且道路中断，桥梁垮塌，人流拥挤，车辆堵塞，别说一路过不去，就算你纵有天大本事，把尸体拉到了广元，同样火化不了。为什么？广元成百上千的尸

体都在昼夜排队，等着呢！难怪灾区传说，“进火葬场都要开后门”！如果土葬，怎么葬法？是集体一起葬？还是各家自己葬？集体葬，有的坚决不同意，强烈要求自己葬；自己葬，有的不愿意，有的没能力，有的连亲属都没有，怎么葬？再说了，如果各自为政，各行其是，到处都是坟堆，遍地都是墓地，怎么管理，成何体统？

问题还在于，许多亲属——主要是学生家长——坚决不同意马上掩埋尸体！为什么？要借尸还魂，借尸理论，借尸讨个说法，借尸严惩腐败分子，借尸追查豆腐渣工程！比如洛水镇，不少家长在学校废墟前设置灵堂，挂出孩子遗像，再扯起一幅巨大的白色布条，上书一行黑色的大字——孩子们在天堂快乐吗？还有的聚集在镇政府门前，或者在街道路口，呼喊口号，示威抗议。于是一时间群情激愤，好比涨潮的洛水，如涛如浪，大有淹没洛水镇之势。

洛水镇的书记尹太超后来向我谈起掩埋尸体的情况时，痛哭流涕，声泪俱下。尹太超说，本来，原定于 5 月 15 日选镇长的，没想到 12 日就地震了，这下镇上全乱套了！我成了第一责任人。洛水中学死了 94 人，洛水中心小学死了 83 人，还有一两百个老百姓。12 日晚上，几百具尸体掏出来后，问我怎么办？是放在学校，还是放在政府？我想了想，觉得还是放在政府比较好，就同意说，放在政府吧！没想到这几百具尸体往政府一放，简直就像几百个汽油桶放在了我头上！本来，洛水镇损失这么大，死了这么多人，我心里已经非常难受了，没想到尸体放在政府门口后，学生家长坚决不让埋，要让镇上给个说法。你想想看，当时天气那么热，如果这几百具尸体一两天内不埋下去，全都会腐烂！要真的腐烂了，你想想看，那是什么结果？什么影响？而且后面的工作根本无法开展，所以 13 日整整一个晚上，我眼睛都没闭一下，压力太大啦！后来实在走投无路，想到了亲人解放军，只好去找黄继光团的孙传海政委！

孙传海政委告诉我说，在灾区，最脏、最苦、最难干的活儿，几乎都让军人干了。洛水掩埋尸体之前，矛盾很多，镇上的尹书记找到我，希望部队出面，给学生家长做工作，让他们尽快同意把遇难者的尸体埋下去！

说这事儿只有部队出面好说话，老百姓谁都不相信，只相信军人；谁的话都不听，就听军人的。但问题是，洛水镇全镇 3.6 万人，遇难学生家长 110 个，我们人生地不熟，两眼一抹黑，上哪儿去找这 110 个家长啊？再说了，即便找到了，怎么张嘴说话？怎么给他们做工作？比如家长问，楼房为什么会倒，我们怎么回答？家长问，孩子怎么会死，我们如何解释？家长问，经济损失怎么赔偿，我们怎么表态？家长说，一定要严惩豆腐渣工程的腐败分子，我们又怎么说？当时所有的政策都没有出台，这些问题我们根本无法回答。所以接到任务后，我感到非常头疼，非常棘手。但又一想，大地震刚刚过去，在这种混乱不堪、万分危急的情况下，地方有难，除了依靠军人，还能找谁？所以我们从镇上找来这 110 个学生家长的电话号码和家庭住址，然后硬着头皮，一家一家地去做思想动员工作。刚开始进村时，我们都是悄悄去的，不敢说是去做工作，而是以查看灾情为名，让村里人远远地给我们指一指学生家长的房子，再上门。上门后，我们也不敢直奔主题，而是先绕弯子，问问有什么困难，有什么事干，然后没事也要找点事干，比如打扫打扫卫生，清理清理废墟，收拾收拾垃圾，帮着搭搭临时帐篷；同时让医生上门就诊，免费送药看病等等。总之脏活、苦活、累活，军人全包了。说白了，就是先套套近乎，融洽融洽感情，然后再做工作。等家长们的工作基本做通了，挖坟坑的事情又落到了军人头上。

军人挖战壕，天经地义，顺理成章；军人挖坟坑，似乎不可思议，有悖常理。何况挖坟坑不像挖树坑，很难，有讲究，黄继光团的官兵们根本不会。不仅不会，连见都没见过，自然更无经验可言；再者，无论是洛水还是红白，坟场均选在山上。而山上，表面看似泥土，下面尽是石头，用战士们的话来说，每挖一厘米，都要付出吃奶的力气！黄继光团主要负责洛水、红白两个地方的挖坑。洛水挖坑的方法是，先用推土机推出几个大槽，战士们再在大槽里挖小坑，一个小坑，一米宽左右，合葬两人；而红白挖的是小坑，即一人一坑，主要由三营机炮连负责。

机炮连指导员杨志鹏告诉我说，5 月 14 日早上 6 点，他们连就接到了上山挖坑的命令。他们一共去了 72 个战士，都很年轻，除了几个“90 后”

的，全是“80 后”。挖坑的标准是，每个坑长 1.7 米，宽 60 厘米，深 70 厘米。两人一组，一对一，7 点开工。战士们原以为挖坑没有啥，一挖吓一跳。因为刚开始看上去都是土，挖到大约 50 厘米的时候，石头便冒出来了。若是遇上小石头或者一般大小的石头，还没啥问题，一旦遇上大石头，麻烦可就大了。有的大石头一两米长，把两个坑的位置都占了，但不能用炸药炸，只能用铁镐挖、铁锹刨、铁锤砸，然后再用钢钎分解。大石头搞出来后，要用土把窟窿填平，再用手把窟窿抹好，前后对正，左右补齐，一个坑有时要挖两个小时。坑挖好了，战士们手上全是血泡，在时间允许的前提下，还要求战士们把坑挖得好看一些，纵成一路，横成一列，尽量在形式上有一种美感，好让遇难者的亲属们见了心里好受一点。

排长汪继敏说，挖坑还不能慢，必须快，为什么？因为后面的尸体不断地往山上运，如果尸体运到了，坑还没挖好，就会影响后面遗体的掩埋。再说了，死者的亲人还等着呢！但在山上挖坑，确实太难了，开始我们费了九牛二虎之力，好不容易挖了几个坑，地方搞防疫工作的同志来看了后

埋葬孩子们的坟坑

说不行，挖得浅了。我们二话不说，又加班加点，重新再挖。第一天，尸体多，我们确实只挖了 70 厘米深；第二天，尸体少点了，我们就挖了 1.2 米深，最浅的坑，也挖了 1 米深；第三天，尸体更少了，坑挖好后，见尸体还没运上来，我们就再挖深一点，好一点。

当然，不是所有战士都愿意挖坟坑的。有些战士一开始对挖坑并不理解，因为他们来灾区，一心想的就是救人！废墟上救人，多好啊，既轰轰烈烈，又惊心动魄，还名扬全国，一旦救出一个人来，就能上电视，上报纸，一不留神，一夜间还可能成为全国家喻户晓的英雄！而挖坟坑，既枯燥费力，还默默无闻，所以被安排去为死人挖坑的战士，一开始心里也是有些想法的。

然而想法归想法，坟坑照样得挖。指导员杨志鹏说，第一天，72 个战士挖了 180 个坑。第二天，挖了大半天，又挖了 50 个坑。当这 230 个坑像队列方阵一样突然集体出现在战士们面前时，战士们都吓了一跳！为什么呢？因为既然要求挖这么多个坑，说明就要埋掉这么多个人，而且还要往下挖，可见红白镇死了多少人啊！于是战士们的心一下就变得难受起来，沉重起来，这才感到了挖坑的重要。排长赖学良也说，我们挖第一个坑的时候，觉得很平淡，没有什么，但当第一具尸体埋进去以后，这才恍然大悟，原来我们挖坑，是为死难者找一个归宿啊！因此，后来战士们挖坑，感觉就大不一样了，他们把挖坟坑，看成为死难者建造一座住房。于是总是想方设法，挖得宽敞一点，踏实一点，完美一点。每挖完一个坑，都要仔细检查一遍，看是否符合标准，是否舒适得当。一旦发现不符标准，或者稍有瑕疵，再用手一点点地修补，直到满意为止。如果遇难者是个小学生，他们还会偏心一些，只要时间允许，再苦再累，也要为孩子找一个风景好的地方，比如有树、有花什么的，而且尽量把坑挖得宽一些，长一些，深一些，好看一些。甚至有的战士还特意为小学生挑选一块向阳的坡地，说这些学生死的那天晚上下大雨，在操场上淋了一晚上，现在安息了，让他们多见见太阳吧！

汪继敏告诉我说，有一个孩子的坑，他们挖了 2 米深，挖完后，一个战士还跳下去，用手在四周摸了摸，摸着一块小石头，就说，不行，这儿还有一块小石头，得抠掉，不然孩子躺在里面，会硌痛他的。于是，这个战士又用手抠掉这块小石头，再用土抹平了。然后我们又去抬来水泥和预制板，为遇难者建了一个稍微像样一点的墓碑，才算完事。战士们说，这些孩子走得太早了！他们生前没有住上高楼大厦，豪华别墅，死后能让他们睡在一个比较宽敞、踏实的地方，我们就问心无愧了。

坟坑挖好后，接着是运送尸体。

事实上，第一天是一边挖坑，一边运尸，一边埋人，三者齐头并进，交叉进行。第二天，才是先挖坑，后运尸，再埋人。孙传海政委说，埋人的工作从 14 日早上 7 点就开始了。这天镇长找到我，要一个连去帮着埋人。我当即下令，让战士们带上铁锹、铁镐，穿上防护服，没有防护服的，就用绳子把袖口、裤腿扎好，把手套戴好。我刚安排好，地方政府又来人说，再派 30 个人去运送尸体，于是我又让参谋长彭元军赶紧带人去。

参谋长彭元军说，转运尸体的任务主要由特务连执行。我带着队伍赶到洛水镇政府时，看见有好几百具尸体堆放在门口，有大人，有小孩，主要是小孩。当时现场很乱，哭的哭，叫的叫，喊的喊，气氛非常压抑，搞得我们的心情也很沉痛。运尸体，首先得把尸体抬上车，但怎么抬，如何放，干部不懂，战士更不懂，新兵到那儿一看，一大片全是死人，别说怎么抬，吓都吓傻了。于是干部带头，班长先上，4 个人抬一具，其余人帮忙，一具一具地往车上抬，一具一具地往车上放，然后再一具具地调整位置，一具一具地统一方向。抬到第四具的时候，新兵开始上了，每次上一个，先伸一只手。可新兵刚一伸手，像触电似的，马上又缩回去了。怎么办？尸体多，人手少，时间紧，老兵根本不够用，新兵不干，找谁干？于是连长让新兵先抓住尸袋的一个角，跟在老兵的屁股后面，适应两次后，再帮着老兵抬。尸体抬上车后，还要将尸体护送到指定地点，就像护送一个危重病人，途中必须细心照料，不能碰了，磕了，更不能摔了！但车上有死人，还有活人，装了满满一车，加上是山路，曲曲弯弯，凸凹不平，时而上坡，时而下坡，一有颠簸，活人死人挤在一块儿，想躲都来不及。于是新的恐惧再度加剧，新兵吓得惊叫不止！由于部分战士穿的是笨重的防化服，全身上下，被包裹得严严实实，一点不透气，热得受不了；加上心里害怕，出汗就特别多，于是很快全身湿透，里面的衣服都能拧出半盆水来。

与此同时，红白镇转运尸体的工作也在紧张进行。红白镇的尸体，是黄继光团的战士用肩膀和双手直接抬上山的。但凡抬过死人的人都知道，死人是最沉的，所谓死沉死沉，指的就是死人。负责转运尸体的，主要是炮兵营二连。二连班长王进，从救人、挖人到抬人，接触过无数尸体，自称是和尸体打交道的“老手”了。王进说，一具尸体一般都是 4 个人抬，这 4 个人当中，其中有一个一定是我。14 日这天，我往山上运了一二十具尸体，抬上去一具，赶忙放下，敬一个礼，转身就跑，再去抬第二具。由于尸体多，担架少，加上时间紧迫，没有担架，我们就用床板、木板或者草席，甚至我们在废墟上捡些电线接起来一捆，就变成了一副简易担架。因为前三天红白镇没有尸袋，尸体抬起来就往木板上放；加上我们的口罩不是特别好，戴着口罩也不起作用，所以气味非常大，直往鼻子里钻。为了压一压气味，我们把从废墟上捡来的一瓶“五粮液”打开，洒一点在尸体上，再抬，这样气味就要好一点。抬着尸体上山时，总感到尸体很沉，加上天气闷热，山路陡峭，所以一路上担架上的尸体在滴水，战士们的脖子在流汗，每往上爬一步，都非常艰难。由于 4 个人前高后低，稍微没有掌握好平衡，尸体便会下滑，甚至失手，所以我们必须把尸体放平，一旦出现险情，宁肯用一只手撑着地面，一只手扶着尸体，也要保证尸体不能下滑。我们当时一点常识也没有，后来才知道，尸体是不能用手去接触的。

用手接触过尸体的，还有另一个班长曾建中。曾建中说，14 日下午，我和另一个战士往山上抬尸体，由于没有经验，加上心里害怕，一不小心，脚底一滑，眼看就要摔倒，我慌忙一把抓住尸体的胳膊！抓住之后，我自己这才感到吃惊，心里咚咚跳个不停！但更让我吃惊的是，我看见身后那个战士竟然跪在地上，双臂撑住担架，用自己的头死死顶住尸体的双脚！

要不然的话，尸体就滑下去了。

我曾经问过一个小战士，你们对待死人，为什么还那么认真，还那么负责？小战士说，我看见那么多遇难的小学生，就像我的小弟弟小妹妹一样，心里非常难过。这些孩子本来已经很不幸了，如果我在运送他们的过程中再不认真，再不负责，万一摔了，或者碰一下，他们肯定会很疼的！所以不管我有多怕、多热、多苦、多累，必须做好每个动作，保护好这些学生，保证他们不再受到一点伤害。否则我对不住这些孩子，对不住他们的父母。

尸体运到坟场后，接下来是埋葬尸体。

洛水镇的坟场，选在距离洛水镇大约 5 公里的一座山上。洛水镇尹太超书记告诉我说，这座山当地人叫青嘴山，是他和镇长兰勇亲自选定的。之所以选在这儿，一是这儿离镇上较远；二是这儿有个石灰窑，专门烧石灰的，埋尸体需用石灰可就地取材；三是这儿风景不错，山上有树，有草，山脚下还有一条小河。有山有水，死了埋在这里，算落个好地方了。

我曾两次走进青嘴山坟场。青嘴山不高，地势也算平坦，山上除了野草，便是芦苇；山中树林，好像没有看见；山下倒有一条小河，河上还有一座小桥；至于石灰窑，确实存在，一过小桥，漫山遍野，便是一大片白花花的石灰！我两次来到这里，最让我受不了的，就是那一大片白花花的石灰！看见这些石灰，我马上联想到坟场里那上百个遇难的孩子，当一筐一筐的石灰倾撒在他们身上时，该是怎样一种滋味？当龌龊的石灰和潮湿的泥土与他们洁白的身躯搅混一起并永远相伴左右时，又会是怎样一种挣扎？怎样一种心酸？怎样一种痛苦？一位专门负责埋葬尸体的武装部干事告诉我说，尸体掩埋时，必须要用生石灰和漂白粉进行四次消毒：一是尸体运来后消一次毒；二是坑里没放尸体前消一次毒；三是坑里放了尸体后消一次毒；四是尸体盖土后再消一次毒——我的天啊，遇难者生前本来已经很不幸了，死后怎么依然难逃如此酷刑？人活着有受不完的苦，死了为何还要遭此鸟罪！聪明的人类可以把毒药变成牛奶，为什么就不能把狠毒的石灰变成温情的衣衫？难道除了让死者忍受石灰的浸泡，就再也想不出别的好办法吗？

其实，在灾区，死人的问题不是个问题。受灾群众谈论死人，好比城里人谈论歌星、影星；老百姓埋葬一具尸体，就像城里人处理一堆垃圾；甚至有一部分专门埋尸体的志愿者，也以埋尸体自居，自称“埋一号”、“埋二号”。意思是说，谁埋的尸体最多，谁就最牛，谁就是灾区老大！由于灾区每天都要和死人打交道，所以人们谈论起死人来，就像说起辣椒、茄子一样，已经麻木不仁见怪不怪了。

但对军人而言，却没那么简单，即便是一些什么都干过的干部或者老兵油子，也没埋过尸体啊！

负责洛水镇尸体掩埋的，是黄继光团二营五连。连长叫李柯，小伙子是陕西人，人品好，军事素质高，长相也好，魁梧、威猛、帅气，酷！这是一个有头脑、有武功的军人，曾参加过爱尔兰军事比武大赛。地震发生当晚，他就开始看书。他看的是一本叫做《非战争军事行动》的书，书里没有抗震救灾的常识，却有抗洪抢险的内容，他从凌晨 2 点，看到凌晨 5 点。连队 13 日下午到洛水，当晚 11 点便接到了掩埋尸体的任务。

李柯告诉我说，他们连队的战士们都很年轻，有 47 个都是下连队才一个星期的新兵，所以接到任务后他就对战士们说，大家不要怕，我们要把遇难者当做自己的亲人，见到他们，就像见到自己睡着了的亲人一样！我们埋尸体，就是做善事，既然做的是善事，还有什么可怕的呢？接着他又做了几条口头规定，其中有三条是：一、必须尊重当地风俗，满足遇难者亲属的全部要求；二、必须尊重死者，走路时脚不准从尸体身上跨过；三、必须控制情绪，埋尸体时不准哭，因为你一哭，会加重亲人的痛苦。

14 日凌晨 6 点，李柯带着队伍准时赶到青嘴山。是时，青嘴山脚下的公路上，已经拥挤着几百个遇难者的亲属。一位参加尸体转运的战士说，转运尸体的车刚从镇政府门口启动，亲属们的哭泣声立即惊天动地，喊的，叫的，哭的，闹的，晕倒在地上没人管的，口吐白沫正被医生急救的，一边哭一边追着汽车跑的……总之什么哭声什么惨象都有。李柯一到现场，一边做准备，一边布置警戒。转运尸体的车刚一停下，公路上的人群便开始骚动起来；尤其是当一具具的尸体从车上抬下来，接着运往山上时，几百名亲属便开始哭着、喊着要进坟场！但是，按照镇政府的规定，掩埋尸体时，亲属一个不能进——主要怕亲属情绪冲动，引起现场混乱。于是负责现场的二营教导员雪龙立即让排长李武带上几个战士守住小桥，劝阻遇难者亲属。

小桥是通向坟场的唯一通道，宽约 10 米，长约 15 米。小桥确实很小，但桥下风平浪静，桥上却波涛汹涌，数百名亲属说着、哭着、吵着、闹着要往里进，有的甚至硬要往里冲。李武当排长刚一年，哪见过如此阵势！不过李武知道，用兵之道不在崇武，而在攻心。他先让几个四川籍的战士，用家乡话向亲属们沟通，而后再作解释。很快，场面有所控制。但就在这时，一位 10 岁左右的小女孩突然冲上桥头，大声哭喊着要见哥哥！原来她的哥哥是个中学生，马上就要下葬了。李武急忙劝住小女孩，向她讲明道理。可小女孩性格天生倔强，根本听不进一句劝告，哭着喊着硬要拼命往里冲。李武急忙伸出胳膊，拦住了小女孩。没想到小女孩一下急了，抓住李武的胳膊就咬了一口；见李武还是寸步不让，又从头上拔下发卡，对着李武的胳膊狠狠扎了下去！这一扎，扎了足足 2 厘米深，一股鲜血顿时涌了出来，染红了李武的手臂，也染红了小女孩手中的发卡。面对情绪失控的小女孩，李武强忍着痛，含着眼泪望着小女孩，依然一动不动。小女孩反而被惊呆了，也被感动了，她再也控制不住自己的情绪，一下扑在李武的怀里，像个小妹妹样号啕大哭起来。李武后来说，一个军人，不光要有为人民吃苦的精神，还要有为人民受委屈的胸怀！

第一具尸体入土合坟后，亲属们的情绪又波动起来，纷纷提出要进坟场与亲人见上最后一面。李武的一个排既要镇守桥头，又要担任小河沿岸的警戒，还要协助其他工作，根本无法挡住数百个情绪激动的亲属，眼看着潮水般的人群就要冲过桥头！

就在这时，一个小个子军人带着 10 个战士急匆匆赶了过来，很快在桥头筑起一堵人墙，挡住了潮水般的人群！

突然出现在桥头的小个子军人叫向东，黄继光团三营八连二排排长，年仅 22 岁，是全团最年轻、最瘦弱、最矮小的排长。向东是随黄继光团第二批部队 14 日凌晨赶到洛水的，一到洛水，脚跟还没站稳，方向还没搞清，就被一个人给叫住了。叫住他的这个人是政委孙传海。孙传海刚接到青嘴山急需支援的电话，正为身边没人犯愁呢，一转身，看见了正站在车上东张西望、一脸惊恐的向东。于是下令，让向东带着 10 个战士跟着一个地方干部立即去执行任务。

向东告诉我说，那天早上他刚到洛水，整个人都是晕的，根本不知道来到了什么地方，后来才知道叫洛水，更不知道政委让他去干什么。他带着 10 个战士赶到青嘴山后，才知道他的任务是把住桥头，不让老百姓进山。可当他看见桥头和马路上的老百姓们像疯了一样，立刻就蒙了。本来刚坐了飞机又坐汽车，头就晕，一下把他们撒到人山人海中，心里就更是慌神了！而且一转身，他看见一辆辆大卡车正往山上运尸体呢！一车大约拉了 10 个，不停地拉；山上的推土机则推出了一个个长方形的大坑，像梯田一样，里面摆放着一排排的尸体，有人正大把大把地往坑里撒着石灰！向东吓得额头冒汗，脑子全蒙了！因为他长这么大，从来没有见过死人！但他是排长，身后还站着 10 个兵，再怕也得扛着。于是他赶紧指挥战士互相挽住胳膊，站成一排。刚站住了，家长们就不停地向他们哭诉起来，还骂人，骂地方官员，什么豆腐渣工程啦，腐败分子啦，等等。向东没听明白，哪儿是豆腐渣工程；也没听清楚，谁是腐败分子。家长们说的是四川洛水话，很难听得懂。家长们说着说着就往里冲，向东他们当然不让。家长们就抓他们的衣服，推他们的肩膀，还用头撞他们的胸脯。他们还是不让，站在那里，胳膊挽着胳膊，挺着胸脯，任凭推，任凭抓，任凭撞。有个母亲死活往里冲，向东拦住了，这位母亲就抓着他的衣领骂，骂他心太狠，不是东西！说她的孩子就要埋掉了，还不让她看最后一眼，缺德，没良心，不是人，不配穿军装，不配叫解放军！

向东说，我当时听了这话，感到非常委屈，非常难受，直想哭。但一想到一个母亲失去了孩子，该是多么痛苦啊，就一声不吭，随她骂去。我想，也许她骂了，心里就好受一点了。但后来的情况越来越激烈，眼看就拦不住了，我赶忙跑到山上去汇报情况，地方政府这才同意一家人可以进去一个。于是，山上埋一个人，就喊一个家长的名字，我们就放一个家长从桥上过去。局势这才缓和了一些。但有的遇难者有好几个亲人，比如爸爸妈妈，爷爷奶奶，还有舅舅姑姑什么的，都想进去。有一个中学生，妈妈进去了，奶奶也要往里冲，一个战士赶紧抱着奶奶，但抱不住，奶奶拼命要进，说今天就是死在这里，也要见她孙子！我看见奶奶的头发全白了，一边哭，一边抓扯着自己的白发大声喊，天呀地的，白发一根根掉在地上，一下子就被地上的石灰掩埋了，奶奶很快也哭晕倒了。我们吓坏了，赶紧将奶奶搀扶到桥边，给她喂矿泉水，几个志愿者也过来帮着劝导，这才缓了过来。看着奶奶这个样子，我心里非常痛苦，也很矛盾。从内心来讲，我恨不得所有的家长都到坟地里去看看自己的孩子，但我是军人，我必须执行任务，我左右为难，好难受啊！

向东带领的10个战士，当初就是像这样镇守在桥头的。背后是青嘴山坟场

就这样，向东他们从早上 7 点，一直在桥头守到下午 2 点，桥头是守住了，但 11 个人全累垮了！因为从 12 日晚上到 14 日凌晨，他们只吃过一小碗面条。而当天又是烈日高照，非常闷热，他们在桥头守了 7 个小时，体力、精力、心力，消耗极大，别说吃东西，连一口矿泉水也没喝过！到后来，战士们个个头晕眼花，站都站不稳，有两个战士甚至还晕倒了！但 11 个军人彼此胳膊挽着胳膊，肩膀靠着肩膀，相互支撑着，依赖着，继续站在桥头，一个也没趴下。向东说，当时他最担心的，是怕在人群的拥挤下，战士被推到河沟里。河沟有四五米深呢！于是他不得不找到领导，如实相告，领导这才把他们从桥头替换下来。

然而，当又饥又渴的向东带着 10 个又饥又渴的战士走回洛水镇路口时，他们早上乘坐的汽车连影子也不见了。一打听，他所在的营和连队早就走了！去哪儿了？不知道。他急忙用电台寻呼，电台没有信号；打手机，不通；再呼再打，还是不通。肚子饿，脑子晕，口又渴，身边却连一块饼干、一瓶矿泉水也没有！这一下，向东和 10 个战士全傻了！

就在向东带着 10 个战士离开桥头寻找部队的时候，李柯的队伍正挥汗如雨，掩埋着一具又一具的尸体。尽管他们已是筋疲力尽，汗水、泪水早就无法分清，而且有的家长由于过度悲伤情绪激动，还出现了一些过激的言辞和举动，但李柯依然要求战士们必须忍让，不管发生什么事情，必须要把遇难者的家属当亲人对待！

事实上，战士们无论是对待遇难者的亲属，还是遇难者本人，的确都像亲人一样，甚至比亲人还要亲！比如，尸体运到后，有的亲属要求打开尸袋看一眼，战士们就把尸体放平，然后小心翼翼地打开尸袋，等亲属看完最后一眼，再小心翼翼地把尸袋拉上；有的战士看见遇难者的脸上灰土太多，便掏出一块专门擦洗尸体的黄布，再倒上一点矿泉水，轻轻为遇难者把脸部擦洗干净——战士们把这叫做“为死人洗脸”；有的战士看见遇难者的头歪着，便先将脖子轻轻扶正，再把头轻轻放平，尽量保持遇难者头部的庄重与完美；有的战士们看见遇难者已经被压扁，就用手认真修整修整，尽量恢复遇难者身体的端庄与完整；有的家长提出要为孩子摆上一个书包，放上孩子最喜欢吃的水果、糖块和瓜子，再点燃一炷香，战士们不厌其烦，帮着一一办理；每当埋完一具尸体，以便亲属们今后辨认，战士们先捡上一块砖头当墓碑，编上一个号码，比如 1 号、2 号，或者 9 号、10 号，插在坟前，再从旁边采来一束野花，放在砖头——“墓碑”——的前面，然后自觉站成一排，给遇难者集体默哀一分钟。因为天气热，温度高，后面的尸体排着队还要等着埋，所以只能一分钟！

只是，李柯事前的几条规定，其中一条是“满足遇难者亲属的全部要求”，一条是“不准哭”，战士们根本无法执行。比如，亲属们拼命要往里进，战士们必须要挡，不但没有满足亲属们的愿望，还惹亲属们生气，甚至骂娘；比如，有个双胞胎姐妹俩，本来是同桌，姐妹俩从小学一起到初中，可姐姐死了，妹妹还活着，于是妹妹死活要往里冲，一边冲还一边大声哭喊着姐姐的名字说，姐姐，怎么死的不是我啊！怎么死的不是我啊！望着女孩痛苦不堪的样子，战士们想不流泪都不行！还有一位母亲，儿子

离开灾区前夕，连长李柯来到洛水青嘴山坟场，向遇难学生告别

已经上高三了，马上就要考大学了，母亲哭着对战士们说，她儿子成绩非常好，作文全班第一，全校第一，本来一心准备报考北大的，可学校垮了，儿子死了！所以儿子掩埋后，母亲趴在儿子坟前，一手抓扯着自己的头发，一手抓着坟前的泥土，哭得死去活来。后来母亲晕倒了，一个小战士急忙背着她下山。下山途中，母亲醒了，看见背她的战士竟比自己的儿子还小——战士只有16岁，一下就想起自己的儿子，反而哭得更伤心了！于是，母亲在战士的背上撕心裂肺放声大哭，战士在母亲的身下压住声音偷偷流泪……目睹此情此景，不但周围的战士们哭了，连长李柯也哭了，而且哭得比谁都厉害，比谁都伤心！

从14日到16日，3天时间里，李柯带领100多个战士，在没有任何后勤保障的情况下，仅靠少量的干粮和矿泉水，掩埋了105具尸体！

与此同时，红白镇掩埋尸体的工作也在紧张进行。

红白镇掩埋尸体的坟场，选在红白镇西山的一块坡地上。镇上村民告诉我说，这地方叫梨园，是几十年来村民专门种梨子的地方。这儿的梨树长势很好，结出的梨子又大又圆，又香又甜，比如鸭梨、木瓜梨、苹果梨等，吃起来清脆可口，香气迷人，方圆几十里，无论大人还是小孩，都喜欢吃这儿的梨。可近20年来，随着企业厂矿越建越密，外来人口越来越多，不知什么原因，这儿的气候越来越冷了，气味越来越难闻了，梨树的叶子越来越黄了，结出的果子越来越小、越来越瘦了，有的梨子竟出现了一个个的斑点，甚至后来干脆连梨都不长了！再后来梨园变成了荒坡，现在又变成了坟场！

我曾三次沿着山路爬上这个坟场。爬上坟场不易，一是山高路滑，坡陡路窄；二是山中多雨，雨天路滑。我三次去坟场，三次都下雨，三次都摔跤，三次都被身边的战士及时扶起。于是我想，我空手走路尚且如此，战士们抬着尸体爬山该是何等不易！

我还听说，距梨园几里开外，还有一个荒坡，叫周家坡，因这儿的人大多姓周，故此得名。周家坡曾被灾区传说为“万人坑”，其实据我了解，

红白镇西山梨园坟场。这里主要掩埋的是学生和老师

这里不过埋了几百人，说“万人坑”显然是一种夸张的比喻。但周家坡与梨园确有不同，即死者下葬的规格有异。周家坡主要埋的是老百姓，死者的居所是一个大坑，用战士们的话来说，是“睡通铺”。即是说，下葬时，先埋一层人，盖上一层土，撒上一层石灰，再埋第二层人，再盖上一层土，再撒上一层石灰；而梨园埋的多是学生和老师——学生 136 人，老师 7 人，且一人一坑，用战士们的话来说，是“住单间”。

不知什么原因，我三次走进梨园，都有一种不寒而栗的感觉。说天冷，这里确实多了几分寒意，但真的是天冷吗？我心存疑问。因为这寒冷并非来自身体，而是灵魂。每次面对那几百座坟茔，我想得最多的问题是，一旦进入冬季，这 100 多个孩子稚嫩的生命，能经受得住这原始山脉中彻骨的冰风霜寒吗？在城里，一个高干的子弟或者亲戚，一个煤炭老板或者一个大款，可以拥有几百平方米乃至几千平方米的豪宅；而在这里，在灾区，这些地震中不幸遇难的孩子，一生最终的归属，却只有一个几十厘米宽的坟坑！我不知道这个几十厘米宽的坟坑能占地球多少面积，也不清楚是城里那些豪宅的几分之几，更不明白同样是人，生命的价值为何竟有如此大的差异！比如，在城里，同样是人，同样是死人，可以到乡下买块墓地，可以进豪华的殡仪馆，可以有很多的人为你排队，为你默哀，为你献花，为你致敬，还有亲人、朋友关爱你，领导、同事看望你，礼品、果篮送给你，长长的泪水陪伴你。但在这儿，在灾区，此时此刻，一个人死了，就死了，往坑里一放，甚或往坑里一扔，便万事大吉，从此阴阳两隔。谁管？谁问？谁爱？谁疼？

红白镇的尸体掩埋，和洛水几乎一样，也是从 14 日开始，16 日结束，不同的是，家属可以进入坟场，军人和百姓，基本没有冲突。至于说每具尸体在掩埋之前，公安人员都进行了 DNA 抽样鉴定，根据我的调查，无论红白还是洛水，都是子虚乌有，纯属误传。但在这 3 天时间里，官兵们的意志、体力经历了一场从未有过的挑战和考验，精神、灵魂受到了一次从未有过的洗礼，却是事实。

埋尸体，能量消耗极大，这个能量既包括身体的能量，也包括精神的能量，所以，战士们的普遍反应是：极度饥饿，极度疲劳，往往只干上一两个小时，便有一种身心憔悴、未老先衰甚至千古沧桑的感觉。然而即便如此，却无法补充热能。也就是说，吃饭成了一个大问题！想想吧，战士们掩埋尸体是在山上，肚子饿了的时候，甚至饿极了的时候，前后左右，不是一个个的坟坑，就是一排排的尸体，而且亲属们就守在尸体的边上，也守在你的身旁，不是向你哭诉孩子生前的种种欢乐，就是向你控诉孩子死后的种种悲伤；要不就是呼天抢地，泪水长流，或者悲痛欲绝，一塌糊涂！战士们坐在坟坑边上，或者蹲在尸体旁边，面对以泪洗面、长跪不起的众多家长，手上捏着干粮，你说是吃，还是不吃？吃吧，实在咽不下去；不吃吧，还要掩埋尸体，哪儿来的力气？结果是，面对一座座坟坑、一排排尸体、一个个亲人，战士们只有忍着，一口不吃。

再一方面，战士们从早到晚，都在近距离地接触尸体，而且每天至少上百具；尸体千奇百怪，表情狰狞，形状各异，无论对人的感官还是肠胃，肯定都是一种极大的刺激。因此，干完一天下来，深夜回到帐篷，不是累得半死，也会吓得半死——不光身体累，心更累，根本没有一点食欲。于是屁股一坐，身子一歪，倒下便睡，连做梦的时间都没有。我们的战士们埋了三天三夜的尸体，除了喝点水，没吃过一顿热饭，一口热菜。

有个战士告诉我这样一件事情：有一天，他从早上开始埋尸体，一直埋到下午 5 点，没吃一口饭，没喝一口水，后来实在饿极了，便悄悄拿出一块饼干，刚准备要往嘴里塞，就被一个记者看见了，举起相机就要拍照。他发现后，慌忙又把饼干塞了回去，然后装着若无其事的样子，继续掩埋尸体。我问他为什么记者一拍照，你就不吃那块饼干，他说我是黄继光团的战士，要是记者把我埋死人时吃饼干的镜头拍下来传到网上去了，那就给黄继光团丢脸了，给军人丢脸了。再饿，我也得忍着！

至于洗澡，就更是做梦都别想的事情。地震后，水，成为整个红白镇一个突出的大问题，特别是前一周，不仅老百姓缺水，军人同样缺水。不是滴水如油，而是滴水如血，甚至滴水如命！如果有人说，一瓶矿泉水能救一条人命，这不是夸张，而是太不了解灾区的情况，准确的说法应该是：一瓶矿泉水，有时能救 10 条人命！但按当时的规定，每个战士每天只发两瓶矿泉水。而灾区每天烈日高照，地面温度高达 35℃，劳动强度极大，战士们个个壮如牛犊，两瓶矿泉水如何够用？不少战士由于缺水，嘴角干裂，鼓起一个个小泡；有的甚至出现虚脱，晕倒在废墟上。因此，从团长到战士，一个星期不洗脸，不刷牙，更不可能洗澡。每天回到帐篷里，一身臭汗，连衣服裤子上都能清楚地看见一片片白色的汗渍。战士们衣服都不脱，倒下便睡。广州军区武汉总医院的一位军医告诉我说，由于没水洗澡，有的战士身上发痒，起疙瘩，长红点，烧裆，那个臭哟，别提了！肖亮营长告诉我说，有一天他路过一个地方，看见旁边有一条水沟，水沟的水很臭，但他还是把自己的脚伸进了臭水沟，痛痛快快地洗了一次脚，因为他的脚比水沟的水还要臭！

广州军区武汉总医院院长浦金辉，还告诉我这样一个故事：5 月 14 日这天下午，他上山找水源，看见两个战士正抬着一具尸体上山。他很敏感，仔细一看，发现尸水已经滴在了战士的小腿上！他一下惊呆了！作为职业医生，他当然知道尸水渗到身上意味着什么，于是他立即叫住两个战士，有些生气地说，你们怎么能这样干呢！知道吗，你们抬的是尸体，不是木头！说完，他赶快拧开随身带的一瓶矿泉水，蹲下去就要给战士冲洗。没想到两个战士一看，也惊呆了！非常生气地说，医生，你怎么能用矿泉水冲脚呢？你知道吗，我们一天才两瓶矿泉水，只有渴得不行了，才舍得喝一口啊！听了这话，浦金辉院长的眼泪一下就流出来了。他马上返回医疗队，让护士们立即准备几桶消毒水，凡接触过尸体的战士，回来后必须先浸泡双手！

在掩埋尸体的过程中，心里最难受的，是年纪最小的新兵！

这是因为，战士们掩埋的多是学生，多是孩子。这些学生的年龄，有的比他们小几岁，有的和他们差不多。军人的双手本该是在战场上握枪杀敌的，在灾区却要用来埋葬学生的尸体，这该是一件何等残酷、何等悲哀的事情啊！一个战士告诉我说，站在坟坑旁，看着孩子的尸体，很自然地就联想到自己刚刚结束的学生生活，联想到假如自己没有当兵，还在学校，家乡也发生了地震，那自己又会是怎样一种命运？想到这些，小战士们就产生了一种大哥哥的责任感。

因此，战士们在掩埋尸体的过程中，非常小心翼翼，尽心尽力，总是在心里反复提醒自己：一定要小心、小心、再小心，千万千万不要惊醒了孩子！一个战士对我说，他们虽然不能保住孩子的生命，但却可以保证孩子死后平平安安地睡在这儿，绝不让他们再受到丝毫的碰损！特别是到了掩埋的最后阶段，对战士们心灵的刺激与震撼就更大了！眼睁睁地看着一个个十三四岁漂漂亮亮的花季少女，或者一个个十六七岁活蹦乱跳的精悍小伙儿，被一锹又一锹的黄土埋进坟墓时，战士们也跟着号啕大哭的家长们哭得一塌糊涂！甚至有的战士实在受不了，还跑到后山，对着峡谷大声喊叫，或者趴在地上偷偷痛哭一场！

走访中，我有意接触了黄继光团不少年轻的士兵，他们的年龄大约在十七八岁，其中有几个仅有 16 岁，均是 2008 年脱下学生服、穿上新军装的小新兵，有的下连队才 20 天，有的才一星期。肯定地说，他们在家里，个个都还是爸爸妈妈怀里的孩子，爷爷奶奶膝下的宠儿，但一穿上军装，来到灾区，他们便从一个孩子一跃而成为一个军人！军人，什么叫军人？就是战争年代敢于迎着子弹炮火往前冲的人，和平时期敢于朝着天塌地陷方向闯的人！

但毕竟，他们还是孩子！

比如，金辛，16 岁，湖北襄樊人。小伙子一看，很可爱，很单纯。金辛原本叫金幸，幸福的幸，上户口时，不知是户警不小心还是缺文化，总之大笔一挥，把幸福的“幸”写成了辛苦的“辛”，从此“金幸”变成了“金辛”——辛苦的辛。刚上完高一，金辛就当兵了。我说，你是后门兵吧？他笑了，笑得很诚实。而且下连队才 8 天，就踌躇满志，斗志昂扬，跑到灾区，跑到红白来了。我问他为什么当兵，他说爷爷是志愿军连长，在朝鲜的坑道里打过仗，舅舅也当兵，堂兄是武警。他从小喜欢军人，但

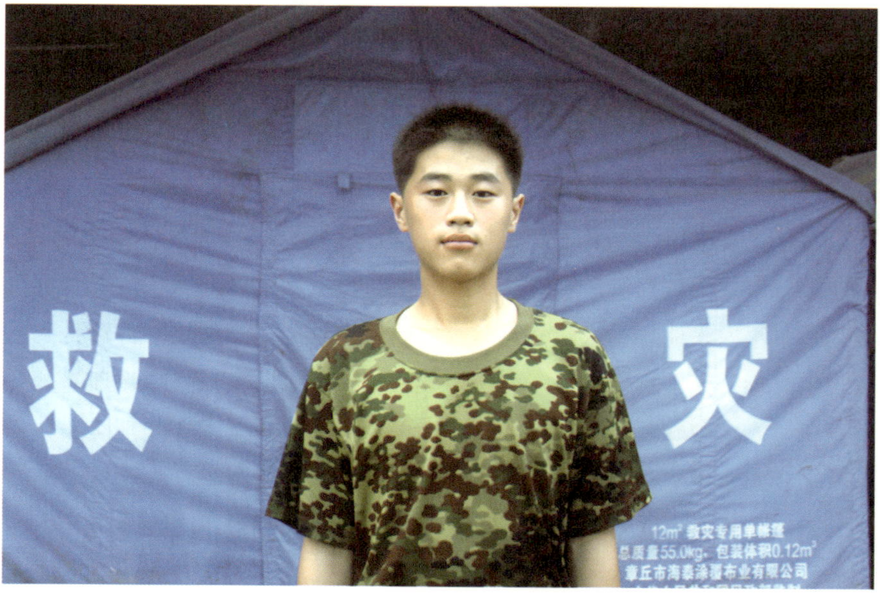

这就是 16 岁的小新兵金辛

学习成绩不好，爸爸说，部队是革命的大熔炉，干脆到部队锻炼锻炼吧。当兵前留给他最深的记忆，就是学校每天晚自习后，爸爸用自行车把他驮回家，然后妈妈替他掖好被子，他就一觉睡到大天亮。可是到了部队，再也睡不成懒觉了；到了灾区，别说懒觉，连觉都睡不成了。他告诉我说，第一天到红白，他就跟着老兵去金河磷矿救人，爬山路，他手脚并用；余震一来，飞沙走石，他吓得抱头鼠窜。回来时，他不敢背伤员，就为山民背铁锅，背腊肉，背土豆。他第一天见到的尸体，肠子都挤出来了，吓得他浑身起鸡皮疙瘩；第二天见到的尸体，眼球都鼓出来了，吓得他的裤衩都湿透了；但第三天，他就跟着老兵上山开始埋死人了！

金辛埋的第一具尸体，是红白中心小学的一个孩子，只有 8 岁。孩子的妈妈哭着对他说，孩子从小就爱干净，现在脸上全是土，太脏了，太脏了！他懂这位妈妈的意思，便学着老兵的样子，拿起一瓶矿泉水，倒在一张手帕上，给孩子“洗脸”。开始，他怕，手在抖，心在跳，汗也在流。他想起班长说的，要把遇难者当亲人。于是，他就把小孩当成自己的弟弟，心里果然好多了，手渐渐不抖了，心也不怎么跳了……后来，金辛说，我听见了很伤心的抽泣声，是孩子妈妈的声音；再后来，我发现孩子的脸上有泪水，吓了一跳，以为是孩子哭了，细一看，原来是我自己的眼泪滴在孩子的脸上了。上山前，班长问我怕吗？我说不怕。问我会不会哭？我说保证不哭。可现在，眼泪不打招呼，就流出来了，想不流都不行了。我为孩子“洗”完脸，又用一块木板垫在坑里，把孩子放在上面，再把头扶正，让他面向红白镇。我想，他一个人躺在这儿，每天能看见他的故乡红白镇，看见他的学校，看见他的爸爸妈妈，还有爷爷和奶奶，心里就不会那么孤独了。就在这时，我忽然就听见孩子的妈妈在说，轻点，轻点！我的动作就更轻了，我轻轻放正孩子的头，轻轻放平孩子的手，然后一锹土一锹土地轻轻为孩子填上坟，再到旁边采来一把野花，轻轻放在孩子身边，这才为孩子鞠躬默哀。可我刚一转身，孩子的妈妈“哇”的一声，就跪在了我的面前。我吓坏了，赶紧把孩子的妈妈扶起来，一下就想起我自己的妈妈了。妈妈从小告诉我说，做人要善良。我不知道什么叫善良，有一天，有个老爷爷在我家楼下收破烂，我就把家里的报纸全给他了。妈妈知道后对我说，孩子，这就叫善良。

当晚，金辛躺在帐篷里，睡不着。他告诉我说，很想睡，但太累，反而睡不着。帐篷里，20 多个人挤在一起，你压住我的大腿，我枕着他的胳膊，头对着脚，脚对着头，像一堆大萝卜、烂红薯，横七竖八，堆在一起，汗水味、脚气味，还有从山上带回的尸体味，各种味道搅混一起，恍惚中不知是在人间还是地狱。一闭上眼，不是躺在坑里的孩子，就是跪着流泪的母亲。后来，还是迷迷糊糊地睡着了，一睡着，就梦见了妈妈，还梦见了爷爷。可他梦见爷爷死了，他在山上流着汗淌着泪为爷爷“洗脸”！第二天，他起来就给妈妈打电话，不说梦见爷爷的事，只问爷爷好吗？妈妈说爷爷很好，就是想你了！你在灾区好吗？这两天干什么了？我在电视上看见好多人都死了，儿子，你去救人了吗？开始，他支支吾吾，不敢告诉妈妈他在埋死人的事，怕妈妈担心；再说了，别的战士都在废墟上救活人，他却在山上埋死人，觉得很没面子。可是他长这么大，从来没在妈妈面前撒过谎，于是没说上几句，就把他埋死人的事说出来了，还安慰妈妈说，没事，我不怕，我已经是个男子汉了！可他话还没说完，就听见妈妈的哭泣声了，很伤心。以后，他每次给妈妈打电话，就再也听不见妈妈的说话声了，听见的都是妈妈使劲压着嗓门的抽泣声。

孙冬，18 岁，重庆人。小伙子一看，能干，聪明，还比同龄人多了几分成熟。孙冬告诉我，他第一次见到尸体是在洛水，当时刚到灾区，很好奇，就偷着跑去看，看到一具尸体，两只腿都没有了，还在滴血，吓死他了！5 月 15 日他参加埋尸体的任务，开始尸体放在他们面前，他看都不敢看。他和另外两个战士是专门负责为尸体洗脸的，不看怎么行？只好硬着头皮看。孙冬说，我一看，有的脸肿了，有的脸烂了，有的只有半边脸。我从来没有见过尸体，更没有亲自接触过尸体，非常害怕！我刚拉开第一个尸袋拉链，就看见遇难者的眼睛直直地瞪着我，是个男孩，下面还有一大摊淤血，吓得我慌忙倒退了两步。但孩子的父母却没有退，不但没有退，反而还把脸贴上去，用手合上孩子的眼睛，嘴里还轻声地说，你看你看，孩子很不甘心，死不瞑目啊！我就想，我是老兵了，不能怕。我想扶正孩子的头，可孩子的脖子已经僵硬了，我稍稍一动，他的眼睛就好像又在瞪着我。我确实很害怕，但我看见孩子的父母哭得很伤心，真的很伤心。这个时候，我才真正知道，天底下只有父母的爱才是最无私、最伟大的，地震无论把孩子压成了什么样子，父母都会把自己的脸贴上去，可以不顾一切。这个世界没有比亲情更可贵的了。于是我就想，我虽然改变不了孩子的命运，但至少可以把孩子的身上打扫得干净一些，让父母看到孩子干干净净地走了，心里会舒坦一些。自己只能做这点事情，不然到灾区干什么呢？这么一想，我心里就没那么恐惧了。这天上午我们埋了 40 具尸体，中午都没吃饭，没有时间吃饭，也没心情吃饭。下午又埋了几十具尸体，一共埋了 100 多具。下午，有一个尸袋里装了两个小孩，两个小孩死死抱在一起，我怎么掰也掰不开，可能是地震时两人都害怕，就互相拥抱在一起，才变成了这个样子！而且，不知什么原因，两个孩子死了，却没有一个亲人来认领。我为两个孩子洗完脸，把头扶正，照完相，就把两个孩子埋了。由于两个孩子最后也没掰开，就合葬在一个坑里了。

此外，还有一个年轻的排长，就是前面已经提到过的那位带着 10 个战士镇守桥头的小个子排长——向东！

向东，22 岁，湖北巴东县人，4 岁上小学，9 岁学计算机，16 岁当兵。之所以要再次提起这个小个子排长，是因为他在黄继光团的军官中，虽然年纪最轻、个子最小、职务最低，但与尸体打交道却最多！最多是多少？从 5 月 14 日到 16 日，短短 3 天时间里，他亲眼见到和亲手接触过的尸体，至少有 500 具！刚到洛水，他第一眼见到的就是尸体；离开洛水来到红白，与他朝夕相伴的，还是尸体！想想看，在这三天三夜里，他的分分秒秒如何度过？他的灵魂深处，又是怎样一种心跳？

向东带着 10 个战士离开桥头、找不到连队后，很快就在洛水镇找到了参谋长彭元军。彭元军告诉他，他们连队可能去北川了，不管想什么办法，总之一定要找到连队！向东说，战士们已经两天没吃一口饭了，实在走不动了，能不能先找点吃的再找连队？参谋长就让他们去六连炊事班找。六

这就是在3天内与500多具尸体打过交道的排长向东

连炊事班这天熬了半锅稀饭，却只有一个碗，还是参谋长刚刚用过的。炊事班长说，就这一个碗，没水洗，就凑合着吃吧！向东就让10个战士排成队，新兵在前老兵在后，然后用这个没洗过的碗盛上半碗稀饭，先给第一个战士喝；第一个战士喝了后，再用这个碗盛给第二个战士喝；第二个战士喝了后再盛给第三个、第四个战士喝……最后，等这个一直没洗过的碗轮到向东手上时，碗里只剩一口稀饭了。向东喝下最后一口稀饭后开始找北川。向东从来没听说过北川，更不知道北川在哪儿，后来好不容易打听到了去北川的方向，参谋长又告诉他说，他们连队去的不是北川，是红白。但参谋长不知道“红白”是哪两个字，连队也联系不上，让他自己去问，自己去找！向东就自己去问，自己去找，终于问到了去红白的路线，找到了一辆志愿者的中巴车。中巴车把他们拉到一个叫烂柴湾的地方后，警察却拦住中巴不让过，因为前面已经堵得一塌糊涂。向东态度非常强硬，说部队有紧急任务，必须过！警察的态度更强硬，说你今天要过，就从我身上轧过去！向东他们只好徒步急行军。一个半小时后，向东终于看见了空降兵的车，于是开始寻找连队，一辆车一辆车地扒着找，一共找了 80 多辆，足有两公里长，终于找到了连队——准确地说，是找到了正在路边生火做饭的连队炊事班。向东一打听，他们的连队都进山了，明天才有可能回来。

此时，已近晚上 9 点，向东他们累极了，也饿极了，就用矿泉水泡了一包粉丝，吃了，靠在路边，想睡一会儿。可睡不着，第一次失去组织，向东有了一种失落感，也有了一种从未有过的责任感。这责任感不是谁告诉他的，是从心里长出来的，让他心窝跳个不停，脑门一直冒汗。刺鼻的氨气味，直往人的肺里钻，呛得人合不上眼。余震一来，只听山上的石头轰隆隆地往下滚，于是坐起，躺下，再坐起，再躺下，搞得他们一夜坐卧不安。

第二天一大早，向东带着 10 个战士又跟着机炮连上山挖坟坑，从早上 7 点挖到中午 12 点，没歇一口气，没喝一口水，一共挖了 42 个坑！刚想喘口气，一个志愿者跑来说，山下有人求救！向东赶紧带着 10 个战士赶到现场。求救者是位老大娘，说老伴埋在里面了，快帮她挖出来！向东没挖过人，不知道怎么挖，正琢磨怎么挖，一个中年男子匆匆跑来说，解放军，旁边还有 3 个人，请帮我们也挖一下！于是向东将 10 个人分成两组，分头挖。第一个挖出来的是老大爷，70 多岁了，满头白发，被一根横梁压在背上，身子几乎压扁了。向东让两个战士奋力抬起横梁，然后自己把大爷抱着往外拖。大爷拖出来后，老伴一看，两眼已经化脓了，吓得躲到一边再也不敢看。向东他们把大爷装进尸袋，发现大爷的裤子鼓鼓囊囊的，伸手一掏，原来大爷穿着一条防盗内裤，内裤里装着厚厚一叠人民币，大约有 1 000 元。向东把人民币如数交到大娘手上，大娘一看，生气了，脱口就骂，这个死老头儿，死了还藏私房钱！刚一骂完，又抱着老头儿号啕大哭起来。

两小时后，中年男子家的 3 个人也挖出来了。这 3 个人分别是中年男子的女儿、老婆和岳父。两家人都提出，要解放军帮他们掩埋尸体，就埋在他们家的后山。大娘家有现成的棺材，中年男子家却只有一口棺材。向东他们就和中年男子一起，拆下倒塌的门板，做了两口简易棺材。然后，向东带着战士爬到后山，按照遇难者家属的要求，挖了 4 个坑，每个坑长 2.5 米，宽 1 米，深 1.7 米。接下来，要把 4 口棺材抬上山。战士们只扛过钢枪，没抬过棺材，何况棺材本身就重，再躺上一个人，又是山路，怎么抬？向东就想，不会挖坟坑，坟坑不挖出来了吗？不会刨尸体，尸体不刨出来了吗？不会做棺材，棺材不也做出来了吗？11 个解放军战士，就不信抬不了 4 口棺材！于是向东决定，一口棺材 8 人抬，一个人在前引路，一个人在后守护，一个人在旁边指挥。第一口棺材抬的是老大爷，上路时，大娘在前面一边抹泪，一边烧纸，一边扔纸钱。8 个军人在后面抬着一口棺材，如同抬着一座宫殿！200 米的路程，走了 40 分钟，等放下棺材，11 个军人的衣服全湿透了！向东后来对我说，不是棺材太沉，而是责任太重！万一不小心把棺材摔了，怎么向老百姓交代啊？

4 口棺材平安抬上山后，已是下午 4 点多了，向东他们赶紧埋人。但埋人的事儿他们更没干过，只好求教老大娘。老大娘满口四川红白方言，听起来很困难，他们只好按自己的理解，先将棺材移进坑里，然后再将四个角放平，接着就用铁锹往棺材上盖土。没想到就在这时，老大娘突然冲进坟坑，生气地用手把棺材上的土，全扒拉了下来，然后自己双手捧起一捧土，重新盖在棺材上。向东恍然大悟，原来按当地的风俗，第一捧土，应该由亲人自己盖。4 具尸体掩埋完毕后，老大娘和中年男子分别跪在各自的坟前，又是烧香，又是磕头，又是流泪，又是哭诉。

此时天色已晚，向东本想带着战士尽快下山，可望着 4 座刚刚垒起的坟茔，却怎么也挪不动步子。突然，中年男子转过身来，扑通跪在向东面前，连连磕了 3 个响头，然后对向东说，好好一个家，现在房没有了，人没有了，什么都没有了，全家就剩我一个了！我要离开红白，这儿再也没有我留恋的了！说着，中年男子向山下走去，一步一回首，一步一叩头，最后爬上一辆货车，向着 3 位亲人墓地的方向，又深深鞠了一躬，这才含泪而去……望着眼前这一幕，7 个小时没掉过一滴眼泪的向东，突然忍不住大声哭了起来，其余 10 个战士也跟着哭了起来。

这时，山路上迎面飘来一面红旗，向东定睛一看，“黄继光生前所在团三营八连”几个大字赫然在目。两天了，终于见到了自己的连队！向东带着10个战士飞跑过去，与指导员和战友们紧紧拥抱在一起，再次流下了滚滚热泪。

第二天，向东接到命令，带10个战士到梨园掩埋尸体。这10个人，其中便有金辛和孙冬。向东告诉我说，16日从早上7点到晚上12点，他们11个人大概埋了300具尸体！有的3具尸体挤压在一起，分不开了，没办法，只好用两个坑，将3个人埋在一起。每具尸体一抬上来，他们就打开尸袋，先为遇难者消毒，然后跪在地上，一手托着遇难者的头部，一手为遇难者擦洗脸部。最恐怖的是晚上，整个红白镇一片漆黑，整个大山也是一片漆黑，但运上来的尸体必须连夜埋掉！特别是遇上没有家属认领的尸体，他们也同样要打开尸袋，露出遇难者的脸部和半个身体，然后打着手电，为遇难者清洗。清洗完后，再把尸体扶起来，右手托住头，左手扶着背，让遇难者有一定的倾斜角度，以方便地方民政人员照相。最惨的是学生，是孩子，每个孩子的表情都很复杂，脸上留下的好像尽是一个个的“问号”。像是在问，谁能告诉我，这是怎么回事？所以面对这些孩子，他很想做点什么，弥补点什么。孩子的遗体一到，他就对家长说，你们自己选一个墓地吧，想把孩子埋在什么地方，我们就埋在什么地方。如果家长选好了墓地还不满意，他们就跳到坑里，按照家长的意思，把墓地重新修整一遍，直到家长满意为止。孩子掩埋完后，他们还到山上采来野花，放在孩子坟前，然后11个人站成一排，为孩子集体默哀。

最让向东后悔的，是掩埋一位高中生的尸体。向东说，那天，天已经黑了，几个战士抬上来一个高个子男生，大概有1.8米还多，而且手臂特别长，后来听说已经上高三了，是红白中学的篮球中锋。我们当时挖的坑，只有1.7米长，因为考虑遇难者多数都是孩子，1.7米长就够了，没想到突然来了这么一个大个子男孩，把他往坑里放的时候，头放下去了，脚却搁不去；脚搁下去了，头又放不下去。我让孙冬和金辛赶紧把坑加长，可坑加长后还是不行，男孩的右手臂直直地伸在外面，像是在指挥着什么，又像是在呼喊着什么，总之把尸袋顶起来好高好高，怎么也放不平。我就让孙冬把男孩的手臂往下掰，可孙冬掰了好几下，怎么也掰不下去；我上去掰，还是掰不下去。这时，山下的尸体不断运上来，我的身后已经堆了十几具尸体了。我一看，再不抓紧埋完这个男孩，就来不及了。于是我就对男孩说，兄弟，对不起了！说完，我就让孙冬和我一起，抓住男孩的手臂，同时用力往下掰！只听"咔嚓"一声响，你猜怎么着？男孩的手臂是掰下去了，可我明显感到男孩的手臂被我们掰断了！那一刻，我的眼泪哗地一下就流出来了，双膝忍不住跪在地上，心里难受极了，也后悔死了！我跪在地上，一边流泪，一边不停地用拳头捶打着自己的脑袋，捶打着地上的泥土，心好像在吧嗒吧嗒地滴着血！我想，要是能再给我 10 分钟，我哪怕再挖一个坑，也要把这个男孩好好安葬下去，绝不会损伤他一根汗毛！可是，我没有办法，当时不停地有人在催促着我，我的身后还有好多尸体等着要埋。那天晚上，等把所有的尸体全部埋完后，我又回到这个男孩的坟前，跪在他面前，放声痛哭了一场！我一边哭，一边以一个大哥哥的名义对他说，兄弟，对不起了！我这一辈子从来没做过一件亏心事，既然做了这么一件对不起你的亏心事，以后我就多为人民做好事、做善事，来弥补我的过错！请兄弟原谅我，好吗？说完，我又站起来，以一个军人的名义，恭恭敬敬地给他敬了一个军礼！

我采访向东，是在晚上，我住的帐篷里。当时，已近 12 点，四周极静，连一点风声也没有，整个红白镇除了帐篷里战士们的鼾声，便只有我和向东的谈话声。向东讲到这里时，我已泪流满面，难以自抑。但我万万没想到，向东接下来讲到的一个遇难者，更让我心跳加快，震惊万分！

向东说，在大概 300 具尸体的掩埋中，最让我震撼的，其实是一位女老师。当时，尸体运上来后，后面跟着好几个亲属，有遇难者的父母，还有几个，不知道什么人。从他们的谈话中，我知道了这是一位女老师。我问遇难者的妈妈希望埋在什么地方？阿姨说，埋得高一点吧，女儿才看得见我们！我就去跟工作人员讲了一下，因为当时按规定只能一层一层地埋。工作人员同意了，我们就把女老师抬到最高的一层。叔叔阿姨一看，说这个坑不好，太浅了，坑坑洼洼的。我和金辛就跳下去，重新把坑挖了挖，修整了修整。之后，叔叔阿姨自己还进到坑里，亲自用手把坑的四周抹了一遍，又抹了一遍，这才说可以了。我把尸袋的拉链拉开后，这才看见，女老师的胳膊没有了，腿断裂了，身体压扁了，半个脑袋也压得完全变形，头发和血肉搅在一起，盖住了剩下的半张脸，样子非常惨！但女老师很年轻，大约只有二十五六岁。看着这个样子，我的心都受不了了！阿姨看了一眼，就蹲在地上哭了起来，哭得很伤心，很想再看一眼，却又不敢看，不忍心看。当时为女老师“洗脸”的，是两个人，一个是孙冬，另一个是九班班长温前前，在旁边帮忙的，还有金辛。他们 3 个一边为女老师“洗脸”，一边也在哭。大概过了两分钟，温前前和孙冬突然神色慌张地站起来，结结巴巴地对我说，排长，这个人，好……像还有呼吸！我一听，吓了一大跳！埋了几百具尸体，从没见过还活着的，怎么可能！我慌忙跑过去，蹲下一看，女老师的胸脯确实有轻微的起伏，看样子，心脏还在作最后的挣扎！我简直惊呆了，也吓坏了，两手发抖，额头冒汗！我急忙过去告诉叔叔阿姨。叔叔阿姨过来一看，立即嘴唇发抖，两手发颤，特别是阿姨，哭得都快晕厥过去了！我一边安慰叔叔阿姨，一边说，叔叔，我去找医生来看看吧！叔叔再次伏下身去，细细看了又看，并拿起一瓶矿泉水，为女儿喂了喂水，然后站起来，向我摆了摆手，说，不用了，任何人来，都没希望了！阿姨也哭着说，与其让女儿没手没脚地活着，还不如让她赶紧痛痛快快地走吧！我急忙拿起一瓶矿泉水，伏下身去，想为女老师喂上一口水，哪怕一小口。这时，我发现，女老师的胸脯已经看不见一点起伏了，刚刚还在挣扎的心脏，完全平息了，再也没有一点动静了。可我还是想为她送上最后一口水。水刚一喂进去，又流出来了，不管怎么喂，都喂不进去。我仔细一看，原来女老师早就没有一张完整的嘴了！这时，我听阿姨说，解放军同志，你们赶紧把我女儿埋了吧，她太痛苦了，让她快点解脱吧，求求你们了！我站在那里，呆若木鸡，除了流泪，不知该怎么办才好。虽然我和 3 个战士都看见女老师确实没有一点呼吸了，也认为确实没救了，可当时没有法医在场，也不可能有法医在场，我们无法从医学的角度对女老师的生死，做出科学的、准确的判断。尽管从 12 日到 16 日，4 天过去了，女老师已四肢残缺，面目全非，但生命却如此顽强，万一还活着呢？万一还有最后一丝气息呢？这时候，我听见下面传来家长的喊叫声，回头一看，下面两层的坟坑前面，已经摆放着十来具尸体了，而且尸体还在源源不断地往上运。叔叔一看，也着急了，拉着我的手说，小解放军同志，不要再犹豫了，赶紧动手吧，我已经看过了，我女儿确实已经停止呼吸了！你们看，后面还有那么多人排队等着呢，大家都是不幸之人，不要因为我的女儿影响了别人！可我还是有些犹豫。就在我犹豫的时候，叔叔突然一狠心，抹了一把眼泪，走过去，自己把女儿的尸袋的拉链拉上去，然后和阿姨一起，把女儿抬进了坟坑，把女儿搁好、摆平、放正后，又为女儿盖上一件衣服，放上一束鲜花。然后，叔叔这才转身对我说，请解放军同志帮帮忙，让我女儿入土为安吧！说着，叔叔双手捧起一捧土，轻轻盖在女儿的身上；阿姨随后也双手捧起一捧土，轻轻盖在女儿的身上……直到这个时候，我们才慢慢扬起手中的铁锹，一边流着眼泪，一边把泪水

排长向东和新兵金辛在郑海鹰老师的坟前

打湿的土一锹一锹地盖在女老师的坟上。我们的动作很慢，很细，想快一点糙一点，都不行。我们把女老师安葬完后，又为她采来几束野花，然后站在她的坟前，一边为她敬礼默哀，一边为她流泪……

后来我采访到，这位女教师叫郑海鹰，27 岁，是红白中学的一位老师。红白中学的钟副校长告诉我说，郑老师的专业是数学，但她英语很好，学校缺英语老师，就让她教英语课。她很尽责，对学生要求非常严，也很关心人。李碧老师告诉我说，郑老师戴眼镜，长得很文静，很瘦小，说话很幽默，许多学生都喜欢听她的课。她喜欢跳舞，喜欢唱歌，特别喜欢小孩儿。她有一个女儿，5 岁了，她非常爱她的女儿……

7 月 26 日傍晚，我来到郑海鹰老师的坟前，以一个军人和作家的名义，为这位年轻的女老师烧了一炷香……

短短几天时间里，黄继光团在洛水镇和红白镇共挖出遇难者 237 人，挖掘坟坑 700 个，埋葬尸体 690 具，坚持做完了一件从未做过的善事！

但还有一部分战士，却依然还要坚守在墓地旁。干什么？为死者站岗！因为，尸体埋葬后，必须保证每座坟墓、每具尸体的完整性，真正做到让死者安心，让生者放心！由于地震刚过，方方面面都很混乱，坟场的情况同样也很复杂。比如，有的群众自己上山埋葬尸体，或把别的地方的尸体移迁过来，挖坑下葬时，只考虑自己，容易损伤旁边的墓地，负责坟场站岗的战士就要提醒或制止，或帮助解决处理。有的野狗因饥饿至极，有可能跑到坟场偷吃尸体，一旦发现，战士就必须把狗撵走；有些亲属要到坟场看望孩子，由于过于伤心悲痛，当场晕倒，战士们就要及时负责送往医院；有的人据说为了讨个说法，要挖出学生的尸体，抬到当地政府门口游行，甚至还有人不怀好意，企图破坏坟墓，制造混乱，战士们就必须守好墓地，看好尸体。此外，地震后，山上只有一处水源，为防止有人破坏，投放毒品，战士们必须保证水源的绝对安全。

因此，从 5 月 13 日晚到 5 月 27 日，黄继光团的部分军人一直坚守在坟场，从一个扛枪的战士，变成了一个为遇难者站岗的守灵人。陪伴他们

为死者站岗

的，除了孤独与寂寞，凄凉与清冷，便是悲伤与泪水，墓地与死魂。尤其是夜半三更，坟场一片死静，偶尔有风掀动草丛，或从远山传来一声狗叫，都会让人心里瘆得慌！

2008 年 5 月的一个傍晚，我走进红白镇西山梨园坟场，亲眼见到并走访了这些为死者站岗守魂的战士。我问一个战士，怕吗？战士说，怕！尤其是第一天晚上，怕得小便都尿不出来。我在家的时候，晚上从来都不敢走夜路，可到了灾区，看到这么多人在受苦，在遭难，我觉得帮不了他们什么，很惭愧，现在，他们家的孩子遇难了，我能在这儿帮他们守着，心里也就好受一些。我说，在坟地里站岗，谁都不知道，值吗？战士说，这个，不好说。不过我们团长说了，在灾区，老百姓的要求，就是军人的追求！

老百姓的要求，就是军人的追求——说得多好啊！望着眼前的战士，我想起欧洲医学奠基人、被西方尊为“医学之父”的古希腊著名医生希波克拉底说过的一句话，他说，医生的岗位，就在病人的床边。

那么军人的岗位的呢？是不是至死也该在老百姓的身边？

第三幕　祖国的“花朵”

汶川大地震，6 000 余所学校变成废墟，2 万多个孩子坠入地狱！祖国的“花朵”瞬间变成白色的纸花，爹妈一生的希望从此变成半生的绝望！当一个个活生生的生命化作一串长长的数字，我们还说什么呢？

有人说，汶川大地震和唐山大地震的最大区别，就是唐山大地震留下了一大批失去父母的孤儿，汶川大地震留下了一大批失去孩子的父母！

这个世界，受伤的为什么永远都是孩子？

镜头 11　地震震出的问号

在灾区走访的日子里，我去得最多的是学校。比如，聚源中学、北川中学、汉旺中学、东汽中学、蓥华中学、平通中学、金花中学、漩口中学、南坝中学、洛水中学、红白中学，还有新建小学、汉旺小学、南坝小学、漩口小学、金花小学、仁和小学、龙居小学、洛水小学、红白小学，等等。

这些学校，有的我去过一次，有的去过两次，有的去过三次甚至四次。结论是：汶川大地震，倒塌最多的是学校；伤亡最惨的是学生；创伤最重的是家长！

在我的镜头中，最令人震撼的，是废墟上的教学楼。

教学楼本是孩子们学习的圣地，但灾区的教学楼，几乎都倒了，都垮了！而且每一所倒塌的学校，最先倒的，是教学楼；垮得最厉害的，也是教学楼！

有资料显示，汶川大地震中，灾区的学校——包括中学、小学和幼儿园，一共倒塌了大约 6 000 所！我很难确认这个数字是否准确，但，凡是我去过的学校，教学楼几乎全部倒塌，却是千真万确！

由于教学楼的突然垮塌，刚刚还书声琅琅的校园，瞬间变成了废墟；

一分钟前还活蹦乱跳的孩子，眨眼变成了一个个血淋淋的肉饼，数以万计的学生惨遭埋葬！有的学校死了几十个，有的学校死了几百个，有的学校甚至死了上千个！一瞬间，学校变成了废墟，课堂变成了地狱，教室变成了太平间，操场变成了停尸场！

汶川大地震中，到底死了多少学生？我不知道。整个灾区的死亡人数天天都在电台滚动播出，唯独学生的死亡人数却至今不明。不知为什么，有点像个谜。当然我也知道，几千所学校的学生死亡人数，要在短时间内做出确切统计，是困难的。比如，找到尸体的，就列为死亡；没见尸体的，就归为“失踪”，这种简单的归类法，就很难给出准确答案，也无法让遇难孩子的家长信服。

在走访中，我曾调查了部分学校学生的死亡情况。我的调查主要源自三个方面：一是找到某些学校的学生家长负责人，从他们那里了解情况。因为这些负责人手中掌握着学生总的死亡数字，而他们的数字是从每个学生家长那里统计出来的，假如某个家长的孩子还活着，绝不会说自己的孩

洛水中学教学楼

子死了。二是查看某些乡镇政府的档案，这些档案里有每个学校学生的原始记录，如姓名、性别、家庭住址、父母姓氏甚至手机号码等。地震前后情况一比较，一核对，便知大概。三是查看某些部队的救援日记。这些由干部或战士写的救援日记，很有意思，也很真实，他们每天救出多少活着的学生，挖出多少学生的尸体，日记里都有详细记载。因此，我调查的数字虽然同样有限，同样不一定准确，但相对而言，可能比较接近真实。现将部分数字公示于后：

——北川中学，死亡 1 300 多人；

——聚源中学，死亡 300 多人；

——洛水中学，死亡 165 人；

——洛水小学，死亡 100 多人；

——红白中学，死亡 156 人；

——红白小学，死亡 40 人左右；

——石坎中学，死亡 300 人左右；

——石坎小学，死亡 200 多人；

——蓥华中学，死亡 73 人；

——平通镇中学，死亡 120 人左右；

——平通镇小学，死亡 150 人左右；

——新建小学，死亡 326 人；

——仁和小学，死亡 110 人左右；

——金花小学，死亡 200 人左右；

……

上述数字，仅供参考。但汶川大地震中所有学生累计死亡总数，超过两万，应该是可以肯定的。其中，北川中学死亡最多，最惨！不光学生死亡 1 300 多人——也有说是 1 400 多人，还有老师死亡 40 人，老师子女死亡 18 人；此外还有 300 多个学生伤残，300 多学生失踪。其中，高一年级伤亡最重，且多为学习成绩优秀的佼佼者；高二（8）班死亡最惨，全班 53 人，除去一个叫张壤的学生当天不在学校外，其余 52 人全部死亡，一个不剩，以致高二（8）班在北川中学的花名册上，从此一笔勾销！

由于大量学生的死去，废墟上到处可见的，除了一具具的尸体，便是血迹斑斑的衣服、球鞋、书包、课本、铅笔盒、作业本，以及水泥、断砖、钢筋、朽木等；而废墟上天天能听见的，就是学生家长们悲痛欲绝的哭泣声、生不如死的悲叹声、怒不可遏的责骂声！面对这一惨绝人寰的悲剧，我最直接、最真实的感受是：上帝面对自己打造的人类，好像已经忍无可忍别无选择，于是思来想去，只有用一场大地震来收回这些稚嫩孩子的生命，借此唤醒人类最原始的良知！而作为一介书生，我欲哭无泪，回天无力，既无权去追究什么“责任”，也无权去查明谁的“过错”，更无权去惩罚某些“罪人”；站在弥漫死亡气息和洒满鲜血泪水的废墟上，我唯一能做的，就是诚实地举起我手中的相机。

不过，凡到过灾区废墟学校的人们——即便是个 3 岁的小孩儿，恐怕也会提出这样一个问题：导致如此惨烈悲剧的原因，究竟是什么？魔鬼的利剑，为何总是对准孩子的胸膛？

也许有人会说，因为汶川大地震，所以导致学校大面积倒塌；因为学校大面积倒塌，所以导致学生大量死亡！

这听起来好像很符合常理，也很符合逻辑。但我的问题是，同是汶川大地震，为什么距离震中近的房子没有倒，距离震中远的学校却会倒？同在灾区大地上，为什么多数房子没有垮，偏偏绝大多数学校会垮？而且，同在一块地盘，同在一所学校，为什么这栋楼倒了，那栋楼不倒？这间房垮了，那间房没垮？中间的楼倒了，四周的楼完好？有的相隔仅几米，为何你垮它不垮？有的彼此紧相靠，为何你倒它不倒？

面对一栋栋倒塌的教学楼，我在被震惊的同时，曾用心注意到，这些教学楼垮得很特别，垮得很微妙，倒得很奇怪，倒得很蹊跷。例如：

——新建小学，左边的都江堰幼儿园完好无损，右边的都江堰宾馆昂首挺立，唯独中间的教学楼全部垮塌。

——聚源中学，同样都是楼房，而且几乎同在一条水平线上，靠西边的一栋 4 层实验室楼房没有倒，靠东边的一栋学生宿舍楼没有倒，靠前边初中一年级的一栋教学楼没有倒，背后还有一栋5层的楼房也没倒，唯独中间那栋3层高的教学楼说趴下就趴下了。

——洛水中学，教学楼面目全非，学生宿舍楼却没倒下。

——红白中学，教学楼全部倒塌，学生公寓却依然存在。

——北川中学，学校四周不少的房子没倒，甚至连相隔一二百米的老百姓的小破房子也没倒，可用了5年时间刚刚建起来的教学楼，却只用了大概5秒钟，便全部垮塌！不，其实不叫垮塌，据北川一位现场目击者说，是粉碎性地变成了一团尘烟！而另一栋5层高的新教学楼，也一屁股坐下去，从5层变成了3层！北川中学建楼时，现任校长刘亚春还未调入学校，他说，当初两栋楼的造价大概只用了三四百万元，而要建一个结实的楼房，估计得一个亿，谁建得起啊！他承认，当初建教学楼，确实不该省钱！而北川中学不少老师则直截了当地埋怨说，那是“豆腐渣工程”！

我不知道灾区倒塌的教学楼到底是不是“豆腐渣工程”，这需要国家出面调查，而后公示天下。但许多孩子死了，是人证；教学楼周围不少房子没倒，是旁证；而面对那些倒塌的教学楼，我脑子里冒出的则是一个个的问号。于是我拍下了部分照片。面对这些照片，我们究竟该说什么呢？

在我的镜头中，最触目惊心的，是废墟上的钢筋！

这些戳立在废墟上的钢筋，有粗、有细，有短、有长，有弯、有直。它们或插在石缝，或挂在房梁，或戳在墙壁，或钉在地上，但不管什么形状，无论什么地方，仿佛都像一个个弯弯曲曲的问号，在拷问着世人，也拷问着我自己，令我心惊肉跳，不寒而栗！

这些钢筋，曾支撑过学校的“荣耀”，也扛起过学校的“辉煌”，但在地震来临那一刻，在楼房倒下那一刹，却不能支撑垮塌的墙壁，扛起倒下的房梁，而只能刺破孩子的眼球，插入孩子的肚子，穿透孩子的胸膛！

一个参加过洛水中学救人的战士告诉我说，他看见一根钢筋穿破一个孩子的肚子，肠子都流出来了，肠子缠绕在钢筋上，钢筋上渗透了尸水，实在触目惊心，惨不忍睹。

一位参加过金花小学救人的战士告诉我说，他看见一根钢筋刺破了孩子的眼睛，孩子的眼球被挤出来了，血凝固在钢筋上，只剩下一个看上去空洞洞的眼眶。

一个参加过北川中学救人的战士告诉我说，他看见一根钢筋插在一个孩子的胸口上，孩子的双手紧紧攥住钢筋，像要拼命拔出的样子。当他们挖出孩子后，孩子早已气绝身亡，流出的血已经把钢筋凝固了。他们 4 个人用钢筋钳小心翼翼地剪了 20 多分钟，才剪断插进孩子胸口的钢筋，但插进孩子胸口的那截钢筋，却只能永远留在孩子的胸膛！

难怪，不少战士都说，废墟上最可恨的就是钢筋，别看它细，别看它小，它对人的伤害最大，往往比预制板还要厉害。它就像一把魔鬼手中的利剑，凶残狠毒，孩子们一旦碰上，剑剑都是致命伤！

而无数的学生家长们，说起废墟上的钢筋，则是咬牙切齿，恨之入骨！在聚源中学的废墟上，我见到了一个叫张春的中年男人，他女儿叫张勤，15 岁了，活不见人死不见尸，有人给他报了“失踪”，他非常气愤，说，

两位学生家长说，这钢筋比筷子还细

我的女儿10年来每天放学后就回家，从“5・12”那天就再也没有回来，她肯定就埋在这废墟里，怎么是“失踪”呢？他还说，聚源中学有17个孩子都没找着，很可能就埋在这废墟里。这个聚源中学，就是“豆腐渣工程”！说着，他捡起地上的一块砖头，大声问道，你们看，这砖头上的水泥，哪儿去了？然后又指着地上的一排钢筋，怒斥道，这哪儿像钢筋，简直就是铁丝！甚至有的比铁丝还细！用这样的钢筋来建学校，能支撑得住上千斤重的预制板吗？能不垮吗？干这种事的人，都他妈的是王八蛋，我看应该枪毙！立即枪毙！

还有一位母亲，叫薛昌群，家住崇义镇，女儿叫张晴，15岁，已经上初三了。“5・12”后，她再也没见着女儿，天天守在这儿，见人就流泪，见人就哭诉，说她的女儿如何如何乖巧，如何如何听话，期末考试时，语文还考了个都江堰市第一名！她把女儿的照片加洗了几十张，每天骑着摩托车到聚源中学废墟上，见人就拿出来，请求人家一定帮她找找女儿！有人问她女儿是不是遇难了，她死活不承认；有人问她女儿是不是失踪了，她还是坚决否认。她为女儿买来一个花圈，悄悄放在废墟上，天天守在旁边；但一旦有人过去，她又装着与花圈无关似的——她实在不愿承认女儿已经离开她了！提起钢筋，她同样敏感，同样气愤，她指着地上的几根钢筋说，这些钢筋哪儿是钢筋，简直就像一根灯草嘛！这些人的良心到哪儿去了，我看都被狗吃了！

在蓥华中学的废墟上，我见到一位名叫颜永富的瘦个子家长，这位男子一见有人到来，就气急败坏，怒不可遏，大声斥责说，蓥华中学死了80多个初中生，但为什么老师一个没伤、没死？这层楼是后来新加上去的，我们学生家长是出了不少钱的，为什么会垮，必须要给我们一个说法！原来，他女儿也是15岁了，被这垮塌的楼房压死了！他领着我看了楼房，看了墙壁，看了砖头，又看了预制板，然后指着地上的钢筋说，你看看，这些比筷子还细的钢筋，能拿来建学校吗？用这样的钢筋建房子，能不垮吗？别说8级地震，就是8级大风一吹，也得垮啊！

2008年7月28日上午，我第二次走进洛水中学。第一次到洛水中学是

民工们正装运从洛水中学废墟上捡出的部分钢筋

5月中旬，由于当时只注意了血迹，并未留意钢筋，这次一进洛水中学校门，我便看见十几个民工正在废墟上挖掘、搜捡、搬运钢筋。两个月过去了，钢筋上血迹依旧。更没想到的是，当勤劳的灾区民工们把这些钢筋从废墟上一根根挖掘出来，再一根根集中起来的时候，居然装了满满好几大卡车！而且勤劳的灾区民工们还在继续挥汗如雨地挖掘着这些废钢筋，就像丰收季节农民兄弟在地里忙活着收割自己的庄稼。我禁不住走过去，与一个正在往车上装钢筋的民工攀谈起来。

我说，这些钢筋捡来干什么呢？

民工说，卖呀！

我说，这样的钢筋能卖出去吗？

民工看了我一眼，意思是，我这人好像有点不食人间烟火。他说，怎么卖不出去？矿泉水瓶子都有人买，死人的衣服都有人要，这钢筋哪儿有卖不出去的！

我说，能卖多少钱一斤？

民工说，这可说不好，反正能卖钱，卖一分是一分，卖一元是一元呗！要不怎么办？地震没震死，还要活啊！

我说，这些钢筋卖出去还有什么用呢？

民工说，钢筋还能干什么用，拿去建房子啊！

我说，这不都是废钢筋吗，怎么还能拿去建房子？

民工说，那就管不着了，用不用是别人的事，我们只管卖！

民工管不着，谁管得着呢？望着眼前大卡车上堆积如山的钢筋，我内心突然有一种惊恐的战栗！仅在一个学校的废墟上，就能挖掘出这么多的废钢筋，那么在灾区几千个学校的废墟上，又会挖掘出多少这样的废钢筋呢？这一卡车一卡车的废钢筋，难道真的会像民工说的那样，再拿去建房子吗？假若真是这样，明天地震一旦来临，将是什么结果？

但面对眼前一卡车一卡车的废钢筋，我除了震惊，除了痛恨，除了惊恐，除了不安，除了叹息，还能干什么呢？又能干什么呢？

我承认，我不知道这些钢筋是否符合国家的建材标准，不明白这些钢筋与学校的垮塌有无直接关系，搞不清这些钢筋的背后到底还有什么真相，也无法追查这些钢筋卖出去后是否一定用于再建房子，但我在灾区许许多多学校的废墟上，的确亲眼看到了一个事实，这就是：学校垮塌后，那些暴露在废墟上的不少钢筋，确实很细很小；几乎所有的家长和有良知的路人，都曾在这些钢筋上反反复复停留过质疑的目光。

当然，我最关心的，还是谁来擦掉这些钢筋上的血迹？谁来抹去这些钢筋上的泪痕？

在我的镜头中，最令人伤感的，是废墟上的鞋。

古人类学家早就证明，迄今为止，人类最古老的鞋存在于一万年前。但根据近期对古人类化石标本的调查分析显示，生活在 4 万年前的人类脚趾骨突然变小，而腿骨却与从前一样。这一发现表明，人类在 4 万年前，很可能就穿上了鞋！

是的，鞋不仅是人类起步的象征，也是孩子上路的标志。一个孩子穿上了鞋，就意味着人生的路已经铺开。

然而穿行在学校的废墟上，你会发现，许多孩子的鞋，都被地震震丢了。这些丢失在废墟里的鞋，据我的观察有两个特点，一是都不是名牌——山里的孩子们哪儿买得起啊，价格约在5元至50元之间不等，有的还是母亲做的布鞋；二是都不成双成对，全是单的——一只遗留在了废墟里，另一只还套在孩子们的脚上！

于是我们不难想象，地震那一刻，孩子们是多么的恐惧、多么的害怕、多么的惊慌啊！他们什么也不顾了，什么也顾不上了，只管往外跑，只顾往外逃，只顾往外跳！有的冲出教室，拼命往外跑；有的砸烂窗户，破窗而逃；有的甚至眼睛一闭，从5层高的楼房往下纵身一跳……而在跑、在跳之前，由于过度慌乱，他们连系一下鞋带都来不及——也顾不上啊！

结果，人走了，鞋留下了；或者说，鞋留下了，人走了。

5月19日下午，我来到聚源中学。一进“校”门，就听说，“5·12”这天下午，温家宝总理在第一时间就赶到聚源中学的救援现场，然后蹲在废墟上，满含热泪，用一双掌控国家大印的手，亲自捡起一只白色的球鞋！

这在我看来，简直就是一个举国空前的伟大善举啊！

谁都知道，聚源中学的废墟上，曾经掩埋过几百具孩子的尸体，曾经流过几百个孩子的鲜血，直到一周后我来到这里，废墟上尸味依然十分刺鼻，死亡的气息依然十分浓烈；许多路过的行人根本不敢靠近，更不敢踏进废墟，甚至偶然发现脚下一件学生的衣服，或者看见一只学生的鞋子，也会惊慌失措，发出尖叫，唯恐避之不及！

然而，我们的温家宝总理，人民的总理，却蹲在地上，弯着腰，伸出手，坦然地捡起了一只孩子的球鞋！甚至，我注意到，记者在那一瞬间拍下的照片，温家宝总理居然没有戴口罩！那一刻，我虽然不在现场，但我不难想象，废墟上的家长们该是怎样一种表情，废墟下的孩子们又是怎样一种心跳！

是的，捡起一只鞋，就意味着断了一条腿；捡起一只鞋，就意味着走了一个孩子；捡起一只鞋，就意味着一个家庭从此失去幸福与快乐，打破了重心与平衡。所以我们的总理捡起球鞋的手，才会微微发抖；我们的总理面对手中的鞋，才会心绪难平潸然泪下……

我在聚源中学的废墟上，也捡起一只鞋。我不知道我捡起的这只鞋与温家宝总理捡起的那只鞋是不是同一只鞋，也不知道这只鞋是不是出自同一个孩子。但可以肯定的是，在聚源中学及其他学校的废墟上，的确留下了孩子们一只又一只的鞋！

在南坝中学的废墟上，我看见一个母亲双手捧着一双白色的新球鞋，跪在地上，一边烧着纸钱，一边喃喃自语。这位母亲告诉我说，她的儿子本来已经跑到一楼的楼梯口了，早一步，就跑出来了，但就差那一步，孩子被掉下来的楼板压死了。她见到儿子的尸体时，儿子的脚上只有一只鞋，另一只却怎么也找不着了。她是“5·12”当天早上，亲自送儿子出门上学的，儿子当时走得急，鞋带没系好，她就蹲下去，亲手帮儿子系好了鞋带，才看着儿子蹦蹦跳跳离开了家门。儿子每天都穿着这双鞋上学，已经穿了

聚源中学的鞋

4 年了，每天来回要走十几里山路。儿子的脚越长越长，鞋子越穿越紧，早就提出想换一双鞋了，可家里没钱，几次想换，都没舍得。后来看见儿子每天放学回家，脚后跟都磨出了血泡，就答应下学期一定给儿子换双新鞋！没想到，儿子这么快就走了，再也不回来了，再也穿不上新鞋了。她现在后悔死了，说儿子死，就是因为脚上穿的鞋太小、太紧了，影响了儿子跑步，如果早点给儿子换一双新鞋，儿子就早一步跑出来了，也就不会死了！母亲说着，眼泪哗哗地流了出来，然后就趴在地上，使劲地磕头，一边磕头，一边还哭喊着说，儿子，对不起！要是妈妈早点儿给你换双新鞋，你就不会死了！都怪妈妈害了你，都怪妈妈害了你，妈妈对不起你啊，妈妈对不起你啊！

是啊，这个世界谁不穿鞋？是人就得穿鞋，穿鞋是为了更好地走路。要是穷人家的孩子一年四季都能穿上一双新鞋走在上学的路上，那该多好啊！但不少孩子穿不上新鞋，更不可能穿上名牌鞋。脚长鞋不长，一双鞋穿得已经磨出了血泡，每天还得坚持背着沉重的书包走在坡坡坎坎的山路上。而多年来，正是这些鞋——或者妈妈亲手缝制的，或者几块钱买来的——陪伴着孩子们风里雨里，走出家门，跨进学校，坐在课堂，翻开书本，走过了一年又一年的求学之路！可没想到，地震来临那一刻，孩子们把鞋都跑丢了，丢在了满是血水的废墟里。

没有鞋，怎么走路？人生的路，本来就难走，大人们走在这条道上，每天都在喊累，一辈子都在叫苦；而孩子们的人生之路，才刚刚起步，刚一起步，便跑丢了鞋，打着赤脚走在地狱的路上，一旦被铁钉或玻璃划破脚底，又该是怎样一种心痛，怎样一种酸楚！

在我的镜头中，最令人心寒的，是废墟上的书包。

书包，是山里孩子的第二生命。在四川山区，或者说在中国的农村，孩子最大的希望，就是背上书包，上学读书。因为书包里有前程，有金钱，有粮食，有住房，还有媳妇——古人早就说了，书中自有颜如玉，书中自有千种粟！背上了书包，就等于背上了自己的梦想；背上了书包，就等于

等候在洛水中学废墟前的家长和书包

背上了家人乃至家族的全部希望。哪家孩子的书包背出了成绩，背出了分数，背出了大学，背出了钞票，哪家的孩子就最有出息，哪家爹妈的脸上就最有荣光！

然而，一场大地震，孩子们在几秒钟便失去了书包，书包在几秒钟也失去了肩膀。在灾区每一所学校的废墟上，到处都是丢弃的书包，红的、黑的、黄的、蓝的、粉的、花的，五颜六色，各式各样。有的压在砖头下，有的踩在泥土里，有的挤在石缝中，有的挂在墙壁上，有的扯断了背带，有的撕破了口子，随处可见，比比皆是。

这些被抛弃在废墟上的书包，曾经塞满了语文、数学、英语、地理、生物、化学、音乐、体育，还有搞不懂的政治和沉甸甸的历史，以及孩子一生的梦想和家长全部的希望！可如今，一场大地震，震掉了书包里所有的压力和全部的分量！这些书包自由地散落在废墟里，一下变轻了，变空了，像一个泄气的皮球，孩子们再也用不着背它了，肩膀上的重量从此消失了，永远消失了！

然而，这些变轻了、变空了、孩子们再也用不着背的书包，从今以后，却“背”在了家长们的身上，装满了伤痛与牵挂，泪水与悲伤，远远超过了书包原有的重量！

在红白中学，我看见一个书包被预制板压得粉碎，书包里掉出一张光碟，光碟上的汉字清晰可见：“暴风骤雨。”说来凑巧，这天我去红白中学，正好是个雨天，满天的乌云，满天的雷雨，好像在呼喊着什么，暗示着什么。一位母亲对我说，我的孩子那天要是不去学校就好了。本来，那天是孩子的生日，头天我们都跟孩子说好了，请一天假，好好玩一天！孩子说，那好，如果明天早上下雨，我就不去学校了。可第二天早上孩子起床一看，没有下雨，就背起书包，说，不行，马上就要期末考试了，一天也不能耽搁，这个学期，我一定得再多考 10 分！结果，为了这 10 分，把命给搭上了！都是老天太无情，那天早上要是下雨就好了！

在洛水中学，我看见十几个家长守着一大堆刚刚刨出来的书包，默默无语。一位父亲对我说，一个孩子，从落地的婴儿，到上学的孩童，父母要辛辛苦苦抚养 6 年；从走入小学的校门到跨进大学的课堂，书包要背 12 年！这 12 年的书包把孩子的腰都压弯了，腿都压短了，个子都压矮了！我的孩子从小学到高三，背了 11 年的书包，那个累呀，苦呀，别提了！没想到最后把命都背丢了！早知道学校要垮，我宁肯一辈子卖血，也不让孩子背这书包了！

在金花中学，我看见一位母亲抱着一个书包，守在废墟上，泪流满面。这位母亲对我说，我的孩子还在里面，肯定还在里面，晚上我都能听见孩子的说话声。孩子为了考个大学，每天晚上都要熬夜拼命学习。5 月 11 日那天晚上，我听孩子在屋里唉声叹气，说，唉，要是明天得一场病就好了！我说傻孩子，你胡说什么呢，谁都怕得病，你怎么盼得病啊？孩子说，我要是得了病，明天就可以在床上躺一天，不去学校啦！但第二天孩子没有病，精神好得很，照样去了学校。没想到，一去就再也没有回来！唉，早知道那天有地震，教室要垮，孩子真的得一场病就好了，哪怕得一场大病也好啊！

在北川中学的废墟上，我看见一位母亲在废墟里扒来扒去，反复寻找孩子的书包。这位母亲对我说，孩子走了，什么也没留下。别的家长都找到了孩子的鞋子，找到了孩子的衣服，找到了孩子的书包，有的还找到了孩子的铅笔盒。可我，什么也没找到，心里空荡荡的，有一种失落感。哪怕能把孩子的书包找回来，每天看上一眼，我这心里也好受一点啊！

但是，有些家长对书包的反应，并不完全相同。在东汽中学的废墟上，一位母亲对我说，孩子走了，我在废墟堆里扒了三天三夜，终于扒到了孩子的一个书包。孩子的书包我太熟悉了，从小学到初中，背了七八年，刚一扒出来，我就认出来了。可书包拿回家后，每次一看见孩子的书包，我就控制不住自己的情绪，就想哭，马上就哭了，一哭就是一个晚上。在南坝中学的废墟上，一位母亲对我说，十多年来，女儿每天上学前，我都要做一件事，就是给女儿检查、整理书包，看女儿书包里的课本是否带齐，作业是否装好，尺子、圆规、铅笔是否忘了，然后帮女儿把书包背在肩上，再给她拉好书包的拉链，系好带子，这才送女儿上路。可现在，我不敢看书包，一看见书包，就会想起每天早上为女儿检查书包的情景；一看见书包，就好像见到女儿背着书包回家了，甚至有时还能听见女儿放下书包就叫妈妈的声音。每当这时，我就会搂着书包，放声大哭一场。

有些幸存下来的孩子，对书包同样非常敏感，甚至有的还有严重的恐惧感。金花中学一位截肢后的女孩儿告诉我说，她不能看见书包，也不愿意再看到书包。她过去背的是个黄色书包，现在每次只要一看到黄书包，就像看到了炸药包一样，好像随时都会把她炸掉！

是的，孩子走了，留下了一大堆书包，和守着一大堆书包的父母。于是每次面对这些书包，我总是在想，这些失去孩子肩膀的书包，今后谁来背？那些有幸从废墟下刨出来的孩子，还能像过去一样活蹦乱跳、无忧无虑地背着书包走在上学的路上吗？还能无牵无挂地坐在教室里听老师讲课吗？而那些已经遭受过 8 级地震的父母们，他们的肩膀还能“背”起孩子们留下的“书包”，继续走完自己的后半生吗？

在我的镜头中，最令人反省的，是废墟上的作业本。

废墟上的作业本随处可见。不管哪个科目，哪个年级，无论是高中学生，还是初中孩子，应有尽有。有的一看就是男孩儿的字体，有的一看便知是女生的笔迹，有的只用了一半，有的只用了几页，有的刚刚打开，有的甚至是全新的，可能是当天才放进书包，连名字都还来不及填写。此外，课本也俯拾皆是。如《语文》、《数学》、《政治》、《英语》、《化学》、《生物学》、《中国历史》、《思想品德》，以及《新华字典》、《英汉辞典》等，但你绝对见不到一本有关地震知识方面的书——哪怕是一本有关地震常识的小册子！

这些作业本和课本抛撒在废墟中，有的戳在钢筋上已被扯碎，有的压在房梁下已被撕破，有的挤在墙角边已没有了封面，有的卡在断壁上已缺少了页码，有的甚至被拦腰斩成两截，然后再被无数只脚踩进尘土，变成了一团团的纸末！它们躺在废墟上，如同深秋峡谷中的残花落叶，除了偶尔有风掀起其中某一页或者某一角，再也没人翻看没人阅读没人填写，甚

废墟上的作业本

至连乡间拾破烂为生的人路经废墟时，也懒得弯腰捡起。

每当面对这些作业本和课本，我心里总有一种说不出的酸楚与困惑。因为一个现象令我非常吃惊：在汶川大地震中，死亡的学生多数都是平时课本抱得最紧、作业完成最好、最听老师的话、最遵守课堂纪律、从不逃课的好学生！这些好学生一年四季春夏秋冬，从不迟到早退，天天背着书包按时到达校门，上课下课准时进出教室，家中有事不请假，生病发烧不耽误，甚至有的女生来了例假也不缺课。为了学“知识”，为了得高分，为了考大学，他们不仅星期天舍不得玩，下课舍不得耍，甚至宁肯少喝一口水，少上一趟厕所，也要钉在教室抓紧时间多做几道作业，多背几篇课文。但谁能想到，就是这些好学生，几乎都死在了教室里，死在了课桌下，死在了座位上。因为地震来临那一刻，他们正在用功啃课本，埋头做作业！

洛水中学高三有个学生，地震时正在教室埋头复习政治。那天本来他拉肚子，可以请假在家休息，但高考在即，他还是坚持去了。他的教室在3层，一听有人喊地震了，他打开窗户就往外爬，结果他被倒塌下的房梁压在腰上，悬挂在半空中——双腿在窗户里面，脑袋在窗户外边，手上还紧紧抓住一本《政治复习提纲》！几天后，不少家长都在废墟上扒拉自己孩子的课本或作业本，这个学生的家长却坚决不要，一本不要，甚至有家长帮他找到了写有他孩子名字的课本，他也一把撕得粉碎，说，这些课本都是擦屁股的废纸！我的孩子哪怕临死前知道一点地震小常识，就不会爬窗户了，也就不会死了！

北川中学高一有个学生，地震时正在教室背诵一篇文言文。他的教室在最高的5层，地震来临那一刻，他极度恐慌，根本搞不清是怎么回事情，于是慌乱中选择了跳楼——从5层跳下去！结果死了，死得很惨！如果他原地不动，也许不会有事——至少不会危及生命，因为教学楼垮塌时，是自上而下坐下去的，而其他孩子几乎全部幸存。后来这个学生的家长说，他的孩子一心就是考大学，心里只有分数，没有别的。这么多年来，他除了从早到晚背课本，从来不看一本课外书！

相反，另一类既不玩儿命死啃课本，也不死心塌地做作业，还不遵守

学生家长在废墟上寻找孩子的作业

学校纪律，常常迟到早退、来去随便的学生，甚至包括一些调皮捣蛋、贪玩好耍、讨厌课本、讨厌作业、不喜欢进学校而喜欢进网吧、不喜欢在课堂静坐而喜欢在游戏厅搏杀的学生，却成了汶川大地震中的幸运儿！为什么？因为地震来临那一刻，他们有的根本就不在学校；有的在学校却不在教室里——不是在操场打球，就是在草地聊天，不是在小食店喝可乐，就是在路边打游戏；有的虽然人在教室里，却不是规规矩矩守在课桌前，老老实实坐在座位上，而是趴在窗前观望风景，或在走廊玩耍打闹，所以地震发生时，比谁都知道得早，比谁都跑得快……如此这般，反而逃过一劫。

汉旺中学有个学生，父亲早年去世，家境贫寒，只能靠母亲摆个水果摊维持生计。“5·12”这天中午，他吃过午饭后，没有像别的同学那样到教室用功，而是去了农贸市场，帮母亲采购一些便宜水果，赚点钱好为他交纳下学期的学费。本来他是可以按时回校上课的，但他买好水果走出店门大约一里地后，突然发现对方多收了他 5 角钱！这时如果他继续往前走，完全可以准时赶回学校上课；如果返回去要回 5 角钱，肯定耽误一节课，还不一定要得回来，但在“5 角”和一节课之间，他选择了“5 角”，结果如愿以偿。就在他返回学校的路上，地震了！教学楼垮了！同学死了！而他，却毫发无损，安然无恙。

红白中学有个学生，“5·12”头天下午放学前，他没有完成老师布置的作业，老师专门把他叫到跟前，一脸严肃地吓唬他说，如果明天你再不完成作业，就别进学校的门槛了！结果，第二天，即“5·12”这天，他还是没有完成作业，从来不好好听老师话的他，这天偏偏第一次听了老师的话——他没进学校的门槛，而进了一家游戏厅！他从早上 7 点开始打游戏，一直打到下午 2 点 20 分。这时，肚子告诉他，饿了。于是他起身出门，去买烧饼。一个烧饼刚拿在手里，一下就被震落在地上！这时，他的同学都在教室里，唯独他在房子外，跑都不用跑。他突然想起吓唬他的那位老师，慌忙跑到学校，可学校已经垮了，不少同学已经死了，吓唬他的那位老师也被埋在了预制板下。他急忙冲上去救老师，可扒开预制板一看，老师的脑袋已经碎了，眼镜躺在一边，身后是一摊血！

北川中学初三（5）班有个学生，叫张圣，14 岁。我在绵阳长虹培训中心见到他的时候，已是地震后的第十天了。张圣不是一个成天趴在课桌上死啃书本、埋头做作业的孩子，他的最大特点就是喜欢看课外书籍，喜欢上网溜达，对什么都有点好奇。地震时他正坐在教室听课，教室刚一开始摇晃，他就知道是地震了。当不少人惊慌失措不知所云时，他却不慌不忙，从容地贴着墙边从 5 层平安地跑到了操场；当不少同学还惊魂未定时，他想起有 10 元钱还在楼上的一个小箱里，于是第一次余震刚过，他又冲到摇摇欲坠的楼上，找到那个小箱子，然后掏出系在腰带上的钥匙，打开箱子，拿出里面的钱包和几包方便面，再随手抓起一件衣服，平安地跑回了操场。本来往下跑的时候，他还看见了一床被子，想抱着跑下来，可拖了一下拖不动，就赶快放弃了。我问张圣当时心里到底怕不怕？他说开始有点怕，后来就不怕了。我说为什么好多同学都怕，你不怕？他说，大概是上初一的时候，有一天他听两个同学在唱他们自己瞎编的一首儿歌，叫《唐山大地震》，歌词大意是：唐山大地震，震死很多人，有男人，有女人，还有儿童和老人……他听了后觉得奇怪：地上震动一下，怎么就会死人？而且还会死那么多人？当天晚上他就到网吧去查看，这一查看，他不仅知道了什么叫地震，还知道了唐山大地震死了24万人；同时也知道了许多有关地震的小常识。比如大地震过后会有余震，但余震不会连续发生，上次余震与下次余震之间会有一定的间隔时间，等等。所以他不怕，敢第二次冲上楼去，拿回了他的10元钱！张圣说着，还掏出一个钱包递到我的手上。我一看，钱包里面果然躺着一张10元的人民币！

同为学生，同在一个学校，同样遭遇一场地震，结果却是生死两种命运。这说明了什么？于是我想——不得不想，这些课本与生命、死亡、生存、毁灭、爱情、理想、欢乐、悲伤，到底应该是一种什么关系？在突发而至的大灾难面前，这些课本和作业本的价值与意义究竟何在？在孩子们的思想观念中，是知识高于生命，还是生命高于知识？是知识决定命运，还是命运决定知识？知识与生命，到底谁是老大？

5月22日中午，我来到平通中学。这天太阳很毒，“毒”得我全身冒汗。刚一走进废墟，一股强烈的异味便扑鼻而来，我急忙戴上口罩。我很快发现，这所学校废墟上的作业本比其他学校更多，有的地方甚至成堆成片。这是为什么呢？我先从废墟堆表层捡起一些作业本，而后找来一根树棍，扒开废墟的表层，再掏里面的作业本。越往下掏，作业本越多，气味也越难闻。面对掏出来的作业本，是打开，还是不打开，我有些犹豫。因为这些作业本10天来和尸体躺在一起，上面不仅有泪水，有血迹，还有尸味！但我却分明看见，每一本作业本的封面上，都还清晰地留着孩子们一个个鲜活的名字！于是我捡起作业本，一页一页地翻开，这一翻不要紧，我看见作业本的每一页上，几乎都打满了一道道的红钩和一个个的100分！而每一篇作业的旁边，还有老师特批的红色大字——优！

那一刻，望着作业本上一道道的红钩，一个个的100分，一个个的“优”字，我的眼泪再也无法控制了……因为这些作业本足以证明，他们都是最优秀的孩子啊！他们完成了最“优”的作业，却要结束最宝贵的生命——一向高呼正义与博爱的人间啊，怎么还有这种逻辑？望着这些写着稚嫩名字以及打满100分的作业本，我实在舍不得让它们抛之废墟弃之荒野，便从包里掏出消毒药水，将其消毒，再用纸袋装好，悄悄放进了包里（后来我又悄悄带上飞机，带回北京，悄悄放在了我的书架上）。

我很快找到一个学生，问他这儿为什么会有这么多的作业本。这个学生告诉我，“5·12”地震前10分钟，他不在教室，而在操场上打篮球。地震降临时，篮球首先从他手中滚落，他看见篮球滚落的样子与往常不同，往常是贴着地面往前滚动，那天却是蹦跳着往前滚动；接着他发现篮球架在摇晃；再接着他感到自己的身体也像跳舞似的晃动起来。地震了！他很快就意识到。于是他坚持摇摇晃晃地跑到教学楼跟前，对着教室的方向大声呼喊：地震啦，快出来！地震啦，快出来！可他的同学们当时一个个正坐在教室里，聚精会神、专心致志地做作业，根本没人在意他的呼喊，没人理会他的存在，因而也就没有一个人出来！接着他又喊了第二遍，这才看见有三四个同学摇摇晃晃地走出了教室。就在他准备喊第三遍的时候，他看见教学楼突然剧烈抖动起来，接着听见轰隆一声，便眼睁睁地看见整个教学楼全部倒塌在了他的面前！前后大概不过十几秒钟，几百个学生和十几个老师全被埋在了里面。等他们被挖出来后，有6个老师和120个学生已全部遇难！那一刻，骤然而起的滚滚尘烟，遮挡了一切，他对着天空狼一般狂叫一声，便什么也看不见，什么也不知道了……

听完这个故事，我脑子嗡嗡作响，好似天方夜谭。转而一想，又觉合情合理，实在正常。想想吧，山里的孩子自从跨进校门的第一天起，无论走进教室还是走出教室，听从的就是墙上的铃声、校长的讲话、老师的声音，因为它们代表的就是某种权力，甚至就是某种命令！何况地震来临那一刻，上课的铃声已经鸣响，老师已经走上讲台，学校的大门已经关上；而这个大声呼喊的学生既不是铃声，也不是老师，更不是校长，甚至连一个班长也不是，同学们凭什么听他的？于是早就习惯了服从铃声、服从校长、服从老师的“乖孩子”们，即便在生死关头，在大难降临之际，下意识的深处，依然是宁肯顺从权力，也决不服从真理！

接着，我去了蓥华中学。蓥华中学位于什邡的一座古镇——蓥华镇。

因竹溪河、湔底河、石亭江均汇合于此，故蓥华镇又称三河场。蓥华镇是一座“佛镇”，自明朝起，这儿便有了信佛的历史。数百年来，跪拜的人们络绎不绝，祭佛的香火萦绕不断。然而，如此一个参透佛法的“佛镇”，依然难逃厄运！而且，承受苦难最重的，居然是众多天真烂漫的娃娃和纯洁无瑕的学生！因此，刚一走进蓥华中学，脚跟还没站稳，一位学生家长就说，这些学生娃娃太惨了，楼房垮了，压在他们身上，娃娃们压死后，蓥峰公司泄漏的 80 吨液氨，到处扩散，还要灌进他们的鼻孔！实在太惨啰，太惨啰！

随后见到一位女老师，姓陈，蓥华中学初二（1）班班主任。陈老师说，她的班是全校有名的落后班，班上不少孩子都比较调皮，成绩不好，还不遵守学校纪律。“5·12”那天上午，她不在学校，班上有五六个学生便趁机溜进了网吧和游戏厅，直到下午听说她回校了，才不慌不忙地往学校走，刚走到学校门口，就地震了！而埋在教学楼里的学生，都是平时最听老师话、最遵守学校纪律、成绩最好的学生！学校那天是下午 2 点半上课，下午 2 点 20 分前，这些学生就提前走进教室，坐在自己的座位上。全校遇难的学生初步统计是 80 个，她的班有 8 个。而这 8 个学生全是平时最乖、最听话、成绩最好的学生，也是那天最早坐在教室里的学生。唯独那几个进了网吧、游戏厅的学生，躲过一劫，一点事儿也没有。

我来到垮塌的教学楼跟前，4 层的教学楼，已经垮得一塌糊涂！想起陈老师的话，心头难免一阵心酸。我一抬头，突然发现在垮塌的断壁残墙上，好像悬挂着一样东西。我急忙举起相机，拉动长焦，在摇摇欲坠的断壁残墙上，高高悬挂着一本作业本！风一吹，发出呼呼的响，听起来像是有人在哭喊，有人在呼救，又像是有人用手在不停地拍打着教室的门窗。

我忽然有一种心跳加快的感觉。此前我看到的作业本，都是在废墟上，这个作业本，怎么会高高悬挂在断壁残墙上？莫非在地震那一刻，有学生抓住作业本欲破窗一跃？或是上苍故意要把这个作业本高挂空中，让活着的人们投以关注的目光？

我重新举起相机，变换角度，试图看清作业本主人的姓名。可作业本悬挂太高，加上连日雨水冲刷，太阳暴晒，无论我怎么调整焦距，依然无法看清这个学生究竟是谁。但我敢肯定，这个匆匆离去的学生，一定是个最爱学习、最听老师话、最遵守课堂纪律、每天准时坐在课堂、每次认真完成作业的好学生！因为他或她即便在离开这个世界的一刹那，也没忘记拿起自己的作业。我也不知道这个作业本是政治还是语文，是数学还是英语，但我敢肯定，这个作业本里一定留下了当天还没来得及做完的作业。因为汶川大地震发生的时间是下午 2 点 28 分，学生上交作业的时间是下午 5 点 30 分，否则这个作业本就在老师的抽屉里，而不该高高悬挂在这堵断壁残墙上！

总之，可以肯定的是，这是一个学生留下的作业本，也是一个死者留

留在断壁上的作业

给幸存者的作业本；这个作业本里不光有老师留给学生的作业，还有一个学生留给我们的作业——至少有一道是留给我们的，不然，这个死去的孩子，为何要将作业本高挂空中，告示天下幸存的人们？

这个学生留下的这道作业是什么呢？

我想，这道作业应该就是："5·12"那一刻，为什么垮塌最多的是学校？死亡最多的是学生？

谁来完成这道作业？

谁，又来为这个答案打分？

镜头 12　守望红领巾的狗

一到成都，我便听说，都江堰聚源中学埋了 700 多个学生。这些学生挖出来后，活下来的不多，大概死了四五百个！

这个数字让我非常吃惊。于是我第一个赶去的学校，便是聚源中学。

聚源中学位于鼎鼎大名的都江堰。在三进灾区的日子里，我曾三次走进都江堰，三次走进聚源中学。第一次走进聚源中学，是 5 月 20 日下午。一踏上废墟，便看见一片白茫茫的石灰、一个个花花绿绿的花圈、一炷炷袅袅萦绕的香火以及几十个泪流满面的学生家长，接着便闻到了一股浓浓的尸味与消毒水味混杂在一起的气味，然后便听到了一声紧似一声的凄婉的哀乐声。哀乐声发自废墟，听起来却像是来自地狱，撕心裂肺，如泣如诉。这是我一生中听到的最哀婉凄凉、最摄人心魄的音乐，听着听着，眼泪便流出来了。

离废墟几十米外的一个地方，是学校的操场。此时的操场显得格外孤独，有点像血腥厮杀后的一种沉静，一种一去不归的安宁。一个家长告诉我说，10 天前，700 多个孩子被挖出来后，就摆放在这里；还有十几个老师，也摆放在这里，整个操场都摆满了！每天傍晚，上百个家长都会聚在废墟和操场上，点燃一炷香，打开录音机，放上一曲哀乐，然后守着废墟，没完没了地哭诉，没完没了地流泪。

……

离开聚源中学，已是傍晚时分。走出校门不远，我忽然觉得身边好像有什么动静，或者一种暗示，一扭头，发现在一间垮塌的民房前，趴着一只小黄狗。小黄狗瘦骨嶙峋，有气无力。过往行人，脚步匆匆，它却蜷缩在那里，一声不吭，一动不动。狗的面前，放着一个脸盆，脸盆空空如也，没有一点食物。看样子，小黄狗已经饿极了，大概好长时间没吃东西了！

突然，我发现小黄狗的眼睛一直看着脸盆上空的方向，目不转睛，一动不动，像一个哨兵，在守望着什么？

我顺着狗的目光看去，一个情景令我大吃一惊：小黄狗的前面，居然悬挂着一条红领巾，一条非常鲜艳的红领巾！尽管四周都是废墟，都是黑乎乎的煤炭，脏兮兮的垃圾，但红领巾独自飘挂其间，看上去竟像一面小旗！

红领巾是国旗的一角。这一“角”，曾是中国千千万万个孩子的第一个梦想，也是我童年的第一个梦想。这个梦想是红色的，它像血液一样鲜红，似花朵一般灿烂。我至今还清楚地记得，当红领巾第一次挂在我的脖子上，飘扬在我的胸前时，我眼前的天空似乎突然改变了颜色，周围的同学也改

守望红领巾的狗

变了模样。在我的心中，红领巾就是一面飘扬的国旗，就是一束最美的花朵！然而，此时此刻，我心中的“国旗”不是飘扬在天安门城楼上，而是静静地挂在废墟上；我心中最美的“花朵”不是绽放在春风里，而是摇摆在充满血腥气息的狗窝里。

这是怎么回事呢？

走访附近几个群众后，我终于得知事情的真相。原来，地震前这儿住着一家三口的打工族，狗的小主人是个小女孩，今年 13 岁，前不久刚到聚源中学上学。地震这天，小女孩的爸爸妈妈死了，小女孩也被埋在了学校，全家就剩下了这条狗。一个姓罗的群众告诉我说，他和这家人的关系不错，时常有些来往。这家人为了让孩子好好念书，专门在聚源中学附近租了这间小房子。小女孩念书很用功，成绩不错，但家里很穷，为了给家里省点儿电费，有时候晚上还在路灯下看书。地震的头一天，是这个小女孩的生日，小女孩长到 13 岁，从来没有吃过蛋糕，她爸爸妈妈就给她买了一块小蛋糕。小女孩见了蛋糕，非常高兴，刚用手指头挖了一小块放进嘴里，就对她妈妈说，妈妈，蛋糕真好吃，这是我 13 年来吃的第一块蛋糕，等我长大后，上了大学，参加了工作，第一件事，就是给你和爸爸买一块大蛋糕！可第二天下午，就地震了！小女孩被一张课桌压在腰上，救出来时还有点动静，后来就不行了。听说死的时候，她还在不停地叫着爸爸妈妈和小黄狗呢！但她爸爸妈妈全死了，没有一个亲人在身边，只有这条小黄狗。小黄狗后来跑到了聚源学校，但聚源中学当时人很多，很乱，都在忙着救人，废墟四周，都有警卫和解放军，见了狗，就往外赶。小黄狗过不去，只有躲在学校的操场边上，远远地望着躺在地上的小主人悄悄流泪。后来，小女孩的尸体被汽车拉走了，小黄狗就一直跟在汽车后面追……

儿时，我曾养过一条狗，也是像这样的一条小黄狗。有一天，父亲说，杀了吧，炖来吃！我问父亲，怎么杀？父亲说，用绳子拴住它的脖子，然后把它吊起来，不松手，一会儿就完了。我照父亲的意思，先将绳子套在狗的脖子上，再把狗吊上房梁，然后死死抓住绳子，不松手。很快，我就看见悬吊在半空中的狗，伸出舌头，满含泪水，乞求似地望着我。那一刻，我忘了父亲的话，不知不觉，一松手，狗便落在了地上，然后一撒腿，跑了！但我万万没想到，一周后，狗居然又回来了！至今我还清楚地记得，当我第一眼看见战战兢兢地站在我家门口的小黄狗时，我哭了。这一年，我 7 岁。10 年后，我当兵了。离家那天，小黄狗一直跟在我的身后，把我送了很远很远，而且我第一次看到了狗的眼泪。从此，我爱上了狗，不管在什么地方，只要见到狗，总会驻足停步，聊上一会儿，然后便想，狗对主人，为何如此死心塌地，绝对忠诚？

在灾区走访的日子里，我也听说过不少关于狗的故事。平武县有一只狗，地震前夕，突然咬主人的小腿，主人开始不理它，狗又咬，主人生气了，就打狗，狗往外跑，主人便追，刚一追出门，就地震了！结果，人狗两全，有惊无险。彭州县有两只被和尚收养的狗，地震时寺庙倒塌，主人遇难，但狗不下山。后见一村妇被压在废墟里，两只狗就守在村妇的身边，左右不离。村妇口渴了，没水喝，就仰起脖子用嘴去接雨水喝。后来老天不下雨了，村妇干渴难忍，两只狗就用自己的舌头去舔村妇的脸和嘴。村妇靠着两只守在身边的狗，坚持了 196 个小时，后来获救。

当然，狗类如同人类，地球大了，什么样的狗都有。我在灾区便见到过另外一些狗：有的四处流浪，一路乞求，有奶便是娘，见人便跟着走；有的神志恍惚，到处游荡，不知道主人在哪里，也不知道主人在何方；有的从早到晚，呼呼大睡，对主人的死活不管不问。甚至我还听说过这样一个故事：青川有一村民，爱狗如命。他养了一条狗，平时手头只要有钱，第一件事就是给狗买好吃的，有时没钱了，借钱也要买；好东西自己都舍不得吃，也要留给狗吃。地震那天，他在床上呼呼大睡，狗也在沙发上呼呼大睡。地震时，狗抢先跑了一步，他却晚跑了一步。结果，狗毫发无损，他却被砸破了头。第二天，因为心里惦记着狗，他头上还缠着纱布，便从医院匆匆赶回垮塌的家，第一件事就是找狗！可他围着垮塌的家找了好几遍，也不见狗的影子。后来，他在离家很远地方终于找见了他的狗——狗正躲在一棵树下，一边乘凉，一边捧着一瓶矿泉水细细慢饮呢！他一看，气急败坏，捡起一根棍子就扑过去，狗拔腿便跑。他一边追，一边骂：狗日的狗东西，太不负责任了，太不负责任了！

然而，聚源中学门前的这条小黄狗，姓罗的群众告诉我说，主人死了后，它从早到晚，就趴在那里，一直没走。而且每天都趴在那儿，守着那条红领巾，眼泪汪汪的，像守着一个宝贝似的。如果有人走到跟前，它马上就会站起来，用眼睛盯着你；要是有人碰一下红领巾，它就会大声狂叫，急了，还会扑过来咬人！地震后，大家都很忙，人都顾不上，哪儿顾得上狗！所以这条狗没吃没喝，没人管。今天已经是第九天了，但它还一直守在这里，守着那条红领巾，哪儿也不去……

听了村民的话，我想起红领巾的主人——聚源中学那位小女生。小女孩的红领巾为什么会遗失在这里？是当天上学过于匆忙，忘记戴了，还是刚刚洗净，准备迎接“六一”的到来？小黄狗为什么不走？是怕有人弄丢了红领巾，还是在等着小主人的归来？我蹲下去，恭恭敬敬地举起了手中的相机，望着镜头中守望着红领巾的小黄狗，和小黄狗守望着的红领巾，那一刻，我的眼睛湿润了……

10 天后，即 6 月 1 日下午，我第二次来到聚源中学。一到学校门口，我就开始寻找那条小黄狗。可小黄狗不见了。我找遍四周，依然不见踪影。后来，一位群众告诉我说，小黄狗已经被打狗队打死了！

我大吃一惊，问，为什么要打死这只狗啊？

群众说，听说狗可能会传染瘟疫。

我很气愤，甚至有点失去理智，说，可能传染？可能传染并不等于一定传染，更不等于已经传染！如果防范措施得当，怎么可能传染呢？狗可能传染就要打死，人可能传染难道也要枪毙？灾区的人可以消毒，灾区的狗为什么就不能消毒？

群众说，我也不知道，反正说得很凶。但我看见好几只逃脱的狗，一点没事儿。

后来，我在采访中了解到，灾区打狗的事的确存在。一是地方组织“打狗队”，用棍打，用刀杀；二是当地有关部门让军人去打狗，用 95 式自动步枪打，而且专门挑选枪法好的战士即所谓“神枪手”去打，主要怕子弹打飞了，伤了人。一个参加过打狗的“神枪手”告诉我说，我在灾区干了一件最不愿干、最对不起自己良心的事，就是打狗！有一次我们接到任务，说某地发现了一只狗，我去后一看，是一只母狗，我举枪瞄准时，手都在发抖。结果第一枪没打中，又打了第二枪，这是我第一次打枪脱靶。不仅打狗，还打藏獒，在欢乐谷，还打死了动物园的一只老虎。当然这是经过当地有关部门正式批准的，因为地震震坏了老虎笼子，担心老虎饿了跑出来吃人。

再后来，我还看到一则新闻，说奥巴马当选美国总统后，对外公开宣称，他将收养一条狗，作为白宫“第一宠物”。同时我在电视和报纸上还看到一个故事：成都柑梓乡一个小镇上，有一村民自筹资金，在一块刚刚被地震震过的田坝上，为流浪狗专门搭建了一个小动物救助中心，取名为“爱之家”，收养了 1 000 多只无人看管的流浪狗。其中，有 100 多只狗，就是想法躲过枪杀的子弹后，从灾区的废墟上捡来的。但没有一只狗，发生过“瘟疫”！

此刻，望着眼前空空荡荡的狗窝，望着依然飘荡在狗窝上的红领巾，我的心有一种说不出来的痛。汶川大地震没有震死这只狗，这只狗最终却死在了人的手里，这是为什么？连魔鬼都能放过的狗，人怎么还不放过？大地震导致的灾难，凭什么要让狗来承担？到底是天残忍，还是人绝情？如果狗的小主人——聚源中学那位小女生——知道有人宰杀了她的狗，九泉之下的她，能瞑目吗？一些无耻的人渣都能费尽心机在奶粉中给孩子添加三聚氰胺，聪明的人类对待大地震中好不容易幸存下来的狗，难道除了宰杀就没有别的办法可想了吗？

人类哟，你何时才能放下屠刀，立地成佛？

镜头 13　不再打鸣的公鸡

位于绵竹遵道镇的棚花村，又叫“年画村”。因这里盛产年画，故与天津杨柳青、河北武强、山东潍坊并列为中国四大年画之乡；也因这里盛产年画，村里的百姓都较富裕，不少村民住上了小楼房，有的还有小别墅。

然而，一场大地震，“年画村”一夜间变成了“废墟村”。于是，当 5

月 22 日上午我来到“年画村”时，看到的就不是一张一张的年画，而是一片一片的废墟了。

一个村民告诉我说，“年画村”的房子基本都垮了，年画也毁了。村里大概有 1 700 人，地震震死了三四十个，伤了 200 多个，有八九十个还是重伤。地震那天惨得很啊，村里人开始用手刨人，接着再用手刨坑，后来又用手埋人，跪在荒坡上，哭啊，喊啊，叫啊，把老天爷都感动了，下起了大雨，哗哗的！雨水，还有泪水，把村里人全都打湿了！

我来到一片废墟前，见一小女孩守在旁边哭，是那种看不见眼泪的哭。一打听，小女孩 13 岁，家垮了，学校也垮了，找不到地方上学，便天天守着废墟哭。

我在废墟中拍照，忽然发现一只红色的公鸡。公鸡正在废墟堆里一边溜达，一边觅食，有点儿像城里人在公园一边散步，一边观景，模样可爱，且很潇洒。

我很奇怪，地震震垮了“年画村”，震死、震伤了几百人，这只不堪一

地震后，再也不叫的公鸡

击的小公鸡，怎么还活着？

我问小女孩，废墟里怎么还有公鸡？

小女孩告诉我说，公鸡小，很灵敏，躲得快，村里不少鸡、猫、狗都没死。但村里不少人却死了，她的家和学校也垮了，她什么都没有了，书包没有了，课本没有了，连一个铅笔盒也没有了，家里就剩下了这只公鸡。公鸡天天都在废墟上，哪儿也不去，晚上就躲在一个角落里，白天起来自己找吃，很可怜的！

我再细细一问，原来小女孩从小就喜欢鸡，尤其喜欢这只红公鸡。小女孩说，一听到公鸡的叫声，她就有一种莫名其妙的兴奋。她从来没有出过远门，不知道村外的世界到底有多少声音，但公鸡的叫声，是她听到的最好听的声音。她上学时，家里并不富裕，买不起小闹钟，妈妈就对她说，家里这只公鸡不就是小闹钟吗？你每天早上只要听到鸡叫，就赶紧起床，保证误不了上学。于是从上学的第一天起，公鸡一叫，她就起床，然后穿衣、洗脸、吃饭、上学堂；走在上学的路上，望着刚刚升起的太阳，她还傻傻地想，村头每天升起的太阳，会不会就是被公鸡叫醒的呢？

可现在，学校倒塌了，课桌压烂了，村里人纷纷逃走了，公鸡也无家可归了，所以小女孩非常难过。但最让小女孩伤心的，是她听不见公鸡的叫声了！小女孩说，她不知道是怎么回事，反正地震过后，就再也没听见过公鸡的叫声，好像公鸡的喉咙被什么东西一下卡住了似的。地震后前几天，村里的人都没有吃的，她家也没吃的，大家都在挨饿。有一天，她听见爸爸对妈妈说，太饿了，把家里这只鸡杀了吧！她就一下跑过去，抱着公鸡，哭了起来，哭得很伤心。结果，她的眼泪，挽救了这只公鸡。而活下来的公鸡也不走了，天天围着她家的废墟转来转去，自己找吃的。实在找不着吃的，便蹲在那儿不动，好像是用一种不动的姿势，在储存力量。但公鸡却再也不像从前那样，每天叫她起床上学了。

小女孩还告诉我，地震后，村里一下变得冷清了，像死了一样。村里除了哭声，她听不见其他任何声音，甚至连猪、狗、鹅、鸭的声音都听不见了！村里失去了声音，就像她失去了学校，失去了老师，失去了同学，失去了许多叔叔阿姨和爷爷奶奶，她感到很孤单，很害怕。尤其是每天早上从灾棚醒来，她听不到公鸡的叫声，不仅不习惯，还感到很恐怖。她说地震那天，她听见了一种从来没有听过的声音，那种声音非常怪，像是有1 000个魔鬼在疯狂地怪叫，有1 000辆火车“轰隆隆”地碾过村庄，简直恐怖极了！现在想都不敢去想，一想就害怕！她再也不希望听见那种声音了，只想听见公鸡的鸣叫声！

望着眼前的小女孩和一片废墟的“年画村”，我忽然想到一个问题：在未来的日子里，灾区的孩子们还能听见村庄里千百年来那古朴自由的鸡鸣狗吠吗？

镜头14　北川中学的小花猫

踏上北川中学的地盘，立即便感到一种强烈的悲壮气息。

北川中学不在北川城里，而在北川城外，具体点说，在北川城南大约两公里的一个山嘴上。北川中学的废墟，与其他学校的废墟一样，随处可见课本、作业、鞋子、书包、瓦砾、钢筋等，不同的是，这儿可能因为存放的尸体太多，药水也就洒得特别多，多得严重失去比例。这天中午格外的热，所以一走进废墟，刺鼻钻心的消毒药水味儿和难以言述的尸臭味儿，差点儿让我窒息。只片刻工夫，我就被熏得睁不开眼了！我一下紧张起来，担心眼睛会瞎。幸亏与我同行的一位作家曾是医院的护士，马上掏出消毒纸巾，为我做了处理。大约10分钟后，我的眼睛才慢慢睁开。那一刻，我感到北川的天空真美；而我身边的四川大胡子诗人雨田说，地震前，还美！

再一看，尚未垮塌的校门上方，悬挂着一条字幅，上写“热烈欢迎各级领导来我校视察工作”15个大字！显然，这是地震前的书法作品。而此刻的北川中学，除了一片废墟，一辆纹丝不动的推土机，两棵高耸云端的参天大树，以及十几个破纸箱，到处空空如也，冷冷清清。好像十多天前还赫赫有名的北川中学，现在已从地球上消失了。

但我在废墟前的一个操场上，还是发现了一个蹲着的人影。出于好奇，我走过去，一看，是位大妈。再看，大妈的膝下还有一只小猫，一只可怜而又可爱的小花猫。

我似乎感到了一点什么，停下脚步，与大妈攀谈起来。大妈姓吴，吴德英。吴大妈告诉我说，这儿叫曲山镇，再往那边走就是擂鼓镇了，大概有七八里地，她家就住在附近的山上。地震时，她家的 3 间房子全倒了！当时镇上的人都跑了，只剩下两个没人理睬的小孩儿，和两条见人就咬的狗。现在都还有人在山上，不愿下来，说反正都是死，死在山下，不如死在家里。

我问吴大妈，为什么把小猫带到学校来？

吴大妈说，这只猫不是她家的，是北川中学一个小女娃的。接着又说，不不不，不是这个小女娃的，是这个小女娃不知从哪儿捡来的。这个小女娃长得很乖，笑眯眯的，头发也好，黑黝黝的。地震前，她经常路过北川中学，经常看见这个小女娃抱着这只猫。地震前两天的一个中午，她还看见这个小女娃抱着猫在操场上，一边走，一边给小花猫喂火腿肠，身边的几个女同学还不停地逗着猫，学猫叫，猫叫一声，几个小女娃也跟着叫一声，然后就笑，哈哈地笑，笑得作业本都掉在了地上。她们就让猫用嘴去叼作业本，一本一本地叼，叼起来就笑，叼不起来也笑，笑得都蹲在了地上。但地震后，她再也没见到那个抱着小花猫的小女娃了，也没见到那几个爱笑的小女娃了，只见到了这只猫。

我问吴大妈，是啥时候见到这只猫的？吴大妈说是地震后的第二天。那天学校的人很多，操场上学生娃娃的尸体也很多，听说死了 1 000 多个。她看见小猫躲在路边一个纸箱里，眼睛直直地望着操场，操场上到处都是血，像被红药水染过一样，哭的喊的叫的，什么人都有。小猫躲在那里，像个小娃儿看见大人正在街上打架，想过去帮忙，又害怕，不敢过去，只有偷偷地哭，一副很可怜的样子。她走过去，小猫就跟着她，她要把小猫抱走，小猫又不肯，好不容易把小猫抱了几十米远，小猫又从她怀里挣脱下来，跑回去了。两天前，她第二次路过这里，又见到了小猫，小猫趴在废墟上，正用两只爪子不停地抓着什么，一边抓一边叫，爪子都抓出了血，还在抓，像疯了似的，就像前几天解放军用手刨人一样。她见小花猫可怜，又带小花猫走，但小花猫还是不走。她见小花猫饿了，比前几天瘦了一圈，就给小花猫喂方便面，可小花猫不吃。她想起那个小女娃曾经喂过小花猫火腿肠，所以今天又从一个解放军那里给小猫要来了一根火腿肠。

吴大妈说着，从身上摸出一根火腿肠，然后开始撕裹在火腿肠外面的塑料皮。可怎么也撕不开，火腿肠的口子上紧缠着一根细细的铁丝。吴大妈就用嘴咬，反复咬了好几次，终于咬开了火腿肠。

但当吴大妈掰下一截火腿肠放在小花猫面前时，小花猫用鼻子闻了闻，却不吃。

吴大妈拿起火腿肠，重新给小花猫一点一点地掰碎，然后再放在小花猫的面前。可小花猫还是不吃，无论大妈怎么喂，就是不吃。

我感到很奇怪，问，小花猫已经饿得不行了，为什么不吃呢?

吴大妈恍然大悟，说，哦，我知道咋回事了，小猫在忌食。

忌食？什么叫忌食？我问。

吴大妈说，忌食是我们山里人的风俗，就是不管谁家死了人，尤其是老人，活着的亲人一个星期都不能吃肉，有的甚至一个月都不能吃肉。我

北川中学的小花猫

家里一直养猫，养了几十年了。猫生下来又小又瘦，除了不怕老鼠，谁都怕，可谁都不怕它。所以谁都可以欺负它，现在连老鼠都要欺负它了！地震后我们那儿的老鼠可多了，前几天我就看见十几只老鼠围着一只小猫，不知道小猫是被地震吓着了，还是被老鼠吓着了，反正一直往后退。所以猫是最可怜的了！就像我们乡里的小妹子，到你们城里打工，谁见了都可以欺负。但猫和人一样，除了不说话，心里什么都知道。如果家里有了发愁的事，它就躲在墙角边，比人还发愁；要是家里死了人，它几天都不吃东西，尤其是荤的东西。

吴大妈说着，叹了口气，说，唉！北川没有了，人都跑了，乱成这个样子，猫还这么守规矩，真是太难得了！

我的心突然像被电触了一下。是啊，北川都没有了，人都跑了，灾区都乱成这个样子了，猫还不肯离开学校，还这么守规矩，还念念不忘那个女中学生！而一位普通的山区大妈，已经十多天没好好吃过一顿饭了，自己忍着饥饿，居然还能如此的疼爱这只小猫！倘若这个世界，猫与人、人与猫、人与人都是这样，北川中学那 1 300 多个不幸遇难的学生娃娃，是不是死了也值呢？

镜头 15　儿童医院的眼睛

汶川大地震后，无数山区的孩子第一次来到西南大都市成都。可惜的是，这些好不容易到了成都的孩子，不是去逛公园，而是躺在了医院。

成都儿童医院是地震后最忙的一家医院之一，医生、护士自然成了最忙的人。他们废寝忘食，昼夜加班，为孩子麻醉、手术、缝合、输液、打针、送药。余震来临时，有的孩子刚刚推进手术室；有的孩子已经实施了全麻；有的孩子刀口等着缝合；有的孩子则正在手术。于是手术室里，氧气瓶在抖动，设备在摇晃，墙壁在裂缝，漆皮在剥离，但麻醉师一手打着麻药，一手抓着孩子；护士们一手拿着输血瓶，一手递着止血钳；主刀医生则用右腿顶住手术台，左脚蹬着地面，使出全身力气，保持手术台的平稳。那一刻，尽管所有人都害怕，所有人都想跑，都想逃，但没有一个人离开孩子！

忙，那段时间成都所有医院的医生、护士都忙，甚至连已经退休的老专家也在忙。比如川大华西医院的教授张泮林，已经 74 岁高龄，退休 16 年，却连续两天一夜做了 7 台手术，长达 16 个小时，以致手术结束后倒在手术台边，心脏停止跳动近 1 分钟！

我曾四次进入儿童医院，亲眼见到了无数躺在病床的儿童。这些躺在病床上的孩子，无疑是汶川大地震中的幸运儿。但他们有幸逃离了死亡，并不等于获得了新生；有幸逃脱了灾区，并不等于走出了噩梦；有幸住进了医院，并不意味着离开了惊恐。地震就像一条不死的毒蛇，依然盘踞在他们的心中，缠绕着他们的灵魂。

只是，他们各自的表现不同。

她叫苏菲菲，来到人间才 19 个月。

19 个月的小菲菲本该躺在妈妈的怀里，但她现在却躺在了儿童医院的重症监护室里。

重症监护室绝对不准外人进入，更不接受记者、作家的采访。但我还是想法进去了。理由只有一个，我想看一看一个只有 19 个月的婴儿截肢后躺在床上的姿势，再用我的心感受一下她的心。

接待我的是一位女医生，叫廖霓，重症监护室的主治医生。廖医生面善，心好，通情达理，善解人意。她让我换上隔离服，穿上轻便拖鞋，然后随她轻轻走进重症监护室。

监护室很静。没有人来人往的喧哗声，没有匆匆过客的脚步声，也没有斤斤计较的争吵声，只有小菲菲一个人静静地躺在病床上，一动不动，像个刚刚喝足了妈妈奶水的孩子，正熟睡在梦中。

但小菲菲已经没有妈妈了。

小菲菲本来是有妈妈的。她的妈妈叫吕娇莲。小菲菲不光有妈妈，还有爸爸和姐姐。但小菲菲的妈妈和姐姐都在“5·12”那个中午，从她身边突然消失了，只剩下了一个爸爸。小菲菲的爸爸叫苏文图，27 岁。27 岁的苏文图本是福建安溪参内乡岩前村人，因有一姑妈在成都做生意，故 4 年前带着妻子和大女儿来到成都，后在绵竹大南街租了一个小店，做起了五金生意。几年后，家里不仅添了很多人民币，还添了一个活泼可爱的小生命——小菲菲！一家四口本来幸福美满其乐融融，可汶川大地震却偏偏降临了！苏文图是在地震前一个小时离开家的，一小时后他再回到家里，家就全变样了：隔壁一堵厚厚的大墙倒在他家店铺前，妻子和大女儿都被压在了下面。墙倒塌时妻子推了小女儿一把，小菲菲才幸免于难。当他用手刨出妻子和大女儿时，妻子和大女儿已经遇难了。但遇难的妻子左手抱着遇难的大女儿，右手还保持着推开小菲菲的姿势。

廖医生告诉我说，小菲菲是 5 月 13 日凌晨 3 点送到医院的。当时小菲菲满身是血，下肢血肉模糊，处于深度昏迷状态。经检查，小菲菲左下肢粉碎性骨折，并伴随失血性休克、缺氧缺血性脑病，血色素只有 4 克，生命危在旦夕！医院立即组织抢救，先是紧急输血，紧接着又为小菲菲做了截肢手术，然后转入重病监护室，上呼吸机，并进行静脉营养支持，以及止惊、恢复脑功能等治疗。但十多天来，小菲菲一直昏迷不醒。

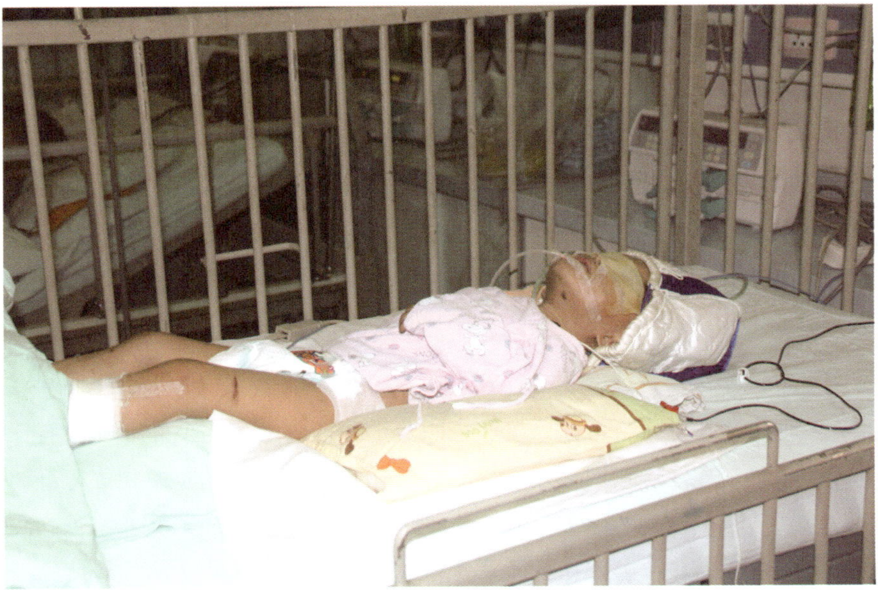

没有眼泪的小菲菲

廖医生说着，为我撩开了盖在小菲菲身上的被单。我看见，躺在床上的小菲菲纹丝不动，处于沉沉的昏迷中；细嫩的身体到处伤痕累累，额头还有一道长长的伤口；头发全被剃掉了，只剩下一个光光的脑门；鼻子上戴着呼吸面罩，双眼蒙着纱布；左小腿已被截肢。我俯下身去，听不见小菲菲一声呼吸，一句呻吟，甚至见不到哪怕一滴眼泪！可怕的大地震把小菲菲哭泣的权利都给剥夺了，简直就像一个活着的死人！

那一刻，我的神经都快崩溃了。

更残酷的是，小菲菲身边一直没有亲人。医生说，像这样年幼的婴儿，如果有母亲陪伴在她身边，对她脑功能的恢复是大有好处的。但小菲菲没有母亲的陪伴，没有姐姐的陪伴，甚至连唯一的一个亲人——幸存下来的父亲，也不能陪伴在她的身边。因为医院有严格规定，重症监护室的病人，亲人也不能陪在身边。

于是伴随着小菲菲一起痛苦的，还有她的父亲。

小菲菲的父亲失去妻子、大女儿和全部家底后，对人生失去了任何希望，甚至想死的念头都有了。然而，面对躺在病床一直昏迷不醒的小女儿，他不想活都不行。为了小菲菲，为了那么多关爱小菲菲的人（不少人为小菲菲捐款治病），他必须活下去！但最让他痛苦的，是当他把小菲菲送到医院后，就再也见不着小菲菲了。他不仅不能为小菲菲喂上一口开水，甚至到床头看一眼都不行。直到第五天，小菲菲的病情稍稍稳定后，儿童医院的张国英主任才让他站在病房外，透过玻璃窗，看望一下小菲菲。为了让他看得清楚一些，张国英主任和护士们还将小菲菲的头轻轻抬起——这是多么令人心碎的一刻啊！这一刻，小菲菲的爸爸趴在窗外，透过玻璃默默地望着可怜的女儿，泪流满面，泣不成声。他多么希望小女儿能够苏醒过来，叫他一声爸爸啊！可他反复轻声叫着小菲菲的名字，小菲菲却没有任何反应，甚至连一滴眼泪都没有！女儿近在咫尺，却只能隔窗相望，身为人父，这该是怎样一种痛苦，怎样一种揪心！而19个月的小菲菲对人间的这场大灾难以及这场大灾难带给父亲的痛苦，却全然不知。

我问廖医生，小菲菲为什么不哭？为什么没有眼泪？

廖医生说，不是不哭，是哭不出来；不是没有眼泪，是有泪流不出来。因为地震已经震坏了她的泪腺。

我问廖医生，小菲菲还有希望活过来吗？

廖医生说，小菲菲前后已经经历了七次生命的危机。她的生命很顽强，现在她的生命体征基本平稳。活过来，当然是有希望的，但也不排除另一种可能。小菲菲如能活过来，就是一个生命的奇迹！

我多么希望这个奇迹快点发生啊！

然而，对人间这场灾难全然不知的小菲菲，到底是活过来好呢，还是就这样睡下去，永远都不要知道更好？

这个孩子只有 6 个月。

用他妈妈的话说，还没断奶呢！

孩子的额头包着一块纱布，头顶上鼓着好大一个包，身上其他地方，好像也有伤。

6 个月的孩子自然不会说话，但他的眼神却告诉我，他不知道这个世界怎么了，哭哭啼啼、吵吵闹闹、乱七八糟的；他也不知道自己怎么会从那个谁都不知道的小山区——湔氐镇，一下就跑到了这个喧嚣繁华的大都市——成都市。他只知道，在此前的 6 个月里，他看到的世界不是这样的，他出生的地方也不是这样的，肯定不是这样的，那儿周围都是花香，都是鸟语，都是满山的土豆，遍地的玉米，怎么突然一下就变样了？就变成这样了？昨天，他的眼里还是废墟，还是伤员，还是鲜血，还是泪水；今天，周围怎么都是拿着针头的白衣小姐，都是晃来晃去的陌生人，还有那些缺胳膊断腿躺在床上哭哭啼啼的小伙计？总之这个世界乱套了，和原来大不一样了，不知道究竟发生什么了，所以直至他被妈妈抱在怀里，穿过无数大街小巷，挤进乱哄哄的儿童医院，再被安排到一片白色的病房，然后碰上一个戴着口罩、举着相机的解放军叔叔，依然惊魂未定，不知所云。

这个戴着口罩、举着相机的解放军叔叔，就是我。

是的，我第一眼见到这孩子，便举起了我的相机；孩子见我举起相机，像是举起一枚炸弹，立即显得很恐慌的样子。

孩子的妈妈告诉我，孩子就是怕，见了谁都怕，见了什么都怕。比如，一辆汽车突然从路上开过，一只小鸟突然从天上飞过，一根电线杆突然从他眼前晃过，一个人突然从他身边走过，甚至远处突然传来一声叹息，响起一片哭泣，他都会紧张，都会害怕。孩子生下来后，就在家里走走，镇上逛逛，哪儿都没去过。要不是地震，别说 6 个月，可能长到 6 岁，也不可能来成都。从蓥氏一出来，孩子就开始哭，一路上都在哭。哭不动了，就睡一会儿，醒来后接着再哭。不知道为啥子，就是怕，就是哭。

正说着，医生来了。

医生看着孩子，孩子却不敢看医生。

医生问，多大了？

妈妈说，6 个月，还没断奶呢！

医生问，叫什么名字？

妈妈说，陈佳欣。

医生问，哪个家？是大家的家吗？

妈妈说，不是大家的家，是最佳的佳，欣喜的欣。

医生问，什么新？再说一遍。

妈妈说，欣喜的欣，就是很高兴那个意思。这是孩子他爸起的名，说要让孩子长大后成为最好的，好让我们两口子高兴高兴。没想到，狗日的地震来了，搞得孩子一天到晚都在闹，都在哭，什么都怕，不睡床，一天到晚都要人抱着他，心里像有个鬼似的。

医生说，好，我先看看。

果然，医生刚一挨着孩子，孩子就又哭起来了。

医生看完孩子，走了。我问孩子妈妈，地震时，你和孩子在什么地方？

妈妈说，就在我家门口。我家离蓥氏中学不远，紧挨着。当时我坐在一个凳子上，正给孩子喂奶，突然听见孩子一声惊叫，我抬头一看，学校的楼房哗啦啦就垮了！

我问妈妈，孩子的脸当时是对着学校的楼房吗？

妈妈说，我和孩子的脸当时都朝着学校的楼房，但开始我在看孩子，没有看见楼房，等孩子叫起来后，我才看到楼房倒了。

我问妈妈，学校死了多少人，知道吗？

妈妈说，听说死了100多人。初三班最惨，只活了几个孩子。

正聊着，护士来了。

护士刚一举起针头，孩子又哭起来了。这次哭得比刚才还厉害，一边哭，一边还发出求救似的呼叫声。

但护士就是护士，未等孩子从惊恐中反应过来，长长的针头，已经深深扎进了孩子的屁股。只听孩子一声惨叫，病房里所有的孩子都跟着一起哭了起来。哭声像突然而至的潮水，很快淹没了病房。接着，不少家长也跟着哭了起来。

护士一狠心，拔掉针头，看也不看，走了，一副铁石心肠的样子。但就在护士转身的一瞬间，我看见，护士的眼角挂着泪水。

孩子还在哭，妈妈怎么哄也哄不住。妈妈把手指放进他的嘴里，还是

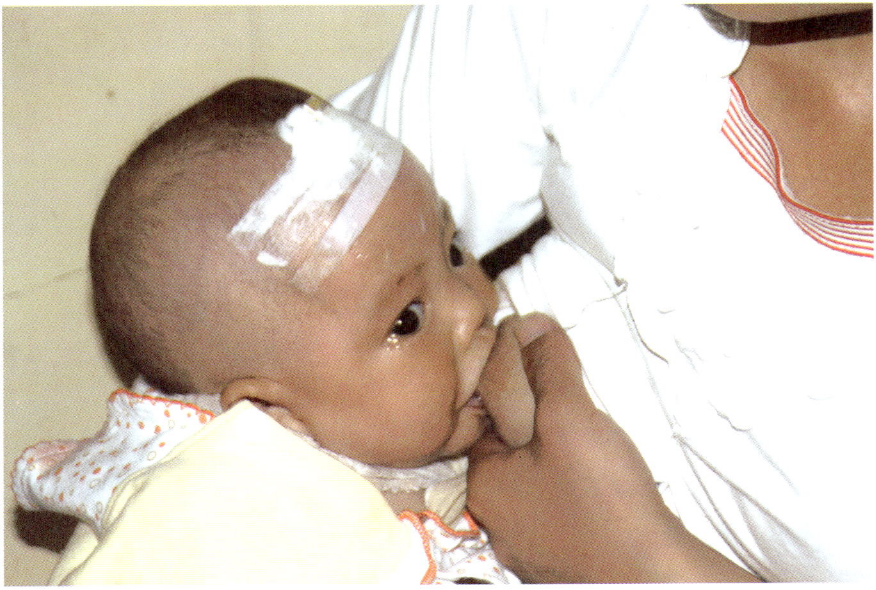

嘴里含着奶头，眼里还充满警惕

哭。妈妈只好当众撩起衣服，把奶头塞进孩子嘴里。但孩子看了看四周的人群，忙把奶头吐了出来，一副战战兢兢、非常紧张的样子。妈妈再次把奶头送进他的嘴里，他刚用小嘴衔住奶头的一半，慌忙又用余光扫视着四周，眼里充满了惊悸、恐慌和不安！显然，当着那么多人吃奶，孩子是第一次。他很想吃，却不敢吃，不是不习惯，而是很害怕！

怕什么呢？怕城市，怕生人？怕医生，怕护士？怕针头，还是怕地震？

后来，孩子似乎累了，他把头靠在妈妈的怀里，慢慢闭上了眼睛，不再哭泣。妈妈再次把奶头送进他的嘴里，他慢慢衔住了奶头。可刚吸了一口，又急忙竖起耳朵，睁开了眼睛……

作为军人，我看得出，孩子的眼里，充满了警惕！

可怜的孩子，你才 6 个月哟！

我不知道这孩子叫什么名字，家住哪里，在什么学校上学。

但我听护士说，这孩子以前最喜欢上学，最喜欢读书。

于是，我打算和他好好聊聊有关上学、有关读书的事。

谁知，我和这孩子前后只用了一分钟，便结束了谈话。谈话内容，只有三句话。

第一句，我问，你的学校怎么样？

孩子不说话。

第二句，我问，你的同学和老师还好吗？

孩子也不说话。

第三句，我问，你想没想过，今后打算去哪儿上学？

孩子还是不说话。

最后，孩子的妈妈说话了。

孩子的妈妈说，记者同志，请你别问了，孩子已经说过好多遍了，他再也不想上学了！

截肢，对孩子们来说，是最残忍的一件事情。

躺在床上的这个小男孩 9 岁，长得虎头虎脑，一副非常可爱的样子。但孩子的右腿从膝盖以下，全被截掉了！

孩子躺在床上，已经整整 10 天了。

关于孩子的爸爸、妈妈，我不想问；关于他的学校、同学，我也不想问；关于他截肢的前后过程，我更不忍心提起。

我关心的是他的现在，以及将来。

我走近孩子的病床时，孩子仰面躺在床上，眼睛正看着楼顶上的天花板，像在想着什么，又像什么也没想。听护士说，住进医院的孩子，一般都不敢看窗户和楼顶，一看他们就躲，或者闭上眼睛，有些小一点的孩子，还会哭闹！

但这个孩子不。他一直看着楼顶，不动，不哭，不语。乍一看去，看不出有怕的意思。于是我想，难道是用外表的坚强，掩盖内心的痛苦？

现在，还疼吗？我问得小心翼翼，怕触碰了他的伤口，更怕触碰了他的心灵。

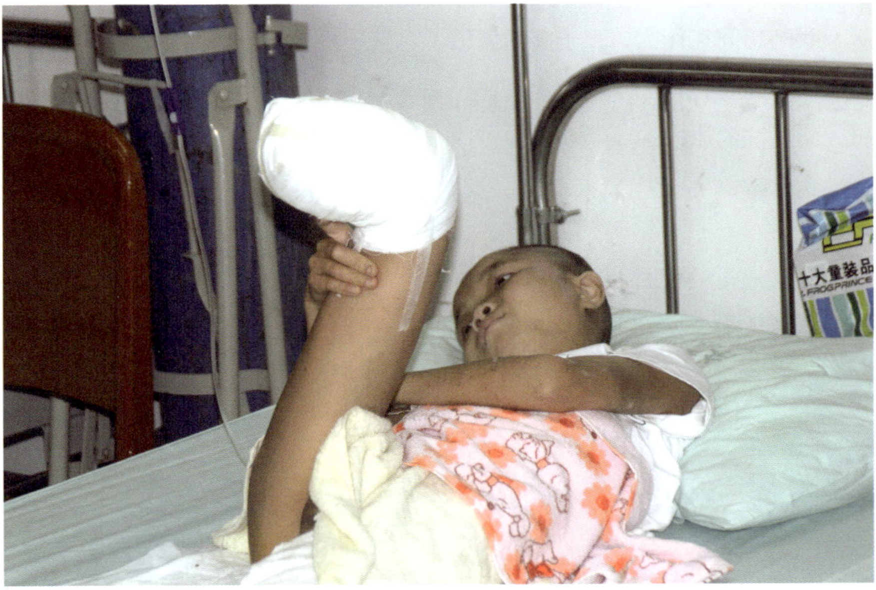

还有一条腿

孩子很平静，说，没事，还有一条腿呢！

我一下愣了！

我想起另外几个孩子：一个是两岁的小男孩，他的左腿截肢后，生殖器都水肿了，但他就是不哭，勇敢得令人心碎！一个是9岁的小女孩，她被人从映秀抢救出来后，做了高位截肢，醒来后第一句话就问，爸，我的腿呢？我的腿到哪里去了？她爸强忍着泪告诉她说，孩子，别怕，你的腿医生拿去修整去了，等医生修好后，再给你装上。说完，她爸跑到厕所里，死死捂住自己的嘴号啕大哭！还有一个是8岁的小男孩，一心想当刘翔。他双腿截肢后，已经10天了，可他天天喊他的腿疼！心理医生说，孩子的双腿已经截肢10天了，其实已经不疼了。孩子喊疼，完全是一种幻觉。因为他一心想当刘翔，所以不愿意失去他的腿，他希望他的腿永远在，并认为他的腿还在，所以总是喊疼！他是想通过不停地喊“疼”，来顽强地证明自己的双腿还在！

那么眼前的这个孩子又是什么情况呢？我愣在那里，有点反应不过来。

我刚想问点什么，孩子突然说话了，孩子说，不信，你看！

孩子说着，竟把左腿向上高高一举！像举起一个巨大的问号，又像举起一面反抗的旗帜。

我目瞪口呆，无言以对。

这个小孩刚满一岁。

他当众满不在乎地露着自己的小鸡鸡，看上去，一副小男人的样子。这个小男人和天下所有小男人一样，生下来就知道拉屎、撒尿，就知道吃奶、哭闹！就是不知道什么叫地震，更不知道什么时候地震。

但地震主动找上了他，并让他双腿骨折！

双腿骨折！孩子今后的路怎么走？何况孩子要走的路，还很长很长。

医生说，孩子的腿有两种可能，一是重新站起，一是从此残废！

妈妈说，要是真残废了，怎么办啊？

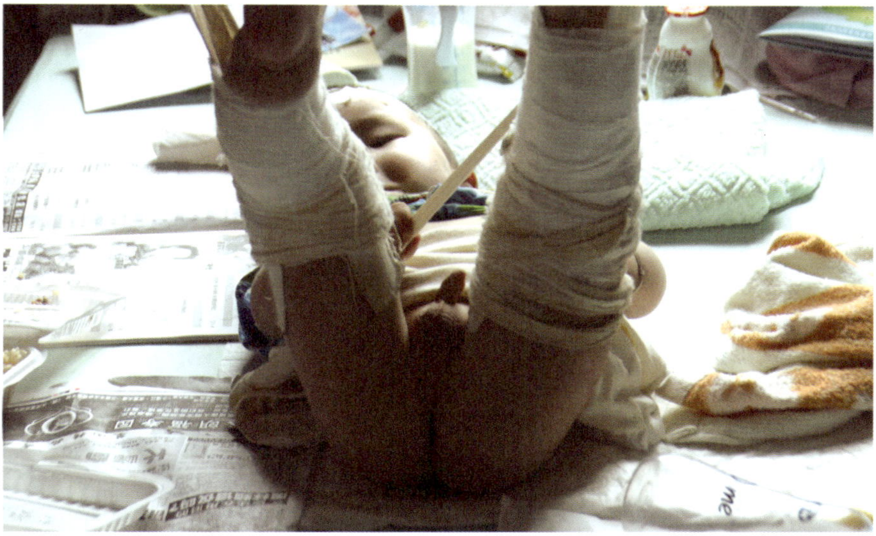

雄起的小鸡鸡

妈妈说的怎么办，有两层意思：一是孩子自己怎么办？二是父母天天守着一个残废的孩子，又怎么办？

妈妈还说了一句，现在都是独生子女啊！

但从孩子的表情看，他显然不知道医生说这话的分量，也不知道妈妈天天守着他流泪的原因，他只知道自己的双腿在抖动的一瞬间，好像突然失去了平衡。

但有一点，他应该是清楚的，这就是，他的小鸡鸡还健在。

作为一个小男人，他天生就知道这一点很关键。说不定，还为此感到很骄傲——至少，他知道每天要用小鸡鸡尿尿，不尿，就憋得难受，憋得想哭。于是面对天天哭哭啼啼的人群，面对大人们都难以承受的灾难，他做出了一个惊世骇俗的选择：让小鸡鸡高高雄起！

这个不屈不倒、高高雄起的小鸡鸡，可是人类生命延续的火种啊！

这个孩子不到一岁。

我一进病房，就见他趴在床上，一副很听话、很安静的样子。但当我走到他的床前，刚一举起相机，他一下子就变得兴奋起来。

在汶川大地震中，涌现了无数舍生取义、奋不顾身、大义凛然的抗震救灾英雄，涌现了无数真心实意、不讲功利、默默无闻的“救世菩萨”，他们的精神和事迹，惊天地泣鬼神，实在令人感动不已！但另一方面，今日之四川，绝不等同于当年的唐山。在灾区走访的日子里，我亲眼看见，有些单位和个人借抗震为名，趁救灾之机，频频“露脸”，把废墟当秀场，逮住机会便作秀。其中，有官员，有专家，有商人，有百姓，有学生，有志愿者，甚至还有军人。于是作秀，成了某些单位、某些个人在汶川大地中的一大“创新”与“发明”。这是 32 年前唐山大地震中绝对看不到的事情。

但我万万没想到，我眼前这个不满周岁的、还趴在病床上的孩子，似乎也有作秀的嫌疑。我越是逗他，他就越是高兴；我越是给他拍照，他就越是兴奋。于是我嚓、嚓、嚓，不停地拍，我想用手中的相机，拍出他真实的灵魂。

我一边拍，一边问孩子妈妈，这孩子生下来就这么活泼吗？

妈妈说，不是，不是。这孩子不知道怎么了，自从地震后，就变得不老实了，一见人，就想露个小脸儿什么的，我们农村叫“人来疯”，就是见了人就高兴，就兴奋。

我咔嚓拍下一张，问，这孩子经常到城里吗？

妈妈说，哪里啊，孩子从小生在山里，从来没见过世面，更没见过这么多人。因为过去我们那儿从来没人去，很少有人去，别说孩子见不着人，就是我们大人，一天到晚埋着脑壳挑粪桶，也见不着什么人。可地震过后，不得了了，山里来了好多的人，北京的，广东的，上海的，深圳的，还有台湾、香港，外国的都进山了（这位妈妈很可能把台湾、香港当外国了），而且天天都有，越来越多，什么记者、志愿者、解放军、演员、歌星，哎哟哟，多得不得了，简直是人山人海，连厕所都挤满了。听说省长、军长，还有中央领导都去了！

我咔嚓再拍一张，问，这个孩子过去睡觉时间多吗？

妈妈说，多，过去这个孩子瞌睡多得很，一天要睡十多个小时呢！但自从地震后，山里来人后，连瞌睡都没有了，怎么哄都不睡，哪儿热闹往哪儿凑。尤其见了人，像打了兴奋剂一样，又蹦又跳的，还会做各种表情。过去逗他，除了哭，什么都不会；现在可好了，除了不会哭，什么都会。一天到晚，高兴得像个小明星似的。记者同志，你说这是咋回事嘛？

有谁知道，这是咋回事啊？

镜头 16　逃亡路上的逃亡儿

汶川大地震后，由于人们惊惶失措，混乱不堪，在灾区的路边、田野或者灾棚，到处散落、漂流着不少无人认领的孩子。地震的恐惧，逃亡的辛酸，让这些孩子第一次品尝到了做人的艰难，给他们稚嫩的心灵留下了深深的阴影。尤其有的孩子，爸爸妈妈没有了，爷爷奶奶却留下了；家中健全的人死了，不健全的人（瞎子、聋子或瘸子）却还活着。于是，背着爷爷奶奶或者瞎子、瘸子，踏上逃亡之路，便成了他们唯一的选择。在逃亡的途中，他们不光要顾及自己，还要照看好老人和残疾人。

据说，地震后，在灾区百万逃亡大军的逃亡路上，孩子大概有数万之多。

但凡刚到灾区的人都很好奇，逮住谁都想问几句，好像不问，就没有爱心，就没有人情，就缺少道义与怜悯。一句话，就不是人！

我也一样。

5 月 19 日下午，我走进成都青羊区的受灾群众安置点。在一顶帐篷前，我见到一个小男孩，正踮着脚尖，系着帐篷上的一根麻绳；小男孩的身后，是几百个刚刚安置的受灾群众，稀稀拉拉，吵吵嚷嚷，各自张罗着今后的日子怎么过。

小男孩很专心，一直踮着脚尖，认认真真地系着帐篷的绳子，对身后那个混乱的世界，好像有些漠然，甚至全然不顾，以致我走到他的身后，拍下他系帐篷的镜头，也毫无察觉。

我用四川话问，你老家是哪儿的？

孩子用普通话答，江油。

江油是大诗人李白的故乡，如今却成了重灾区。地震刚过，堰塞湖又成炸弹，最先危及江油百姓，所以在百万逃亡大军中，江油人居多。

孩子告诉我说，他今年 9 岁，刚从江油逃出来。江油地震后，又涨水了，水把好多房子都淹了，村里好多人都逃出来了。听大人说，江油一下跑了 20 多万人出来。他跑了 100 多里路，没喝一口水，没吃一口饭，就跑到这儿来了，这儿叫成都！

我问孩子，爸爸呢？

孩子不说话。

我问孩子，妈妈呢？

孩子用手指了指帐篷。

帐篷里的妈妈坐在地上，不言不语，眼睛望着帐篷，发呆，发愣。开始，我和妈妈说话，妈妈不太说话，有点木然的样子。后来我提起孩子，妈妈才说，孩子很乖，要不是想到孩子，她就不想活了。妈妈还说，孩子一路上都在照顾她，一路上都牵着她，但孩子一路上不说话，翻来覆去，就说一句话，他长大要自己盖房子！

我走出帐篷，孩子还在系着绳子。

我问孩子，听你妈妈说，你长大后想自己盖房子？

孩子点了点头。

我说，为什么要自己盖房子呢？

孩子说，我们家的房子垮了，我们的学校垮了，我们的教室也垮了！真的，我不骗你，是我亲眼看见的，所以长大后，我要当老板！

你不是要盖房子吗？怎么又要当老板？我说。

孩子见我听不懂，又说，我只有自己当了老板，才能自己盖房子啊！但我不当黑心肺的老板，我要当不赚钱的老板。

我说，不赚钱的老板是什么意思？

孩子说，就是只盖那种地震震不垮的房子，不赚钱。这样的话，我的家和学校就不会垮了，家里、村里的人就不会死了，我的同学和老师也不会离开我了！

孩子说着，把刚刚系好的绳子，又死死系了一遍。

5 月 20 日，我走进绵阳九洲体育馆。

绵阳九洲体育馆是灾区最大的一个临时安置点。据说，受灾群众最多的时候，达到了四五万人，还不算从各地搜罗而来的四五百个孩子。难怪一进大门，我的眼前除了受灾群众，还是受灾群众。头上裹着纱布的，腿上打着绷带的，手上拄着拐杖的，胳膊吊在胸前的，男男女女，老老少少，林林总总，形形色色，黑压压一大片！

最先引我注目的，是排队领取食品的受灾群众。因为受灾群众多，队伍排得长，也排得乱。我很快就看见有人在拥挤，有人在加塞儿，甚至有个别人还在哄抢！此前我曾听说，有个地方因为受灾群众哄抢食品，把人踩伤了，有的还说把人踩死了！不知是真是假。我急忙上前拦住几个正在拥挤的受灾群众，问，怎么回事？几个受灾群众抢着说，不挤不行啊，好东西都被有关系、有后门的拿走了，我们这些平头老百姓，没关系，没熟人，就只有领方便面。有时候发到后面，连方便面都没有了。万一再来一下（指地震），没有东西吃，咋办？我地震都没震死，总不能饿死嘛！还说，人不为己，天诛地灭，大难临头，还是一个球样，都往自己包里塞！

忽然，我发现队伍的旁边，有个孩子，正望着长长而又拥挤的队伍，似乎很想过来，又不敢过来。他的身后，坐着他的妈妈。孩子长得相当俊俏，一看就很聪明，如果在城市里，肯定是个人见人爱的小宝贝。我急忙向孩子走过去。

孩子叫吴玲鹏，3 岁，来自北川，妈妈管他叫小鹏鹏。小鹏鹏的爸爸是个矿工，地震时正在矿下上班，矿垮塌后，就再也没有出来。第一天，妈妈不告诉他，说爸爸还在井下工作，过几天就回来了。他不相信，但不说出口，只对妈妈说，妈妈，我不哭，我保证不哭！可第二天就不行了，一提起爸爸，他的泪水就在眼里打转。

小鹏鹏的妈妈说，地震第二天，小鹏鹏就天天哭，晚上也哭，睡着了都能看见流泪。不管是谁，谁都不能在他面前提起“爸爸”两个字，一提起爸爸，他就哭。现在，小鹏鹏的眼泪都哭干了，哭不出来了，就是哭，也是干哭，没有一滴眼泪，就像我们山中小河沟里的水，已经流干了！还有一个原因，就是小鹏鹏自己有个存钱的小瓦罐，被地震给震破了！这个存钱的小瓦罐，是他爸爸送给他的。小鹏鹏的爸爸生前最大的愿望，就是要让孩子读书，上大学，不要像他一样，一辈子在矿下爬，没出息！小鹏鹏的爸爸从小就喜欢读书，理想就是上大学，可家里太穷，交不起学费，只能靠他妈妈背着红薯下山卖点钱，才能交学费。后来他妈妈病了，没钱看病，他上到初二，就去当了矿工，所以小鹏鹏还没生下来，就给孩子取名叫鹏鹏。小鹏鹏两岁时，爸爸就对他说，小鹏鹏，你长大后一定要读书，上大学，上了大学，就可以鹏程万里，展翅高飞啦！小鹏鹏很乖，很懂事，有一天问爸爸，爸爸、爸爸，我什么时候能上大学啊？爸爸就送给他一个小瓦罐，说，等你存了满满一罐子钱，就可以上大学了！从那以后，小鹏鹏见了家里1分、5分的硬币，就放在自己的小瓦罐里；过年时亲戚、朋友给他的压岁钱，他也放在小瓦罐里；在外面玩耍发现地上掉了1分硬币，他也要捡回来放在瓦罐里，谁也不让动。有时我们问他，小鹏鹏，你存钱干什么呀？他就抱着罐子摇晃着说，我存钱到北京上大学！没想到地震来了，家里的房子全垮了，我们娘儿俩算运气好，从屋里逃出来了。可逃出来后小鹏鹏不走，哭着要回屋里去。我问他回去干啥子？他说回去找他的小瓦罐！我说还要地震，进去很危险。后来他就在房子边上用手刨，刨了好久，什么也没刨着，就坐在地上哭，哭得很伤心，不走。

我蹲下去，抱起小鹏鹏，把身上仅有的几百块钱，全掏出来，悄悄塞在小鹏鹏的兜里。然后，我和小鹏鹏聊天。可不管我说什么，问什么，小鹏鹏始终看着我，或点头，或摇头，就是不说话，也不哭。看得出，小鹏鹏是个非常有自尊的孩子。

我问小鹏鹏的妈妈，现在最大的困难是什么？

小鹏鹏的妈妈说，小鹏鹏天天想的，是他爸爸和他的小瓦罐；我天天发愁的，是孩子他爸的保险怎么赔偿？现在到处乱糟糟的，我找谁谁都不管，我非常着急！你想啊，要是拿不到赔偿，孩子的生活怎么办？上学的

身为人父，抱着失去父亲的小鹏鹏，我心里五味俱全

学费怎么办？我们娘儿俩今后的日子怎么过？

我掏出我的名片，递到小鹏鹏妈妈的手上。

其实，我并不担心小鹏鹏爸爸的赔偿，也不担心娘儿俩今后的日子怎么过，我相信国家的政策和当地政府的良心，也相信北川人生命的坚韧与顽强。我是四川人，我知道，即便娘儿俩上山摘野果，挖野菜，也能活下去！我最担心的，是地震震碎了小鹏鹏存钱的小瓦罐，会不会也震碎了小鹏鹏上大学的梦？

5 月 21 日，在去彭州的途中，我见路边支着一顶帐篷，里面拥挤着十几个孩子，有的坐在小塑料凳子上，有的坐在砖头上，有的坐在地上，每个人手中都拿着一本课本，正认认真真地听老师讲课！

一打听，原来这是地震后，孩子们开学的第一课！

我悄悄走进帐篷，很快发现，孩子们手上捧着的课本，既不是语文，也不是数学，更不是政治，而是四川文艺出版社紧急刊印的《地震防护手册》！

老师站在前面讲得很认真，孩子们坐在下面听得专心，一副兴致勃勃的样子。

大地震刚过去，从死人堆里爬出来的孩子们就上学了，这令人非常感动，也是一个了不起的奇迹！虽然孩子们的课堂不是在桌椅板凳齐全的学校，而在摇摇晃晃、四面透风的帐篷，但孩子们却没有了恐慌，没有了哭泣，没有了悲伤，有的只是对地震防护知识的强烈渴望！

下课了，有的孩子跑出“课堂”，或打闹，或玩球，或听老师讲谜语；有的孩子坐在原地，或看书，或画画，但我发现唯独有俩孩子，与众不同。

一个小女孩，8 岁左右，坐在帐篷的一个角落里，目光呆滞，一声不吭，眼睛始终望着帐篷外面的方向。

我走过去，蹲在她身边，问，小朋友，怎么不去玩儿呢？

小女孩说，我想回山里去。

我说，现在山里每天还在余震，你不能回去。

不！我要回去！小女孩的态度很坚决。

我说，你好不容易才逃出来，为什么还要回去？

小女孩说，我要回去找妈妈、爸爸，还有妹妹……

而另外一个小女孩，则和一个小男孩趴在课桌上，拿着一张纸，反反复复地叠着什么。我轻轻走过去，一连为她拍了好几张照片，她都浑然不知，始终埋头叠着，神情非常专注。

我问，小朋友，几岁了？

小女孩这才抬起头，看了看我，说，7 岁。

我问，叠的什么呀？

小女孩说，飞机。

飞机？为什么要叠飞机呢？我问。

小女孩说，我们那儿全是山路，汽车开不进去，人也爬不进去，地震了，好多人都跑不出来。要是有了飞机，地震来了，他们就不会埋在地下了。

你爸爸、妈妈好吗？我问得很轻。

小女孩点了点头。

那你为啥还要叠飞机呢？我问。

小女孩的眼里突然涌出泪水，说，我还有好多同学埋在山里呢！

我说，那你要叠多少架飞机啊？

小女孩说，我要叠 1 000 架飞机！把我的同学、叔叔阿姨、爷爷奶奶，还有好多好多的人，全都拉出来！

5 月 22 日，我路经绵竹，无意中看到一个孩子，静静地坐在路边一个临时搭起的灾棚前，像在守望着什么。孩子身后的灾棚，歪斜在一块荒芜的庄稼地里。说是灾棚，其实就是用几根树枝，一块破塑料布，临时支起来的一个窝，破破烂烂，四面开放，既不可能挡风，也不可能避雨，可能是村里好心人帮忙凑合弄的。

孩子不说话，不吭声，不看天，不看地，只望着右前方的一个小山坡，看上去一副心神不定、忐忑不安的样子。最引人注目的，是孩子的膝盖前，放着一根长长的木凳。木凳像是孩子故意摆在那里，等着有人一旦回“家”，方便坐下。

我似乎明白了什么，不问孩子家里其他人的情况，只问孩子多大了，上几年级，地震那天学校是怎么回事。孩子告诉我说，他家去年才盖了一间新瓦房，这次全垮了！他今年 13 岁，上小学六年级。地震那天，他正在上课，突然就看见教室摇晃起来了，他不知道怎么回事，只听见老师说快跑，他就跑出教室，有的同学没跑出来，被砸死了。后来他听见有老师在那儿说“地震”、“地震”什么的，他这才第一次听说什么叫地震——老师说，刚才房子乱摇乱晃，就叫地震！

听了孩子的讲述，我不知道该对孩子说点什么，更不知道该对中国农村的基础教育包括整个中国的基础教育说点什么。眼前这个孩子已经 13 岁了，居然还是第一次听说地震！如果不是我亲自听见从他嘴里说出来，我很难相信这是真的。我想起在成都采访的一个“的哥”，“的哥”1976 年生人，已经 32 岁了，却从来不知道什么叫地震。他说地震那天，他开车路过盐市口，车突然跑不动了，他以为是自己的轮胎跑丢了；他看见许多人从商店里往外跑，以为是“藏独分子”闹事了！他什么都想到了，就没想到是地震了。而在国外，别说 13 岁、32 岁，连几岁的孩子遇到地震或别的突发事件，都懂得如何自救，并能够自救。记得印尼海啸后有一篇报道，说有一个在印尼旅游的 10 岁的英国小女孩，印尼海啸发生前正在海边玩耍，突然发现海浪有异常现象，她想起老师教过的地理知识，便告诉妈妈说，可能马上会有海啸发生，我们应该离开这里！她的妈妈和其他游客相信了这个小女孩的话，于是迅速撤离了海滩。结果，震惊全球的海啸转眼发生了！这个 10 岁英国小女孩的一句话，竟挽救了 130 多条生命！

在彭州采访时，我还听一个村民讲过这样一个故事，说彭州有一个山村，地震发生后全村的人都不知道是怎么回事，大家拼命往山下跑。当时山崩地裂，漫山遍野的石头像放鞭炮一样，到处横飞乱滚，不少人没跑多远，就被当场砸死了！就在这个时候，村里有个 80 多岁的老奶奶突然站出来，大声喊叫说，大家不要跑，不要动，不要怕，原地蹲下，过一会儿就好了，这叫地震！于是村里的人都不再乱跑了，他们或者原地蹲下，或者趴在地上，或者躲在树后。结果，老奶奶的一句话，救了村里好几百人！后来有人问老奶奶，你怎么知道是地震呢？老奶奶说，嗨，30 多年前我就碰到过唐山大地震，那个时候你们这些娃儿还在娘肚子里转筋呢（四川话，还没出生的意思）！

用 32 年时间，换来老奶奶一句话——“这叫地震”，我不知道这是可喜，可悲，还是可恨？唐山大地震过去 32 年了，这 32 年里我们都在忙什么、干什么呢？唐山大地震后，我们想没想过已经出生和还将出生的孩子？想没想过仍然活在这个世上以及还将继续活在这个世上的人们？想没想过早在 5 500 年前四川的茂县就发生过大地震？想没想过 1933 年四川茂县又发生过 7.2 级大地震？想没想过 1976 年四川的松潘、平武也发生过 6.5 级大地震？此外，还想没想过四川的龙门山——这条全地球人都知道的地震带——有一天带给四川人民的到底是灾难还是惊喜？

这些，我都不想告诉这个孩子，我只问孩子，你想没想过，长大后想干什么？

孩子说，我原来想长大后在我们村当个老师，教小孩子们读书，让他们学文化，学知识，将来考大学，找个好工作。

现在呢？现在还想当老师吗？我问。

孩子说，我现在还是想当老师。但是，如果我真的当了老师的话，我就不教孩子学文化知识了，也不让他们去考大学了。

我说，为什么呢？

孩子说，因为学了文化，地震来了还是死！考上了大学，地震来了，也是死！我们班长的成绩最好，这次就被地震给震死了，还有我们村有个画画的，是个大学生，文化最高，画得也最好，也给震死了！所以我要当老师的话，我就只教他们地震知识，让他们从小就知道什么叫地震，地震来了咋个躲，咋个跑，咋个逃，长大后让他们都去研究地震。有地震了，就提前告诉村里的人，告诉学校的老师和学生，这样的话，我们村里的人就不会死了，我的老师和同学也不会死了。

孩子还告诉我说，他现在天天晚上都做梦，梦见好多蛇，还有癞蛤蟆，全都爬出来了，爬得到处都是，他很害怕，晚上睡不着，常常在半夜被惊醒。但他最怕的，还是地震！他说，如果再来一次地震的话，那就什么都完了，就当不成老师了！

我见到这个孩子的时候，是灾后的第十天，地点在一个灾棚前。不少受灾群众都聚集在灾棚里，自己垒灶支锅，拾柴捡菜，生火做饭。但他们说，领到的米太少，不够吃，没人管。

孩子不满 3 岁，家在青川。也许是因为他的模样实在过于瘦小，以至于采访中我竟忽略了他的名字。

地震那一刻，整个青川，几乎全部倒塌。倒塌的楼房，埋葬了孩子的家，也埋葬了孩子的爸爸。从此，父亲离开了儿子，儿子失去了父亲；父亲永远躺倒在了废墟底下，儿子则加入了逃亡的队伍。幸而，和孩子一起逃亡的，还有孩子的妈妈。

父亲走了，从此可以不再需要儿子，但儿子还活着，活着的儿子不能没有父亲。孩子的母亲告诉我说，孩子特别喜欢他爸，他爸就是他的“小玩具”；孩子也特别喜欢青川，尤其喜欢青川的小马驹，才一岁多一点，就常常跟着他爸和小马驹一起玩耍。虽然孩子在青川才住了两年多，但逃出青川那天，大家都拼命往外逃命，他却怎么也不肯走，大哭大叫，要和爸爸一起走，要和小马驹一起走。后来我捡了一块石头塞在他的手里，他才不哭不叫，我才背着他逃了出来。可刚到这里，他就吵着要回去找爸爸，找小马驹！不管怎么哄他，骗他，都不听，总是不停地喊叫，要爸爸！要小马驹！

这天我见到孩子时，正好看见孩子挣脱帐篷，自己要往山里跑。瞧，孩子挣脱母亲怀抱的那份坚决，奋力爬坡的那个模样，十分令人感动，令人敬佩，也令人心疼。

孩子从帐篷走到路边，从坡底爬到坡上。这时，一辆大卡车迎面开来，

孩子要去寻找爸爸

车轮滚滚，轰轰隆隆，周围的人都替孩子捏了一把汗。孩子的妈妈见了，更是怕得要死，急忙将孩子拦住。

但孩子不怕。滚滚车轮，他好像视而不见；隆隆声响，也充耳不闻。他迈动萝卜似的细腿，跟着巨大的车轮，继续往前走去。

从孩子的脸上，我看不出一丝畏惧；从孩子的背影，我感觉不到一分胆怯。从头到脚，从里至外，我看到的完全是一副地震震不死、大山压不垮的模样！说来有点离奇，望着孩子那双萝卜似的细腿，我竟然想到了我们这个民族。

也许，在这个孩子的眼里，车轮不是障碍，石头不是障碍，高山不是障碍，河流不是障碍，甚至连 8 级汶川大地震也不是障碍。为了找到他的父亲，找到他的“小玩具”，找到他的小马驹，在他眼里，一切都无所畏惧！因为在他心中，只有他的青川，只有他的父亲，只有他的“小玩具”，只有他的小马驹！

我愿以一个军人的名义，向这个大山的儿子敬礼，致敬！

5 月 21 日，途经彭州白水河，我见到一个孩子躺在路边的一个纸箱里。纸箱不大，刚好放下孩子瘦瘦的屁股。

孩子 10 岁，家在彭州的杏仁村（孩子的土话我有些听不懂，大概是这个村名）。孩子说救他的人是一个穿着蓝军装的小哥哥（孩子说的“蓝军装”，很可能是绿军装）。救他的小哥哥叫什么名字，孩子说不知道，反正是个解放军。长得什么样？也没看清，只看见就比他高一点点。孩子说着，还用指头在他的额头给我比划了一下。孩子说小哥哥把他从地下刨出来后，他的裤裆全湿了，是自己的尿打湿的。他看见大人们都在跑，也就跟着大人们稀里糊涂地从山里跑出来了。

孩子说，那天下着雨，好大的雨，好像还在打雷，我什么也不顾，只管跟在大人的屁股后面拼命地跑。一路上，我听见大人们不停地在喊：“地震了！地震了！”我也跟着不停地叫：“地震了！地震了！”其实我不知道什么叫“地震”，但我感到地下在抖，一直在抖，像有几十辆大卡车一起开到山里来了似的。我也跟着跑，不知跑了多久，也不知跑了多远，跑到这儿，就再也跑不动了。我不知道来这儿几天了，我没有手表，没有手机，我们学校才有闹钟，我们老师才有手机。可我们学校肯定也垮了，老师不知道跑出来没有？我到这儿的第一天特别怕，一个人，谁都不认识。我从来没有离开过家，长这么大，这是第一次离开家。要不是地震，我肯定还在家里。家里好，家里有吃的，红薯、玉米、米饭，还有睡的、盖的，不用怕，也不冷。

孩子说，第二天，也下雨了，雨下得很大，比头天还大，我身上全湿透了，冷，冷得浑身发抖！可我没有衣服穿，冷得受不了了，只有自己抱着自己，但还是冷。特别是到了后半夜，特别冷，非常怕！我听见有人在哭，有人在喊，不知道在哭什么，也不知道在喊什么，只听见到处都在又叫又哭。但我没有哭，我咬着牙，一声不哭。我从小就不哭，妈妈不准我哭，每次我一哭就挨打，后来我就再也不哭了。

孩子说，第三天，我好像不怕了，但我口干（口渴），干得不得了。我到处找水，没有水。大河里有水，但水流得很凶，把桥都冲垮了，我不敢过去。后来我看见有个水龙头，一拧，没有，使劲拧，还是没有，一滴水也没有。回来的路上，我看到路边上有一瓶矿泉水，我看没有人，就偷偷捡起来了。回来我就打开喝，刚喝了两口，我就不敢喝了，怕一下喝完了，以后再没水喝了。后来我就每天只喝两口，两小口，嘴巴干得实在不行了，才喝。后来我肚子又饿了，饿得受不了，没有吃的，我就到处去找。吃的没找着，我在一堆垮了的房子里，看到了一个小纸箱，我就捡回来，钻进去，当床睡了。后来睡着了，就什么都不知道了。但有时我刚睡着，突然一下又被什么惊醒了，总感到好像地在抖，山在晃，有时还看见有石头从山上滚下来，滚到路边，就不动了，像个鬼一样，躺在那儿直喘气。这时候我就怕，特别怕，怕地震又来了！

我问孩子，跑出来几天了？

孩子说不知道，开始知道，后来脑壳（头）饿晕了，就什么也记不得了。

我想有个家

我问孩子，知道爸爸妈妈在哪里吗？

孩子说不知道。他是跑出来的那天早上见到爸爸妈妈的，后来就再也没见着了。他不知道现在爸爸妈妈在哪里，也不知道爸爸妈妈是不是在找他。他说他找过爸爸妈妈，但没找着；也问过路边的人，都说不知道。有一天他碰见一个大妈，便问，大妈，看没看见我妈？大妈横了他一眼，说，我的妈还没找着呢，谁知道你的妈！他听了后，一下就哭了。他说这几天他从来没哭过，但那天他哭了，哭了一个晚上，哭得很伤心，后来眼泪都哭干了。

我问，想去城里吗？

孩子说，不想。

我问，还想上学吗？

孩子说，不想。原来想，原来想出去读书，还想去城里，长大了给妈妈挣钱，给妈妈盖一栋大瓦房。现在不想。

我问，那现在最想什么呢？

孩子说，现在我什么都不想了，就想有个家，和妈妈爸爸在一起，有饭吃，有床睡，就什么都好了。可我不知道家在哪里，我看见大人们天天都在往外跑，没人回去。我自己又找不到回家的路，路都垮了，桥也断了，我不知道怎么走。

……

离开孩子后，我很快见到一个人，听说是村长，看样子也像村长。我很郑重地向他讲了这个孩子的情况，希望他帮着找找孩子的父母，并问他像这些逃亡在外的孩子怎么办？

村长很忙，我的话还没听完，就笑了。他说，哎呀，知识分子同志，这算什么事啊！像这种情况我们灾区太多了，哪个县逃出来的不是几十万啊！现在死人都顾不过来，哪顾得上活人啊！就说我们这个村吧，有几十个人，家没了，房没了，全死光了！这个孩子不缺胳膊不缺腿，白捡了一条命，还能睡在一个纸箱里，那就等于住进在天堂啦！

望着一脸风霜的村长，我自己也笑了，笑自己的浅薄与无知，对灾区的情况太不了解了。

镜头17 废墟上的儿童节

6月1日，儿童节。

没想到，这个节日的由来，竟与历史上一场血腥的屠杀有关。1942年6月1日，德国法西斯枪杀了捷克利迪策村的全部婴儿以及140个16岁以上的男性公民，并将全村妇女和90名儿童关进了集中营。7年后，为悼念利迪策村和全世界所有在法西斯侵略战争中死难的儿童，国际民主妇女联合会在莫斯科举行理事会议，将每年的6月1日定为国际儿童节。此后，世界各国纷纷废除了自己原有的儿童节，统一将儿童节定为6月1日。新中国成立后，很快也废除了原有的“四·四”儿童节，而将每年的6月1日，正式定为儿童节。

由此可见，人类是多么珍爱儿童啊，我们的祖国又是一个多么珍爱儿童的国度啊！

然而，2008年的儿童节这一天，当全国乃至全世界的孩子都和自己的爸爸妈妈欢天喜地地在一起时，在都江堰新建小学，有326名在地震中遇难的小学生，却是在阴阳两隔的废墟下听着爸爸妈妈、爷爷奶奶那撕心裂肺、悲痛欲绝的哭泣声度过的。

这一天，我也在新建小学的废墟上。本来，在这个属于孩子的节日里，我有很多话要对新建小学的孩子们说，但我却连最想说的一句话——“孩子，祝你们节日快乐!”——也不敢说。

6月1日上午9点整，我专程赶到都江堰。当我来到新建小学的校门口时，800多名悲伤的家长和无数善良的人群，已将学校里三层外三层地围了个水泄不通。所有学生家长的身上，都统一穿着一件白色短袖汗衫。白色短袖汗衫的前胸，统一印着一行字体：坚决为遇难学生讨回公道！白色短袖汗衫的后背，则赫然印着一行醒目的大字：严惩“豆腐渣”工程的腐败分子！

这是我第二次来到新建小学。我第一次走进新建小学是10天前的一个傍晚。倒塌的教室，零乱的废墟，以及废墟中的书包、课本、衣帽、鞋子，曾令我潸然泪下，悲愤不已；而走访中获得的信息，更让我灵魂震颤，欲哭无泪。

新建小学是一所公立学校，位于都江堰市繁华地带的建设路中段。新建小学的校门很窄——准确地说，不是校门，而是一个门洞！我对这个门洞反复做过目测，几个学生家长也对这个门洞亲自做过测量，他们告诉我说，门洞宽仅有2.9米，高仅有3.12米。由于门洞太矮，地震发生那天下午，消防官兵接到命令赶来后，却无法将消防车驶进校门！消防官兵急得团团转，学生家长气得捶胸顿足。后来，只好调来大型挖掘机，先在门洞的下方挖下去十多厘米，再在门洞上方撤掉一块水泥板，一辆消防车——仅一辆消防车——才勉强挤了进去！不少家长都说，如果消防车当时能顺利开进学校，肯定会少死一些孩子！

新建小学的校园也很小，由两排平房、一幢4层教学楼和一个小小的篮球场组成。教学楼的左侧，是都江堰市机关幼儿园；教学楼的右侧，是都江堰宾馆。无论是幼儿园还是宾馆，都和学校的教学楼紧靠在一起，甚至幼儿园和教学楼还紧紧相连。我不知道新建小学的教学楼为什么会倒，我也不清楚新建小学的教学楼到底是不是“豆腐渣”工程，但我先后两次走进这所小学，亲眼看到的事实是：4 层教学楼全部倒塌；而左侧的都江堰市机关幼儿园和右侧的都江堰宾馆不但没有倒塌，而且完好无损。

新建小学有教学楼 4 层，每层 3 个班，共有班级 12 个，学生 687 人。地震那天，在校学生 680 人：一年级和学前班的孩子在平房学习；高年级两个班的孩子在教室外上体育课和练习跳舞；其余二到六年级的学生全在 4 层教学楼上课。灾难降临时，4 层教学楼房瞬间轰然倒塌，580 多名师生全被压在下面。十几秒钟前还书声琅琅的校园，顿时化为一片废墟；十几秒钟前还活蹦乱跳的生命，瞬间变成一团肉饼！抢救结束，初步结果是：10 个班级中，200 多个孩子伤残，326 个孩子丧生！

孩子不能死而复生，家长却欲死不能。从 5 月 12 日到 5 月 31 日，整整 20 个日日夜夜，上千名家长都是靠泪水熬过来的。在这 20 天时间里，他们流尽了一生的泪水。他们冰凉的泪水，打湿了前胸，打湿了后背，打湿了孩子留下的书包，打湿了孩子没有读完的课本，打湿了孩子来不及做完的作业，而后渗进岷江，伴着岷江之水，滔滔滚滚，一泻千里！

但他们知道，悲伤不能解决问题，愤怒换不来公道，泪水无法让几百个孩子的亡灵得到平息。

于是，他们选择了“六一”儿童节！

他们要在这个本该属于孩子天真活泼的节日里，在这片洒满血水与泪水的废墟上，向孩子表示哀悼与歉疚，向公众宣泄他们的悲伤与痛苦，向社会表达他们的愤怒与诉求；同时以哭诉与跪拜的方式，和 326 个不该离去却偏偏离去的孩子一起，“痛痛快快”地度过最后一个原本应该快乐的儿童节！

而且，将用一个悲壮的祭奠仪式，告慰 326 个孩子孤独的亡灵！

9 点 30 分，800 多名家长陆续走进校门。他们中，有年轻的爸爸妈妈，有老迈的爷爷奶奶，还有外公外婆，或者兄弟姐妹。

校门的左边，挂着一块醒目的白布，每位家长进门后，都在白布上写下自家遇难孩子的名字；校门的右边，拉着一根长长的铁丝，上面悬挂着一副副凄美动人的挽联；一拨一拨的家长到来后，便在挽联上写下一句对孩子的最后留言。

这 800 多名家长，都是普通的百姓。他们中，除了下岗工人，就是打工仔；不是家庭妇女，就是“三无人员”（无职业，无工资，无单位）。他们一无官，二无权，甚至数百名学生家长中，连一个小小的科级干部都没有。他们唯一的权力，就是哀悼，就是诉说，就是哭泣。

这 800 多名家长，都是底层的穷人。他们没有钱，没有房，没有车，没有地。他们很想把孩子的最后一个节日办得隆重一点，风光一点，体面一点。然而一夜间，地震埋葬了他们所有的家当，让他们失去了原本就穷困的一切，从一个穿着体面外衣的穷光蛋，变成了另一个彻底赤裸的穷光蛋！为了能和孩子一起过节，每个家长都做了一个镶嵌自己孩子遗像的镜框。然而有谁知道，这些为孩子做遗像镜框的钱，全是几百个家长想方设法凑起来的！

这 800 多名家长，都是共和国再好不过的公民。即便他们的孩子已经变成肉饼，化作尘土，埋进废墟，但他们也要讲良心，讲公德，也要死死压住自己岩浆般的悲愤，大火般的怒气，依然秉持“顾大局，不添乱”的原则，小心翼翼地履行着他们要做的一切：他们不仅向都江堰市委报告了他们要为孩子过一个儿童节的愿望，还向都江堰市委请示了要为全体遇难师生举行哀悼祭奠仪式的计划；他们不仅向都江堰市公安局提交了他们致都江堰市委的公开信，甚至用泪水和血水写给孩子的悼词，也要亲手交到公安局审查。直至正式同意、批准，他们才走进昔日的校园，今日的废墟。

很快，废墟前一块篮球场大的空地上，挤满了上千人。人群中除了 800 多名家长，还有数十名记者和不少善良的人们。其余围观者，一律被阻挡在了校门之外。

一位家长指着装有女儿遗像的镜框对我说，我女儿生前就盼着过儿童节，可惜还差 20 天，没过上，就走了。所以这个儿童节，我无论如何，也要给女儿补上！

一位母亲捧着孩子的遗像，站在那里，一直痛哭不止。她的儿子刚满 8 岁，地震前两天，全家才给儿子过完生日。谁知生日后仅两天，灾难发生了。由于神志恍惚，母亲渐渐有些站立不稳，装有儿子遗像的镜框突然从手中滑落下来，摔在了废墟上，镜框上的玻璃出现了一道裂痕！母亲惊恐万分，慌忙跪倒在地上，口中喃喃自语：儿子，对不起，妈妈摔痛你了！说着，竟不顾一切地用手去擦拭沾在玻璃上的泥土。谁知一不小心，手指又被玻璃划破，一滴一滴的鲜血沿着镜框的边缘汩汩流了出来，滴在废墟上，渗进母亲的心里。

一位父亲一直弓着腰，在地上默默地摆放着儿子获得的各种奖状，以及儿子创作的美术作品。儿子叫黄宇智，今年 9 岁，三年级学生。父亲对我说，我没有文化，只读了 6 年书，但喜欢摄影，所以儿子才 3 岁，我就教他学摄影了。我就是希望儿子长大后有文化，成为一个对社会有贡献的人。儿子从小学画画，从小就想当画家，还没上学，就开始画画了。5 岁时我送他一个电脑，他在电脑里给我画了一幅画，画得相当好。儿子很有画画天赋，他的漫画作品 7 岁就得了全国少年儿童漫画大赛优秀奖。12 日下午，我是在尸体堆里找到儿子的。我给他擦洗身体的时候，没有看到任何伤痕，身上只有 2.5 厘米的一个小口子，嘴巴里都是干干净净的。儿子完全是在里面给憋死的。这个学校其实早就打过报告，是危房，但没人管，消防工作也没人管。我们现在唯一的要求，就是要追查豆腐渣工程的责任，为这几百个孩子讨回一个公道！

一位父亲拉着我，希望我给他和镜框中的儿子照个合影相。我爽快地答应了。父亲对我说，他儿子叫刘星宇，是五年级一班的学生，今年 11 岁，但个子已经长到了 1.5 米。儿子最喜欢的是打篮球，最喜欢的明星是乔丹，前不久还参加过成都市的篮球比赛。本来，再过一段时间就要放暑假了，儿子已经接到通知，一放暑假，就去成都参加篮球比赛。没想到，儿子就这样走了，留给我的，只有我从废墟堆里捡到的一只球鞋！

一位失去两个孩子的母亲

还有两对年轻的父母，双手搂着孩子的遗像，在操场边哭得死去活来。其中一对父母，有两个孩子，都是男孩，而且是双胞胎！一个叫李灏宸，另一个叫李懿宸。两个孩子，相濡以沫，感情极深，十分可爱。父母一路艰辛，好不容易养到了12岁，然而一场灾难，天不容人，骨肉兄弟，双双夭折！而另一对年轻的父母，则是一对龙凤胎。儿子叫唐博宇，女儿叫唐欣宇，都是12岁，同在五年级一班。儿子从小喜欢画画，女儿从小喜欢弹琴；儿子数学挺好，女儿英语特棒。兄妹俩天天一起上学，天天坐在一张课桌，天天一起玩耍，天天一起回家。然后，自5月12日早上兄妹俩背着书包挥手告别妈妈，手牵着手走进学校，就再也没有回来。

一位家长哭着对我说，有的孩子死了，爸爸妈妈有幸见着了尸体，孩子埋掉前，还为孩子化了妆，并对着孩子的尸体说了话；但有的父母连孩子的尸体都没看到一眼，至今都不知道孩子到底在哪儿。

一位家长哭着对我说，地震以来，新建小学的废墟上，每天都有家长寻找孩子的尸体，寻找孩子的课本，寻找孩子的衣物，寻找孩子的鞋袜。

甚至，哪怕是一支铅笔，一本作业，一本相册，一个发夹，他们也会细心寻找。结果，每天都有急救车从这里拉走晕倒的家长。

一位家长还告诉我说，地震第二天，温家宝总理就来过新建小学。那天下午，天上下着小雨，路很滑，但温家宝总理来了，一脸焦虑不安的样子，说话声音很小。他见两个孩子压在下面，就蹲下去，流着眼泪，对孩子说，孩子，听爷爷的话，一定要挺住，我们一定会想法救你们出来的！这两个孩子，一个叫赵其松，一个叫王佳淇。后来，温总理又到医院看望了这两个孩子。后来还听说，温总理询问王佳淇，孩子，你想和爷爷说什么话吗？王佳淇说，我代表新建小学的小朋友，感谢温家宝爷爷！温家宝就说，等你好了以后，也代我向还活着的新建小学的小朋友们问好！所以，在这段时间里，我们非常想念温家宝总理。可惜，温家宝总理太忙，灾区还有好多遇难的孩子，还有好多遇难的老百姓，但我们会等的，我们会一直等下去的，我们相信温家宝总理一定会再回来的！

10 点整，仪式开始。

低沉的哀乐，缓缓响起；凄惨的旋律，如泣如诉。阳光下，800 多名家长个个臂缠黑纱，手托遗像，按班级顺序，依次列队站在废墟前的一块空地上。

仪式第一项，一位年轻女性，代表全体学生家长，在哀乐声中向废墟下 326 个孩子哭诉衷肠：

> 亲爱的孩子，我们来了！多少年来，你们总是期盼，期盼着爷爷奶奶、爸爸妈妈陪伴你们过一个快乐的“六一”儿童节。然而我们总是说自己太忙，未能让你们如愿以偿。今天，我们终于来了，都来陪伴你们过一个儿童节。但我们再也看不到你们活泼的身影，听不见你们欢快的歌声。在这片满目疮痍的废墟上，留给我们的是无尽的伤痛与悲吟！
>
> 亲爱的孩子，我们怎能忘记，教室里那勤奋学习的你，一双明亮

的眼睛装满了对知识的渴求，对世界的好奇。你用稚嫩的小手，描绘出一个个彩色的梦，梦里有蔚蓝的天空，有飞翔的小鸟，有快乐的孩子。你说："妈妈，我真希望自己是一只小鸟，等我长大了，就可以飞到很远很远的地方，带回好多好多漂亮的礼物送给你；我还要给爸爸做一顶结实的帽子，在上班的路上，他就再也不怕火热的太阳，调皮的小雨；对了，我还要为爷爷奶奶准备一双温暖的手套，在寒冷的冬天，搀扶我上学时，就再也不会冻坏双手了。"

亲爱的孩子，我的小天使，我们怎能忘记，那天清晨，你背着最心爱的书包，蹦蹦跳跳地走到我们面前说："爸爸，妈妈，我上学去了，再见！"这声再见，却是永远的别离，永远的伤痛，我们永远再也见不到你了！但我们发誓，来世我们一定做你的好爸爸、好妈妈。亲爱的孩子，我们的容颜请你一定要深深铭记！

亲爱的孩子，昔日书声琅琅的校园，如今成为一片废墟，让人震撼，让人触目惊心！你说过，要一辈子和爸爸妈妈在一起，可你的人生才刚刚开了一个头，你就要这么匆忙地离开吗？你是否看见爷爷奶奶哭红的双眼，爸爸妈妈过早斑白的双鬓，还有哥哥紧握的愤怒的拳头？

是的，我们不能原谅，那使你们顷刻间葬身废墟的罪魁祸首！地震不可抗拒，人祸无法容忍！孩子，因为有了你，爷爷奶奶的白发少了；因为有了你，爸爸妈妈变得年轻了。但今天，站在这片废墟上，我们痛苦，我们失望！

孩子，你们放心走吧，相信你们的爸爸妈妈一定会坚强地活下去的；孩子，你们一路走好，爸爸妈妈一定会陪伴你们的；孩子，你们一路走好，让你们去一个没有纷争，没有烦恼的地方，爸爸妈妈会永远永远记住你们的！

仪式第二项，一位满头白发的老奶奶，代表全体家长，宣读致都江堰市委、市政府的一封公开信：

中共都江堰市委、市政府：

“5·12”地震那一刻，新建小学10个班4层教学楼在顷刻间整体坍塌，530多名师生被埋在一片瓦砾中，造成重大师生伤亡，给无数家庭带来巨大的伤痛和震惊，给社会带来重大损失与责任。

事发后，党中央、国务院、省委、省政府高度重视，成都市委、市政府，都江堰市委、市政府在整个抗震抢险中，做了大量积极的工作，我们为之感动和欣慰，中国人民解放军、武警官兵、武装警察战斗在抗震抢险的第一线，用生命捍卫人民群众的生命财产安全，表现了听党指挥、作风优良、军事过硬、保障有力的崇高气节。在此，我们新建小学遇难学生全体家长向参加抗震抢险的解放军、武警官兵说一声辛苦了，并致以崇高的敬意！向关心支持灾区的社会团体，社会各界人士表示衷心的感谢！

新建小学是一所平民学校，其就读的孩子绝大部分都来自下岗工人，“三无农民”，打工族家庭。孩子是无辜的，在同一座城市接受一种不平等的教育，我们为孩子难过！孩子是被动的，在指定的豆腐渣教学楼内接受教育，我们为孩子而伤心。满目疮痍的废墟和新建小学尚未垮塌的办公楼仍在作证，吞噬孩子们生命的罪魁祸首是谁！孩子们是可爱的，这片废墟留给我们的记忆却是血腥的！

天灾人力无可抗拒，人祸难以容忍。因此，我们新建小学遇难学生全体家长秉持“顾大局不添乱，不讨回公道不罢休”的原则，恳请都江堰市委、市政府以鲜明的态度，为我们这个特殊的弱势群体主持公道，请省级以上的专家组，公开透明地对新建小学的整体坍塌的教学楼楼房做出公正的鉴定，并依照党纪、国法从严查处有关责任人员，还孩子一个公道，平息遇难学生家长心中的“余震”，维护党纪、国法的严肃性，维护社会的和谐与稳定。

新建小学遇难学生全体家长

2008年6月1日

遇难学生家长为孩子上香

仪式第三项，向全体遇难的师生默哀。

哀乐声中，800 多名家长，面对废墟，一起低下头颅，默哀 3 分钟。

仪式第四项，各班派出代表，为遇难的师生敬献花圈……

仪式一结束，哀乐声骤然强烈鸣响，废墟似乎也被感动剧烈颤抖起来。此时此刻，悲痛欲绝的 800 多名家长再也无法抑制自己的感情，他们抬着各自孩子的遗像和花圈，走着，哭着，说着，喊着，一起涌向早被泪水打湿的废墟。

他们或跪在废墟前，或匍匐在水泥地上，一边不停地给孩子磕头，一边为孩子点着一炷一炷的香火，一边为孩子烧着一张又一张的纸钱，一边还叫着自己儿子或女儿的名字，而后抓扯着自己的头发，呼天抢地，号啕大哭！

所有在场的人们，无不为之泪流满面，心酸动容。

一位父亲跪在废墟上，用头不停地磕着砖头，反复不停地说，孩子，我对不起你啊！

一位母亲跪在废墟上，哭叫着说，我的儿子哟，你死得好惨啊！

一位奶奶跪在废墟上，哭喊着说，我的孙女哟，你死得冤枉哟！

一个母亲当场哭晕倒过去；很快，一位母亲又倒在了丈夫的怀里；接着，另一位老奶奶也倒在了地上……医生们一个个赶来，志愿者一个个迎上。一时间，校园变成了悲伤的祭坛，废墟变成了泪水的海洋。

在这哭泣的人群中，我从镜头中发现了一个孩子。孩子是个男孩，他蹲在地上，一双稚嫩的小手不停地在废墟堆里扒来扒去。孩子的妈妈叫杜兰兰。她告诉我说，孩子叫文伟，文化的文，伟大的伟，刚满4岁。他的姐姐叫文青，12岁，已经走了。他姐姐非常善良，从小就喜欢画画，还在北京的一次画画比赛中获得过二等奖！他姐姐平常在上学的路上，只要见了穷人，比如一些要饭的，收破烂的，还有街头一些卖艺的瞎子老人，就把自己中午的饭钱省下来，给他们，自己却饿着肚子回来。12日以后，儿

文伟和他的妈妈杜兰兰

子再也没有见着他姐姐，再也听不见她说话了，19 天了，他只反复说了一个字：怕！他最怕的是声音，只要听见有声音，就大声喊妈妈，我怕我怕！过去，他是非常活泼的，常常和姐姐打闹，有时姐姐在做作业，不跟他耍，他就咬姐姐的屁股。他姐姐脾气好，一点不生气，还吻着他的脸说，弟弟，别闹，等姐姐做完了作业，再陪你玩，好吗？但自姐姐离开他后，他好像就变了，只要一想姐姐，就发脾气，很狂躁；或者不说话，谁也不理；晚上还做梦，梦中常常惊叫，醒来后就叫姐姐，然后就满头大汗，浑身发抖！我每天都到学校来找女儿的作业、衣物，他也要跟着来，不让他来，他就哭，就发脾气。今天是儿童节，本来不想让他来的，但他一定要来，就来了。

这个叫文伟的孩子一直蹲在废墟里，我的镜头一直跟着他。他的眼睛这儿看一看，那儿瞧一瞧；手这儿抠一抠，那儿刨一刨。孩子手中没有钢钎，没有铁镐，也没解放军叔叔的力气和消防队员的水平，但孩子对姐姐的情感，却力压千军——当他妈妈伸手去拉他起来的时候，孩子终于说了一句话：妈妈，我要拔出姐姐！

……

我在哭诉中倾听；我在废墟中寻找；我在人群中拍照。望着像框里一个个活泼可爱的孩子，看着家长们痛不欲生的惨状，我泪如泉涌，心在滴血……

本来不该死去的孩子，为何偏偏死去？本来不该破碎的家庭，为何偏偏破碎？326 个纯真可爱的孩子哟，你们为何走得如此凄惨，如此匆忙？

此刻，午时早已过去。然而废墟中，数百名家长依然悲痛不已，长跪不起。他们失声痛哭着对我说，一定要陪伴孩子过完最后一个儿童节！他们那凄婉的哭泣声，反复回荡在废墟的上空，声声悲凉，久久不息……

有人说，四川大地震和唐山大地震的最大区别，就是唐山大地震留下了一大批失去父母的孤儿，四川大地震留下了一大批失去孩子的父母。

是的，这些永远失去孩子的可怜的父亲母亲们，这些在废墟上长跪不起的孩子家长们，你们将如何度过自己的劫后余生呢？你们将怎样平息心中的悲伤与怨恨呢？你们除了哀悼，除了悲伤，除了诉说，除了哭泣，还有别的选择吗？

温家宝总理——孩子们的好爷爷，这废墟上泣血的哭泣声，您一定听见了，对吗？

镜头18　北川的悲伤北川的希望

一走进绵阳长虹培训中心大院，一幅巨大的横幅令人心头为之一振：天降大任于中国！

这个大院，是北川中学的师生们的临时驻地，也是临时学校。凡是从死亡线上逃出来的北川中学的师生，除了遇难的、住院的、失踪的，全都临时栖居在这里，大约共有1 300余人。但走进这个大院，除了一排排深绿色的帐篷，表面上你几乎看不到灾难留下的任何痕迹。

我曾两次来到这个大院。第一次到这里，正是中午开饭的时间，孩子们一个个端着饭菜，笑得很甜，吃得也很香，好像汶川大地震像一只捉迷藏的小猫，一不留神，转眼间就跑得无影无踪了；我第二次到这里，美国南加州先锋大学合唱团正在此慰问演出，于是1 000多个北川中学孩子的笑脸，像1 000多束盛开的花朵，一扫灾区连日来死气沉沉的悲痛气氛，让整个大院一下变得热闹非凡、喜气洋洋，给人一种寒冬过后花又开的感觉。

然而，汶川大地震后，北川中学的孩子包括灾区所有的孩子，心灵的花朵真的一下就完全“开放”了吗？

有关资料显示，唐山大地震后，有专家通过对2 000名幸存者进行心理测试，测试结果，87%以上的人都有心理创伤。具体表现为：有的害怕下雨；有的害怕打雷；有的害怕住在楼房；有的害怕开窗户；有的不能听火车的声音；有的不能看刺眼的灯光；有的感觉有人掐他的脖子；有的常常从噩梦中惊醒等等。越南战争结束后，国外也有专家做过统计，创伤人数高达30%～40%！

那么汶川大地震中的心理创伤者，又是多少呢？有专家也做过粗略统计，大约有五六十万人！事实上，何止五六十万！由于现代新闻传播媒体的高度发达，汶川大地震后一个星期内，中国有多少人每天拿着报纸或者守在电视机旁以泪洗面啊！“5·19”全国哀悼日这天，中国至少有几亿人在失声痛哭或者默默流泪！谁能准确统计，他们中有多少人的心理受到了或轻或重的创伤？尤其是全中国的中小学生，他们稚嫩的心灵，经受了多么沉重的一击？在灾区，有人曾告诉我一个真实的小故事：有天晚上，一个只有2岁的小女孩，她妈妈刚一打开电视，她无意中看见了一个楼房垮塌的镜头，便突然发出一声惊叫：妈妈，快跑！由此可见，汶川大地震对人心尤其是对童心的影响，该是何等的强烈啊！

在灾区走访的日子里，我曾采访过几位国内有名的心理专家，其中有武汉市心理医院的童俊教授、上海复旦大学的申荷永教授、北京大学心理学院的杨甫德教授等。他们不远千里，赶到灾区，就是为了抚平孩子们心灵的创伤，整治孩子们心灵的疾病，重建孩子们心灵的家园。特别是申荷永教授，他与夫人带着一帮研究生以志愿者的身份出现在灾区，出现在北川中学孩子们的身边，为不少悲伤和绝望的孩子，重新点燃人生希望的火苗。他的研究生表示，即便不要学位，也要去灾区；其中一个研究生还把命留在了灾区！

童俊教授告诉我说，创伤的研究其实从二战后就开始了。一场战争或地震过后，创伤在所难免。直接受伤的人，心理学上称为初级创伤；救援者、老师、医生、作家、记者等称为次级创伤——美国有过统计，10％～20％的人都有次级创伤；初级创伤者和次级创伤者的亲朋好友，叫三级创伤；而凡是接触过有关地震信息的一般大众，比如看了报纸、看了电视等，也会受到创伤，叫四级创伤。甚至有人还认为，人的出生就是一种创伤。分离是一切创伤的来源。因为分离就意味着与过去告别，意味着丧失。正常的丧失就是生老病死。但灾难是一种不正常的分离，不正常的丧失，所以会有创伤。创伤的记忆会像一个深藏在体内和灵魂深处发炎的肿瘤，不断影响着肌体，也不断影响着心灵。

的确，尤其是那些曾经埋在废墟下被救出的孩子，百分之百都有心理创伤；有的孩子即便身体没有受伤，心理上也有创伤。因为地震是一场噩梦，它让成千上万的中国孩子经历了这场噩梦——尤其北川中学的孩子！这些孩子过去从小有父母的宠爱，有爷爷奶奶的呵护，有社会的关照，心灵充满了阳光，从未经历过挫折与失败，悲伤与痛苦，更未经历过大灾大难，生死别离。于是便会有一个错觉，认为世界永远是美好的，生活永远是美好的，人生没有曲折，更不会有灾难。但一场大地震，痛苦、悲伤、眼泪突然改变了他们的价值观、世界观、人生观乃至爱情观。他们这才想到，原来居住的地球是危险的！人是会死的！爸爸妈妈还有爷爷奶奶，随时都会离开！于是他们的心理便和地震中倒塌的房子一样，一碰即碎。比如一个失去双腿的孩子，原来自己是个活蹦乱跳的人，一个不需要照顾的人，现在一夜间就变成了一个残废人，一个什么都需要别人照顾的人，一个离开了别人就不能走路、不能出门、不能穿衣、不能吃饭，甚至连上厕所拉屎撒尿都必须有人搀扶的人。一句话，一个什么都不行的废人！于是他就会想，既然如此，活着还有什么意义？人生还有什么意思？

而且，童俊教授说，孩子们普遍都有一种负罪感。童教授曾做过一个调查，70％的中学生都认为自己有错。比如，有的学生说，我当时要是跑快一点就好了，就没事了；有的学生说，我看过有关地震的书，书上说了，地震百分之百都是人类引起的。甚至老师也是如此。有的老师说，我有罪，我当时没有带好学生，要是早点让学生跑，也许这几个孩子就不会死了。总之，一场大灾难后，产生群体性的创伤是一种必然。心理的创伤如同脓肿，如果没有挤出来，过去的就没有过去，一旦碰上新的事件，心灵的记忆就会被再次激活，甚至可以一代一代地传下去，带到明天，直至永远。

于是几位心理专家——包括灾区所有的心理专家——都在大声疾呼：做好孩子的心理干预工作，是汶川大地震后中国的一件大事，应该引起各界政府和社会的高度重视！就像一个伤口，如果能在第一时间止血，就不至于恶化。

因此，当我一旦深入到北川中学孩子们的帐篷，一旦深入到帐篷里的孩子们的内心，便感到孩子们的惧怕与伤痛其实依然存在，大地震的阴魂还深深潜藏在孩子们的内心。比如，有的孩子虽然身体已经离开了北川，但心还埋在废墟，每当夜幕降临，或人去楼空，便会想起那一幕，闪回那一幕，于是失眠、头晕，甚至恶心；有的孩子失去了父母，由老师来替代，但面对替代的父母，孩子的反应是，不愿提起过去，不愿提起父母，用外表的坚强，来掩盖内在的伤痛。当然，有的孩子也很高兴，因为从来没有过这么多人来关心他，帮助他——不是今天发牛奶，就是明天发可乐，这种对物资从未有过的享受，让他们无法不高兴。但当这种“关心”一旦消失，或者暂时消失，或者得不到完全满足时，他们又会产生一种失落感，甚至有的还莫名其妙地发脾气。有的同学没有安全感，不能听见声音，一有响动，就害怕。特别是刚住进长虹培训中心的前几天，由于距离铁路很近，一听见火车隆隆驶过的声音，全身都在抖；有的同学没有确定感，一见水龙头的水流得小了，马上条件反射，立即跑回去拿个大桶来，接上满满一桶放在帐篷里。别人问他你接那么多水干吗？他说不多接一点，到时地震来了没水喝咋办？不少学生告诉我说，现在睡觉不踏实，容易惊醒，甚至失眠，记忆力明显衰退，许多课文看了 N 遍，就是记不住；好不容易记了，却记得不准；有的刚才还背得滚瓜烂熟，转眼就忘得一干二净，像换了个脑袋似的。一个老师还告诉我一件不该发生却偏偏发生的事情：北川中学一个高三的学生，有一天听见火车从院外驶过，他以为又是地震了，吓坏了，竟然从二楼纵身跳了下去！结果，8 级汶川大地震没有损伤他的皮肉，一列火车从旁边驶过，却吓断了他的一条腿！

是的，地震摧毁了家园，摧毁了生命，伤残了身体，固然令人悲痛，令人惋惜，但地震对人的心灵和精神的摧残，却远大于对物资和身体的摧残。近 100 年来，我们民族经历的创伤实在太多太重！鸦片战争，甲午战争，8 年抗日战争，3 年解放战争，还有上世纪 60 年代的 3 年天灾人祸以及世人皆知的“文化大革命”，都在中国人的心上留下了一道又一道的创伤，一道又一道的阴影！过去我们对灾难，对悲剧，对伤疤，总是采取回避或者掩盖的态度。有了创伤，总是说，忘了算了。忘记过去，放眼未来。然而心理的创伤，说忘就能忘吗？

这是我在灾区唯一的一次笑

毫无疑问，汶川大地震创伤最重的是人，人群中创伤最重的是孩子，而孩子创伤最重的是心灵！因此，重建生活的家园固然重要，但如何为孩子的心灵疗伤，如何在废墟上重建心灵的家园，重构民族精神的大厦，同样重要，甚至尤为重要！

在灾区，我曾听说，有的学校的废墟原来是不准备清除的，想留住它，以警示后人。我认为这个创意很好。可不知为什么，后来又听说不让留了，让推土机给推掉了，让大铲车给铲平了——干干净净，不留痕迹。而在我看来，我们应该留住这些废墟学校，只有留住了这些废墟学校，才能留住血迹，留住泪水，留住伤痛，留住记忆。甚至我还想建议，灾区所有新建的学校，都应该与废墟学校相依为伴，相邻而居。唯其如此，方能警醒劫后余生的人们，以及不曾遭遇劫难的同类。倘若这些废墟学校能换回全国学校的安全可靠，那在汶川大地震中遇难的 2 万多个孩子，死也值了！

令人欣喜的是，我在长虹培训中心看到了北川中学孩子们脸上的笑！以至于我也情不自禁地跑过去和孩子们凑在一起，一起合影，一起欢笑

——这是我在灾区第一次也是唯一的一次笑。虽然我不能断言孩子们心理的创伤已经愈合，但从孩子们的笑脸上，至少让我看到了明天的希望！他们把哭泣变成了歌声，把痛苦变成了欢乐，把哀叹变成了笑容。尽管这笑可能是短暂的，但再短暂的笑，总比长时间的哭好。

然而，我不得不惦记的，是孩子们的记忆。人类最珍贵的，是记忆；最可怕的，是遗忘！中华民族不应该是一个患有失忆症的民族。我不希望失忆的病根再继续遗传到这些孩子的身上。我祈愿 10 年或者 20 年之后，当我再见到这些孩子时，他们会调皮地搂着我的脖子说，李鸣生伯伯，我们已经不是当年您在地震棚里见到的那些孩子啦！

第四幕　死去的与活着的

死去的已经埋进废墟，

活着的还要继续活着。

镜头 19　精神病人

汶川大地震中，无数受灾群众因失去家园而捶胸顿足痛心疾首；无数受灾群众因失去亲人而悲痛欲绝生不如死。面对如此沉重的打击，多数人咬着牙抹着泪扛过来了，挺过来了，虽然痛苦依旧，却还能正常地生活，正常地工作，正常地活着；然而另有一部分受灾群众，却实在承受不了如此沉重的打击，因此，他们失去家园失去亲人后，又失去了一个正常人原有的正常精神！

这部分受灾群众，被称为“精神病人”。

精神病人，不等于神经病人，二者有着本质的区别（中国大众常常把二者混为一谈）。所谓精神病人，通俗地说，就是脑功能受到损伤，或者说脑子受到刺激的人；因脑子受到刺激而导致的精神疾病，就是精神病。这种疾病在中国较为普遍。北京大学心理学专家杨甫德告诉我说，中国的精神病患者大约有 8 300 多万！仅严重的，就有 1 600 多万！

中国人最多，精神病人也最多。患病诱因，复杂多样，历史的，现实的，都有。据我调查，其中一部分人，则是被人为地整出来的，比如政治运动整的；单位掌权者整的；冤假错案整的；职称级别整的；恋爱婚姻整的；升学考试整的；金钱名利整的等等。而汶川大地震，又将无数原本精神正常的人，震成了精神不正常的精神病人！

那么在480多万受灾群众中，又有多少被汶川大地震震出的精神病人呢？

成都精神病医院副院长文荣康告诉我说，四川大约共有20余家精神病医院，其中有5家是综合医院里设置的精神科，比如华西医院的精神病中心，是全世界最大的精神病中心，其余十几家都是专门的精神病医院。另外还有4家精神病医院，比如民政系统的德康医院、公安系统的安康医院等。这些医院在地震后到底收了多少精神病人，根本无法统计。而且随着时间的推移，一旦遇有外在的刺激，新的成员还会不断增加。

我几经努力，试图将这20家精神病医院的精神病人作一准确的统计，最终却失败了。但是，仅成都精神病医院，即成都精神卫生中心，便收治了110多位精神病人，却是我亲眼目睹的事实。

文荣康副院长

在灾区走访的日子里，我曾先后五次进入成都精神病医院，每次见到那些被大地震催生的精神病人，恍惚中我感到自己好像也成了一个精神病人。他们中，有的地震前在都江堰住院；有的地震后被送进医院；有的地震前病情已经好转，地震后又加重了病情；有的地震前已经准备出院，地震后又旧病复发，不得不继续留在医院；有的地震前精神稍有问题，但还不算精神病人，地震后便成了一个名副其实的精神病人；而有的地震前完全是一个健康正常的正常人，地震后一下就变成了一个完全不正常的精神病人！

文荣康副院长告诉我说，地震发生后，在毛文君院长的亲自指挥组织下，全体医务人员紧急出动，在第一时间将医院 600 名精神病人进行了紧急转移，而后又于 5 月 13 日凌晨将都江堰精神病院的 80 多个精神病人转至他们医院，此外还从灾区收治了 30 多个精神病人。由于医院对病人安排及时妥当，使惊恐万状的病人得到了有效的控制并稳定下来。文荣康是个典型的羌族汉子，家乡就在汶川。他对家乡有着很深的感情，非常热爱他的民族。家乡地震后，他心里非常难受，戴了 3 天的黑纱。有人问他，你家人是否去世？他说，我的家人平安，但我家乡的同胞受难，这是国殇，我悼念我的同胞！尤其看见那些地震后患病的精神病人，他心里更难受，精神更受刺激。于是他用拼命工作的方式，来排解心中的悲痛与精神的焦虑。

精神病区的谭樨医生告诉我说，这些病人从灾区刚来到成都时，心里都很恐慌。开始，医院把他们安排在 3 楼，很快发现稍有风吹草动，他们就很紧张；如果有余震，就更恐慌。于是又把他们调换到一楼大厅，睡在地铺上，医务人员则坐在边上，不睡觉，陪着他们，守着他们，安慰他们，还给他们洗脸、梳头、泡脚、洗澡，帮着联系亲属等等。这些病人，病情有轻有重，时好时坏，有的情绪狂躁，充满敌意；有的对地震非常敏感，一有余震，便跑出病房，不愿回来；有的稍有一点动静，就神色慌张，到处打听情况；有的不与任何人说话，不和任何人沟通，整天坐在病房，望着窗外，独自发呆，默默流泪……但不管他们病情轻重，表现如何，都有一个共同的特点，就是心里始终想着自己的家乡，想着自己的亲人！

成都精神病医院的心理咨询师施玮

遗憾的是，截至我进入医院，这些病人与他们的亲属几乎没有什么联系，有 13 个病人根本无人认领，其中有一个还是痴呆；甚至有的人到底姓甚名谁，医院根本搞不清楚。有什么办法？他是精神病人。而之所以如此，原因在于，地震刚过，灾区情况非常特殊，非常复杂，到处乱得一团糟，信息几乎中断；而这些病人大多数家在山区，家里一无固定电话，二无手机；他们的亲属死的死，伤的伤，即便没死没伤，天天余震不断，自己都泥菩萨过河自身难保，又怎么可能顾及他们？尽管医院也想过不少办法，却收效甚微。因此，这些病人虽然每天思念家乡思念亲人，但地震当前，依然无家可归！

当然，有一部分病人见不着亲人，或者说亲人不来见病人，也确有隐情。

谭医生告诉我说，精神病患者的治疗，每月住院费在 3 000 元左右，生活费在 300 元左右，还有其他一些小的费用，一个月下来，将近 4 000 元。这笔费用对绝大多数农村家庭来说，是根本无法承受的。北京大学心理学专家杨甫德也告诉我说，精神病患者承担的医疗费用是非常重的，在全国所有疾病中，排在前 10 名。而在这前 10 名中，精神病患者就占了 5 个，其中抑郁症患者，列第二位。而问题还在于，精神病的治疗，与别的疾病不同，有一个长期的、反复的过程。不像长个肿瘤，或者有根盲肠，一刀切除，万事大吉，永不复发。比如，有的本来病情渐好，一旦遇上什么刺激，当即加重；有的甚至好不容易已经痊愈，这次遇上地震，马上再次复发。如此周而复始，循环往复，除了当官的，或者大款，谁承担得起啊！更何况，这些来自灾区的病人，哪家哪户不是穷人！因此，一些“老病号”，家里本已负债累累，汶川大地震后，突然被国家收治，亲属自然就不愿再露面——顺水推舟，岂不两全其美？而一些这次才被地震震出的“新病号”，国家更是统统无条件收治。这类亲属因祸得福，自然心安理得，心想既然国家包住、包吃、包治，他们自身难保，何必出面，自找麻烦；将来万一医院要医药费，就是拉出去枪毙八次，也付不起呀！所以，有的能避就避，能躲就躲——躲都躲不掉，何必自己往里钻呢！

幸而，有医院白衣天使们的真诚呵护，细心关照，这些从灾区逃出的病人总算有了一个落脚的窝，一张治病的床。因此，当我走进病房，与他们融入一起，并与他们倾心交谈时，几乎没有遇到什么障碍，感到多数人和正常人并没有太大的区别，同样跳动着一颗正常的心！尤其他们对家乡、对亲人那份无法割舍的深情，如同大山的溪水，无时无刻不在他们心中奔流翻滚。

一位病人告诉我说，他逃出来已经 10 天了，家里什么消息都没有，家里还有老婆和女儿，他非常想念她们。

一位病人告诉我说，他的妈妈 79 岁了，多年瘫痪在床上，地震的时候，不知道跑出来没有？他的爸爸在 1960 年就饿死了，就剩下他和妈妈两个人，从那以后，他最怕的就是饿肚子。地震后，他每天都觉得饿，刚吃完上一顿，就担心下一顿。每天都在想，妈妈今天吃了没有？妈妈今天吃了没有？

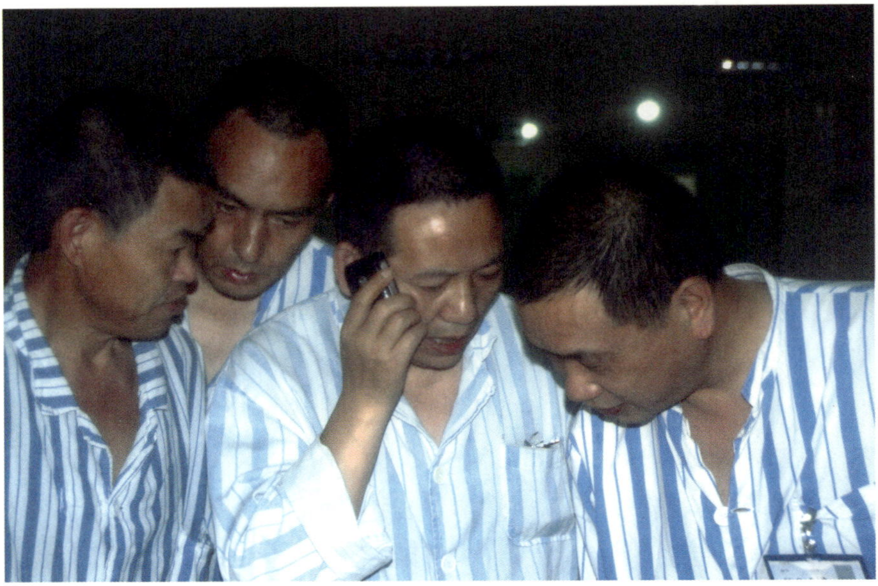

高个子让病友先打电话

一位病人告诉我说，地震那天他看见雷神爷了，黑脸，黑头发，样子凶得很，还大声吼，大声叫，发脾气，他的儿子就是被雷神爷给劈死了。后来解放军又把儿子救活了，不知道儿子现在在哪里，问我能不能帮他找到儿子？

还有一位病人告诉我说，他家养了 3 头牛，有一头母牛马上就要生小牛了，没想到突然地震了！地震那天他正在山上放牛，一个大石头滚下把他的母牛砸死了！他吓得抱着头跑了，还有两头牛也不知道跑到哪儿去了。他每年就是靠这几头牛给孩子交学费，现在牛没了，孩子也没了，但还有一个学期的学费没交，咋办……

一天上午，我正在精神科病区与几位病人聊天，一位中年男子突然来到我的身边，很有礼貌地对我说，同志，能不能借用一下你的手机，我想给家里打个电话？中年男子个子较高，一米八左右，大眼睛，高鼻梁，若不是一身病号服套在身上，你很难判断他是一位精神病人。我说当然可以，便把手机递给了他。他接过手机，一转身，发现他身边一位胖胖的病友正用比他还着急的眼睛望着他。他好像一下就看穿了对方的心思，忙把手机递给这位病友，让他先打。这位病友拨通电话后，他又贴过去，专心听着电话的回音，好像这个电话不是打到病友的家，而是打到他的家——一个精神病人，居然对病友表现出如此的关心，这是怎样一种情怀啊！

可惜，手机里传回来的是忙音。病友又打了一次，还是不通。中年男子这才接过电话，开始给自己的家里打电话。我见他拨号码时很紧张，手指都在哆嗦。也许他怕遭到同样的命运，不愿让同伴承受他的痛苦，拨完号码后，他就拿着手机躲到墙角边上，独自倾听去了。可惜，我一看就没拨通。他有些不好意思地看了我一眼，又拨了一次，还是不通。他的手臂慢慢垂了下来，却没有转身。我走过去，这才发现，他的眼角挂着泪痕。

我想安慰他几句，可他却突然转过身来，把手机递到我的手上，然后一个立正，向我敬了一个礼——一个军礼！我很奇怪，也很感动，想不到当今中国社会少有的人间真情，居然会在一个精神病人的身上体现得如此淋漓尽致、实实在在！这个世界，到底是正常人不正常，还是“不正常人”正常？也许，“不正常”的人永远不知道正常人的内心秘密，而正常的人也永远不清楚“不正常”的人的情感世界。

还有一位女病人，叫何凤英，33 岁，都江堰向阁乡人。精神科病区主任段明君告诉我说，何凤英送到他们医院后，被诊断为急性应激反应，病情比较严重，其主要表现特征是，发呆、发愣、神志恍惚、眼神麻木；时而笑，时而哭；不吃饭，不睡觉，不与人说话，不与人交流，甚至有时半夜三更爬起来，冲出病房，大声喊着女儿的名字，要回家找女儿！何凤英有两个女儿，小女儿 3 岁，大女儿 15 岁。地震那天，大女儿在学校，小女儿在家。结果，大女儿死了，她的公公也死了。她每天就坐在废墟上，望着天空发呆，不停地叫着女儿的名字。像这种病人，她不知道时间，不知道睡觉，不知道自己身在何处，不去想过去，也不去想将来，只知道坐在那儿望着倒塌的楼房，幻想着女儿突然活过来，走出来。但女儿没有活过来，走出来，她自己却被送进了医院。

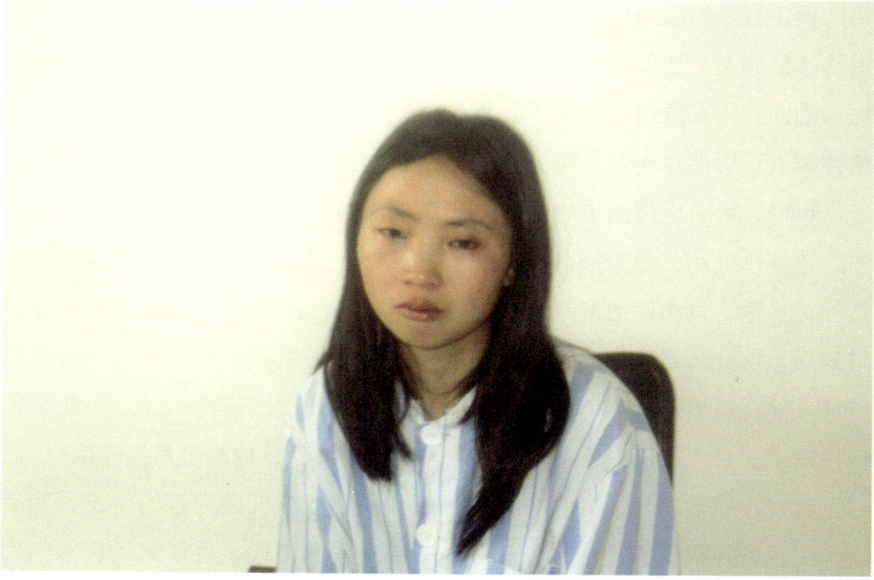

何凤英说到女儿，泣不成声

段明君还说，地震后，大部分人都会出现急性应激反应，但大部分人几天就会消失；有的要两周，有的要四周，有的更长。像何凤英这种病人，除了药物治疗，心理治疗很重要，就是要让她多回忆，多谈，当时听见了什么，看见了什么，有什么想法，有什么感受，然后纠正她一些想法，补充一些信息，尽量让她把事情回忆出来，谈出来，她的心里就会好得多。

在段主任的安排下，我与何凤英见面了。见到何凤英的第一眼，直觉告诉我，这是一个善良、聪明的年轻母亲，而且有想说话的愿望。但一开始我便注意到，她说的话，不是四川话，而是非常糟糕的普通话。这种普通话被四川人幽默地称之为“椒盐普通话”，即四川话与普通话混杂一起的“川普话”。我提醒她我是四川人，能听懂四川话，但她还是坚持要说普通话。她说，你是北京来的客人，我就应该说普通话，不然就不礼貌了，对不对嘛？其实她并不知道我来自北京，更不知道我是干什么的，但她就是坚持要说普通话。后来我才知道，除了穿白大褂的医生和护士，不管是谁和她谈话，她都认为是北京来的，一定要说普通话。她说北京是首都，首都来的人，就要尊敬嘛！

我问她，家住什么地方？家里人怎么样？有没有联系？

她说，我的家在都江堰向阁乡。家里妈妈对我好，妹妹、侄儿、大姐、二姐对我好，老公对我好，我的心情好。老公对朋友好，朋友对他也好。我的老公要去打工，我说好。有一次我骂他，他心情不好，但他不骂我，我的心情好。我现在就担心我的婆婆、妈妈，还有老公，他们活得怎么样了？只要他们好，我就好，帮我打听一下，好不好嘛？我没有给老公通电话，我记不得老公的电话了。他在外面打工挣钱，很辛苦，从外面赶回来了，走路回来的，舍不得花钱，我见他很伤心。他要在家里把玉米、谷子晒一晒，要不然明年吃啥子嘛？老公姓罗，我到罗家去看他，我就看上他了，只要人好，对我好，就行，对不对嘛？

我问她，什么时候结的婚？

她说，18岁，但没有办结婚证，我们去办过，没办成，后来大家一起吃了顿饭，就结婚了，谁也不知道。我还受过伤，被火烧了，在我妈妈家，我在洗碗，才12岁，点火，不懂事。当时谁也不知道，只有我妈知道。过去的人要老实些，对不对？火烧了，都不知道，现在地震了，全国都知道，全国都跑来了，是不是嘛？哎呀，你问那么多干啥子嘛，问这些又起不了作用，你又不去都江堰，不去向阁乡。

我问她，家里这几年生活好不好？

她说，这几年生活好一些，我们是农村人，要劳动，才有吃的，对不对嘛？我们家住在山上，山上很困难，条件不好，交通不方便。我家在向阁乡二七队……（她开始使劲回忆）我们家以前是木头做的房子，木头房子你说好不好嘛？木头房子很好，金窝银窝，不如狗窝，对不对嘛？但现在都垮了！我们那儿过去有很多木头，我们砍树去卖，维持生活，还砍竹子，卖了，再买肥料，买种子。现在木头很少了。我们那儿的山很高，但空气好，山上不冷不热，有花，有草，有树，成都很热。我们种的菜，很新鲜，很好吃。我没说你们城里的菜不好啊，我是说我们那儿的菜好，新鲜。因为好多外地人，都来我们山上避暑，都说山上好，都说山上的菜好吃，都说山上很凉快。是热天，不是冬天啊！但我不喜欢，我喜欢我们家里人团团圆圆，只要团团圆圆就好，对不对嘛？

何凤英在与我的谈话中，应该说思维基本还算正常，尽管表述有些混乱，语句也不连贯，时而普通话，时而四川话，而且说话像快板，每说一句，好像都在故意讲究押韵；每遇到一个问题，总要反问一句“对不对嘛”，或者“是不是嘛”，但意思我都能听懂。我注意到，每当谈到她的家人和家乡，她便一脸喜色，心里像有一只小兔子。看得出，这是一个非常爱家、恋家的女人。

我问她，地震的情况还能想起来吗？

她说，我不知道，想不起来了，我从来没有见过地震，好怕呀！我从来没有听说过地震，我才读了 4 年书，我大女儿也不知道地震，要知道，就跑出来了。我和小女儿跑出来了，小女儿才 3 岁，但大女儿没有跑出来，被学校的楼房给砸死了！学校 3 层楼，3 层楼全垮了，地震的时候，我去了，但我没有见到我大女儿，我看见好多孩子都死了，死了几百个，很悲惨。我不说假话，都是真的。我很伤心，我就没有回家，带着我的小女儿，坐在那里。我在那里坐了一晚上，第二天回家了，下雨了，我又去看大女儿，我看见大女儿被人抬上山了，雨把大女儿全身都淋湿了，头发也淋湿了，我很伤心。我大女儿在都江堰向阁乡中学上学，叫罗丽，就是美丽的丽，知道吗？她很乖，已经上初二了，学习成绩好，平时还帮我做事。她很关心同学，同学也很关心她。女儿对我很好，说妈妈你不要干重活，要做轻巧的活。女儿还说，一家人只要团团圆圆，坐在一起吃稀饭也好。可为什么要地震呢？我的女儿还没满 15 岁啊，为什么就地震了呢？

我问她，你女儿平时最喜欢什么？

她说，我女儿最喜欢花。我们那儿的山上有好多好多的花，桂花，兰草花，玫瑰花，鸡冠花，还有什么花，我也记不得了。反正桂花很香，9 月份的时候，山上到处都是，好香好香，很漂亮，比你们城里的塑料花好看。我是说你们城里的花只能看，不能吃，我们那儿的花可以吃，吃起来香得很！女儿什么花都喜欢，星期天做完作业，就跑到山上，摘一大把桂花回来，放在我们家的院子里，坐在凳子上，画，画一天。我女儿最喜欢画画，没找老师学过，她看见同学画，就会了。但她不让我看，我偷偷翻她的书包，就看见了，画得很好，真的画得很好，跟山上长的花一模一样。昨天下午看见医院的花了，我就想起我的女儿，她什么都会，还会用剪刀剪纸，贴在窗户上，特别好看。我没有钱给女儿买纸，买笔，买不起，都怪我，都是我的错。女儿每天背着书包去上学，到很远的地方去上学，12里路，每天坐车，去 1 元钱，回来 1 元钱，要 2 元钱。有时没坐上车，就走路，全是山路，下雨，路滑，女儿没有鞋，鞋子穿烂了，就打着光脚板走。我们那儿的路稀巴烂，没人帮着修一下。女儿很苦，但她说，她要读书，她要读大学。我对女儿说，妈妈没有钱，女娃娃读个高中就可以了，不要读大学了。我女儿就跑到山坡上哭了，哭了好久好久，不回来吃饭。都怪我，都是我的错啊！地震那天我要去叫老天爷就好了，老天爷来了，女儿就救出来了，就不会死了！

何凤英说到这里，突然哽咽了。随后，我便听到了她的哭泣声，非常伤心、非常压抑的哭泣声。她用手捂住脸，不想让我看见她的眼泪，像面对一桌客人吃饭，突然被一根鱼刺卡住了喉咙，很想吐出来，却又不愿让人看见。我忍住泪，小声开导她。渐渐地，她的情绪有所好转，又止不住地说开了，并不停地忏悔。

她说，我的女儿天天向上，从来没有逃过学。女儿说，她不做活路，农村做活路很累，要读书，多读书才好，读书才有文化，打工也要有文化，有文化，打工都要好一些。女儿说，读了书，她想当个老师，教孩子画画，但我们家条件很差，交不起学费。我在家种点菜，赶场（赶集）要十多里，不方便，种菜，种玉米，自己吃，还要在家带小女儿。她爸爸去打工，挣点钱，交学费。老师说，我女儿成绩好，从来没有逃过学，下雨也上学，打雷也上学，要让她好好读书。老师说我们家很困难，就给女儿免了学费，还让她住校，说家太远，住校可以好好读书。可今年刚刚住校，学校就垮了，女儿就没有回来了！都怪我，都是我的错！以前，以前啊，我和女儿的爸爸关系不好，我没有问寒问暖，没有给他做衣服，买袜子，还有酒和烟，惹他不高兴了，骂女儿，都是我的错！以前，我和邻居不说话，没有去她们家耍，都是我的错！以前，女儿对我说，妈妈，不要那么累，你太累了，你要休息，我要好好读书，我要上大学，我要让你过好日子。我对女儿说，妈妈没有钱，读个高中就可以了，不要读大学了。都怪我，都是我的错啊！地震那天我要是去叫老天爷就好了，老天爷来了，我的女儿肯定就救出来了！都怪我，都是我的错啊！

说着说着，何凤英又哭起来了。这一次，我怎么劝也劝不住了。段主任说，让她哭吧，她哭出来，心里就好受一点了。

后来，我对她说，你现在有什么想法，有什么要求，都说出来好吗？

她说，我小女儿在我婆婆家里，我们娘家还有 4 个人。我担心他们活得怎么样？请帮我打听一下，好不好嘛？我没有老公的电话，我很担心家里的人，我希望他们活下来，还有大女儿的同学，都活起来。我很伤心。只要家里团团圆圆，我就好。现在大女儿没有了，走了，但我希望大女儿还是读书，她说过，她要读大学，我就让她读大学。还有，她画了好多画，画了好多花，我想给她送去。女儿说过，她要当一个老师，教孩子画画。可我不知道女儿在哪儿？我找不着女儿……

说着，何凤英又放声痛哭起来，趴在桌子上，哭得很伤心很伤心，再也说不下去了。

临别时，我掏出几百元钱，想塞进何凤英的衣兜里，可她非常敏感，双手捂住衣兜，坚决不要！她说，我不要你的钱，我们那儿的人从来不要别人的东西，不要别人的钱。你帮我跟家里联系一下，我就谢谢你了，我现在不知道他们的情况，我很着急，你一定帮我找找，都江堰，向阁乡！都江堰，向阁乡！还有女儿的画，怎么送给她？她现在哪里？在哪里？

本来，我什么也不想说了，但我还是说了一句欺骗她的话，我说，你女儿在天堂，你一定要好好保重身体，你身体好，你女儿在天堂看见你，就高兴了。

她眼睛突然一亮，说，真的？真的有天堂吗？

我继续欺骗她说，真的，真的有天堂。

真的有天堂吗？

上述两位精神病人，只是汶川大地震中的个案。

事实上，在地震中精神受到损伤的，远不止成都精神病医院这些。据说，灾区还有不少这样的精神病人，他们流落荒郊野外，或者街头路边，生活很难自理。而在灾区走访的日子里，我也亲眼见过不少这样的受灾群众：有的坐在灾棚前，发愣，发呆，一坐就是一天，第二天接着再坐；有的反复向你表述地震时的恐怖情景，反复向你哭诉遇难孩子生前的乖巧与聪明，反复向你忏悔各种过错；有的对身边的一切不再关心，不再有任何兴趣，谁也不愿搭理，整天不吃不睡，围着废墟反复转悠，唉声叹气……每当望着这些受灾群众，我心里便有一种说不出来的难受。地震已经让他们失去了家园失去了亲人，失去了作为一个人最基本的一切，上苍为何还要让他们失去一个人最起码的正常的精神？这个世界，到底还有没有天地良心？有，在何方？在哪里？一个精神正常的人生活在这个世上都如此艰难，这些精神不正常的人要继续生存下去，又该是何等的不易！而且，昂贵的医疗费用，谁来承担？漫长的日常生活，谁来护理？心灵的创伤，谁来医治？虽有志愿者，但志愿者不是亲人；虽有心理专家，但心理专家不能包治百病；虽有医院的人道主义关怀，但长此下去，哪个医院又能关怀得起？精神病患者的治疗是持久战，不仅需要物资、金钱、实力、条件，还需要社会的支持，大众的理解，亲情的关怀，人心的温暖。那么亲情的关怀，人心的温暖，又从何而来？这些人原本平静的日子，何日才能恢复平静？他们原本正常的精神，何时才能重新正常？

我想起发生在欧洲的一个典型病例：一场灾难后，有一个病人一直尿不出来尿，医生问他，你为什么不尿尿？病人说我不敢尿尿。医生问他为什么不敢尿尿？病人说我一尿尿，怕把城市给淹没了！医生说，那你赶紧尿吧，我们的城市有大火正在熊熊燃烧，你只要尿了，熊熊燃烧的大火马上就会灭了！病人一下就尿出来了。

那么，面对汶川大地震中的精神病人，我们是不是也要对他们大声说一声，灾区的大火正在熊熊燃烧，你尿吧，只要你尿了，熊熊燃烧的大火马上就会灭了呢？

镜头 20　天使没有时间流泪

107 年前，一位名叫南丁格尔的英国护士与世长辞。两年后，即 1912 年，为纪念这位对人类护理事业做出了杰出贡献的伟大女性，国际护士会将 5 月 12 日定为国际护士节！

然而，2008 年的 5 月 12 日，突如其来的汶川大地震却把这个节日变成了中国白衣天使们的灾难日！最典型的一个例子就是，北川医院地震前原有医生、护士 157 人，地震后，只剩下了 3 个人！而灾区其他医院的一些天使，虽然自己幸免于难，家人却难逃厄运：或母亲遇难；或父亲伤残；或孩子去世；或姐妹离散。据说有亲人遇难的白衣天使，灾区不下 300 人！但在大灾大难面前，有两种人必须冲在前面：一是穿绿军装的人；二是穿白大褂的人。因此，那一刻，天使们为了抓紧分分秒秒拼命抢救伤员，面对自己遇难的亲人，根本无暇顾及，甚至连哭的时间都没有。比如，德阳医院有一个护士，地震时丈夫不幸遇难，父母、孩子生死不明；而医院楼房危在旦夕，几百名伤员急需转移，在电梯不能运行的情况下，身高一米五五、体重不足 100 斤的她，竟把 30 多个人高马大的病人，从 9 层楼一层一层地背到了一层！

我在什邡红白镇卫生院，也遇到一位护士，她叫陈传英。

5 月 12 日这天，陈传英和往常一样，把女儿准时送进校门后，自己再准时走进卫生院上班。不同的是，这天是护士节，所以她一进门便与几位姑娘说好了，晚上一定要好好庆祝一下，不能忘了那个叫南丁格尔的老前辈！

陈传英第一次听到南丁格尔这个名字，是在护校。陈传英进护校那年 16 岁。16 岁前，她一直生活在四川一个叫师古镇的地方。那是什邡马祖一个令人心醉的典雅小镇，镇上民风古朴，花香迷人。尤其是杜鹃花，漫山遍野，开放自如，四季如春。陈传英从小就喜欢杜鹃花，自记事起，杜鹃花便与她时时相伴，形影不离。妈妈也常常带她上山，上山后妈妈在地里

红白镇卫生院护士陈传英

劳动，她便在花丛中嬉戏玩耍，每次收工下山回家，她的小背篓里总是插满各种各样的野花，其中最突出的花，便是杜鹃花了。直至 16 岁那年，她第一次离开家乡走进护校，杜鹃花的花香才从她长长的小辫上随风飘去。陈传英就是在护校的第一节课上，听老师讲到南丁格尔的。南丁格尔的故事像一粒杜鹃花的种子，一下便种在了她的心上。在护校的日子里，她常常躲在被窝里对自己说，要是自己也能做一个像南丁格尔那样的天使，该有多好啊！1996 年，她毕业后来到红白镇。红白镇和她家乡一样，同样是一个开满杜鹃花的好地方。她很快便爱上了这个小镇，也很快爱上了护士这份职业。后来，她结婚了，安家了；再后来，有了一个可爱的女儿；又后来，妈妈也从老家师古镇，来到了红白镇。

然而陈传英怎么也没想到，5 月 12 日的下午，妈妈却出事了！

陈传英说，我当时正在医院上班，地震时，我们都吓坏了，等跑出医院，红白镇所有的房子几乎全震垮了，满街都是惊慌失措四处逃命的人。我很快就听说，学校垮了，我一下就慌了，因为我的女儿在红白中心小学上学，7 岁了，我赶紧就往学校跑。可一路上我双腿发软，怎么也跑不动，怎么也跑不快，第一次感到自己的力量太微弱了，太渺小了！真的，我是连滚带爬才跑到学校的。跑到学校后，女儿已被救出来了，我看女儿好像没什么事，心里一块石头才落了地。我让别人帮我看着女儿，然后马上又往回跑。就在返回医院的路上，有人跑过来对我说，陈护士，快去，你妈妈从楼上摔下来了！我一听，又着急了！我家离医院很近，相隔大约四五百米，就在我去医院的路上。我赶紧跑过去一看，妈妈躺在楼下街边的路上，样子非常痛苦。原来，地震时，妈妈正在家里的阳台上晒衣服，楼房倒了后，顺着楼房滚下来，摔在了楼下。本来，我妈妈摔一跤算不得什么，妈妈从小走山路，爬山坡，几十年不知摔过多少跤，每次摔倒后，爬起来就是了。但这一次，妈妈怎么也爬不起来，刚一爬起来，又摔倒了。所以从来不求人的妈妈，才让别人跑来找我。我急急忙忙地给妈妈看了一下，估计是大腿摔断了，但脑子还很清醒。我简单给妈妈处理了一下，刚要走，妈妈就叫我别走，说有话要跟我说。我说妈妈，没时间说话了，你先躺在这儿，坚持一下，我还要到医院去，一会儿就回来。说着我就赶紧跑回了卫生院。

陈传英跑回卫生院时，卫生院已成一片废墟，但门口已经摆放着几十个伤员了！而且，越来越多的伤员还在从不同的方向源源不断地送来！镇上的，学校的，村里的，矿山的，从山里逃出来的，哪儿都有。有的是中学的学生，有的是幼儿园的孩子，还有镇上的老头儿，村里的妇女。有的头破血流，腰折腿断；有的骨碎筋连，血流如注；有的昏迷不醒，不省人事；有的气息奄奄，命若游丝……总之，不到一个小时，卫生院的门口就变成了一个露天大病房，男的女的，老的少的，呼天抢地，哭爹叫娘，轻伤重伤，奇形怪状，横七竖八，躺了一大片，足足有 300 多人！

惊魂未定的陈传英在院长陈建的带领下，和全体同事一起，迅速把药品、器械搬上街头，对伤员展开抢救。消毒、输液、清创、缝合、包扎、固定。一个接着一个地抢救，一个接着一个地包扎，一个接着一个地输液，一个接着一个地搬运，忙得昏天黑地，一塌糊涂。就在这时，有人跑过来告诉陈传英，说她妈妈叫她赶紧过去！身为女儿，妈妈身负重伤，孤身一人躺在街边上，陈传英当然着急，当然惦记，恨不得马上就赶到妈妈身边。但这时她正在抢救一个危急病人，根本无法离开。而且她非常清楚，医院现在最需要的，一是人，二是药。卫生院医生和护士一共二十来个人，有两个已经遇难，有3个在外开会，所有的人包括私人医生都用尽了，还是远远不够，有好几个护士都是一人举着两个输液瓶！300多个伤员和一个妈妈，孰重孰轻，陈传英自然心中有数。

直到危急病人处理结束，陈传英才再次来到妈妈的身边。这时，妈妈已被两位好心的人抬到了医院的废墟边上。陈传英刚一过去，妈妈就说，英英，我冷我冷，快给我找一床被子！可这时的陈传英根本不可能找到被子，便把自己身上的工作服脱下来，盖在妈妈身上，然后给妈妈作了检查，发现妈妈的伤势严重，而且还有内伤。但药品已经用完，啥也没有，她只好给妈妈输了一瓶盐水，却找不到地方挂输液瓶。她见有人路过，便请那人帮她妈妈举着输液瓶。那人就从她手上接过输液瓶，双手高高举在空中，一直站在她妈妈的身边，而她连对方姓什么都不知道。她转身正要离去，妈妈却叫住了她，有气无力地对她说，英英，我可能不行了，有几句话要给你说，交代一下后事……听了妈妈的话，陈传英心如刀绞。一边是几百个躺在地上的素不相识的受灾群众，一边是同样躺在地上的生她养她的妈妈，怎么办？作为医护人员，面对伤重病危的妈妈，她束手无策，回天无力；但作为女儿，她可以选择守在妈妈的身边。问题是，医院的门口还躺着几百个伤员，她能见死不救吗？能撒手不管吗？她忙止住妈妈说，妈妈，你别想那么多了，没事的。我是医生，你要理解我，我实在没有时间，也没有办法，那边还有好几百个伤员等着抢救呢！妈妈您要听话，再坚持一下！啊？说完，陈传英再次离开了妈妈，返回了医院。

这时的医院，随着伤员的越来越多，药品、绷带、输液器等，几乎全部用光，可还有上百个伤员，等着急需处理！而卫生院的药品库已经垮塌，药品全被压在下面，要想把药品拿出来，只有从变形的窗户爬进去！但当时余震不断，药品库随时有进一步垮塌的危险！陈传英决定和另一位护士

5 月 12 日下午地震后卫生院门口

冒险爬进库房，取出药品！陈传英身材单薄，力气很小，但她爬进药品库后，硬是用她柔弱的双手把一箱箱的药品从垮塌的库房里一件件地搬了出来，然后再和同事们一起搬运到卫生院的门口。有了这些药品，不少已经绝望的伤员得救了，陈传英却累得趴在了地上。事后有人说她很勇敢，她说不是我勇敢，而是我无法面对那几百个伤员，一看见那么多人躺在地上，那一双双求救、哀哭甚至绝望的眼睛，我心里就受不了，就想哭，但又没时间哭！

就在陈传英刚刚爬出药品库不久，一位邻居又急匆匆跑来，叫陈传英赶紧过去，说她妈妈快不行了，有话要给她说！陈传英急忙跑过去一看，妈妈呼吸急促，病情非常严重！怎么办？一个小镇的卫生院，就这么个条件，何况又是地震期间，根本无法实施救治；如果自己马上把妈妈送往什邡医院，别说道路不通，自己无能为力，这几百个躺在地上的伤员怎么办？陈传英只好对妈妈说，妈妈，您再坚持一会儿，等救援的人来了，就好了！妈妈却拉住她的手说，英英，妈妈不等了，妈妈等不了了，妈妈要给你交代一下后事，我有一条裤子……妈妈刚说到这里，有几个伤员的家属突然跑了过来，让陈传英快点过去，说有好几个伤员不行了！陈传英心如刀绞，进退两难。作为医生、作为女儿，眼看着自己的妈妈就要撒手人寰，而自己不但无力抢救妈妈的生命，甚至连守在妈妈身边的机会都没有，连趴在妈妈的怀里痛哭一场的时间都没有！虽然妈妈也是病人，但医院门口的地上，还躺着几百个病人！她只好一狠心，对妈妈说，妈妈对不起，我没有时间听你说话了，伤员太多了，要救的人太多了，我是医生，我没有办法，你要挺住！也许一会儿救援的人就来了……说着，陈传英松开妈妈的手，再次匆匆离开了妈妈。她不但没有听到妈妈最后的遗言，甚至在转身离开妈妈的一瞬间，也顾不上回头看望一眼！

半个小时后，陈传英的妈妈离开了人世！

临终前的陈妈妈，究竟要对儿女说什么呢？

红白镇卫生院有一位护士叫陈玉英，是陈传英的同事，陈妈妈去世时，她在身边。

陈玉英告诉我说，陈妈妈死之前一直喊冷，因为失血过多，循环不好，所以身体会发冷。当时陈妈妈知道自己不行了，就反复地说，我要死了，快叫英英过来，我有话要给她说。但陈传英当时又要给伤员包扎，又要输液，确实走不开。陈妈妈最后要给女儿说的话，其实没有啥，陈妈妈说，她有一条裤子在家里的箱子里，裤兜里还有 300 元钱！让陈传英千万不要忘了，回家把这 300 元钱扒出来！

裤兜里还有 300 元钱！这就是灾区一位母亲临终前对女儿的最后遗言！

这对今天的城里人尤其是年轻人来说，简直就是天方夜谭！但在我的家乡四川山区——也许整个中国的农村，这样的事情实在太真实、太普遍了。老人临终前的最后遗言，几乎全是关于钱。因为钱对中国百姓来说，就是房梁、就是粮缸、就是命根啊！有什么办法呢？上世纪 70 年代，一个妇女在地头里顶着太阳干上一天活，才挣五六个工分儿，而五六个工分儿仅值几分钱！陈传英的妈妈是山里人，一辈子拼命挣钱，为的是供养女儿上学读书。直到女儿护校毕业，在红白镇当上了护士，每月有了固定的工资，妈妈的兜里才总算有了一点钱。但妈妈非常看重女儿每月的这点工资，自己省吃俭用，从来舍不得花一分钱，甚至夏天再热再累，连 5 分钱一根的冰棍都舍不得买！妈妈把女儿每月工资省下的钱，一角一角、一元一元地攒起来，放在一个布袋里，足足攒了 300 元！但妈妈离开这个世界前，没有抓住钱袋，却抓住了灾难！

而这期间的陈传英一直在忙，忙得晕头转向，忘记了时间，忘记了饥饿，忘记了疲累，甚至腰扭了、脚崴了、手指划破了，都不知道痛。后来她看见地上的矿泉水，才感到嗓子快冒烟了，从地上抓起一瓶，拧开就喝。她一直忙到晚上 10 点，才抓住一个机会坐下来，坐在红白中学的操场边。操场上，到处摆满了尸体，红白镇所有的尸体都摆在了这里！而她的妈妈，也躺在这里，就在她的身边不足 2 米远的地方。望着妈妈，陈传英脑子一片空白，神情木然。7 岁的女儿自下午托付给一个家长后，她就再也没有见着，不知去向；老公在金花镇，距离这儿几十里，听说那儿地震同样厉害，也不知是死是活？爸爸是建筑工人，地震前就去了红白镇最偏远的一个山谷——“欢乐谷”，同样死生未卜；而在德阳上学的弟弟以及老家的爷爷和奶奶，也统统音讯全无。此时此刻，她身边唯一的亲人，就是妈妈了。但妈妈却走了！不到 60 岁的妈妈，几个小时前还在和她说话的妈妈，说走就走了，一甩手就走了，再也不回来了，永远也不会理睬她了！妈妈是 2001 年才到红白镇的。本来妈妈不愿意来，她对妈妈说，来吧，红白镇好！妈妈说，再好也不是我的家，还是老家好，习惯了。再说，还有你爷爷奶奶、外公外婆呢！她就对妈妈说，妈妈，您就不要您孙女啦？您孙女天天都在想您呢！妈妈你来吧，我实在忙不过来，您不心疼女儿，总得心疼孙女吧！妈妈就来了。想不到，妈妈这一来，再也回不去了。要是妈妈不到红白镇来，也许就没事了。不，要是下午一直守在妈妈的身边，检查仔细一点，及时为妈妈打针、输液，止住流血，再想法及时送到什邡市医院，也肯定不会有事的！本来，她在医院工作，在医院工作最大的特权是什么？就是看病可以“开后门”，可以不排队，可以不挂号，可以找最好的医生会诊，可以用最好的药物治疗，甚至手术、吃药、住院，事先统统可以不付钱，等病好了，出院了，再结账。别说是自己的亲生妈妈，就是一般熟人，在医院待遇也有不同。再说了，地震了，妈妈也是红白镇受伤的受灾群众，而且伤势严重，又是女性，又是老人，她作为一个护士，去照顾妈妈，抢救妈妈，天经地义，理所当然。但是，妈妈没有享受到一个医院家属的任何特权，甚至连一般受灾群众应该得到的关怀和待遇也没得到——如果她不是医院的护士，她就可以理直气壮地守在妈妈的身边。而最让妈妈伤心的，正是这一点。她心里非常清楚，临终前的妈妈，多么希望女儿能在身边陪她说几句话啊！哪怕什么也不说，只要女儿坐在身边，看着她慢慢死去，她也心满意足了。但妈妈最后的这点心愿，她也没有满足。直到妈妈从阳间坠落阴间，她连妈妈的头发丝都没见到一眼。妈妈一生辛劳，一生节俭，把一个硬币一个硬币节省下来的钱，全用在了供养她和弟弟的学习上。妈妈一辈子对她从来没什么要求，也从来没要求过什么，一生中唯一的一点要求、一点愿望，就是临死前希望能见她最后一面，说上最后两句话。如果她当时一直陪在妈妈的身边，妈妈肯定也不会责怪她的；如果她能听完妈妈最后的遗言，妈妈也肯定不会生气的。可妈妈近在咫尺，她一样没有做到！这让九泉之下的妈妈怎么想？怎么原谅自己啊？

事实上，作为一个从小在山里长大的孩子，陈传英是个非常淳朴的姑娘，非常孝顺的女儿；但作为一名护士，她又必须尽到属于自己的那一份责任。后来她对我说，其实我当时没有任何别的想法，一点杂念都没有，只有一个念头，就是抓紧时间去抢救伤员，因为伤员实在太多了，我从来没有见过这么多的伤员！因此，这个晚上的陈传英在操场边上只陪妈妈坐了一小会儿，又赶紧回到了卫生院，继续救治那些还躺在地上叫着喊着哭着的伤员。她说其实她很想在妈妈面前痛哭一场，但她连哭的时间都没有啊！

陈传英一直忙到第二天即 13 日晚上 6 点半，才再次来到妈妈的身边。这个晚上的妈妈和昨天晚上一样，和所有躺在操场上的大人与孩子们一样，静静地躺在那里，无声无息。陈传英感到，这个夜晚的红白镇像是一个巨大的坟场，除了操场上此起彼伏的哭泣声，四周死一般的寂静。面对操场上摆放着的几百具尸体，面对几十个还未运出去的伤员，面对四面八方、各个村落还在不断运来的受灾群众，谁也不知道当晚怎么度过，谁也不知道今晚还会发生什么；谁也不知道明天怎么办，谁也不知道还有没有明天。因为红白镇通往外面的道路全部中断，通信一律不通，尽管镇上所有能站起来的、能爬起来的，甚至能跪起来的爷们儿、娘们儿都使出了吃奶的力气想尽了各种招数，但断电断水哭声震天的红白镇依然乱得像一团麻、一锅粥！镇长哭了，书记哭了，医生哭了，老师哭了，青年哭了，壮年哭了，老爷们儿哭了，遇难的和没有遇难的也都统统哭了！

也许老天爷嫌泪水还不够，又下起雨来。雨水下得很大，妈妈的全身都被雨水淋透了，躺在操场上的所有遗体也被雨水淋透了！陈传英知道，躺在地上的妈妈一定很冷，妈妈从受伤到去世前，一直都在喊冷、冷、冷！可一直喊冷的妈妈想有一床破被子盖在身上，她都没有办到。直到几分钟前，一个同事才从废墟里捡来一床被子盖在妈妈的身上。可现在，下雨了，妈妈一定还是冷！她一低头，突然发现自己匆忙中竟把毛衣当裤子穿了，于是她赶紧把毛衣脱下来盖在妈妈的身上，接着又把身上能脱的衣服，也脱下来全盖在妈妈的身上。但妈妈肯定还是冷，因为哗哗滴落的雨水加上数百人哗哗流淌的泪水，把整个操场都快淹没了！而天上的雨水还在不停下着，人们的泪水还在继续流着……她突然有了一种想死的冲动，她想和妈妈一起死了算了！可她的面前立即出现了女儿昨天下午离开她时的眼睛。女儿当时浑身发抖，脸色苍白，哭着喊着要跟妈妈走。她对女儿说，妈妈要去救伤员，不可能带你走！你要听话，跟着阿姨快跑，呆一会儿可能还有地震！女儿咬着牙，没有哭出声来。但她看见，女儿跑出去好远，一双含泪的眼睛还在回头张望着她……想起女儿，她的心更难受了，她想扑过去，搂着妈妈大哭一场！但就在这时，卫生院一位已经退休的老医生急急忙忙跑了过来，说陈护士快去，又有十几个伤员从山里抬出来了……

直到 14 日下午，解放军把伤员全都运送出去了，陈传英的妈妈的遗体也被解放军临时挖了一个坑埋下去了，陈传英这才趴在妈妈的坟上放声大哭了一场！她哭了很久很久，哭得很伤心很伤心，好像要把对妈妈的歉疚与悔恨，全用眼泪表达出来；要把这两天积攒下来的所有眼泪，全都哭干哭净……

两个多月后，即 7 月 26 日上午，我在红白镇一个露天坝子里，再次见到了陈传英，也见到了她的同事陈玉英。这天，为庆祝“八一”建军节，感谢亲人解放军，卫生院的天使们上台表演了一个节目，叫《感恩的心》。天使们真挚的感情感动了台下的官兵和乡亲，也感动了台下的我。

演出结束后，我见到了陈传英的同事陈玉英。陈玉英对我说，当初如果抢救及时，陈妈妈是不会死的。陈妈妈临终前还说，她本来是不愿来红白的，是女儿要她来的，可她要死了，连女儿的面都见不着。她要是不来红白，就不会死了。陈妈妈说的这个话，我们一直不敢告诉陈传英。陈妈妈安葬的时候，我们都去了，陈妈妈本来很瘦，但她的肚子却鼓起来好大，非常惨，我们都哭了。后来我们每次上山看陈妈妈，都哭。6 月中旬的时候，我还去过陈传英的老家，帮她拿点东西回来。她老家也受灾了，房子成了危房，那天我走进她家时，看见家里破破烂烂、冷冷清清，屋里很暗，没有灯光，就一个瞎子奶奶孤零零地坐在家里，怪可怜的，我当时就搂着奶奶哭了。一个家，妈妈就是顶梁柱，妈妈不在了，这个家就垮了！

接着，我见到了陈传英。陈传英对我说，这样的灾难过去我做梦都没想到过。过去我一直认为生活都是美好的，人生都是快乐的。没想到一场地震，却改变了生死，改变了一切！但这场大地震，虽然失去了妈妈，失去了那么多的人，却也让我非常感动。最让我感动的是，我亲眼看见全国那么多来帮助我们的人！每当我听到“我们都是中国人，一方有难，八方支援”这个话，我就感动得不行，就哭。13 号晚上，大概是 12 点多，那个时候不知道时间，红白镇第一次出现了解放军，我们全哭了！看见解放军把伤员往外抬，我怕他们不回来了，就拉着他们的胳膊问，你们还回不回来啊？你们还回不回来啊？解放军说，回来，我们一定回来！我就不停地说感谢感谢！他们说，不要说感谢，我们都是一家人！我就哭了，哭得很伤心！是啊，那个时候，不管认识的，不认识的，都是一家人！一想到这些，我就感动得不行，就哭！我长这么大，从来没有流过那么多的眼泪。还有一批成都过来的大学生志愿者，一来就问我们，你们现在最需要什么？我想都没想就说，工作服！几天后，几十套洁白的工作服真的就送来了，我第一个就抢了一件穿在身上。穿上它，我就感到自己不一样了，有一种责任。真的，我不会说假话，我当时真的就是这么想的。作为一个医务工作者，在灾难面前，在伤员面前，眼睁睁地看着那么多人死去，而我们却无能为力，不能挽救他们的生命，特别是那些才几岁、十几岁的孩子，我感到自己就是个罪人！

陈传英还对我说，妈妈走了后，我一直非常内疚，非常痛苦。妈妈走之前，我确实很忙，忙得想趴在妈妈身上哭一场的时间都没有！但这种痛苦还不能过多说起，因为红白镇死了 1 000 多人，和那些失去几个人特别是失去孩子的家庭相比，我们家算幸运的。何况我还是护士，怎么好意思向人诉苦？我最大的遗憾，就是妈妈走得太匆忙了，妈妈走的时候，没有一点讲究，连一件新衣服都没给她换，我只用我的一件工作服把妈妈裹了一下，就埋了，连给妈妈梳一次头的机会都没有。小的时候，妈妈常常给我梳头，我们坐在院子里，我趴在妈妈的膝盖上，梳完后，妈妈还给我扎上两根小辫子。妈妈到红白镇后，我也常常给妈妈梳头。可这次，我连头都没给妈妈梳一次，妈妈就走了。现在我最怕的，就是下雨！一看见下雨，我就会想起“5·12”那天晚上，妈妈躺在操场上全身被雨水淋湿的样子，我就受不了，眼泪就像下雨一样地流。我现在最大的一个愿望，就是希望有一天能梦见妈妈。前段时间，周围全是伤员，一直没有时间做梦。现在，身边没有病人了，有时间做梦了，可就是梦不见妈妈。我每天晚上睡觉前，都希望能梦见妈妈，可两个多月过去了，从来没有梦见过，一次也没梦见过。我知道，我是个不孝的女儿，妈妈生气了，不愿再见到我。我现在只有加倍工作，多做好事、善事，善待所有的病人，求得妈妈的原谅。我不知道妈妈会不会原谅我，要是有一天我能梦见妈妈，哪怕在梦中和妈妈见上一小会儿，和妈妈说上一句话：妈妈，女儿对不起你，女儿不孝！我这一辈子，心里也会好受一些！

陈妈妈，女儿的话，您老人家听见了吗？

镜头 21　人民教师张辉兵

他[①]叫张辉兵。

我第一次看见他的名字，是在红白镇西山梨园坟场。这天是 5 月 22 日，上午 10 点左右，天正下着雨，路有点滑。张辉兵的名字写在一块木板上，木板很小，长约 30 厘米，宽约 10 厘米，像是毛笔蘸了一点钢笔水写上去的，看上去写得匆忙，甚至有几分潦草。小木板就插在他的坟头前，歪斜在草丛中，稍不注意，很难发现，即便发现了，也很难看清“张辉兵”3 个字。好在他墓地的左前方，有一条挂在树枝上的红领巾，在风中飘荡，很惹人眼目。

于是很快我就知道，他还有一个名字——人民教师！我很快便去了他生前任教的学校——红白中学。当然，他的学校现在已经不能称为学校了，只能叫做废墟。钟思文副校长告诉我说，非常可惜，他才 29 周岁，就走了，走在 5 月 12 日的下午。那是一个全中国都在颤抖的下午。那个下午本来他是可以不去课堂的，但 6 月会考在即，他是老师，物理老师，同时担任初三和初二的物理课，所以他提前去了——提前了足足 20 分钟！而正是这提前的 20 分钟，让他永远离开了这个世界，离开了他最爱的学生、最爱的课堂、最爱的学校，却留下了 4 岁的女儿、27 岁的妻子和 5 位年迈的老人！

很快我又知道，他还有一个名字，叫“黑老师”。这是同事和学生给他取的绰号。他们告诉我，张老师天生就黑，又粗又壮，体重 190 斤，加上一年四季，跑步爬山，刮风下雪，从不间断，又壮又酷的身体活像一头黑豹！所以除了在课堂，学生和老师都喜欢叫他“黑老师”。而他，对这个绰号欣然接受，不管谁叫，总是爽声答“到”，像个标准的军人，痛快，响亮。

然而，他再壮、再黑的身体，还是没有扛住垮塌的楼房！他的学生陈

---

① 《中国作家》采用第三人称“他”，稍后的上海文艺出版社等版本均采用第二人称“你”。

当时 100 多具学生和老师的尸体就摆放在红白中学操场

实——第一个冲出教室的学生——告诉我说，地震发生时，张老师正在二楼的讲台上，距离教室门只有一步之遥，但他自己没有跑，而是抢先过去一把推开教室的大门，并大声喊着：地震了！同学们快跑！同学们快跑！听见他的喊声，陈实第一个就冲出了教室；另一个学生唐章建——第二个冲出教室的学生——告诉我说，当时楼房摇晃得很厉害，教室好像马上就要垮塌，有的同学刚跑两步，就摔倒在地上。张老师用一只手臂猛地撑着教室的门框，一只手臂推着、拽着同学一个个往外跑，等十几个同学跑出了一楼，就听见楼房“轰”的一声，垮了！而与他共事多年的几位老师也告诉我说，他在二楼教室上课，又是站在讲台上，离教室门口最近，所处位置最有利于跑出去。如果当时他要跑的话，第一个跑出教室的肯定是他，因为站着起跑比坐着起跑至少要快好几秒！即便他不跑，二楼与地面的高度不过两米，下面又是一块软软的草坪，凭借他强壮的身体和敏捷的反应能力，只需往下轻轻一跳，就可以逃过一劫！但他既没跑，也没跳，而是用有力的手臂死死撑住教室的门框……难怪后来人们在废墟中发现他的遗体时，都惊奇地看见，在他倒下的最后一刻，长长的手臂还顽强地指着学生们逃生的方向！

和他一起遇难的，还有 6 位同事。一位是汤鸿，语文和音乐老师，26 岁，留下了 9 个月的孩子；一位是郑海鹰，英语老师，27 岁，留下了 5 岁的孩子；一位是王周明，语文老师，27 岁，留下了 1 岁的孩子；一位是冯强，政治老师，34 岁，留下了 6 岁的孩子；一位是杨冬，语文老师，36 岁，结婚刚一年；还有一位是 54 岁的老大姐，岳正芳老师，她当了几十年的民办老师，刚刚转为公办老师。

这 6 位老师和他一样，在灾难降临那一刻，他们用自己的良知，催赶着学生们逃生的脚步，用自己的生命，捍卫了教师的尊严！尤其是汤鸿老师，当时她正给一年级的孩子上语文课，地震发生后她非常冷静，指挥学生很有秩序地往楼下跑。如果她也和学生们一起跑，是完全可以躲过一劫的，但就在她刚准备往楼下跑的时候，突然发现教室里还有 4 个孩子坐在地上，吓得大哭大叫。她立即反身冲进教室，拽住 4 个孩子往外跑，可 4 个孩子两腿发软，根本无法挪动步子。就在这时，楼房开始剧烈晃动，再跑已经来不及了，她果断把 4 个孩子按在课桌下，然后再用自己的身体和双臂死死护住。结果，3 个孩子得救了，她和另一个孩子却走了！

此外，还有一个噩耗，就是红白中学遇难的学生多达 156 个！没有办法，地震的威力太强大了，老师们的力量太弱小了！为了抢救孩子，老师们没有工具，就用手刨砖头，刨石块，用肩扛预制板，扛房梁，几天几夜没有合一下眼，没有喝一口水，没有吃一口饭，手刨破了，肩磨破了，脚划烂了，才把 100 多个学生从废墟中救出来！特别是校长孟明福，妻子和 3 岁的小孙女埋在废墟里，他也置之不顾，毅然组织老师拼命抢救其他孩子。孩子们抢救出来后，由于道路中断，他又带着孩子们翻山越岭，逃出红白镇。等他返回学校，已经是第四天了。他的妻子和小孙女早已离他而去。

副校长张德强，地震发生后，84 岁的老母顾不上回去看一眼，妻子、儿子也顾不上问一声，就立即自发组成了教师救护队，第一个冲进废墟，搬开一张张预制板，刨开一块块砖石，拼命抢救埋在废墟里的孩子。孟副校长①一个人就刨出了 8 个孩子，手指头都刨出血来了！当晚 10 点，为了把所有孩子的尸体集中一起便于守护，孟副校长②决定把下操场 6 具学生的尸体搬到上操场。由于体力已经耗尽，孟副校长③抱起第一具尸体大约走了 10 米远，脚就不听使唤了，他只好歇上一会儿，再改用背背，结果不到 50 米的路程，每背一个孩子，他在路上至少就要歇上 3 次！当 31 个孩子的尸体全部集中到一起后，他又独自坐在操场边上，一边认认真真地守护着 31 个孩子的尸体，一边流泪。有人劝他回去休息一下，他说，我不能走啊，孩子的家长来了怎么办？得有人接待，有人解释。我是一个老师，得为家长、为学生负责啊！

也许是遇难的孩子感动了上苍，这个晚上的红白镇下起了滂沱大雨。大约从晚上 6 点半开始，雨就下个不停。大雨中，红白中学操场的四周，到处是遇难者的亲属，到处是遇难学生的家长，到处是活下来的老师，他们守在遇难者尸体旁，呼天抢地，号啕大哭，悲愤不已！

这个晚上一直守在张辉兵身边的，有两个他最熟悉的人，那就是妻子宣丽和宝贝女儿张玉鑫。我第一次去红白镇寻找他的妻子，可她外出做了志愿者，无法联系。两个月后我再次来到他的家乡，却在一个帐篷里与她偶然相遇。也许这就是天意。

他妻子多愁善感，聪明伶俐，性情开朗，对他一往情深，刚一谈起他，便泪流满面，哽咽不止。她告诉我说，“5・12”这个晚上很惨，一回想起来就非常恐怖，非常可怕！本来他是下午 2 点钟上完课回到家里的，她让他休息一会儿，他却说不行，马上还要上课。她说他这天穿的是橘红色的上衣，蓝色的裤子，黑色的皮鞋，样子非常酷——她一直很喜欢他酷的样子。他离开家门前，他们还热烈拥抱了一次。她说他们每天都是这

---

①②③ 根据上下文判断，此处应为“张副校长”。

样，在离家之前，总要紧紧地拥抱一次，热烈地吻别一次，这已经成了他们两人不约而同的习惯和秘密。但她做梦也没想到，这次拥抱竟成了最后一次！

他妻子告诉我说：地震发生时她刚走出小卖部——就是她自己在学校开的那个小卖部，就感到地在摇晃，天在摇晃！她知道这个时候他肯定在教室，一年四季，每节课他都是准时或者提前走进教室；平常有点儿时间，也是抓紧给学生复习功课。自他当老师那天起，他就希望班里每个学生都能有个好成绩，以后考个大学、大专或者哪怕是中专，就能跳出“农门”！因为他自己作为一个农家子弟，深知跳出“农门”意味着什么。她没跑多远，就看见对面学校的楼房轰的一声倒塌下去了！她立即发疯般地冲向操场，见人就问，看见张辉兵没有？看见张辉兵没有？她的一只高跟鞋跑丢了，还在跑，跑进刚刚垮塌的校门，跑进尘雾滚滚的废墟，到处找他，找那件她熟悉的橘红色的衣服，找那条她熟悉的蓝色的裤子，还有那双她熟悉的黑色的皮鞋！但她什么也没找到。很快，她就看见了刚刚跑出来的几个学生，陈实、唐章建、郑佳，还有詹新月。她问，张老师呢？几个学生告诉她说，他们听见张老师喊地震了，快跑！他们就跑了。跑的时候，看见张老师一只手在指挥同学们快跑，一只手死死撑着教室的门框！听了这话，宣丽的脑子嗡的一声，知道他一定是在最后面！她说她太了解他了，他太爱他的学生了，只要还有一个学生，他是绝对不会独自跑出来的。果然，后来她在废墟里看见了他！天啊，她说他的头部被门框压着，门框上是一根水泥柱子；小腿也被一根水泥柱子压着；还有一大块连着钢筋的水泥板，一半搭在废墟上，一半压在他的身上。她不顾一切地把自己的头伸到水泥板下，来看他，可里面塞满了砖头。她就用手一块一块地捡出砖头，终于看见了他橘红色的衣服，看见了他那圆圆的、鼓鼓的、她再熟悉不过的肚子。她说他的肚子非常宽大，脂肪很厚，女儿最喜欢骑在他的肚子上玩儿，也是她和女儿常常依靠的“枕头”。然后她又看见了他的手，她就拉住他的手，明显感到他的手还有余温。但是，她没有听见他的声音。她就使劲地喊他、叫他，可他没有答应。她想爬过来靠近他，抱住他，但一块冰凉的水泥板却拉长了他们的距离。她想把压在他身上的水泥板推开，可无论怎么使劲，也推不开。她一下就哭了，哭得很伤心，却依然没有听见他的安慰声。她说过去每当她哭的时候，他总会用手轻轻拍着她的脑袋，不停地安慰她说，宝贝，别哭了，等星期天咱们去爬山，只要站在山上往下一看，生活中什么烦心的事都没有了！可这次，她趴在废墟里哭了好久，哭得死去活来，眼泪把地上的土都打湿了一大片，也没听见他一句安慰的话。这时余震来了，不少人都劝她快出来，她却死活不出来，她说只要和他在一起，再大的地震她也不怕！后来有老师劝她说，辉兵已经不行了，快去看看女儿吧！她这才想起女儿。她说地震发生后，她心里只想着丈夫，还真没想起女儿。如果辉兵不在了，她就不想活了，活着还有什么意思？

这个晚上一直守在张辉兵身边的，还有他的女儿。宣丽刚走出学校不远，就看见女儿被奶奶接回来了。女儿惊恐万状，魂不守舍，头上缠着纱布，脸上、手上、衣服上，还有裤子上，全是血！女儿刚见到妈妈，就跑过去抱着妈妈，哭喊着问的第一句话就是：妈妈，爸爸呢？爸爸呢？她当时一句话也说不出来，只有搂着女儿放声痛哭。除了痛哭，她还能对女儿说什么呢？毕竟两天前，女儿才刚满 4 岁啊！两天前，即 5 月 10 日，那是女儿的生日，张辉兵为女儿买了一个蛋糕，给女儿点上蜡烛，还把女儿高高举起来，骑在他的脖子上，在屋里转圈，一边转圈，一边还给女儿唱了一曲甜甜的生日歌。是的，我听钟副校长、陈玉勇老师说，张辉兵的歌唱得很好，就在地震 12 天前的“五四”青年节晚会上，他一曲《敢问路在何方》，还把全体师生醉倒一大片！可两天后，他女儿再也听不见爸爸的甜甜歌声了，她听见的是学校废墟边上一大片凄惨悲切的哭泣声。这哭声像一排排迎面扑打过来的海浪，吓得女儿心惊肉跳，号啕大哭。后来，就下雨了。雨越下越大，天越来越冷，简直就像冬天一样！很快就到晚上 8 点了，宣丽母女俩相互搂着，坐在废墟边上等待救援，可从下午等到晚上，从晚上等到深夜，也没人来。压在张辉兵身上的水泥板太大、太重，没有救援部队，老师和学生根本无能为力，何况仅有的一点力量都要忙着抢救学生，抢救有生还机会的人。

这时，女儿头上的伤口一直还流着血，可她不喊痛，不喊饿，也不喊渴。其实，女儿这个时候又痛、又饿、又渴。但她妈妈告诉她说，医生说了，她头上有伤口，怕有内伤，地震了，有死人，不能喝水、吃东西，防止感染，防止瘟疫！她就不吃，不喝。后来实在饿得不行了，也渴得不行了，妈妈就给了她一个很小的西红柿，可她刚咬了一口，又吐出来，说地震了，有毒；给她倒了一瓶盖儿矿泉水，她也不喝下去，只用嘴唇在瓶盖里舔一舔，润润喉咙。她说，地震了，没水喝，要留给爸爸喝。女儿还不停地问她妈妈，爸爸在哪里？妈妈告诉她，爸爸在教室里。她就问，爸爸啥时能出来？妈妈说，现在教室垮了，等把教室修好了，你爸爸就出来了。女儿就不哭了，说，那我不走了，我就在这里等爸爸出来！

宣丽说，是女儿的坚强，让她突然意识到自己是位母亲。为了女儿，她必须继续活下去，必须尽到一个母亲的责任！于是，本来已经打算不想活下去的她，重新站起来，走到学生宿舍楼下，捡起一床从窗户上扔下来的棉絮，给女儿盖在身上；然后又从路边捡起一块雨布，走进废墟，盖在丈夫的身上。也许是一种感应，就在这时，女儿似乎意识到了爸爸的存在，突然跑进废墟，拉着妈妈的手说，妈妈，下雨了，爸爸冷，再给他盖一件衣服吧，不然爸爸会感冒的！这话令宣丽心碎，她顿时泪如泉涌，抱着女儿跪在地上，放声大哭，久久不起……

第二天一早，来了二三十个解放军！宣丽请解放军把丈夫的遗体扒出来，想见丈夫最后一面，可部队人手少，要忙着抢救有生还希望的孩子，还要忙着抢运重伤员，根本无法顾及死者！没有办法，她只有看着丈夫继续躺在废墟里。后来天色大亮，不少人开始外逃。她看见女儿伤口很严重，额头凹陷下去好大一块，还不断渗血，旁边还鼓起两个大包。想起昨天晚上人们纷纷传说的瘟疫，她一下害怕了，怕得不行，怕得浑身发抖！她只好下决心离开丈夫，先带女儿逃出去，找个医院给女儿包扎伤口。临走前，她再次从水泥板底下，爬到丈夫的身边，拉住丈夫的手，不忍离去。她说，她昨天下午摸着丈夫的手，还有余热，晚上再摸，就凉了，现在摸着，已经完全僵硬了！她说，只要拉着丈夫的手，就能感到丈夫的温暖！后来，她听见了女儿的喊叫声，这才不得不从废墟里爬了出来，抱着女儿往外走。女儿不走，哭喊着要等爸爸出来一起走。她对女儿说，你现在头上在流血，必须先去包扎伤口，不然爸爸出来看见你头上的血，会很难受的。女儿很懂事，挥了挥小手，说了声“爸爸再见”，便趴在妈妈的肩上，踏上了逃亡的路。

当时红白镇的天空，仍在下着雨，通往山外的道路，完全中断。无数的石头横在路上，无数的车辆趴在路边；无数逃亡的受灾群众拥挤在路上。宣丽的鞋已经跑丢了，便从同事李碧老师那儿借了一双，由于鞋不合脚，加上道路泥泞，双脚都磨出了血泡。途中余震不断，不时有山石滚下，还有几十吨氨气泄漏，一路烟雾滚滚。她不知哪来的勇气，从身上撕下一块布，再往上倒点矿泉水，然后捂住女儿的嘴，拼命往外逃。逃到一个叫烂柴湾的地方，女儿才被解放军送到什邡恒达驾校设置的一个医疗点。医疗点全是逃难的受灾群众，伤的伤，残的残，都在等着医生的救治。女儿头上的纱布拆开后，伤口已经裂开三指宽，头骨清晰可见，伤口的边缘也开始化脓，里面还有不少污垢。医生为她拆除纱布时，血迹和头发丝早已粘连一起，女儿痛得哇哇大哭！好不容易把纱布拆开后，鲜血又喷涌而出。医生急忙用一块纱布堵住伤口，说快送医院，这个伤口没法缝合！

宣丽抱着女儿又来到什邡第二人民医院急诊室。这里伤员更多，横着的，竖着的，坐着的，躺着的，喊叫的，痛哭的，遍地都是；医生更忙，抢救的，止血的，打针的，输液的，手术的，上跑下跳，左右顾及，忙得满头大汗。宣丽见了医生就问，医生，啥时候能给孩子缝针啊？孩子痛得不行了，求求你帮帮我吧！后来，终于轮到女儿了，可女儿新流出的血又把头发粘住了，医生不得不把女儿的头发全部剪掉！女儿的头发长得好，又黑又长，生下来就这样。张辉兵最喜欢、最珍惜的就是女儿的一头秀发，平时有事没事，总爱拨弄几下，可外人谁要动一下女儿的头发，他立马就不高兴。张辉兵说过，女儿的每一根头发，在他眼里都是一首优美的诗！可现在，女儿的头发被医生咔嚓嚓几剪子就剪光了，一首首“优美的诗”被一双双沾满泥土、流着鲜血的脚随便踩来踩去！望着女儿光秃秃的脑袋和踩在脚下的头发，想起还在废墟下的丈夫，宣丽再次伤心地哭了！

就在这时，一个意想不到的紧急情况出现了：要缝合伤口，必须消毒！可医院的酒精和碘酒全用完了！后来医生想了一个土办法，用肥皂消毒！可医院哪儿有肥皂，宣丽身上又没有一分钱，于是她就到外面一个小摊上，向人家赊了一块肥皂，医生这才用肥皂水给女儿消毒。肥皂水渗进女儿的伤口，女儿痛得哇哇大叫。医生消完毒，把女儿抱在一张桌子上，桌上有一个枕头，枕头上血迹斑斑，惨不忍睹，从昨天到今天，不知有多少人在上面躺过。女儿没有打麻药，医生就开始缝针，因为根本没有麻药！一针下去，女儿痛得哇哇大哭。由于太痛，女儿的身体拼命挣扎，拼命扭动。为了配合医生缝针，宣丽只好用手按住女儿的头。可她一个人不行，只好又请旁边两个男人帮忙按住女儿的腿。于是医生一针一针地缝着女儿的头，女儿一声一声地叫着爸，一声一声地喊着痛！望着惨不忍睹的女儿，宣丽痛不欲生。女儿望着痛苦不堪的妈妈，突然哀求说，妈妈，你给我唱一支爸爸教给我的歌吧，我听了就不痛了。于是宣丽一边流着眼泪，一边唱起了张辉兵曾经教给女儿的那首儿歌：

门前小桥下，
走过一群猪。
二四六七八，快来快来数。
嘟哒嘟哒嘟嘟哒，快来快来数。
……

宣丽一遍又一遍地唱着，泪如雨下，每一滴眼泪，都滴在女儿的脸上。

渐渐地，女儿不哭了，也不叫了。也许是这首歌，让她想起了至今还躺在废墟中的爸爸，让她变得勇敢；也许是地震那一刻，她看到幼儿园太多孩子的鲜血与尸体，让她懂得了坚强；也许是医生没有注射麻药，非人的痛苦让她痛到了极致，痛到了麻木以致失去了痛的感觉！而且，她自己不但不哭，还伸手为妈妈擦着泪水，一边擦一边说，妈妈不哭，妈妈不哭！

在场的人无不为之落泪动容，甚至连医生也哭了，握在手中的针头久久不忍下手……终于，半个多小时过去了，医生一共给女儿缝了 8 针！女儿一直紧紧咬着牙关，不让自己哭出声来，唯一发出的沙哑声只有两个字："爸爸！"

宣丽望着脸色惨白、满头大汗的女儿，心如刀绞！她说，什么叫心痛？过去从来不知道这个词的真正含义。心痛，就是用钢针狠狠扎在你的心上，挑起来，再扎进去，再挑起来，再扎进去，然后让你看着它慢慢流血……

宣丽带着女儿再次返回红白镇时，已是 5 月 16 日的上午了。在离开的几天里，她天天拨打丈夫的电话，一天拨打十几次，可每次总是"对不起，你拨打的号码已经关机"。她听公公说，在 15 日下午 6 点半，丈夫才被解放军挖出来。压在丈夫身上的水泥板太大、太多，解放军费了很大的劲！也就是说，从 5 月 12 日下午 2 点半算起，他一个人在废墟下，在血泊里，躺了整整 76 个小时！据宣丽说，她在"5・12"下午 6 点左右第一次握住他的手时，他的手还是热的。我由此推断，他的心脏肯定不是一下就停止跳动的！那么在这 76 个小时里，从最初的意识清醒，到中途的拼命挣扎，再到最后逼近死亡的煎熬，他所经受的，是怎样的一种折磨啊！然而令人惊奇而震撼的是，当将他从废墟里挖出时，现场不少人都看见，他的手臂居然还指着学生逃生的方向！于是不少学生家长守着张辉兵的遗体流泪不止，久久不肯离去；死里逃生的学生把一块白布搭在他的头上，还为他盖上一床被子；"黄继光团"的官兵们被他的行为深深震撼而又感动，出于对一位真正的人民教师的尊重，8 个战士的肩膀把他抬举到山上，然后轻轻放进一个刚刚为他挖好的坑里，再把红白镇的黄土轻轻覆盖在他的身上，像昨天覆盖了前天，像岁月埋葬了沧桑。

从此，张辉兵永远离开了他的妻子，离开了他的女儿，离开了他 5 位年迈的老人：父亲张云和，继母陈龙蓉，还有岳父岳母以及一位 83 岁的爷爷！他的爷爷腰部左侧早就有病，一直瘫痪在床，这次地震又将腰部右侧砸伤，胳膊还打了钢针，一直躺在医院。张辉兵遇难的事情爷爷一直被蒙在鼓里，每天爷爷都要问起他；每次爷爷问起他，他父亲就说，您孙子到很远的北京给他的学生领不要钱的新课本去了。而张辉兵的父亲，却在“5·12”这个晚上亲眼看见了事情的真相！他看到血肉模糊的儿子正躺在教学楼倒塌后的废墟里，儿子身上是一大块缠着钢筋的水泥板，身下是一摊浑浊流淌的血水！这个世界再没有比见到真相更可怕的了。看见了真相，就等于种下了苦难！因此张辉兵走后，精神最受煎熬的，是他的父亲。他父亲虽然肉体健在，精神却在劫难逃！

我见到他父亲的时候，张辉兵已经离开这个世界两个多月了。为了找到他父亲，我费了好大周折，最后有如神助，如愿相见。我见到他父亲是7月29日的傍晚，红白镇的太阳已经坠落西山，红白中学的废墟已经恢复了平静。他父亲刚从山上回来，背上背着一大捆玉米秸，像背着一座绿色的大山。我问他背这玉米秸干啥子？他说喂猪。家里的房子全垮了，所有家当全没了，只剩下一头活着的猪！他父亲住在红白镇镇口马路边一个临时搭起的灾棚里。灾棚非常简陋，做为儿子，见了这个景况，肯定会落泪的。但没办法，这就是地震所要的效果，这就是灾难留下的伤痕。红白镇不少居民都住进了新盖的板房，但他父母没有，因为住新板房要城镇户口，他父母是农村人，暂时还没这份资格，就像学校的民办教师和公办教师，资格不同，待遇也就不同。不仅灾区这样，城里也是如此。比如某人一旦爬上一个狗屁科长、局长的位子，第二天就会有一辆小车，而后公事私事一起办，老婆孩子轮流坐，汽油再贵随便跑，所有费用公家包！不过，他父亲告诉我说，当地政府已经给家里补助了800元钱，他已经很满足了。张辉兵亲生母亲在他初二时生了一场病，要是当初能有这800元钱，母亲就不会死了！他父亲还告诉我说，从那时起，张辉兵就立志要考大学，将来要当医生，要当军医！但当初家里实在太穷，交不起学费，父亲不同意他去考大学，而强迫他考了个中专。结果，张辉兵没有当成穿着白大褂的医生，却成为一名站在三尺讲台上的教师。张辉兵走后，他父亲瘦多了，也老多了；衣服脏了，不愿换一件；胡子长了，也不刮一刮。但8级地震依然没有改变父亲几十年来天天劳动的习惯！送走张辉兵后的第二天，父亲就忙着上山了。他父亲说眼下正是收苞谷的时候，山上的苞谷不收回来，明年就该饿肚子了！但他父亲再忙，却天天想着他！真的，是他父亲亲口这样对我说的。他说他现在什么都不想，就想儿子！每当想儿子的时候，就拿出照片，躲在“家”里看，一张一张地看，看了一遍，再看第二遍，反反复复地看。他说，他现在每天除了上山劳动，就是坐在“家”里看儿子的照片。每次看着儿子的照片，他就落泪，就后悔。后悔什么呢？他说当初要是同意儿子去考大学，不强迫他去考中专，他肯定就不会去当老师了；不当老师了，他肯定就离开红白镇了；离开红白镇了，地震时学校再怎么垮，他也就不会死在学校了。于是，每天傍晚，老人都坐在“家”的门口，望着红白镇的天空，向着后山那块墓地——儿子安息的地方，反反复复、自言自语地说着一句话：都是我错了！都是我错了……

张辉兵走后，感情最受折磨的，是宣丽。她几乎每天都要看他的照片，每晚都希望能与他在梦中相见。每天早上起床，她的情绪都很沮丧，她不希望梦醒，希望自己永远活在梦中，永远躺在梦里。但天总是要亮。于是她每天便靠回忆来打发孤独寂寞的日子。她对我说，他们相识于 1999 年，第一次见面是在夏季的一个星期天，地点就在红白镇的通溪河。她喜欢水，喜欢踩着水波摇来晃去的样子。那天也许是过于兴奋，她一不小心摔进了河里，他趁机抓着她的手，把她从水里牵了起来，而后就再也没有松开，一直牵着她的手走了两个半小时。她的手心早就出汗了，可她喜欢他手上的温度，还有湿漉漉的感觉。2002 年，他们结婚了。结婚这天是圣诞节，他为她戴上一枚戒指，1.86 克，什邡买的，虽然价值只有 368 元，她却非常喜欢；他还送她一幅画，画面是一片树林，背景是大山，晨曦中透出一缕光明，意味无穷，宁静致远。可张辉兵是个穷教书匠，是靠着借的 8 000 元钱，才办了婚姻大事的。家里很穷，祖祖辈辈都是红白的山民。从小就很苦，他穿的衣服全是捡别人的，上初中了，还打着光脚板。张辉兵最大的理想是当一名军医，不能成为一名军医，便选择做一名教师。1998 年中师毕业后，他在红白镇柿子坪村当小学老师，凭着自己的努力和水平，2004 年调入红白中学，当了一名数学和物理老师。什邡市共有 20 多所初中，在全市统一考试中，他教的班考到了第二名，但他的工资只有 736 元。

他是独子，家中所有事都得靠他，而且还得还债！所以婚后的日子同样很穷。为了把穷日子过下去，妻子宣丽在学校门口开了一个小卖部，靠每周去什邡进点小食品、小百货，赚个几角钱。红白到什邡37公里，车票6.5元，坐车要一个多小时。他怕累着了妻子，也为省下这6.5元，就借钱买了一辆摩托车，每个星期天驮着她去进货。她坐在后面背着一个大包袱，他坐在前面挺直腰板为她遮风挡雨，还让她把双手插进他的兜里。尤其是冬天，只有一个头盔，每次他都让给她戴，而他自己却冻得像根冰棍。这对她来说是一份感动，对他却是一个习惯。每次回到家里，他第一件事就是从她背上把包袱取下来，然后泡上两包方便面，1元钱一包的，递到她手上；5角钱一包的，留给他自己。为了还债，他们甚至两个月只吃三次肉！2003年冬天的一个夜晚，她第一次也是唯一一次发现他落泪了。她问他为什么？他说她嫁给他，却不能让她过上好日子，心里很难受！每次她坐在摩托车后面，膝盖都吹僵了，等以后有了钱，一定给她买辆二手汽车，一万多块钱的，再也不让她的膝盖受凉了。她听了后也哭了，说不管日子多穷，只要和他在一起，她就幸福。后来他还是没钱给她买一辆二手车，却给她买了一副护膝，她戴在膝盖上，感到非常的温暖。她说买不起洗衣机，所有的衣服她都用手洗。山里的冬天，水特别冷，但能为他洗衣服，再冷，她也感到是一种幸福。可现在，她连给他洗衣服的权利都被剥夺了！

最让宣丽感动的，是她的每一次生日，丈夫总会送她一件礼物。宣丽至今都清楚地记得丈夫每次送给她的礼物：20岁嫁给他时，他送给她一个戒指；21岁生日时，他送给她一个CD，贝多芬的《命运》交响曲；22岁生日时，他送给她一双旅游鞋；23岁生日时，他送给她一个头饰；24岁生日时，他送给她一支钢笔和一本《鲁滨孙漂流记》；25岁生日时，他送给她一款MP3，还专门录入了她最喜欢的歌曲《白桦林》、《秋天再回来》；26岁生日时，他送给她一枚银戒指，30元买的，怕她说贵了，连发票也给她看；27岁生日时，他送给她一套内衣，花色的，软软的，透明的，他说她穿在身上，非常好看……而就在“5·12”的头天晚上，他们还聊了一个晚

张辉兵之墓。旁边是他妻子宣丽

上。她至今都记得他对她说过的话："一个人要想快乐，心中就要装满爱，用爱去融化仇恨。当爱充满心间，你就会感到幸福！一个人如果无法选择生活，那么就应该选择生活的态度。我希望自己是一棵树，长大了，给人带去阴凉；倒下了，给人留下柴火。"为了寄托对丈夫的思念，宣丽还为他写了不少日记，几乎天天都写。这些日记我看了，是在从灾区返回北京的飞机上看的，看得我泪流满面。宣丽虽是大山的女儿，却有城里女子浪漫的情怀，她的日记充满了对丈夫诚挚的爱，而且写得很有文采。现在，我摘录两段，如下：

老公，今天又拿起了你的照片，照片上的你在对我微笑，我的心却是说不出的痛苦。你走了，我该怎样走下去呢？我在外面总是把坚强的一面展现给别人，却没人知道我的每个夜晚是怎样度过的，没人看见我的泪水怎样从眼角滴落，没人知道我笑脸的背后心有多痛，只有我才知道自己心中的那根弦有多么脆弱，只有我才能听到自己的心在滴血的声音！我盼望夜晚的到来，希望每个夜晚都能在梦中遇见你，抱着你，永远不要醒来。但梦醒后，我仍要“坚强”地面对世界。每当看到一朵野花，一株小草，我都会想起你，都想摘下来送给你。要是你在我身边该有多好啊，我们可以带着孩子一起走在山路上，悠闲地散步，悠闲地采摘野花，即使踩在一片泥泞里，也是幸福的。可现在，我看到山中的任何景物，都不会吸引我，即使看到太阳从西边出来，我也不会感到意外，因为没有你！

老公，你知道吗？我爱你，想你，没有一天不在想着你。你的影子就像剪不断的雨水，源源不断地浮现在我的脑海中，每一幕温馨的回忆都令我心碎。老天为什么要让我爱上你？爱你爱得越深，就是对我最大的折磨，失去你，是我此生最大的痛！你曾经说过，你会爱我一生一世的，为什么你的一生一世是如此的短暂？在大灾大难面前，你怎么可以就这样走了呢？让我一个人承担这么大的痛苦。自从你走了后，我才觉得爱是如此的不堪重负。因为爱你，我必须要站起来；因为你的爱，我才会去做很多事情。在痛苦的深渊里，只有你的爱，才会让我走出来。每一天每一刻，我只有想到你，才会感到幸福。我不想让别人来感谢我，只想把你的爱延续下去，让你在天堂放心，在天堂也要笑！倘若真有天堂，你会笑吗？

张辉兵走后，心灵创伤最重的，是他的女儿。女儿一直想着爸爸，牵挂着爸爸，甚至常常在梦中喊着爸爸的名字。每次半夜从梦中醒来，她总是睁眼就问，爸爸到哪儿去了？妈妈告诉她说，爸爸到天堂去了。女儿说，天堂在哪里？妈妈说，天堂在很远的地方。女儿说，天堂好吗？妈妈说，天堂好，天堂没有地震！

是的，地震，一场大地震，再加上父亲的突然消失，女儿心灵留下的创伤太深太重了！她在地震两天前，才刚满4岁啊！地震那个下午，她第一次看见那么多的房屋倒塌，第一次看见废墟中流淌着那么多的血迹，第一次看见幼儿园的门口摆放着那么多的尸体——那些都是刚刚还活蹦乱跳的同学啊！5 月 16 日这天，她还去父亲的坟墓看了他，那是她生命中第一次见到坟墓，她第一次见到的坟墓竟然是她父亲的！宣丽跪在丈夫的坟前，趴在水泥做成的坟盖上，号啕大哭，不停地喊着丈夫的名字，泪水把坟盖都打湿了；女儿也学着妈妈的样子，跪在坟前——这是她人生中第一次以跪的方式面对这个世界，不停地喊着爸爸！女儿见妈妈很伤心的样子，还伸出手去，不停地给妈妈擦着眼泪，说，妈妈，不准哭，不准哭……

2008 年 9 月 1 日，宣丽带着女儿来到了北京。在北京动物园门口，我与宣丽和女儿见面了。我给她女儿照相，她不干。宣丽说，张辉兵在的时候，女儿最喜欢照相了。每个星期天，张辉兵都要带她去山上照相；每次他给女儿拍照，她都高兴得不得了。可现在，一说照相，她就不乐意，好像还有点反感。我刚一举起相机，她就躲，甚至跑！这是为什么呢？

宣丽告诉我说，短短 3 个多月里，女儿的性情发生了不小的变化，只要看见别的孩子和爸爸在一起，她就转身走开。开始有不少记者问她，想

这是张辉兵 4 岁的女儿张玉鑫。身后的影子，也许是她幻想的爸爸

爸爸吗？她总是回答说，想。后来，再有记者问她想爸爸吗？她就不怎么说话了。

我让宣丽的女儿坐在我的车里，刚一坐下，她就这儿动动，那儿摸摸，看得出，她很喜欢车。我把一台笔记本电脑送给她，然后一边陪她玩着电脑，一边和她聊天，聊着聊着，我还是忍不住轻声问了一句：想爸爸吗？

她低下头，一下就不说话了。我看着她，也不说话。车里突然静下来，很静很静，有点像话剧中的静场。但片刻，女儿还是没有憋住，轻轻说了两个字：不想。

我和宣丽都愣了一下。但细一想，有什么奇怪的呢？想想吧，一眨眼，张辉兵离开女儿已经3个多月了！3个多月来，女儿想爸爸都快想疯了，甚至在梦中也喊着爸爸的名字，可她每想爸爸一次，就伤心一次；每梦见爸爸一次，就失望一次。她的日子除了失望，还有什么？而作为爸爸，除了给女儿——包括所有活着的亲人——留下了痛苦与折磨，又有什么？既然如此，女儿为什么还要想呢？她再想，又有什么用？难道有谁能还她一个亲爸爸吗？

不过很快我便看见，她的眼里含着泪水。我不知道这泪水意味着什么，也不知道这泪水还要流多长时间；我只知道，泪水总有流干的一天，唯有人间亲情，万古不变！

张辉兵老师，你说对吗？

镜头22　大山里的小背篓

汶川大地震，不仅震垮了灾区百姓的房子，也震坏了灾区百姓的劳动生活工具，比如铁铧、锄头、扁担、粪桶、镰刀、风车、蓑衣、斗笠，等等。但多数受灾群众家的背篓，却幸存下来。

背篓，就是南方人用竹子编的一个筐。这个“筐”在我的故乡四川十分流行，尤其在山区，家家必备，户户都有，无论男女老少，只要出门赶集，或者上山劳动，总要背在肩上。背篓在我故乡父老乡亲的肩上，一代又一代，我想至少背了3 000年！

背篓能幸存下来，是因为平时都被主人随便扔在院子里，或者顺手放在屋檐下，所以地震时不太容易压着。即使压着了，背篓是竹子编的，有弹性，折不断，压不烂，捡起来用手挤一挤，再用膝盖顶一顶，又是老样子了。随着时间的推移，当大卡车、大铲车、挖掘机、推土机等大型现代化机械先后撤离灾区后，背篓——这一古老的原始工具，又成为灾区山民生活中不可或缺的主角，每天从清晨到黄昏，在淡淡的红霞与浅浅的雾霭中，一个又一个的背篓又开始晃动在弯弯曲曲的山路上。用受灾群众自己的话来说，自己的日子还得自己过，自己的背篓还得自己背。

于是在灾区，我又见到了一个个我儿时熟悉的小背篓。

在红白镇的木瓜坪村，我看见一个妇女背着背篓，背篓里装的全是废纸箱，废纸箱压在她的背上，走起路来，像一个移动的废品站。这位妇女告诉我说，她家的房子全垮了，爱人和孩子也没有了，但背篓还在。她每天凌晨 4 点就起床，背着背篓下山，到很远的小镇上，去捡这些被扔掉的废纸箱。她说夏天就要过去，冬天就要来了，用这些废纸箱把垮掉的家支起来，就可以挡挡风遮遮雨了，等冬天一到，就不冷了。我说，现在山下有简易木板房，你为什么不去住？她说，我去了，住过两天，又回来了。我问，为什么？她说，我家祖祖辈辈都住在山上，早就习惯了，现在一下子几百人住在一起，就像大家都蹲在一个茅坑拉屎，很不舒服。再说了，我的爱人和孩子的魂还在家里，我晚上陪他们睡在一起，心里安稳一些。我说，你现在一个人，以后的日子怎么过？她指了指她肩上的背篓，说，再苦的日子都过来了，没得啥子的，我自己会种玉米、土豆，还可以去捡废纸箱，背到镇上去卖，一个废纸箱，可以卖 2 角钱呢！

在红白镇的柿子村，我看见一个男人背着背篓，背篓里装的全是砖头。这个男人告诉我说，他家的房子全垮了，家具也全砸坏了，幸好爱人还在，女儿还在，背篓也还在。我问他捡这些砖头干什么？他说，捡砖头来自己盖房子啊！地震了，什么都没有了，一分钱也没有了，捡回这些砖头，可以节约好大一笔钱呢！这些砖头到处扔在地上，很可惜的，我和我爱人，还有女儿，都出来捡。我一看，他的身后果然有一个妇女和女孩在地上捡砖头，母女俩一副很知足的样子。我问男人，你一个大男人，怎么也背这个背篓？男人笑了，笑得很幽默，说，没得法呀，爱人的腰给砸伤了，女儿又小，这个“家”只有我来“背”了！

在红白镇空降兵133团的帐篷前，我还看见三位大妈背着背篓，守在那里捡矿泉水瓶。三位大妈起得早，像战士一样，每天早上5点就准时“上岗”，一旦发现“情况”，争先恐后，蜂拥而上。三位大妈都是寡妇，一位满头白发，一位身穿红衣，一位右眼失明。满头白发的大妈叫郑令英，63岁，丈夫6年前去世后，背篓就一刻也没离开过肩膀。这次大地震，儿媳重伤，孙女遇难。孙女已经15岁了，从小喜欢读书，还说要考北京大学，北京考不上，就考成都，反正不种地，要读书。郑大妈家还养了11头猪，这次震死了3头，3头都是大肥猪，已经长到了160多斤！郑大妈说喂一头猪不容易，她每天都要上山背猪草，背满满一背篼，每天还要煮一大锅猪饲料。没想到刚把猪养大，却死了！郑大妈说这事都怪儿子，地震那天儿子只顾去村里救人，不在家帮她救猪，结果死了3头猪，一头猪能值1 000多块呢！郑大妈说起3头猪来，唠唠叨叨，没完没了。她还说地震后

三位孤寡老人：徐世蓉、张成秀、郑令英

村里就发给她 310 元钱，再也没有了。全国支援了灾区很多好东西，她什么也没得到，得到的都是些方便面、旧衣服什么的，好的都被当官的先挑了。总之郑大妈心里好像不平衡，有情绪，很心酸，向我诉了很多很多的苦。后来诉着诉着，竟当着我的面，大把大把地抹开了眼泪。

身穿红衣的大妈叫张成秀，71 岁，个子又瘦又小，却非常精干。张大妈不爱说话，不愿接受所谓的“记者采访”，或者说不屑接受所谓的“记者采访”，看上去城府很深，像是一个经过风雨、看破红尘的人。我与她谈话，基本上是我问一句，她答一句；有时我问两句，她答一句；有时爱理不理，甚至干脆避而不答，一转身，用背篓对着我的镜头。我总感到她心里有什么事，后来一打听，6 年前张大妈丈夫患癌症去世，此后，她背背篓的时间多了，话却少了。这次地震，儿媳死了，儿子痛苦，她也痛苦，儿子伤心，她也跟着伤心；加上家里房子全垮了，连锅也揭不开了，没有经济来源，生活很困难，她只有天天背着背篓出来捡矿泉水瓶，话就更少了。但当我问张大妈现在有什么困难时，张大妈却把肩上的背篓一晃，马

张成秀，71 岁

上面挂笑容，使劲一摆手，做出一副不肯认输的样子，说，没啥子的，我还能劳动，饿不死！

右眼失明的大妈叫徐世蓉，78 岁，身体很好，就是右眼看不见，什么也看不见，从小就看不见，连她自己都不知道是咋回事。徐大妈的丈夫是个矿工，26 年前就死了，死因不详。她只知道丈夫天天咳嗽，夜夜咳嗽，有天晚上咳着咳着，就死了。我问她是不是因为矿上有污染？她说不知道。徐大妈说，她们 3 人中，她背背篓的时间最长。她从小就喜欢背篓，常常背着背篓上山捡柴火，掰苞谷，摘野果。丈夫死后，她的背篓更是什么都背，而且越背越重，从来没放下过。徐大妈豁达开朗，无忧无虑，好像什么苦都能吃，什么苦都吃过了。别看她只有一只眼睛，给我的感觉比城里好多有两只眼睛的人还要高兴，看事也看得清楚，看得明白！唯一让徐大妈惋惜的是，“狗日的地震”把她的腿，还有腰，给震伤了。她说她在医院住了一段时间，就让出院了，刚好一点，就出来捡矿泉水瓶，现在背起背篓来很吃力，不像地震前那么轻松。但也得背，不背怎么办？另外，“狗日的地震”把她孙女也给震死了！她说孙女都 14 岁了，如果不死，再过几年就上高中考大学了，读了大学就可以挣钱养活她了。但孙女死了，以后没人管她了。谈到孙女的死，她好像在向我讲述一个邻居的故事，没有责怪，没有谩骂，没有悲伤，没有哭泣，只有惋惜。我问她以后的日子怎么过，她说没想那么多，想那么多干啥？地震来了，想得再多，还不是什么都完了！说着，她两眼一闭，开怀一笑，一副知足常乐什么都无所谓的样子。

根据我的观察，三位大妈在捡矿泉水瓶的过程中，也有明争，有暗抢，有算计，有猜疑，甚至有时还会大打出手，互相争抢。原因是，三位大妈都向我说到了同一问题：要捡到一个矿泉水瓶，很不容易！一是靠运气，运气好，今天出门就能多捡几个，运气不好，明天出门就会少捡几个，甚至没有；二是矿泉水瓶卖不了什么钱，一斤才卖 1.5 元。而且，厚皮的矿泉水瓶要捡上 24 个才有一斤，薄片的矿泉水瓶要捡上 25 个才有一斤。就是一天捡上 100 个，也才 4 斤，而 4 斤才 6 块钱。问题是，要捡 100 个矿泉水瓶不容易！

好在汶川大地震像山里的一根草绳，把三位大妈捆在了一个背篓上。每当没有矿泉水瓶可捡时，我会发现，3 个背篓常常紧靠一起，三位大妈围在背篓的四周，一起聊天。聊死人，聊活人，聊庄稼，聊家常，聊空降兵，聊志愿者，有时还打打闹闹，嘻嘻哈哈。背着背篓晃来晃去的日子，倒也过得自在悠闲，十分饱满。背篓好像就是她们活着的见证，就是她们生活的全部，就是她们继续活下去的理由。不管日子多么不易，她们只要背起背篓，就能装下全部的酸苦；无论生活多么艰辛，她们只要背起背篓，就能扛起所有的沉重！

最令我感动和震惊的，还是另一个有关背篓的故事。这个故事的主人公是位老奶奶。如果说上述几位大妈用背篓背起的，是一筐生活的艰难，那么这位老奶奶用背篓背起的，则是一座人格的大山！

老奶奶姓王，80 岁左右，家住洛水一座偏远的大山里。一位山民告诉我说，老奶奶从小喜欢山，喜欢树，喜欢花，喜欢草，尤其喜欢小背篓，每次出门，背篓总要背在肩上。老奶奶一辈子都生活在大山里，她用背篓背过柴火，背过南瓜，背过化肥，背过粮种，传说 1935 年红军长征路过川北时，还为红军背过鸡汤。后来老奶奶长大了，再后来结婚了。老奶奶的丈夫是个外乡人，常到山里挖药材，在弯弯的山道上，两人相遇了，相爱了。婚后的日子很幸福，丈夫每日进山挖药材，老奶奶每天背着背篓上山拾柴火，晚上两人点燃一堆篝火，一边烤土豆，一边唱山歌，小两口的小日子像山里的野葡萄，过得有滋有味。

可婚后第三年，有一天丈夫进山挖药材，不幸跌下山崖，再也没有回来，为老奶奶留下的唯一“遗产”，是一个只有 6 个月的儿子。从此，老奶奶再也没有走出过大山。她用背篓把 6 个月的儿子背到 6 岁；等 6 岁的儿子长大后有了孙子，她又用背篓背孙子。这时候，山里人的日子，像地里的庄稼，一天天好了起来，房顶的炊烟渐渐有了生气，山上的野果渐渐有了味道，而老奶奶的脸上，也开始有了笑容。老奶奶的背篓背起的，不再是柴火、南瓜、化肥、粮种，还有猪肉、大米、香烟、烈酒。尤其是每当背起孙子的时候，她瘦弱的肩膀，更是多了一份快活与力气。老奶奶用背篓把孙子背到上学的年龄，又用背篓把孙子第一次背进了学校。

但是，5月12日这天，大地震从天而降，老奶奶的家垮了，儿媳砸死了，儿子也失踪了！山民告诉我说，老奶奶的儿子在金河磷矿，金河磷矿在一个叫“欢乐谷”的地方，这个地方很远很远，他们从来没敢进去过。金河磷矿有矿工200多个，除了有几个人跑出来，其余全被大山埋在了下面！而老奶奶的孙子——唯一的一个孙子，这天在洛水中心小学上学。地震后，山上的老奶奶最先想到的就是孙子，于是她背起背篓就往山下跑。但地震后，原来下山的路没有了，老奶奶只好冒着余震的危险，不顾山上滚落的飞石，绕道走了一天一夜，才从山上走到了山下，走到了学校。

老奶奶来到洛水中心小学时，一下就被惊呆了！她看见，学校倒塌的墙壁上，到处挂着孩子的胳膊和大腿；学校的操场上，遍地摆放着孩子的尸体；乱七八糟的废墟上，到处是抢救的士兵；废墟的四周，到处是哭泣的家长。老奶奶急忙停住脚步，捂住胸口，悄悄退到了废墟的边上……

这天在洛水中心小学参加抢救孩子的，是空降兵133团。该团的一个班长告诉我说，5月14日那天下午，他们班在洛水镇洛水中心小学抢救学生，救出的孩子如果活着，就交给医生护士处理；救出的孩子如果死了，就把孩子的尸体简单包裹一下，转运到旁边的操场上，让战士看护好，等家长们来认领。转运孩子尸体，是一件非常麻烦的事情，因为当时还没有尸袋（一种专门用于装尸体的黄色袋子），只能就地找一块塑料布，或者一床破席子，把尸体裹一裹，卷一卷，再找来一块门板，把尸体放在上面，由几个战士抬走。在包裹和转运孩子尸体的过程中，战士们必须非常小心，动作不能快，因为不能碰坏了孩子的尸体，所以很耽误时间。当时学生家长很多，不少家长又哭又叫，现场非常乱，所以搞得战士们非常紧张。

班长说，他大概是在搬运第三具孩子尸体的时候，看到废墟边上坐着一个老奶奶的。他说老奶奶大概有七八十岁，头发全白了！老奶奶的眼睛盯着废墟，一声不吭，一动不动，她的身边放着一个背篓，背篓上还插着一朵花，像是山菊花。因为他的家乡在湖北农村，村里也有这种背篓，所以看见背篓很亲切，对老奶奶印象很深。他们救出的第四个孩子，是个男孩，大概六七岁，孩子的胳膊断了，头也裂了，但孩子手里还死死攥着一个紫红色的书包。经医生检查，孩子已经死了，他们就赶紧忙着找塑料布，打算先把孩子的尸体包裹起来，再转运走。但找了两个地方都没找着。就在这时，他听见有人叫了一声“娃”，一回头，是那位坐在废墟边上的老奶奶。

班长问，老奶奶，这是您家的孩子吗？

老奶奶说，是，是我的孙子，我一眼就认出来了，他手上的书包还是早上我给背上的呢！

班长说，老奶奶，您对孩子的安放有什么要求，尽管提出来，我们照您说的做。

老奶奶却一把拦住班长说，人死了，就不能再活了，这孩子，你们就别管了！

班长说，老奶奶，不行呀，我们是军人，不光要抢救活人，对去世的孩子也要负责。您放心吧，我们一定会把您的孙子安葬好的！

老奶奶说，娃呀，现在活人都救不过来，哪还顾得上死人啊！我这孙子，有我在，你们就别管了。赶紧去救那些还活着的孩子吧，快！耽误不得呀！

说着，老奶奶使劲推了班长一把。然后，放下肩上的小背篓，解下腰上的白围裙，扑通一下跪在了孙子面前。

班长说，我看见老奶奶把孙子抱在怀里，先用耳朵贴在孙子的胸口听了听，又用手指擦了擦孙子脸上的灰尘，再翻开孩子的眼睛看了看，然后轻轻叹了口气，在孩子的额头亲了一下，自言自语地说，孙子，听话，奶奶带你回家！说着，用围裙把孩子一裹，抱起孩子，一下放在背篓里，像放下一个刚刚睡着的婴儿，又像搁下一捆刚刚捡回的柴火。老奶奶的动作干净、利落，又很轻柔，看得出，老奶奶对孙子非常疼爱。但老奶奶除了轻轻叹了一口气，始终没有喊叫，没有痛哭，甚至眼里连一滴眼泪也没有！

老奶奶背起背篓，没说一句话，只感激地向我们点了点头，就迈着小脚，向着深山一步一步地走了。留给我们的，只有一个又瘦又小的背影。当时，望着老奶奶的背影，我们全班战士都哭了！我们一下就想起了自己的妈妈和外婆，还有自己的奶奶，心里特别的难受！于是我们一起举起手来，面对老奶奶的背影，恭恭敬敬地敬了一个军礼！

听完老奶奶的故事，我泪流满面。儿时，背篓在我的记忆中，就是一个筐，筐里有玉米、红薯、山花、野果，还有顽皮与梦想；但今天，背篓在我眼里，却是一座山！这座“山”除了生长玉米、红薯、山花、野果，还埋藏着柔情与侠骨，善真与天良！于是那一刻，我感到老奶奶肩上背起的，哪里是灾区百姓的不幸与心酸啊，而是一个民族 5 000 年的沉重与苦难、顽强与坚韧！

那一刻，我想起了我的母亲。我母亲 2006 年去世，终年 82 岁。母亲一生生下 10 个儿女，却只养活了 7 个，这是母亲的骄傲，也是母亲的不幸。我们 7 个有幸活下来的姊妹，都是靠母亲用背篓一个个背大的。而我第一次背起背篓，才 6 岁。当时我和母亲生活在四川一个山清水秀的小镇，这年冬天的一个晚上，我 1 岁多的弟弟突然生病，母亲就用背篓把弟弟背到了 12 里路外的一家医院。回来的路上，母亲实在背不动了，背篓就压在了我的肩上。天黑，路窄，加上我年幼力小，没走多远，脚底一滑，一下便摔在了路边的水田里。等母亲把我从田里捞起来，我和弟弟全身湿透了，背篓也打湿了，母亲只好重新把背篓背在自己的肩上。回家后，弟弟高烧不退，母亲只有守着弟弟落泪。快到清晨，我就眼睁睁地看着弟弟闭上了眼睛。这是我人生第一次用背篓背负生命的重量，也是我第一次亲眼目睹生命的死亡。从此，故乡的背篓在我心中烙下了深深的血印，也刻下了永久的悔恨！

没想到，近半个世纪过去了，故乡的背篓又复现眼前。于是我当即暗下决心，一定要找到这位老奶奶！

非常遗憾的是，尽管我曾两次走进什邡洛水镇，爬上几座大山，走访过几个村落，询问过不少山民，却都与老奶奶无缘相见。老奶奶的故事如同山里的云彩，飘挂高空，难以触摸。直至 2008 年 7 月 28 日傍晚，当我爬上一座大山，偶遇一位姓王的山民，才得知老奶奶后来的一些情况。

山民告诉我说，老奶奶把孙子背回“家”后，太阳已经快要落山了。老奶奶先用泉水，给孙子擦洗了一遍身体，再脱下自己的衣服，把孙子的尸体重新包裹了一遍，然后用背篓把孙子背到后山，为孙子选了一块向阳的坡地，用锄头刨了一个坑，自己亲手掩埋了孙子。老奶奶同时掩埋的，还有孙子的书包。书包里，塞满了孩子留下的所有作业和课本。这些作业和课本，老奶奶一本都看不懂，却放得非常整齐，非常规矩。本来，按山里人的风俗，家里死了人是忌讳亲人下葬的，当时有个村民要去帮老奶奶掩埋。但老奶奶谢绝了，说，都这个时候了，大家逃命都忙不过来，还讲什么风俗哟！你家的妹子还没找着呢，赶紧去找人吧！第二天一早，老奶奶背着背篓又要进山。当时几位村民都拦住老奶奶，说山里的人都在往外逃，你怎么还往里去？老奶奶说，我要进山找儿子。村民劝她说，别去了，里面死了很多人，你儿子如果还活着，早就跑出来了！老奶奶说，我儿子就是死了，我也要见到他的骨头，我也要把他背回来！说完，老奶奶背起背篓，头也不回地走了。但一天过去了，两天过去了，一个月过去了，两个月过去了，也没见老奶奶回来……

听完山民的讲述，我久久无语。

什么是中国百姓？什么是民族精神？

那一刻，望着眼前巍峨的大山，我像一个背着老奶奶留下的背篓的孩子，刚刚走进灾区的校门。

镜头 23　哑巴老人和他的老照片

有人说，他是个哑巴。

一个村民却对我说，不能说他是个哑巴，是我们听不懂他的话，他是用手在说话，用心在说话。

村民说，其实他说话很早，不到一岁，就什么都会说了。村里的老人都说，这孩子长大了，当个公社的广播员，准行！长到 5 岁的时候，他就更不得了了，村里的事，没有他不会说的。而且，什么事只要到了他的嘴里，像说相声似的，生动得很，谁都爱听，大家便叫他小铁嘴。于是大人们有事没事，就逗他说话。比如说，谁家煮了红薯，就给他一根，说，小铁嘴，来，讲个故事。他就一边啃着红薯，一边给你讲故事，等红薯啃完了，故事也讲完了；再比如说，谁家煮了鸡蛋，给他一个，说，小铁嘴，来，说段笑话。他就一边剥着鸡蛋皮，一边给你说笑话，鸡蛋皮没剥完，笑话已经说完了。特别是夏天，村里人围在树下乘凉，就让他讲故事，说笑话。一个晚上，他能把一个村的事讲完了；一个夏天，他能把 3 个冬天的笑话说尽了。

但就在 5 岁那年，他掉进了他家的茅坑里。开始，他在茅坑里又喊又叫，声音像打雷；后来，等他爹把他从茅坑里捞起来，他已经说不出话来了，一句话也说不出来了。从此，他只会用两手比划，再不会张嘴说话。村上的人都替他惋惜，说，这孩子要是不哑巴了，肯定能当个公社的广播员！可他爹却说，能捡一条命，就不错了。这孩子在 5 岁前，可能把要说的话都说完了，现在不会说话也罢，只要能下地干活就行！

从此，村里人都叫他小哑巴。

后来，小哑巴长大了，结婚了。结婚那天，小哑巴和新娘去镇上照了一张结婚照。这是全村第一次有人敢照结婚照。从此，村里人不再叫他小哑巴，而是去掉了一个“小”子，管他叫哑巴。哑巴虽然不会说话，但村里的人都知道，他老婆对他很忠诚，很体贴，不管他走到哪里，老婆就跟到哪里，就说到哪里。老婆就是他的嘴。

但几年后的一个晚上，哑巴的老婆突然死了。为什么会死？怎么死的？哑巴不会说话，谁都不知道。老婆下葬那天，村里有人看见，哑巴跪在坟前流泪；据说有人还听见了他的哭泣声，但声音不像人在哭，而像母猫奶着小猫在叫。后来，村里人就再也没听见过他的声音了，也再没人记得他的名字了。再后来，大家不再叫他哑巴，而是在哑巴后面添了两个字，叫他哑巴老人——这个时候，20 年已经过去了。

村民说，20 年来，哑巴老人和村里的人几乎没有多少交流，与外界更

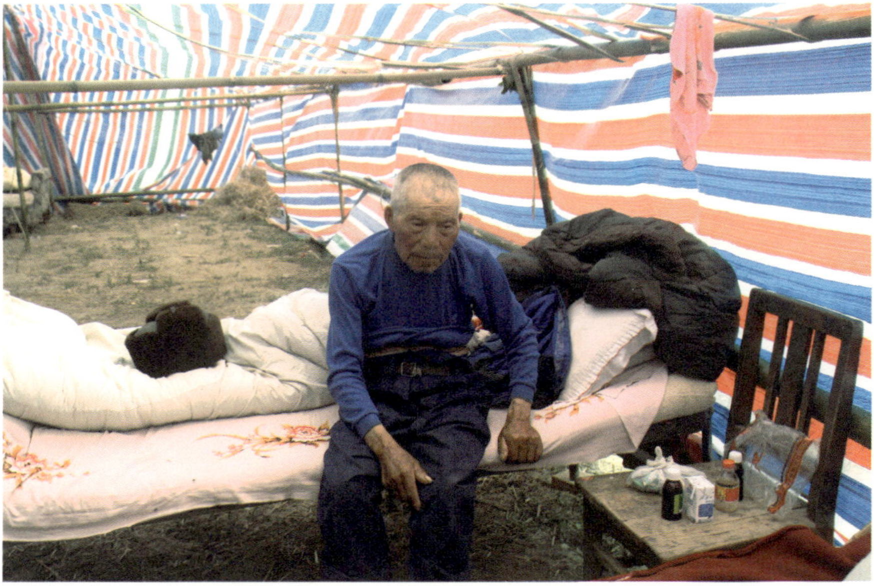

逃亡路上的老人

没有什么联系，一个人吃一个人的饭，一个人睡一个人的觉。一个人的日子过得怎么样，就像自己的脚穿自己的鞋，只有自己的脚指头才知道。而村里人对哑巴老人好像也没留下什么印象，唯一能够记起的，就是常常看见他独自搂着一个小纸板，躲在树下或者墙角晒太阳。小纸板上，粘着一张很老的照片，照片周围，镶有四根小木条。哑巴老人一边晒着太阳，一边用破破烂烂的袖口擦着照片上的灰尘，一边还对着照片慢慢悠悠地“说话”，慢慢悠悠地“聊天”。再就是，有一次哑巴老人病了，病得快死了，他的枕头边上也放着这张粘在纸板上的老照片，他一只骨瘦如柴的手还搭在照片上。村里的人都说，这次哑巴老人肯定是活不过来了！但后来，后来哑巴老人又活过来了，而且一直活了下来。

汶川大地震的那个下午，哑巴老人在家里。村民说，有邻居看见哑巴老人当时坐在一个箩筐里望着手中的照片发呆，房子突然就摇晃起来了！然后听见哑巴老人发出一声惊叫——这是 20 年来村里人第一次听见哑巴老人的声音，接着就看见哑巴老人从房子里跑了出来。但哑巴老人刚刚跑出家门，好像突然想起了什么，又反身跑了回去。就在这时，房子哗啦一声倒了，哑巴老人被压在了里面。当天，村里不少人都死了，不少人也伤了。但第二天，当哑巴老人被解放军从废墟里刨出来时，就像60年前他爸把他从茅坑里捞起来一样，不但有头有脸，手脚俱全，而且连一块皮肉也没伤着。与60年前唯一不同的是：60年前哑巴老人被从茅坑里捞起来后，哑然失声；60年后哑巴老人从废墟里刨出来后，居然从喉咙里发出了声音！这声音虽然很细很弱，既不能表达字词，更不能传递语句，一般人很难判断具体意思，但毕竟从无声变成了有声。

村民说，地震发生后，村里活下来的人都逃命跑了，但哑巴老人没走，哪儿也不去，就天天守在家门口，看守着他家的废墟，就像看守着一堆黄金，七天七夜，任何人也休想靠近。7天中，有人路过他的家门，也有人问他需不需要帮助，他只摇头，不说话，也不让任何人接近家门。他好像在观察着什么，又像在等待着什么。直到第八天，他才跑去找到一个头盔上印着“空降”两个字的解放军。

这个头盔上印着“空降”两个字的解放军叫王进，是空降兵113团二连的班长。

王进告诉我说，那天他带着一个班的战士正在一个村里为老百姓清理废墟中的遗物，一个老人突然跑到他跟前，不说话，光用手比划。老人比划了半天，他也不明白是什么意思，直到老人比划了三遍，嘴里发出了咿咿呀呀的声音，他这才恍然大悟，老人原来是个哑巴，请他去家里帮着清理东西。

王进立即带着3个战士来到哑巴老人家，哑巴老人又用手语比划了半天，其中一个意思王进一“听”就明白：让他们进屋后要注意房顶上的一根木头，不要掉下来砸了脑袋；但还有一个意思，王进始终“听”不明白，好像是要他进去找一样什么东西，但这样东西到底是什么，王进“听”不明白；回头问身边的3个战士，3个战士也没“听”明白。王进只好带着3个战士冒着危险进了危房，心想只要把所有值钱的东西全给清理出来，不就什么都明白了。

王进说，他们进屋后，先把一些预制板、房梁、石块等重物搬开，然后最先把衣服、被子抱出来，放在老人的面前。但老人看了看，摇摇头，摆摆手，不要；接着，他们把铁锅、油壶、碗筷刨出来，放在老人的面前。老人同样摇摇头，摆摆手，不要；再接着，他们又把老人的几百块钱也找了出来，甚至包括掉在地上的 5 分、1 角的硬币都一个个地捡了起来，然后送到老人的手上。但老人还是摇头摆手，不要，甚至连看都不愿看一眼。

王进他们就越来越糊涂，越来越不明白了。王进说，后来他们把老人家里所有值钱的东西全都清理出来了，但老人还是一个劲地摇头摆手。后来，老人自己要冲进屋去，他们马上强行拦住。因为这时危房确实存在危险，随时都有倒塌的可能；加上老人年老体衰，腿脚不便，又是哑巴，一旦发生余震，或者别的意外，老人定难逃命。

但王进说，越是拦住老人，老人越是着急，甚至急得团团转，急得满脸通红，急得满头大汗！就在这时，他突然听见老人从喉咙里发出了一个声音——“照片”！这声音其实他不是听见的，而是感觉到的，或者说是猜测到的。与此同时，他还看见老人用手给他比划了一个照片的动作。为了证实他的猜测是否正确，他问哑巴老人，是不是要找一张照片？他话音刚落，老人连连点头，并一下哭了起来。

于是，王进他们再次进屋寻找。可找了 20 多分钟，也不见照片的影子。王进只好决定，让老人领着他们进屋寻找。但进屋之前，他做了精心安排：一个战士在屋外放哨；两个战士专门保护老人；然后，他把自己的头盔戴在了老人的头上。

半小时后，在老人的带领下，王进他们的手套都刨烂了，终于在一个已经被压扁的箩筐底下，刨出了一个四周镶有小木条的小纸板，小纸板上已沾满了厚厚的灰土。老人看见后，一下扑上去，搂在怀里，向王进他们深深鞠了一躬，然后搂着那个小纸板，第一个跑了出去。

王进说，他们走出屋子后，看见老人蹲在废墟边的一个角落里，双手捧着那个小纸板，像搂着一个金元宝。老人一边不停地用袖口擦着小纸板的灰土，一边嘴里咿咿呀呀地说着什么，泪水吧嗒吧嗒地滴落下来，也顾不得擦上一下。他们走到老人的身后，这才看见，小纸板上，原来粘着一张已经发黄的老照片，照片上是两个人：左边是年轻时候的哑巴老人，右边是一位留着长辫子的姑娘。

镜头 24　死亡路上的寻找

汶川大地震，不仅让 10 万人丧生，几十万人伤残，还造成近 1.8 万人失踪！于是寻找亲人——活着的或死去的——便成为不少灾区百姓的人生主题。

然而，失踪人群，情况复杂。一是有的人确实死了，已被当地政府就地掩埋，比如红白镇就有 60 多具掩埋的尸体至今无人认领；二是有的人的确活着，但有的可能成了精神病人，有的可能成了流浪者，有的可能被人带到了外地（指孩子），有的可能是其他意想不到的情况。这就让寻找变得非常困难，非常微妙，充满悬念。因为任何寻找者在没有见到亲人之前，都无法断定自己的亲人到底是死了还是活着；只有找到了亲人见证了亲人——哪怕是尸体，自己对自己才有个交代，才有个了断。因此这类受灾群众的痛苦与悲伤，并不亚于那些已经确认亲人遇难的受灾群众。已经确认亲人遇难的受灾群众虽然也很痛苦，但毕竟已经见到了尸体，天灾人祸，只能认命，从此只有悲伤，没有牵挂。但不知亲人是死是活，连亲人尸骨都没见着的受灾群众，除了悲伤与痛苦，还多了一份牵挂与责任——寻找的责任！于是，汶川大地震后，不少受灾群众冒着余震的危险，在弥漫着死亡气息的废墟上，在洒满泪水与血迹的山路上，开始了心惊肉跳的寻找！

都江堰有一位老人，姓姜，65 岁，村里人都管叫他姜大爷。姜大爷年轻时在成都拉过三轮车，阅人无数，见过世面，对成都的大街小巷，比他自己的脚指头还熟悉。但有一次，他把一个客人拉错了门牌号，那人本来要去东大街 47 号，他却把那人拉到了西大街 74 号；那人是个有头有脸的人物，急着回家奔丧，本来心中就有气，再气上加气，结果一气之下，一脚把姜大爷从成都踹回了乡下。

自那以后，姜大爷遇事格外冷静，从不草率行事。渐渐地，他在村里便成了一个“经验丰富的热心人”，并很快享有“老姜”之称。村里人叫他“老姜”，并非是他年纪大，而是含有“姜还是老的辣”的意思。于是村里凡遇上麻烦的人，便找“老姜”姜大爷，只要找到了姜大爷，三下五除二，再麻烦的事，也能给摆平了。姜大爷平常还炒股，炒点小股，一百二百的，一炒就赚；而且他说什么股要涨，什么股就涨；他说什么股要跌，什么股就跌。这让村里很多年轻人佩服得五体投地，见了姜大爷，第一句话常常就是：姜还是老的辣呀！

但这次，姜大爷碰上了汶川大地震，他这块“老姜”，好像一下不“辣”了。“5·12”那天，姜大爷和老伴在屋里铡猪草，老两口一边铡，一边聊天，聊麦子该收了，聊猪饲料该买了，聊股票要跌了！正聊着聊着，房子开始晃动了！姜大爷说，他当时一看房子在晃，以为是自己眼花了，没看清；后来老伴也说房子在晃，他这才觉得不对头，一想，是地震了！唐山大地震，松潘大地震，他都知道；他还知道，地震时不能慌张，不能乱动，不能乱跑，于是他对老伴说，别慌，别动，别乱跑！老伴是个老实

劫后余生的老大爷

人，平常什么事都听老头的，几乎是言听计从。房子在晃，她当然也怕，也想跑，但老头叫她别慌、别动、别跑，她就规规矩矩坐在那儿，不慌，不动，也不跑。

很快，房子又晃起来了，比刚才晃得还厉害！而且姜大爷还听见一阵“轰隆隆”的巨响声，他说就像有十几列火车一起朝着他家的门口开过来了一样。这一来，姜大爷沉不住气了，喊了一声快跑，自己一抬腿，就跨出门槛，跑到院子里去了。他说，他自己都不知道是怎么跑出去的。

姜大爷跑出去了，老伴却还在里面。姜大爷这下急了，转身回去，想救老伴。可就在这时，哗啦一声，房子全倒了！凭他的经验，他这把年纪，要想救出老伴，绝无可能。于是，他急忙跑去找人！

找谁呢？姜大爷一边跑，一边想，找村里人，不行，自家的房子都倒了，谁还顾得上别人？找亲戚，太远，更不行。姜大爷很快想到了解放军。但村里没有现成的解放军，姜大爷就到处找，到处跑，直到下午快 5 点了，才带着两个解放军匆匆赶回自家门口。两个解放军冲进废墟后，姜大爷这才发现，两人最多十七八岁，胡子都没有，还是孩子！这样的孩子，能救人吗？

果然，“两个孩子”折腾了半天，急得满脸通红，累得青筋爆裂，面对垮塌的房屋，竟束手无策——既不知如何使劲，也不知怎样用力。好在很快又赶来两个老兵，在姜大爷的指点下，老伴终于被救了出来。

但晚了，老伴身上虽然还有一点余热，手上的脉搏却没有了，心脏的跳动也停止了。面对死去的妻子，姜大爷泣不成声，后悔不已！他后悔自己不该叫老伴别跑，如果叫老伴快跑，老伴肯定就跑出来了；他后悔自己不该抢先一步跑，如果自己拉着老伴一起跑，老伴也肯定跑出来了；他后悔自己不该去找解放军，更不该慌里慌张找来两个小孩子解放军，如果一开始就叫村里的人，或者其他人，老伴可能早就救出来了，也就不会死了。总之他觉得自己聪明一世，糊涂一时，甚至认为就是自己把老伴害死的！当晚，他在家的废墟旁边，为老伴搭建了一个灵堂，守了一个晚上，哭了一个晚上，也后悔了一个晚上！

第二天一早，殡仪馆的车开到了姜大爷的家门口！这让见多识广的姜大爷大吃一惊！守着老伴哭了一晚上的他哪里知道，整个灾区已经死了好几万人了，抢救活人，转运死人，现在已经成了最重大、最紧迫的事情！所以殡仪馆的人一下车就对他说，老人家，别哭了，快，把尸体装上车，我们拉回去及时处理，时间放长了，容易发生瘟疫。姜大爷一想，老伴死了，早晚得处理，如果土葬，不知上面允不允许；再说了，身边连一副棺材都没有，怎么下葬？现在有车到家门口，专门来接老伴走，省事又省力，多好的事啊！不然，自己早晚还得送去，何苦呢。于是姜大爷同意把老伴的尸体拉走。但他要求跟着车子一起去火葬场。他心里清楚，由于自己的过错，才让老伴死了；如果遗体再处理不好，怎么对得起死去的老伴？所以他要跟着老伴一起走。

殡仪馆的人却不同意，说车上死人都装不下，哪能带活人？不信你自己看，那边还有好多死人等着要装呢！

姜大爷一看，那边果然是摆了一排排的死人，亲属们哭哭啼啼，都在等着拉走呢！

姜大爷只好同意了。

当晚，姜大爷一夜未眠，一直惦记着老伴。第二天一大早，姜大爷一路抹着泪水，一路赶往殡仪馆。一到殡仪馆，他就看见到处都是尸体，到处都是送尸体的人，大卡车，拖拉机，自行车，摩托车，还有抬着床板的，扛着门板的，背着背篓的，什么工具都有，一具具的尸体全都运到火葬场来了；而火葬场的门口，到处都是哭哭啼啼的死者亲属，排着长长的队伍，在等着烧人，一边等，一边哭。有老人哭孙子的，有妻子哭丈夫的，有女儿哭妈妈的，有妈妈哭儿子的……姜大爷看着看着，想象着自己老伴被火烧的样子，忍不住就跟着大伙一起哭起来了。

但姜大爷万万没想到，他找遍了殡仪馆的里里外外，旮旮角角，从早上一直找到晚上，一口气没歇，一口水没喝，结果，既没找到老伴的骨灰，也没找到老伴的尸体！

这下姜大爷慌了！他赶紧找昨天到村里拉死人的那个工作人员，可找了半天，殡仪馆的人他至少看了两遍，也没找到那个人。他问火葬场一位职工，昨天到他们村里拉死人的那个人哪儿去了？职工说，拉死人去了。他问到什么地方拉死人去了？职工说，不清楚，去的地方多了，一天要跑十几趟呢！他问见没见过他老伴的骨灰？职工说，骨灰？现在死人还烧不过来呢，哪儿顾得上什么骨灰！

这下姜大爷傻了！他很想痛痛快快地大哭一场，却怎么也哭不出来，连眼泪都没有了！于是姜大爷蹲在火葬场边，不停地捶打着自己的胸脯，抓扯着自己的头发，反复地责骂自己，悔痛不已！他责骂自己一错再错，是个老糊涂，老混账，简直就不是个东西！他后悔自己不该同意老伴的尸体火化，更不应该随便把老伴的尸体交给一个素不相识的陌生人。即便同意火化，同意交给火葬场的人，为什么不留下那人的名字和电话？而最关键的是，当初自己没有牵着老伴一起跑，昨天就应该跟着老伴一起来，汽车坐不下，哪怕跟在后面走，跟在后面跑，也该一起来！糊涂啊，都怪自己糊涂，都怪地震把脑壳给震糊涂了啊！

于是，姜大爷不再相信任何人了，包括自己。他谁都不问，也不听谁的，就认一个字：找！自己找，到处找，找老伴的尸体，找老伴的骨灰，找老伴的信息。哪儿有火葬场，他就去哪儿找；哪儿听说有可能，他就去哪儿找。有时坐车，有时走路，有时住灾棚，有时睡路边，碰上余震，也无所畏惧。渴了，捡瓶矿泉水；饿了，要包方便面。反正灾区人人平等，都是共产主义。寻找，成了姜大爷生命的信念，精神的支柱，同时也成了他心上一道化脓的伤口！他从都江堰找到广元，从广元找到什邡，从什邡找到江油，从江油再找到成都！

成都，是姜大爷再熟悉不过的地方。他穿行在巷子里，寻找于火葬场，触景生情，想起自己当年在成都拉三轮车的日子，不禁潸然泪下。他把成都大大小小的火葬场全找了个遍，但最后，还是没有找到老伴的骨灰，也没找到老伴的尸体。

姜大爷开始怀疑了。他怀疑当时尸体太多，有人把老伴与别的尸体搞混了；他怀疑车上尸体装不下，老伴被人从车上扔到路边了；他怀疑老伴的尸体火化后，根本就没装进骨灰盒，而是被人一铲子铲到坑里了；他怀疑老伴虽然装进了骨灰盒，但死人太多，连名字编号都顾不上了；他怀疑车子根本就没进火葬场，而是把老伴拉到山里挖个大坑集体掩埋了；他甚至怀疑老伴根本就没死。因为他听一个受灾群众说，有个大娘头天晚上死了，第二天早上又活过来了。他便想，老伴第二天会不会也醒了过来，然后被人送到了医院，或者流落在某个路边？因为死人不会动，只有活人才会跑，如果老伴死了，怎么既不见骨灰，又不见尸体呢？什么都没有，不正说明老伴还有活着的可能吗？

姜大爷在成都一个火葬场边的小旅馆里想了一个晚上，也哭了一个晚上。直到天亮，他才站起来，抹了一把眼泪，又踏上了寻找的路途。他说，活要见人，死要见尸！不管结果怎样，他都要找下去！他要当面对老伴说一声，老伴，对不起！

镜头 25　儿子，妈妈在北川等你

汶川大地震后，北川县城很少留下完整的家庭。于是，寻找活着的或死去的亲人，便成为北川人心中永远的痛！

在北川人的寻找队伍中，有一位年轻的妈妈，叫贺先琼。

贺先琼本是四川乐至县人，16 岁那年，独闯北川。开始，为了生存，她在北川打工，从小保姆开始干起，各种小工都干过，周围无人不知，北川来了一个能干的“外来妹”。2003 年，凭着自己的聪明与勤奋，加上亲朋好友的扶持，她在北川的一条小街上，开了一家小小的复印店，自己当上了老板。后来，她结婚了，有了一个儿子。儿子的出生，让她在北川第一次有了家的感觉，仿佛一夜间她就变成了北川人。而且北川这个家，在她的感觉中，很温暖。

为北川之家带来温暖的这个儿子叫王文骁。贺先琼对儿子充满期待，才 3 岁，就教儿子背唐诗宋词和英语单词。她希望儿子长大后不再像她一样打工，而要像他的名字一样，文武双全，走出复印店，走出北川，走向北京、上海，或者国外。贺先琼告诉我说，儿子虽然还有 3 个月才满 5 岁，却非常懂事，非常聪明，也很乖，已经能背几十首唐诗了，地震的前一天还在学英语，有一次在英语比赛中还拿过奖。儿子和她很好，她每天一回家，儿子就扑过来抱着她，亲她。儿子特别喜欢奥特曼，衣服上全印着奥特曼，还跟他爷爷奶奶说，等我以后长大了，就给你们一人买一件奥特曼！一到星期天，她就带着儿子去公园。北川是小县城，人们出门都喜欢坐三轮，便宜，方便，悠闲。儿子也特别喜欢坐三轮，每次一坐上三轮，就说，妈妈你坐里面，有风，别吹着了。到了公园，儿子还会站在开满花朵的公园里，面对蓝天白云以及过路的人群，大声背诵唐诗宋词、背诵英语单词。儿子稚嫩动人的声音常常让路人驻足观望，更让她感到无比的自豪。接下来，她就看着儿子大口大口地吃汉堡包，小心翼翼地吃冰淇淋。然后，再带着儿子坐上三轮车，晃晃悠悠回到家里，给儿子洗脸、洗澡，看着儿子光屁股的傻样，她笑得合不拢嘴。和儿子在一起的时光，贺先琼感到生活是那样的快乐，人生是如此的美好！

然而，“5·12”那天下午，地震说来就来了！

地震来临时，贺先琼正在北川新城的复印店上班，儿子在北川曲山镇幼儿园上学。这天儿子有点感冒，早上送儿子上学时，她特意为儿子穿了一件红色夹克衫。地震后，惊慌失措的贺先琼首先想到的就是儿子。曲山镇幼儿园在北川老城的山脚下，她不顾一切地冲向幼儿园，一路上基本都是从死人身上跨过去的。她一路狂跑，一路喊着儿子的名字，等好不容易跑到幼儿园，一看，整个幼儿园已被垮塌的山体往前整体推动了五六十米，校园已是一片废墟，幼儿园四五百个师生绝大多数都躺倒在了血泊之中，耳边是一片惊天动地的哭泣声！她到处寻找，八方打听，也不见儿子的踪影。望着眼前血迹斑斑、尸横遍野的幼儿园，她蹲在地上，一直哭到晚上。

第二天，北川大逃亡开始了，贺先琼随着大逃亡的人潮逃到了绵阳九洲体育馆。她饭也顾不上吃一口，便围着体育馆，一圈一圈地寻找儿子！只要有孩子的地方，她就去找，就去看；碰到北川过来的人，她就问：看见一个穿红夹克的小男孩没有？看见一个穿红夹克的小男孩没有？见到装有受灾群众的大卡车开过来，她也爬到车上去，一个孩子一个孩子地看，生怕漏掉一个；偶尔看见有母亲找到了自己的孩子，抱在一起放声痛哭，她就一阵兴奋，但接下来，便是更大的失落。

九洲体育馆，当时聚集了四五万受灾群众，寻找和被寻找的受灾群众，随处可见，到处都是。体育馆西边的墙，是一面“寻人墙”，墙上贴满了无数乱七八糟的小纸条，全是寻找亲人的。有的是丈夫寻找妻子，有的是妻子寻找丈夫；有的是儿子寻找父亲，有的是父亲寻找儿子；有的是女儿寻找妈妈，有的是妈妈寻找女儿；有的是爷爷寻找孙女，有的是孙子寻找奶奶……还有的在纸条旁边贴着照片，照片上不是年迈的老人，就是几岁的孩子，甚至有的还是几个月的婴儿……这些纸条上的留言，字字如血，行行似泪，风一吹，瑟瑟发抖，好似声声悲凉的哭泣！

面对数万个混乱不堪的受灾群众，贺先琼到哪里去找儿子呢？

贺先琼在九洲体育馆找了整整一天，最终也没找到儿子。很快，她在重庆打工的丈夫王旭也赶回来了。于是她和丈夫开始分头找，凡是儿子有可能存在的地方，哪怕有一点蛛丝马迹，都去找，一直找了一个多月。在这一个多月里，贺先琼几乎跑遍了北川和绵阳的所有医院、受灾群众区和收容点，但都没见到留下的完整资料；加上一些医院不具备救治条件，许多伤员在各家医院转来转去，让她的寻找增加了难度。每次刚刚掀开一扇希望的门帘，失望的大门很快又被关闭了。

直到6月底，贺先琼才回到北川。她和丈夫抱头痛哭了一个晚上，最后还是不得不含着泪水，把儿子的名字战战兢兢地填进了一张《北川遇难者申报表》。

依照中华人民共和国的法律规定，认定失踪，需下落不明两年后才能由法院宣布；认定失踪者死亡，法院要在确认失踪4年后才能发布通告。但地震为非常时期，灾区当地政府采取的都是非常措施，要求遇难者亲属在8月前办完失踪和死亡者的申报工作（事实上，失踪者均按死亡者处理了）。申报的程序是，先到户口所在地派出所和学校出具证明，再到民政局申报失踪，然后到公安局注销户口。因此，尽管贺先琼很不情愿填写那张申报表，却不得不填。

很快，贺先琼接到了公安局开出的儿子的《死亡证明》，并领取了政府为遇难孩子统一发放的抚恤金。从公安人员手中接过儿子的《死亡证明》

那一刻，贺先琼的手颤抖了……她怎么也不相信儿子就这么“死”了，就这么“死”在了一张薄薄的纸上！但儿子的《死亡证明》就在她的手中，这份《死亡证明》不是从她的复印店随便复印出来的，而是从国家权威部门正式开具出来的，上面分明还盖着一个红红的大印：北川公安局！

接着，贺先琼又到公安局注销户口。这又是一个令她伤心的日子。如果说在儿子的户口消除之前，儿子这个人在形式上、感觉上还存在的话，那么儿子的户口一旦一笔勾销，就意味着儿子不但在事实上已经死亡，而且在形式上、感觉上也永远不再存在了——这是多么残酷的一笔勾销啊！贺先琼告诉我说，我去为儿子注销户口的时候，非常不愿意把孩子的户口销掉，总觉得只要儿子户口还在，就说明儿子还活着，还是不相信儿子真的已经死了。当时北川遇难学生的家长都是这样的心理，都不愿意把孩子的户口销掉，都不相信自己的孩子真的死了，总有一天还会回来的！

贺先琼的儿子的户口，最终还是被注销了！因此当贺先琼捧着再也没有儿子名字的户口簿，流了一个晚上的眼泪后，还是不得不强迫自己接受了一个残酷的现实：儿子真的没有了，也永远不会再有了！

从此，贺先琼对儿子绝望了。

不过没有了儿子的日子，也得过下去；一无所有的家，还得靠自己去支撑。于是贺先琼又像当年一样，四处奔波，到处打工。生活就像一个圆圈，转了一圈，又重新回到了起点，只不过这一圈她转得好苦，一转就是十几年！后来她在亲戚的帮助下，到安县的安康镇，重操旧业，开了一个比原来还小的复印店；而她的丈夫也返回重庆，继续打工。震荡了近两个月的日子，渐渐趋于平静。

但生活总是喜欢拿人开玩笑。

7 月 12 日这天，贺先琼到绵阳取复印机，路过一家幼儿园的抗震宣传栏时，她无意间瞥了一眼，发现宣传栏中有一张脸上遍布血迹和污泥，左手缠着绷带的孩子的照片，竟然和自己儿子非常相像！她又惊又喜，急忙停住脚步，把照片反复仔细地看了好几遍，越看越像！贺先琼告诉我说，她当时就傻了，像疯了一样！她不相信这是真的，可反复看了后，感到的确是她的儿子！因为照片上的这个孩子除了眉眼和轮廓与儿子十分相像外，最明显的标志，就是身上那件红色夹克衫！这件红色夹克衫是“5·12”那天她亲手给儿子穿上的，也是带有拉链的。她马上找到这家幼儿园的老师，想问个明白，没想到老师的答复令她大失所望。老师告诉她说，这张照片是他们从“百度”上下载的。至于谁拍的，照片上的孩子姓甚名谁，一概不知。她请求老师让她保留这张照片，她要用这张照片去找回儿子！老师同意了。

贺先琼拿着“儿子”的照片，竟不知道自己是怎么回到家里的。是的，这太出乎意外了，太让她激动兴奋了！本来儿子已经“死”了，现在突然又“活”了；本来她已心灰意冷，已经绝望，希望的火苗忽地又蹿起来了！如此离奇的大逆转，简直就像上帝为她精心编织的一个梦！

贺先琼告诉我说，她回到家里后，立刻在网上开始搜索、求助，并很快在一家博客上找到了那张在宣传栏上看到的照片。儿子过去拍的好多照片地震时都没有了，幸亏她手机上还有，并找到了一张过去用相机拍的照片。于是她第一件事就是把儿子的照片发到网上；同时还在网上写了这样

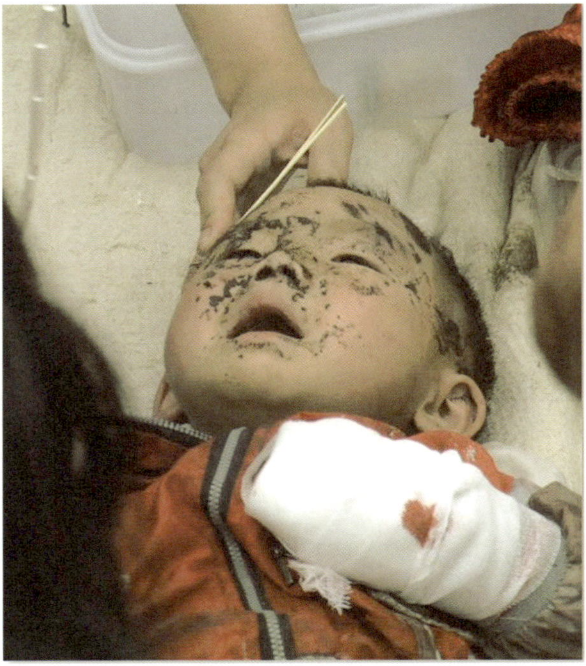

这就是贺先琼在宣传栏里看到的那张很像她儿子的照片

一段话：

> 我的儿子叫王文骁，地震前在北川曲山幼儿园大二班上学。下个月26日就5岁了。地震都已经过两个多月了，本来觉得都没什么希望了，但是无意间看到百度网上的一张照片极像我的儿子；而我朋友的小孩也说5月13日那天在九洲体育馆见过他，当时他也是穿着红色的上衣，手受伤了，缠着绷带，跟我在网上看到的照片太像了，也太巧了！如果这张照片能确定是在北川拍的，我觉得他就是我的儿子。作为一个母亲，虽然以前跟儿子在一起的时间很少，我真的觉得亏欠儿子的，但是他从来没有这么长时间的离开过我。我很想儿子，想儿子现在怎么样了？想儿子能吃饱吗？能穿暖吗？我最大的希望就是能再见到儿子，能牵到儿子胖胖的小手，能听儿子叫妈妈，坐三轮的时候能听儿子说妈妈你坐里面吧，我怕你被风吹到会冷。如果您知道这张照片的来历，请您一定告诉我，我叫贺先琼，电话是：13550……①我谢谢您了！

贺先琼告诉我说，照片和留言放到网上后，她一天到晚就在网上泡着，只要有一点时间就趴在网上看，看有没有人回帖子，有没有新的消息，心里还默默祈求老天保佑儿子快点出现！同时她从安县到绵阳，从绵阳到北川，去了儿童福利院、民政局、妇联等单位，总之所有能想到的地方都去了；接着又在自己的复印店里复印了上千份《寻人启事》(她的复印店好像一开始就是为儿子开的)，而后抱着这1 000多份《寻人启事》，到处奔波寻找，八方张贴散发；还把《寻人启事》和儿子的原始照以及那张极像儿子的照片，刊发在了《绵阳晚报》上。

然而，贺先琼期盼的奇迹没有出现。于是她整天都在想：儿子既然还活着，又在哪里呢？是躺在医院，还是流落路边？是已经被人拐走，还是

① 上海文艺出版社2009年版注明电话为：13550852071。

正在沿街要饭？是常常被人欺负，还是得到了好心人的呵护？这种痛彻心扉的牵挂让她焦虑不安，通夜失眠；这种明知希望就在眼前却又抓不到手里的撕肝裂肺的心痛，让她更难接受，也更难消受！

终于，8 月 20 日这天晚上，贺先琼在网上看到一个自称“暧昧公子”的人发的一个帖子，说那张极像儿子的照片是他的一个朋友李艺拍的。她立即与这个叫李艺的人取得了联系，并在 QQ 上与他做了交谈。贺先琼后来把她与李艺的谈话原始记录传给了我，两人交谈的内容，主要如下：贺先琼问，照片是在什么地方拍的？李艺说，当时是我们一群朋友去北川，在那儿拍了几张照片，具体什么地方我也不晓得了。贺先琼问，你拍的照片还在吗？李艺说，我已经删除了。贺先琼问，孩子当时是什么情况？李艺说，孩子救出来后好像是被成都的 120 接走了，好像是送到北川了，后来的事情我不大晓得了。贺先琼问，你的手机或座机号，能留给我吗？李艺说，我就在成都，可以帮你找一下，因为当时好像记得车牌号。贺先琼问，车牌号码是多少，这个太重要了！李艺说，我得想想，不敢向你保证想得起来……后来，这个自称李艺的人一会儿问贺先琼你有视频吗？一会儿问你现在住在哪儿？一会儿说你等一下，我有事，一个小时后再聊……

我看完两人在 QQ 上的对话，告诉贺先琼说，根据我的经验判断，这个自称李艺的人所言，不可信。

贺先琼告诉我说，此后，这个自称李艺的人再也没有浮现，好像从人间蒸发了。但 9 月下旬的一天，她又接到上海一个自称李丽的人打来的电话。这位自称李丽的人说，她在北川当志愿者时，曾经看护过照片上这个小男孩，还给她喂过水；照片上那只拿着棉签给孩子擦伤口的手，就是她的手。我问贺先琼，李丽是四川口音吗？贺先琼说，是四川口音，她说她是四川达州人，在绵阳西南科技大学上过学。还说，是她把孩子抱上救护车的，当时情况很混乱，只记得救护车上标有“军区”二字，至于孩子最后送往何处，不得而知。我告诉贺先琼说，这个自称李丽的人的话，我感觉比较靠谱。

贺先琼是个很聪明的四川女子。她很快赶到成都军区总医院，居然查到了5月13日这天，医院确实曾经收治过一个小男孩。这个小男孩叫王文涛，4岁，与她儿子——王文骁——仅差一个字，而且也是头部受伤！她告诉我说，她当时就想：这个孩子可能就是她的儿子，儿子叫王文骁，护士可能听错了，把“骁”听成了“涛”；或者不会写这个“骁”字，把“骁”写成了“涛”，于是“王文骁”就变成了“王文涛”。她为自己的这个发现非常激动，好像儿子就在眼前，就牵在她的手上。

然而当她找到主治医生时，主治医生却告诉她说，医院确实来过这样一个男孩，可这个男孩伤情不重，经过简单处理后，当时就被他父母接走了。贺先琼不信，不是不信医生，而是不信医生的记忆——世上哪有这么巧的事啊？于是她继续查问医院的各个科室各个部门，上楼下楼，跑东跑西，来来回回不知跑了多少次。最后苦苦求情，希望医院让她查看一下那个孩子的病历。医院同意了。贺先琼告诉我说，当她拿到那份病历的时候，就像抓到了儿子的命根似的，一字一句地看，反反复复地看，生怕漏掉一个字！但病历上却清楚地写着：王文涛，4岁，男，手活动无异常。而她的儿子王文骁，照片上却明显看出，左手伤势严重！

希望的火苗，扑闪一下，又灭了！

但贺先琼依然没有停止对儿子的寻找。

2008年10月中旬的一天，贺先琼又接到一个来自江苏江阴的好心人的电话，说当地有一个叫陈锡忠的人，抗震救灾期间在北川收养了一个男孩，这男孩很像她放在网上的那个男孩。贺先琼告诉我说，得到这个线索后，她马上就决定去江阴！有人劝她说，太远了，人生地不熟的，花那么多钱，还不一定是你儿子，最好别去了。但她说，只要能找到孩子，我不怕花钱，也不怕吃苦，就怕没有线索！于是她带上户籍证明，还有儿子的照片，连夜登上了飞往南京的飞机。她希望南京是她的终点，从此再也不要跑了。她是女人，打工族，个体户，做的又是小本生意，平常省吃俭用，连衣服都舍不得买一件，饭馆都舍不得吃一次，哪舍得花钱坐飞机！可为了儿子，为了早一点见到儿子，她有生以来第一次坐上了飞机。她说，坐飞机快，只要快点见到儿子，再多钱也要花！但一上飞机，她的心就怦怦跳起来了！一是担心江阴那个孩子不是自己的儿子；二是感到坐飞机很可怕，不像坐火车那么踏实，所以她打算回去时一定带着儿子坐火车，不坐飞机了，否则儿子会害怕的。

在江阴市公安局民警的帮助下，贺先琼几经周转，满怀希望地来到收养了孩子的陈锡忠的家。可陈锡忠却告诉她说，孩子不在家，跟他妈妈出门了。咋个这么巧啊？贺先琼有点怀疑，会不会是这家人不愿让自己领走儿子？她失望地离开了陈家，却没有离开江阴，她要等，等那个孩子回来——等她儿子回来！第二天，陈先生打来电话，说孩子回来了，她可以去看看。她立即去了，小男孩站在院里，和儿子一般高，一般大，也是胖乎乎的脸，样子很像。但，不是她的儿子，的确不是！

望着眼前这个和自己儿子相似的孩子，贺先琼心里有说不出的难受。她想转身离去，却挪不动步子。她走到孩子的身边，几乎是哀求地说，孩子，阿姨抱你一下行吗？孩子很懂事，点点头。她蹲下去，把孩子紧紧抱在怀里，就像紧紧抱着自己的儿子，接着便失声痛哭起来，久久舍不得撒手……孩子感动得流泪了，身边的村民们也感动得流泪了。

返回四川的贺先琼，对儿子的寻找依然没有放弃。她不断向社会发出哀求与呼吁：如果哪位好心人替她带着儿子，请善待她的儿子。她说地震让她变得一无所有，她无所谓，钱可以再挣，生活可以从头再来，但她不能没有儿子，希望知道线索的人能够给她提供信息。

11 月的一天，一位广东的网友给她打来电话，说她发在网上那张极像儿子的照片曾经刊登在 5 月 14 日广东的一家报纸上，他已经找到了这张报纸。但这张照片下的文字注明，却是拍摄于什邡而不是北川。贺先琼马上与广东这家报纸取得了联系，可这家报纸的编辑告诉她说，他们的报纸的确是发过这张照片，但当时发的照片很多，现在想不起这张照片当初是谁传过来的。

贺先琼继续在网上搜寻、查找。她很清楚，关键是要找到那个拍摄照片的人。一天晚上，她终于在新浪网的一家博客里找到了这张照片。她与博主取得联系后，博主说，这张照片是他的侄子拍的，他侄子叫李艺，是在什邡拍的。贺先琼感到非常奇怪，怎么又钻出来一个李艺？此前那个“李艺”说照片是他在北川拍的，人在成都；现在这个李艺，又说照片是在什邡拍的。这两个李艺到底是怎么回事呢？是一个李艺，还是两个李艺？若是两个李艺，难道两个李艺拍了同一张照片？如果只有一个李艺，照片怎么又在什邡拍的呢？贺先琼决定搞个水落石出。

11 月中旬，贺先琼来到什邡人民医院。她拿着照片询问医院的几个工作人员，当初是否有这么一个孩子来过医院？对方看了照片，说记不清了，好像没有印象。贺先琼回来后继续打听，终于打听到确实还有一个李艺，这个李艺的家就在什邡，是位个体户，做服装生意的，业余爱好摄影。她去什邡时，并不知道这个李艺就在什邡，所以与李艺失之交臂。

一家电视台得知这个消息后，很快在什邡找到了李艺。李艺表示那张照片是他拍的，并出示了原始照片。电视台记者们经对照、查证，认定李艺出示的原始照片和发在网上的照片，确系同一照片，照片为李艺所拍无疑。但是，李艺说，他这张照片是在什邡拍的，而非北川拍的。为证实李艺说法是否属实，记者找到了什邡市人民医院，医院确认照片上的地点就是什邡市人民医院，并找到了当初护理过这个孩子的护士，这位护士确认，照片上那只拿着棉签为孩子擦伤口的手，就是她的手。接着，记者们通过医院提供的线索，在什邡找到了照片上的这个孩子。孩子 3 岁多一点，确实受过伤，两根手指断了。记者随后将李艺的原始照片和照片上的这个孩子，一并带到了正在成都寻找儿子的贺先琼面前。

贺先琼告诉我说，当她看到记者带来的照片和孩子时，她心慌意乱，不知道这个世界怎么了，更不明白命运为何要如此反复地捉弄她。我问她，你确实亲眼见到了李艺的原始照片吗？她说，确实亲眼见到了。我问她，你能确认你手中的那张照片和李艺的原始照片，是同一照片吗？她说，是同一照片。不同的是，她手中的那张照片是经过裁剪后发到网上的，背景被裁剪掉了；而李艺的原始照片背景上有医院，有护士。我问她，你能确认记者带去的孩子不是你的儿子，但你能确认照片上的孩子和记者带去的那个孩子，是同一个孩子吗？她说，应该是同一个孩子，好像又不是很像。

我问她，你判断的根据是什么？她说，因为从李艺提供的原始照片上看，孩子的旁边还站着他的父亲。我问她，你见到孩子的父亲了吗？她说，没有，孩子是妈妈跟着去的，据说孩子的父亲在金河磷矿。我说，怎么那么巧，两个孩子在地震那天都穿着同样的红色夹克衫？她说，我也不知道到底是怎么回事，脑壳都搞昏了！

事情到此，应该是真相大白了：照片上那个孩子，不是贺先琼的儿子！这对贺先琼来说，就像被扔进油锅里炸了一次，又炸了一次！

但是，陕西周正龙的“华南虎照”能造假欺骗天下，什邡李艺的“原始照”会不会也有造假的嫌疑？我相信不会。不过照片尚未经过权威部门的鉴定，在理论上至少还是一个问题；此外，据我对金河磷矿的调查采访，地震时金河磷矿被两座大山覆盖，200 多人几乎全部掩埋，逃生者寥寥无几，倘若孩子的父亲真是金河磷矿的工人，而当时又在金河磷矿上班，那么位于红白镇深山中的金河磷矿距离什邡医院上百公里，这位父亲怎么可能在孩子受伤后第一时间站在旁边呢？

当然，这些都不重要，重要的是：照片上的孩子不是贺先琼的儿子，并不等于贺先琼的儿子就一定遇难了！所以尽管如此，贺先琼依然感觉儿子还在，依然认定儿子没死，依然坚持继续寻找！因为除了上述几条线索外，贺先琼告诉我说，她还有如下几条线索：1. 她曾遇到过曲山小学 5 年级一个叫王宝的学生，王宝过去就认识她的儿子，王宝告诉她说，5 月 13 日这天，他和同学们被安置在绵阳体育馆的里面，曾见过她儿子。她儿子手上有伤，穿着红衣服，还问过他：宝哥，你看见我妈妈没有？她当时虽然曾在绵阳体育馆找过儿子，却是在体育馆外围找的，不知道里面有孩子。2. 她儿子同学的家长周斌，打电话告诉她说，他曾经在绵阳中医院找自己孩子的时候，看见过一个穿红衣服的男孩，护士告诉他这是从北川过来的孩子，没有人认领。但当时急于要找自己的孩子，没有仔细过问。3. 她去问过“地震明星”郎铮的外婆，郎铮的外婆告诉她说，她当时看见和郎铮一起救出的孩子中，有一个穿红色夹克衫的小男孩。4. 一个安徽的武警战士打电话告诉她说，他曾经在北川参加过抗震救灾，并参加过北川曲山镇幼儿园孩子的抢救，救出的孩子中确实有一个身穿红色夹克衫的小男孩，他还把这个孩子护送到了绵阳中心医院，或者是绵阳中医院。5. 重庆37师一个叫祖远海的战士打电话告诉她说，他曾在北川曲山镇幼儿园救过一个身穿红色夹克衫的小男孩，救出来后，还抱过这个小男孩。6. 她后来与上海的李丽在网上再次相遇，李丽很委屈，说许多人不相信她说的话。李丽向她再次表示，她确实救护过照片上那样一个小男孩，她没有说假话，没有必要说假话，她为什么要说假话呢?

贺先琼还告诉我说，也有人给她打电话，说如果告诉了你儿子的线索，你打算怎么办？暗示她给信息费。还有一位没有任何联系方式的网友给她留言说：你的孩子现在很好，在上幼儿园，不用担心……

上述种种信息，虽然很难判定哪一条绝对准确、绝对可靠，却让贺先琼心存希望。于是“儿子没有遇难，儿子还活在人间”这个念头，在她脑海里渐渐凝固下来。她明知自己寻找的脚步很可能是通向失望，甚至通向死亡，通向绝望，但她依然还要坚持寻找——这种寻找，很可能是漫长的一生的寻找！因为寻找，已经成了她的一种习惯，一种心理需求，一种她生活中不可或缺的形式。她的寻找，已经不再单单是寻找儿子，而是在寻找一种亲情，寻找一种希望，寻找一种可能！而人类漫长的历史，不正是在对种种可能的寻找中一步步走到今天并继续走向明天的吗?

就在我结束本文写作之际，贺先琼还在电话里对我说，不管什么结果，我都要坚持找下去！我还要亲自去找一下李丽，再当面问点线索。作为儿子的妈妈，我总觉得儿子还活着，我一看见儿子的照片，一看见儿子的眼神，就好像听见儿子在说，妈妈，我没有死，我还在，你怎么不来找我呀?我的脚步就停不下来。我想，既然儿子还在，如果我现在不去找他的话，他长大了会怪我的，儿子会说，妈妈，当初你们知道我还在，为啥子不来找我呢？你知道这么多年我是怎么想你们的吗？你知道这么多年我是怎么过来的吗？尤其是我在绵阳或者成都寻找儿子的路途中，看见天桥上那些被人贩子用来当做要钱工具的孩子趴在地上时，我就会站在旁边一边流泪，一边想：我儿子会不会也像这些孩子一样，被人贩子拐去当做挣钱的工具呢？

于是，贺先琼担心儿子时间长了会忘记北川，忘记妈妈和爸爸；担心儿子长大回来后找不到妈妈，便在一个静静的深夜，趴在电脑跟前，一边流着眼泪，一边给儿子写了一个帖子发在网上：

骁儿，妈妈最爱的宝贝，你现在在哪儿？是过得好，还是过得不好？妈妈好担心哟！儿子，天气变凉了，你现在有御寒的衣服吗？有人管你吗？在上学吗？地震出来时带的伤好了没有？受伤的手还疼吗？骁儿，妈妈很担心你，很想你，妈妈没有办法不想你！妈妈一直在不停地找你，妈妈每次打喷嚏的时候，就知道是骁儿在想妈妈了。

骁儿，妈妈求你了，你一定要记住，你叫王文骁，现在已经5岁了，北川县曲山镇人，地震前在曲山镇幼儿园大二班上学，妈妈叫贺先琼，爸爸叫王旭。妈妈以前在北川开复印店，叫旭光复印店。希望你长大了，不要忘记妈妈。妈妈的家再简陋，只要有你，也是温馨的，幸福的。妈妈的电话是13550……[①]妈妈这个电话永远也不变，一直为你留着！

骁儿，妈妈在北川等着你，一定等着你！

这位年轻的北川妈妈，能等回儿子吗？

后记　从天上到人间

作为一名军人，没有上过战场，如同一个船员，没有下过大海。即便有一天第三次世界大战爆发，我想也不会轮到我了。要说遗憾，恐怕这得算一件。但汶川大地震偏偏爆发了！于是我很想去，就像一个战士渴望扑向战场。故乡遭难，不去看看，良心上过不去——事情，就这么简单。

去灾区一看，初衷变了。汶川大地震的死亡人数尽管不及唐山大地震

① 上海文艺出版社2009年版注明电话为：13550852071。

的一半，但“震波”却至少是唐山大地震的 100 倍！中国的事儿一夜间动静闹得这么大，除了汶川大地震，还有什么？震惊世界不说，单说中国，5 000年的历史上有哪朝哪代的龙旗为百姓下降垂落？有哪朝哪代的帝王为百姓低头鞠躬？但公元 2008 年 5 月 19 日，共和国的国旗为百姓下降垂落，共和国的领导者集体站在中南海，为百姓低头鞠躬，默哀 3 分钟！我说过，短短 3 分钟，足以胜过 3 000 年！仅这 3 分钟，便令世界刮目相看，让我血液沸腾！为什么？这是对死亡的尊重、对生命的尊重、对百姓的尊重——中国的百姓什么时候受到过如此高贵的礼遇啊！而尊重死亡，便是尊重高贵的生命；尊重高贵的生命，便是尊重高贵的国民；善待生命，善待国民，正是一个国家高贵的国格所在！此外，一场大地震，居然震出那么多的爱，那么多的善，那么多的美和那么多的真，中华民族的伟大精神与传统美德如同汶川大地震本身，同样震撼了世界，震撼了我的心灵。我不仅看到了人性的复杂，也看到了人心的单纯；不仅看到了大难与大悲，也看到大爱与大美；不仅看到了绝望与死亡，也看到了希望与新生！作为一个写作者，在故乡的废墟上、尸体的气息中、死亡的阴影里，亲历了人类历史上如此惊天动地的一场大劫难，不用文字留下点什么，说得过去吗？于是震惊变成了责任，悲痛变成了良心。我决定写点什么。

但汶川大地震事件之大，人物之多，内容之多，写什么呢？我过去的作品主要写航天和高科技，面对的常常是浩瀚宇宙，茫茫太空，千年历史，未来时空；我笔下的人物几乎都是大专家、大科学家；作品也总是在中外世界格局与天地之间驰骋。现在，要从天上到人间，从宇宙到废墟；加之某种客观原因，写作时间满打满算只能有 4 个月！这对我是个大难题。思来想去，我决定将本书聚焦在人心上，聚焦在大地震对人心的震撼与重创上——不管是受灾群众还是救灾的人。仅此，够了。

接着的问题是，这样的“大题材”怎么写？我想做一次小小的努力，于是便有了如下几点很不成熟的想法，说出来供读者批评：

第一，我想逃避概念写作。谁都知道好作品是从生命的血液和生活的土地里长出来的，而不是由概念生成的。但历史每天都在生产概念，人类每天都在复制概念，我们早已进入一个复制概念的时代。某个概念一旦产出，立即便被复制，开始是几个人，接着是一批人，随后便是整个社会。当一个个的概念被广泛复制再广泛传播后，自我便渐渐消失了。因此自“五四”后近一个世纪里，中国大多数作家都在自觉或不自觉地进行着概念化的写作。报告文学同样如此。尤其所谓的“大题材”，更容易如此。我在上世纪七八十年代写的东西全是概念化的产物，九十年代初或多或少也有。甚至时至今日，概念这个东西依然很难从我们脑海中剔除。比如一写汶川大地震，脑子里很可能便装上了“抗震救灾”这个概念。因此如何逃避“大题材”概念化的写作，我想在本书中做点探索。

第二，我想有点儿属于个人的思想。优秀的作家首先是个思想家。思想的基点是对历史客观的审视与真诚的反省；思想的意义既属于个人也属于人类。我不是优秀的作家，但写汶川大地震我想尽量坚守自己独立的人格、独立的立场、独立的思想。在这个信息、传媒高度发达的社会里，留给报告文学的空间不多了。如果说记者留下的是新闻，作家留下的就是思想——哪怕这个思想尚不成熟。而报告文学能继续存活的唯一理由，也是思想。因此面对这场大劫难，我想用自己的脑袋想点问题。

第三，我想尽量说点真话。真实是报告文学的前提。但报告文学走到今天，或者说今天的报告文学，如果还仅停留在“内容真实”这个最基本的层面上，恐怕已经不够了，也很难满足读者的需求。在我看来，真相比真实更为重要；与其强调作品的真实，不如强调作品的真相；而不管真实还是真相，均取决于作家是否虚假，是否讲真话。因此，在我看来，作家的真实比作品的真实还要重要！如果连作家自身都虚假或半虚假了，在这个早已谎言为患的世界里，还需要报告文学吗？当然我知道，弄虚作假容易，实事求是很难。但我还是想让自己真实一点，尽量说点实话、真话。

第四，我想让报告文学的叙事有点变化。近 10 年来，小说的叙事发生了较大的革命，报告文学的叙事却缺乏变化。尤其一些写所谓“大题材”的报告文学，几十年来基本都是传统意识，“主流”叙事；作者总是有模有样、捏腔拿调、卷着舌头说话——有的说的还是大话、空话甚至假话；有的作品就像早市二道贩子手上的大白菜，既没个性，又缺质感，还少了鲜活。因此写作本书时，我想用现场视角、全知视角叙事的同时，也借助当事人的视角参与叙事，并尽可能把传统的“主流”叙事转化为作家个性化的叙事，让作品呈现一种客观的、立体的、多层次的、交替递进的叙事风格。

第五，我想在文本上做点尝试。报告文学不仅需要思想的革命，也需要文本的革命。随着影像时代的到来，传统文字在影像面前常常显得苍白无力，底气不足。比如用文字描述一朵花怎样美丽、一个女子如何漂亮，码出一筐汉字也不如放上一张照片真实可信。于是我想到了图文结合，让照片客观纪实，融入创作，参与叙事，成为文字不可替代的一部分。于是便先有了照片，后有了文字，而不是先有文字后有照片，文字、照片两张皮。可惜我不是摄影家，对摄影技术一窍不通，斗胆冠以“摄影报告文学”，既不自量，也属无奈，还望诸君赐教。

总之，此次“抗震救灾”以人为本，本书便以心为本。大地震令人心碎，心碎之后如何重构心灵的家园？大地震让人心痛，心痛之后痛出什么样的国民，痛出一个什么样的中国，是我最关心的问题；而一个民族的精神与力量、本真与大爱，为什么在大难之时才轰然闪现？假设没有汶川大地震，今后灾难也不再降临，一个民族的精神与力量、本真与大爱，难道就永远不见天日、深藏心底吗？倘若大难与大爱真是这样一种因果逻辑关系，我们又到哪里去寻找这笔民族的财富呢？诸如此类的问题，也是我最感兴趣的。至于我的这部小书，不过像地震后的一块碎片，倘若能为遇难的同胞带去一分安慰，为活着的人们引出些许反省，为日后研究汶川大地震的人类学家、社会学家、地震学家留下一个“标本”，幸矣，足矣！

（原载《中国作家·纪实》2009年第5期，文中图片有少量调整）

寻找巴金的黛莉

赵　瑜

闲暇时候，我也好点儿收藏。去古玩集市游走，偶得两件俗物，不奢望升值空间，只图个课间歇息，平添一番古今赏析的情趣。有一搭无一搭，时日渐长，却也相熟了不少行内友人，所选项类亦不固定，是老的就话稠。彼此散淡请教，或交流往昔体会，或共享近日喜忧，不敢期待动人心魄的宝贝。人可以贪玩，切不可贪财。

让我无法割舍、不能轻弃的交易，却有这一回。当时，面对着巴金先生早年写给山西少女的七封老书信，我无法平静待之，反复追索不舍。得信后，展开考证落实，“探索发现”这位女性。前前后后竟用了两年多工夫。故事波澜起伏，值得一记。同时，我将借助此文，向读者和研究界披露全部七封信的内容。

1　巴金致黛莉第一封信

这七封书信，都是年轻的巴金用钢笔书写的真迹，应该没有发表过。收信人地址前后一致，都是“山西太原坡子街 20 号”，收信人姓名均为“赵黛莉女士”。七只实寄信封俱在，其中两封保留着民国时期邮票数枚，上面分别印有孙中山头像和蒋介石头像。寄收邮戳依稀可辨，有“平滬”、“上海”、“北平”、“阳曲太原”等字样，可辨认的时间为“民国二十五年”，即 1936 年。巴金先生在信封上或写“平快”二字，或写“上海李缄”字样。我得信时，七只信封和七封信，已经分离开来，没有原装在一处，因而其前后顺序尚需详查。巴金先生在信尾注明时间，未见年份，仅有月日，也为这七封信的排序加了些难度，要依靠内容从容推断。我认为七封信应是跨了年度的。要把七封信前后顺序排列准确，包括与信封对上号，还望专家细识。

我所看重者，是信件内容。七封信加起来好几千字，总还是丰富的。我没有涉及过巴金研究工作，仍坚持把信收藏回来，怕它们流失损坏，就是为了给巴金研究者们救得一份素材。往日收点儿东西，总是个人私好，这次则有些为着社会之意。为了热爱和审视着巴金的人们，也为我所从事的文学工作，尽些心责吧。过去，生活在太行山深处的老太太，有些迷信却懂得“敬惜字纸”，应是某种尊重文化的自觉。而巴金先生本人，正是为保护文史资料而力倡修建中国现代文学馆的首位作家。他甚至把建成此馆当作“一生最后一个工作”，说“我愿把我最后的精力贡献给中国现代文学馆”，并为此致信中共中央总书记，替文学馆排忧解难。巴老本人还带头捐出了第一笔开办费……

巴金先生这些信，距今七十多年风雨，仍基本上保存完好，让人怎能不珍惜。夤夜灯下品读，如同一位前辈作家再次向我们细叙心曲。巴金先生在信尾署名时，除首封落款“巴金”全名外，其余六封，只落一“金”字，更让人倍感亲切。当年，巴金先生致信黛莉一人，而今看来，则是写给我们大家，写给他全部读者的。

赵黛莉这个名字，很可能不是原名，应是一位读书女生，崇尚新生活、新风气，自己起了好听的名字来用，就像如今网友们很少使用真实姓名那样。我们可以推想，在阎锡山治下的太原府，渴求新思潮的知识女性赵小姐，读过巴金作品之后，产生强烈共鸣，心潮难平。她不满于旧家族窒息的空气，倾心致信作家，用了这个浪漫的名字，而这位少女显然颇多才情，信写得又真又好，否则，年轻的巴金也不会给一位读者频频回复七封信。这时，巴金先生三十来岁，尚未与萧珊女士结合，正处在准备恋爱抑或恋爱初期。事实上，萧珊女士与黛莉一样，也是读了巴金作品，用书信方式走近巴金的。

所收第一封信，纸质薄而坚，信纸上端印有三行红字，首行字体大些，为“文化生活出版社”，与信封上中英文印刷地址相一致。次行字小，为

"上海昆明路德安里二十号"，末行是"电话：五一五六〇"。我最初见到信，便是这一封。当时，闻说有巴金旧信，我还不大相信，如今古董市场造假，绝技横生，一笑而已，待看过信封、信纸、邮戳、邮票，始断为真。当时，在我记忆中，仅知巴金从日本归国后，曾在上海文化生活出版社做过总编辑，还做过《文季月刊》主编，一道工作的有靳以先生等人。据此，细察陈旧发黄的信纸，觉得极难伪造。后来见到全部七封信，其中有五封信是文化生活出版社信纸；有一封是"开明"信纸；还有一封是《译文》信纸，纸质厚些，日久发脆，损字较多的也是这封，其上还有一句白话广告语，谓"介绍外国文学与艺术的月刊"，印有地址为"上海拉都路二八六弄一二号"，"电话：七四八九一"。所有这些，都佐证了这批文件属于真品，行话叫是老的、对的。更关键处，在于手迹与字体。巴金手书成篇，还有许多繁体字，他人几乎无法模仿，除非照着印，写是写不成的。行话称一眼货，或曰大开门，取开门见山，毋庸置疑之意。当然，真正不可伪

第一封信信封

造者，还是信的内容，这是谁也编不出来的，因为巴金拥有一个与他人大不相同的独特思想世界。第一封信，前后两页，巴金先生以横写完成。其余六封信，皆为自右而左竖排竖写。

现在，我们可以阅读第一封信了。抬头一句，巴金把少女赵黛莉称作“先生”，给读者以足够尊重。全文如下，内中做“□”处，应是缺字或辨识不清之故——

黛莉先生：

信收到了，谢谢你的好意，费了你好些时间来给我写信。你的信给我带来一点慰安，一些鼓舞，我决不会怪你。你十二岁就读了我的《砂丁》，那太早了。我想到那事情心里很不安，不该拿那惨痛的图画来伤害你的孩子的心灵。

你在十六岁时读了《家》，我知道你会喜欢它，因为那主人公正是一些和你同样的青年。他或她有一颗纯白的心，有一个对于正义的信仰，爱一切需要爱的人，恨一切人为的、不合人性的传统。

你说你认识琴，我想大概你在琴的身上看出了你自己的面影。你姐姐也是的。不要说你没有机会看见琴，你自己也许就是一个琴。琴有她的弱点，但是合于人性。我现在正着手在修改《家》，而且不久就要写《群》了。我去年写过几页，以后又搁了笔。所以，倘使你不介意我永久搁笔，你一定会高兴我告诉你这个消息。

我有许多话要和你说，譬如谈生活，谈文章，都需要不少的话语。但是请恕我，我一天很忙，心又乱，所以不能多写了。我一天总得回□几封信，而且我又是个出名不会写信的人。

不要“崇敬”我，我是一个极平凡的人，而且我也幼稚，甚至有不少的孩子气。

祝

你好

巴金 四月二十夜十二时

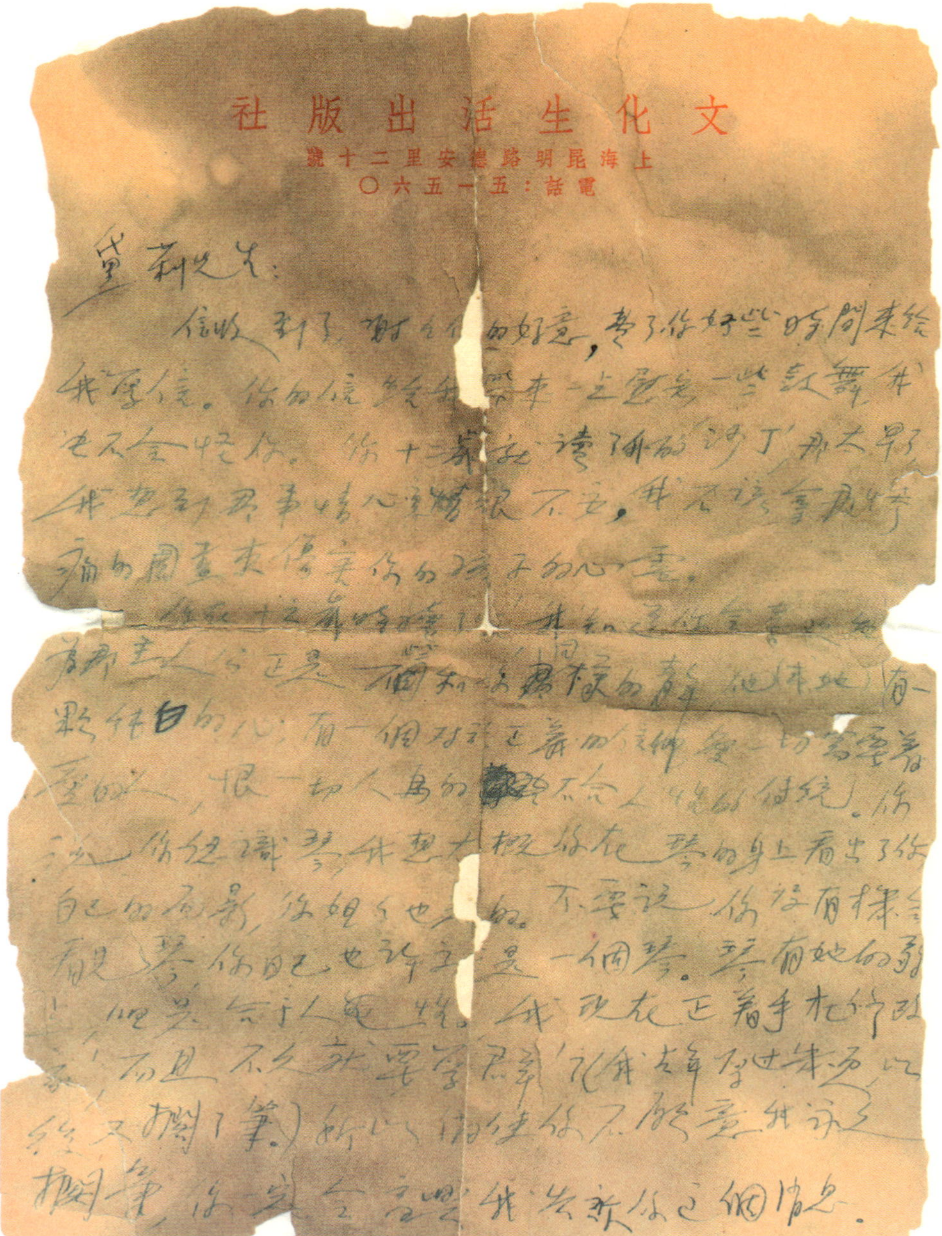
文化生活出版社
上海昆明路德安里二十號
電話：五一五六〇

黛莉先生：

信收到了，謝謝你的好意，費了你好些時間來給我寫信。你的信給我帶來一點鼓舞，我也不會忘記你。你十二歲就讀了我的沙丁，那太早了。我想到這事情心裏很不安，我不該拿痛苦的圖畫來傷害你的孩子的心靈。

你說十五歲時讀了家，我知道你會喜歡的。書裏的主人公正是一個和你同樣的青年（他/她）有一顆純白的心，有一個對於正義的信仰，愛一切需要愛的人，跟一切人類的敵人不合作的。你說你認識琴，我想大概你在琴的身上看出了你自己的面影，你姐姐也如此。不要說你沒有福分看見琴，你自己也許就是一個琴。琴有她的弱點，但她是會討人喜歡的。我現在正着手在寫琴的故事，而且不久就要寫完了（我去年寫過半部，以後又擱了筆），所以你儘管放心，不要擔心我擱筆。你以後會看見我告訴你這個消息。

巴金致黛莉的第一封信（2－1）

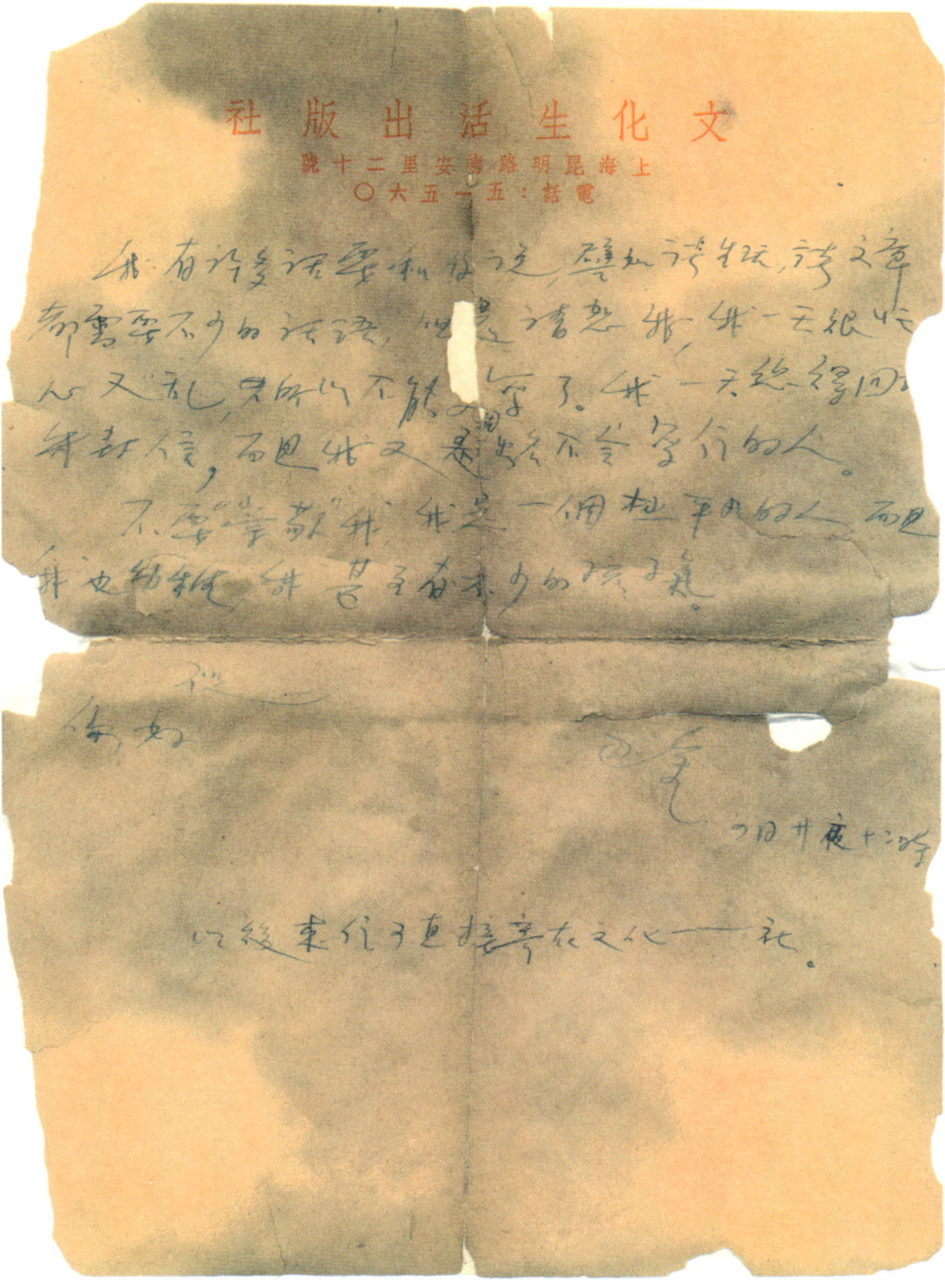
文化生活出版社
上海昆明路德安里二十號
電話：五一五六〇

我有許多話要和你談，譬如談生活，談文章都需要不少的話語，但是請恕我，我一天很忙，心又亂，我所以不能多寫了。我一天總得回四五封信，而且我又是個不會寫信的人。

不要崇敬我，我是一個極平凡的人，而且我也很幼稚，我甚至有不少的孩子氣。

祝

你好

巴金

7月廿夜十二時

以後來信可直接寄文化生活社。

巴金致黛莉的第一封信（2－2）

在全信末尾，巴金先生又补写了一句：“以后来信可直接寄到文化生活出版社。”由此可知，赵黛莉此次去信，很可能寄到了别的什么地方，也说明巴金先生愿意收到赵黛莉新的来信。

我尚难判断，这封信该有哪些研究价值，只是处处感受到一位作家对于陌生读者的深切爱心。“爱一切需要爱的人，恨一切人为的、不合人性的传统”，话语凝练，颇多力度。巴金先生在 1935 年《写作生活的回顾》一文中，是这样表述其意的：“一切旧的传统观念，一切阻碍社会的进化和人性发展的人为的制度，一切摧毁爱的势力，它们都是我最大的敌人。”这些话，在致黛莉信中得到简练使用。到了 1949 年以后，巴金始将“人为的制度”这个说法，改做“不合理的制度”来表述。我以为却是原先的表述更锐利、更精确，人治的社会制度必须改革呀！而合理与不合理，则不好讲，定位坐标不同，是否合理的结论也就不同了……

巴金先生的心是悲悯而敞开着的，他不安于自己写出《砂丁》来，担心那惨痛图画会伤害到孩子们。

信中所指《砂丁》，是巴金先生一篇早期中篇小说，成稿在 1931 年，取材于艰辛的底层工人群体。我没有读过《砂丁》原作，只是从李存光、陈丹晨等先生的研究文献中得知，巴金在那一时期，曾经到浙江长兴煤矿，深入矿井工作面，体察窑工们的劳作。他下井前不久，这里发生了一次瓦斯爆炸，死去十五名矿工，情景惨烈。此后，一位云南留日青年黄子方，又向巴金细述了云南个旧锡矿中淘砂工人的悲情。讲到“砂丁”们被 5 块银元骗到矿山，在暗无天日的矿井里，同牛马不如的悲惨生活相抗争，自发组织了拼死逃生行动，又横遭镇压。巴金据此写出悲愤的《砂丁》。作品笔调沉郁而绝望。他反对当局的暴力，控诉血腥镇压，站在无政府主义者的革命立场，痛斥正在兴起的资本主义秩序。这部《砂丁》与不久后完成的《萌芽》，是巴金少有的两部反映底层工人生活的浸泪之作。次年初春，巴金在回顾去岁时写道，“奋斗、孤独、黑暗、幻灭，在这人心的沙漠里我过了一年”。秋天，巴金北上旅行，在青岛沈从文寓中小住，又在这里为《砂丁》写了序言。在这篇《序》中，巴金说：“我是把一个垂死的制度摆在人们的面前，指给人们看：这儿是伤痕，这儿是血，你们看！”

偏偏如此惨烈的一篇《砂丁》，竟让一位十二岁的山西小女孩——赵黛莉读到了。巴金于心不安，在信中致歉：我不该拿那惨痛图画，来伤害你的孩子的心灵。

在“文化大革命”中，《砂丁》被当作巴金“污蔑工人阶级”的坏作品，遭到猛烈批判。及至晚年，巴金先生还写过一篇关于《砂丁》的创作谈。

信中谈到了曾经搁笔又即将再写的《群》，这是巴金先生 1931 年在《家》的后记中做过预告的一部书。当时曾说要把这部《群》作为《激流三部曲》的第二部来写。巴金先生决计，“写一个社会的历史，因为我的主人翁是从家庭走进到社会里面去了”。从这封信中可见，这部叫做《群》的小说，果真写过开头，只是后来被作者放弃了。查阅手边史料，皆没有提到巴金有过一部作品叫做《群》。

从李存光先生的研究中可知，巴金在预告这部书之前，确实有过一种“群”的感动，乃至于 1936 年致黛莉信中，还念念不忘。这是因为，1928 年以后，福建南部特别是泉州一带，成为年轻的无政府主义者们一个重要的活动区域。吴克刚、丽尼、陆蠡、鲁彦等几十名新青年，在那里创办新学，普及教育，宣传无政府主义的革命主张，组织工人反抗资本家的斗争。其中吴克刚担任高中学校校长，是巴金留法的同学。巴金始终向往那里，

巴金先生的心是悲悯而敞开着的，他不安于自己写出《砂丁》来，担心那惨痛图画会伤害到孩子们

曾于1930年秋、1932年和1933年初夏，三赴泉州相聚。巴金盛赞这群为信仰而战斗的人们“从家庭走进到社会里面去了”，这群青年“忘记了自己的健康，忘了自己的家庭，他们只知道一个责任”。有胡景敏先生分析说，当年巴金认为，无政府主义理想在中国的实现，一是借鉴法国和俄国大革命，走一条民众暴力的道路；二是借鉴英式的“总同盟罢工”进行斗争，壮大工人力量，推进革命巨澜。据此，巴金曾经回忆在泉州参加这种职业革命的生活，极富吸引力：“白天在荒凉的园子里的草地上，或者寂寞的公园里凉亭的栏杆上，我们兴奋地谈论着那些使我们热血沸腾的问题。晚上我们打着火把，走过黑暗的窄巷，听见那带着威胁似的狗吠，到一个古老的院子里去捶油漆脱落的木门。在那个阴暗的旧式房间里，围着一盏发出微光的油灯，大家怀着献身的热情，准备找一个机会牺牲自己。”“在这里每个人都不会为他个人的事情烦心，每个人都没有一点顾虑。我们的目标是‘群’，是‘事业’，我们的口号是‘坦白’。”请看，巴金曾经就是这样一个激进青年。而从1903年开始，在辛亥革命前后很长一段时间里，最先输入中国的西方思想，就是无政府主义，亦称为“安那其主义”，吸引着大批热血青年，影响了上世纪两三代中国知识分子。简单地说，安那其主义和李大钊等人引进宣传的马克思主义，看去有不少相似处，又很不相同。在中国，散落着几十个无政府主义团体，要真正成就大业，是无比艰难的。而巴金却被这个信仰所推动，为着这个“群”而激动，是这种精神的力量，支撑着巴金写作的信念。

巴金先生致黛莉第一封信，让人联想到许多历史场景，令我难以平静。

2 古董商喊出高价位

回过头来，谈谈这批书信的来历。

2004年底，我返回山西太原，自闭在省作家协会寓中，关门研写晋东南“文化大革命”血火之战。太行山腹地，凝结着我少年生活的全部。2005年和2006年，我集中两年时间，写完了这部非虚构作品《牺牲者》，成稿八十万字。如前所述，写到躁累时，我漫步古董市场，权作课间歇息。

太原城不大，古玩市场不少，堪居全国省会城市之首，不让京都。从南向北来，有大营盘市场、南宫大楼及周末地摊、棉花巷古玩城、文源巷老店、省文联大楼一二层、大中市交易区、解放路头道巷等七八处，另有文庙老市尚存，生意比别处萧条。这一日，应在《牺牲者》即将杀青的2006年冬，我无端地去了文庙。此地店铺稀疏，只剩下七八家坚守。外省淘宝者干脆不知此地，抑或极不重视这里，提着大钱包上了别处。

古董商人赵从平，年过六旬秃了顶，脾气还是一个倔。在路边经营一家小店，坐南朝北。店内用柜子隔开，前头大些搞经营，后头小些可睡觉。店名叫做立玄斋，门牌为文庙二十二号。房门半掩着，探身望望里头，一盘象棋散放在当地，架上货色一目了然。

老赵一声高叫：作家，进来杀一盘！

我与他没有深交。往日杀过几盘棋，他也是个败。今日闲谈之间，老赵忽然想起什么，竟向我请教巴金的情况，并问及巴金写的东西是否值钱。我心有所动，嘴上却要轻慢些：巴金？南方作家吧，咱这边的人对赵树理更熟悉哩。老赵表示他存有巴金旧日东西，说我这个当作家的理应感兴趣。

古董商人赵从平，年过六旬秃了顶，脾气还是一个倔

我忍住好奇心，依然轻描淡写：那要看是巴金的什么东西。

老赵的回答令我震惊：巴金写给情人的老信嘛！

我调笑他，笑他无中生有。老赵便有些生气。

主客二人真真假假一番切磋，老赵终于从后隔间取出一册破旧杂志示我。前述巴金那信，便散夹在杂志中。

详察信件，我心大惊，言语中强装淡泊：这是作家给一个读者的普通回信。这些旧信多了去了，怕是不上价哩。

老赵多少有些扫兴，随即说出一句使我更加震惊的话：这是一封，一共七封哩！然后，他眼镜后头那双小眼睛，狡黠地盯着我。

有行话说：褒贬之间是买家。倘若你不买，也就不必对文玩展开评价了。

老赵原是太原一家兵工厂的下岗工人，经营古董差不多二十年了，早在府西艺苑地摊时期，我就认识他。今天，他还是猜到了我的心意！他之所以仅向我展示一封信，用意便是考察我的兴趣。只要我对其余六封信提出欲求来，我的购买倾向也就显露出来。从而他将不断地诱惑你，勾引你。

故而我强作镇定，做无意追问状，倒背双手，欲走非走，似告辞且逗留，又言及彼此棋艺云云。为日后便于跟踪此事，我以订金方式，买他一只失去了基座的清晚期红木大立镜，却又让他设法把基座配齐，以保持联系。临行，仿佛我有了一个新想法，随口提到：我在北京有位朋友，好像是研究巴金的，你慢慢把七封信整理出来，说不定我送给这朋友算了，也许人家会有什么用呢。言下之意：我自家对此并无兴趣，可买可不买，倘若价格便宜，不妨转赠友人。

晋商传统深厚，行内少有笨蛋。老赵也以无动于衷未置可否的态度，回我：再说吧，再说。

辞了文庙，回房枯坐，食不甘味了。说到底，咱还是差钱，生怕他喊出一个高价来。

从那儿以后，我北京、太原两头跑，时断时续与这位赵从平先生保持着交往。对巴金的信，也前前后后读了五六封，又无端买下他几样东西。如清晚期一只大号水仙花盆，本来我就有一对儿，这时也买了，只当留着送人。二赵之间展开了一场冷战，内心里明白事由，嘴上却不说破。还有两次，我故意晚些去见他，以便到了饭点请他共饮。这家伙喝高之后，竟放出话语道：赵作家够意思，咱也不含糊，下次，等我把第七封信揭裱利索，统统送给你玩去吧！侃得我头昏脑涨找不着北，连连夸他真豪迈。二人相互间老赵老赵地叫着亲热，终于到了摊牌开价这一天。

这一天，商人老赵还是喊出了一个令人无比愤怒的高价位。

他说：本来一封信一万就是七万，看在老主顾分上，你给五万拉倒。

我定定神说：可把我吓住了，你接着做梦吧！

二人继续冷战下去。我当然不甘放弃，只是担心东西落入其他什么人手中，就再也见不着了。而我闷头苦写《牺牲者》整整两年，加上之前抢救采访一年，三年间没有一分钱进账，还花费不少，当下确实拿不出五万元来。我心里有数，甩给他三万，他也就卖了。然而那时我正气恼，像个少年人似的，不想再理会他。

平心而论，巴金早期旧信七封，实寄信封完整无缺，五万元并非太离谱。眼下一个流行说法，要保护非物质文化遗产，这些信，当属好东西。我的想法，在上世纪中国新文学运动史上，巴金先生极富个性，作品影响了几代人，特别是《家》。他从一个狂热的无政府主义革命者，转向文学人生，且横跨几大历史时期，最终写出讲真话的《随想录》，提出建立“文革”博物馆，思想变化深广，在老一代知识分子中极富代表性。1946 年前后，毛泽东在重庆与巴金会面，毛泽东上来就讲：奇怪，别人说你是个无政府主义者啊！巴金竟然说：是的，听说你从前也是。①

谁也不是天生的马克思主义者。

在革命和举国公有制之前，中国人包括所有青年，完全生活在以家族为主体的时代中，无法越此雷池半步。巴金的《家》及其一系列早期作品，

---

① 见《巴金全传》，陈丹晨著，中国青年出版社，2003 年 10 月第 1 版，第 184 页。

震撼了亿万家族青年，深刻地影响着整个传统社会。正因为这样，才会产生数不清的赵黛莉之信。而今，对巴金深入研究，其重要性和丰富性并不亚于研究鲁、郭、茅、夏、老、曹等作家，研究方向和方法也亟须调整与修正。因此，巴金写于上世纪三十年代的多封信件真迹，且从未发表，其价值怎样评说也不为过，这是我的观点。倘若按照古董商人的世俗说法，亦有其参照之理。赵从平曾对我讲：咱让人到网上查了，巴金去世震动太大啦，全国政协副主席，就是党和国家领导人嘛！对了，他还在全中国你们那个协会里头当了几十年主任哩。我纠正他说，叫主席。赵说，反正是你们当中最大的干部吧。

我苦笑道：也对。

老赵一拍大腿：甚叫也对，就是！巴金就是你们最大的官儿！

幸亏他不知道，天上还有一颗小行星，是以巴金名字命名的，否则他更有话说！

他不想便宜给你信，我毫无办法，非常无奈。

且让我们鉴赏一下，巴金先生在第二封信中，又写了些什么。信纸上方印有“译文”等字样。纸质变脆有损。不知为什么，巴金先生在抬头省略了称谓。全信为竖写两页：

> 快信收到。我是一个充满着矛盾的人，所以我的文章也是的。我在生活里追求着光明、爱、人间的幸福，我在文章所追求的，也是这个。但我行为却常常不能和思想一致，这是社会环境使我如此的，所以我不是一个健全的人，也不是一个幸福的人。
>
> 你想研究文学，倘使你的性情近于这一面，那自然也是可以的，你的信正是□□□□。然而我会告诉你，应该熟读一些书，□□□□□□□我有好些朋友就没读过旧书。
>
> 我觉得你应该升学，我给另一个十八岁的孩子写信，也说过这样的话。社会太黑暗了，人情太复杂了。你只是一只羽毛未丰的鸟，你

还不能够在自由的天空里飞翔，因为在那里有无数老鹰在等着啄你。一个人要走进社会，最好得具有更多的技能和学问。倘使你在这样年纪就抛弃了那个可以培养你的能力和机会，□□□□就得不着了，所以你得听我的劝告，等候着将来。你不要老是想到牺牲，你也得有些享受。一个十七岁的女子，也应该过些快乐的日子。

你为什么寄钱来呢？这真使我有些受窘了。你要什么书，我只要找到，就可以寄给你的。现在我不寄还你了，怕你不高兴。我给你订一份新出的《文季月刊》，□□□□□□□以便好好地度过会考。我□□□□□，但那些鬼文章，朋友们老是逼着我写文章。你看，我又写了《春》这部作品。□□□□就不容我有时间写信。我总没有从容的时间写过一封信！下次再谈罢。

祝

你好

金 五月二十五夜

此信距第一封信刚出一个月。信中说，“我又写了《春》这部作品”，应是指《春》随着《文季月刊》的创刊开始连载，而不是说已经写完了《春》。《春》的最后完成，要在 1938 年 2 月，次月巴金在开明书店把书稿校改完毕，与靳以离开上海转赴广州而去。

从信中“我给你订一份新出的《文季月刊》”一语推断，此信只能写于 1936 年。有史料表明，巴金和靳以是在 1936 年 6 月将《文季月刊》创刊号推出的。到次年初，该刊在出版了七期时，被当局查禁。巴金先生在后边的信中还将提到这件事。《文季月刊》仅仅存在了半年时光，却非常了不起，它首次登载了巴金名著《春》的前十章，还发表了曹禺的剧本《日出》和鲁彦的长篇小说《野火》。《日出》一经发表，很快引发了《大公报》等社会传媒的热烈讨论。短短七期刊物中，集合着诸多名家，如沈从文、萧军、萧红、萧乾、芦焚、罗淑、张天翼、凌叔华、刘西渭（即李健吾）、蒋牧良、何其芳、卞之琳、李广田、蹇先艾、丽尼、陆蠡等。

譯文

介紹外國文學與藝術的月刊

上海拉都路二八六弄一二號

電話 七四八九一

巴金致黛莉的第二封信（2－1）

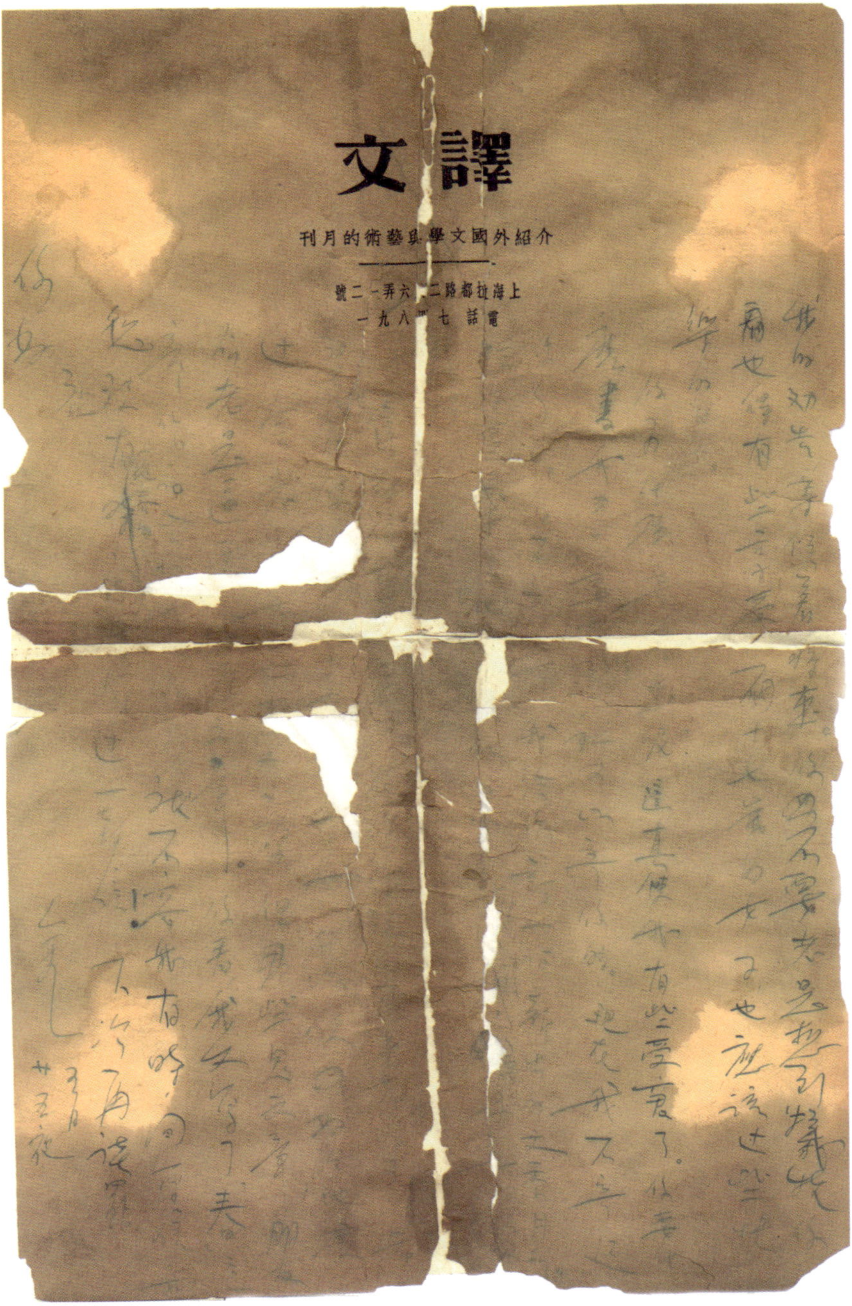

巴金致黛莉的第二封信（2-2）

《文季月刊》还与《译文》、《作家》等刊物一道，共同发表了《中国文艺工作者宣言》，成为现代文学史上一件大事。巴金参与了这份宣言的起草，由鲁迅改定文稿并带头签名，发出了抗日救亡的强烈呼吁。从另一角度看，这份宣言，又是上海两大革命文艺阵营发生裂痕的继续……

巴金往太原寄发了《文季月刊》，使得远在内陆省份黄土高坡的黛莉们，成为这些名家名作的第一批读者。

信封背面的民国邮票

这封信使用了《译文》社信纸，亦有出处。《译文》是由黄源先生主持的一份“介绍外国文学与艺术的月刊”。巴金致黛莉此信前二十余天，即那年5月3日，黄源先生在上海聚会，为《译文》复刊请客。鲁迅先生在当天的日记中载：“译文社邀夜饭于东兴楼，夜往集者约三十人。”巴金也参加了这次活动。在当时，巴金与《译文》黄源先生过从甚密，时有翻译作品问世。他使用了《译文》信纸，也就毫不奇怪了。

这封信却仍然使用了文化生活出版社的信封。可喜者，信封背面完好地保留着两枚民国邮票，上印孙中山先生头像，面值五分。余第六只信封，邮票亦在，保留三枚，两枚为面值二分的孙中山头像，一枚为蒋介石戎装半身像，面值一分。总共五枚民国票，品相完好无损。

自此信始，巴金先生在落款时，仅用一个“金”字。

在信中，给我深刻印象有两点。一是巴金先生感叹于自己的行为“常常不能和思想一致，这是社会环境使我如此的”。看来，社会环境与作家思想存在差异并造成痛苦，历来沉重。这一点应是谓己；第二点则是怜人：巴金先生担忧“羽毛未丰”的少女们过早地走向社会，“还不能够在自由的天空里飞翔，因为在那里有无数老鹰在等着啄你”！社会太黑暗了，人情太复杂了……

少女黛莉会不会听取巴金劝告呢？

3 这批旧信从何而来

文庙古董商赵从平先生，手把着巴金七封信，自认为奇货可居，迟迟不肯让给我。我这厢舍不得亦急不得，常恨文人囊中羞涩。这位赵从平在太原古玩界要算个“锭头”，平日交友不多。我在圈儿内几位老友，大都与他不相熟稔，一时间找不到合适中人。譬如棉花巷古玩城雪野，经营老窑瓷，道行不浅，还是个好诗人，与我交情深远。而我对赵试探说，雪野东西走得好，这位老赵便用鼻子“哼”一声，继而说出“如今有几个人要真货”之类的话，还轻蔑地说，老窑瓷我玩得不待玩了！二人显然不对脾气。你越说雪野或者谁人东西走得好，这位老兄就越烦恼。背地里，古玩人给老赵起外号，叫他“赵秃驴”，形容老赵光着个大脑袋，性格倔犟。倘若请中人为我游说这些信，只怕是越说越乱，价位反而下不来了。要想解开此套，还须他法。

作家是专门琢磨人的。应该从人下手。于是我举杯对老赵说：这事儿怪了，我叫你老赵，人家叫我老赵，这位黛莉也姓赵，缘分啊！两位老赵便傻乎乎地笑起来。我恳请他讲讲，这些信究竟从何而来？你老赵咋会有这种东西？真古董讲究传承有序，好东西都应该说明出处。老赵乘着酒兴，道出了这批老信的源头。

老赵说：凡成大事者，要下苦功夫。尽管他并未成大事，下过苦功夫这个话，他还是要说的。

前头讲，赵从平先生本是二四七兵工厂一名下岗工人。为了生计，转入古董行。大约在上世纪九十年代初，太原市开始大规模拆迁建设。许多古董商，趁老旧房屋拆除之际，搜寻到不少宝贝。在北京城区也常见这种情景：拆房挖沟施工中，旁边蹲了一溜闲人，专为捡老东西而守候。小到古瓷片，大到老木料，都有人收。这一天，太原市中心区域解放路，拆除阎锡山时期老院子，“闲人”们来了，蹲边儿上抽烟。其中一座民国初年三进大院，坡子街20号，是老牌二四七兵工厂高级管理大亨旧址。阎锡山重视“造产救国”，信奉“武力为公道之后盾”，二四七兵工厂百年历史，亦由此来。其前身曾为西北修造厂，1949年后被政府接管。

赵从平出身这家工厂，知晓院里住过老总管或者什么高官。他来到现场，据他说还有其同厂妹夫等亲友，协同蹲守，“下苦功夫”。当时，院底有巨大的地下室，曾经抽水两天两夜，众人耐心等待抽干积水，却未见任何宝贝，遂渐次散去。而在拆除房屋时，拆到房顶天花板，发现了油布包裹一个。清晚民初建筑，好房子造天花板要用硬质材料分格建成，不是纸质的。待取下包裹，慢慢打开看时，内有一捆旧信，应是当年房主暂时存放的物品。根据内容推断，或是大户人家一位读书小姐，不愿让大人们知晓此信此情，临行匆匆，存放在天花板上了。岂料世事沧桑，几十载春秋逝去，这位小姐再也没机会将信取回。这些信，静静地躺在顶棚上，任由尘埃叠落，等待着后人识见。兵工厂老房子转由市政拆除，厂里参与劳作者偶得此信，又知本厂亲友赵从平做了古玩生意，便将这些旧物转给老赵，看看它们究竟能卖几多钱。老赵对我说，十几年了，贵贱没有卖掉，都快忘记这件事了。不是见着你这个作家，却也想不起来。这便是这批信的来由了。

古董商贩们的存在，是文物保护链条中一个重要环节，常可为利，亦可为害，却不能没有他们。这一次显然做了好事。假如仅仅是拆房工人独家干活儿，说不定，早将一捆烂信一脚踢飞了。

我说，老赵，原先怎么没听你说过？

老赵说：原先是想把信转给巴金家人，说不定能卖个好价钱。结果，有人发现一个叫什么沈雁冰的信，转给人家后，人家寄来五百块钱，说声谢谢拉倒，根本不可能挣来大钱。这个思路最不合算。就这样，放下来了。

我说，那好，原先你没花什么本钱，就不该贵卖！

他说，好，喝酒，改天我一高兴，就白送老弟啦！

气死我也。这家伙，是我见过的晋京两地古玩商当中最难打交道的一位。贵巴巴地买了他的大立镜，也没配上底座，拉回来无用，在雪野店里放了一段时间，干脆送给我长治发小了；买了他一只大号水仙盆，放在家里没地儿搁，塞床下，迟早也是送人。

要想事有转机，尚须人心律动。

这位油盐不进的赵从平先生，年轻时却是一名崇尚暴力又无比激进的革命战士。我发现，只要你一提当年“文化大革命”，说运动风起云涌，豪雄叱咤三晋，他便正经起来，乃至高傲挚诚变作另外一个人。恰恰是因为讨论山西“文革”史实，在血与火之间，我们找到了共同话题。三年来我写《牺牲者》，对山西“文革”两大派武装斗争态势，也算比较了解。说起太原几大组织，总站兵团红联站，说起晋东南红字号、联字号，说起刘格平、张日清、陈永贵、杨承效，说起一仗又一仗，老赵便激动不已。二人滔滔不绝，切磋顷刻深化，四川话叫做“大摆龙门阵”。原来，这位老赵当年在组织中，是个青工头头。他们支持过刘格平造反。老赵拍着胸脯说，夺权当夜他就在刘格平家中指挥部。刘格平、张日清两大派分裂后，二四七厂老赵所在组织枪炮精良，占领省城小北门军体校据点，盘踞作战，还远程增援过长治淮海兵工厂同一派红字号。对于这些战斗历程，我都能一一与他对谈，不少史实，如太原“九五事件”、“平遥事件”，长治红字号苦战突围赴省等等大事，我不仅对答如流，而且比他更多地掌握全局，令其大为惊异。起初我向他请教时，他还吹：山西“文化大革命”，你要问我！后来变做我侃他听，反而向我追寻许多历史疑案之谜。老赵百思不解：你小子比我还小十来岁，如何知道这么多？我便也吹：秀才不出门，便知天下事，你还有什么不明白处，尽管问来。

他迫切渴望我送他一册《牺牲者》，表示要细细研读，“让咱这个老红卫兵也学习学习”。

我说，书尚难出，装订不多，只能借给他看，且必须提出几条宝贵意见作贡献，否则不借云云。

2007 年初，《牺牲者》装订出来，我真诚地送他一册，不，“借”给他一册，并且与他约定：巴金这批信不得卖与他人，等我从北京回来再议。

《牺牲者》装订出来，我真诚地送赵从平一册，不，“借”给他一册，并且与他约定：巴金这批信不得卖与他人

事情正在起变化。老赵和我熟络了，始知他并不完全是个油滑商人。

2008年5月，四川发生极大地震，我自北京奔赴灾区采访。6月里撤回山西太原，和山西作家李杜先生住在一家小招待所，日夜加班，埋头赶写一部《晋人援蜀记》，累得直不起腰来，情绪也不好。空隙间，又去文庙找那赵从平。我实在无法丢弃巴金这些信。

老赵一见我就说，他流着热泪把《牺牲者》看完了，现在舍不得还我，还想反复看一看，认真想一想。并说另有两位朋友也急于借读此著，你看行不行？

我表示只要将巴金信件给我，咋也行，把这部《牺牲者》送给你都行。旁边有人帮腔："这种民间装订书，将来也是文物嘛。"

老赵语气较以前有所变化，说这些信肯定给作家留着，只要求价格上能多点儿就多给点儿。

我说太贵，上哪儿找那么多钱？老赵便嚷嚷出一句糊涂话来，使我极为恼火。他说：我在中央台看见你们捐款哩！你们能给灾民出那么多钱，就买不起个这？

我不由大怒：放你妈的屁！你开个破店还敢自比灾民？东西老子不要了，你这秃驴留着发横财吧！

老赵赶紧道歉自己说了错话。二人谈崩，我拂袖而去。

事后，我也觉得骂街不好，自己修养太差了。老赵下岗多年，强在文庙苦撑，嘴上吹得硬，其实并没发什么财，要不他早就搬进古玩城去了。对于这些信，他情知主顾难寻，别人并不会痴迷此道，之所以反复不愿降价，无非是为着生存，也是完全可以理解的。他如不跟我等纠缠，又去找谁索要呢？说到底，还不是咱自家人穷志短吗？

到了8月下旬，《晋人援蜀记》写完，交给出版社。我再次惦记起巴金致黛莉那七封信来。

很快又要去鄂尔多斯出差，然后去北京忙其他事务，一两个月怕也回不到山西，东西没了咋办？

9月6日上午，好像又是一个星期天，我忍不住还是上了文庙。我最后一次站在文庙街二十二号立玄斋的柜台前。

我一言不发，故意绷着脸色。

二人对视良久，老赵同样沉默着。半天冒出一句话：我知道你就会再来，你这个老赵！

我忍不住一笑，正要开口讲些什么，只见赵从平豪迈地一挥大手，制止我开口，然后伸直了一根食指，自作主张道：一万！你肯定拿得出来，今天甚也不说了，七封信带皮儿，归你，只当我认你这个兄弟。

成交！我回应他两个字，再无废话。

二人相对又笑。老赵将一个硬皮大夹子给我。他早已将这些信和信封，一一展放到透明纸袋中了。

成交后，我一反常规，取过纸来，写出一张买卖合同，内容也很简单。二人使笔签下名字，老赵说，弄这干啥？我说，流传有序吧。

我顺便问起那册《牺牲者》，老赵从镜片后头眨巴着小眼睛，鬼精鬼精地说：很不幸，丢球的啦！

我说，物质不灭，丢就丢啦。

二赵皆大欢喜。

最后，我要求他锁起店门，乘我的车，到解放路一带去，具体指给我看看，哪里是发现此信的“坡子街20号”，说不定还能找到几位老住户，追忆起七十年前谁是这家院子的主人。以期顺藤摸瓜，找到收信人——赵黛莉小姐的踪迹。

赵从平欣然拉下那扇一米来宽的卷闸门，贴着地皮上好锁子。

二人驱车而去。车上，老赵与我调笑道：咋，巴金早就去世了，你还想找到这位小姐啊？你也不算算，信里说过赵黛莉十七岁，该是1920年生人，活到现在就得九十啦！你上哪儿找去？

我郑重地说：试试看。

我强烈地关切，一位频频与巴金通信，向往着革命斗争生活的新女性，她那人生命运后来将会怎样？她还好吗？这是一个什么样的家族？她是一个什么样的人？七十年间她经历了哪些事？

好奇，探索，想象，思考，追寻，敬畏历史，算是作家的天性吧。

太原城中心地段，曾经的坡子街本来就很短很短。如今高楼林立，车水马龙，小街早已荡然无存。来到一座大楼门前停车坪，老赵站立一阵，四处张望半天，然后用力跺跺脚，肯定地说：这里就是坡子街，这里就是二十号！

我望着一片水泥地，空空落落，怅然若失。

为了探知原先二十号大院曾为谁人所居，我和老赵分头钻入错落的楼区间，前后打问了一个多时辰，没有问出任何名堂来。想想也是，隔着好几代人呢。我举目四望，夕阳西下，阳光照射在一幢幢新式高楼玻璃上，虚光反射千千万万，一片迷离，几多幻影，不辨南北东西，早已淹失了历史方向。

末了，老赵站在车前，安慰我说：你这个老赵，咸吃萝卜淡操心！不用怕，要想知道谁家老院儿，只要我回到厂里，到行政处，肯定有房产底簿嘛，我一查不就知道啦？

我说，好主意，这些天我去外地出差，麻烦老兄先上厂里查着，过些日子咱们再会，有好酒伺候。

他连说放心，说咱在厂里算个老人啦，要查问这件事，不难。

二人就此依依话别。

谁能料到，此间一别，老赵很快就出了事……

4 温馨而又敏感的话题

在整个故事继续推进之前，我们研考巴金致黛莉的第三封信。之所以将此信列为第三封，是根据落款所注月日排列的，并无年份。这是两页竖排长格纸，左侧下方印有“开明 B20×20”字样，显见为开明书店信笺。信纸质地良好，全信几无破损缺字处。

巴金先生在信件抬头又一次省略了称谓，他直接开笔写道：

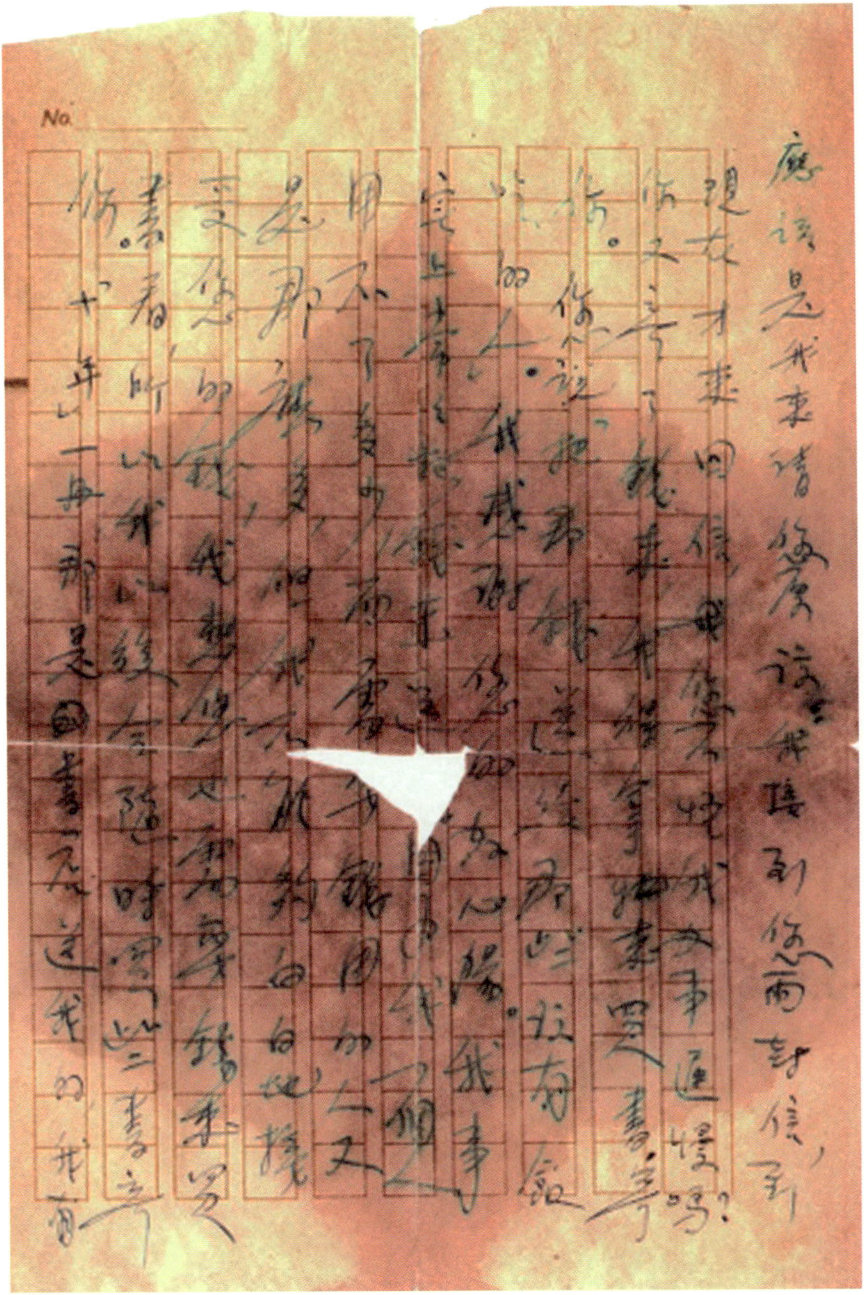

巴金致黛莉的第三封信（2－1）

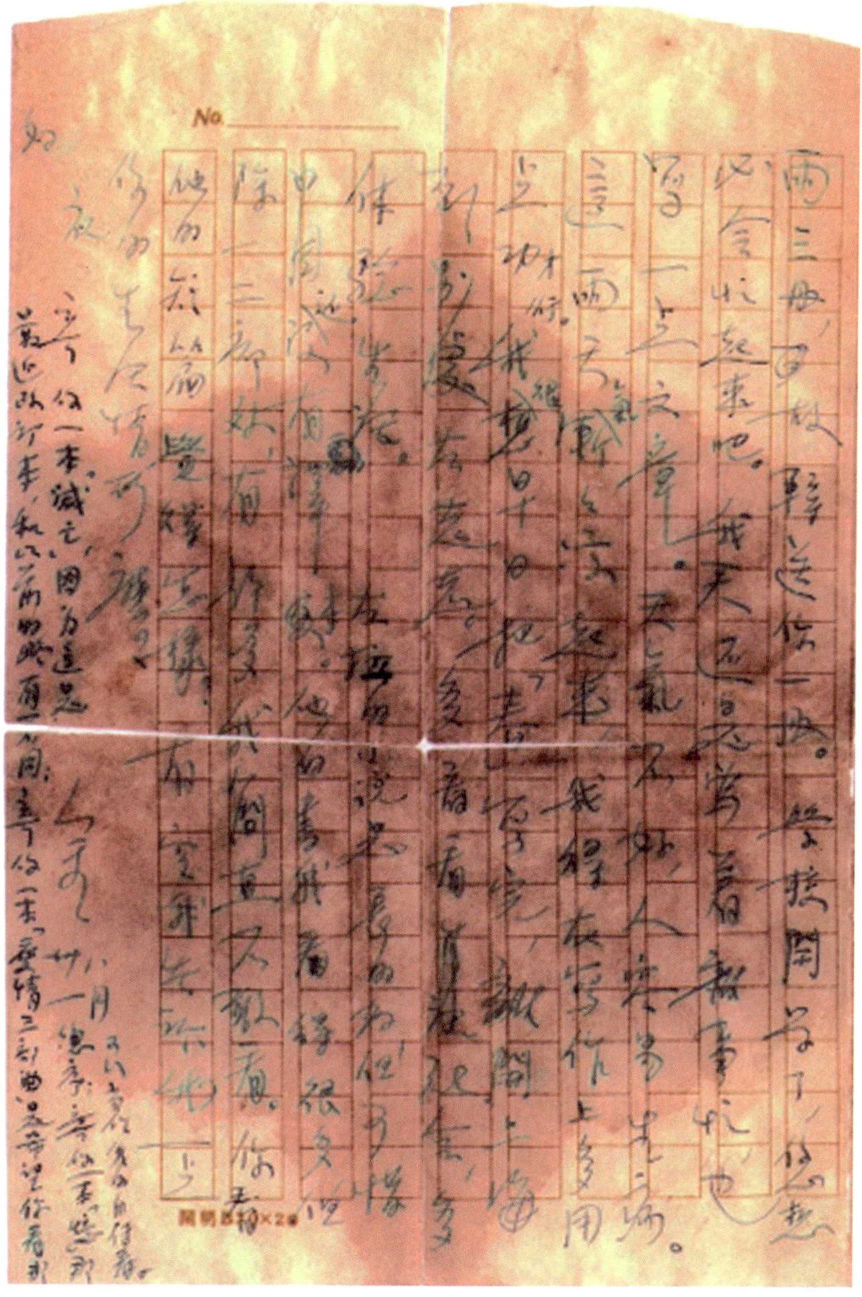

巴金致黛莉的第三封信（2－2）

应该是我来请您原谅，我接到您两封信，到现在才来回信，您不怪我办事迟慢吗？

你又寄了钱来，我得拿它来买书寄你。您说“把那钱送给那些没有饭吃的人”，我感谢您的好心肠。我事实上常常把钱来送人，因为我一个人用不了多少，而需要钱用的人又是那么多。但我不能够白白地接受您的钱，我想您也需要钱来买书看，所以我以后会随时买些书寄你。《十年》一册，那是书店送我的，我有两三册，故转送你一册。

学校开学了，您想必会忙起来吧。我一天里还是为着杂事忙，也写一点文章。天气不好，人容易生病。这两天渐渐凉起来，我得在写作上多用点功才行。我很想早日把《春》写完，离开上海到别处去走走，多看看社会，多体验生活。

左拉的小说是长的好，但可惜中国还没有译本。他的书我看得很多，但除一两部外，有许多我简直不敢看。你看他的短篇觉得怎样？有空能告诉我一点你的生活情形么？

寄你一本《灭亡》，因为这是最近改订本，和以前的略有不同，寄你一本《爱情三部曲》，是希望你看那总序；寄你一本《忆》，那可以当作我的自传看。

祝

好

金 八月卅一日

分析下来，此信应该仍成于 1936 年。因为有“我很想早日把《春》写完”这一句。如前所述，《春》完稿于 1938 年春，4 月出书。由此可知此信不会产生于 1938 年 8 月。那么，有没有可能写于两年之间的 1937 年 8 月 31 日呢？可能性也非常小。一是可以从后边几封信中涉及的史实加以推断，二是上海局势在 1937 年发生了急剧动荡，巴金信中却丝毫未见反映。具体情况是：1937 年 8 月 13 日，日寇发动对上海的进攻，一场上海人民保家卫国的救亡运动终于爆发。8 月 16 日，巴金写出了热烈的《一点感想》，继而接连发表《自由在黑暗中哭泣》、《给死者》、《上海进行曲》等壮烈诗篇，讴歌上海军民同敌寇殊死战斗的精神，声讨侵略者血腥暴行，呼唤民众奋起抗日，“把最后一滴血洒在中国的平原”。他坚信祖国不会灭亡，他挺身而出，“为我前方忠勇之将士，后方义愤之民众，奋其秃笔，呐喊助威”。8 月 22 日，巴金和靳以将自己主办的《文季》社，与王统照主编的《文学》社、黎烈文主编的《中流》社和黄源主编的《译文》社联合起来，四位一体，创办了《呐喊》文艺周刊，出刊两期，从第三期起，改名《烽火》，于 9 月 5 日出刊，诸同仁以此作戟，投身抗战。如此说来，1937 年 8 月 31 日，巴金先生正在激愤地写作和紧张编撰全国第一册抗战期刊。

巴金针对《烽火》有言，“那些文字，是正义的呼号和血的实录”；几乎与此同时，巴金还出任了《救亡时报》编委，该报以郭沫若为社长，夏衍为主笔，阿英为主编。因此说，巴金不可能在这个炮火连天的“八月卅一日”，给黛莉写出这样一封气定神闲之信，不可能在燃烧着熊熊烈火的抗战之城，写出“天气不好，人容易生病”之类闲话，亦不会有“这两天渐渐凉起来，我得在写作上多用点功才行”之雅兴。日寇的轰炸机正在上海的天空中俯冲！

此信只能产生于这一切发生之前的 1936 年，即 1936 年 8 月 31 日。稍作考察即知，1936 年 8 月间，巴金先生正在经受着上海文艺界“一个阵线，两个口号”斗争的折磨。左翼作家联盟于春天解散之后，那年 6 月复而成立“中国文艺家协会”，提出“国防文学”的口号，鲁迅和巴金等人没有加入，却在同月发表《中国文艺工作者宣言》，赞同和主张“民族革命战争的大众文学”的口号。两个团队，另起炉灶，裂痕加深，斗争公开化。8 月，左翼作家中先是徐懋庸写信撰文，指责鲁迅，攻击巴金、胡风、黄源、郑振铎等一批作家，继而有戴敦复、灵犀、曹聚仁、白雪等多人，对巴金展开辱骂和围攻。鲁迅于 8 月 5 日，扶病写出那封著名长信《答徐懋庸关于抗日统一战线问题》，反击对手，为巴金等人辩护。那年八九月间，正是双方论战的高潮期，巴金也提笔加盟了反击与论争。面对重重责难，巴金心情沉郁，他描述自己看过徐懋庸文章之后的情景：“傍晚回到家中，心中很不好受。我没有扭开电灯，亭子间沉落在阴暗里。我坐在书桌前面，痴呆地望着那蓝色的墙壁。”

巴金致黛莉此信，却是在这样一个沉郁的日子里写成。这对于巴金研究来说，或许多了一种别样的佐证。纯情少女远在北方山西，巴金先生语调平静沉稳，没有流露出半点焦躁：“我一天里还是为着杂事忙，也写一点文章。”他没有对生活发牢骚，只有对他人更关切：“有空能告诉我一点你的生活情形么？”

有趣的是，巴金先生致黛莉第三封信，郑重使用尊称——“您”字，且一连用了八处之多。而在前两封信中，则始终称呼“你”，一次也没有用过“您”。不知这是出于什么原因。

在这里，我们无法绕过一个温馨而又敏感的话题，即巴金先生的夫人萧珊女士是哪一年与巴金开始交往的？事实告诉我们，萧珊以上海中学生身份信邀巴金相见，与山西女生赵黛莉致信巴金是同一年。他们相见在巴金致黛莉第三封信的同一个月里。萧珊女士原名陈蕴珍，曾因参加学生运动被校方开除，回到浙江宁波老家住了一段后，重返上海，进入爱国女校续读。陈丹晨先生在《巴金全传》一书中写道：“有一位叫陈蕴珍的女学生，从 1936 年起与巴金有了通信联系。那年，她十九岁，是一位热爱巴金作品的读者。”而巴金少年时虽然生长于四川成都等地，祖籍却是浙江嘉兴，与同乡萧珊沟通起来想必容易许多。萧珊小姐热情而又真诚，比赵黛莉年长两岁，她于 1936 年 8 月，又一次致信巴金，同信寄上一帧照片，以利相认，相邀巴金前往南京东路七一九号——新雅粤菜馆约会，从此开始了他们时日绵长的真情交往。陈丹晨先生认为，巴金先生从这时起“将早年献身革命、置个人爱情婚姻于事业以外的独身主义倾向渐渐淡却，让位于纯洁而又炽烈的爱情了”。

这第三封书信，正是写成于 1936 年 8 月 31 日，即巴金与萧珊首次约会的同期。我们无法推想，假如赵黛莉不是居住在遥远的山西，而是同在上海，是否也有可能进一步接近巴金那颗正在“渐渐淡却”着独身主义立场的心？

如此假设当然没有实际意义。那一时刻，热情致信巴金的女性读者，本来就非常多，她们同样都很年轻。据记载，巴金那时很少涉足北方，只到过北平，却从未去过闭塞古老的山西。

然而我们从这些信中得知，巴金先生十分尊敬黛莉小姐，而且希望这位北国女性更多地了解自己，期待着与她深入交流，继续交往下去。

巴金给黛莉寄了一本新书——《忆》，说此书“可以当作我的自传看”。熟悉巴金作品的读者都知道，《忆》确是一部收取了巴金回忆性散文的集子，1936 年由文化生活出版社成书。

信中提到改订过的《灭亡》一书，那是巴金早年完成于法国巴黎东部小城的成名作，那个地方被研究者们称作“沙城”。《灭亡》完成的时间早在 1928 年秋。当时，巴金将书稿寄回国内上海，本想拜托友人索非，在开明书店自费印刷出书，却被索非推荐给主编《小说月报》的大编辑叶圣陶。叶圣陶欣赏和推举这部作品，《灭亡》遂于次年元月，奇迹般地在《小说月报》连载，一时间轰动文坛。当年 10 月，由开明书店出版单行本。全书弥漫着一个革命者勇于牺牲却最终失败的悲剧气氛。信中提到“这是最近的改订本”，显见是出了新版《灭亡》。

对于信中提到的“书店送我的”《十年》一书，似为开明书店出版，我茫然无所知晓。周边诸友均未闻此著，我亦不知该向何方智者请教。网上查找一番，更是混沌而未果。及至数月前，与中国青年出版社老友黄宾堂小饮，又无意间言及此惑。宾堂兄当即举杯与我一碰，竟说：这本书我是知道的。宾堂兄平日言笃，酒后话语却十分绵密流畅。想不到，经他如数家珍往下一说，众人止了喧哗，又引出出版界一段佳话来：

开明书店，正是中国青年出版社前身。

早在 1926 年，先贤叶圣陶在上海创办了开明书店。几度风雨奋斗，到 1936 年，开明书店声誉日隆，为助推上海文化中心大势，苦心经营。周边团结了大批优秀作家。十载春秋，成果斐然，书店决定以一种特殊方式做出纪念。于是，由夏丏尊先生担纲主编，诚请最出色的当代作家，各献一篇精美小说，结集出版，答谢读者，是为《十年》。一时间，应邀作家纷纷奋笔，为开明建社十年奉上佳作。个个大名如雷贯耳。他们是：鲁彦、老舍、张天翼、靳以、王统照、吴祖缃、施蛰存、李健吾、丁玲、凌叔华、萧乾、萧军、蹇先艾、郑伯奇、艾芜、沙汀、芦焚、沈从文、周文、茅盾、端木蕻良、蒋牧良等。巴金则以一篇名为《星》的短篇小说加盟。就是这样一部纪念性合集，展示了一代文坛实力派强势阵容。尚有好几位当红作家，交稿迟了，据说曾被列为《十年续集》。总之，《十年》一书，非同小可，而我竟这样孤陋寡闻。

1949 年以后，开明书店搬迁北京。

大江东去，疾风骤雨，革命成功。到 1953 年，全国城乡强力推行公私合营制度，是红色国家推行公有制理想的重要步骤，大势所趋，不可抗拒。爆竹声声里，开明不复明，历史最无情。1953 年 4 月 12 日，开明书店与共青团中央所属青年出版社合二为一，增加了“中国”二字，定名为中国青年出版社，同时成立首届董事会。这位让文化界、出版界十分瞩目的首任董事长，就是后来做过中共中央总书记的胡耀邦先生——公私合营者，称同志未必合适吧。

宾堂兄喝了酒，不能不语惊四座。

中青社成立后，连续推出《红岩》、《红日》、《红旗谱》，以及《创业史》等多部红色经典，概称“三红一创”，唱响中国。未料，1966 年大革命狂飙横扫，当下把个中青社掀翻砸烂，往昔出版物俱成“毒草”，无论是开明社老编辑，抑或是十七年间新编辑，谁都干不下去了。整个出版社被迫停业，大伙儿都去“五七”干校，荷锄劳作罢。及至“文革”中期，由于毛泽东支持姚雪垠写作《李自成》，中青社算是沾了点光，这才逐步恢复业务。

苦难的人们，尝尽了又一个十年之苦。

故事还没有完。先贤叶圣陶之子叶至善先生，熬过劫难，仍在中青社做编审工作。当时中国出版界，首要一桩急事，就是为一大批被打成“毒草”的文艺名著正名，重新出版这些著作。古今中外文化结晶，不可能被一场狂暴革命所摧毁。精神焦渴啊！读者们蜂拥而上抢购“新书”，一时间人人读书，手不释卷，如同沙漠行者扑向绿洲甘泉。在这种情势下，一批现代作家也需要重振其名——他们不是牛鬼蛇神。于是，叶至善先生主张重印开明版《十年》一书，并于 1984 年 11 月为这部优秀现代作家作品集写了《重印后记》。此著遂于次年重见天日，成为一个出版社沉甸甸的历史见证。如今，在宾堂兄的书架上，仍然保留着中青社重印的《十年》一书，巴金先生寄给黛莉小姐的《十年》，应是开明书店赠给作者两三本样书中的一本。1936 年，时间也是对的。

光阴流逝，又是二十多年过去，此著还在人间。

叶至善先生后来担任中国少年儿童出版社首任社长兼总编辑。他可能是当代作家叶兆言先生的伯父吧？

宾堂一席话，知晓《十年》书，得来全不费功夫。

历史文化传承有绪，焉能与之“决裂”？要大革文化之命，只有疯子才那么疯。

印象中，宾堂兄还说了这样的话：当年在社里，时常见到民国年间的出版家和编辑家们，他们讲究真才实学，工作极端严谨，都是中国文化界、出版界顶级宝贝。可叹身处逆境，人人受罪半生，没有得到应有的尊重和爱护。由此我想到，今日宝贝犹存，得到足够的尊重与爱护了吗？

对了，巴金先生这封信，使用的正是开明书店稿纸，竖排小格子，透着一种斯文。

从信中可见，黛莉“又寄了钱来”，并说“把那钱送给那些没有饭吃的人”，而巴金先生也“常常把钱来送人”，这说明，理想主义者都将个人钱财看得很轻，深知“我一个人用不了多少，而需要钱用的人又是那么多”。从另一个角度看，黛莉之家应该相当富有了。这是一个什么样的家族呢？

巴金致黛莉第三封信，便是这个样子。

5　血溅《牺牲者》

在太原与古董商老赵分手后，我一直惦记着，谁是“坡子街20号”的老房主？查到房主，便可查到家中后代，也就可以顺藤摸瓜找到收信人赵黛莉的下落。她是一位什么样的女性？后来命运如何？漫漫七十年岁月，她还在人间吗？她有没有留下子女？如果她已经去世——这种可能性相当大，她的子女们能不能提供母亲的相关情况呢？这一连串问题困扰着我，一股探寻历史的沉重力量驱动着我。本来，我们为研究界保护和公布这批书信，无疑是任何一位晚辈作家应该做的，因为我们热爱巴金。但是，仅仅如此还很不够。追索巴金以及上个世纪的读书人或曰知识分子们，在中国这片古老土地上，走了一条什么样的道路？问题深远而又现实，似乎更加重要。作家报告人生，报告社会，报告上世纪中国人特别是知识分子之命运，便是职责。

我们理应下些工夫，寻找黛莉。

店名叫做立玄斋，门牌为文庙二十二号。房门半掩着，探身望望里头，一盘象棋散放在当地，架上货色一目了然

老赵曾经讥笑我，说我“咸吃萝卜淡操心”，且不去管他。我只是记着，他能在工厂行政处帮忙查到老房主，不知此事有没有着落？只要得到一个房主姓名，寻访工作就不难继续。

我与这位赵从平先生分手，是2008年9月中旬。分手后，我先是前往鄂尔多斯参加文化节，继而转赴北京，在《中国作家》处理《晋人援蜀记》编发事务。中间抽空儿把七封信抄录出来，这样在阅览时就不必翻动原件，可以尽量使它们不再蒙受损坏。接着复去湖北恩施铁路工地调研多日。再返北京后，参加两次关于我的作品研讨会。待到转完这一大圈儿，我返回太原，已是冬雪纷飞时节，寒风凛冽。

万万没有料到，驱车太原，下车落座头顿饭，便惊闻老赵出了大事。

这一天是2008年12月7日，晚饭。有山西古玩城老友雪野先生参加。频频举杯之际，雪野突然将杯子停在唇边，语惊四座：老赵，告诉你一个

我怔怔地望着雪野那张过早老化的精瘦马脸，半天缓不过劲儿来，心中痛惜赵先生之死

不幸的消息，和你打交道的那位赵从平，这两天刚刚被人杀了！

一口酒噎得我呛了肺，当下骤咳不止。

雪野先生以他诗人的想象，竟吓唬我说，此事还将累及我本人。只因为，赵从平先生被害现场，也就是文庙二十二号立玄斋，隔了柜子的里屋，床头柜上展开着我的《牺牲者》装订本。很可能主家夜半时分还在研读此著，不期然竟遭坏人侵入，当下手刃赵从平，血溅《牺牲者》，公安局认为这可是一条重要线索哩。

我说我人在京城，根本不具备作案时间。雪野就开出野蛮玩笑，说我车技高超，阴险毒辣，夜半带刀往返晋京两千里之间，制造巨大疑案，也是可行的。

我说人已逝去，不得污言秽语。转而又问雪野，你如何知晓现场情况呢？雪野说，赵从平那店，紧靠省文物局，案发后，为了识别鉴定房中古董价值，侦探们就近请来文物局专家老孟等人，入室协助勘察。而老孟是我们共同的朋友，事后相告雪野：赵从平身中数刀而亡，血溅《牺牲者》啊！

雪野把那杯酒咽下，最后说：不信你问问老孟！

我怔怔地望着雪野那张过早老化的精瘦马脸，半天缓不过劲儿来，心中痛惜赵先生之死。恍惚间，又觉得雪野今晚回家，也不保险。

夜半灯下，我翻阅此前与赵从平先生交往的日记。进而长叹，巴金七封旧信，如若不是两月前成交，今日又向哪里去寻？恐怕又要长期埋没下去了。

天一亮，我匆匆起身，驾车前往文庙古玩半条街。我要实地看看文庙二十二号现在的样子，看看雪野酒后的话是不是真的。停车后，我满腹狐疑走向立玄斋。只见四尺宽卷闸门上，贴满了太原警方的白色封条，上写“十二月六日封”字样，下边盖了血红印章，尚且新鲜。几道封条交叉贴着，远望一片肃杀之气，使我联想到过去岁月里，宣判死刑犯，常见这种凶乎乎的“巴叉”符号。

为了最后确认这场灾难，我站在立玄斋门前，用手机给市公安局重案大队老友拨打电话。省城市区出了凶杀案，他们一定知情。大队长杨志强，与我交往日久。我们早就商议说，要找空当深入队中体察生活，写一写当代刑警故事。

警官杨志强，身强力壮，极其精悍，整日过着血腥破案生活而不失幽默。他接电告我，赵从平 4 日夜里被杀，6 日上午才被亲友发现。然后他单刀直入，在电话里调笑说：你那本“文革书”还没发表，倒成了我的破案物证啦！然后，一连串职业化问题充斥耳畔：赵从平近些天和哪些人交往比较多？你发现他和谁闹过矛盾？赵从平体格健壮，一般人怎能杀得了他？你对此案的分析思路是什么？

我哪里有什么分析思路啊！杨警官说笑：要是让你写这部小说，你朝哪个方向胡编呢？作家可以启发启发警察嘛！你想，谁能半夜敲开古董商的店门呢？这位杨警官实在太敬业了。总之，电话咨询的结果证实：赵从平先生遇难是真，此案尚在侦破之中。

简单推测，因抢劫古董而杀人的可能性最大，多半是流窜犯所为。而流窜作案是最不易侦破的。至于生人为何能在深夜敲开店门，那办法有好

警官杨志强，身强力壮，极其精悍，整日过着血腥破案生活而不失幽默

多种，非常阴险，此处不提了。不久，警方暗中向各个古玩城提供了老赵被抢走的几样古董图片，看看有什么人会来出货，要赶快报警。

人生命运，无常难料。唯愿赵先生地下安息。

朋友死去，生活仍将继续。直到今天，这案子仍然没有侦破。原指望，赵从平可以协助我，从老厂档案中查到“坡子街 20 号”旧主，进而追溯赵黛莉的下落，现在显然行不通了。

我只有独自查寻赵黛莉而不舍。我不能放弃一次触摸历史的机会。老赵之死，愈发坚定了我的信念。现在，我需要从凶案中冷静下来，理清思路，选择一条合理而又便捷的寻访路线，朝着一个准确方向有效探索，避免绕行弯路，直至弄清黛莉小姐悲欢离合的一生。

七十年前的新女性，她们向往社会革命，勇于自我献身，她们挣脱了家庭束缚，苦苦探索着救国之路……正因为如此，我们才更加强烈地想知道，她们奋斗不息的最终结果，将会如何？赵黛莉小姐，一个十七岁的山西姑娘，正在读书中，她写信给遥远的上海、遥远的巴金、遥远的未知，她为了什么？她正是为了一个光明、自由的中国，为了一个活泼、美好的“新我”啊！

我必须找到她。

一连数日，我缜密思索，预想了种种追寻方案：一是依然遵循老办法，通过朋友在二四七兵工厂行政老档案中，查找该厂 1949 年以前居住“坡子街 20 号”的阎锡山高管人员姓名；二是依此姓名，从山西社科界和史学界，查找这个家族在 1936 年即抗日战争爆发前后的基本情况；三是拜托公安局杨志强等老友，从过去所谓“敌伪”档案和老太原户籍卷宗里，查兑房主家人；四是展开网上搜索，看看阎锡山当年的“西北机器局”或称西北修造厂，也就是二四七厂前身，其中有没有一位姓赵的高级管理者？如果有，他便可能是这座大院的主人，进而查找其籍贯和后代。有了这几条，不怕查不着主家小姐赵黛莉。我甚至想到，早期太原女子师范学校，会不会保留着 1936 年前后在校学生花名册？那里头说不定会有“赵黛莉”其人以及居家情况的记载。也可以通过老校友们建立的“同学会”，交叉咨询情况。理案线索不怕多，只怕少而不足。

夜深人静时，我找出太原寓中存有阎锡山执政的十来本书籍，翻了一个遍，从中摘抄出多名赵姓高官来，我将他们做了排队比较，看一看其中有谁做过兵工厂领导人。

在黎明曙色之中，我终于有了一大发现。阎锡山兵工厂规模巨大，计有分厂十八座，分别制造各类武器弹药，包括轻重机枪和现代火炮，在同时代中国军阀中，晋军最早装备了现代化榴弹炮团，甚至，还有战斗型直升机也在加紧研制中。从《山西兵工史》一书中可见，到抗战爆发前，晋军兵工厂早已具备了极高的生产能力，有厂房 6 100 余间，设备 5 000 余部，职工达到 8 088 人，固定资产近 1 000 万银元。抗战前，该厂月产迫击炮 100 门，轻重大炮 35 门，炮弹 15 000 发，机枪、步枪 4 000 支，子弹 420 万发。1927 年即装备八个炮兵团，后来发展到七个炮兵旅，装备野战步兵达到十个军。如此超大规模军火工厂，高层管理者的姓名不能不存录于史籍当中。

阎锡山任用高官中，赵姓者众，一时多少豪杰。比如赵戴文，辛亥革命老盟员，阎锡山留日同窗至交，1935 年任省政府主席、国民党省党部主任，然而其公馆不在城里，在上兰村。赵承绶，阎系高级将领，抗战中为

阎锡山兵工厂规模巨大，计有分厂十八座，分别制造各类武器弹药，包括轻重机枪和现代火炮

第七集团军司令兼骑兵军长，1948 年任晋军野战军总司令，有记载称：1931 年后他驻扎大同，不在太原。赵丕廉，先任阎府农工厅长，又任国家蒙藏委员会副会长，行政院顾问，多居北京。赵守钰，与阎并肩奋战于辛亥起义，后加盟西北军为师长，曾任郑州警备司令、黄河水利委员会委员长，主持修复花园口，多居陕西、河南。赵萃珍、赵萃瑛两弟兄，同为阎系大员，一住大同，一住察哈尔。还有省党务督导赵光庭，《中报》主管赵登庸、赵次瀛，《健报》主管赵六生，青年主管赵之谦，进山中学校长赵一峰，军长、师长赵瑞、赵晋，教育家赵三成、赵子礽等等，全是人物。只是他们都与兵工制造业没有什么关系。独有一位赵逢冬，这位先生从始至终管的正是兵工！并且，阎系兵工高管层，仅此一人姓赵，再无他人。顺便告读者，晋军兵工厂总厂长，由阎锡山夫人的侄子担任，却是姓张，名叫张书田，时称“总办”。赵逢冬则主管工程技术。

查找范围顿时缩小。

先是查知，这位赵逢冬曾任阎锡山兵工厂总工程师，下辖十八厂，旧称为“会办”。一如中国铁道之父詹天佑先生，出任京张铁路“会办”，也就是总工了。十八个分厂均在太原古城周边，总工程师便不会驻在外埠了。在进一步搜索中发现，山西文史界曾在一本叫做《沧桑》的期刊，发表过《赵逢冬传略》一文，载于该刊 1987 年第三期。有了这个关键性标题，详细内容则不难探知。

重复一遍：阎属兵工制造高管层，仅此一人姓赵。这使我大大地看到了希望。

1937 年 11 月，日寇猛攻太原，晋军兵工厂加紧抢运出机床 1 000 余部，动力电机 200 余部，仅占全部资产的 2%，其余皆落敌手。日军竟将大批上好的先进机器，转运到东北去了。也由于这个原因，以致阎军在 1947 年以后与中共军队作战，装备颇受影响。

赵逢冬之家，是不是收信人赵黛莉的家呢？

6 是回忆逼着我写《春》的

有了赵逢冬这条重要线索，我们不妨先松一口气。回过头来，梳理一下巴金先生致黛莉的第四封信。这封信，与第一封信同为文化生活出版社用笺，印有红色仿宋字样，红色竖排栏条信纸。但是，细与第一封信比对，发现有些差异。第一封信信纸抬头，也印了红字“文化生活出版社”，却无“用笺”二字，其下无格无栏。更重要的是，前后两种信纸以及两个信封上，印刷的地址和电话不大相同。第一封信所印社址为“上海昆明路德安里二十号”，电话是“五一五六〇”，这封信所印地址却变作“上海福州路

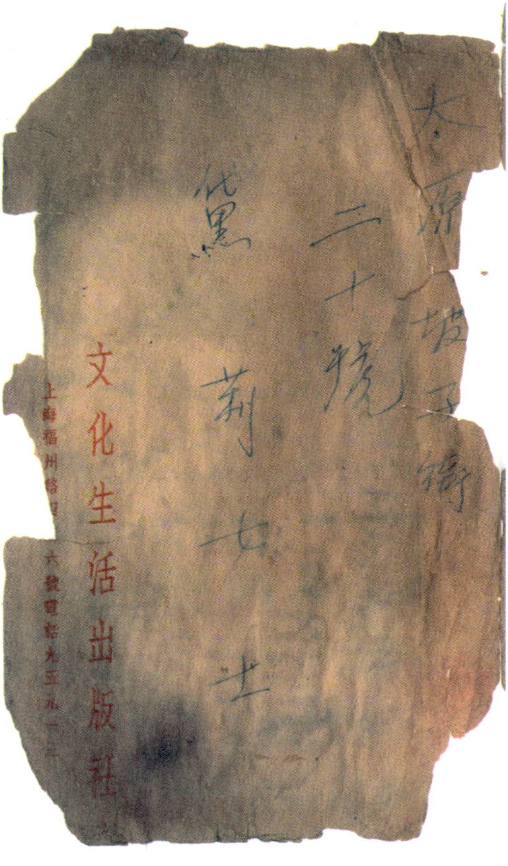

第四封信信封

四三六号”，电话为“九五九一三”。信封上地址同变。这就说明，巴金先生主持文化生活出版社，在这一时期搬过家，电话号码也随之更换。第一封信写在4月，第四封信写在10月，两信相距将近半载，同为1936年。该社迁址的缘由，值得专家考示。

此信仍用钢笔竖写，三页近满。巴金先生写道——

黛莉：

收到你的信又有三四个星期了。我到今天才来回你的信，请你原谅。

前天又寄上一包书，现在想已见到了吧。

近来学校里功课忙不忙？想来你没有多的时间读课外的书。《罗亭》是一本好书，但商务译本不好，我们这里另有一册新译本，出版后我会寄你一本。我译的《前夜》不是屠格涅夫著的，那是一个剧本，已绝版了，我不久会把它编在《文化生活丛刊》内出版，改名《夜未央》，因文化生活社另有一本《前夜》。那时我会寄你的。左拉是法国自然主义派小说家，他的书我几乎全读过，但大部分我都不喜欢，而且读了一遍就不敢读第二遍。他写得太残酷，太冷静，而且他那种绝望的宿命论也是够可怕的（他晚年的作品《三都》、《四福音》绝不同了）。像《娜娜》那种作品，我读第二遍就要作呕的（商务译本更坏）。

你读过我的《忆》，你误会了我的意思，以为“觉慧”就是我自己。这是错误。我可以告诉你，《家》和我的家差不多，我的确是在那种环境中长成的。《家》和《春》里面的人物有一部分也是真实的人物，但《家》和《春》里的事实都不一定是真的□□。我可以在每个人物的身上，看见我的姊妹兄弟的影子，而且我也想把过去的一点宝贵回忆留下来，使一些我所爱的人物隐约地活在我的小说里。所以我说，是回忆逼着我写《春》的。

“淑英”的结果你不必担心。她是《春》的主人公，她会得救的。

春的结束当然在一个明媚的春天，那时正是淑英的幸福刚开始呢！

祝

好

金 十月一日

在这封信中，巴金先生谈不了少读书与创作的体会。走笔亲切而婉约。他首先提到了《罗亭》一书，直到最近，我还听见一位中年成功者说，如今，他再也找不回当初阅读《罗亭》时那份激动之情了。巴金称赞此著“是一本好书”，并将寄给黛莉一种更好的译本；巴金在信中谈到他重新翻译了剧本《夜未央》，原名一如屠格涅夫的《前夜》。而这部《夜未央》却是波兰无政府主义者廖·抗夫所写。对此，陈丹晨先生曾经写道：巴金先生“在读完《夜未央》之后，当做宝贝似的介绍给外专同学们。他们一字一句抄录下来，还排演过几次。他们渴望自己也成为华西里、安娜这样的人”。你看，现在巴金又将此著介绍到遥远的山西去了。

巴金的《春》，也写过青年们自发排演《夜未央》的情节。

信中谈到了《文化生活丛刊》，这是文化生活出版社的重头产品，也是中国现代出版史上一件大事。有李存光等人研究表明，从 1935 年 6 月到 1949 年 8 月，这套丛刊出书达到五十余种，其中二十四种出版于抗日战争爆发之前。除三种是中国原创作品外，其余均为世界名著，门类甚广，堪与巴金主编的《文学丛刊》并驾齐驱。巴金先生曾在《申报》专门撰文推广这套《文化生活丛刊》，时间是 1935 年 9 月 20 日。此刊寄托着巴金先生一个宏大理想，至今读来仍令人感动。巴金写道：“我们刊行这部丛刊，是想以长期的努力，建立一个规模宏大的、民众的文库。把学问从特权阶级那里拿过来送到万人面前，使每个人只出最低廉的代价，便可以享受到它的利益。”他还说：“青年们在困苦的环境中苦苦挣扎为知识奋斗的那种精神，可以使每个有良心的人流下感激之泪，我们是怀着这种心情来从事我们的工作的。我们的能力异常薄弱，我们的野心却并不小。”

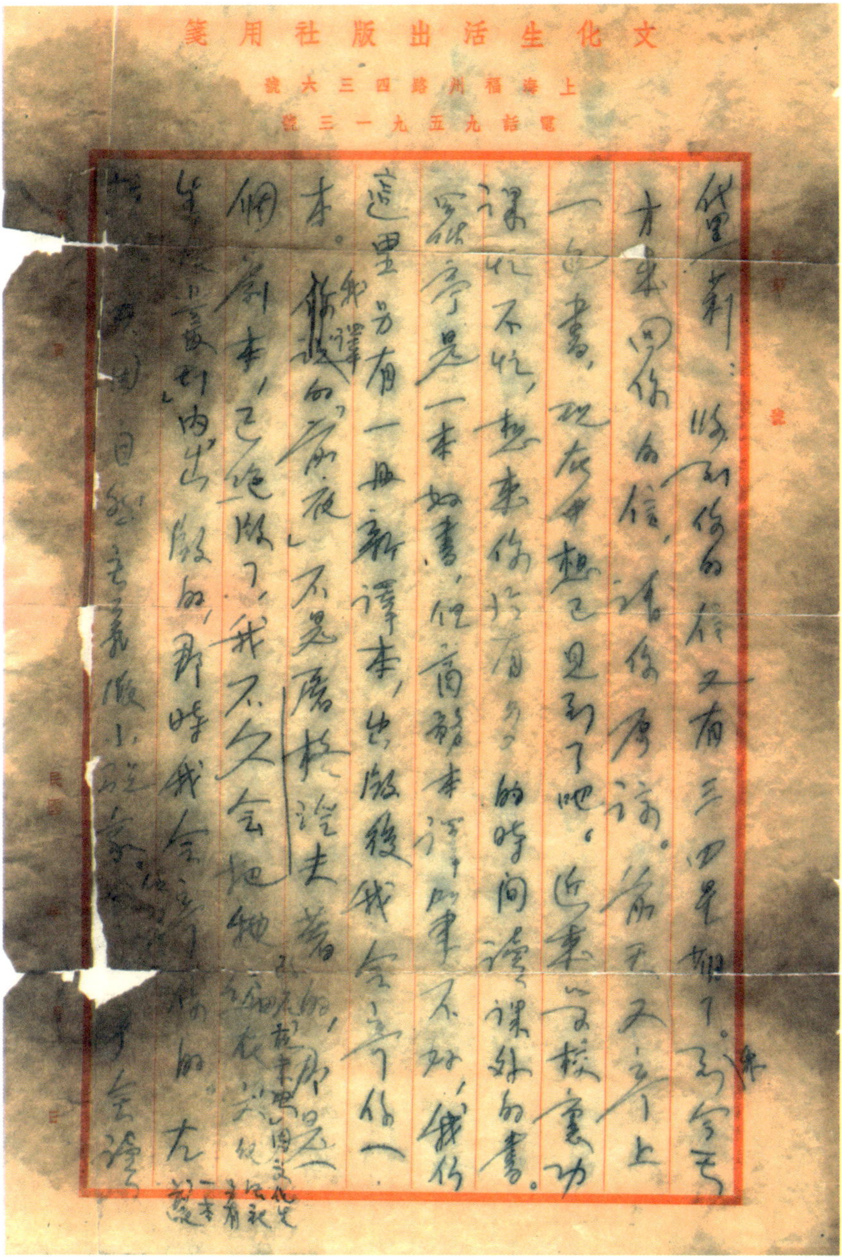

文化生活出版社用箋
上海福州路四三六號
電話九五一三號

黛莉：收到你的信又有三四星期了。我今天才來回你的信，請你原諒。前天又寄了一包書，現在你想已見到了吧。近來學校裏功課忙不忙，想來你有多少的時間讀課外的書。《家》《春》是一本好書，但商務本印出來不好，我給你這里另有一冊新譯本，出版後我會寄給你一本。新譯的「前夜」不是屠格涅夫著的，那是一個劇本，已絕版了，我不久會把它[illegible]出版的，那時我會寄給你的。[illegible]日報文藝版小說家。[illegible]我會寄[illegible]

巴金致黛莉的第四封信（3－1）

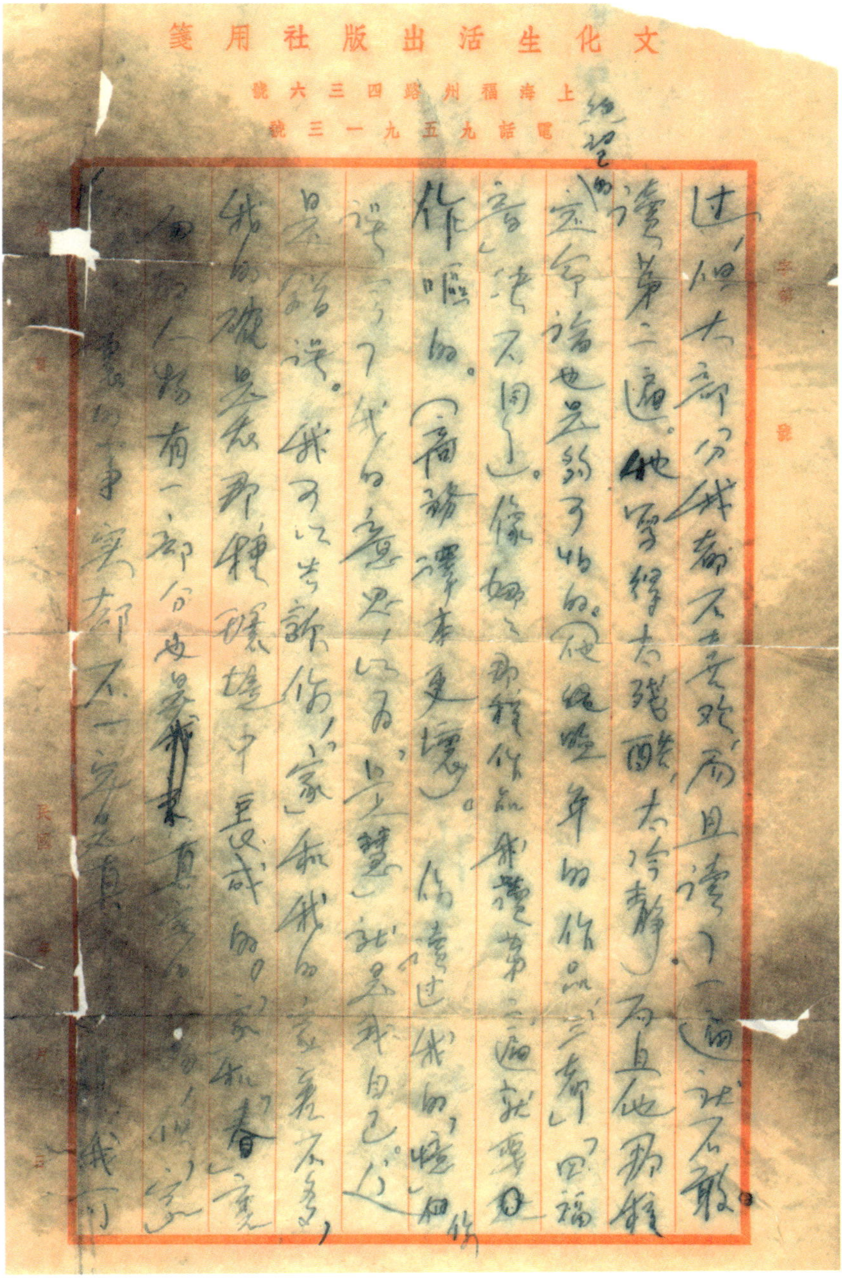

文化生活出版社用箋
上海福州路四三六號
電話九五九一三號

述，但大部分我都不喜歡，而且讀了一遍就不敢讀第二遍。他寫得太殘酷，太冷靜，而且他那種絕望的宿命論也是我所怕的。他晚年的作品《三都》《四福音書》就不同了。像《娜娜》那種作品我讀第二遍就要作嘔的。（商務譯本更壞）。你讀過我的《電》，似乎誤了我的意思，以為"慧"就是我自己。這只是錯誤。我可以告訴你，你家和我的家差不多，我的確是在那種環境中長成的。《家》和《春》裏面的人物有一部分也是真實的，但小說裏的事實大都不一定是真的。我們

巴金致黛莉的第四封信（3－2）

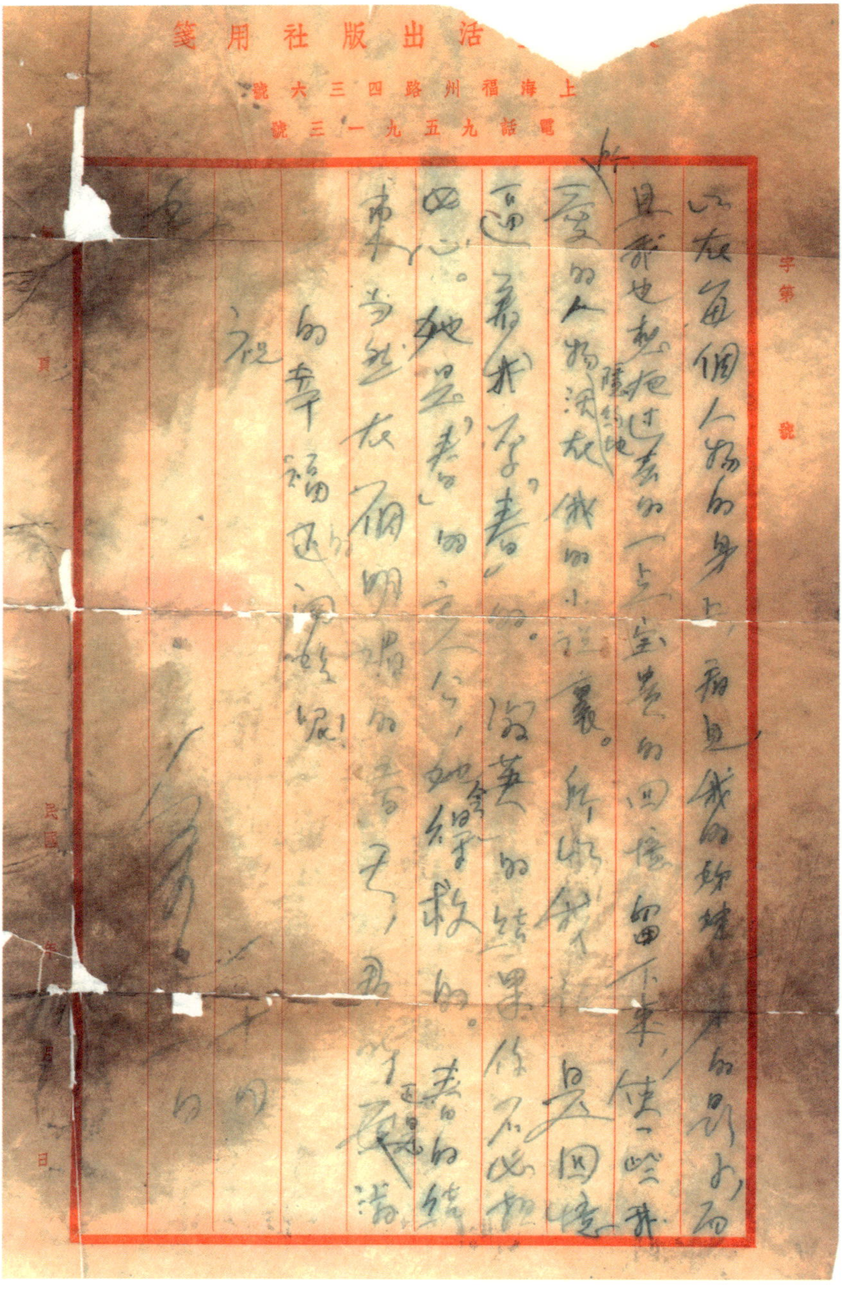

巴金致黛莉的第四封信（3－3）

反观今日之出版界，正经好书出版极难，大批庸俗读物充斥市场，著者、编者唯利是图。偶遇好书，其价格必是贵到惊人，一般读者只能望而却步。

巴金先生在这封信中，再一次将自己作品中人物之相互关系，表达得明明白白。想一想，我们这一代作家，在对待读者时，是否还有这份耐心与亲切？我们很烦躁，我们脾气足够大，一个个都跟伟人似的。其实这“伟人”，也就是伪人罢了。

有趣的是，巴金先生在这封写于1936年10月的信里，便透露了《春》的结尾，而写完此著则在1938年3月，说明作者久有完整构思。巴金在信中安慰黛莉：“‘淑英’的结果你不必担心，她是《春》的主人公，她会得救的。春的结束当然在一个明媚的春天，那时正是淑英的幸福刚开始呢！”出版后的《春》，其结尾果然是：淑英最后逃到了上海，并给琴表姐写了信，她们对未来充满了信心与喜悦，说着一句相同的话：“春天是我们的！”原创构思与最终完稿，前后一致。

继前述第三封信之后，巴金又一次与黛莉谈到了左拉。上信说，“左拉的小说是长的好”，还说“他的书……除一两部外，有许多我简直不敢看”。这次又说，左拉的书“大部分我都不喜欢，而且读了一遍就不敢读第二遍。他写得太残酷，太冷静”。巴金认为左拉是一位“自然主义派小说家”，“他那种绝望的宿命论也是够可怕的”，“像《娜娜》那种作品，我读第二遍就要作呕的”云云。而在中国，又有学者认为左拉是“近代报告文学的创始者”，我说不好应该怎样评价这位作家，才能更准确精当些。

巴金先生第四封信，便是如此了。写到这里，我想到老友谢泳兄，曾经撰文提出过“建立中国现代文学史料学的构想”。他把原始历史资料的搜集、整理和鉴别工作，置放在一个极高地位，强调“不成型史料在学术研究中的重要性”。谢泳希望，“建立一个关于现代文学史料来源的意识。有了这个意识，寻找史料的眼光就会与一般人不同。学术研究，在最根本的意义上也是一种智力游戏，而智力游戏，就要有趣味。什么才能有趣味？意外发现才有趣味，在别人想不到的地方发现了有用的史料，和科学发现产生的快乐是一样的”。谢泳也喜欢逛旧书店，他认为发现实物性的直接史料，比间接史料更容易让人产生灵感，前者推进研究创新，后者易于雷同概念；前者鲜活多义，后者陈旧古板。那天，我告诉老谢说，发现了巴金的七封旧信，他当即与我剖析畅谈一番，觉出了“意外发现的趣味”。往远里想，梁启超老先生也是一位“趣味说”的坚定派……

回到前头一节的话题，眼下，发现了一个晋军兵工厂“会办”赵逢冬。这位高级工程师又将给我们带来哪些趣味呢？他究竟是不是少女赵黛莉的父亲呀？

7　查找襄汾县里赵逢冬

已知太原市坡子街 20 号，曾经是一座深宅大院，住过阎锡山兵工厂老一代高管人员，而赵逢冬其人则是阎系兵工厂总工程师。兵工总部一圈儿大佬儿，独此一人姓赵。据此判断，寻找这个家族，应无大错。经网上搜寻，查到山西文史界《沧桑》杂志有个标题，叫《赵逢冬传略》。于是我抓紧通过省党史办熟人，迅速找到这期杂志。文章不长，陈情可靠。首先是年龄对头。文中记述，赵逢冬于 1900 年出生在山西省汾城县西贾村一个大家族。我们或可推想，在他二十岁那年，生了女儿黛莉，也就是 1920 年。到 1936 年至 1937 年，此女与巴金通信，可不正是十七岁！赵逢冬以优异成绩毕业于阎锡山主办的太原甲种工业学校，保送进入山西军人工艺实习厂工作，到 1927 年担任炮弹厂技师，次年升为炮弹厂主任。此公很不简单，自 1931 年“九一八事变”以来，他每逢 9 月 18 日这一天，都要宣布绝食一日，以记国耻，连续十五载，一直坚持到抗战胜利后之的 1946 年，才开始不再于这一天绝食。为抵制日货，赵逢冬先生成批购买了本土纺织厂生产的国货“三龙牌”市布，供亲友们慢慢用，且常常做成衣服送人穿。赵说：“愿汝等从此套土布衣起，时时不忘帝国主义者武装侵略之余，又以其剩余商品倾销我国，吸我血液，吮我骨髓，凡我国民，自当敌忾同仇，尽其在我！”到 1936 年，阎锡山兵工厂易名为“西北制造厂”，赵逢冬虽然出身不高，学非名校，却以其出色的管理才能和正直忠信的人品，升任总

赵逢冬先生很不简单，自1931年“九一八事变”以来，他每逢9月18日这一天，都要宣布绝食一日，以记国耻，连续十五载

厂总工程师，居家太原。1937年11月，日军攻占太原，赵逢冬离晋入川，赴重庆参加由詹天佑首任会长的全国工程师学会年会，同时对于改造中国军队落后的手榴弹，提出有效建议，“以增强手榴弹杀伤威力”，经采纳转有关部门参酌照办。也就是在1937年间，巴金与黛莉通信终止。那么，这位少女是否也随家去了四川？

《传略》中还说，四川茶农久以土法炒制茶叶，损耗较大，“赵逢冬为国家开创外汇，以补贴抗战财政”，便针对性地设计出一种新型炒茶烘箱，“能使茶叶之面与底受热均匀，质量大为提高。国营中国茶叶公司闻后鉴试，深为赞赏，邀与合营，输出大增。旋又受四川企业家聘，创立琼琳茶厂，产品畅销国内外”云云。

这真是一位精忠报国的大能人，直至避难四川还没有放弃阎锡山“造产救国”思想，并能付诸行动，有所创造。

1949年，这位阎系的军火总工程师，并没有随着蒋、阎转赴台湾，而是留在了大陆。他先在成都任民主建国会及工商联常委，继而出任四川省工业厅工程师。1953年奉调北京中央第一机械工业部工作。1957年赴天津建设发电设备厂。1963年退休。惨烈的“文革”开始后，这位将近七十岁的老人，竟被当局无情地“疏散”到遥远的新疆去了。

“文革”后期，赵逢冬先生有幸返回山西养老，落叶归根，于 1984 年 11 月 18 日溘然长逝，享年八十四岁。

至此，我们对这位赵逢冬先生，总算有了一个基本了解。只是从《传略》中看不出来其家庭情况，更无从知道他有没有一个出生于 1920 年的女儿。事到如今，我应该通过哪种渠道，走好下一步？

我琢磨着，赵逢冬先生既能于晚年返晋养老，想必其家族大有人在。不妨驱车走一趟他那襄汾老家，在其亲属中寻求答案。汾城即襄汾县之一部，找到西贾村就是了。田野调查本是我的强项，只是如今的我们，心难静而杂务多，日日被琐事缠绕，时间都给挤光。于是我先期恳请朋友做了两件准备工作：一是通过山西党史办友人，查找《赵逢冬传略》一文作者；二是拜托省社科院学者，进一步考察民国人物赵逢冬详情。

2008 年 12 月 9 日，我去山西作协《黄河》编辑部处理稿子。主编张发和副主编谢泳都在。老谢刚刚受聘厦门大学做教授。大家坐下喝茶，说到巴金与黛莉，又提及襄汾人物赵逢冬，话语稠密。张发兄长年编稿，与山西各市县作家联系广泛，我便向他咨询说：“记得襄汾有位作家，叫杨志刚，往日交往不多，能否拜托这位老杨，就近查问西贾村赵逢冬的家庭情况？”

张发兄当即拿起电话：对，老杨是县文联主席，这样查得快！

张发兄先向襄汾杨志刚热烈概述查找赵逢冬原委。我在一旁忽然想到，此事却也奇了，先是赵黛莉、赵从平和我都姓赵，而后在市公安局找过杨志强，现在又冒出一位杨志刚，二人姓名仅一字之差，像是弟兄俩。说不清这里头有啥道道。

只听张发兄一声高叫：让赵瑜给你细细说哇！

接过话筒来，那边杨志刚头一句话就让人振奋。老杨说：老赵，这事儿不难，咱就是西贾村人啊！我多谢老杨：重点在于查找赵逢冬的后人。末了，张发兄说：老杨办事没问题，行啦，等他消息吧。

众人看到了曙光，遂提了汾酒，乘兴而聚。谢泳有感而发，再一次谈及他的观点：研究现当代历史，追寻实物、实证、实据为最佳，然后触类旁通，综合提高，有些弄出来的所谓成果太可疑了，实在靠不住。最不好的就是不顾史料来源，人云亦云，胡编充数。老谢说得是。一连数年，他坚持在旧书市场淘集“文革”期刊《朝霞》，在收齐基础上，老谢经过分析、比较、统计，对于新时期文学与以往文学之传承关系，做出新总结、新论断……

真是大胆怀疑，小心求证。惟其怀疑，始有收获。大伙儿举杯决议：纠正我们的学风！话语亦多传承性。

8 信仰应是文学之根

趁着等待杨志刚消息的空当，我们抓紧赏析巴金先生致黛莉小姐第五封信。

此信用纸同前，竖排竖写三页。涉及诸多问题较前有所深入：

黛莉：

请原谅我，我到今天才来回你十月十一日的信。

这些时候我特别忙，有时可以说是无事忙，但我却没有工夫多写信。

我的书使你流了眼泪，这是我料不到的事情。的确，那些景象太惨苦了。人与人中间究竟还有一种休戚相关的感情。我们常常为别人的痛苦而痛心，而淌泪。从这里也可以看出来，你的心是善良的。是，你是一个大量的人，你想把你所有的一切贡献出来，给你同代的人谋一幸福。我了解你那牺牲的渴望。从前有过一个时候，我也写了同样的信，给一个我未见过面的人。今天你拿了周春辉的话来问我，我的回答仍是忍耐些吧。这理由你读了我寄你的那篇《我的路》，就会明白的。

你还是继续求学吧。我并不是叫你埋头读死书，不问外间的一切事情。你在课余仍可以看报、读书或者参加一些学生运动和社会运动。你得想，在不久的将来也许连这求学的机会也没有了；也许在不久的将来，就会轮着每个中国人都必须为一个大的战斗来牺牲他的一切。所以在这时候你还有机会求学，就应该不放过机会。你不过是十七岁的孩子。而中国还充满着三四十岁的壮年人。第一批献身的应该是他们，而不是你。你不要那样苛酷地责备你自己。

我看过一篇文章《一九三六年春在太原》，知道你们那地方的环境是很特别的。我只能够这样简单地告诉你，免得给你招来一些麻烦。我希望你能够了解。我想，倘使我能够在你面前絮絮地向你解说时，那么我会有许多许多的话对你说。但是这怎么能够呢？我很怀念你！

祝

好

金 十一月十日

此信距离上一封信，隔了整整四十天。正如巴金所说，“这些时候我特别忙”。可也是：巴金先生首先要为着连载而日夜写《春》，又必须参加《文化生活丛刊》、《文学丛刊》、《文季月刊》和《译文丛书》等书刊的编校劳作；而上海文坛两大阵营关于“两个口号”的激烈论战正处在高潮之中；同时，文化界声援北方爱国抗日行动浪潮迭起，巴金先生亦积极参与其中。为着救亡图存之大计，巴金先生与王统照、林语堂、洪深、鲁迅、茅盾、陈望道、郭沫若、夏丏尊、张天翼、叶圣陶、郑振铎、冰心、丰子恺等二十一人，联合发表《文艺界同人为团结御侮与言论自由宣言》，主张全国文艺界尽快形成抗日救国统一战线；又在突然间，鲁迅先生病逝，从10月19日起，一连多日，巴金含悲参加治丧送葬活动，连续撰写纪念文章，并在《文季月刊》集中编发“哀悼鲁迅先生特辑”。这些事，都是一贯主张文学参与社会生活的巴金先生要积极去做的，但是，接下来说出一句“有时可以说是无事忙”，却又为何？通过已有的研究可知，巴金出现了“无事忙”，也足以造成一个人“没有工夫多写信”的局面。一方面，在那些日子里，巴金与萧珊的恋爱关系刚刚确立，对此陈丹晨认为，“从老家出来过了十多

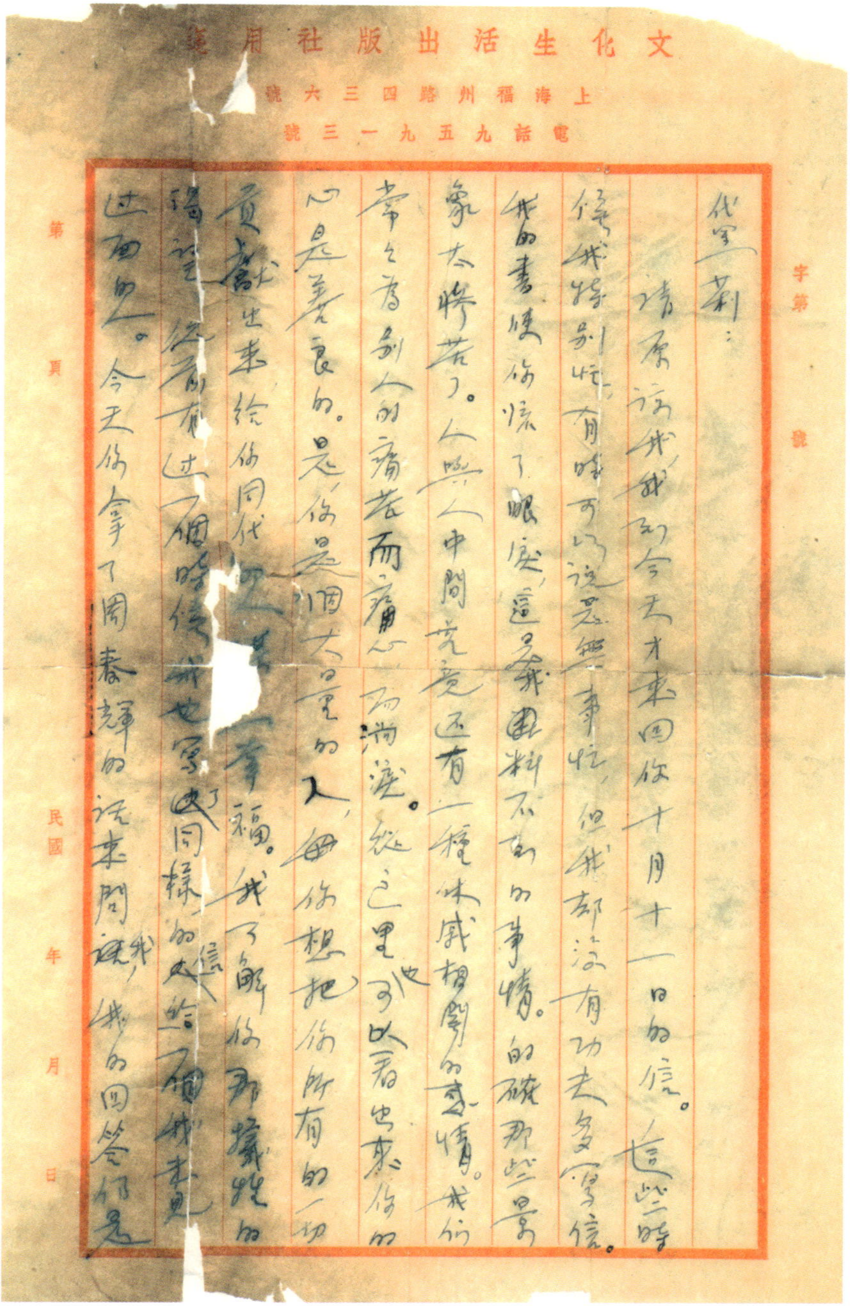
文化生活出版社用箋
上海福州路四三六號
電話九五一一三號

字第　號

黛莉：

請原諒我到今天才來回你十月十一日的信。這些時候我特別忙，有時可以說是無事忙，但我卻沒有功夫多寫信。我的書使你流了眼淚，這是我預料不到的事情。的確那些景象太悽慘了。人與人中間竟還有一種休戚相關的感情。我們常常為別人的痛苦而痛心而淌淚。從這里也可以看出來你的心是善良的。是，你是個大量的人，由你想把你所有的一切貢獻出來給你同代的人，甚至一切幸福。我了解你那犧牲的精神。從前有過一個時候我也寫了同樣的信給一個我素未謀面的人。今天你拿了周春輝的話來問我，我的回答仍是

第　頁

民國　年　月　日

巴金致黛莉的第五封信（3－1）

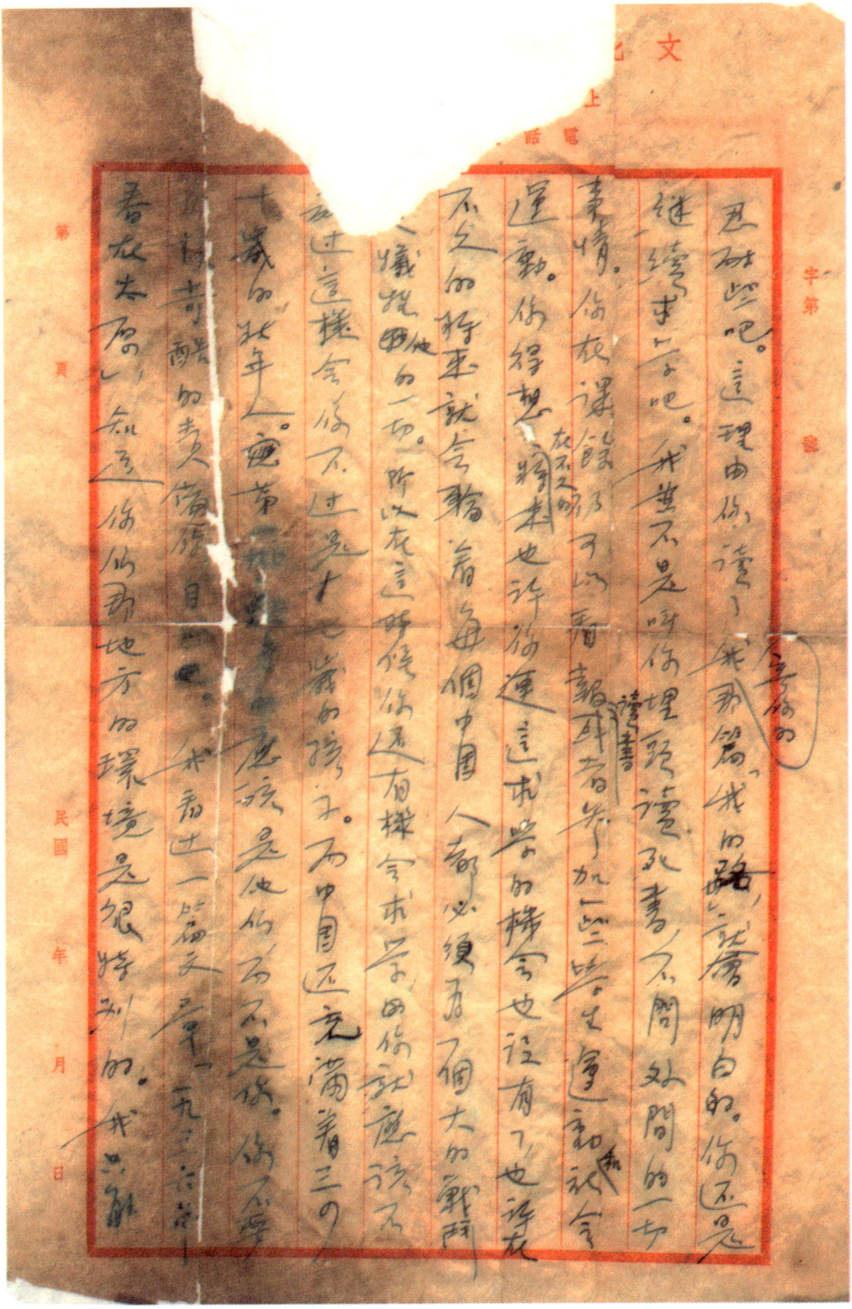

文

上

電話

字第　號

忍耐些吧。這理由你讀了我那篇《我的路》就會明白的。你還是繼續求學吧。我並不是叫你埋頭讀死書，不問外間的一切事情。你在課餘（在校的）仍可以看報，看新書、讀書，參加一些學生運動和社會運動。你得想到將來也許你連這求學的機會也沒有了，也許在不久的將來就會輪着每個中國人都必須参加一個大的戰鬥。認識他的一切。所以在這時候你還有機會求學的你就應該不放過這機會。你不過是十七歲的孩子。而中國還充滿着三四十歲的壯年人。這第一[illegible]應該是他們而不是你。你不要於許青醋的老人偏愛自[illegible]。我看過一篇文章（一九三六年）看看太原，知道你們那地方的環境是很特別的。我只能

第　頁

民國　年　月　日

巴金致黛莉的第五封信（3－2）

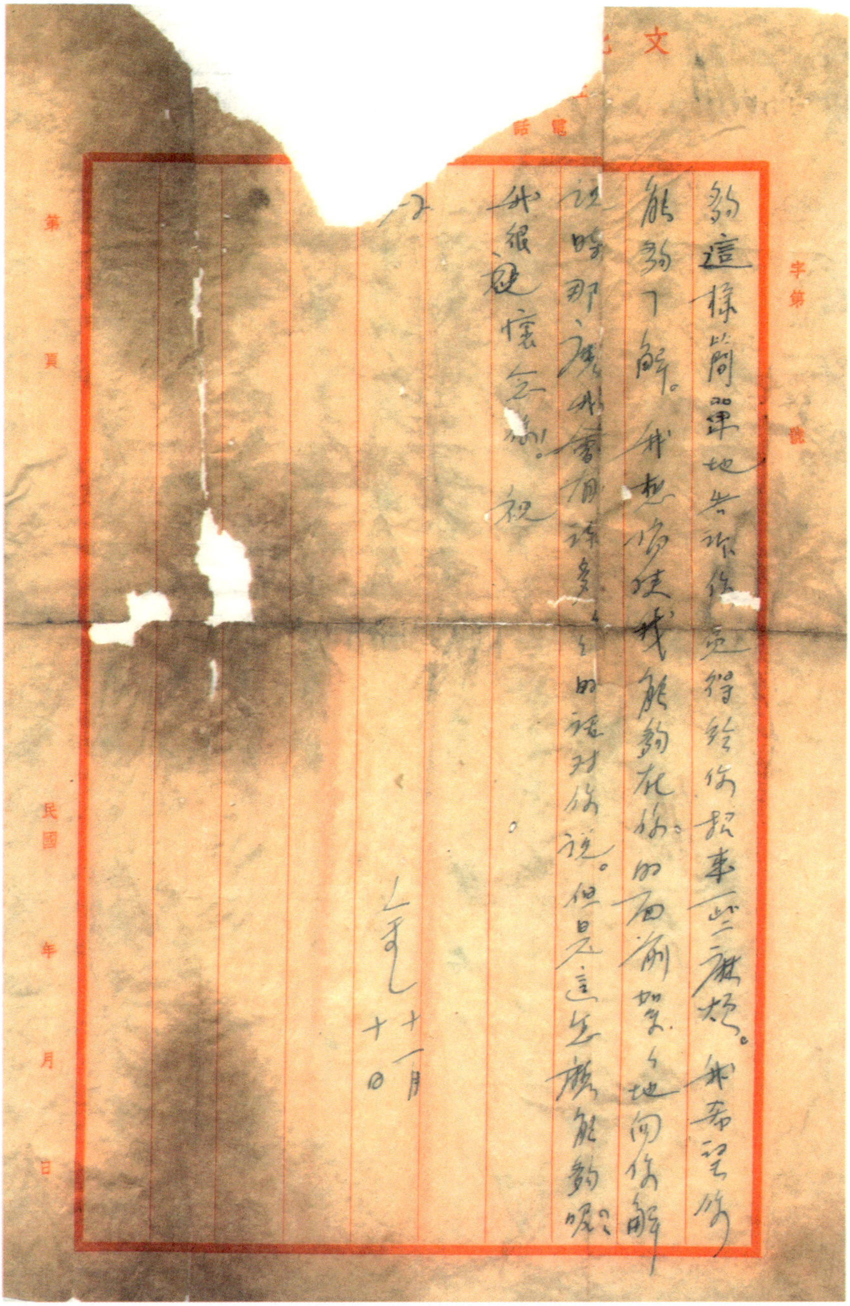

夠這樣簡單地告訴你，免得給你招來一些麻煩。我希望你能夠了解。我想你使我能夠在你的面前坦坦地向你解說時，那時我會有許許多多的話對你說。但是這些誰能夠呢？

我很想懷念你！祝

好

芾

十一月十日

巴金致黛莉的第五封信（3－3）

年飘零生活的巴金，这时开始体尝到了爱情的甜蜜和温馨”，在上海公园或者电影院或者苏州青阳港的小河边，时常可见他们的踪影；另一方面，还有许多少女向巴金示爱、求教乃至寻求援助，信件纷至沓来。有同时期友人评价巴金，说他既是一个忧患千重的工作狂，又是一个充分享有幸福的人。对于李健吾等挚友发出“巴金幸福”的喟叹，巴金回应道“我求幸福，那是为了众人；我求痛苦，只是为了自己”。

就在这“1936 年初冬”的一天，又有一位绝望少女致信巴金求助，她哀怨自己从安徽家中出走后，遭到失恋打击，欲投西湖自杀，独困小庙暂避，庙中和尚淫坏，如今身陷囹圄。巴金接信，当即在义愤中约了靳以和鲁彦，三作家径直奔赴杭州，营救少女。巴金扮作少女上海舅父，敲开庙门，“付给和尚 80 多元钱”，引领姑娘跳出苦海，乘车返沪，直至把她交给其真正的舅父。

这是史料中多有记载的一个“无事忙”，发生时间正是在巴金写出这封信前后——1936 年 11 月 10 日。巴金先生给予他人以温暖和援助，确是多方面的……

而赵黛莉，这位知识女性，拿她与诸多致信巴金的女生相比较，她不是一般的寻求援助，而是要求战斗，向往革命，要重建人生。竟抱着“牺牲的渴望”，要将“所有的一切贡献出来”，为同时代的人去谋幸福。从信中可见，巴金先生十分尊敬这位黛莉而不是怜悯与安抚。如是巴金才会由衷地倾诉：“倘使我能够在你面前絮絮地向你解说时，那么我会有许多许多的话对你说。但是这怎么能够呢？我很怀念你！”唔，一位声名显赫的当红作家，能向一名普通读者如此真诚地敞开心扉——在我等看来极其不易，而巴金先生以其经久不渝的大爱，就这么做到了。

向往革命的赵黛莉，她后来的人生命运究竟如何？令人切切牵挂。

信中谈到，“也许在不久的将来，就会轮着每个中国人都必须为一个大的战斗来牺牲他的一切”，此言寄托着巴金先生对于全民族奋起抗日的渴盼。有史料载，就在同月，巴金和靳以的文季社积极联络了黎烈文主持的中流社、黄源主持的译文社加上孟十还主持的作家社，四家联名致电绥远省主席傅作义将军，坚决声援该部官兵浴血抗击日寇的壮举。

安那其主义（Anarchism）即无政府主义。毋庸讳言，青年巴金正是一位无政府主义的坚定信仰者。无政府主义思想及其理念，在辛亥革命前后进入中国，从政治上反对宗教、国家形式和政府，从思想文化上激烈反对传统礼教。它在马克思主义传入中国之前，对于千千万万追寻社会改造之路的革命青年，有着独特魅力。世界上著名的无政府主义代表人物——巴枯宁、高德曼、柏克曼、妃格念尔，特别是克鲁泡特金，他们的理论主张和革命实践，他们身上具备的道德光辉和人民性以及殉道者精神，都给予了青年巴金及其一生以深刻影响。巴金名字中的这个“金”字，就是从克鲁泡特金的名字中取来的，这位克氏被刘师复称作“科学大家、无政府主义之泰斗”。而“巴”字，则是为着纪念与巴金在法国一起留学的中国同学巴恩波。他们有着共同的理想与志向，而巴同学却绝望地在异国投水自杀。巴金先生选取这个名字，于 1929 年元月在国内首发小说《灭亡》，轰动文坛，其思想理论方面的起点，远远高于同时代和以后岁月里的许多作家。由于无政府主义运动在中国出现严重困境，巴金才转而写起了文学作品。

在这封信中，有一句特别值得重视的话，“从前有过一个时候，我也写了同样的信，给一个我未见过面的人”，这句话连着上句“我了解你那牺牲的渴望”而来。青年巴金正是一个激进的安那其斗士。他拼命翻译推介大量无政府主义革命家的理论著作，常常直接写信寄给远在天边的、所崇敬的革命党人，表达他那激愤之情。而这些著名的革命党人，也往往将巴金视为一位中国小兄弟，或曰小同志，非常认真地回复长信给他。直到半个世纪以后，有陈思和等先生还重新翻译和发表过此类珍贵信件。一位远赴美国组织劳工运动的意大利无政府主义职业革命家，名叫凡宰特，他甚至在波士顿一座深牢大狱中，在即将被电椅处死之前，还耐心地给从未谋面的巴金回复了两封长信，“这位即将就刑的长者，以从容的气度、严密的逻辑和充满思辨的语言，对他娓娓讲述无政府主义者建设新社会，创造新秩序的宏大使命”[1]，称中国巴金为“亲爱的小同志”[2]，在长信结束时，凡宰特写道：“亲爱的李，我现在以兄弟般的喜悦心情拥抱你！”[3]此信后一个月，这位革命党人死于电刑。

与巴金通信最多者，是著名的国际无政府主义者高德曼，这位圣洁的女性成为青年巴金精神上的母亲。

限于篇幅，我略去了这些信件的内容。我想说明的是，巴金先生成名后，长年累月坚持回复全国各地的读者来信，且非常真诚细致，绝非一时心潮袭来，而是一种信仰的郑重传承，是一种关于“利他”理念的自身坚守。

如今，有着无数私心杂念之我辈，岂能做到？

不久前，一位作家与我讨论当代中国文学为什么难以超越前人，为什么难以崛起和领先于世界。我的感想是，除了汉语言自身确有限制外，最要命的是，我们这一代作家许多人既无中西学养亦无自身信仰！我们仅仅凭着一点聪敏悟性甚至圆滑世故，便可以混迹文坛，自然难成大器。更多后来者所继承所迷恋所利用的，是写作在中国具有敲门砖功能，乃至倾心于文坛艺苑极腐朽、极堕落的一面。一个作家，如若拥有真学问、真信仰、真道德、真品位，那么，占有哪怕其中一样都会大成。而我们，惶惶然十三不靠，心中没谱，不知朝着哪一路和牌。在这里，我们丝毫不必讳言文学艺术的社会功能性，只是该问：你要发挥什么样的社会功能？替怎样的人生发挥怎样的功能？好作品进而大作品，从来都不是一个庸人为名利的产物，而是高贵的文化理想结晶。我向那位作家举了巴金的例子，巴金于1921年4月发表第一篇文章，题目叫做《怎样建立真正自由平等的社会》，却与所谓纯文学毫不相干。直到1929年《灭亡》发表之前，巴金除写过一些诗歌外，主要精力放在了译介政治学说和宣传无政府主义理论活动中，并随时准备为理想而献身。想一想，世界上根本没有什么纯作家以及纯文

---

[1][2][3] 见《巴金传》，李存光著，北京十月文艺出版社，1994年12月第1版，第91、90、92页。

学，凡是喜欢这么说话的，无非因为精神世界包括阶级出身的贫困——想说点儿什么主张吧，反正也想不出来，干脆说说纯文学得了。而文学怎么可能纯粹呢？

在这封信里，巴金先生明确提到一篇作品，即中国早期报告文学名篇《一九三六年春在太原》。宋之的先生这篇作品，和夏衍先生的《包身工》以及萧乾先生同年的《流民图》，加上范长江先生稍后推出的《中国西北角》等等力作，被学界认作中国现当代报告文学奠基石。此后，这种从欧美“舶来”的新文学品种日趋兴盛，直至半个多世纪以后成熟稳定下来。巴金先生正是通过阅读此类作品，去了解昔日山西，“知道你们那地方的环境是很特别的”，阎锡山管得真严，他可不要什么无政府主义！“我只能够这样简单地告诉你，免得给你招来一些麻烦。”巴金很细心，他在 1937 年上半年以前，往往慎用“抗日”这个直接词语。信寄阎锡山辖地，他同样十分谨慎。殊不知阎锡山为保故土，是真正要决死抗日的。阎锡山在 1936 年管得严酷，只是因为红军突然东渡黄河入晋，而这时，全国抗日民族统一战线尚未形成，国共两党尚未二度合作。红军突来，威胁阎政，阎固拒之。待到一年后，“七七事变”，抗日战争全面爆发，国共合作，阎锡山力倡枪口一致对外，中共八路军三个主力师，唯有在这一伟大基础奠定后，才能在山西公开立足。如果这时有人写一部《一九三七年夏在太原》，情况就完全变了。

我进而想到，我国文艺理论建设曾受历史局限，一度极“左”而又教条，难免生出些偏颇。中国早期报告文学或称非虚构写作、纪实作品构成，绝不仅仅与红色革命有关。需知除了前述夏衍、宋之的、萧乾、范长江等人的作品，除了瞿秋白的《俄乡纪程》、《赤都心史》，除了茅盾、叶圣陶等人描写“五卅”运动的作品，除了朱自清反映“三一八”惨案的作品，除了阿英《上海事变与报告文学》的集子，还有更多关于报告文学的写作与探索——成果累累，极其丰硕。抗战以降，此类成果更多更大，而我们却只去选取与红色革命、红色战争、红色律动相关的作品，此外悉数免谈。

这是一种大偏颇，也是一种大无奈。

以巴金为例，他同样是一位“五四”以来纪实文学写作大家，发表了大量优秀作品。但我们只选取他上世纪五十年代写的《我们会见了彭德怀司令员》和《生活在英雄们中间》等抗美援朝时期的文本，对他晚年写出《随想录》评价亦高，被誉为“一部讲真话的大书”——却从来不去研究巴金曾经站在其他“主义”立场上，呕心沥血，为中国现当代纪实文学的早期开拓，做了哪些贡献。人们似乎这样认为：他们那种革命失败了，还有什么可说？简单考察一下，巴金先生在创作前期的非虚构写作是其大项，成果令人惊叹。早在 1923 年，巴金就以著名无政府主义者为主人公，发表了《大杉荣年谱》，稍后完成《柏克曼传记》，1926 年接连撰写了《俄国虚无党人的故事》和《法国虚无党人的故事》，此后结集出版《革命的先驱》一书，同时期为《新女性》杂志撰写《妇女解放的悲剧》；尤其值得一提的是，著名国际无政府主义革命家高德曼，在与巴金通信时，一并寄来一份令人恐怖的《在赤俄流放地和监狱中的著名女革命党人名单》，他从中得知，大多数被关押者竟是二十岁左右的青年女子，多至七十余人。巴金考察调研了这一批人，她们浪漫而又悲苦的殉道人生让巴金不能安坐。于是他一篇一篇来，先后推出他所敬重的俄国女革命家——苏菲亚传、沙苏丽奇传、妃格念尔传、色婷娜传、游珊传、海富孟传等十位代表人物的系列报告，合集成书《俄罗斯十女杰》；巴金另一本悲壮的报告文学集，名为《断头台上》，他集中笔墨反映国际社会中无政府主义先驱们的卓越斗争和惨烈牺牲；第三本《俄国革命史话》，则激情报告反抗沙皇暴政的十二月党人和农民起义领袖们，为他们立传。青年巴金毫不讳言自己的立场：“我自己早已在心灵中筑就了一个祭坛，供奉着一切为人们的缘故在断头台上牺牲了生命的殉道者，而且在这个祭坛前立下了一个誓愿：就是，只要我的生命存在一日，便要一面宣扬殉道者的伟大崇高的行为，一面继续着他们的壮志前进！”

很可惜，巴金此类作品以及更多作家的早期非虚构文学，只因其立场观点与后来的主流评判存在种种差异而被整个研究界忽略、抛弃了！尽管此类作品精彩纷呈，为数众多。

这些作品的创新及其主张，本应看作中华民族先进分子在推翻封建帝国以来，艰难探索祖国新文学道路的一部分。作家们控诉黑暗，向往光明，作品深具人民性，用陈丹晨先生的话说，“从一开始就有一种放眼世界的人类意识，思考的是全人类共同性的问题”。

近年，重写现当代文学史的呼声时在耳畔，倘真写时，则要敢于重树新史观，尊重百年中国思想史。除此别无他途。

宋之的先生名作《一九三六年春在太原》，发表于 1936 年 9 月 5 日《中流》创刊号。据说，鲁迅和茅盾都看过此作手稿，茅盾亲自写了评论文章。巴金在信中提及此作，显然是不久前刚刚看过，也说明这一精短作品甫一发表，在当时就影响很大了。

宋之的先生把昔年的太原描绘为一座“死城”，说此地“流言所播，草木皆兵”，并且枪杀女学生，兵匪凶悍无比。难怪巴金先生由不得要为黛莉的处境担忧。

赵黛莉，究竟是怎样的一位女性？她生了一幅什么样的面貌？她何以能让年轻的巴金如此关切？

9 寻访到一位赵文英

赵黛莉是不是赵逢冬家的小姐？问题迫切地摆在我们面前。2008 年冬，我求证答案，寝食不安。

张发兄说得不错，襄汾作家杨志刚，确实是一个认真做事之人。电话拜托他寻查赵逢冬，不过半月工夫，他便将消息报了回来。

杨志刚相告：西贾村大户人家赵逢冬，确是阎锡山属下兵工专家，民国年间长期居住于太原城内中心地带。膝下二男三女。如今，至少有一人不难找到，就是赵家次子赵少嵘，曾任太原无线电二厂厂长，退休后仍住太原，只是地址不详。一旦找到此公，必知其姐妹下落！而赵家长子赵某，当年随其父“疏散”新疆，已经于乌鲁木齐去世。次子赵少嵘成为唯一线索。

我在电话里向志刚兄致以谢意，告说找到这么一个姓名和单位，已是重大突破了。

赵少嵘神情镇定，对答如流。两只眼睛极端明亮，完全不像一个年近古稀的老人

放下襄汾杨志刚老兄电话，我即给太原刑警杨志强老弟打电话。拜托志强借助户籍管理程序，尽快查找无线电二厂退休人员赵少嵘现状及其住址。山西太原，发案率很高，破案率也不低。彼公安局重案队，要查找市内这么一个人，不过顷刻之间。

2009年元月4日上午，雪后初霁。重案队长杨志强，换了便衣，显出另外一副瑰奇干练模样。我们手持一张警用户籍卡片，驾车前往桃园南路一带，找到了赵逢冬之子赵少嵘的家。

我和志强，短发板脸，黑乎乎两条大汉。如此突然地敲开人家门子，生分得很，只怕会吓着赵老夫妇。然而赵少嵘老人开门后，见两条陌生汉子，并未惊慌失措。他神情镇定，对答如流。两只眼睛极端明亮，完全不像一个年近古稀的老人。他让我一下子感觉到，从事理工科的人，到老都比文人墨客聪敏冷静。他是赵黛莉的兄弟吗？换言之，他有一位曾经叫做黛莉的姐姐吗？找了这么些天，今日总算得见赵家真人，不由生出一种莫名的激动。

我慢慢地说清来意，从容探问当年赵逢冬一家特别是子女们的情况。

赵少嵘先生和老伴坐在床沿上，我和杨志强坐在简易沙发上，无形的巴金老人和一位名叫黛莉的民国女性，端坐在我们中间。一系列探秘话题层层展开。

只可惜，赵少嵘先生出生时，赵家已经入川，其父已经在为国军改造落后的手榴弹了。他 1940 年 9 月 19 日诞生在成都，人到中年才转调太原工作。对于抗战前的家族生活包括“坡子街 20 号”，所知不多。但有一点可以忆定，其父赵逢冬离晋赴川之前，确实住在解放路中段坡子街、后营坊街一带。

接下来一个最重要的问题，就是赵家三姐妹的年龄以及学历。赵老肯定，三姐妹全都读过书。不是高中便是大学，尤嗜文艺类书籍。

严重的失望在于：三姐妹年龄都偏小，大姐赵文采生于 1930 年属马，到 1936 年不过六七岁；二姐赵文郁生于 1936 年属鼠，小妹赵文慧生于 1952 年。均与巴金信中所提年龄不符。赵黛莉，应该生于 1920 年才对。

赵少嵘老人平和地讲述着这一切，间或征求一下老伴意见。二老彼此忆证，气氛祥融。又谈及大姐嫁在上海，二姐嫁在天津，小妹嫁在北京，都不在太原生活。

作者赵瑜（左）采访赵少嵘夫妇

失望，不是一般的失望。谈话变得枯燥起来。

辞别赵老夫妇，我和志强绷着脸下楼来。二人坐在车里，慢慢分析一番，仿佛眼前又发生了一起重案。

不对呀，莫非当年坡子街上，还有一个大户人家，也姓赵？

我手握汽车钥匙，正要发动车辆离去，突然志强说“慢”！这位强悍的侦查员盯着我的眼睛，沉沉相问：这个赵家，除了姐妹仨，会不会还从老家带来过其他女孩儿？会不会有什么堂姐、表姐，也在太原读书呢？

真不愧是老刑侦，他居然能想到这一层。当我犹疑之际，志强已经果断下车，并向我猛一摆手。二人复又站在赵老门前，按响了门铃。

赵少嵘老人见我俩返回家来，就笑：还有什么问题？杨志强便把他的想法提了出来。赵老略作思索，即以光明答案相告：那时我尚未出生，但是听大姐说过，确有一位堂姐在太原读过书，正是父亲从老家带来的。我们叫她文英姐，后来她一直在老家教书。1965 年去天津看望过我父亲，1984 年父

赵少嵘老人说：这位堂姐一生喜欢读书思考，要说她年轻时致信巴金，不是没有可能（前排中为赵逢冬，后排左三为赵文英）

亲病重，她又来太原照顾过老人，和我家关系很好，尤其和大姐特别熟识。

赵文英？我差一点儿就要当面激赏杨志强啦！接下来，杨志强代替我提出一连串新问题，那真是太专业了。

赵少嵘老人说：这位堂姐一生喜欢读书思考，要说她年轻时致信巴金，不是没有可能——杨志强思路跳跃，进而使这位老人也有些坐不住了：我现在就给上海大姐打个电话，有什么问题赵作家直接可问！

真是喜出望外。老人拨通了上海，大姐赵文采接话。姐弟俩先是一番交流，使用纯正的四川话，说明情况。我们静静地等着。

最终，由我和这位将近八十岁的老大姐直接对谈。电话那头传来一阵爽利的四川普通话。老人思路清朗，有问必答，川音悦耳。人们回忆少年往事总是格外明白。

上海赵文采老人相谈堂姐赵文英，综述如下：

赵文英是其大伯父之女，肯定生于 1920 年以前，自小聪颖。可叹这位伯父吸食大烟，把一座豪华大院吸得七零八落。其父赵逢冬看此女可惜，遂带到太原供她读书。后来上了女子师范学校，思想进步。因为迷恋文艺类书籍，父亲还生过气。后在赵逢冬主持下，赵文英与阎锡山帐下一位小官员成婚，住在坡子街！这一点决然没有疑问，只是忘了门牌。堂姐夫姓董，是山西大学法律专业毕业生。抗战爆发后，太原失守，赵文英与丈夫追随阎府，坚决抗日，随晋军及省政府撤往黄河岸畔克难坡。这里是抗敌临时省府驻地。文英丈夫在什么什么厅做事，文英参加妇女劳动，纺布做鞋支援前线。八年抗战胜利后，随阎返回太原。1949 年解放军破城，文英夫妇返乡教书。到 1957 年，她对“反右派”运动有看法，同情被打成“右派”的赵家二姐赵文郁。1965 年曾来天津看望赵逢冬，团聚中评议时政，多有不满，还说自己在襄汾教书，县里知识分子常来常往，悄悄发些牢骚。她打趣道，她家成了县里“政治文化中心”。1984 年最后一次到太原，她看望病危叔父赵逢冬，还伺候了一段时间。1986 年，这位赵文英去世，不久后，堂姐夫也去世了——最后，这位生于 1930 年的赵文采老大姐强调说：堂姐赵文英比自己大十几岁，住过坡子街，是足可肯定的。至于给巴金写信包括赵黛莉这个名字，却没有听她说起过。这也难怪，按年份说，1936 年人家通信，这位文采大姐才六岁多。

结束了上海长途，我们与赵少嵘老人又乘兴谈议了一阵子。赵老分析说，父亲并不保守，他干涉堂姐读文艺书，想来是怕她耽误学业，或是想让她习读理工科吧。这些信发现于老房顶棚之上，说不定是父亲为了保护侄女呢。

出得门来，我重重捶向杨志强一拳。如不是他，赵文英的线索岂不流失了？眼下事有突破，收获很大，腹中饥渴，必得请志强饮一杯好酒。

二人坐下吃酒，复又讨论。惊喜的是，赵文英年龄比 1930 年出生的赵文采大个十来岁，而且家住坡子街，对头；犹疑的是，赵文英居然在抗战前就成了婚、嫁了人，而婚后致信巴金的可能性不大呀！那么，这些信是写于婚前吗？他们成婚的日子是在 1937 年以后吗？亦可能，赵文英对这场婚姻不满，在婚前婚后的矛盾中给巴金写了信，反抗父权、夫权、男权，因而反复谈及自己要离家，去革命，去牺牲。但是，为什么从全部七封信中，对成婚之事一点也看不出来呢？

看来，很有必要深入到襄汾县去，寻找赵家后人和遗物，进一步研考赵文英与巴金通信的可能性，或确定，或推翻。

现在，此“案”从太原杨志强手上，再一次转移到襄汾杨志刚那里了。作家杨志刚，按照我在电话中提供的新线索，在县里具体“摸排比对”赵文英详情。有了这个“具体对象”，有了姓名，也就好查多了。必要时，我将专程前往，一鼓作气，扩大成果。

酒到微醺，重案队长杨志强宣布：以我的经验，赵黛莉就是赵文英了！

但愿如此。二人举杯过头，一饮而下。

10 矛盾中挣扎的弱者

巴金先生致赵黛莉第六封信，信封上留下三枚完好邮票，内容相对较短。此信距上信隔了数月，已经跨入了 1937 年。信纸同前，竖写两页，全录于兹——

黛莉：

信收到，知道你过得还好，甚慰。关于《春》是一封短信，被一个朋友抄去发表的。你若为它订□□年的《青年界》，你就上当了。《春》今年六月可在开明书店出版。

《文季》被禁，你的订报费不知良友公司退还你没有？三月中□□文化生活社将出《文丛》月刊，由靳以□□编辑，辑成你可以订阅，每期字数大概和“作家”差不多。第一期有我□□关于《家》的长文，但以后几个月内，我想不会在那上面发表文章了。因为写完《春》后我就要到南方去旅行。

你要的书不久可寄上。

有位名虫蚀君，是你的朋友，他写信给我，但我找不着他的地址了，所以没法回信。请你代我问候他，并说：关于写文章的事情我知道得太少。各书店都有怎样作文及小说文章作法一类的书出版。我没有看过，我想对于他也许是有用的。关于我写文章，没有秘诀，我只知道多体验生活，多读欧洲大家的作品，多写。

祝

好

金 二月十五日

读过此信，我想起文学评论家王晖先生的一个观点，即在我们的历史书写中，要同时重视时代更迭的“大历史”之下——民间百姓日常生活的“小历史”，也就是微观个人“毛茸茸”的具体历史生活。据此反观这封信，也就增添了趣味。你看，一个朋友抄去巴金关于《春》的短信，发表于《青年界》，山西赵黛莉便可能误订此刊，也就“上当”了；信中《文季》被禁一语，应指巴、靳主编的《文季月刊》在出版七期之后，于1937年初被当局查封之事，于是又会涉及著名的良友公司是否退还订报费等问题；一个名叫虫蚀的人，写信向巴金讨教作文法，却因为巴金“找不着他的地址了，所以没法回信”，故请黛莉转告出一番话语，使我们再一次得知早在

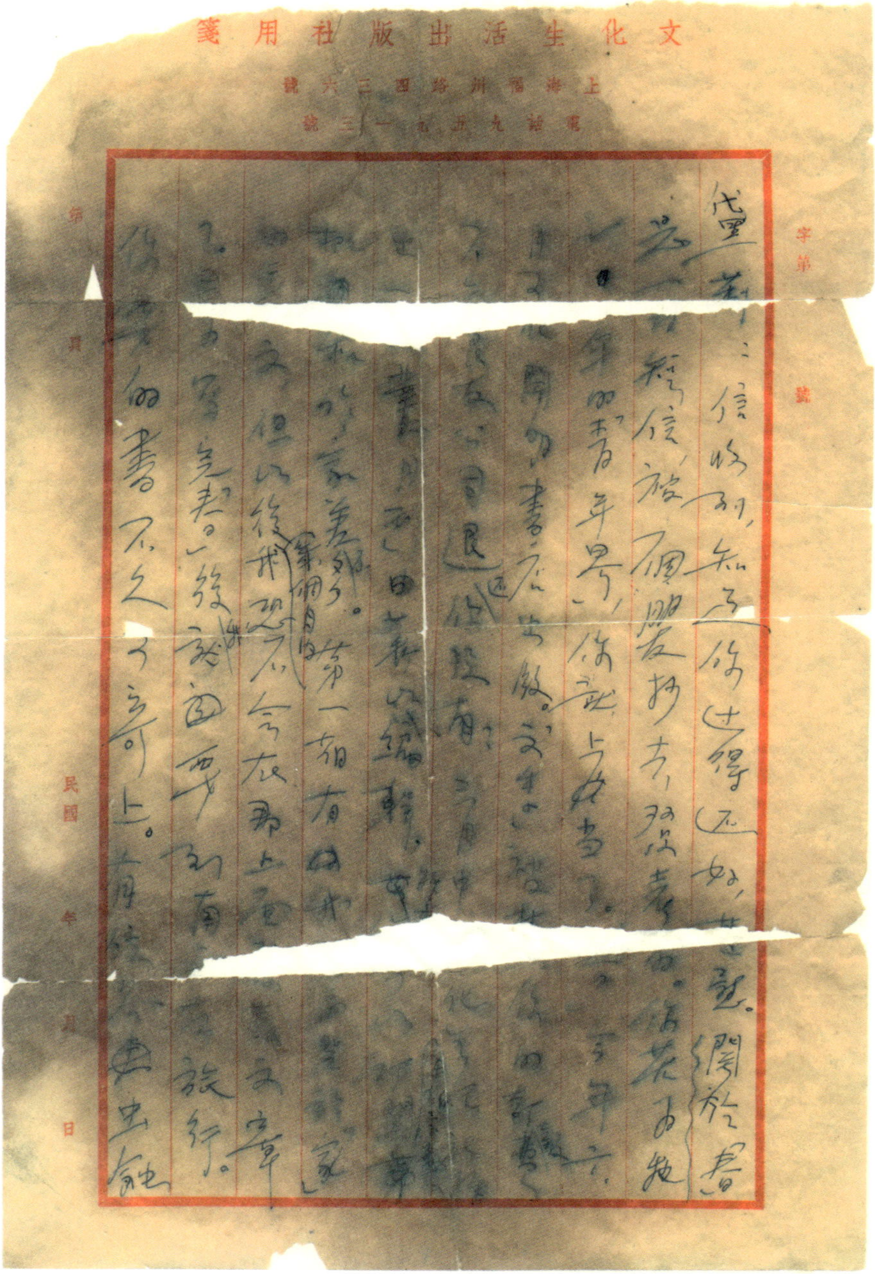

巴金致黛莉的第六封信（2－1）

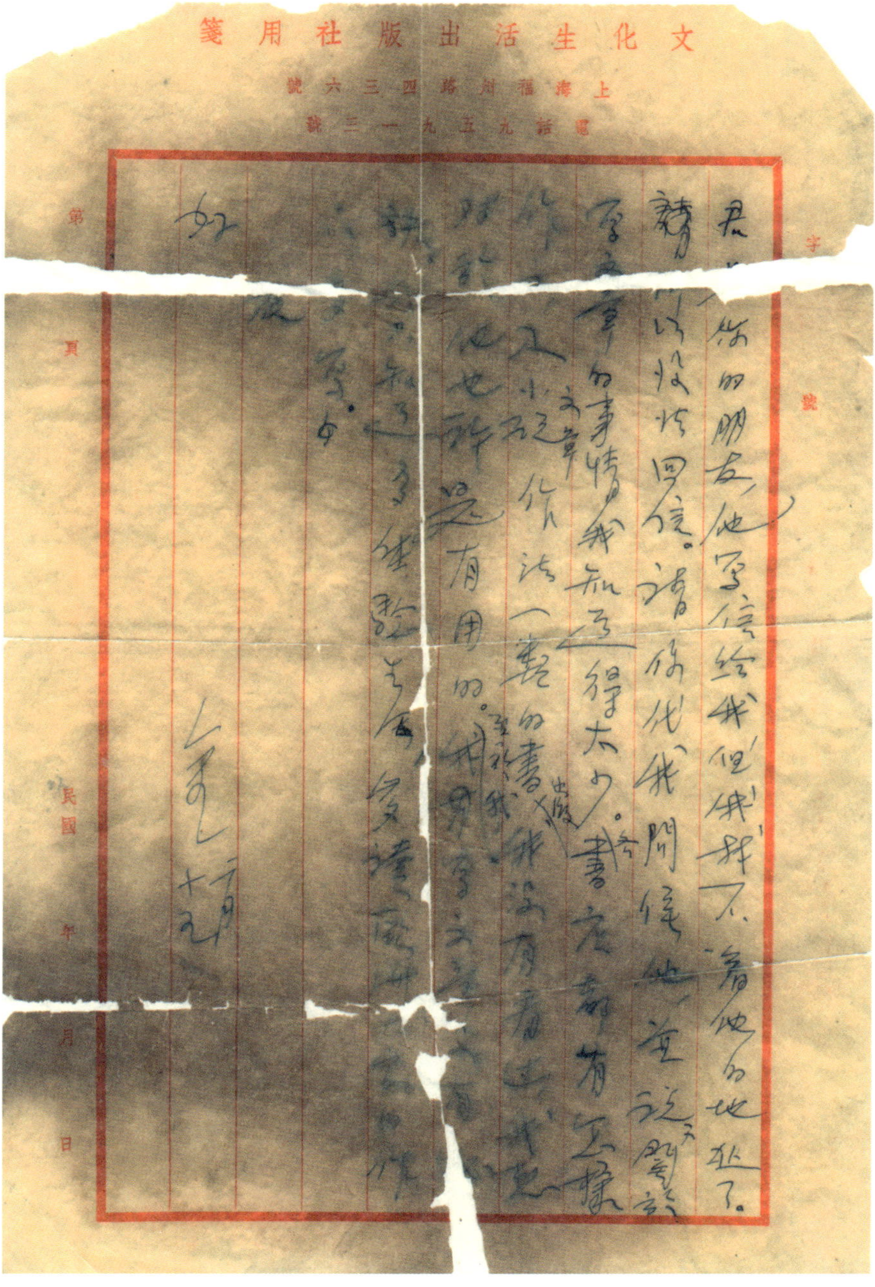

文化生活出版社用箋
上海福州路四三六號
電話九五九一三號

君[illegible]你的朋友，他写信给我，但我找不着他的地址了。请[illegible]所以没法回信。请你代我问候他，并说[illegible]。写文章的事情我知道得太少。书店都有这样[illegible]作[illegible]又小说作法一类的书出版，我没有看过，我也[illegible]好的[illegible]他也许是有用的。[illegible]我只写文[illegible]讲[illegible]知道[illegible]多经验去写[illegible]爱读[illegible]写。

好

巴金 十一月十九

巴金致黛莉的第六封信（2-2）

上世纪三十年代，便有了“多体验生活”这一说法。在前述第三封信中，亦有相同的话语。我一向以为这个词汇应在毛泽东《在延安文艺座谈会上的讲话》之后才“专项”使用的，至于巴金先生“多读欧洲大家的作品”一语，倒可以认作他长期以来的一大倾向。在此前的第二封信中，巴金也曾强调：“我有好些朋友就没读过旧书”之类的话。史载 1935 年秋冬，巴金曾经发表过《一阵春风》等文，对中国教授学者们热衷于整理古籍，翻印古书，猛烈抨击。那时的巴金，对待中国传统古书的态度，与鲁迅所主张的青年“要少——或者竟不——看中国书”的观点相一致。“五四”运动以来，“打倒孔家店”，口号震天响，知识界普遍主张抛弃和再造中国文化传统，巴金亦不例外。他在《一阵春风》中写道：“难道我们的奴隶性还不够深吗？我们的血还不够凉吗？必得让他们再把我们带到古代坟墓里去被活埋一次吗？”用鲁迅先生的话说：“巴金比别人更认真。”他赞誉巴金“是一个有热情的有进步思想的作家，在屈指可数的好作家之列的作家”。在这里，我想说的是，尽管鲁迅、冯雪峰、胡风、巴金等人与另一批左翼作家有分歧、有争端、有矛盾，进而在当年上海文坛形成两大阵营，但是，他们在“批孔”运动中的基本立场，在传统文化需要“破坏”且必须与之断裂这一点上，却有着惊人的一致性。他们共同引进多种西方革命学说，助推反传统潮流强劲于域内，渐成大势。而一个有趣现象是，鲁迅也好，巴金也罢，他们自身的写作却处处包含着传统文化的深刻影响。人们使用汉语做文章，传统印记是根本无法摆脱的。尽管他们自己并不乐意这样看。

如今，稍做分析即知，一个偌大古国那深厚悠久的文化传统，如何可以人为割裂？几十年后，种种暴虐运动，将中国古老封建主义之黑暗，重新推演到极致，怎么不见割裂开？再看中国人的故土裙带及家族观念，至今根深蒂固，又如何背叛割裂而大革其命？中国人不读中国书，到底行不行？中国文化之精髓乃世界公认之人类文明瑰宝，全世界汉语热正在升温，外国人学汉语已经超过四千万人，难道我们自己却要抛弃它吗？想一想，一场暴风雨般的巨大革命，拼死破坏中国传统社会一切秩序，究竟给后人带来了什么？

谁也想不到，当代中国，儒家复盛，忽然又冒出不少“国学大师”来。孰真孰假，凡人莫辨。历史怪圈一转，令人头晕目眩。

此信之后不久，即 1937 年 3 月，巴金与靳以创办的新刊《文丛》果然问世。巴金先生在这份刊物上发表《死》、《梦》、《醉》、《路》等一系列散文，表明自己“是一个在矛盾中挣扎的弱者”，“让我们把这一生作为一个试验，看一个弱者怎样在重重矛盾中苦斗罢！也许有一天我会克服了种种矛盾，成为一个强者而达到生之完成的”。在那风雷滚滚的年代，无数知识分子自觉地做了大革命的“试验品”。我在想，那个时代皇权既倒幽灵在，先进分子们倡科学，求民主，反封建，反传统，做叛逆，争自由，实是大势所趋。不如此，不知光明何在。然而太彻底、太革命、太猛烈时，封建传统的糟粕不仅反不掉，却找到了自身存在的理由。这是多么可悲的事，德先生和赛先生，在中国全然变了味儿。启蒙，是不能跨越的，而历史，亦无法假设……

信中显见《春》还没有写完。巴金所说此著“今年六月可在开明书店出版”亦未实现。《春》的出版和要到南方旅行的计划，都是第二年春季以后才得以实施的。由于有着《文季月刊》被禁和 3 月将出《文丛》等语，因而判断这些信只能写在两事确曾发生的 1937 年。信写在 2 月间，巴金住在上海拉都路一处寓所中，为前往广西任教的马宗融、罗淑夫妇照看着空荡荡的房子。

说到“毛茸茸的小历史”，却有意味。巴金先生这七封信，从始至终使用钢笔书写。仔细辨析笔痕，可认作同一支钢笔书写。于是，又引出另一段故事来。

1929 年间，巴金大哥李尧枚在上海时，听四弟巴金谈，要以故乡大家庭为背景，写一部书。也就是后来的《家》。大哥尧枚深表支持，临行买来一支“价值不菲”的钢笔，送给四弟，以示鼓励。翌年春，大哥从老家致信巴金说：“你要写，我很赞成，并且以我家人物为主人翁，尤其赞成……我自从得到《新青年》等书报读过以后，我就想起一部书，但我实在写不

巴金致黛莉七封信，是否仍然使用了这支钢笔呢？

出来。现在你想写，我简直欢喜得不得了。我现在向（你）鞠躬致敬，希望你有余暇把（它）写成吧，怕什么！”

巴金没有辜负大哥的期待。两年以后，即 1931 年 4 月 19 日，一部用这支笔完成的崭新小说《家》，开始在上海《时报》连载。此刻，巴金刚刚写完该书第六章《做大哥的人》，一个著名文学形象“觉新”，正是以大哥尧枚为原型的。万万想不到，就在此著连载于《时报》的次日，大哥尧枚竟在老家吞服了自己亲手调制的毒药，满怀一腔苦痛，自杀身亡了。悲伤之中，巴金继续用这支钢笔书写《家》的后记，缅怀亡兄，他写道：“这管笔，你是大前年在上海时买来送我的……我用它写成了我的《灭亡》以外的那些小说。它会使我时时刻刻都记得你，而且它会使你复活起来，复活起来看我怎样踏过那一切骸骨前进！”

这是 1931 年发生的事。到 1936 年，巴金致黛莉七封信，是否仍然使用了这支钢笔呢？可惜我未曾见过巴金先生留存下来的同时期手稿，倘有那时笔迹在，稍加比对，即可辨识。

晚年的巴金

故事还没有完。半个世纪以后，1988年，成都修成了一座“慧园”，专题纪念巴金及其作品。当时，巴老尚且健在，特此整理出三百多件相关实物、手稿、著作等，相赠慧园布展。这其中，就有这支珍贵钢笔。巴金先生还专门将上述怀念大哥的那段话，同时赠出。

及至2005年，巴金与世长辞，新华社配图发布通稿，其中一图即有此笔。下注：“这是一支巴金早期使用过的钢笔，从这笔下流泻出的文学精神，如今谁能传承?”

这钢笔，分量足够重矣。

我注意到，在同期作家中，巴金比之鲁迅、郭沫若、茅盾等人，更多地使用钢笔写作。有文物手迹表明，早在1924年，巴金尚在南京东南大学附中读书，即使用钢笔而未用毛笔。这可能与他学习外语专业有关吧。

今日域内，学者文人，早已多用电脑码字，不仅毛笔远离吾辈，即说钢笔也远离案头了。电脑敲字，方便至极，换笔革命，大势所趋，只是换笔之后，行云流水，却不知能否流出好文章来。

好笔与好作品之间，没有必然联系。

这第六封信，还是不曾涉及任何人的婚事。那么，目前查到一个襄汾县赵文英，她在抗战前已经成婚，到底能不能与“赵黛莉”对上号呢？

11 祝寿村又见新希望

襄汾县作家杨志刚，确如《黄河》主编张发所说，“老杨办事没问题”。他在去冬提供了晋军兵工专家赵逢冬之子赵少嵘的线索后，2009 年元月 14 日，他进而查清了“堂姐赵文英”的历史状况，并再一次通过长途电话，向我陈述详情。我一看襄汾来电，自然兴奋。

万万没有想到，志刚兄在襄汾认真调研，用心甚专，言之凿凿，成绩斐然，却一举颠覆了我和志强奔忙于太原的调查成果，无情地粉碎了我们关于赵文英女士的全部期待。

作家杨志刚作出调研报告，赵女士人生履历斑斑可考，毋庸置疑：

赵文英确系该县西贾村大户人家之女，出生在 1911 年——比我们要找的黛莉大九岁！父亲吸食大烟无度，其叔父赵逢冬便带走文英、文奇姐弟俩，上省城读书。1931 年，赵文英与山西大学法律系毕业生董德明成婚。董亦为襄汾人，曾任民国定襄县政府一科科长，夫妻恩爱，生有一子。抗战爆发后，夫妻二人随省政府共赴克难坡。董德明升任省视察委员会及省粮食厅官员。赵文英则在妇女劳作社挥汗支前。八年抗战胜利，一家三口于 1946 年返回太原。赵文英在西辑虎营小学教书。1949 年后，夫妇离开太原转往太谷县及襄汾老家，就教于汾城完小及汾城中学。“文革”中备遭磨难，董被遣返焦村乡下，带小学生。赵文英于 1986 年去世……

假设赵文英在那年致信巴金，她竟是二十六岁的一位已婚母亲！这断然与信中情形不符。

我们不得不忍痛排除“赵文英或是赵黛莉”这一假设，尽管兵工高管层仅有一位姓赵的赵逢冬先生，尽管赵文英确是一位喜好文艺的知识女性，尽管夫妇二人婚后确曾住在坡子街——这一切都是真的，而年龄不符啊。

我再一次想到：莫非“坡子街 20 号”还有一个大户人家，也姓赵？

作家杨志刚，宣布我们绕了一个大弯子，找错了对象，前功尽弃。

我将作家杨志刚电话所述，说给刑警杨志强听。这位刑侦专家半天没有言语。一个侦查员，直觉再好也只能服从事实。我们必须从头做起，重新调整思路。

当前，唯有从公安户籍方面，查阅早期“敌伪户籍档案”，看看 1936 年至 1937 年间，“坡子街 20 号”究竟住着什么人。这项工作，过程复杂，需要等待，需要耐心。

回到山西作家协会寓所，明灯皓月，夜不可寐。细将诸事思量一番，疑点多多，还是理不出个头绪。我想到，如今查户口，公安电脑上一调便知，十分容易，而旧时代户籍档案，从未输入电脑程序中，且浩如烟海，迭遭损毁。我们并不重视民国史料，它们历经熊熊战火，外加多次政治运动，说不定早已灰飞烟灭，因此，仅仅依靠这一方法，恐怕相当被动，很可能一无所获。

最扎实的好法子，还是推行我那老本行，也就是一步一步，去粗取精，去伪存真，展开田野调查，最终结论才能靠得住。我有许多太原老友，便是一大优势。试想，1936 年前后，距今七十余年，坡子街一些老住户，不过八十多岁，健在者总还会有。通过他们回忆，不信搞不清那座大院的主人。一个首要问题是，这些老人们，如今搬迁到哪里去了？我想，道生一，一生二，二生三，找到一人，便不愁多人也。

这路子，肯定辛苦些，麻烦些，却不会白干，不会绕行弯路。说到底，搞文史研究，即使聪明人也要下得笨功夫。

思路调整了，解决问题的办法也就来了。路线是个纲，纲举目张。

三十年前，“文革”结束不久，我父母从长治——晋东南地委调回省城。在此前后，我结交了不少居家附近的太原朋友。其中茂铭、元发、俊民等人，都是在解放路后营坊街、辑虎营、坡子街这一带耍大的。此后多年，这些“发小”和我长期保持着兄弟般友好关系。他们后来都做生意，继承晋商之风，逐渐成为商界名流。说来也巧，到了 2009 年元月中旬，好友田茂铭的老奶奶活到了百岁，众弟兄前往太原西北角阳曲县扫峪村，大举贺寿。我和杨志强一边再度分析“案情”，一边结伴前往。

田茂铭老总要给奶奶做个百年大寿，太原城里一时来客如潮。豪华汽车摆了一河滩，在冬日阳光下闪烁着一片耀眼金光。十里开外，即可看到公路两旁放空的巨型气球，垂挂着各家企业贺寿条幅，红艳艳两大溜，足有上百只。山冈上一只巨型寿桃，被鼓风机吹圆了，粉嘟嘟的，令人注目。百岁奶奶实为一个大家族当中最具稳固意义的象征性老人，中国乡村长幼尊卑之传统无可动摇，乃成国家基础。谁能背叛得了这个“家”？

河滩里车流甚挤，有专人指挥停车，发放贺寿进餐秩序册。民间组织大型红白活动，其严密性远胜于一般行政单位。远远地，田总见我驾车驶入，便差人过来告说：赵哥不算嘉宾，而是参与事宴班子的内部弟兄，所以另有停车处，以便随时商议诸事。总指挥李元发，扯着早已喊哑的嗓音道：老赵今晚不能走！

百岁贺寿，三日方得圆满。

顺便介绍：这位田总发展项目，自是多多。单有一个老项，声名远播晋京津冀，影响巨大。这就是他在改革开放之初，首创大型娱乐城“金昌盛”，历经风雨坎坷而不衰，终成一大地方特色。这批开拓者为一个荒芜年代，带来了彻夜笙歌，探索了一条娱乐行业大型化、集约化、现代化管理之路，形成一种史无前例的新模式。在整个山西，党政军团文教媒体工商白领钢铝煤焦人物种种，你说“太原金昌盛”，没一个不知道的。灯红酒绿，纸醉金迷，美女如云，狂蜂浪蝶，这里不详说了。

田茂铭、李元发二位老总，少年时住在后营坊街，一拐弯，相连坡子街。眼下大戏唱罢，电影收摊儿，乡亲们耍得累了。夜深人静时候，小范围，烧酒拉面，我向诸位老总引发都市怀旧话题。那片早已消失的旧街区，埋藏着亿万富翁们酸楚的童年，刻印着弟兄们啸聚图强的孟浪生活。记忆如潮，话语渐密。田茂铭斜靠在现代版的乡村大炕上，冷不丁冒出一句话，让我振奋不已。茂铭道：“老人们说过呀，坡子街上，有个赵公馆哩！”

赵公馆？民国时代特有的称谓。茂铭盯着元发相忆：“坡子街又不长，是条短街，你记不得那个大院？”元发便说记得记得，十几年前拆院子，听说地下室里都是水，弄不清门牌是不是“20 号”。那几条街，大宅院不少，可惜都拆光了。想弄清这个事儿，茂铭说，一点都不难。三小他老丈人从小就在坡子街住，找他问问便知。

我说，最想找的就是老人们，也去找过，都不知道搬迁到哪里去了。

茂铭说：明天，三小他老丈人也要来村祝寿，我领上你认认他，你们厮跟上慢慢找吧，他还能找见更老的人，甚都不愁知道。

我连声说好。元发就笑：让你留下睡觉你还要回城，现在你回不回？对呀，一个人不能离开组织嘛！

于是大家开始快乐地回忆昔日生活，说谁谁小时候偷了一个大钱包，一口气从解放路跑到坡子街。找没人地方打开一看，里头是一堆反动传单，吓得起身又跑，劈头让警察逮住，抓在里头，一顿耳光板子，谁谁便哭喊交代，说我是三代贫农苦娃娃，咋敢散发反动传单去骂毛主席，干这个咱不会，咱只会偷钱包！众人大笑——文明新一代，与粗鄙紧密相连。

次日，在祝寿人群中，茂铭向我推荐三小他老丈人。老人名叫白玉山，身材瘦高，年过古稀，头脑却十分清楚。我们一接触，白老便说：我可不算老，有些老街老事怕也说不准，待到回城，我领你见见几位前辈，想找多大岁数的老人都有。

我说如此甚好，容当后谢，回城保持联系。

12　赵公馆里两兄弟

感谢白玉山等几位老人，终于为我打开了一道通向古城民国岁月的大门。祝寿归来一周后，白老首先领我拜见一位年近八十岁的老街坊。这位老人名叫张双喜，耍了一辈子汽车，对太原市交通运输历史了如指掌。然而他也说不清谁是“坡子街 20 号”院主。三人商议一阵，遂驾车前往一座搬迁楼，寻访另一位年近九十岁的老太太，名叫张金枝。

张老太太早年从河北邢台来晋谋生。这位老人一开头就回忆道：那个赵公馆，就是“坡子街 20 号”。院里有个嫁不出去的老闺女，文文静静。俺们在门口打烧饼，常见她出来走走，梳了个盘盘头——读过书的女娃，就时兴梳短发，不长。

老人们就是厉害，貌似轻描淡写，却一下子说出个“读过书的盘盘头”，而且适婚不嫁。我心顿时受到重击，仿佛一位神枪手，抬手一枪，枪响靶中。这会不会是赵黛莉，不愿遵从旧婚姻呢？

再问，老太太又沉沉忆道：街坊邻居时时议论这家闺女，为啥还不嫁人？我就记住，好像叫个月娥吧？谁也弄不清，月娥到底想嫁个什么人？

赵月娥？

月娥长得什么样？好看不好看？老人便说：长相不漂亮，穿戴一般。月娥和什么人来往多些？老人相告，有时见她出门来，坐上洋车走了，一阵又坐洋车回来啦，出出进进总是孤身一人。那挂洋车亮闪闪的，是新式的，有固定车夫专门伺候赵家人。

赵公馆的老爷是做甚的？

张老太太喉腔里哼了一声，欲言又止，状有蹊跷：我只是见这家老爷，好穿西装，经常坐洋车上下班，也有人开小汽车来找他。他到底是做甚的，咱可不好说，咱也说不好。

掉回头来，她对同来的白、张二老直摆手：那个老苗还在哩，去问老苗吧，老苗能进院里头耍哩。

白、张二老显然明晓，谁是老苗。

所谓“盘盘头”，到底什么头？还要再问。上世纪三十年代的知识女性，她们不再像旧式妇女那样脑后作髻，也无须用簪子插过去，而是额前有刘海，下边过耳齐平，有时还在上头扎一条白色发带，就像电影《青春之歌》里面林道静那样——这种发型，在民间并不一定叫盘盘头。

就要告别老太太了，我突然想到了什么，便最后问道：赵公馆那位老爷，是一个经商的大老板吗？老太太给予否定，说可不像生意人，好像留洋回来的工程师吧。我继而又问：日本人当时在不在太原？老太太马上说：在哩，到处都是日本兵！

我心怅然。按说，凡阎锡山系列官员，当时都撤走了。

看看也问不成个啥，三人便谢过老太太，出得楼下，复去一个贫民区，寻找老苗。

白玉山（左）、张双喜（右）、张金枝、苗雨田（中）岁数合一块，差不离三百多岁，总该让我得些仙气

不知是何原因，这位苗雨田老大爷仍然孤独地住在一所小平房里。穷苦人家在高楼丛林之间，有一种见缝插针的生存能力。此地七拐八弯，低矮逼仄，门牌号数皆无。也许老人另有好房子，让给子孙们住了？

三位老人相见，是熟识的。苗雨田老人展开回忆，多有与张金枝老太太合拍处。他和赵公馆两个孙子，是山西国民师范学校附小的同学，故常入院内玩耍。他记得两位同学是赵家“龄”字辈的，名字中都带“龄”字。苗老首先证明了老姑娘“盘盘头”确实存在，长期未嫁。继而证实日伪时期，赵公馆主人每天坐洋车上下班。一个后生专给他家拉洋车，名叫陈五子，这个陈五子所知更多，可惜前几年去世了。赵家老爷的确不是生意人，但生活很好，有亲戚在城郊做粮炭运输的大宗生意。

同来的白玉山、张双喜二老就感叹道：那个陈五子，大家都认得，原来他还拉过洋车。他要在世，问他便是了。

苗老人埋头回想老大一阵工夫，终于说出：这位赵老爷，名字中带个“亭”字，或者“廷”字

苗老人又讲道：赵公馆赵老爷，好像是什么工程局的，待人和善，从不欺压邻里。赵家势力很大，常见小汽车来往，赵老爷有个弟弟，那官儿更大些，来时还有一堆警卫，人家有枪没人敢招惹。

我再一次想到：日伪统治太原，万分严酷，而赵老爷及其兄弟，还做大官？莫非赵公馆住着汉奸人家？

苗老人没有明确涉及此类问题。却谈到：日本人战败投降，阎锡山凯旋回省，大约在 1946 年以后，赵公馆车马顿稀，院里院外不多见人了，赵老爷也不见了。再后来，这座大院子廉价归了二四七兵工厂，这是谁都知道的——院子归了二四七厂，对头。

闲说一阵子，苗老人又想起来：大约是 1950 年前后，共产党执政，阎锡山倒了，他忽然在大院外头，遇见了赵家同学中的一位，一个人在那里转悠，心情很不好。这同学不叫延龄就叫德龄。同学相告，他们家转到北京去了，临时回太原来，顺便看看这所早已不属于他家的老院子。当时，二人未作深谈。从那以后，再也没见过赵家任何人。

大时代更迭了，人们的命运随之演变。多少个庞大家族，就此散落。

在苗老低矮残破的小屋中，我收获颇丰。一转眼，又似乎什么也不曾抓到。不，一项重大收获，就是得到少半个名字：苗老人埋头回想老大一阵工夫，终于说出：这位赵老爷，名字中带个“亭”字，或者“廷”字，从声音上说，或叫赵亭云，或赵亭雍，或赵亭一，或赵亭人，或赵亭英，或赵亭营，不一而足。总之，赵姓无改，“亭”音不错，第三个字，则难以确认。韵母相似时，从山西人嘴里念出来，“英”、“云”、“人”差不多，殊难辨听。

不过，有了赵家半个名字，加上如此含混一个音节，我已经十分满足并且信心大增了。

四位老人——白玉山、张双喜、张金枝、苗雨田岁数合一块，差不离三百多岁，总该让我得些仙气。

从而我们得知，“坡子街 20 号”赵公馆，确有一位久不嫁人的老姑娘赵月娥——好一番周折劳苦，我们正在逼近历史真相。

回到寓舍，我毫不犹豫地寻找一册久不翻检之书：《民国时期山西省各种组织机构简编》，曾记书中有《日伪山西组织机构》一个专章。

果是书到用时方恨少，一经开卷受益多。

在这部灰皮厚书里，除尽数列举阎锡山党政机构详情外，还把日寇侵占山西时期种种罪恶组织写得明明白白。

赵公馆之主，姓名中有个“廷”字或“亭”字，并且是弟兄二人，那么，一旦查到同姓两官同有此字者，便可以相互印证，二题并论，探其渊源，反倒不易因孤凭而误读。

山西文史工作者，他们默默无闻的业绩，值得我们感激。请看，日伪官员中，果然同有赵廷雅、赵廷英兄弟二人。经查：赵廷雅，字宜斋，1886 年生于山西宁武望族，排行老二，年轻时考取山西大学堂，后官费留学英国，为山西首批二十二名官费留学生之一，排名第四。赵以优异成绩 毕业于英国剑桥大学，归国返晋，为高级工程师，致力于山西工程建

黛莉之父赵廷雅

黛莉之母

设。1937 年冬，日寇侵占山西，不久成立伪省公署建设厅，下设伪省工程局，赵廷雅出任该局首任局长，事敌多年。1945 年日降，1946 年赵廷雅离晋，至甘肃天水等地任教，后转天津，为河北工学院教授，卒于 1968 年。

赵廷雅，就是太原市“坡子街 20 号”大院主人。

我联想到长治古城有个裴家，其子也是山西大学堂毕业，官费留洋，学成归国，在长治创建现代食品工业，业绩日丰。日寇侵来后，裴为保家产，出任长治维持会长，终被抗日军民所杀……

接下来再看，事态严重了：

赵廷英，字继成，山西宁武人，赵廷雅之弟，排行老六，生于 1894 年，以优异成绩毕业于保定陆军军官学校第五期步兵科，从晋军排长做起，逐升连、营、团、师，至 1937 年抗战爆发，曾任国军第二战区第七集团军第四十七师师长、第七集团军少将高参，降敌后，先于 1940 年担任伪辎重部队要职，后任山西伪“兴亚黄协军”参谋长，并与司令武兴英联名发表通电，公开响应汪精卫，1942 年转任日伪山西省警务厅第二任厅长，兼警备干训所主任。山西日伪警务厅，“是日军对山西占领区进行法西斯统治的重要工具之一”，下属机构有：甲，特设谍报机关；乙，秘战情报机关；丙，经济情报机关；丁，各级拘留所等组织，统领全省六千多名伪警察，残酷镇压我抗日军民。专著中有综述一段：

> 日伪山西警务厅不仅进行一般警察活动，而且开展了一系列特务活动。一是搜集情报，派遣特务潜入我解放区和蒋、阎地区进行情报活动……组织特高科、侦缉队进行武装侦察；二是进行特务统治，大肆逮捕迫害我方人员和人民群众，还颁布了各种章则法令，督导推行保甲制度，实行“邻右连保连坐制”……颁布各种经济法令，加强对我区的经济封锁，严防物资流入我区……

经过查阅，可知该厅第五任厅长苏盛江等主要汉奸成员，在抗战胜利后被国民政府山西省法院逮捕惩办。而这位厅长赵廷英，则以贩卖大烟等罪名远解北京关押数年，后被赵府的联姻亲家、名流南桂馨保释出狱，长期留在北京南家。1949年后，一度做过中学教员，于1984年死于京城。

这完全符合几位老人所回忆的：前者赵廷雅，出门有洋车，后者赵廷英，往来坐汽车，都对上号了。

唔，事情的复杂性远远超出了我们的预想，赵黛莉居然生活在这样一个家族里，然而这又是基本事实而无可更改。惟其如此，她的命运才更加令人牵挂。

上述“名流南桂馨”，在阎锡山高官序列中，是一个特别出名的人，曾经长期涉管阎锡山外务，在京津一带与各路豪强打交道，北伐之后，曾任天津特别市市长，国大代表，对阎政华北经营治理有着较大作用。南桂馨之所以保释和罩护赵廷英，则因为他们同为山西宁武望族，赵廷雅及赵廷英的父亲和叔父，双双娶了南家女子为妻。换言之，赵、南两家是亲家，赵家弟兄的母亲和姨母，便是名流南桂馨的姐妹，赵家弟兄要将南桂馨称为舅舅的。

南桂馨平生没有什么不可饶恕的劣迹，抗战期间，出于民族大义，避居医院，拒绝事敌；1949年，他在担任天津特别市长期间，曾经掩护过中共天津地下党负责人张友渔；1949 年后，他又将其经营的北京门头沟煤矿资金一亿四千万元，以及在京房地产巨额股票全部捐献给国家。因而寓居北京，没有遭殃，且在政协里面有所安排。于是，日寇驻晋伪警务厅长赵廷英，受南罩护，得以长住京城，了此残生不提。

宁武赵家和南家，两家合起来，那财产与土地，大到吓人的地步。且不说他们在山西和京津等外埠有着种种买卖，先说在宁武老家的房与地在土改期间被分时，竟然要由“新华社”发布专题报道。我有幸查到了这份通稿——1946 年 7 月 31 日，新华社通稿称：在中共晋绥分局领导下，“宁武县民主政府接受群众要求”，将赵廷英、南桂馨等人“土地 10 000 余亩，房屋 2 500 余间，全部没收，分配给贫苦农民”。文中直接点了赵廷英、南桂馨和伪县长杨道一的名字。这显然是在暴风骤雨的土改高潮期到来之前，按照惩办大汉奸来对待的。伪县长杨道一后被执行枪决。如果不是新华社正式报道，谁能相信“土地 10 000 余亩、房屋 2 500 余间”这个巨大数字？与巴金先生屡屡通信的赵黛莉，恰恰生活在一个如此庞大而富有的家族里。这个家，是巴金笔下的“家”和巴金自己的家所远远不可比拟的。宁武城往昔大家族不少，明代以来还有潘家和侯家等。民国时期多次夺得全国女子网球冠军的王青菁、王春葳姐妹俩，单打、双打无人可敌，闻名遐迩，也是宁武女儿。

寻找赵黛莉的过程，实在奇而又奇。上一轮，《黄河》编辑部，通过张发兄与作家杨志刚取得联系，在襄汾范围查找赵逢冬、赵文英被否决，张发兄还颇为遗憾。我请他看过巴金致黛莉的七封信，他爱不释手，一直在共同想办法。这一轮，2009 年春，我又来到编辑部，要拜托者居然变成张发本人，只因为他自己就是宁武人！我将“坡子街 20 号”赵公馆一家实是宁武人的情况一说，张发兄当场惊叫：“不是哇！”

我说就是。

从各方史料查知，赵家在宁武城里拥有一座显赫的九进大院。张发兄连连说：赵家、南家谁不知道？我在宁武上中学，人人清楚那个九进大院。

弄了半天，赵黛莉成了我们宁武人？

我半开玩笑道：仁兄一向重视文学女青年，这回可是一个资深文学女青年哩。

张发兄性情中人，现在他完全振奋起来：资深，绝对资深！老赵你说吧，咱们下一步咋个找法？

我说，这段历史比较复杂，咱俩少不得专赴宁武。为了不那么盲目，还应该遵循前例，先期请人查问一番，看看赵家尚有什么知情人在世，待咱们真去时，也好少费周折。如果找不见直接知情人，至少要选中一位明晓宁武史志的本土专家，以便细细咨询。

不等我把话说完，张发兄早已拿起了电话。

这一回，又依靠了又一位作家——宁武王树森。

老王嘛！张发兄提示我：中国作家协会会员，文学创作一级，他自己就是县志主编，现成一个活字典！

我说你们宁武可真能出作家。你看，张发兄和王树森算两位，更有一段文坛佳话，说的是一个时期，县委书记郭新民、县长贾真，二人共执宁武党政，竟然同为中国作家协会会员。一个偏远的山区小县，能有如此人文景观，极是罕见。

这不，又出现一个真正的“资深文学女青年”。

我和张发兄议定：春节前，把先期寻访重任拜托给王树森先生，春节后，赴宁武与王会合，共做实地调研。

此刻，我分明看到东方地平线上，显现强烈曙光。

13　抗战前最后一封信

在山西故土，过春节人们必要回家，大有亲近传统之善。中国民俗经数千年、亿万人繁衍传承而构成。而“五四”前后反封建专制、反家庭禁锢、反家长族权，确有那一时期的历史需求。在当时，唾弃家族陈规，强调个人背叛，实质上还是瞄准了袁世凯等垂死旧势力。不期然泼水同时泼掉孩子，效果非常，造成许许多多新青年单向度接受西方思想，向往革命斗争生活，真把宗法社会、老式家庭，当成黑暗坟墓了，仿佛不逃离出去，不挣脱依附性，人生便没有希望，我们便将葬身老院高墙。在实际生活中，反对封建家国之顽腐，与骨血亲情家庭温暖，并不应构成一对矛盾，其中并没有因果联系。家庭之殷实稳固，人性之真善美，只能是革命的终极目的，一切社会学说和社会理想，难道不是为了千千万万个家庭成员生活得更好吗？结果，斗争了几十载，家庭不变，亲情依然，那长夜闪烁的万家灯火，总是我们搏击风浪之后最稳固、最向往的安全岛屿。私有家庭观念，封建落后的沉渣，到底改变了没有？改掉了多少？还是很难说。长期以来我注意到，由众多职业革命者构成的中高级干部家庭，总体上长期呈现亲情淡漠，家人往来较少，各自战斗不息的畸形状态，确有其历史渊源。叹组织严密，浴血经年，战斗人生带来残酷后遗症，不可低估……

巴金先生的《家》，在那个激愤的大时代，深受广大青少年推崇偏爱。李健吾对此评议说：巴金的心“燃起他们的心，他的感受正是他们悒郁不宣的感受”。沈从文给巴金写信道：“你代表了多数青年人的感情，也因此得到多数年轻人的爱敬！”李存光认为，“青年读者从巴金的作品中，认识自己的生活环境，认识窒息人的旧家庭和吞噬人的旧社会……为青年们树立了奋起抗争的榜样”。徐中玉认为，“家庭的斗争事实上也就是一种社会斗争……只要反帝、反封建的任务一天没有完结，（巴金）这三部作品就始终有它们重要的价值”。巴人更加激愤地指出，“巴金首先告诉每一个读者，‘家’就是青年的坟墓，青年不要葬身在这坟墓里，就得奋斗。不妥协的奋斗，逃出这个家。否则只有一个个死去……”

言之凿凿，其言也烈。

待到红色文学即革命文艺发展到极致时，家庭观念成为一个与现实斗争相互抵触的麻烦事。以八大样板戏为例：绝不涉及家庭生活，家庭成员未知何在。阿庆嫂的老公到上海跑单帮去了，柯湘的丈夫被杀了，唯《红灯记》中有三代人之家，而奶奶则对李铁梅说：你爹他不是你的亲爹，奶奶也不是你的亲奶奶。

任何文艺作品，都是时代催生的。

巴金先生致黛莉这批信，同样是那个动荡年代的产物。从中我们看到，年轻的巴金，其理想、其奋斗虽然激进，但是，一旦对待具体人、具体事，则呈现出温情柔美来。也许，安那其主义者本来就有着“对事”和“待人”截然不同的双重秉性，既差异、矛盾着，又混合、统一着，待事时，成为暴力革命的同盟军，待人时，又成为温情关怀的一群了。巴金先生第七封信，依然如此——

黛莉：

信收到。你对《短简》说了许多话，很使我感动。我感谢你的关心。

《夜未央》不是我不寄你，是那本书至今未印出来，你不要抱怨我。我现在寄你一册样书吧，但里面没有插图。这样本只装出了三册，是为了一个朋友预备排演而提早装的。

我寄你的《贵族之家》等书收到没有?《良友》的□退□□已取来了。我将来再买些书寄你。

《文丛》现在又被禁止。我们按时会出一个新刊物，内容是一样的。《文丛》内容不算坏，也没有激烈的文章，是没有理由被禁止的。但是又和《文季月刊》一样被禁了。这事你也许不会相信罢。然而，你放心，我们总有同样的刊物给你看的。

尼采的书对于你们并不适宜，在那样的情形里，他的超人哲学帮助了我，但以后或以前读来，有些地方又会引起我的反感。所以我不介绍给你。

我在上海也许不□□□月的□留。以后的行止一时还不能决定。你高兴时尽管写信来。信寄在文化生活出版社，可以转到我的手里的。我在旅途中也许会寄点画片给你。

望你好好地活下去！

祝

好

金 四月六日

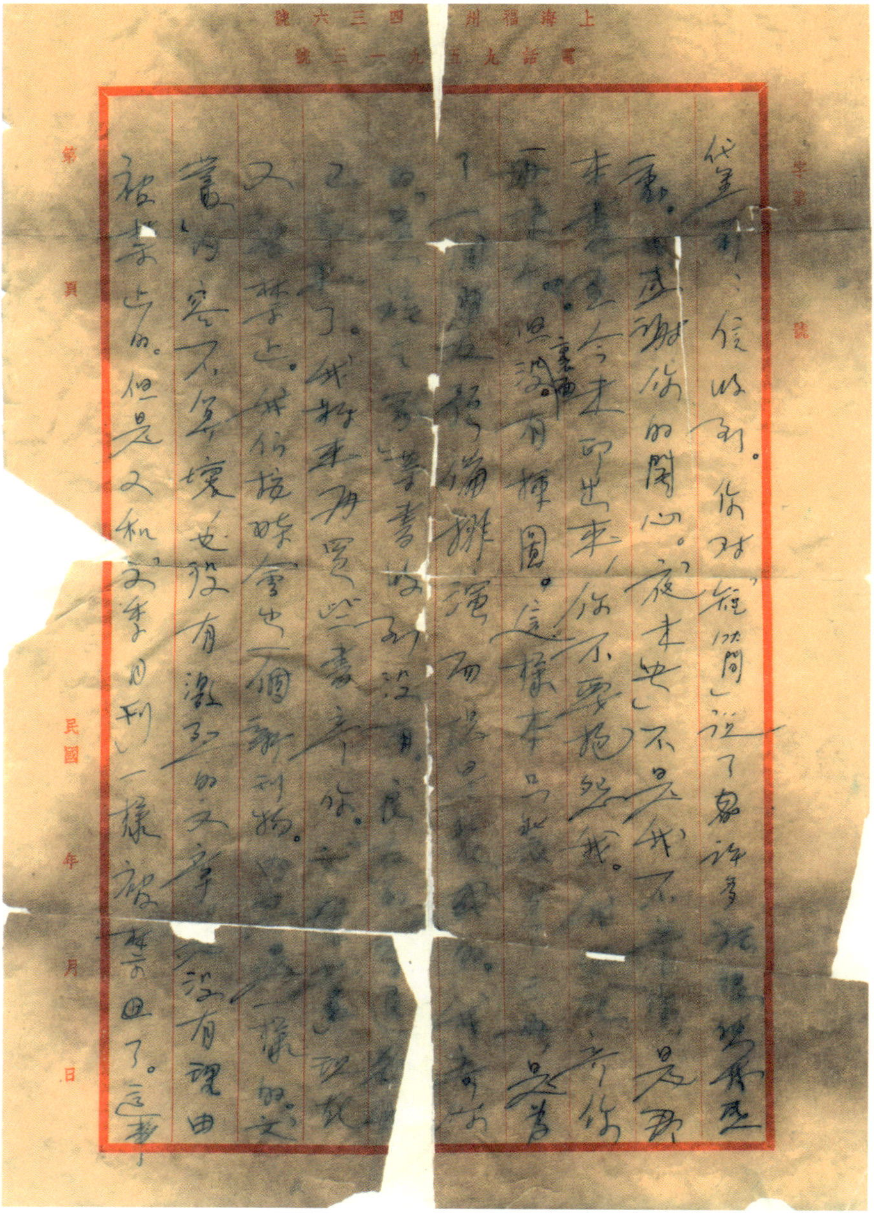

巴金致黛莉的第七封信（2－1）

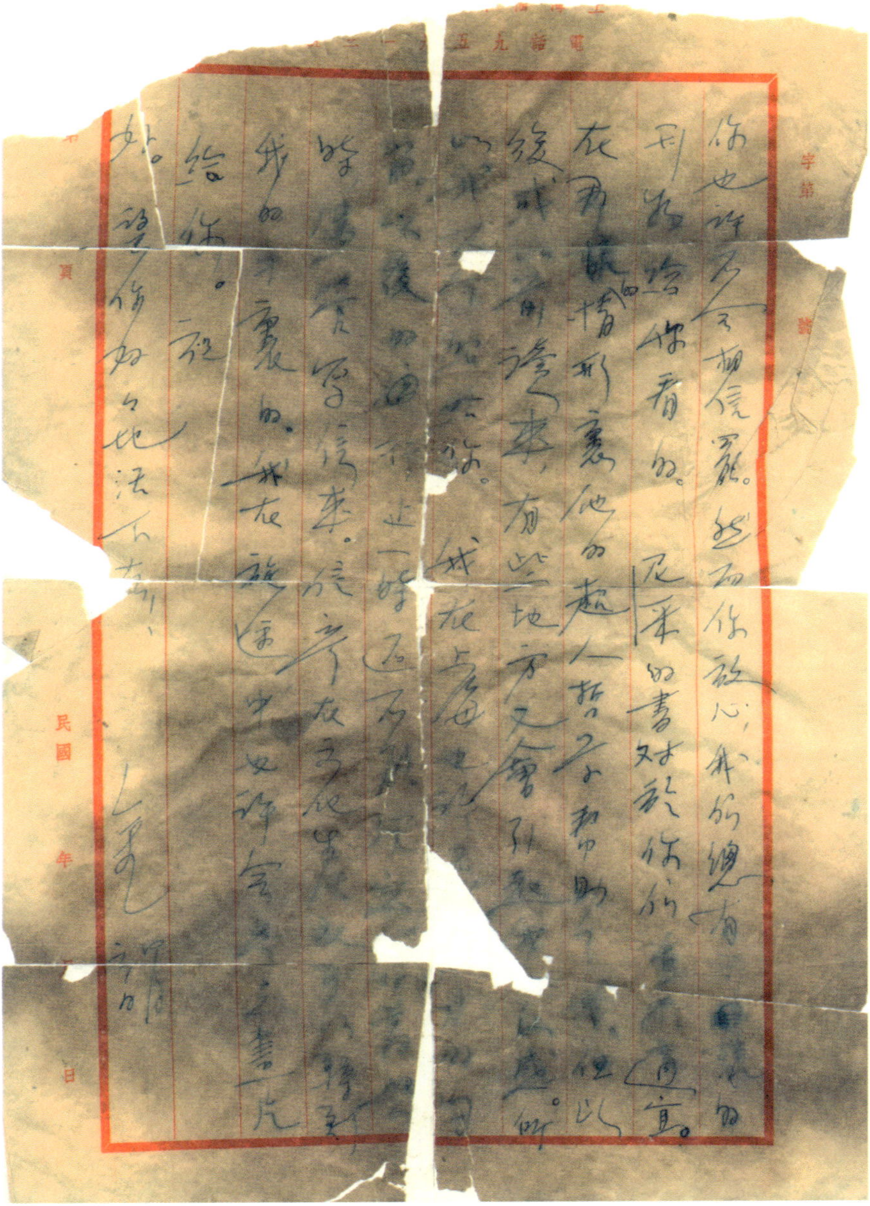

你也许不会相信罢。然而你放心，我[illegible]
到能给你看的。尼采的书对于你[illegible]适宜。
在西藏的情形里他的超人哲学[illegible]但以
后或许会有害处，有些地方又会[illegible]所
以我不能[illegible]。我在上海[illegible]
[illegible]以后的回信[illegible]近一些[illegible]
些常写信来。[illegible]
我的事情[illegible]。我在旅途中也许会[illegible]书片
给你。祝
好。请你的[illegible]

[illegible]

巴金致黛莉的第七封信（2－2）

此信用纸与前信相同，竖写两页。

使黛莉在信中说了许多话的《短简》，正是巴金与诸多青年读者往来交流的短章选集，不知内中是否提到过赵黛莉？可惜我没有看过。巴金因为黛莉的来信而感动。

信中又一次提及《夜未央》，黛莉迟迟不得此著，似乎有些着急，巴金便寄上一册提早装订的样书，还是为朋友排演此剧临时使用的。足见那一代人对此剧极其重视。我们也不妨再一次多说几句：

研究界普遍认为，波兰无政府主义者廖·杭夫的这部剧作《夜未央》，对青年巴金的影响非常大。加上克鲁泡特金的《告少年》和“精神母亲”高德曼的一系列文章以及易卜生、屠格涅夫等人的种种作品，汇聚成青年巴金最基本、最重要的思想元素。《夜未央》场面慷慨悲壮，一群青年革命者，不惜流血牺牲，与沙皇黑暗统治展开秘密斗争，推崇牺牲，依赖暴力。主人公华西里和安娜，在爱情与革命之间深陷矛盾。到全戏高潮处，安娜义无反顾地亲手点燃信号，通知爱人华西里执行刺杀总督行动，华西里因而壮烈牺牲。对此，巴金于 1930 年评价说，“在我所见到的描写爱与死的剧本中，这本《夜未央》要算是最好的了”。1935 年，巴金先生又写了《信仰与活动》说：“在《夜未央》里，我看到了另一个国度里一代青年为人民争自由谋幸福的斗争之大悲剧，第一次找到了我的梦境中的英雄，找到了我的终身事业。”可见此剧对青年巴金作用之大，不亚于高德曼“第一个使我窥见了安那其主义的美丽”之影响。巴金写于 1928 年的第一部小说《灭亡》，恰恰也是描写军阀统治下的上海，革命青年杜大心，刺杀戒严司令失败而不惜饮弹自杀的激烈故事。

文艺作品对于人心发挥潜移默化的作用，其效果实在难以估量。我们不难想象，《夜未央》以及易卜生名作《娜拉》等作品深刻地影响着巴金，巴金作品又强烈地影响着黛莉们，形成那个时代千千万万知识青年共同的精神气质。

一座座古旧深宅大院，怎么能拴住他们的那颗心？信中可见，《夜未央》和《娜拉》等剧，从上世纪二十年代便在中国知识界轰动，直至 1937

年上半年，还在排演着。

信中谈到不久前创办的《文丛》“现在又被禁止”一事，并说《文丛》“没有激烈的文章，是没有理由被禁止的。但是又和《文季月刊》一样被禁了”。对于这一史实，在我涉及的巴金研究资料中，未见详细记载。据倪墨炎先生研究可知，国民党当局在 1927 年至 1937 年十年间，曾经查禁了各类报刊书籍约2 000余种。在 1933 年 2 月 19 日查禁的 149 种图书目录中，现代书局出版的巴金选集《萌芽》列在其中。相比之下鲁迅等人的书被禁更多，在上述查禁书目中，冯雪峰、蒋光慈、丁玲各被查禁七种书，郭沫若、茅盾各禁九种书，鲁迅一人被禁竟达十种书之多！而此信谈到《文丛》曾经停刊，直到 1938 年 5 月以后又由巴金和靳以再次复刊，则又是一个事实。其具体停刊过程，还需方家指正。

信中巴金关于尼采哲学一段话，耐人寻味。我这里一时说不好。上世纪八十年代我也读过尼采以及叔本华，想起来糊里糊涂，觉得与我所依托的巍巍太行山十分隔膜。最后一句话，“望你好好地活下去”，震撼人心。

此信之后三个月，一场全民族抗击日本侵略者的战争终于爆发。8 月 13 日，日军大规模进攻上海，中国军民奋起抵抗，保卫战打到 11 月 12 日，上海终陷敌手，中国军队被迫撤离战场。在神圣与悲壮之间，巴金坚定地同文化战士们并肩救亡，他将自己的文季社与中流社、译文社、作家社四位一体合并起来，尽弃前嫌，与茅盾共同挂帅，合办抗战刊物《呐喊》（两期后改名《烽火》），把大批文化勇士团结在一起，冒着敌人的炮火前进！《烽火》创办，奋力者众，奋笔者众，奋战者众，他们是：

巴金、茅盾、冯雪峰、郭沫若、夏衍、郑振铎、王统照、阿英、陈望道、邹韬奋、胡愈之、田汉、靳以、黎烈文、黄源、胡风、芦焚、田间、欧阳予倩、邹荻帆、蔡若虹、萧乾、端木蕻良、丰子恺、唐弢、陆蠡、碧野、刘白羽、骆宾基、杨朔、周文、鲁彦、林憾庐、蹇先艾、孙用、司马文森、孙钿、罗洪、田一文、钱君匋、朱雯、孟十还、陈烟桥、力群、谢挺宇、萧珊……

上海沦陷，巴金的《春》还没有写完，他要到各地旅行的计划也一推再推。许多外地读者来信来电，关心巴金的安全。天津少女杨苡，年龄也是十七岁，她在来信中对巴金说：“先生，你也是陷在同样的命运里了。我愿意知道你的安全。”巴金为此感动流泪。于是我们产生了一个问题：山西少女赵黛莉，是否也去过信函？如有信去，似应看到巴金回复才对。也许，由于巴金先生已经在第七封信的末尾，写到过即将外出旅行，“以后的行止一时还不能决定”，并说“我在旅途中也许会寄点画片给你”，从而使黛莉不再致信上海。或许，黛莉写过信函，而晋沪两地战火纷飞，巴金也无暇回复。也许，还有更复杂原因，也未可知。

山西地处抗日最前线。蒋系大军、晋绥军和中共八路军，还有川军和滇军，在阎锡山第二战区统一指挥下，发动忻口战役，誓死保卫山西。仗打得很大，林彪所部曾在平型关等地，配合战役夺取大捷，战斗极为惨烈。到 1937 年 11 月 8 日，日寇华北方面军第一军野蛮占领太原。至此，晋军主力和国民党各军及八路军三个师，艰难转入持久游击抗战。我注意到，上海与太原，一南一北，几乎是同一时间沦陷的。

当时，巴金先生到处发表抗战文章，不知黛莉小姐在山西看到没有？是啊！如前所述，黛莉小姐家父赵廷雅，叔父赵廷英，不是抗贼，反而降寇事敌了。彼黛莉眼见巴金先生抗敌如此坚决，情何以堪？又如何致信复函？

民国史，抗战史，真是打翻五味瓶，复杂万端。

言及至此，我们每一个正直的中国人，都无法平静。

赵黛莉，你果然是赵廷雅之女吗？你是街坊老人们记忆中那位“盘盘头”吗？

激愤、痛楚、悲伤、遗憾、期待、祈祷，俱在我们心中。

巴金和黛莉，通信止于山河破碎国难当头之际，这便是古木年轮一个无可更改的事实。

14　宁武关人拉板车

事到如今，巴金致黛莉七封信之谜，唯有一查到底。

2009 年春节过后，我从晋东南返回省城。

张发兄与我住在同一座楼里。2 月 8 日清晨，二人相见，只说了一个“走”字，便当下发动我那台 4 500 越野车，出太原，赴宁武，要与王树森先生会合。

昨夜大雪纷飞，城里人毫不在意。我们驶抵高速路入口处，方知全路封闭禁行。二人略作商议，决定改走老路 208 国道，经忻州而下宁武。全程不过二百公里，平日里不足为虑。

未料老国道上，天冻路滑司机怯，千百辆汽车，横扭竖拐，险情万状。如果不是张发兄路熟胆壮，又屡次下车疏导，且抄近道而行，当晚还真难以到达。

《宁武关》，老京剧当中一出经典剧目，唱响中国，还是民国四公子——张伯驹先生的最爱。

宁武作家王树森，人过中年，淳朴厚道。寒风中，他把自己裹严实了，独在城关等候多时。

见面拜了晚年，诸人坐定。王先生把初步调研细细一说，不由生出许多感慨：

先说那座曾经辉煌的“九进院”，历经六十多年风雨摧袭，早已烟塌火冷，七零八落，三不剩一了。如今山西仅存少量巨型民居院落，有幸得以重放异彩。究其存在原因，多在于它们一度成为各级党政军驻地之故。比如乔家大院，曾是晋中地委党校所在地；曹家大院，为公社政权占用；常家大院驻过军队，做过疗养院。而平遥古城保留完好，则因为当年斯地工业化程度不高，经济拓展缓慢，城关扩张从未迫在眉睫，人民很穷，县里无需花费大笔破城之资，去平息社会矛盾，庸人自扰，这才没有毁掉古城。其实，山西各处府州县治，原先多有巍峨古城在，平遥不过百分之一。灵石王家大院、阳城皇城相府，包括河边阎锡山故居等等古堡大院，则因在土改后搬入整村建制，房产传承稳定，也就得以保留了。而凡是地处城关内外，为市民杂居者，大多人户时变，公私无定，改造频繁，动辄拓占，说拆就拆，故在古城之内，鲜有巨府遗存。

宁武赵家九进院，乱中剩下少许，十分可惜。若问族人后代之命运，那更是凄风苦雨，惨不忍述了。宁武地属晋绥边区第六分区。抗战以后，一场政权大战，乃至连年阶级斗争以及残酷运动，人和人斗杀不止，你死我活，像赵家这等户族还会有个好吗？晋绥土改，是出了名的剧烈。所幸赵家早在 1946 年夏季即被没收资产，晋西北大土改尚未狂飙突进，中共晋绥分局在土改前期，还较为斯文地制定过一个《怎样划分农村阶级成分》的文件，印成小册子，意在讲究斗争政策，“保护中农利益，适当照顾中小地主和富农，注意区别情况，分类指导”。赵家解体，族人星散，各自逃亡而去。可怕的是到了次年 3 月，众所周知，康生和陈伯达同赴晋西北，新一轮土改斗争立即直线升温。康、陈怒斥晋绥分局指导土改太“右倾”，说那些文件是“害死人的东西”，要“赶快把它烧了”！直至达到“群众要怎样办就怎样办”的极“左”地步。当时有口号说：贫雇农坐天下，说啥就是啥！即便开明绅士牛友兰和刘少白等名流，他们大力资助过中共军队，牛友兰的儿子还是主要中共干部之一，全家都很贤达，一到这时也难逃厄运。刘少白胞弟刘象坤，在斗争会上被当场打死，抛尸黄河。还有一说：康生曾经亲自下令抓来牛友兰训斥道：既然你姓牛，就得像对待牛一样对待你！实际惨况是：斗争会上，打手们用铁丝将牛友兰老先生的鼻子穿出血洞，又甩出绳子来，让他亲生的革命儿子牵“牛”游街！暴虐到人性黑洞最底部了。

不久，颁布《告农民书》向全区公布四大“惩办”标准，令人不忍相看：

一说“不论大小地主，男女地主，本村、外村地主，以及隐瞒了封建、装穷的地主，化装成商人、农民的地主，大家都可以清算……罪大恶极的反动地主，不管他是什么样的人，大家要怎样惩办，就可以怎样惩办”。

二说“富农当中，罪大恶极的恶霸、富农，大家要怎样惩办，就可以怎样惩办”。

三说“农民当中，少数的恶霸，敌伪爪牙和地主的狗腿子，大家要怎样惩办，就可以怎样惩办”。

四说“党、政、军、民和其他一切机关都混进了少数阶级异己分子，新恶霸、奸伪人员……大家要拿去怎样斗，就可以怎样斗”。

等于没标准！

顿时，晋西北大地在日寇肆虐之后，再一次变得血肉模糊起来。假如赵家人此时尚在宁武，其后果简直不堪设想。

1947 年 3 月 18 日，中共中央分两路撤离延安。其中一路由刘少奇、朱德两书记率队，4 月初东渡黄河，踏上晋西北大地，进入晋察冀老区，于 7 月初止步于西柏坡。此行期间，刘少奇曾与康生、贺龙、李井泉等人会合在血腥的晋绥土改运动中，一连三天调研切磋种种土改问题。一待立足西柏坡，刘少奇即抓紧召开全国土地工作会议。康生和陈伯达带着满腹土改经验赴会，与各大区领导人一起，共同推进全国土改。到 10 月 10 日，一部《中国土地法大纲》出台，提出彻底平分土地的口号，同时结合整党，要从组织上保证土改斗争的纯洁性。作家胡平曾对此评议道：“在极其激烈的战争环境中，召开这次中共历史上从未有过的，规模空前的土地问题的会议，最突出地显示了土地改革在中国革命中举足轻重的位置……蒋介石王朝在大陆生存的最后一个机会，其实，是被这次大会给哗哗地冲进马桶的。”

是的，决策者需要借助一个大地壮汉的双臂，狠狠地击倒强悍政敌。农民是最可靠的同盟军，分得土地，参军参战，赤贫壮汉只要吃得饱小米干饭，便会力大无穷，所向无敌，战无不胜。可叹“耕者有其田”的古远追求虽然并没有错，对土地进行制度改革乃至重新分配也可以，但是，对于曾经拥有土地的先进农人，又何必去杀他、害他？又何必“大家要怎样惩办，就可以怎样惩办”呢？

据《土地改革运动史》披露，晋绥土改中，仅一个小小兴县，就有 1 152人被暴虐地打死，850 人被迫自杀，63 人冻饿而死，三项相加，总共害死了2 024人！晋绥土改中被他杀或自杀的农夫不计其数，血溅塞北，那么，两条腿尚未被打断者，便会起而逃生。我们从当年晋绥第五专区的一份报告中可知：怀仁三区，全家及个人被迫逃亡外地的有 128 户，甚至包括 86 户恐惧的中农；左云三区则有 234 户逃亡，其中中农跑掉 92 户……赤贫发展到极端，在摧毁人生和肉体的同时，也摧毁优秀传统，摧毁乡村秩序，摧毁道德公义，摧毁文化良知。种种冷酷血腥野蛮之恶，扭曲了国民的心，改变了人的本性，给建立一个现代社会制度埋下了极大隐性障碍。及至“文革”爆发，全民族统统都被自己人暴虐一遍。

有了这样一个极端残酷的历史背景，宁武赵家的破败肯定无可逃避。试想牛友兰，为抗日一次献出 23 000 块大洋，给八路军 120 师迅速装备过一个团的冬装，刘少白身为合法的晋绥边区参议会副会长，二人都是毛泽东热情接见过的一方名士，他们都根本活不下去！那么，宁武赵家有日伪山西警察头子之罪，安能躲过“群众要怎样惩办，就怎样惩办”的暴风骤雨？

作家王树森的调研结果是：

自清初始，赵氏家族发展日盛，到雍正年间，已成殷实大户。族人以农为主，兼做官、军、工、商，与宁武南家双雄并进。赵廷雅祖父“承”字辈，人丁大旺，父系“金”字辈，兄弟八人，其中叔父赵铮只比赵廷雅大五岁，叔侄二人同赴英国剑桥留学。以下到“廷”字辈，兄弟更多，整个赵家人口上上下下合三百之众，经营着著名的丰宁公司，商贸远及省内外。到了土改，风云突变，赵家主要成员几无一人留在宁武，全部被那场惊涛骇浪给冲垮、冲散了。前头说，在相继而来的杀人高潮期之前，尚有奔逃空隙，赵氏家族向着南北十一个省市漂散而去。如今，可查询之最远处，到达海拉尔。土改以后六十余载，这家人几乎没有回来省亲探看者。什么也没有了，还看什么？

我们感慨六十年前乡土中国之激烈变迁。两大阶级的鲜血共同渗透了贫瘠大地。

言及至此，张发兄尚能沉得住气。我却有些着急——如此说来，宁武之行又将跑空？

不。作家王树森也是一位悬念大师。他从历史到现实，既深沉且有趣，待你急躁时，他终于从容相告：赵家人基本跑光了，直到1955年前后，从太原转回来一个落魄人。他尚且年轻，花了一点钱，购得九进院内两间小屋，勉强安身度日。此人名叫赵瑾，是赵廷雅七弟之子。少年赵瑾依托二伯父家，在太原上了小学、中学，抗战后还上过民族革命大学，挺有文化的。1949年以后，中共执政，他一度参加工作，因为出身太复杂无法应对审干，终被遣返还乡。赵瑾回到宁武，哪个机关敢收？从此再也没有正式工作，依靠卖苦力为生。在城关街道和搬运社里，他甚都干过。修鞋、修车、拉板车运输，吃尽了苦头，人下人哇！

奇特之处在于，“文革”中，文化人王树森也被打翻在地，恰恰和这位赵瑾混在一起拉板车，一块儿卖苦力，彼此竟是熟识的。那年头，当四周无人的时候，俩人私下里对混乱局面还悄悄发过牢骚，关系比较不错。

如此说来，王树森当年和倒尽了大霉的“地、富、反、坏、右”在一

在抗战之初近两年中，宁武战地曾经三度失城复城

起，拉过板车。当时接触了社会底层，今日尚能发挥作用。树森兄说：这位赵瑾老人，如今八十好几了，只怕是人老体衰，早已动弹不得。咱们可去寻他。他见我，是相认，也是相信的。赵家连年多事，他轻易不与外人道。而他竟是唯一能够提供线索之人了。

我说如此甚好。诸兄讨论一番，觉出赵瑾当和赵黛莉是同一辈人，年轻时又在太原上学，大伙儿便抱了极大希望。

宁武向为军事重镇，远的不说，李自成进京，宁武受阻，农民军战死七万之众，攻城七天七夜始克。此地历史上种种御敌掌故甚多，传统豪烈，这里不赘述了。在我的记忆里，日寇入侵山西，在各市县杀人最多、惨烈至极的例子，便是宁武惨案。1937年秋，日军逐次攻占阳高、天镇、朔县等地后，分别屠杀过1 000多人到3 000人不等。而据记载，在抗战之初近两年中，宁武战地曾经三度失城复城。首次宁武惨案，日军屠城三日，杀我百姓4 800之众，令日月无光。屠刀不灭英雄气，塞北处处是刀痕。而赵家偏偏出了两个名头不小的汉奸，真让人憋气扼腕。

谈及这一话题，人皆沉重。王树森沉吟道，事不尽然，赵家弟兄九人，确有赵廷雅、赵廷英二人在省城从敌事贼。然而，十个指头不一般齐，赵家更有一位老五，名叫赵廷玉，正是宁武城里响当当的抗日英雄。赵廷玉杀敌英勇，以身殉家，拼死殉国，故事传遍宁武城乡——王树森主修了宁武县志，对于历史情况吃得深透，慢慢地，引出一段极为悲壮的往事来。

同是赵家兄弟汉，人生抉择不一般。

当我们见到唯一的赵家老人之后，故事进一步得到拓展。

15 五叔捐躯与梅生出走

巴金先生留下七封信，不期然带给我们种种非虚构故事，竟如此曲折混杂是非莫辨，以至于一部中篇作品，眼看着已经盛不下了。好一座历史富矿。然而我心激荡，这才初步探到“矿脉”，我们即将靠拢黛莉之家。

张发兄甩开八字脚，在前探路

这回真是她家吧？

待我买了些糕点烟酒，各自分开提了，一行人钻入宁武老街巷，亦步亦趋而进。树森兄走在头里，张发兄甩开八字脚，紧随其后。新房子旧房子老房子大小房子，高低错落，皆有历史符号暗寓其上。我手持相机随举随拍。

赵瑾老人系赵家第九代人，生于1927年，眼下在当年九进院的凋零残部中，苟延残喘。老门扇，老灰砖，老院家，老烟火，里边还有老而不倒的月亮门。

百年沧桑事，深不可测人。

屋内光线昏暗，令人双目不明。赵瑾老人佝偻着腰身，从捡拾回来的破矮椅中，向上探看少许，算是施礼已毕。他不惊不喜，不动声色，心中早已古井无波。王树森近前提唤：我是树森！

赵瑾老人佝偻着腰身——一个衰老的知识分子？一个毕生从事体力劳动的人

树森？树森好哇！

老人身子不动，抬臂就近一扯，当空一只裸身灯泡放出黄色弥光来，总算把这间狭窄陈屋勉强照亮。炕上一堆烂衣破絮，沿墙一只晋作老柜脱了漆皮。三四个大男人，左看右看给各自屁股找看坐处。诸兄把我让在炕沿上，便于面对面给老人点烟问话儿，算是嘉宾席位。

老人很爱抽烟，只是手抖得紧，每吸一口，需用无牙的嘴巴迅即捕捉香烟过滤嘴。

一个衰老的知识分子？一个毕生从事体力劳动的人。

终于，话题徐徐展开，相谈渐次深入。我提问时，他盯着我，他回答问题时，常看着王树森。王树森又点点头，帮我在本子上做记录。老人听不明白时，张发兄就高声重复当地方言。我做每一个提问，都必须明白无误，简短扼要，老人每一次回答，也是简短直接、明白无误，总体上采访下来，效率出奇的高。连日来，那么多谜团，那么多问题，那么多要紧事，不消一个时辰，全弄得清清楚楚了。

先问老人少年时，在太原求学，常住哪里？

老人言短声高：坡子街，赵公馆。

那是谁家？

我二叔，赵廷雅。

二叔他是做甚的？

英国剑桥毕业的。

坡子街上几进院？

里里外外三进院。

二叔子女多不多？

仨男的，俩女的，女子也是读书的！

年龄都比你大哇？

堂姐最小比我大。

你是生在哪一年？

生在 1927 年。

堂姐比你大多少？

大姐巧生子，比我大十几岁。

二姐呢？

二姐梅生子，比我大七八岁。

两个姐姐嫁人没？

大姐巧生子嫁了个资本家，最爱钱。

二姐呢？

二姐梅生子，数她不听话，哪会嫁人呢？

梅生子生在哪一年？

梅生姐生在 1920 年！

二姐怎样不听话？

看闲书，到处跑，大人管不了。

作者赵瑜（右）在宁武采访赵瑾老人

知道不知道，谁是赵黛莉？

那咱不知道，没个赵黛莉。

院里还有姐姐吗？

还有一个老姐姐，没嫁人，叫月娥。

月娥她是谁家的？

她生在六叔廷英家，老闺女，盘盘头！

梅生子和月娥不是一个人吧？

咋能成了一个人，差得不是七八岁！

老闺女，赵月娥，她为什么不嫁人？

——那是人家的隐私！

末一句淡淡回答，声震屋瓦。这是一句近乎自由知识分子式的回答，一句受过西方现代意识熏陶的回答，一个懂得尊重女性、尊重个人隐私权的回答。本来众人全都哈着腰，听了这句话，全都直起腰来，相互探看，觉出了彼此间所受教育大有不同。

此前在太原打听到的“盘盘头”赵月娥，在这里对上号了。并且在这苍黑贫寒的偏远陈屋里，有人还要保护她的隐私。

从老人处得知，警务厅长赵廷英一家人，另有大院居住。单单一个月娥，却在坡子街二叔家住，终生未嫁，1988 年逝于北京。

赵廷雅坐洋车，赵廷英坐汽车，也在这里又一次得到证实。

二战结束后，赵廷英蹲了北京监狱，赵廷雅去往甘肃教书。前者死在北京，后者死在天津。赵瑾当时断了学费，遂进民族革命大学成为公费生。毕业后，当过小公务员，教过书，到 1955 年前后，在中共“审干”中被清洗回乡劳动。是的，老人使用了“清洗”一词。

我们把这段采访小结一下：

那位“盘盘头”赵月娥，年龄比较大，似可排除在“赵黛莉”之外。而老人谈到一位小堂姐名叫“梅生子”，却必须纳入我们视线：这位小堂姐，生在 1920 年，竟是对的。好看闲书，不听话，亦未嫁人，又对了。于是我继续探问“梅生子”后边的事，赵瑾老人记忆清晰，回答迅速，尤其让人生了牵挂：

赵梅生，就读于太原女子师范，将近毕业时，不足十八岁，日军犯我太原。而赵瑾当时住宿在学堂。他说，二叔赵廷雅每个月给他学杂费三十块大洋。我说那可不少！心里相疑，该是一个学期给这么多吧？赵瑾老人继而回忆：每逢周日，他都要从学校回到坡子街二叔家来玩耍。

日军占领太原。这一天，小赵瑾回到赵公馆，寻找小堂姐梅生子却不在家，便向二叔打问：我梅姐上哪儿啦？甚时回来？想不到二叔生着气呵斥道：问她做甚？这个不听话的，跑到西安流浪去啦！以后谁都不许问她的事！就这样，梅生子离家出走从此消失，直到抗战八年胜利后，直到后来赵瑾离开太原返乡，直到如今，再没见她回来过，也从未有过联系。

唔，是这样！抗战爆发，赵梅生一去不复返。

终于，调研关键点出来了：“坡子街 20 号”，一大家子人，三个女生，“盘盘头”赵月娥年龄最大，“爱钱的”堂姐赵巧生，早已嫁人，仅仅剩下这位梅生子与巴金信中年龄完全相符。信中一再说黛莉要离家，要牺牲，要革命，这位梅生子正是一个离家出走的人。

赵梅生——赵黛莉？

我在推想，黛莉一向思想进步，眼看着日寇杀来，山河破碎，她立志投身抗日。想不到，大敌当前，父亲却是另外一种态度与立场，足令这位小女儿忧伤愤怒。降日，她绝不能接受！本来，她早就要挣脱家庭羁绊，投身社会洪流，而今更是唯有叛家出走一途，别无任何选择。

梅生子此去七十载，音讯全隔断，生死两茫茫。

算一算，赵梅生 1920 年出生，到 2009 年就该九十岁高龄。她已经谢世的可能性，远大于生。

我们似乎找到了赵黛莉？

众人抽了一阵子烟，小议一段，话题一转，把采访推向高潮。

王树森先生说过，赵家兄弟九人，老五赵廷玉，抗日杀敌，是远近闻名的一条好汉。现在，我把王先生所述故事与赵瑾老人回忆的细节，糅合一处讲给各位看客：

1937 年秋，日寇进攻山西，首先突破张家口，攻陷大同防线，在雁门关外与我军大规模作战。风吼马叫黄河咆哮，国军晋军八路军，联合阻敌抗寇。而晋绥军傅作义将军所部，发动长城抗战，点燃烽火更要早些。且说赵家老五赵廷玉、老六赵廷英，早年同于著名的保定陆军军官学校毕业，同为步兵科第五期健儿，回到山西都从排级做起。老五赵廷玉在傅作义部升至团长，又升任绥远省政府军事处少将处长；老六赵廷英曾在第六军杨耀芳部任第四十七师师长，后为第七集团军赵承绶军部少将高参而降敌。说到底，傅作义、杨耀芳、赵承绶、赵廷玉、赵廷英，五将军同是保定军校第五期 1918 年毕业生。除了亲兄弟，就是换过帖的拜把子。人间沧桑，大浪淘沙，五将军却各自走向了截然不同的人生之路。

1937 年抗战爆发不久，老五赵廷玉受傅作义之命，暂时离开前线，前往太原及晋西北等地，为军队筹集被服钱粮，做一名军需后勤官，出任晋军粮服局长。10 月里转回宁武筹粮筹款。不料，日军二次攻城而来，百姓惊慌逃散。赵廷玉“不听家里人劝”，义愤填膺，誓不离家，反将两把盒子枪装满子弹。他身为国军少将，压根儿就不想逃离本土家园。这天赵廷玉正在家里，轰然间，大批日军破门而入，九进院里剑拔弩张。赵廷玉独身应对，僵持一阵，与第一轮来敌幸未发生冲突。未料，日军前脚撤出大院，复又卷土重来。不知是日军突然意识到此人非比寻常，还是其他什么原因，总之这次复来，双方言辞凌厉。日军悍然向赵廷玉索要钱粮，赵当然坚辞不给。赵瑾老人说，日军万般恼怒，“打了廷玉一个耳光”。很显然，今日血火之灾是躲不过去了，即使躲过今日，日寇践踏成性，明日还会遭殃。要么你就谄敌投降做个亡国奴。说时迟，那时快，只见受过正规训练的赵廷玉，迅速跨入里进院中，依托熟悉地形，怒拔精良双枪，回身对敌射击，敌顽应声倒下。顿时，大批日军团团包围了九进老院，投弹扫射，大举进攻。赵廷玉与敌展开激烈巷战，虽孤身一人，偏要打出一片威风！古有杨家将，奋勇杀贼，精忠报国，血染塞北大地，而今赵廷玉，杀一个够本，杀两个赚一双，誓不降敌。

时宁武城乡，除国军、晋军、川军外，亦属八路军贺龙所部 120 师新辟游击区，有 358 旅萧克、359 旅王震，包括宋时轮支队、余秋里支队众官兵，坚持浴血抗战。日军陷城，我 120 师曾经烧毁敌人军火库并安全撤出。此刻，城外军民忽然听到城内枪炮密集，分明发生了激烈战斗，当时均感意外，以为另有一支敢死队入城突袭杀敌。实是赵廷玉一人，单兵往复与敌拼杀，威震敌胆！赵廷玉凭借高超勇猛的军事技术，加上充足弹药，面对数百倍之顽敌，愈战愈勇！直杀得瓦砾迸射，天昏地暗，九进院内外，倒下一片豺狼尸体。此战结局是：赵廷玉且战且退，直至打光最后一梭子弹！他深陷院中无法突出重围。敌军眼看就要冲上前来。紧要关头，赵廷玉将军猛然竖起了院中长梯，迅速攀上房顶，决计越墙突围。在此一瞬间，他暴露在敌寇狙击手枪口下，随着一声枪响，将军被击中致命一弹，应声从房檐轰然栽落，血溅大宅门。

残阳如血。日寇收拾战场，携尸而退；烈士英魂不散，威震敌胆。将军静静地躺在大院血泊之中。两日后，乡亲们从外面渐次回城——赵瑾老人忆道：只见梯子下面，鲜血已经凝结，家中两只长毛狮子狗，一左一右忠诚地护卫在将军尸体旁边，长久地卧伺不动，一声声哀嚎呜咽，催人泪下！老人记忆清晰，当时院中二门道里，放着一只“洋油”铁皮桶，“那是美孚牌的”，小赵瑾就怀抱这只桶子，在赵廷玉多个隐身射击处，拾捡盒子枪子弹壳，结果“只用了一阵儿工夫，我就捡了满满一桶子弹壳”。真不知这位傅作义军需局长，究竟在家中储备了多少弹药，又打出了多少发仇恨的子弹！

狙击手，狙击手！

宁武战后一个多月，日军攻陷太原。

赵瑾老人的讲述，使这间苍黑老屋变得巍峨高大。

赵梅生离家出走，流落西安，她还活着吗？她在哪里呢？

也许，是悲壮故事拉近了历史与现实之间的距离，也拉近了赵瑾老人与来访者之间的距离，也许，赵老出于和树森先生曾经共患苦难的感情，也许，是一个文化老者不愿意让我们空手而归，总之，就在即将结束采访之际，赵老艰难地站起身来，要给我找出一样东西，说：“这东西，可能你能用上哇！”

就是这样东西，让我们看到了确凿的希望。

赵老颤巍巍地挪动脚步，来客急忙让开。他打开靠墙老柜子，探进一只胳膊，弯腰在柜子底部耐心地抓挖着。柜门里头黑暗杂乱，我什么也看

王树森（左）、张发（右）在赵瑾家中寻找家谱

不清。他摸索这样东西，大伙儿全都闭了气，没有言语。

老人直起腰来，把十几页有些残破的打印稿，郑重交给树森。王树森双手接过，又默默地交给我看——这是一种非常简易的家谱。封皮上打印了一个标题《山西宁武赵氏家族成员谱》，下面印有时间，为“公元二〇〇〇年五月二十日”。撰者在《后记》中写道：“二十世纪中叶，自日寇侵华，中国社会即入多事之秋。国人生存尚自难保，修谱之事亦中断数十春秋。现今重事整理，拾遗补缺，时犹未晚。”相问后得知，这一册简易家谱的撰者，是赵家流落广西柳州的第九代人赵柱先生，依据当年匆匆带走的老谱整续而来。这位赵柱老人生于1930年，为黄埔军校第二十二期毕业生，是赵瑾老人的堂弟，后在柳州一家工厂做厂长。赵柱之父为日本明治大学毕业的赵廷畴。1998年前后，赵柱先生把这份新修家谱转交给留居北京的第八代前辈赵廷助，再做补充核对。赵廷助老人即命其侄孙第十代人赵霭龄当此重任。赵霭龄生于1939年，曾任吉林辽源矿务局高级工程师，后居北京。赵霭龄在赵柱修谱基础上，广为调查落实，尽可能地补充了赵家后两代人简况，终成此谱，计二十八页。如果赵梅生果真是赵黛莉的话，她应该列于赵家第十代人当中，和赵瑾老人一样。

撰者在《后记》中写道：“二十世纪中叶，自日寇侵华，中国社会即入多事之秋。国人生存尚自难保，修谱之事亦中断数十春秋。现今重事整理，拾遗补缺，时犹未晚。”

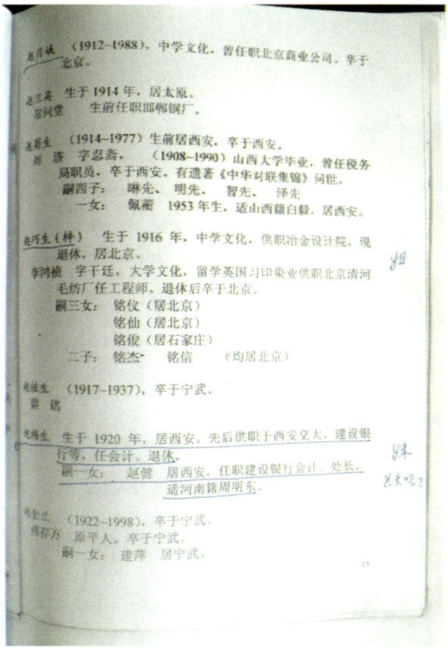
（1912~1988），中学文化，曾任职北京商业公司。卒于北京。

生于 1914 年，居太原。

生前任职邯郸钢厂。

（1914~1977）生前居西安，卒于西安。

刘　济　字忍斋，　（1908~1990）山西大学毕业，曾任税务局职员，卒于西安。有遗著《中华对联集锦》问世。

嗣四子：　琳先、　明先、　智先、　泽先

一女：　佩蕾　1953 年生，适山西籍白毅，居西安。

生于 1916 年，中学文化，供职冶金设计院，现退休，居北京。

李鸿桢　字干廷，大学文化，留学英国习印染业供职北京清河毛纺厂任工程师。退休后卒于北京。

嗣三女：　铭仪（居北京）

铭仙（居北京）

铭俊（居石家庄）

二子：　铭杰　　铭信　　（均居北京）

（1917~1937），卒于宁武。

梁　铭

生于 1920 年，居西安。先后供职于西安交大、建设银行等，任会计。退休。

嗣一女：　赵健　居西安，任职建设银行会计、处长。适河南籍周明东。

（1922~1998），卒于宁武。

傅存万　原平人。卒于宁武。

嗣一女：　建萍　居宁武。

15

我手持此谱，凑近了小屋半空里那只昏黄灯泡，检看其中第九代人

我手持此谱，凑近了小屋半空里那只昏黄灯泡，检看其中第九代人。在第十五页中，我看到两行字：

赵梅生，生于 1920 年，居西安。先后供职于西安交大、建设银行等。任会计。退休。

嗣一女：赵健，居西安，任职建设银行会计、处长。适河南籍周明东。

很短，没了。

然而这却是许久以来我所得到的最为直接、最为可靠的一条信息。此后开展工作，凭的就是这几句话。

感谢赵瑾老人，祝他健康长寿。

出于对树森先生的信赖，赵老特许我们上街复印此件。

张发兄、树森和我，长长地舒了一口气。这一趟宁武冰雪路，没有白来，最是关键。

16 在西安会晤赵健女士

从宁武回到太原，又到北京，已是2009年3月上旬了。我反复研究《赵氏家族成员谱》，特别关注赵梅生名下的那两行文字，仿佛看到一个大家族的成员们，挥泪奔逃的仓皇情景……问题是：此谱修成于2000年之前，上说赵梅生已在西安退休，而光阴如梭，又有十载春秋逝去，这位梅生老人，她依然健在吗？此外，在“赵梅生”名下，为何仅有一女赵健及其女婿，却在其丈夫一栏中不着一字？与谱中其他人相对照，如此空缺，尤为明显。

庆幸的是，已知其女赵健“居西安，任职建设银行”，有了这一条，便足以推进调查进程。

古城西安，有一些朋友在。还是老办法，首先应该通过友人先期查找赵健女士，取得初步联系后，再赴西安细访不迟。只是西安朋友多多，要选出一位可拜托的合适人选，又颇费思量。弄不好，哪个冒失鬼将把赵家母女吓一大跳，陕西话会说：这是查啥呢？咱老赵家复杂得很！

著名文学评论家李炳银先生，中国报告文学学会副会长。这位老大哥倾力关注当代纪实创作，理论著述颇多。我们之间保持着多年交往。他正是陕西临潼人，这一日，我将前面的故事向他细叙一遍，从发现巴金七封信，一直说到西安赵梅生、赵健母女俩。炳银兄越听越激动，凭着经验，他一口断定赵梅生就是黛莉无疑。我向他请教，西安哪位朋友适合于开展前期查找工作？炳银兄不假思索，举荐一人：李彬！李彬热心、细心，能行。

山陕人总是把人名里这个“彬”字，带着儿音念。于是，李彬也就成了李彬儿，听来格外亲切。我与这位李彬儿兄弟也是熟识的。他先是在省作家协会苦编稿子多年，后来猛地惊醒，大忿世道不公，说干咱这一行，凭啥就这样穷哩？我就不信！从那以后，他转而经营文化产业，什么字儿啦画儿啦，只要人开窍，都能变成钱。

按照主流“八股”文章那调子，不妨这样写：“李彬同志锐意改革，共促发展，与省城画家、书法家们紧密地团结在一起，战斗在一起，探索了一条文化产品与市场相结合的崭新道路，经济效益比去年同期翻了十多番，迅速改变了自身贫穷落后的面貌。”——概念到家。你如果听一听李彬自家说法，那就生动无比。他说：从古到今，文化人都不能躺在官府身上吃圈饼，而要奋斗，有尊严！

我与他看法基本一致：千卷书，万里路，长见识，吃饱肚；伪文坛，最没数，味道酸，好嫉妒，无标准，有黑幕，假评奖，装糊涂。年长者，迷少妇，捧劣作，虚名负。费心思，闷葫芦，拉圈子，剑在腹。衙门化，厅科处，看脸色，盼照顾，虽无能，榨公库，造发票，改账簿，厚脸皮，乞赞助。偶得钱，淫无度，头脑昏，两眼雾；大理由，体制固……快解脱，适进步，闯市场，敢出入。西安城，独一处，讲传统，重华术，兴旅游，成支柱，金银铜，遍地布。书画好，真功夫，知行情，利如注，合法财，挡不住。老中青，共同富，你买酒，我打醋，对己严，对友护，人凭本事鸟凭树，打死不走回头路！

忠言逆耳，旗帜鲜明。

这位李彬，身材不甚高壮，却也阔面大眼，浓眉皓齿，相貌堂堂走四方，在西安古城打出了一片天地。

炳银兄亲自给李彬打了电话，我继而向他说清了要找赵健女士的缘由。至于她是哪一处“建设银行”的人，则需要辛苦查问。取得联系办法后，暂时不必多说什么，只待我择时前去，从容采访。

李彬在电话里热情地说：没问题，你们放心吧。

此后一个多月，我抓紧赶写一部关于中国铁路百年史的长篇新作《火车头震荡》。间歇时，找来几本巴金传记，做一点儿研究。山西作协韩石山先生对现代文学涉猎颇深，正好与我住邻居，少不得向他请教一番。韩兄存有好几册研究巴金的著作，这时费心找出来，拿给我用。韩石山先生谈出几个观点，对于我进一步理解民国时期的作家和作品，助力匪浅。

4 月春将尽，西安消息来。李彬贤弟动用层层关系，终于在银行系统

赵瑜（右）、李炳银（中）、李彬（左）三人会合于西安

找到了赵健其人，并且与这位退休女士通了话。李彬确认赵家正是山西宁武人，然后非常礼貌地相告，可能会有作家前来请教几个问题，只是关于上一代知识女性读书的事。好比说，你母亲那一代人，是不是特别喜欢巴金作品呀？还可能与巴金通过信件吧？反正没有什么别的意思，万勿推辞云云。

赵健女士欣然接受了李彬这番话，对作家前来访问表示欢迎。

李彬担心多说不准确，也就没有深谈。

李彬说，从通话中分析，赵健母亲赵梅生，很可能还活在世上哩！

我很振奋，又很急切，手中长篇哪里写得下去。

5 月 18 日，我下了飞机，站定在西安大地上。李彬来车，接我入城。更令人愉快者，李炳银先生正好也在西安。痛快！三人聚合，八仙桌上举杯，把各种情况交流一番，觉得今日之事简直不可思议。

次日午后，李彬成功地部署我与赵健会谈。

赵健女士年过六旬，容面大方，身体健康。她稳坐在茶室竹椅上，神

赵健轻声回答：她年纪大了，晚上睡不着，每天总是到午后才醒来。过会儿我得回去，招呼她吃饭

情安泰，修养甚好。李彬考虑到，赵女士可能并不乐意一下子就把我们领到家中去，因此，双方不妨先在茶舍见个面，饮一杯清茶，做个初步接触，人家心理上便会踏实许多。如此安排，稳妥而又礼貌，是周全的。下一步采访尽可酌情商量。果然，赵健女士十分满意这样的做法。

不难想见，赵健女士首先会生出一串问题：为什么一个外埠作家，大老远跑来专程访问我们家？作家为什么关心我母亲？我家的事情很复杂，作家能够给予多大程度的理解呢？你们到底想知道些什么呢？

我这边，胸中也揣着一大堆问题：赵梅生老人是否还活着？她是不是赵黛莉？

大家坐下来，李彬把我做了简单介绍，赵健女士便直率地开口道：不瞒你们说，我感到奇怪呀，真的，赵作家为啥来找我家？您想了解我妈妈什么事？

我说，我将细细告诉您我的来意。只是首先问候您母亲，老人家身体还好吗？

赵健略作迟疑，轻声回答：她年纪大了，晚上睡不着，每天总是到午后才醒来。过会儿我得回去，招呼她吃饭。

此言如雷贯耳！

赵黛莉——如果没有弄错，她还活在人间。

接下来，谈话步步深入，又处处顺利。

前些天，李彬与赵健联系时，曾谈及老母亲年轻时爱读巴金作品，赵健便就此问过母亲，问她是否与巴金有过交往。老人说，抗战以前，确与巴金多次通信，而且清楚地记得，离家时，她把一些书和这包信件，安放在太原家中顶棚上了。这个家，便是“坡子街 20 号”大院。

一切都对上号了！赵梅生，应是赵黛莉。

老人现在脑子如何？赵健说，还好，记得许多人和事，夜里睡得较晚，仍然看书读报，最爱看《参考消息》，平时喜欢独处，不爱热闹；常常提起年轻时，与姥爷闹了意见，离家出走，到处漂泊；既没有投身国民党，也没有找到共产党，嫁人又极不如意；1950 年以后大吃苦头，总被怀疑为“女特务”，“文革”中更有受不完的罪；一生命运坎坷……就连这位女儿赵健，一生也没有见过亲生父亲。而这一切，还要她自己才能讲得明白。

——现在，赵健必须回家去，照顾老人用餐。用她的话说：我就是我妈妈的保姆。我提出，希望近日能与老人相见。赵健表示回家后，与老人慢慢地说清原委，一旦征得她同意，即电话告知我们。

我说，非常感谢，明天最好，但要依照老人意见办，不可太急。

说是不急，其实我心中甚急。九十岁的老人，身心脆弱，什么事情都有可能发生。争取早日进行采访，便是对历史真相实施抢救。

耐心等着吧。

晚饭，李彬请吃羊肉泡馍。众皆沉默。只因赵健那边没来消息，便觉得这泡馍不及往日可口。

正思量处，赵健电话到：明日午后，可来家中一叙——这泡馍顿时香气四溢，将人吃出细汗来。

炳银兄长，李彬老弟，敬你们一个满杯！

17 战争也没有毁掉它们

我们终于就要见到赵黛莉了。

老人和女儿一家住在市内一片楼区中。我在附近花店为她们购得两束鲜花，一束大些，给黛莉，一束小些，给赵健。店员也是年轻女士，问及送花对象的年龄，我说一位九十了，一位六十了，加起来一百五十岁了，你要扎得好看些。店员闻言，选花、扎花格外用心。一时间，我想到了许多人和事。我想到，赵从平先生惨死于月黑风高之夜，至今没有破案；想到拜错了门户的赵逢冬、赵少嵘一家人和赵文英女士；想到了宁武城残院里，一贫如洗的赵瑾老人，他还在小黑屋枯坐吗？我当然不会忘记一系列参与到事件中来的友人们：金昌盛老板田茂铭，引见了太原古城一个个老街坊，几个老人年岁加一块儿，都三百岁了；警官杨志强，作家杨志刚、王树森，同行老友张发、炳银和李彬，这么多人共同努力，最终找到了赵黛莉。我在想，所有这一切，到底为了什么？我们究竟在寻找什么？

自推翻帝制以来，百年中国从未停息血火厮杀，正所谓救亡压倒启蒙，反帝反侵略与反对封建糟粕混作一团。在无情的暴力革命和土地战争面前，封建传统历史性地崩塌了，又似乎依然存活无碍，并没有真正崩溃！我们推崇背叛，包括推崇革命先驱们对无数家庭的背叛，这一切，又似乎根本不可能一下子了断。传统家庭就像一条河流仍在奔腾向前，而我们不过是这条滔滔大河中一粒黄沙碎砾……

我又一次想到了《夜未央》当中革命青年的爱与死，又一次想到易卜生名剧《娜拉》和更多的质问：娜拉走后又怎样？

也许，我们想在黛莉后半生那坎坷人生当中，寻找并且证明些什么——要国？要家？要民族解放、个人自由？这些概念是分裂的还是统一的？我们怎样看待巴金和他的《家·春·秋》？事到如今，我们对于现代文学与当代文学的主旨，又将如何评说？现当代文学之间是什么关系？作家、作品与痴心读者之间，在历史上又产生了怎样的作用……

上得楼来，李彬兄弟轻轻叩门。

赵梅生女士拄着一只拐杖，站立于厅堂中间，并无须赵健搀扶。她用典雅的微笑迎接盛开的鲜花。

一个漫长而又隆重的午后。

追访历史，晚辈唯余敬畏。

谈话从名字开始。小问题，易轻松，却极是关键。

我需要再一次验证，眼前这位梅生老人，是不是当年那位赵黛莉？

李彬搀扶老人坐定。

“老人家，您还记得黛莉这个名字吧？”

赵梅生老人腰背端直，面容方正，戴一副方框眼镜，保持着一种非凡的气度。她毫不迟疑，并且有些欢快地回忆道：那时我在太原女师读书，有几个同学很要好，都嫌原先名字土气，一个胡同学起了新名叫燕莉，很

那时我在太原女师读书，有几个同学很要好，都嫌原先名字土气，一个胡同学起了新名叫燕莉，很好听，我就叫了黛莉

好听，我就叫了黛莉，还有一个杜同学，想了半天起不好，我们就叫她黑莉，说黑色跟黛色反正差不多呀！她也认了，另一位好朋友，叫文彩霞，起个啥莉她都不满意，就还叫文彩霞吧。彩霞住在上马街，我家住在坡子街，关系特别好。

她确实就是赵黛莉啊！老人脑子清楚，我很庆幸。

接下来谈读书，以便接近巴金。

黛莉老人——现在终于可以确认这个称谓了，她用那种非常熟悉的山西普通话来表述历史，因而让我感到这历史很近很近，并不遥远。她清楚地记得那些革命理论家的名字：克鲁泡特金、高德曼等等，她甚至说出了无政府主义创始人巴枯宁这个名字来，那是一位将个人理想、个人自由、个人道德置于首位的大宣传家。很显然，青年赵黛莉那思想底色，亦是激进的乌托邦之梦，同时又极端看重个体精神与操守，强调男女权利无条件平等。

安那其主义者的个人奋斗精神，注定了他们在中国政党革命中的悲剧地位……

在那样一个启蒙时代，文艺类书籍和许多新型剧目，被进步青年们当作“利器”看待。因此黛莉老人接着说：

我父亲留学英国，本是比较开明的，但是他和我的哥哥们，总是把那些理论书籍当作“左”的东西，不喜欢暴力革命。对于我爱读文艺类作品，倒是不多干涉。我们读刘师复的书，读郑振铎的《向光明去》，读巴金、茅盾等人的作品，却无论如何读不懂鲁迅，到现在我也读不懂！读巴金当然更多些，也最喜欢巴金。你说啥？对，当时太原买不到巴金新写的《家》，是我姐姐过生日，姐夫把书当作礼物送来的，我一下子就迷上了。正巧，我在家里看《大公报》，上面刊登了巴金一段回忆录，也是我好高骛远吧，就给巴金先生写了信，没有地址，就请《大公报》转给巴金。当时我害了病，猩红热，还是坚持写完了第一封信，我谈我的读书感想，谈虚无主义理论。我记得是晚上点蜡烛写成的。我一心只想离开这个家，投身社会革命。真是没想到，巴金先生很快就回信来了。对啊，我一看，他说我自己就是一个琴！我让同学们都看了，大家非常高兴，文彩霞她们说，还不赶快给人家回信呀！

巴金正是在第一封信末尾，相告黛莉直接的通信地址。

我没有想到，直到今天，黛莉老人竟能清楚地背诵巴金写于第二封信中那一段："我给另一个十八岁的孩子写信，也说过同样的话。社会太黑暗了，人情太复杂了。你只是一只羽毛未丰的鸟，你还不能够在自由的天空里飞翔，因为那里有无数老鹰在等着啄你。"——老人又回到她的学生时代，诉说十分单纯。赵健和李彬在一旁听了，惊讶地用大眼睛看着我，意思是：果真有这样一段话吗？我说：我看到过这一段，巴金先生还劝你，不要老是想到牺牲，一个少女也应该有些享受，过一些快乐的日子。老人便说，对了，有这个话。接着，她在沉思中提到了萧珊，说后来她看到过巴金致萧珊的信，内中也有劝其耐心读书之意。这一点我没有考证过，不妨补查一下。

赵健女士始终面含笑意地望着老母亲。此刻便对我说：您没有带来这些信呀？能给我们欣赏一下吗？我说当然，这是我应该做的。只是老信容易破碎，不好携带，我复印一套送给你们吧。

黛莉老人仰面想了想说，几十年过去，真不敢相信这些信还能留下来，当时离家走时，她把一批书和一包信放在了房间顶棚上，有一块方格子天花板，是可以活动的。老人忆道：1949 年以后，她见到过"不爱读书的三哥"，三哥说曾经发现过她藏在天花板上的那些书，跟共产党的书很接近，就都给烧掉了。这就是说，三哥他们发现了一批书，烧掉了，却没有发现这包信。

我告诉老人，这院子后来由二四七厂转卖给太原市政府，拆了搞城建，这包信终于被人发现，又转给了古董商，才得以保留下来。

老人点点头，感叹地说：战争也没有毁掉它们。

我知道，轻松的话题即将过去，沉重的一页就要展开。

鬼子来了。

我们避开了其父赵廷雅和六叔赵廷英任职事敌这一段。谈话进入黛莉离家出走以后的往事。在许多中老年人心头，往事与现实本来就是交叉糅拌在一起的。人们动不动就会听到：我小时候如何如何之语，借以发表感想，佐证现实生活之正误。的确，人成长于童年和青少年，影响一生不可变。无论在生活里还是在梦境中，往事总有一块牢固位置。我们重审往事，常忆常谈常新。采访黛莉的故事，不断发展推进，赵健时有生动补充。这显然是母亲平日里重复念叨所致。

我在这里首先综述一下历史背景：

1937 年 9 月，日军沿京绥公路攻抵山西北部。国共两党建立抗日民族统一战线。阎锡山出任国民政府划定的第二战区司令长官，朱德、卫立煌、黄绍竑等出任副司令长官，统帅晋绥第六、第七两大集团军，赵承绶骑兵集团军、蒋系第十三集团军和中共主力红军改编的国民革命军第八路军，英勇开赴晋北，联合御敌。阎锡山亲临前线行营指挥。雁门关内外，硝烟弥漫，炮声撼天动地。一方面，前线军事拼杀异常残酷，另一方面，整个山西民情沸腾，城乡民众从政治上、经济上全力支前，阎锡山顾全大局号召各党派团结起来，共赴国难，形成一个国共两党有史以来最好的合作期。新划分山西省内共七个行政专区，有三个专员为中共党员担任；同时支持中共在山西成立半政权性质的民族革命战争战地动员委员会，统领十个游击支队和剽悍的察绥游击队，倾力支持中共领导下的牺牲救国同盟会，层层发动群众，招兵买马，组建精锐新军数万兵马。

之所以要讲这一段，是想说明，青年们身处二战区抗敌前线，大敌当前，一心报国，祖国正在急切呼唤，他们并没有细细察分谁是国民党，谁又是共产党，只要是合法条件下的抗日部队，热血健儿都会踊跃参加，只要是抗日所需之事，人民都会拼命去做。谁能想及 1949 年以后的阶级斗争，竟是那样泾渭分明？战友命运沉浮，竟有天地之差？

请看，在抗战初期，山西一省，涌现出英雄的农救会会员 118 万余人，妇救会会员 60 余万人，青救会会员近 120 万人；先后参加牺盟会、战委会、同志会和各级政府团体的青年们，不分国共两党，其数字更是庞大无计，人们坚决相信和依靠本国政府，人们认为参加这些组织就是救亡，绝

这段由阎锡山总体指挥、由中国军人血溅八荒所构筑的悲壮战史，尚未被世人熟知，更谈不到被主流史学所重视。可惜我在这部作品中无法展开去写

大多数人无意分辨各党派之间存在着巨大差异乃至尖锐矛盾。如果要问："谁是我们的敌人，谁是我们的朋友?"那么，在当时，人们会毫不犹豫地回答：残暴日寇是我们共同的敌人，一切抗日的兄弟姐妹父老乡亲，都是我们的朋友！赵黛莉和她的同学们，也必将这样回答。此时，常常出现这种情况：全村青壮汉子参军抗战，结果，无意当中，一部分人加入了国民党部队，一部分人成为中共战士，大伙儿觉得都是一样的。还有，同一个班的革命同学，分拨儿投入战地服务，结果一拨人加入了国民党，一拨人成为共产党。谁也不曾深谋远虑，细加分辨，反正都是坚持进步、抗击日寇的中华阵营。1937 年，一个英勇口号响彻三晋大地："宁在山西牺牲，不到他乡流亡!"

日军前所未有地在山西遭到大规模抵抗。战争极其残酷。鉴于种种原因，这段由阎锡山总体指挥、由中国军人血溅八荒所构筑的悲壮战史，尚未被世人熟知，更谈不到被主流史学所重视。可惜我在这部作品中无法展开去写。

这是一部中国联军抗击外敌，气吞山河的不朽史诗，迟早会公正地诉诸世间。此役，阎锡山愤而枪决失利军长李服膺，在正面战场上，又有郝梦龄军长和多名旅长、团长以身殉国，我军官兵牺牲上万，负伤两万余。据山西文史委正式出版的史料称，“我军以太原兵工厂8万多发炮弹，向敌人猛击”，“当战争最激烈时，某日从拂晓至黄昏，在正面约3里宽的战场上，竟牺牲了10个团，平均约一小时牺牲一个团……经23天英勇战斗，日军蒙受重创，伤亡3万余众”。悲痛的是，第一战区平汉路国军战败于石家庄地区，山西东部太行山诸关隘，裸现在日军炮火之下，娘子关遂于10月26日失守，以致忻口战场腹背受敌。省城告急！我军忍痛退守太原，做更艰苦抗战。到11月8日夜，太原竟陷敌手。我军各部与日军在山西展开八年抗战，山西军政誓死守土，决不退出山西战场。

晋北抗战及忻口战役，国共双方并肩喋血，惊天地而泣鬼神。指挥和参加此役的国共高级将领有：

阎锡山、黄绍竑、张培梅、卫立煌、汤恩伯、傅作义、王靖国、续范亭、梁化之、赵承绶、宁超武、郝梦龄、李服膺、杨爱源、孙楚、邓锡侯、孙连仲、曾万钟、陈长捷、杨澄源、郭宗汾、高桂滋、刘茂恩、刘家琪、郑廷珍、姜玉贞、李默庵、李家珏、裴昌会、朱怀冰、刘奉滨、章宇拯、孟宪吉、梁鉴堂、方克猷、周玳、冯钦哉、董其武、杜堃、马延守；

朱德、周恩来、彭德怀、刘伯承、贺龙、林彪、彭雪枫、聂荣臻、徐向前、黄克诚、萧克、陈锡联、陈再道、程子华等。

将军大名，个个如雷贯耳。而娘子关失守，致晋东战局急转直下，成为整个战役沉痛转折点。阎锡山曾有诗曰：“当时若非娘关败，忻口岂只二十三！”是的，如果不是腹背受敌，我军抗击骄横日寇，绝不仅仅是忻口之战那二十三天，而是更长更长。

敌强我弱，抗战尚须持久。

日寇攻陷太原城，赵黛莉，她该向何处去？

18 从克难坡到嘉峪关

赵黛莉——梅生老人深陷回忆中。讲述之间，女儿赵健时有提醒间或加以补充。故事迅速向前推进，黛莉命运如萍，大大出人意料。

国难当头，人心思战。赵黛莉独在家中收拾行装。她不知道自己归宿所在，只知道自己决心不改。有关无政府主义的心爱书籍，有关巴金的往来书信，打包起来，都一一放到顶棚上去了。同学们在召唤，山西全境燃起熊熊抗日烈火，更在召唤。许多同学，早已离开太原，奔赴抗战队伍了。这一夜，赵黛莉和父亲赵廷雅又生了一回气，愤然跑出“坡子街 20 号”，大踏步向着上马街奔去。好同学文彩霞就住在这里。这条上马街，相传是李自成进北京，上马出征之地。文彩霞要参军抗日，信念坚如磐石，赵黛莉去找她，志同道合，两人即将从同学姐妹转为浴血战友。

没有想到，当黛莉在夜色中敲开文家大门时，却被一条黑壮大汉挡在了门洞里。这男人没有告诉黛莉真实情况，只说文彩霞去了表姐家。后来得知，文彩霞果真参加了二战区领导下的抗日军队。而在当时，文家却不愿意让人知道，尤其不想让家庭背景比较复杂的同学知道。黛莉后来有机会质问过文彩霞：你为什么不约我一起走？文答：太原沦陷，家人谁也不敢相信！

就是这么一个家人的警惕或者说好友的闪失，决定了同学们之间人生道路之迥异。

此后，黛莉独自一人，断然离开父母，离开了太原“坡子街 20 号”，向南、向临汾追赶阎锡山省府而去。她至今记得，离家时，春节刚过，是正月初九那个寒冷的早晨。

太原失守，阎府南撤，先到临汾整肃军政，后向西到吉县，最终落脚在黄河东岸南坡村。这个小村庄距离壶口瀑布极近，易守难攻。阎锡山亲率各部将领和各大机关干部，挖窑洞，修工事，建军营，搞培训，日夜不停，苦心营造了一个指挥二战区总体作战的战略新基地。为迎接胜利，阎锡山嫌“南坡”二字不好听，特地把小村改名为——克难坡。最多时驻扎兵马三万人。

至为遗憾的是，黛莉一个心眼儿准备快些奋身于对日作战，哪怕牺牲，却没有遇见一位类似于中共“洪长青”式的指路人物。

一般说来，无政府主义者反对任何组织形式，他们认为，一切政党、组织和权势都存在着向专制统治发展转化的可能性。安那其主义者不去做虽然有利于组织却不利于个人建造的事。他们从理论上反对有组织、有政府目标的战争，担心封建主义个人独裁借尸还魂。但是，日寇凶残淫恶，无政府、无组织的抵抗运动和失去统一指挥的军事斗争，必将弱小无效，最终便会亡国。对此，巴金先生写道：

> 我是一个安那其主义者。有人说安那其主义反对战争，反对武力。这不一定对。倘使这战争是为了反抗强权，反抗侵略而起，倘使这武力得着民众的拥护而且保卫着民众的利益，那安那其主义者也参加这战争，而拥护这武力。

巴金的声音传之久远，黛莉也一定听得见。

黛莉痛惜未能与文彩霞同行，她茫茫然独自南去，错失了参加抗日队伍乃至参加八路军的机会。省政府先在临汾落脚，黛莉也来到距临汾不远的汾阳城。这时，她找不到同学，找不到方向。突然，她又听说国民政府大举迁都重庆，而姐姐赵巧生与姐夫正在重庆兴办实业公司，支援抗敌救灾，她便决定设法往重庆去。然而国事家事俱在骤变之中，想不到，姐姐和姐夫又将前往甘肃创办赈灾工厂，即将离开重庆。黛莉只好放弃赴渝计划，盲人瞎马，转而投奔了阎锡山设在汾阳城外的省政府临时办事处。

黛莉诉说汾阳之困，使我联想到另一段人生故事。这位山西姐妹，名叫董边，与黛莉是同一代人，也是一位地主的女儿。而董边与两位同学始终在一起，太原沦陷后同样流落到临汾。但是她们运气很好，一下子就参加了八路军一支女兵队。队长就是杨尚昆夫人李伯钊。不久，李伯钊要去延安，也就把女兵队带到了延安。董边住进延安窑洞，重新学习，锻炼提高，随后分配工作，竟到了中共政治研究室。而研究室主任正是毛泽东，副主任是陈伯达。董边在这里勤奋工作，谈恋爱嫁人，丈夫竟是田家英了。你看看！后来，董边在北京长期担任著名刊物《中国妇女》的领导职务。殊可叹，同是抗战离家人，同为省城读书女，同有牺牲报国心，三岔口上偶分离，人生境遇竟然如此不同。

少女赵黛莉，从汾阳办事处动身，跟随阎府两位办事员，前往克难坡。

老人回忆，她趴在一匹骡子背上，艰难行走七天七夜，终于到达克难坡。这里，大片黄土沟壑，起伏一望无际。黄河在山脚下咆哮奔涌。壶口瀑布，惊涛拍岸，卷起千堆雪，江山多娇，一时多少豪杰。望河亭上，刻有阎锡山亲撰抗敌对联，至今读来，仍教人荡气回肠：

裘带偶登临，看黄流澎湃，直下龙门，走石扬波，淘不尽千古英雄人物；

风云莽辽阔，正胡马纵横，欲窥壶口，抽刀断水，誓收复万里破碎山河！

好联！

遥想山河破碎，黛莉一颗心怎能不破碎。

问题正在于此，黛莉离家，东奔西走，既无同学好友结伴，又无团队集体可依。她失去了身份，成为一个边缘人。一路行来，她始终未能摆脱豪门大户关系网那重重阴影。她举手投足，俱在亲戚故交的老圈子当中。从汾阳出发时，就是家人熟识的县长帮了忙。来到克难坡，她疲倦、孤独。她想家、脆弱。她本是一位娇小姐。她不由自主，需要歇息。她又该落脚何处？

前头有述，阎军高级将领赵承绶，与黛莉叔父赵廷玉、赵廷英同是保定军校第五期毕业。这时节，赵承绶驰马前方领军作战，其家眷则在克难坡窑洞中暂住。窑洞里多么温暖啊，少女黛莉无路可走，只好歇脚在赵承绶家里，喘息一阵，权避一时。

未料，日军飞机轰炸克难坡，地面部队“欲窥壶口”，意在掌控黄河渡船，伺机西犯。二战区各部队奉命坚守大河天险，绝不退让。说实话，毛泽东在陕北，蒋介石在重庆，八年安全，运筹帷幄，持久指挥，实与阎锡山坚守黄河御敌克难息息相关……

这里要说的是，克难坡再度告急，所有与作战无关人员，尤其是家属老弱伤病群体，都要紧急疏散转移到黄河西岸去，到陕北秋林去。赵黛莉忍不住哭了。一叶飘萍叹零丁，人间万恶是战争。黛莉老人回忆说，在日军飞机轰炸之下，她随同苦难人群西渡黄河。船只不够，一部分人必须绕行到一条铁索桥上，头顶飞机肆虐，冒险攀向彼岸。老人说，桥索飘忽无定，脚下波涛汹涌，她生平第一次踏上这夺人魂魄的铁索桥，头晕眼花，心惊肉跳。

走石扬波，抽刀断水！

一个安那其主义者，一个文弱少女，你从哪里来？你是谁？你要到哪里去？

我忽然想起来，前述找错了门的赵逢冬先生家，其侄女赵文英，当时也在克难坡劳作支前。他们显然没有相遇相识会合在一起——这不是编撰电视连续剧。

赵黛莉渡过黄河，她那双不曾包裹的新式大脚，落在了陕北黄土地。此后，她一会儿在秋林，一会儿又被兵站站长送往韩城。这些荒僻去处，都不是久留之地，黛莉最终漂落到西安古城。是的，她既没有找到共产党，也没有追随国民党，她举目无亲，她很难生存。唔，娜拉走后又怎样？娜拉走后很危险！鲁迅曾说，娜拉出走，不是重返家室，便是沦为娼妓，中国女性，独行最难。

赵黛莉在西安，落脚点依然逃不脱亲友故旧。叔父赵廷玉、赵廷英在保定军校五期同窗里，除了前头提到的傅作义、赵承绶，还有一人就是宁武同乡杨耀芳。杨在阎军中亦为名将，曾任晋军第六军军长，赵廷英即在该军就任第四十七师师长。“七七事变”之前，毛泽东率红军东征山西，第一个对手便是守河将军、晋西警备司令杨耀芳。据宁武史料记载，此次作战，陕北红军首领刘志丹，就是被杨部章振宇团所射杀。不知是否准确。

抗战爆发后，杨耀芳与阎系不睦，失去兵权，手下师旅尽属他人。据说，赵廷英投敌，亦与此番变故相关。阎锡山仅仅委任杨耀芳出任第二战区长官司令部驻西安办事处中将处长，不再带兵打仗。其家眷亦在西安。赵黛莉从韩城坐胶皮大车来到杨家，整日与杨太太、杨公子枯坐闲聊，还是找不到自己的归宿。

此后，黛莉在苦闷中去往甘肃，到兰州、天水等地与姐姐一家会合。而这个新兴民族资本家的家庭生活，仍然不合赵黛莉心意。离家出走之际，赵黛莉随身带出一笔钱，数目不小，大约有三千多元法币。当时，每二十元法币可换得一两黄金，推算下来，这笔钱相当于黄金一百五十两，煞是可观。结果，姐姐赵巧生与人打麻将输掉不少钱，便拿了妹妹这笔钱去做香烟生意。黛莉老人回忆说，自己从未出过门，一向不知生活之艰辛，身上有钱，竟不知做何用项。姐姐要用，拿去好了。而且，无政府主义者有一条理论，就是鄙夷钱财，自我奉献。这下可好，姐夫在天水创立毛纺厂是个长线买卖，一时间并不见钱，姐姐家成了无底洞。从那以后，赵黛莉变成了一位穷小姐。

就在这时，赵家父亲赵廷雅，从太原给姐妹俩来信了。他牵挂着女儿“梅生子”，劝她中止流浪，继续读书，再图前程。赵父执意主张黛莉离开甘肃，前往北京去上大学。对于父亲及六叔在山西事敌，黛莉本来就极度不满，现在又劝她到日军华北大本营北京去赶考，当然不会应从。尽管她渴望读书，期盼进入大学之门，这一点没有疑义，而生灵涂炭，国难当头，烽火遍地，偌大的中国放不下一张平静书桌，尽为日本侵略者所造成。她怎能在滴血的刺刀下，把书本读进去？于是，黛莉回应父亲：我宁肯永远浪迹天涯，也绝不到日军占领区，去接受奴化教育。

老人对我和李彬重复说：我不要日本人的奴化教育！我不去北京上大学！老人言及至此，情绪依然激动。

山河破碎，理想必将破碎。

生活无比沉郁。

穷小姐赵黛莉，身无分文，一时间走不出姐姐家门了。到这时她才知道，娜拉的确不具备独闯天下、自立自强的能力。

这一天，黛莉随同姐姐上了兰州。她百无聊赖，闲得心慌，又想买几本书看。此去兰州，是为姐夫的“赈济第二十工厂”购进羊毛。这位厂长姐夫，曾用名叫李鸿桢，留洋英国学习毛纺印染轻工业，1949 年以后，曾任北京清河毛纺厂工程师。当年他创办的天水纺织厂，后来成为当地一家大型企业。

赵家姐妹一到兰州，即有豪门大佬出面招待。此公不是别人，正是宁武巨富、民国闻人南桂馨的长子南映庚。前头有述，赵、南两家，上一辈就是亲戚了。南映庚由国民政府财政部派驻西北，担任兰州区银行及四明分行监理官，此前任国民政府赈济委员会第三处处长，地位显赫。

提到四明银行，实力煞是了得。近些年拍卖会上，时常可见由四明银行衍生的老票证。该行为清朝晚期成立于上海的几家私立银行之一，经营

四明银行民国以后逐渐有雄厚官股注入，广泛发行纸币，经营项目繁多，融资巨大，其大本营驻扎上海，窥控全国经济命脉。图为其发行的纸币

主体是宁波人，四明便是宁波之别称，民国以后逐渐有雄厚官股注入，广泛发行纸币，经营项目繁多，融资巨大，其大本营驻扎上海，窥控全国经济命脉。原先有句话形容山西晋商老牌票号，说“执全国金融之牛耳”，还说“凡是有麻雀的地方就有山西商人”，到民国以后，这话就该送给四明等新银行了。抗战爆发，四明总部从上海辗转迁往重庆，遂在西安、兰州等抗敌大后方创立支行，仍可维持相当数量的金银法币运转。

不知何时，宁武巨户南桂馨家族，介入了四明事务，且有大公子南映庚深入兰州，出任财政部监理要职。不难想见，当此动荡岁月，更偏远地面，南家公子与赵家姐妹相逢，自是热忱四溢，感慨万千！两家人许多体己话诉说不尽。

令人始料不及的是，此次南、赵两家年轻人他乡逢聚，对于黛莉今后命运构成极大转折。

命运这东西，说是偶然，实为必然。

南映庚得知，梅生子——赵黛莉尚且闲居姐姐家中，无事可做，当即出面帮忙。他亦有能力帮得这个忙。

知识女性赵黛莉，从此成为兰州四明支行属下一名职员。她很快学会了打算盘，同时兼任中英文翻译工作。生存需求大于探索，大于追寻，大于奋斗，大于对他人的拯救。她渐渐疏离了曾经无比炽烈的革命理想，流浪的脚步中止在抗战后方一家银行柜台之前。

生活重新显现温馨气氛，还有暖色调子。

工作之余，黛莉重新捧起文艺类书籍，在躺椅上慢慢读去。也许，她记起了巴金先生第二封信里那几句话：“你得听我的劝告，等候着将来。你不要老是想到牺牲，你也得有些享受。一个十七岁的女子，也应该过些快乐的日子。”

巴金还在第五封信中，对黛莉做进一步劝告：“你不过是十七岁的孩子。而中国还充满着三四十岁的壮年人。第一批献身的应该是他们，而不是你。你不要那样苛酷地责备你自己。”

第七封信，巴金先生对黛莉最后致言：“望你好好地活下去!”

——中国兰州，这里没有战火。这里是和平宁静的大后方，土地广阔无垠，人心忠厚朴实，充满甘甜爱意。银行工作遮风避雨，条件相对好些。这一切，都比较接近人性，提升人们“好好活下去”的热望。

谁也不曾想到，不久之后，平静生活又起狂澜，悲剧这才刚刚开始。

19 坚决不做二房太太

国民政府财政部驻兰州区金融监理大员南映庚，把流浪中的同乡姐妹安置到四明银行工作，一下子就解决了弱者生存的难题。我们不好揣测，黛莉自己作何感想？采访中，我任由老人诉说，并不想打断她，追问她。我想到，知识女性大都喜静不喜动。那时一位女作家，名叫沉樱，山东潍县人，继冰心、丁玲之后，曾引人注目。沉樱在表白自己时，留下这样一段话，给人印象深刻。

“我不找到大快乐，因为太难找；我喜欢那些小快乐。像我爱听音乐，从来没想到做音乐家；我爱画画，从来没想到做画家；我爱种花，从来没想到做园艺家；我爱翻译，从来没想到做翻译家。我对什么事只有欣赏的

出身富有家庭的新知识女性，尽管她们热烈向往革命，痴心背叛以往，却很难变成在饥寒交迫中英勇就义的刘胡兰（兰州时期的黛莉）

兴趣，没有研究的魄力，更没有创作的热情。”

对于这段女性道白，你尽可以把她说成小资情调，我却感觉亲切可信。杨沫写作《青春之歌》，林道静原先的底色也大致如此。据说原稿中林道静要温情许多，真实许多，并非风风火火那个样子。出版前一改再改，最终改成了一幅革命战士对敌斗争宣传画。

应知出身富有家庭的新知识女性，尽管她们热烈向往革命，痴心背叛以往，却很难变成在饥寒交迫中英勇就义的刘胡兰。因此，沉樱所做表白，要比宣传口号式文艺作品中刻意塑造的女革命者形象，更具普遍性，因而也更真实。沉樱女士后来去了台湾。

黛莉深爱巴金作品，也受到过革命新思潮的洗礼，却未必能够成长为一名红色革命战士。她不曾受到过丁玲那样的血火锤炼。而初任中宣部文艺处长的丁玲女士，刚一进城，就在公开讲演中直率地劝导青年们，要洗一洗脑子，不要继续迷恋冰心、巴金等人的旧作品，这位老共产党员认为，巴金作品不可能为青年们指引出一条前进的道路。她先是承认巴金作品“也可以使人向往革命”，然后尖锐而又辛酸地批评道：“那种革命，上无领导，下无群众，中间只有几个又像朋友，又像爱人的人，在一起革命，也革不出一个名堂来。”所以“跟他走不会使人更向前走。今天的巴金，他自己也正在纠正他的不实际的思想作风”。

积极督促巴金开赴朝鲜前线，去烈火中改造为宣传而写作，也是这位丁玲女士。事实上，丁玲与巴金私交蛮好。惟其如此，才更让人感到当年思想斗争的巨大威力。

一如丁玲所说，黛莉等人大多是这样吧——先是读了巴金“也可以使人向往革命”的小说，结果是“跟他走不会使人更向前走”，当然“革不出一个名堂来”。她们心底深处，很可能与作家沉樱更加接近。那么，当年革命家的逻辑是：这些“旧时代的知识分子”，她们只需要个人精神的自由，只注重自我道德情操的建造，他们与贫雇农强烈要求激烈斗争的革命情感格格不入，因而也很难与红色革命长期保持一致，所以对这一大批人进行“洗脑”、“洗澡”和思想改造，就显得十分必要，非常迫切。

1950 年以后，对于“旧时代知识分子”的无情讨伐与批判斗争，一场接着一场，愈演愈烈，直到他们在炼狱中完全否定了自己，然后进一步与同类群体自相残杀起来……

——可能有些扯远了。

且说黛莉在四明银行兰州分行落下脚来。一颗脆弱的心，经历遥遥千万里车马悸动，渐趋平静。据记载，日军飞机很少袭扰兰州，似乎仅飞来一两次，损失亦不很大。

远离战争近风月。在不知不觉中，赵黛莉身边出现了男士身影。这是一位宁波人，姓张，银行高级职员，说一口海味儿国语，不知道他和主办银行的宁波帮是哪一层关系，反正他在兰州这边还担任了职务，做一名副经理。我们不妨管他叫张君好了。

像许多上海男士一样，这位张君很会体贴人，不仅在银行业务上是一把好手，而且多才多艺，能够吹拉弹唱，演奏手风琴，此外还懂得一些医学，注重保养。张君长相也十分精神，周身利落，绝不同于一般的上海小开。

张君出现在大漠孤烟长河落日之间，成为少女眼前一道鲜丽彩虹。

张君对黛莉产生了深深爱意。有黛莉在，他那大西北生活便不再枯燥。

一场大西北之恋就这样开始了。这并不意外，人们祝愿他们美满幸福。他们也庆幸自己，在遥远的阳关外，居然找到了爱情。

远在大西洋漂泊的巴金先生，也是这个时期与萧珊结合于贵州的。

张君和黛莉相互支撑着，共同走完了抗战胜利之前那段劳苦之路。1945 年 8 月 15 日，日寇终于无条件投降，中国人民夺取了这场战争的最后胜利，他们举杯欢庆、彻夜不眠，他们在歌声里憧憬未来，筹措告别大西北，到就要重新繁荣的上海安家去。

一场悲剧即将来临。在往昔岁月里，黛莉曾经痛苦地体验过颠沛流离是何滋味，谁又能知晓，更加漫长、艰难的颠沛流离，还在后边。

1946 年，四明银行总部从重庆迁返上海。张君奉调返沪，荣任新职。

当初，张君孤身一人远赴兰州，现在胜利返沪，竟多了娇妻黛莉，变成了夫妇二人。不，黛莉已经怀孕数月，腹中小生命时呈动态。一家子前去上海，应是三口人了。这个腹中小生命，如今就坐在我们面前——话到此处，赵健女士微微苦笑，怅然若失。

一路上，全家人辗转车船，鞍马劳顿。虽说疲累，黛莉依然高兴，她从没有去过大上海，她只是在8年前，与那里一位著名作家有过书信往来。她要对上海高声说：美丽的黄浦江，我来了！而张君却一反常态，身心不展，整日里郁郁寡欢，很少言语，仿佛在为生计发愁，又不大像。

不论是喜剧还是悲剧，那大幕迟早总要拉开。

这是一场悲剧，无可救药。

谁能想得到，张君在上海，竟有一个不可颠覆的家庭存在！说起来，张君从小到大，从读书到成人，多蒙舅舅一家照顾。如今，张君成了一个不大不小的“财主”，舅舅自然欢喜，并且心存依赖，而早先定下的一房妻室，正是舅舅家的宝贝女儿，已经苦等张君多年。张君心头似有似无，不到跟前也重视不起来。要说张君长期隐瞒黛莉，似乎也并不公平，因为张君并未与这位“大老婆”生活过一天。张君或许以为，此次返沪，无非大闹一场，把那个家族旧婚姻否掉罢了，然而舅舅一家绝不允许他这么干。人家早已将生米煮成了熟饭，这不，非但不能离婚，更将弟弟家一名少儿也带入新居，要一块过日子。对于黛莉，他们也许觉得，张君不过是领回一位读书女子，这妮子在上海无根无势，她能怎么着？要么你屈尊做个二房，日子也得过，要么你卷铺盖走人，去当独立新女性，谁也不会拦着。

面对这桩难缠婚事，实实将黛莉气了个半死。继而，张君抗不过族亲旧势，又表现出种种软弱来。黛莉欲哭无泪，她万万不能料到，自己从小读新书，思背叛，离家族，争自由，反男权，求独立，到头来，反而更深地陷入了封建宗族男权中心这污黑泥潭之中。仰天长啸，痛不欲生，腹中有子，难上加难。有人会说，这是旧中国特有的女性悲剧，而这种说法太简单了，此类悲剧仅仅是那时的中国所特有吗？真正的女性解放之路，不知将何其漫长。

赵黛莉，这位熟读巴金作品的知识女性，此时此刻显示了她那誓不屈服的巨大勇气。她绝不会向一个老旧家族低头妥协，她坚决不做一名衣食无忧的二房太太。

黛莉与张君长谈无效，决计离开上海滩，重踏流浪路。尽管她身怀赵健，已经有五个月了。

她往哪里走？她往何处去？

她谁也不熟识，只能调头复返来时路，再度投奔甘肃天水姐姐家。

这位张君，情知黛莉腹中怀着自家孩子，那是见证他们曾经相爱的果实，却拿不出任何办法来。张君哽咽着表示：你决计要回甘肃，我就送你一趟吧！

仍是辗转车船，鞍马劳顿。来时全家爱意浓浓，走时形同路人，一腔怨恨。

车到天水近黄昏，张君昏头涨脑住进了旅驿。黛莉独自一人，向姐姐家中踯躅而去。

姐姐赵巧生，看一看妹妹肚腹，听一听悲凉倾诉，当场发出一声山西女性传之久远的凄厉尖叫。她转身直奔旅店，去找那张君，要讨个说法：南蛮子，你凭什么这样！

可叹断了婚姻，却断不了永远的哀痛。黛莉从此终生未嫁。她独自一人，苦苦把赵健带大

张君沮丧乱语，也不知道他在说些什么。

在中国，任何一场由伦理道义、新旧理念引发的争端事件，初始十分严肃，到结尾时，终将演变为某种经济形式的补偿。赵巧生怒斥张君，谈判说理，结果也无非如此。双方息怒，折算一番住院、生育之费用，末了，张君答应每月补偿 50 块大洋，给够五个月拉倒。

赵巧生再索要，张君说，没了，我手边只带了这么些钱。以后？那可说不好，看情况尽力吧。

无奈间，张君与黛莉这段姻缘，就此算是了断。可叹断了婚姻，却断不了永远的哀痛。黛莉从此终生未嫁。她独自一人，苦苦把赵健带大，母女俩至今相依为命。

而赵健本人，一辈子也没见过亲生父亲。

赵健并不是生在天水。当时，巧生姐姐一家，正要将天水纺织厂的资金，转往上海去。姐姐一家急需赶赴上海，办理诸多事项。姐姐要远行，妹妹要生育，却无人照料。又是无奈间，姐妹俩想到，西安还有大叔家一位堂姐，名叫赵菊生，生活比较稳定。匆匆忙忙，黛莉跟着姐姐，艰难地去了西安，投奔赵菊生照料生育。不久，赵健出生在西安一家医院里，堂姐赵菊生把黛莉接回家中小住。待到姐姐巧生一家正式迁往上海时，路经西安，遂将黛莉母女俩带往上海而去。

怎么又回到了上海？是的，战后许多民族资本家纷纷转往上海发展，并且确实迎来过一段黄金时光。

黛莉始终弄不明白，自己的一生，为什么总是离不开太原、西安、甘肃、上海这四个地方？又为什么，总是离不开家族关系网？

这不，巧生、梅生姐妹俩，一到上海，即有山西宁武大表兄、二表兄出面招呼。其中一位，竟是四明银行新任董事长。

拐了这么大一个弯儿，黛莉重入上海四明银行工作。

姐姐巧生提出，应该再找张君，算他一笔账，妹妹黛莉坚决制止，她要依靠自己，劳动生活。

斗转星移，风云轮转。收音机里，传来山西、河北、山东和东北农民

看看我自己——除了几件旧衣服，领着一个小姑娘，其余什么也没有，连最小的房产也没有，我当然不是资本家，肯定不是

们那激昂的口号声，闹土改、闹翻身，一个“闹”字，便知这口号动静极大而又残酷无情，使得赵、南两家三代人，心魄颤抖，不知所措。紧接着，又相继传来中共大军在华北、东北，在平津以及全国各个战场上，不断夺城铲地，向长江推进，取得大胜的消息。每一天的广播，都以极其强大的力量，震撼着无数上海资本家们那颗恐惧的心。

四明银行原本经营法币，眼下，突然改换成整卡车的金圆券了。要说点票子，任是神仙也点不过来。这分明是遮盖不住的败相，大败相啊。

1949 年初夏，从四面八方传来隆隆炮声。中共大军突破长江，占领南京。黛莉周边形形色色的人物，惊恐地高叫：解放军来了！而黛莉却很平静，她甚至怀有极大欣喜。采访中，老人说：解放军有什么可怕？他们就是曾在山西抗日的八路军呀！老人说：当时，我看了《共产党宣言》，从而知道了，资本家必须有资本，资本大了才叫资本家，资产阶级必须有资产，资产大了才会形成阶级，看看我自己——除了几件旧衣服，领着一个小姑娘，其余什么也没有，连最小的房产也没有，我当然不是资本家，肯定不是！我一无所有，我是普通银行雇员，我怕什么呢？

5 月 27 日早晨，在蒙蒙细雨中，黛莉和银行同伴们一起，走上街头，热烈欢迎共产党军队开进大上海。有趣的是，在同一时间，黛莉最热爱的巴金先生，也身处欢迎“共军”的人群中，同时同地观看着这支雄奇部队入城。他们没有相互遇见对方，或者说，即使相遇，也很难相识。是的，巴金从未见过黛莉，也没有见过照片，而黛莉小姐已经成为一名将近三十岁的少妇了。想一想，十几载春秋逝去，她那说不清道不明的人生历程，加上家族父辈的所作所为，又怎样向先生诉说？

人们欢笑着。小赵健三岁了，在人群里跟着大人唱歌。打开《巴金全传》，陈丹晨先生写到了这个场景，“人们用新奇而亲切的眼光注视和欢迎这些穿着褪了色的黄军衣的战士的身影……巴金和黄裳也在街头和人们一起观看。这是他第一次看到解放军”。

黛莉女士在这欢迎的人群中并不显眼。

这场景使人长思：中国旧势力曾经万般强大，现实无比严酷，而在几十年浴血苦斗中，无政府主义革命者却显得软弱无力。他们，与共产党人钢铁般的组织纪律和不同时期卓有成效的方针战略，简直无法相比。李存光先生研究巴金，曾经做过这样一个分析，“五四”前后蜂起于各地的几十个无政府主义团体，因其组织涣散，思想行动不一，先后解散了。信仰无政府主义的许多人，也逐渐分化转向，或投靠国民党，或加入共产党，或离开政治舞台，少数坚持者退而从事乡村教育——“对于巴金来说，自己要走的那条本来就模糊虚幻的‘实际斗争’道路，在现实中难以走通，执著的信仰和倔强的性格，使他既耻于与国民党合作，也难以步入治学或经商之道。而小资产阶级知识分子的种种弱点和无政府主义思想的深刻影响，又使他不能也不愿选择新的革命道路。真是欲进不能，欲退不忍。巴金陷入了深深的苦闷之中”。这是一段颇具分量的分析。巴金如此，黛莉亦然。“不能也不愿选择新的革命道路”一语，包涵内容太丰富了。

解放军挺进上海，民族资本家纷纷退却。四明银行原有巨额“官股”，一夜之间，即被新政府收归公有，不容争辩。银行家们开始大量裁员，四明银行一次辞退雇员六十余人。这其中，也有普通劳动者赵黛莉。怎么办？黛莉老人回忆说：我挺身而出，对大家说，我们不能就这样散去，要团结起来，和资本家斗争下去。当时，黛莉照着巴金著作，模仿着写出一份《告全体雇员书》，带领大家坚持上下班，向资本家要工作，要薪水。她带头领导雇员们前往上海市政府请愿，要求政府干预银行高层，不得随意解雇员工。很遗憾，市政府答复说，四明银行是一家私营银行，我们暂时不能多管其内务，同时又热情相告黛莉：如果你本人愿意，我们希望吸收你一道参加革命工作，我们可以介绍你到一家新单位去上班，我们很需要你这样的人！本来，这机会十分难得，黛莉却考虑到，雇员们尚在困难中，自己岂能只顾个人，一走了之？她没有答应这个建议，失去了这一宝贵机会。最后，黛莉领了银行三个月薪金，人家说是遣散费，再无别的办法。于是，她带着小赵健，拖着极度疲累的双腿，又一次回到姐姐身边。

——既在意料之外，又在情理之中，姐姐家绝大部分资产，全部归公，所剩无几。

——在上海，原有众多山西老板经营着贸易公司，内中多有赵家老户，现在，眼看着生意不好做，共产党打击投机，管制甚严，一俟京沪铁路恢复通车，这些山西老板便卷起金银包裹，迅速返乡而去。

——赵家姐妹的“剑桥”父亲，只能留在甘肃，做个老老实实的教书匠，哪里还敢回到内地来？

——宁武老家，只剩下了赵家老奶奶，最后亦逃往太原，逝于 1949 年的动荡中。

——太原坡子街 20 号大院，匆匆转让给山西兵工厂。就是在这时，黛莉三哥转告她，原先留下的许多书籍信件，都统统烧掉了。

——赵黛莉二哥，留学日本，眼下也滞留在那里，一时回不来，直到 1954 年，通过红十字会接应，始离日归国。

——赵家姐妹无路可走，慌不择路。匆匆之间，从上海仓皇奔赴北京，暂时投靠南桂馨、傅作义等长辈们，看看怎样才能生活下去。

以 1949 年为标志，一场巨大变迁，给赵氏家族带来根本性的动荡，异常剧烈。叹世态无情，形势如此，大家伙儿好自为之，各奔前程吧。

话说到这里，黛莉老人沉默良久，一时无语。

赵黛莉，终归不是林道静。

20 共同寻找黛莉

怎么办？自抗战胜利后，赵廷雅、赵廷英以及所有赵氏宗族成员，他们逆势而为，饱受唾骂，深感无可辩解。阎锡山不待见他们，国民党惩处汉奸，而共产党这厢，正在倚重各路军事力量，大举夺取全国政权。无论怎么说，好事儿都轮不到这家人头上。一句话，赵家处境艰辛，阎锡山、国民党、共产党，都不会帮衬这一家族。

黛莉太难了。眼看着上海不能生活，北京难以为继，全家竟无立锥之地。于是，赵家上百口亲友，向着东南西北 11 个省市，四面八方奔散而去。

黛莉带着小赵健，凄凄惶惶。

1950 年左右的黛莉母女

思来想去，总要依靠两只手，劳动工作度光阴。上海伤心地，北京谋生难，太原不能待，西安怎么样？——黛莉决定重新投奔大慈大悲的西安堂姐赵菊生。自那年暂住西安，生育小女，黛莉与堂姐情义深厚。

1950 年春，黛莉拉扯着小赵健，投奔西安而去。

一见堂姐菊生，二人悲从中来，相拥而泣。唔，茕哀苦独，形影孤凄，幼儿寡母，最是可怜。赵菊生一边安抚堂妹，一边拜托各位山西老乡，要为黛莉母女奔走一个饭碗。

说来颇为奇特。堂姐赵菊生久居西安，人事较熟，居然找到了一位重量级老乡——中共早期大树特树的工业劳模赵占魁。说来话长，这位老英模系山西定襄人，抗战中在延安兵工厂搞铸造，一个心眼踏实苦干，为人憨厚朴实。当初，蒋介石号令围攻陕甘宁边区，中共猛将贺龙身为边区联防总司令，特命所属温家沟兵工厂，紧急制造十万颗手榴弹，装备部队御敌。未料兵工厂工会干部狄德建等人，突然提出工人待遇问题，并反对十小时工作制，说不好就要罢工。狄等要求延安军政当局给予工人以相应补偿，构成中共局部执政时期首次工人怠工事件。这还得了！贺龙差一点儿就要枪毙狄德建了。延安军政一面严惩狄等毫不留情，一面在工人中树立

一场“学习赵占魁运动”，在陕甘宁边区轰轰烈烈地开展起来了

典型模范，加强思想政治工作，依靠榜样力量解决复工难题。延安《解放日报》热烈地报道了山西籍好工人赵占魁踏实肯干的事迹。毛泽东当即将这一典型放置到一个战略性高度予以推广。农村学习吴满有，工厂学习赵占魁，太行学习李顺达，军队学习张思德，干部学习白求恩。后来，又加上青年学习刘胡兰、董存瑞、黄继光、邱少云，少年学习刘文学，工业学大庆，农业学大寨，全国学人民解放军，最著名者当然是学习雷锋好榜样……总之，要以典型带一般，把人民话语集中起来，把人民思想统一起来，把人民行动组织起来。党在各个历史时期都要树立一个或几个乃至多个光辉榜样，推广为普通群众跟党走的新坐标和参照系。要说总体效果，当然很好，那不是一般好，而是非常好，特别好。

这一次大敌当前，毛泽东关于学习赵占魁的指示，相当坚决，不留余地。当时，毛泽东看了《解放日报》报道后，亲自给中央职委书记邓发打电话说："奖励赵占魁这件事做得很好，这不是奖励一个人的问题，而是全边区和其他根据地提高生产、改进工作的新生事物。平时我听你们说，要找斯达汉诺夫，赵占魁同志就是中国式的斯达汉诺夫。你们要把他的优点总结起来，树立标兵，推广到各工厂和生产单位去。"从此，一场"学习赵占魁运动"，在陕甘宁边区轰轰烈烈地开展起来了。

1949 年后，赵占魁毫无疑问地成为全国首批劳动模范，并以西北工人

赵占魁（左）的事迹，当年在西北党政军以及社会各界家喻户晓

代表身份，参加了首届全国政协第一次会议，历任第一届、第二届全国人大代表。1950 年，赵占魁荣任西北总工会和陕西省总工会副主席，实职是西北军政委员会劳动部副部长。直到六十年以后的今天，中华全国总工会评选六十位“新中国最具影响的劳动模范”，借此助推大型国庆纪念活动，赵占魁依然荣列其中。

赵占魁生于 1896 年，逝世于 1973 年 8 月 26 日。

那么，这面老资格的“工人旗帜”，与黛莉母女之命运有甚关系？

赵占魁的事迹，当年在西北党政军以及社会各界家喻户晓。但是，人们只知道他不辞劳苦为党工作的一面，却较少知道，他原本出徒于山西民族资本家早期企业，先在山西兵工厂所属铜圆厂学习翻砂铸造，技术日趋成熟，又在同蒲铁路介休工段做工三年，其文化背景正是民间传统的忠厚信义，所接受的训练又属于尊师如父理念，常与一些山西资本家打交道。说起来，那时候，厂主与工人之间的关系很好，是相当愉快和谐的。

1938 年，日军侵占山西同蒲铁路，赵占魁逃亡下岗，一直走到延安来。如今，赵占魁既在西北军政委员会劳动局担任实际职务，那么，山西老乡赵菊生，并不费太大工夫，便辗转相托，很快与赵占魁及家人建立了同乡互动联系。于是，西北劳动局副局长赵占魁，热情地介绍小老乡赵黛莉，到西北劳动局机关上班，做了一名会计，而且待遇不低。其间几乎没有遇到什么难处。

让我们整理一下思路：赵占魁来到延安时，已是一位四十多岁的人，他实在算不上一名激进的革命斗士，只是遵循厂规，忠厚待人，靠一身技术立足，重在养家糊口，后来做了官员，眼见得山西小老乡有困难，孤儿寡母，他不会见死不救。一种古老的传统义理，久存心底，很自然地发挥作用，能帮人时，尽量相帮。据赵健回忆，直到近些年，母亲与赵占魁亲属仍有相互来往，母亲一生都非常感谢赵叔一家人。

这简直有点儿“阶级斗争熄灭论”了。

是的，所谓阶级斗争，在中国民间社会里，并非时时刻刻呈现着尖锐状态。倘若时时尖锐难当，试问礼仪邦国何在？传统善德何在？仁者爱人

这位富家小组，毫不熟悉党组织周边早已集体化、苦难化的火热斗争生活，她的存在，显得十分另类

何在？济贫扶困何在？两大阶级殊死斗争千百年，缺失了和谐，这学说倒是真正匪夷所思的。

黛莉就这样参加了共产党革命工作。她在西北军政委员会机关大院里，上班去劳动局，下班孤身一人，带着一个小女孩，和那些刚刚打下江山的工农革命家们一道，学文件、吃食堂，竟也有过一段快乐时光。遗憾的是，这位富家小姐，从来没有接受过中共党组织任何训练，也毫不熟悉党组织周边早已集体化、苦难化的火热斗争生活，她的存在，显得十分另类。比如，革命女同志常常穿着队伍里发下来的灰色服装，或旧军衣或“列宁装”，裤腿肥大，布质粗糙，形式单一，有人腰扎武装带，有人带着小手枪，而黛莉却常常把旗袍穿了起来，乃至高跟皮鞋，长筒丝袜，彩色发带等，时在解放区晴朗的天空下亮相。这不是资产阶级，又是什么阶级？加

黛莉仍做会计工作，但人们从政治上歧视她的情形也越来越严重了

上她那复杂多事的家庭背景，还有她流落南北曾经从业于国统区的人生经历，这一切，简直令革命者无法接受，尤其不能被革命女战士们那战斗型审美观所容忍。如果不是老前辈赵占魁介绍来的，如果不是有这位“英雄老乡”罩护着，恐怕她早就被列入敌人阵营中去了，至少，也打你个“国民党特务嫌疑”。

到了 1954 年，西北军政委员会撤销。黛莉先后任职于陕西省劳动局、西安交通大学、省交通厅下属汽车配件公司等单位。她仍做会计工作，但人们从政治上歧视她的情形也越来越严重了。在那个严酷年代，任何人都无法逃脱没完没了的政审。据黛莉老人回忆，光她知道和配合过的“宁武外调”，至少有过十八次到二十次。万幸者，她仅仅在太原读过书，在宁武并没有生活过，又从未参加过国民党或阎锡山的任何组织，因此每次运动，每次审干，每次调查，她尚且能在危如累卵的态势下，勉强保存“完卵”，因而也就保留了她和小赵健赖以生存的工资来源。

黛莉在“文革”前即任高级会计之职，每月工资七十元左右。这在许多人看来，一老一小母女俩，挣这个数目的钱，本身就近乎罪恶，许多人把这娘儿俩嫉恨得要死。据女儿赵健说：1965 年前后，经济形势缓解一些了，母亲除了喜欢读书看报，还喜欢独自一人穿戴整齐去逛一逛百货商场，有时当作散步，一逛好长时间。她当然希望生活得更好一点。这是什么人才有的习惯？贫下中农和城市贫民们，绝不这样做！坚决反对这样做！

一场接一场的大运动，人们瞪着血红的眼睛，与其说是查她政治，不如说是妒她经济，或者说，在完全公有制的条件下，政治命运和经济待遇两者简者不可分开，几乎是同一场斗争。长期以来，我们研究政治运动包括“文革”的残酷性，总是很自然地侧重于政治倾向和帮派集团的斗争，更重视意识形态的斗争，而容易忽视经济利益因素。事实上，运动中两大派，拼杀到你死我活而绝不罢休，与高度公有制条件下每个人的经济利益相关至密。谁若输了，对立派必将扣发工资，你们全家就艰难得活不下去。而各地造反之初，有一多半首发阵容，干脆就是向上要求落实经济补偿，而并非纠正什么“思想路线”。同理，“文革”运动也是公有制条件下的产物，其残酷程度，与高度集中的计划经济体制，是搅在一起的。

赵健深有惨痛记忆：同学们集体看罢电影《智取华山》，很快将赵母黛莉当作影片中女特务的翻版

黛莉是一位真正坚守自己人生信念的人

赵黛莉母女俩，在长期运动中，尚且能够相拥喘息活下来，全凭这份工资了。令人感慨的是，一个无政府主义者，年轻时不参加任何组织，真是不幸中的万幸，事实上，黛莉后来已经被当作真正的“特务嫌疑”而被控制着，这相当可怕。遥想当年，国民党在贵州、云南、重庆、湖南、广西、浙江、福建等统治区，大力推行多项组织活动，高喊着“一寸山河一寸血，十万青年十万军”等口号，许多青年投笔从戎，参加了“三青团”或者“青年军”组织。这事儿放在 1949 年以后，随时可以要人性命，或者难逃牢狱之灾，多年劳动改造更是常见的事。

赵健深有惨痛记忆：同学们集体看罢电影《智取华山》，很快将赵母黛莉当作影片中女特务的翻版。事虽荒唐，却极痛苦，以至于别人打骂欺负，将其当作特务女儿来对待，仿佛这一切并非联想，而是现实，而是果真。

长期政审上下歧视，尚且不曾将人揪出来再三批斗，一旦 1966 年大风暴席卷而至，则完全撕去了一切面纱。西安古城，批斗打砸日趋疯狂。试想，在那场运动中，千千万万老革命，无数根红苗正之人，尚且难逃厄运，又何况种种“牛鬼蛇神”？批斗赵黛莉，更是家常便饭，不死也脱三层皮。老人回忆说，某次批斗会上，有一位挨斗职员因一点点小事，被暴打在地，连续者三，结果，第三次栽倒后，再也爬不起来，此人被当场活活打死。凶手们迅速将其烧掉，又把死者骨灰胡乱抛撒到西安护城河里，让他死无葬身之地。在日夜不息的批斗中，赵黛莉的宿舍连续被抄多遍，抄出来几件旗袍或者好一点的衣服，几条长筒丝袜，两双高跟鞋，还搞了公开的“罪恶”展览。最后，勉强收回来几张老照片，早被人用红笔打了叉，编号为52号、53号，其余则被糟蹋殆尽。可叹西安红卫兵之暴力，比起北京大兴、湖南道县以及我所熟悉的太行山等地，比起许多群体虐杀“牛鬼蛇神”的地方来，算是轻的了。深怀仇恨的人们啊，你们到底要干什么？

黛莉能够活下来，实在是个奇迹。

她什么也不去多想，只想到自己绝不能死，绝不能胡乱承认各种罪名，因为她还有一个可爱的女儿，她要为女儿活下去。

黛莉从少女时代起，就心仪自由，向往革命，追求进步，崇尚独立，严于律己，宽以待人，这一切，竟换来如此悲凉的结局。即使巴金先生本人，也备受凌辱，九死一生。更有许多大小知识分子、优秀作家死于非命。唔，还是那句话：革命吃掉自己的女儿。

屋子里渐渐暗下来，看看天色已晚。姝言悲娓，时复欷歔，黛莉的人生命运令人心潮难平：七十余载，风雨摧袭，世事迭变，时运多舛，她孤独无助，步履维艰，但她不软弱屈从。她是一位真正坚守自己人生信念的人。

她的身上涵盖着更真切的历史。

是的，黛莉终生未再嫁。赵健也从未见过亲生父亲。

乱世佳人啊。

最后一个问题：我们看到了巴金先生致黛莉七封旧信，那么，当年黛莉女士致巴金先生的信件，是否还幸存于世呢？缺失了黛莉的表述，是一大遗憾。我明知希望甚小，但还是向赵家母女提出了这个问题——母女俩在沉默中摇摇头，眼中一片茫然。是啊，七十年风雨过去，这些信不在了，底稿也不在了，唯寄希望于巴金研究者们，今后留心吧。

经母女俩同意，我从赵家相册中抓紧翻拍了一些旧照片。要想把这个故事更完善地讲给和平年代的读者们，还需图文并茂，以利于和大家一起，共同寻找巴金的黛莉。

赵健就职于西安建设银行，直至退休。西安城里，河南籍市民不少，赵健年轻时嫁给了一位实实在在的河南人，然后又生一女。这位女儿，我们都没有见到。唯祝她一切都好，希望她姥姥此生悲剧，真的不再重演。

我和李彬告别黛莉母女，下得楼来，整个西安古城车流滚滚，华灯万千。下班人群在匆匆之中，各自奔赴其家。街边一个乞讨者拉着二胡，不是《江河水》，而是流行曲调《走进新时代》。灯光缭乱处，行人步如飞。

黛莉母女深情相送作者

1964年8月，巴金（中）应邀赴山西采风

1964年秋，巴金先生应山西作家邀请，曾到太原、大同、大寨、杏花村等地采风游历。不知他是否忆起了《一九三六年春在太原》？不知他是否还记得“坡子街20号”有一位少女叫做黛莉，曾经与他往往来来写了一些信，说了许多话？这一切，竟不可考。

近来有报道说，以巴金名字命名的那颗小行星，正遨游在浩瀚无垠而朦胧迷茫的宇宙间。我由此联想，一位中国作家，历尽苦难，他终于彻底获得了自由。

念天地之悠悠，独怆然而涕下。

祝福他们吧，热爱自由的人们。

2009年10月　太原—北京

（原载人民文学出版社2009年12月版，文中图片有少量调整）

梁 庄

梁 鸿

穰县位于河南省西南部南襄盆地中部偏西地区。地理坐标为北纬32°22′～32°59′，东经111°37′～111°20′之间。南北长96公里，东西宽67公里，总面积2 294.4平方公里……“山少冈多平原广”为穰县的地貌特点。地势西北高东南低，地面平均坡降在1/800～1/1 200之间。境内有大小河流29条，较大河流有湍水、刁河、赵河和严陵河，分别从北部或西部入境，汇集于东南部，注入白河，流入汉水。河流之间，自然分割成扇形冲积平原，在北部、中部和东部形成大面积肥沃土地。土层深厚，土质为保水保肥性能强的潮土、黄老土和黑老土。属亚热带季风型大陆气候，受季风转换影响，寒往暑来，四季更迭分明，温暖湿润。吴镇梁庄村位于穰县西北部，距城区40公里。

——《穰县县志·概述》

“迷失”在故乡

出城的公路依河而建，其中一长段高出河平面十多米。坐在车里，可以看到河里的情景，挖沙机在轰鸣，一堆堆沙高耸，有大型运输卡车在来回奔忙，一派繁荣的建设图景。只是，十几年前奔流而下的河水、宽阔的河道不见了，那在河上空盘旋的水鸟更是不见踪迹。

改革开放的这三十年，整个乡村网络最显著的变化是路的改革。道路在不断拓宽，不断增多，四通八达，缩短了村庄之间、城镇之间的距离。在我的童年和少年时代，坐公共汽车进城至少要两个小时，还不包括等车的时间，一路颠簸，几乎能把人颠到车顶上去，头撞得生疼。人们很少坐车，一趟两块钱的车费在那时几乎相当于一家六口人一个月的生活费。在县里师范上学的时候，我们大多数是借自行车回家，两个同学互相带着，在路上骑六个小时就能够到家。每次屁股都被磨得生疼，但是，刚进入青春的少年是不会在意这些的。沿河而行，河鸟在天空中盘旋，有时路边还有长长的沟渠，沟渠上下铺满青翠的小草和各色的小野花，随着沟渠的形状高高低低，一直延伸到蓝天深处，有着难以形容的清新与柔美。村庄掩映在路边的树木里，安静朴素，仿佛永恒。

但是，我也知道，这只是我的回忆而已。永恒的村庄一旦被还原到现实中，就变得千疮百孔，就像这宽阔的高速公路。它横贯于原野之中，仿佛在向世人昭示着：现代化已经到达乡村的门口。但是，对于村庄来说，它却依然遥远，或者更加遥远。前两年，从省城回家，也许是高速公路刚刚开通，乡亲们还没有接受足够的教育，公路上骑自行车的、走路的、开小三轮的、逆行的、横穿的都有，原野的上空不时响起刺耳的喇叭声和刹车声。我故乡的人们泰然自若地走在高速公路上，公路下那隔着的铁丝网被剪成一个个大洞。然而，如今，路上已经没有行人了，想必他们是接受了足够的教育和教训。

他们必须回到他们的轨道和指定的位置。那一辆辆飞速驶过的汽车，与村庄的人们没有任何关系，反而更加强化了他们在这现代化社会中“他者”的身份。被占去的土地且不必说，两个曾经近在咫尺、吃饭就可以串门儿的村庄，如今却要绕几里路才能到达。乡村生态被破坏，内在机体的被损伤并不属于建设过程中决策者考虑的范围。没有人考虑村庄的感受，即使有一些可通行的涵洞口，也是按照标准的数据来的。高速公路，犹如一道巨大的伤疤，在原野的阳光下，散发出强烈的柏油味和金属味。

吴镇渐行渐近。

我们的落脚点是在镇上做生意的哥哥家。吴镇位于县城西北四十公里处，曾经为穰县“四大名镇”之一，集市非常繁荣。以主街道为中心，呈十字形，朝四面辐射。少年时代，每到逢集时候，尤其是三月十八庙会，可称人山人海。我们从镇子北头往南头的学校走，几乎可以脚不沾地被推到那边。过往的汽车更是寸步难行，把喇叭按得震天响，可是，没有人听见，更没有人朝它们看上一眼，所有人都沉浸在熙熙攘攘的热闹与繁华中。没有工厂，没有企业，除了必要的政府公务员和商人之外，镇上居民大多仍以种地为生，间或充当小商小贩，卖自家的粮食、鸡蛋、水果，以物换物。

现在，沿着新的公路，吴镇形成了新的集市中心和贸易中心，一排排崭新的房屋矗立在道路两旁，全是尖顶的、欧式的建筑，很现代，但也显得不伦不类。镇子原来的主街道被周边新兴的街道和新建的房屋所包围，变得破败不堪，荒凉异常。

哥哥、嫂子在镇上开一个小诊所。哥哥还顺应潮流地做一些别的生意，承包过土地，开过游戏厅，最近又和同学做房地产，但似乎都以失败而告终。这次回来，哥哥家的门口又堆满沙子、石子，还有钢筋。混凝土机在轰隆响。他准备把原来买的一整幢房子分割开，一分为二，卖掉其中一部分，还掉买房时借下的大量债务。但是，这次重新修房的投资也需十万元左右。我一听，有点紧张，对哥哥说盖好了赶紧卖，房子正处于高价，估计马上市场就要不好。哥哥信心满满地说，没事，现在镇上盖房人很多，想买房的人也多。再说，小镇毕竟还是偏僻，即使房地产业有什么大的波动，也不会很快影响到这儿。

在哥哥家稍作停留，买了鞭炮、火纸，我们到村里边，给爷爷、三爷和母亲上坟。这是我们每次回家后做的第一件事。经过二十几年的扩建，我们村和镇子几乎已经连接上，哥哥的房子离村庄只有五百米左右。在少年时代，晚上夜自习从镇上放学回家是我最恐怖的经历。空寂的道路，两旁是黑黝黝的、高大的白杨树，风吹来，树叶簌簌地响，那种害怕，连后脑勺都是冰凉的。从镇上学校到村子里的这段路，是世界上最漫长的路。当然，也有美好的时候，我的青春期，正是琼瑶、金庸流行的时期，我曾经疯狂地阅读所有能找到的他们的书。于是，在夜晚的路上，在害怕与惊慌之中，常常想象有那么一个白衣少年，从远方飘然而来，俊美羞涩，深情地拉着我的手，把我送回家。

而如今，如果不是有家人，有老屋，有亲人的坟，我几乎不敢相信这是自己曾经生活了二十几年的村庄。走在路上，我总是有“迷失”的感觉，没有归属感，没有记忆感。

爷爷和三爷埋在老屋的后院。说是后院，但院墙已经坍塌，里面长满半人高的荒草。清脆的鞭炮在村庄的上空炸响，惊醒了沉默，也似乎接通了那边的灵魂。我们磕头，烧纸。父亲揉了一把眼睛，说，你爷，一九六〇年让集中去养老院养老，去的时候好好的，能说能唱，还提着个小夜壶，去四天，躺在席上回来了。人死了，硬生生饿死了。这是每次上坟父亲都要说的话。虽然没有见过爷爷，但经过父亲这么些年的叙述，在我脑海中，那是一个戴着瓜皮帽，因长年担豆腐挑子卖豆腐腰已经半弯的老头。他一手抱着铺盖，一手提着小夜壶，正蹒跚着朝离村子五里地的养老院走去。

听到鞭炮声，村子一些人走出来，客气地看着我，问父亲，光正，这是几闺女？不是四闺女吧？咋胖成这样？看着这些熟悉而陌生的面孔，从他们的脸上，我清晰地感受到岁月的刻印，才发现自己原来也有了触目惊心的变化。

后院的右边是一座刚起的二层楼房，父亲说那是张家道宽的房子。道宽，兄妹几个全都考上大学走出了村庄，只有他还留在这里。道宽不善言词，又不会干活，当年娶了一个漂亮的四川蛮子做媳妇，媳妇脾气火暴，几次出走，又被追回，最后还是走了。道宽受尽了苦头，也成了全村人嘲笑的对象。

扒开及膝的杂草和灌木，来到前面的老屋，在这里，我生活了整整二十年。院子里同样长满荒草，那倒塌了半边的厨房被村人当做了临时厕所，也有家畜拱过的痕迹。正屋前面、后面屋顶都是大洞。地基已经有些倾斜。哥哥前几年收拾了一番，但是，因为没有人居住，很快又开始破败。外面的墙面上还有妹妹当年学字时写的诗，错字连篇。每年回来，我们都要再读一遍，姊妹几个笑成一团。父亲忘了拿钥匙，正屋进不去。父亲和姐姐站在屋子前面，照了一张相。道宽家的新房和我家的房子形成了触目惊心的对比。

母亲的墓地，也是村庄的公墓，在村庄后面的河坡上。远远望去，是一片苍茫雾气，开阔，安静，有一种永恒之生命与永恒之自然的感觉。每次来到这里，心头涌上的不是悲伤，却是平静与温馨，是一种回家的心情。

回到生命的源头，那里有母亲，而那里也将是自己最后的归宿。烧纸，磕头，放鞭炮。我让儿子跪在地上，让他模仿我的样子也磕了三个头。我告诉儿子，这是外婆。儿子问我外婆是谁？我说，是妈妈的妈妈，就是妈妈最亲的人。我们又如往常一样，坐在坟边，闲聊一会儿家里的事。

每次一到这里，大姐总是唠叨，要是妈还在，那该多好啊。

是啊，“要是妈还在”，这个设想过无数次的场景，成为全家人永远的梦想和永远的痛。看着坟头的草，鞭炮的碎屑，回想母亲的一生和我们的艰难岁月，家庭的概念、亲情的意义总是在瞬间闪现出来。如果没有这些，没有故乡，没有故乡维系、展示我们逝去的岁月和曾经的生命痕迹，我们的生命，我们的奋斗、成功、失败又有什么意义呢？

现任村支书：谁干就是让谁累死

本来和村里现任支书见面是很容易的事，但是，回来一月有余，却一直没碰上面。问起老支书，老支书只摇头，说过去的村支书天天在村里转，现在的村支书是天天不知道在哪儿转，反正是上面，不会朝下面看一眼。这天，到乡里了解一些情况，中午吃饭说起这件事，乡党委书记说马上安排见面。不一会儿，去的人回来说村支书正在镇上喝酒，据说是调解村里的宅基地纠纷，花了很大工夫才把双方当事人叫到一块儿，他这个中间人不能走，否则，事情就又得从头开始。乡党委书记并不生气，好像对这样的事情习以为常。等了约有一个小时，我们的村支书，韩治景，进来了，略有点醉意，看见乡党委书记在，半开玩笑地打了个招呼，一看便知关系非常好。看见我，很惊讶地大步上前和我握手，连连说，从你哥那儿早就知道你回来了，还说啥时候一块儿吃饭呢。具有很强的表演性。

韩治景，四十岁左右，瘦长身体，穿着白色短衬衫，一派文弱书生的样子。眼睛不大，但闪着精明，透着官场里的老练和圆熟，说话非常干脆。接任村支书已有六年。先是做收购粮食生意，现在也兼营修路、修桥，有搅拌机多台，主要用于出租。

不说大的行政村，光说咱们梁庄自然村，各姓全部加一块儿，共一千三四百人，三四百户，人均不到一亩地。经济方面，主要靠外出务工。啥企业？有俩私人砖厂，从挖土烧砖变成石灰砖。韩家云龙有个养猪场，前几年养背时了。这几年政策好，行情好，老母猪投保险，保险六十块，个人拿三十块，政府拿三十块，最后，保险公司能赔偿千把块。户下散养的有四十多个，都是喂饲料，喂草太慢。没有闲人去割草。为啥养猪少？一家完全投入养猪划不来，老人还要照顾小孩，所以尽管有补助，还是养的少。

咱们现在不是杨树经济吗？村里河滩地种有六七百亩，我也种五六十亩，最粗已经二十四公分，年年上化肥，一年一棵树投资得二百五十块，我觉得收入与种庄稼一样，只不过是最后弄个总疙瘩。十年以后，按现在的发展，能卖三十万块。把投资去掉，能挣十万块钱。也就是个定期存款，有个养老钱。

现在种地基本上已经机械化，就这，种地的人还是少，农村劳力已经习惯出去挣钱，很难回来。现在种地国家不收税，还补贴钱，是好事，但不会形成你说的返乡潮，那点钱够啥用，想盖房子孩子交学费，还得靠出门打工。但也有新变化，就是原先让给别人的地又都要回来了，种些简单的农作物，能收多少是多少，反正不用交钱交粮，多少都是自己的。

按我分析，将来还得走集体化道路，集体化要比散化好，一人一点地，太过分散。集中种，成本降低，劳动力也减少，大型农机工具也能够充分利用。

咱们这儿的人还是没那个做生意头脑。挣了钱回来，存在银行里，等着有一天盖房子，只怕钱没了。银行存款很多，盖个闲房子，没人住，又扔那儿不管了。南方产品丰富，市场发达，家家户户都可以加工，有可能去组织做生意。几个年轻人在一块儿打工挣点钱，商量着做个啥事，赔了算了。咱这儿根本不行。人心不齐，还没干出名堂呢就闹意见，凡是几家合伙的，开始可好，称兄道弟，到最后没有不结仇的。也有攒了不少钱的，不愿再出门，想着干个啥，可东看西看，下不了决心，怕赔，最后，还是出去了。

现在最难干的是村干部，村里没钱，社员的钱还不能少，譬如说种杨树，每个村有指标，让支书亲自抓，月底报账，村里垫了三万多。事是好事儿，可是一成硬性指标就坏事了。说是只在田头沟渠种，有些村为了完成指标，也为了省事，就把耕地给毁了，强迫人们种。好事变成坏事了。农村当干部就是落了一个政治荣誉。村级干部就是奉献精神，咱们村修“村村通”公路时用了几十个人，都要工资，我只好自己垫。图个啥？

农村干工作，按书本上干，按条例干，肯定干不成。在法律政策范围内，各种方法都有。生产队干部，工资就三四十块，我是一百六十八块钱，全凭人情干。当干部的人在村里必须有一定的办法，像分地，你正经去分，你弄不成，就得连骂带哄去弄。也有派副乡级来，都站在边儿上，离多远，不上场，一个月都分不完。这也是你们说的基层经验、农村经验。就说今天中午，为啥吃？就你们梁家，前一段下大雨，宅基地石块被冲走了，弄不清，两家打起来了，谁都说不通。只好去做工作，由队里去设场请吃饭，找村里会说话的、有威望的去说和，各自让一步。没三两场饭肯定不成，农村这些事都这个样。老百姓凡事爱挑个理儿，你想让他信服，必须看是谁说他，得是那个人，否则，能说成的事也说不成。有时候吃饭也闹事，本来说得好好的，一方夸口说外面有人，另一方一听，你有本事你找人呀，我还不让你了，不信你能把我弄到监狱里。这下好了，前功尽弃。

农村宅基地纠纷是常事，老是有新规划，但是落实很难。按规划盖，如果占住你的老宅基地一点，只有两家协商，协商不成，没有任何办法。说是拆旧建新，都是建新的，也不拆旧的。现在老百姓是爷，反正我就是这个样！眼看他是错哩，你能咋办？领导又有任务，你又得完成。当支书是光荣，谁家有红白喜事，你可以坐到上座。可你要是不送礼，算你完了。来家里坐的人每天都一群一群，烟茶都供应不起。有时，我都想躲起来，也是癞蛤蟆支床腿，强撑硬劲。村支书就是那出力不讨好的角色，不是有人总结了吗，怎么说来着，“走南闯北不理你，手里有钱不甩你，遇到事情他找你，事办不成他骂你，心里生气他告你”。

农村这事儿，会整的还轻松点；不会整的，累死了都没人承情。

还有就是抓信访，也难死人了。他告哩对了，咱们管理；有些眼瞅是瞎告、胡告，也得领回来，回来还得当爷敬，下回他还去。光这一摊事儿，村里、乡里、县里得花多少钱，这，咱们书记最清楚。要我说，领他干啥，叫他告去，有理走遍天下，怕他告干啥？怕他告状本身也说明咱有问题。领回来敬起来，问题就解决了？他是人，长着两条腿，你能管住他？

现在公路“村村通”是好事，可也有麻烦。咱村里修那条路，也是国家出一部分，村里一部分，个人再出一部分。有些人家住得远了，不走这条路，不愿意掏钱，扣他地也不愿意哩很。主路现在已经弄完了，也是不配套。还是明下水道，夏天，一下雨，还是蚊子一大堆，臭哩不行。叫整的事多哩很，关键是没钱。国家拨的钱都是少量的，啥事都需要关系。好在是通过关系能要来一些钱，这才修路，筑坝。不过话说回来，国家能有这方面规划，这已经强多了。

现在水利上也有好些补贴，农综开发，国家的钱专项管理，我又跑县里要来一些项目，打些井，盖个电房，大电盘，把高压线拉到井边，浇水，磁卡计费。农田灌溉率达到百分百。项目是拉来了，专款专用，我自己还得贴烟钱。现在，农村成年劳动力，百分之九十多都在外面，这两年粮食贵了还有人种，但是回来的还是少。政策是好了，但是那点钱给他也不起啥作用，要不要无所谓的事。

我个人想法啊，不知道对不对，农村搞新农村建设，光补助这一块，四五十块加一起，能办些大事。现在既然国家往下发钱，咱们整个村，按现在的补助，两千六百八十四亩，能发十来万元，集中在一块儿，能办很多事，譬如修路，弄水道，这比发给个人强。

说一千道一万，关键中国大了，农民多了，难哩。

在和村支书交流的过程中，乡党委书记偶尔也插几句话，主要目的是阻止村支书说出一些违背政策形势的话。譬如说到信访的问题，村支书认为目前的信访政策很有问题，还没等支书的话说完，乡党委书记就插言，那些信访的多是老油条，为芝麻大点儿的事成年累月告，精神都有些偏执了，你给他咋解决他都不满意，想借机揩油。我并不完全反对乡党委书记的话，他在实际经验中应该会碰到许多案例，但是，他那种轻蔑的、轻视的态度却让人无法接受。而村支书虽然因乡党委书记的阻止而及时改变自己的话语倾向性，但却并不绝对的唯唯诺诺，有一种隐约的平等在里面。

这使得我对乡党委书记和村支书的关系很感兴趣。从村支书一进屋两人的寒暄、玩笑话，可以感觉出，他们之间的关系并非只是一般意义的上下级关系，几乎类似于江湖兄弟，具有很强的民间意味。在中国的政治体制中，村支书一级是非常暧昧的政治身份，他不属于国家干部，可以随时变回农民，但是，他又承担着落实国家政策的重大责任。村支书算不上是个“官”，却是个一方大事小事都会有人找的“大人物”。村支书虽然仰赖乡党委书记才能干这一职位，但是，他真不想干了，后者对他一点办法也没有。对于乡党委书记而言，他虽然能决定村支书的去留，但却并没有绝对的权威，因为村支书并不能因他而升职。要想让村支书比较听话，下力气去执行命令，还得依靠另外的东西，即民间场域里的一些文化方式和某些利益方面的许诺。这种民间约束力应该说是非常不稳定的，一旦一方不能达到另一方的要求，即有可能失效，并产生变数。

村支书一直在诉苦，这当然有美化自己的倾向，但是，改革开放以来乡村的村支书不好干也是个实际情况，上面要通过他来完成政治、经济任务，农民有怨气、有问题也要找他来解决，若非有一定的手腕与势力，是很难有效完成这个任务的。“上面纵有千条线，下面也要靠村支书一根针。”当我这样给我们的村支书讲时，他非常激动，好像找到了知音，进一步讲述了自己如何为村里争利益，如何为村民排忧解难的。

当问起国家对村支书的新政，譬如让村支书也进入行政序列，可以有行政级别，拿公务员工资等政策时，还没等乡党委书记回答，我们的村支书就叫起来，哈，那也是个形式，一个乡最多一两个，基本上都是那种富裕村，或者是镇上的村子，根本轮不到一般的村支书。我这才知道，在吴镇，只有镇北的村支书当上了公务员，也是通过重重关系才实现的。当我们的村支书这样夸张地表现自己的不满时，乡党委书记只是微微笑着，那神情，就好像一个江湖老大在看着自己的小弟耍酒疯，既是一种亲密关系的认同，同时，也是地位身份的强调与清晰化。

晚上回到哥哥家，和父亲、哥哥谈起对村支书的印象。哥哥说："这货就是敢干，有霸气，敢拍板，敢花钱，会走关系。"父亲非常愤怒，呸的一声朝地上吐了一口唾沫说："说哩可是，拿着老百姓的钱不心疼，可劲儿花。别听他在那儿表扬自己，有恁难，那他咋还干恁起劲？你叫他自己说说，村里卖路的钱到底用到哪儿了？他敢来对质？老百姓一分没花着，只见他吃吃喝喝。他家里那些机器都哪里来？他指望啥？"说起这些时，父亲的脸都涨红了，青筋往外努着，"村里民愤大哩很着呢，我和你老贵叔那天还在商量，非把他拉下台。有他在，梁庄好不了。"这个倔老头，保持着一贯的民间作风，对村干部总是有挑剔。

但也可以看出，即使村干部真的为村庄出了很大力气，费了很大的心，村民并不领情，因为，在村庄里，他们仍然享有特权，并且在这特权中谋了私利。这一点如果不解决，中国农民与村干部、政府之间的矛盾仍然不会得到根本性的解决。

小学："梁庄猪场　教书育人"

从老屋的门口，沿着昔日上学的老路，我又一次朝着梁庄小学走去。小学是围墙围起的一个四方大院子，前面是操场，院子中间是一个旗杆，上小学时，我们每天早晚都站在院子里升降旗。院子后面那一排两层的红色砖楼房是学校的教学楼，上下各五间房。我童年的大部分时光是在这里度过的。早晨六点的时候，学校上早课的铃声就响彻在梁庄村的上空，小伙伴们相互喊着、等着，在黎明的微暗中朝学校走去，开始一天的学校生活。我相信，大部分村民也是依着这铃声估算时间，安排一天的生活。

梁庄小学已经关闭将近十年了。院子里面的空旷处早已被开垦成一片茂盛的菜地，正中央的旗杆只剩下一个水泥的底座，后面的楼房还在那里。可能是听到我们说话，看大门的兴哥从大门靠左的小院子里出来，一看到我们，很高兴。他从里面把锁打开，一边嘟囔着说，门可不敢开，常常有牲口进来拱菜地，扒门。

走近去看教学楼，才发现，它其实已经破旧不堪了。教室的门几乎已经腐朽，推一下，灰尘哗哗地往下掉，透过残缺的玻璃，可以看到教室里面更为让人伤神的“风景”。楼下几间里面多是堆些破旧的家具，床、沙发、木椅、小凳子、锅碗瓢盆扔得到处都是，还有散乱的不知何年何月的作业本。这应该是老师的宿舍，也许想着还要回来，东西并没有收拾干净。还有的房间里面是一些残破的学生课桌椅，歪斜着倒在地面上。其中有一间房屋，却是有一张床，里面还有煤炉，近期住过人的样子。兴哥说，这是一个梁家婶子住的，和儿媳妇生气，没地方去，在这里住有半年。

顺着已经没有扶栏的楼梯，我们上了二楼，一个个房间里面关着家兔，鸡子等小家畜家禽，地上扔着啃烂的南瓜、脏的水盆、干草等。这应该是兴哥养的。站在二楼的栏杆旁，往村庄里面看，才发现，学校是整个村庄最高的地方，站在这里，可以看到村庄里面那错落的房屋，能够看到黄昏里的炊烟。我想，当年选址的时候，也许有统领村庄的意思吧。这所学校，经历过怎样的繁荣与兴盛，又是如何被抛出历史之外？我决定找当年曾经在小学教书的万明哥谈谈，他是学校的元老，了解梁庄小学的全部历史。

梁万明，瘦小，五十多岁，戴着一个老头帽，衣服仍是八十年代的样式，灰蓝色，好像很久没有清洗了。天已经黑下来，万明嫂子打开灯，惨白的灯光使得偌大的客厅阴冷，有点鬼影憧憧的感觉。两岁左右的孙子在门里门外跑着，黑红色的脸，是乡村冬天冻肿了的样子。女儿穿得相对时尚，一看就知道是长期在外打工。她一会儿去看看厨房，一会儿又坐下，文静而又有些害羞地不时望着我。毕竟曾经做过十几年的教师，万明哥说话咬文嚼字，非常慢，有自己的看法，常有惊人之语。

咱们村那学校，当年发展可真不容易。一九六七年，刚开始是借个民房，开复式班，文教局派来的老师，说明梁庄有学校了。到第二年，生产队集体盖了两间土坯房，后来周祖太回来教学，加了一间，还有一个做饭的，就是祖太他妈。然后又在西边接了三间，一排房，梁庄小学的雏形完成了。“文革”的时候就一排房，我记哩可清，大队部批斗你爹的时候就在那排房前面，领导训话，天天接最高指示，群众集会都在这儿。

我今年五十五周岁，一九七八年我初中毕业，上两年农业大学，就到学校教书。我去的时候已经是三排房，规模最大的时候是九十年代以前，一年级至七年级，六七个公办老师，有两百个学生。一九八一年接你嫂子，那时候国家开始补助，农村教育建房（校舍）补助，现在那个楼就是那年盖的。国家拨一点，村里筹一点儿，村民出资出人工。咱们梁庄小学是整个乡里第一个盖起来的，当时教育组还送个碑，上面写着，“梁庄村全体干群兴学纪念碑”，这些我都记哩清。那时候全村建校可真是一条心，没有谁说偷奸耍滑，在上学学文化这件事上，都不含糊。春上开始盖，家家都出工，天还冷哩很，都干哩可得劲，大家说说笑笑，心里高兴。你们上学的时候是梁庄村最兴旺的时候。当时学龄儿童入学率百分之百，那时候考试评比，吴镇中心小学第一，梁庄就是第二，光道、韩平战、韩立阁，老师有一二十个，哪个都是响当当的，在乡里都出名。

梁庄学风还是很旺的。八十年代中期，哪怕是个傻子，只要还能走路，都把他叫到学校。咱们梁家来娃儿不上学，老师们到家里去叫几次。那时候咱们县是全国的状元县，高考全国第一。真是厉害，看看现在都成啥样了。

一九九二年我不教了，被清退了。那时候分计划内民办和计划外民办，说是给我补个指标，算计划内。谁知道教办室主任就是按送礼圈的，我被圈到外面了。一九九二年国家对民办老师收编，不再扩编了。我也没有机会了，只好不干了。

现在梁庄小学已经有十来年没学生。学校自动关门，一部分家长带走了，一部分不够班，当时说的是留下一二三年级，其他的到镇上去。后来乡教办室不再派老师了，学校也就散了。前几年，校长把旗杆都弄倒卖了，是个不锈钢的，估计能卖个一百多块钱。后来，校长干脆不来了，就你兴哥住在那儿看门。

从大道理上说是人口流动和计划生育综合造成的。真正来说，是村长、支书一伙儿把它弄倒了。上级派四个老师，老师来了，应该有补助，老师工资偏低，村里要给补助，再找一个做饭的。梁庄以前再穷，对老师的补助从来没有少过。现在，说是没这笔开支，村支书不给了。老师来干一年半年，都跑了。要是村里积极，去乡里交涉，到镇上说说，或者去教育局要老师，估计也行。老师嘛，到哪儿不是教书，咱梁庄也不是乡里最偏僻的地方。还有，就是说服家长让孩子回来上学，其实家长谁愿意让孩子跑恁远？村长根本不愿意操这心。当然，不去说有个好处，每年还有个教育统筹费。学校没有了，统筹费还有，钱就到他们自己口袋里了。

现在算算咱们村的学龄儿童，开个一二三年级，根本没问题。没人操这心。去年有村民把校舍承包了，养了一茬猪，白天在院里放着，晚上赶到教室里。不知那校门口墙上的标语咋变成了“梁庄猪场　教书育人”？这都是那坏娃们胡写的。后来，教育局说，不雅观，不让养了。

现在人们思想消极了，各吃各哩，村里中青年都出去打工了，没有人管这些事了。学校旺的时候，咱们村里大学生是递增的，那时候梁庄多厉害，出了多少大学生。八十年代，梁庄村的家长个个想让小孩上大学，梁庄上高等院校的占人口比例不少。

现在小孩子上学，希望也不大。最近十来年娃们明显对求学信心不足，这是国家大学生制度改革造成的，上大学光收费不分配，上完了也没地方去。原来小孩不去上学，家长都是拿着棍子满村打，现在孩子不去上学也不用棍子打了。上几年大学至少得花四五万块，还不如去打工。就说考上学，也毕业了，谁还有十万块再去跑分配？

但是，说到底，家长还是有一种心思，只要小孩愿意上学，哪怕卖房卖血，总认为有文化有知识好，家长的第一愿望还是求知。你不敢想，算算现在的失学率比八十年代那时候要高得多。现代化是现代化了，教育程度反而下降了。初中以后辍学率非常高，学生是百分百不想上，也上不进去，升学最大的障碍是网络游戏。家长在外打工，都是爷爷奶奶管，哪儿管得住。

唉，你说路过小学啥心情？心里都不美，就是没有小孩的单身汉看见心里都不美。再恢复恢复不了啦，桌椅板凳被拿跑了，学校不像学校，家长也不会再愿意送回来了。现在，村里大人每天去镇上接送学生，人都快够死了[①]，农民又不是上下班，正在锄地，锄扔了都得去接。梁庄估计有几十家子。六点起来做饭，七点多骑个三轮车或自行车送去上学，中午再接送，下午再送接。活都干不了。有钱人家送到封闭式学校，可那封闭学校是啥？我都打听过了，教学质量差得要不得，成绩都是瞎编的，到考试的时候，老师把题写到黑板上讲一遍，学生还不会做。

留守儿童的毛病在于隔代管教，溺爱多，随着生活的富有，孩儿父母都留有生活费、零花钱，把小学生的习惯弄坏。你义衡哥前几天回来了，专为儿子的事。儿子都上高中了，天天逃学，上网、打游戏，要么就是在家里看碟。爷爷奶奶气哩浑身抖，他反过来骂爷爷奶奶。个个家里放有一二百张碟，大人要是不在家，小孩能看上一天碟。

即使只是一个已经离职许多年的小学民办老师，你也能感觉到，在他

---

① 够死了：很烦，烦得不得了。

的言语之中，他最担心的不是小学本身的消亡，而是这个村庄文化氛围的消失，一种向上的精神的消失，虽然他并没有清楚地表述出来。也许村庄的真正破败并不在那些内部的废墟，这学校的破败、荒凉才让人感觉到了这村庄的真正腐朽与行将消失。

让一所学校消失很容易，也很正常，因为有许多实际的理由，人口减少、费用增多、家长嫌差等等，但是，如果从一个民族的精神凝聚力和文化传承角度来看，它又不仅是一所小学去留的问题。对于梁庄村而言，随着小学的破败，一种颓废、失落与涣散也慢慢弥漫在生活于其中的人们心中。在许多时候，它是无形的，但最终却以有形的东西向我们展示它强大的破坏力。

如万明哥所讲，当初梁庄小学最兴旺时，全村村民都有一股子精神头儿，在地里干活心里也有劲，上学钟声一响，村民的一种敬仰、尊重之心油然而生。而现在，都各奔自己的小日子去了，挣钱第一，虽然也为孩子的学习而生气、焦虑，但是，却不会产生根本的心痛。乡村的文化氛围越来越淡薄，没有昔日那种文化之乡的感觉。家乡人虽然还希望学生上学，并且，出去打工除了想在家盖栋像样的房子之外，更主要的就是为了孩子能接受更好的教育。但是，在经济观念、金钱意识的冲击下，在家长缺失的情况下，孩子根本不愿意上学，就等着早早退学，以便出去打工。至于怎么打工，能打什么样的工，好像并不是他们所想的。更何况，现在上大学，并不能够保证将来就一定有出路。

光生叔的孩子秀清，考上地区的大学，三本，四年，学行政管理专业。每年约有一万块钱的学费和生活费。光生叔和老婆，还有秀清的妹妹，一家人出去打工供他上学。但是，毕业之后，却找不到工作，考过几次公务员，都没成功。秀清，单薄的、戴着眼镜的、落落寡欢的秀清，在城里租房子住了几年，不愿意回村里。终于在今年，跟着村里的其他青年出去打工了。说起这件事，大家都摇头叹息。光生叔家现在还住着村里最破的房子，闺女也已经二十五岁，至今没说婆家。还有几个大专院校毕业的孩子，只有一个凭着自己的专业找到了工作，其他，都只是在公司做低级员工。

他们的身份是什么呢？农民？农民工？好像有点不太合适，说是城市工作人员？白领？又完全不对。他们处于这样的模糊地带，不愿意回农村，但城市又没有真正收容他们，因为他们并没有足够多的收入使他们不需要记住自己的身份。他们只能在城市的边缘挣扎。

梁庄的初中适龄学生极少数跟随父母在外上学。父母给钱，在校吃住，还有一些住在老师办的学习班里。在县城，包括镇上，有许多这样学习班，家长交一学期的钱，一千多块钱，除上课在学校外，孩子们吃住在老师家里或租的房子里，老师既负责学生的日常生活，同时，也辅导学生的学习。但是，这样的班效果并不好，我自己的外甥曾经住过这样的学习班，拿起课本提问他，全以“不知道”回答。当问起哪家的孩子学习不错，老人都是一声长叹，女孩子还算好些，男孩子个个上网、打游戏、逃学，成绩单从来都没有拿回来让家长看过。一般上到初二初三，在暑假到父母那里玩，就不回来了。

有二十几个小学生，在镇上小学读书，没有寄宿，也没有食堂，中午短短两个小时，还得家长接送回村吃饭。如果你在早晨六点多钟、正午十二点或下午四五点路过梁庄村，你会发现一道非常奇怪的风景，一群老太太老头骑着三轮车，急匆匆，但却小心翼翼地往镇上小学赶。他们是去接小孩放学。

更让人担忧的是，“读书无用论”越来越被认同。在我的少年时代，常常是因为贫穷无法上学，没有家长不愿小孩儿上学的，而现在，则是家长看不到上学的希望，在焦虑一阵之后，通常对孩子持一种放任的态度。在这种情况下，教师也失去教学的动力。我一个教初中的表嫂，当年以教学有方而闻名全镇，家长使尽千方百计把孩子送到她的班里。现在，她整天沉浸于打麻将中。她说，那些孩子极少真正想上学的，逃学、旷课，都是家常便饭。老师也没有心思教学。很多家长也只是把学校当做临时托管所，孩子在学校呆着，不到社会上惹事就行，等大一点，就出去打工了。这种现象并不仅仅是因为农民的功利，孩子的无知，教师师德的下降，整个社会弥漫着一种失望与厌学的情绪，它自然地会影响生活在其中的每一个人。

我还从来不知道梁庄小学有那样一个石碑，更不知道学校当初兴建时的盛况。重又回到学校，我让兴哥找找石碑在哪里。兴哥当即就说他知道，在猪槽的下面，有一块长方形的石头，就是石碑。我们把上面的猪槽搬开，用刷子刷了好长时间，上面的字才显现出来，一排竖体字，“梁庄村全体干群兴学纪念碑”，下面的落款是“教办室、梁庄村全体村民，一九八一年秋”。想象着当年全村人在一块儿盖房的场景，人们都在说什么，怀着一种什么样的心情，怎样的骄傲，对未来怎样的希望，对孩子怎样的期望，垒起那一砖一瓦？今天，这样集体的动力，这样一致的心态，还存在吗？

曾经有一段时间，有邻村的人突发奇想，想租梁庄小学的地方办养猪场，没想到村支书也同意了。支书的意思闲着也是闲着，不如创点收。于是，那人在学校院子里盖了几排猪圈，把一二层的空教室也作为猪圈。每天拉猪、放猪，有来往的喧闹人声、猪的哼哼声、杀猪的嚎叫、赶猪的呵斥声。一时间，梁庄小学变得非常热闹。有好事者把学校大门口的标语“梁庄小学　教书育人”中的“小学”抹掉，改为“猪场”。于是，梁庄小学大门口的标语变为“梁庄猪场　教书育人”。

黄昏中的梁庄，是如此寂静。回首那已在薄暮中的学校，望着那八个朱红的大字，我有些走神，发呆。什么时候，“小学”沦为了“猪场”，“育人”变成了“养猪”？我可爱的家乡，我的那些可爱的孩子，难道只能在奔波中完成自己最初的教育？难道他们必须忍受与父母分离，必须在爱的缺失中成长？难道他们命中注定只能成为漂泊在外的打工者？或者，如果一所小学的消失是一种必然，那么，有什么办法，能够重新把这已经涣散的村庄精神再凝聚起来？能够重新找回那激动过人心的对教育、文化的崇高感与求知的信心？

芝婶：我俩活成了爹妈、老师和校长

做村会计的堂叔前几天就和父亲约好，今天到他家吃饭。

到堂叔家，清道哥已经坐在那里，还有一个人，不认识，堂叔也没有介绍。凉菜已经摆在桌上，另一边的牌桌已经支好。看来话是说不成了。

果然，父亲刚刚进门，清道哥就大声叫道，二叔，你咋恁晚，就几步路，还得请几次，快快，速战速决。镇上有人开车把热菜往这里送（当然也是记账），堂叔给我解释说，平时他决不随便去食堂吃，也是偶尔才这样子。父亲和清道哥都不以为然的样子。清道哥不喝酒，说是昨晚喝多了，喝透墒[①]。父亲和堂叔都说，喝多了，才要再喝呢，喝一点透透。左劝右劝，清道哥的脸喝得红扑扑的。问村里“村村通”公路的情况，据父亲说，“村村通”公路的主路（是通往河的唯一大路）已经卖给河里挖沙的，卖了十七万，已经快被新支书败光了。具体情况，会计应该是最清楚的。但是，堂叔说来说去，却没有说出个所以然，说“都是这样子，也没什么好说的，花钱地方太多，要得多了自己也忘了”等等之类的话。总之，还是含糊其辞。

吃过饭，牌局开始。我到院子里和堂叔老婆，我们叫芝婶的，闲谈。她的小孙子，和我儿子差不多，俩人早已好上，在门口的沙堆上玩沙子。村会计的家刚盖好不到两年，把坑塘填了，在上面盖的房子。从公路上看，是一个一层平房，只是因为地基垫得高而显得高大，但是，到房子后面，就别有洞天。后面也是正门，前面所看到的高高的地基其实是楼房的一层，但仍在地平线上，因为公路整体比两边高。院子里铺满水泥，非常干净。

堂叔家已经可以看到都市设施的影子。三间房子是请镇上专门做室内装修的人设计的，要知道，“室内装修”这个词语在前几年的农村是根本没有的，近两年刚刚兴起。有吊灯、立墙、电视柜、书柜，都是一色的，颇有点欧洲风格。但是，所用的一看却是劣等材质，做工也较为粗劣。更为重要的是，在这现代化的设计里面，所装载的仍然是小凳子、破竹椅、十九寸的旧电视，和这一群地道的仍然是七八十年代穿着的老农民。一切都显得有些不伦不类，与房间中的某些过于精致的设计一起，制造出了滑稽和错位的风格。

楼梯间的下面是卫生间，蹲式，有自来水可以冲洗，但是，里面却脏污不堪，白色的瓷砖和便池已经变成黑色。角落放着一个废纸篓，纸早已

---

① 透墒：浇地完全浇透了，用来形容喝酒喝多了。

溢满出来，扔在地上。洗手池也布满黑色的污垢，上面镜子的座架上还搭着一块毛巾，放着一块小香皂，毛巾的颜色已经分辨不出。卫生间的外形是城市的，但是其使用的思维却仍然是乡村式的。北方乡村对厕所这一生活的重要设备，确实是忽略的。

芝婶说这座房子估计花有十几万，跟他们老两口没关系，都是儿子在外校油泵挣的钱。问起房子的设计和样式，芝婶有点轻蔑地微微笑了，说，“都是按照儿子儿媳的眼光设计的，我就看不出什么好来，闲花钱，一点也不实用。二层的三间是大通间，将来儿子儿媳回来看能做个什么生意。总不能一辈子在外面吧。”最后这句话是乡村里最常听见的一句话。

芝婶，乡村里面难得的面容光润，皮肤白皙的妇女，看起来很有富贵相，和堂叔一样，说话谨慎。倚在大门口，盯着孙子，一会儿呵斥他一声，一边跟我闲谈。我问孙子啥时候跟着她，儿子在哪儿打工？没想到却引来下面一番话。

> 孙儿啥时候留在家？不到十个月的时候，儿子在新疆校油泵需要人，就把媳妇叫了去。我和他爷开始带到现在。一年也就春节回来住十几天。有一年夏天，让我们去住，妈呀，那是啥地儿，热哩人没处钻，地方又小，就那一大间房，根本没法住。娃儿也受不了，住不到一个月回来了。今年又生了一个孙女，媳妇打哩算盘可美，想把大的带走，小的再留给我，让我养，我说啥也不干。大哩好不容易四岁了，都有感情了，现在你再把他带走，那不行。再说，我也老了，这二年腰疼，疼起来了，连腰都直不起来，还得到镇上去按摩，那十个月的小孩子可不是好带的，春节走时，媳妇是生着气走的。我也不管。后来，这孙娃儿想他妈了，我说把他送到新疆，又贵贱不去。说急了，说，奶你再说，我就跳坑[①]。他爹在电话一听，伤心了，说赶紧把娃

① 坑：北方村庄里面的水塘。

儿送去。可是我不愿去，去了咋办，没地住，热哩要死，还得侍候一家子人。我可是受不了。他爷老说我惯他，说就你有个孙儿，到哪儿领上。我知道娇惯的害处，但抑制不了。孙娃儿再也不提他爹妈，他爹来电话，喊死，都不到跟前来。我知道，娃是伤心了。可这又有啥门儿，农村不都是这样。

咱们这村里几乎家家都是这样，全是留守儿童和留守老人，五六十、六七十的人都在养孙儿。老头老太太领着孙娃，吃喝拉撒不说，有哩儿子媳妇还不给寄钱，还得自己下地干活。有的领五六个孙娃孙女，里孙儿外孙儿，日子都过不成。三个娃儿留六个孙儿，比着留。谁不留谁吃亏。有的家里，儿子也说，你别种这七八亩地，我给钱，这五六个娃儿都够你受了，俺们在外头挣钱容易，谁叫你弄这二亩地。可给钱时，谁都想少给。爹妈都不在家，不光是爷奶的负担，对娃们的学习影响那真是大哩很。

那早晨，我刚起床，一个老太太过来，收拾得还怪干净，说是车胎没气了，想借气筒。问她为啥恁早，说是上姑娘那儿，叫闺女帮她收庄稼，娃儿们都出去打工了，屋里撇下五个孙儿。我说，都恁些小孩，你又老了，还种地干啥？她说，那不行啊，娃儿们从来没寄过钱。我说，像这种情况你还管他干啥，把娃儿给他们，自己过算了。说是这样说，谁也不会这样，你不养人家小孩子，将来老了谁管你?!

还有，老两口照顾四个里孙外孙，热天到河里洗澡，四个娃儿淹死哩没一个，老两口最后服毒死了。你说这社会，啥风气，到啥一步了。

现在的娃儿们也学坏了，精得不得了。科子家小孩儿老打游戏，上网，星期六、星期天在镇上租来动画片连续剧，在家能看一整天，连饭都不吃。奶奶说他，不听，告诉他爹妈，爹妈在电话里批评了儿子。你知道那娃儿有多坏，过几天，爹妈又打电话，他给爹妈告状，说奶奶不管他，出去“斗地主”，不给他做饭，还不给他钱。你看，孩子反过来告奶奶一状。奶奶气得在村里骂，说以后再也不管这小鳖娃儿。不是不管了，根本管不住。你说，六七十岁的老两口又当爹妈，又当老师、校长，能当好吗？村里上小学、初中的孩子，没几个学习好的，在校不好好学，回家没人管，一放假就跑到爹妈打工的地方去，住到那儿，也是啥也不学，光看电视，爹妈光知道稀罕。

现在虽然出门打工致富，但是小孩教育成问题。农村的教育素质更低，年轻娃儿们都出门跑，不管自己娃们，爷奶只能管吃饱穿暖，不会教育。再好的社会都有一定的弊病，这就是一个弊病。

当芝婶说到自己五岁的孙子要“跳坑”的时候，我非常震惊。一个五岁的孩子，竟然以自杀的方式来拒绝心灵的疤痕被揭开，这里面该蕴藏多少痛苦呢？在这样一种矛盾、撕裂及缺失下成长起来的孩子，怎么能健康、快乐、幸福？

芝婶提到“留守儿童”一词，我才知道，原来“留守”一词在乡村已经很流行、很普遍，这也意味着他们已经默认了这一历史存在和处境。芝婶始终一脸平静，甚至还带着一点嘲讽的意味。我问有没有觉得心里难过。她说，难过，咋不难过，那有啥门儿，大家都这样。我反复启发父子分离、家庭割裂、情感伤害所带给孩子的那种痛苦和悲剧感（这一启发甚至有点卑鄙），芝婶总是重复一句话，那有啥门儿，大家都是这样子。很显然，芝婶没有这种体会，因为这种处境太普遍太正常，是一种极其自然、日常的状态，何来悲剧之感？所谓的悲剧与痛苦或许只是我们这些“参观者”和“访问者”的感受。面对这种已经是日常状态的分离，他们又该怎么办？天天痛哭、难过？那生活，又该如何度过？

但是，当看到芝婶注视孙子的眼神时，那疼惜、怜爱的眼神，你又会有一种明显的感觉，芝婶绝不是没有意识，她只是把这种疼痛、这种伤害感深深埋藏起来。她没有抱住孙子整天哭，也没有对哭泣的儿子过分表示安慰，因为在乡村生活中，她们必须用坚硬来对抗软弱。

五奶奶：把我的命给孩子吧

五奶奶，有着爽朗笑声、肥胖、慈祥、地母一般的五奶奶，我好多年没见她。前些年，她一直住在河里的一个茅草屋。我曾经去找过她，但河里许多孤独的茅草屋，许多孤独的老人身影，就是没有五奶奶。父亲说，五奶奶已经搬回来了，住在小儿子光亮家里，就是光亮的儿子在河里淹死的。当时，光亮两口子在外打工，五奶奶在家照顾孙子。

光亮叔的新房子盖在路边。还没有进得院门，就听到五奶奶的笑声。看见我，五奶奶很吃惊，直感叹，爷呀，这是清吗（我的小名）？咋变成这样了？我看见五奶奶，也吃了一惊，原想着，她肯定是白发苍苍、衰老悲伤的样子，没想到，五奶奶很精神，神情开朗，只是好像个头矮了很多。

整个院子是四方形，前院就是三间新平房，中间那间算做大门，通向院子和后面正屋，院子里面是石灰地和混砖地，左侧是厨房，右侧垒了一个猪圈和小鸡窝。后面正屋还是旧房子。五奶奶说后面本来也是要建新房的，但是光亮叔没有那么多钱，光是盖前面的平房就花了七八万，还借了三四万。五奶奶从厨房拿来两个大碗倒茶，问我要不要茶叶，我说不要，父亲说要，五奶奶就找出一个小盒子，倒出来一些碎末。这还是二十年前的习惯，那时候，村庄的人们去小店称茶叶，都是只称碎末，因为便宜。

五奶奶，六十七岁，头发全白，梳得很仔细，服帖在头上，脸上皮肤紫黑色，但很光滑，和白发衬在一起，反而更年轻。声音很大，爱笑，也爱说笑话，幽默，特别擅长于自我解嘲。是农村那种特别能干，又明事理的老人。我们说话的时候，她七八岁的孙女儿坐在旁边，一刻也不闲，嘴里还说着什么，好像要极力让人注意到她。看着让人心烦意乱，五奶奶制止了几次，没什么效果，就任由她去了。

你大叔一家都在北京打工，你大叔和黑娃在一个工地上，你大婶在那儿闲着，黑娃就是你大叔家的老大，你大叔的女子在广州打工。啥叫行啥叫不行，混个吃喝。你大婶说是血压高，干不了活，才四十几岁，就不干活，还是人家会享福。你说，成天坐着血压能不高，干干活不就不高了。

家里房子盖哩可好，出门左边，那个两层楼，就是你大叔盖的，一年也不回来一次。说是奥运不让干活，想回来，回来干啥，三个人来回路费快千把块钱，得多长时间挣。

你光亭二叔没出门，在咱河东那边烧砖窑，给人家干活，算是有点收入，你光亭二婶也闲着，就在村里打个小牌，人家闲着，都享福。他们娃儿二十岁了，前两天刚从青岛回来。

你光亮叔在青岛韩国人开的一个首饰厂打工，主要是镀金镀银，都是假的，在这里镀完，再拿回韩国卖，有哩也在中国卖，价钱翻倍。全是糊弄人哩。管哩严，回家、请假都要扣钱，你光亮叔去年回来盖房子请俩月假，一年的奖金都没了。有没有危险？啥危险，也没听说，都在那儿干，也没见出啥事儿。你说有粉尘，金属毒，谁证明？小柱到死也没说明是啥原因。你光亮叔也是小柱介绍去的，干了八年，一直在那个厂里，才去的时候，钱少，天数多了，工龄长了，一个月一两千。

你光亮叔大娃儿，就是淹死那个，死了两年，你丽婶也不怀孕，就在别人家抱了这个女子（五奶奶指了指旁边的小女孩），费事哩很。这等了这些年，大前年，才又生了个双胞胎，高兴是高兴，可咋养？他们俩上班顾不住小孩子，双胞胎中那个男娃儿自己养着，你丽婶儿现在在那儿闲着，专门照顾那个小鳖娃。那个小闺女她姨先养着，估计马上就不给养了，人家自己也要有孙子了。我身边这个女子户口上在她二伯那儿，又给双胞胎上户口，办那个准生证也花了两千块。

这闺女是在青岛要哩（小女孩在旁边骂了一句话：要你个头不要），全是罪孽哩，一点点长都是我养的。唉啊，可麻烦死了。把屎把尿的苦就不说，上学更麻烦，咱们村里的小学早就没有了，还在镇上上学，来回接送。原来你桂平姑家住在街上，晌午女娃儿在那儿吃饭。你姑现在出门打工了，只剩下老公公老两口，人家老两口一天两顿饭，咱咋好意思去吃。这九月份开学，晌午也得我接送。街上车来来往往，也不安全，不像原先一样，自己跑回来。早晨、晌午、晚上都得接送，来回六趟，一趟都有二里地。人都够死了，受不了，接送完了回来还得做饭，做完饭吃完送走回来，还没歇一会儿，就又得去。

现在看着是上学不交学费了，实际事也多死了。说是不交学费，学校生着法儿也没少要钱。

你说赡养费，啥赡养费，也没人去说，仨儿子，谁有了谁给一点。去年你光亮叔盖这房子，欠人家三四万。到今年一分钱都没给我，还替他养闺女，你找谁说去？都是你其他几个叔给一点。年下[①]你姑给俩钱。你二叔给哩多些，他就一个娃儿，也没啥负担。

一年说是不花钱，人情世故不说，春上，俺俩不美[②]花了二百多块钱，身体一般也没事，说不美就不美了。我这个腿，老是麻、凉，六十七了，也不行了（小女孩在旁边跑来跳去，五奶奶有点受不了烦，嚷了她几句）。

你五爷到这十月都死八年了，六十岁死的。喝酒胃喝坏了，做胃镜，胃都烂了。再说都不行，非喝。那时候，开菜园，去卖菜时喝，卖完了也喝，菜一下子开给人家也喝。为啥恁快死了，菜卖完了，不晌午，到茶馆喝茶，泡多浓的茶，茶叶都有半碗。出那个茶馆，走一路喝一路酒，在沿路代销点喝，那鳖娃儿散酒，都不知道从哪儿弄来的，愣是给胃喝坏了。不是咋死恁快。发现两三个月，就不行了。

就是在那个时间，你光亮叔那个娃儿死。死哩时候，十一岁，要是活着，现在二十岁了。哎呀，那真算费手哩，猴头子日脑[③]，管不住。死之后你丽婶回来也没找事，在那儿人们也说过她，她知道她那娃儿费手，在家气哩用三角带打，打的时候哭两腔，不打了又笑了。那天放学了，人家都回来了，他不回来。在哪儿呢？在张家顺着坑边走过来，找泥鳅、青蛙，就在坑边玩。

晚饭前，他跟清立家的娃儿一块下河，我在屋里做饭。不一会儿，前面宝宝来说，我哥掉河里没见了。你二婶慌里慌张跑过来说，离娃

---

① 年下：春节。
② 不美：生病。
③ 猴头子日脑：非常调皮。

儿不远处还有人在挖沙，人家看见了。你二叔、梁家人都已经去了。我顺着砖瓦厂走下去，边走边哭，这咋给你丽婶交代呀，走哩近路，全是斜坡、土坑，腿在野草棵里趟过去，刺扎在身上一点都不知道疼，感觉浑身没一点劲，发软，摔了不知道几个跟头。跑到河边，看见一群人在水里摸。后来，光秀用脚探住了，用劲挑起来，娃儿肚子里没一点水，脸上就沾一点黄泥，是在漩涡里激死了。我现在还记得他刚从河里捞出来的脸，煞白煞白，发青，眼闭着，可安静，好像在水里也没有挣过，肯定是一下子就死了。我一屁股坐在沙里，咋着也起不来。小鳖娃儿，说没就没了。抱着娃的身子，我哭啊，你说可咋办？老天爷，把我的命给孩子吧，我这老不死的活着干啥？

从那以后，我就住到河里那个茅草庵里去了，累哩很，心里难受，像空了一块，上不来气儿。我一天到晚地想，要是我早点做饭，他放学回来就能吃上，他就不会去河里了。怨我，非要在地里多干会儿活，结果耽误娃儿吃饭了。他是有些气我呢。小鳖娃儿，活着的时候费手，一天到晚不知道得打他几回，说他几回，不听话哩很，真没了，又想哩不行。那时候还不是怕你丽婶回来吵我，主要是没法给人家交代，孙儿给你了，你养哩啥，人养没了。你光亮叔别看平时打他那娃儿舍得下狠手，可稀罕哩很。

说是挖沙引起的，也是，人们都挖细沙，沙底挖哩很深，到处都是漩涡。这几年死了好多人。说是这样说，你找谁说理去？说了也没人管，谁能证明是人家挖出来的漩涡淹死你哩娃儿？

你光亮叔还想着把小闺女抱回来让我养，我是不行，管不了了。才两周岁。光管这个大女子，我都累得浑身疼。根本不行。

家里一个个都是不省事。前几天黑娃突然回来了，说是看病。在外面打工，有病了都回来看，在北京，谁能看得起。就是晚上老出汗，小便勤，县里中医院说厉害哩很，是淋病，还得手术。他一听，怕了。我也不知道他在那儿干啥了。后来，到你哥诊所，一看没事，输几瓶水好了。还是找自己人不表[1]你。

五奶奶屋里人来人往，谈话不断被打断，说到孙儿死的时候，五奶奶的神情变得有点飘忽，语气也开始低沉下去，她停顿了下来，似乎又想起当时的场景。我想象着，五奶奶疯一样地往河里跑，她的腿发软，她浑身冒汗，她的手上、腿上都是刺，可谁能知道，她有多恐惧，多害怕？她养了那么多年的孙子，比养自己的儿子精心多了，她伶牙俐齿的儿媳妇，该会怎样数落她？她最宠爱的小儿子又该怎样伤心？这么多年过去了，这个伤疤仍然没有结住，唯有在这一点，五奶奶还不能用自嘲来使自己超脱。正在这时，隔壁的一个婶过来，说是丽婶儿的姨打来电话，要把光亮的小女儿送过来，人家马上要生孙子了，怕自己儿媳妇不高兴。五奶奶听了，直叹气说，还是躲不过去，说是不给他养，可眼看他过不去，你能看着不管，好坏自己还能动弹。

顺着砖厂的路，我往河的方向慢慢走，这也是五奶奶当年往河边奔跑的路。这条路，她永远也走不完，那顿饭，她永远也没能做完，因为，她的孙子，那个十一岁的捣蛋大王再也不能捣蛋了。我忽然想起了童年时代的一首歌谣，我们放学回家，边走边唱：

小板凳歪歪，
我在地里割大麦。
刮个风，
好凉快，
下个雨，
跑回来，
奶奶，奶奶门开开，
外头回来个小乖乖。

---

① 不表：不骗人。

菊秀：世界上最坏的东西就是“理想”

听说我从北京回来，在襄樊生活的菊秀，兴奋得直叫，当天下午带着儿子就回来了。菊秀，我少年时代的三个好朋友之一。另外一个好朋友是霞子，我俩一同考上师范，她现在镇上小学教书。我们三个大人，三个小孩，都窝在霞子家，在地上打了个通铺。

菊秀家八十年代后期就离开了梁庄。她哥上完初中之后，到湖北襄樊的河南棚区讨生活，慢慢扎下根，把菊秀的父母、弟妹都接过去，只有菊秀死活不走。那时，我们正在读初中，菊秀不想做生意，不想打工，想考学，想过自己理想中的生活。就一个人在家里住。于是，菊秀的家成了我们的聚会地。我们在她家写作业、聊天、写日记、闹别扭、说各种傻话。夏天的晚上，我们坐在院子里，看月亮，各自写文，然后，拿出来互相阅读；我们在河里洗澡、在河边散步，怀着少女柔软的心去欣赏那沙滩、河水、草地。到了初三，冬天的时候，我们几个又去找校长，希望校长把学校的一个废旧仓库腾出来让我们住校，还真的成功了。菊秀那个时候发挥了她的执着性格，校长不答应就不走。我们三个挤在一张床上，为争我这个小火炉，她和霞子还闹起了别扭。那时候，我可是她们最宠最爱的人。

在我和霞子都考上师范之后，菊秀又上了两年初三，还是没有考上。在这期间，菊秀的父母一直催着她到襄樊那边，因为做生意缺人手，而菊秀的学习，似乎并没有希望考上什么学校。

我就是想过你这种生活，可就是过不成。我也常常反省自己，我的不成功多少与我性格有关。我要是没恁傻，没恁单纯，就不会走到今天这一步。

你俩考上师范，我又上了两年初三，还是没考上。那几年艰难，我妈他们摆小摊供我，我不服气，我就想考上学，结果，还是不行。你知道家里有多怨我。下学之后，就到父母生活的地方。开始跟父母一起摆摊，非常不适应，总觉得还得有点理想。别的没啥学头，就开始学裁缝，想着将来当设计师，开大的服装店，也算是高雅的职业。

我给我妈说好，学上一年裁缝，不行就老老实实回来摆摊当小贩。我做学徒的那家裁缝店很远，每天来回要跑十来里地。师傅不断地给我们派活，做好多活，光做裤子，每天都要做二十条，我们两个徒弟比着做。最早回来夜里十二点，一般都是一点钟。我一个人骑着自行车，每天上那个大坡，是最难的。车子推不上去，推着推着睡着了，好多次都是如此，然后一惊，醒过来了，咋还没到家，你想那有多困啊。日复一日，不管刮风下雨都是如此。有一天，就是走上坡的时候，不能骑，必须走，有个流氓过来捂我的嘴，我拼命拿脚蹬他，可能是蹬住他那部位，才松手逃跑。从那以后，我就想假若有个男孩，天天接送我，我一定嫁给他。那是我当时最真实的想法。

学了一年以后，师傅总是有所保留，我就偷偷学。另外一个姑娘学了一年半还没学会，我自己偷偷看，回家剪了两条裤子，还不错。也算出师了。就想着出来开门面店，开店的钱都是东拼西凑，又跟我妈、我哥求情，让他们支援。我妈也没办法，其实那时我哥他们在开汤锅，屠宰场也已经能赚钱了，他们想让我也干。我说啥也不干，那种生活太庸俗，跟我心中的理想不一致。

我哥后来给了我六百块钱。拿着六百块钱我心里沉甸甸的。拿着钱买了缝纫机和绞边机，就去进布匹，边加工边进货。我先给亲戚们做，中间也有做错衣服的，有客户去吵，但那时候都特别耐心，给人家解释。一九九〇年学，一九九二年开始自己做，一九九二年和一九九三年是最艰难的时候。家里看不赚钱，也不支持。没有本钱，我去贷款，认识一个女子，说是帮助贷款，后来又不借了。我特别苦恼，一个人喝了半斤酒，心里非常难受，想着啥时间能出来。我这一辈子就喝了一次醉酒，觉得很无奈很无助。别人给我介绍男朋友，我都没有愿意。那时候只要有五千块钱，就可以另有一番天地，但就是没钱。

后来就碰到了阿三，我家那口子。这是错中加错。咱们这号人，喜欢浪漫，阿三那时候年轻，白白净净，也喜欢吹个笛子，看个书什么的，看着特别文气，我就很喜欢，开始和他谈恋爱。那时候还在做衣服，每天忙到半夜，但真是很开心。还每天早晨坚持锻炼，到坝上高歌。为这，我妈老是骂我。裁缝店一直没有扩展起来，再辛苦也挣不了多少钱。

襄樊橘子多，后来就跟着一些老乡进橘子，从当地联系，然后往全国各地拉，主要往开封、河北等地。那也是相当辛苦的，买的时候，当地老百姓容易把坏东西弄进去，去卖的时候一定要好东西，价格一直提不高，在这过程中，也很辛苦，再加上路上的辛苦，有时候一天吃一顿饭，把胃都饿坏了。但也没赚多少钱，有时候一车还赔两三万元。拉了两三年橘子，也没赚多少钱。

从那时候开始对阿三不满意，没有一点创业精神，不愿受苦，有事喊都喊不到前面来，死不出头，我哥他们给他安排个活也干不好。我俩总吵架，我哥就说我，这可是当初你选的，会拉会唱，会耍花枪，就是不会干活。其实，我心里也明白，阿三就是不会和人抢，拉不下个脸，我也是一样，所以挣不来钱。可总得生活呀。

二〇〇〇年左右，跟我哥一块到河北做砖厂，帮着找工人，在车站上用自己的方式打动人让他跟着我走，要懂点心理，在几分钟内把对方说动，也是很不容易。在石家庄租一间小房子，每天必须出去，有时候刮好大风，还出去，在候车室、火车站出站口等。

我是想着帮助这些人，我们介绍的地方都是听说是好厂，能发下来工资才送的，但也挡不住厂家的坏。这中间非常艰难。每天早晨五点多起床，看那些打工的人，然后说动他们，云贵川的人比较多些。一切的开支都要从这些中介费中来，所以不可能不收费。中间公安局也抓我们，到处躲，还和其他中介争客源，打得头破血流，真不知道那日子是咋过来的。有时候，一个人坐在火车站，坐着坐着就想哭，我竭力追求好生活，最后咋成这样了？看一些报道，说民工在砖厂干活不给钱，还有被逼死的，我就很难受，好像那些人都是我送去的，是我把他们送到了火车坑，走路连头都抬不起来。

这样做了三四年，我总想着这种生活不是长久之计。认识一个女的，就又开始做服装生意。我们二〇〇五年开始，也该倒霉，刚好服装生意开始走下坡路，我把郑州赚的钱又投了进去，没有足够的客户，生意做得不是很成功，就又不干了。

回到襄樊。我哥的生意做起来了，需要人，就让阿三跟着他跑运输。你看，到最后，还得依靠我哥。

目前我家的情况是，还剩一个橘园，值四五万块钱，别人欠的有三四万块，就剩这么多。我开个茶馆，其实就是麻将馆，我每天烧茶不说，人凑不够手的时候，还要陪着打，还要垫钱。我现在也是老手了，一天不打都有点手痒。赚钱也难，打麻将的人都是熟人，亲戚，当时先不给，挣钱时再给你，也有最后不给你的。

现在想想，世界上最坏的东西就是理想，不是想保持这点理想，我能过得这么差？我能嫁给阿三这样的窝囊废？要是嫁给我哥那样的人就好了。现在我最崇拜的人就是我哥，当初觉得我哥太粗暴，没文化，现在看，还是人家干起来了，不嫌脏不嫌累，啥事都敢担当。阿三可不粗暴，没一点本事。但是，说到底，阿三人也不错，比较平凡，应该是上班那种类型，不敢冒险。我们俩之间的矛盾就是思想不对路，原来谈恋爱的时候还经常谈心，谈理想，现在，还谈啥，说不上三句话，就开始吵架。他也不沟通，我也觉得与他说话就好像对牛弹琴。

开裁缝店的时候还有理想，再苦再难，都觉得能坚持下去，活得也充实，总觉得快乐。现在生活再富足，也不快乐。也有点自卑，毕竟你们还是实现了自己。我自己呢？啥也没有，日子过得也不好。

我晚上做梦，还经常梦到咱们上学那时候，考试，题不会做，紧张得要死，但是，心里还是高兴哩不得了，因为又回到学校，又上学了。醒了之后，特别难过。还有那个乡间小路，咱们三个人，坐在夕阳下，小河边，散步，发呆。这梦都做了无数次，也不知道是恋旧，还是怎么回事。这两天和你们在一起玩，感觉又回到少年时代，心里特别特别高兴，很单纯，有很多感触，特别是又回到咱们学校，我对学校有浓重的感情。如果我考上学，最起码精神上比较充实。

我现在的真正想法是把孩子教育成材，也算部分地实现自己的梦想，但感觉孩子也是朽木一个。他的性格又是受他爸爸的影响，比较压抑，他爸就是打他。再一个我们的环境也不好，家就是茶馆、牌场，也受影响。

我打算买个房子。房子一定得弄，孩子需要个地方，原来没有想过这个问题。房子弄起来，明年到我们家去玩去。

唉，有时候真觉得前途茫然，觉得没有目标，但是我一定要找到目标。我的理想生活就是物质生活与精神生活结合在一起，就像你现在的生活，就是比较让人满意的生活。

说到帮砖厂拉人那一段生活，菊秀的脸通红，泪都要出来了，反复告诉我，这是她的秘密，不能写出来，不能让别人知道。我想，我明白菊秀的意思，她为这段生活而羞愧，这也是她干不下去的原因。

生活没有给她实现理想的机会，于是，她的理想、她的浪漫都变成了缺点，成了阻碍她更好生活的绊脚石。从言谈举止之中，可以明显地感觉到菊秀的自卑，她的易怒，她的辩解，在扫过我的刹那眼神中，都看到了饱受屈辱的苦痛。我无能为力。相比较菊秀而言，我的生活多么顺利，甚至有些苍白无力。我求学，求学，最后，获得一份工作，过着安稳的生活，我可以实现我的理想，写作，思考，过一种有深度的生活。而这些，正是菊秀向往的，她在少年时代就确定下来的理想。可是，当生活把她抛到另外一个轨道上时，她一点机会都没有。

我知道菊秀还隐瞒了她的其他更为复杂的、黑暗的经历，但是，就我们三个而言，还是菊秀保持着某种单纯的品性，她对人事，对许多关系似乎还不是很明白，有某种明显的幼稚在里面。在听她讲述的过程中，我和霞子那不时交换的眼光，那洞透的、怜悯的神情，是有一个共同的感觉，菊秀，她的心灵还停留在十八岁，那个充满理想，然而又幼稚，总是把事情搞砸的少女。

我们在霞子家住了三天。那几天一直是晚上下雨，白天放晴。清晨起来，空气凉爽、湿润，清新怡人，我们带着一群孩子，到河坡里散步，仿佛重又回到了童年时代。沿着河里纵横的小路，一直走到村庄的后面，从墓园那里上去，看到母亲的坟，我挥了挥手，说："妈，我走了。再见啊。"心中有种奇怪的温暖与感动，涌在胸口，要溢出来，就好像母亲还活着，我只是平常出门，给她道别一样。

要是每天都这样多好。要是曾经有过这样的时刻该多好。

我们重新走上当年默望夕阳的田间小路，重又回到村庄，去寻找昔日的踪迹。菊秀还是那个天真烂漫的菊秀，非常雀跃。但是，一和她十二岁的儿子说话，她就变得啰嗦、急躁、伤感，可以看出，菊秀是把未完成的理想寄托到她儿子身上了，但是，儿子却又恰恰对学习不感兴趣。又沿着上学的老路走了一遍，却似乎没有多少感觉。最后，所有人都催着找一个饭店，赶紧打开空调。在饭店坐下后，一班人说说笑笑，而那条路，依然被遗忘了。这是它必然的命运。就像菊秀。

春梅：我不想死，我想活

1991年9月，穰县成立劳务输出开发公司。1993年，市开发公司成立劳务市场，29个乡、镇、办均成立劳务站。1996年12月，市劳务输出开发公司更名为第二职业介绍所。至2000年，共进行岗前和转岗培训1.8万人次，输出城乡行业青年和富余劳动力219.6万人次，创经济效益11.44亿元。

——《穰县县志·大事记》

二〇〇八年的夏天，似乎特别地热。正是中午时分，和哥哥闲聊会儿天，我到楼上房间去整理这些天的录音。

嫂子忽然跑上来说："快下来看看，春梅服毒了。"然后，又旋风一样跑了下去。

我摘下耳机，听到哥哥的前院已经一片嘈杂声，有哭声，也有人在大声叫着，春梅，春梅，你醒醒，醒醒！我赶紧下去，看到哥哥正拿着工具，往躺在架子车上的女人嘴巴里灌东西。

春梅已经处于昏迷状态，表情非常痛苦，在拍打声中，眼皮不时地翻动几下，好像在回应着大家。一番抢救过后，春梅似乎清醒了一点，她睁开眼睛，四处搜寻，蓦地紧紧抓着婆婆的手，嘶哑着嗓子说，我不想死，我想活，我不想死呀，你救活我，我一定好好哩。她断断续续地说着，又昏迷了过去，这中间她一直抓着婆婆的手，仿佛在抓着一根救命稻草，在短暂的清醒时刻，她还用含混的声音挣扎着吐出字眼：要是这次好了，我给你做双鞋。

一个小时后，春梅腿脚抽搐几下，一动不动了。哥哥查了查脉搏，摇摇头说，不行了。

我默默地退了出来。在随后的几天，寂静的梁庄村忽然变得热闹、嘈杂。村子东头，春梅家，第一次成为村庄的中心，人们围在门边，或站在坑塘旁，议论着这件事。梁家几个长辈聚在堂叔家里，商量好久，最后派出一个有些威望的中年人去通报春梅的娘家。还要商量下葬的事情，因为春梅的丈夫在外地打工，来回得两三天时间，而夏天高温，尸体难以存放。春梅娘家爹妈、哥及本家来了二十几口，哭着，骂着，拿着棍子、锄头、锨把，把春梅屋里和她婆婆屋里的锅碗瓢盆都砸碎了，又上去撕扯堂叔与堂婶。他们不让下葬，一定要等着春梅丈夫回来，给个说法。于是，又派人去叫堂哥。我的这位堂哥，小名叫根儿，初中毕业，是村里少有的在煤矿挖煤的打工者，他没有手机，也没有留矿区电话，每到农忙、春节，自己就回来了。当事情出来后，大家才突然发现根本无法联系他，就赶紧派一个同门的年轻人坐火车去找堂哥。在春梅娘家哥的“押送”下，堂叔去买来最好的棺材，又买来大量冰块，放在棺材四周，以压除日渐浓重的臭味。

春梅，个子高高的，属于村里比较漂亮的小媳妇，圆脸上的大眼睛总是流露着好奇和警惕的目光。她在村里并不受欢迎，太要强，又不会来事儿，和村里大部分妇女都有过矛盾，平时路上见了，还要彼此剜上几眼。春梅死了，对她们的震动最大，一群群地围在一起，议论着什么。奇怪的是，当我想过去插一两句话的时候，她们马上停住了议论，警惕地看着我，并迅速转移了话题，那暧昧的神情似乎昭示着这里面还有其他我所不知道的东西。这些年轻的媳妇，和我并不熟，在我离开村庄的时候，她们还没有来这个村庄。后来，听哥说，春梅与一个堂嫂走得比较近，也是春梅在村里唯一的朋友。在哥哥的引见下，我和那个堂嫂，一个颇有些见解与现代意味的高中毕业生，进行了一番交谈，也大致了解了春梅自杀的原由。

我只给你说这些，你可千万不能告诉别人。这几天，我心里不美哩很，可难受，说起来，春梅的死也怨我，与我有关。

春梅和根儿结婚不到一个月，根儿就出门打工了。按说春梅也可以去，可是她晕车，坐到县城都吐哩死去活来，她说啥也不出门，不敢坐火车，后来，生下她那小闺女，也就不想着出门了。别看春梅脾气暴，跟她婆子妈，跟村里人经常吵架，她和根儿的感情可好着呢，没见过他们吵架。根儿回来了，经常骑着自行车，前面带着闺女，后面坐着春梅，去镇上赶集，回春梅娘家走亲戚，有时候把闺女留给婆子妈，俩人到城里去玩，也是骑自行车，你带我，我带你，亲哩很。

春梅虽说知识少，有点笨，可是人真叫个勤快、干净，一天到晚，手脚不停，就两间小房子，收拾得可干净，床上，桌上，连个灰粒儿都没有。下地干活，舍得出力气，家里养有鸡、鸭、猪，有段时间还养兔子，忙哩不行。她最大愿望就是盖像焕嫂子家那样的大房子，不和婆子妈憋在一个院里。

事儿出在今年春上，春节的时候，根儿没回来，在那边给村里老支书打个电话，说矿上需要有人看矿，一天双工资，他就不回来了。春梅也没跟上接电话，心里就一直生着暗气。你不知道，根儿上次回来是去年春节的时候，中间割麦也没回来，这再不回来，到夏天割麦子就是一年半没回来了。春梅心里不痛快，在家里打闺女，骂牲口，不给人好脸子。有时，关着门，大半天不出来。在农村，哪有大白天关着门的习惯？婆子妈看不惯，说她离了男人就不能活。春梅也不省心，说她婆子妈，你可不想男人，天天晚上出去跑。把她婆子妈气得直噎气。实际上，她婆子妈是信主，也是跑哩不落家。你说，大过年的，别人都团聚，小两口一块儿走亲戚，她就剩自己，也怪可怜的。

过完年，春梅来我这儿玩，说起这件事，一开始也是扭扭捏捏，啥也不说，后来说开了，一连声地骂根儿，我听出来了，她是想根儿想哩很。我就给春梅出主意，给根儿写封信，说自己生病了，要他赶紧回来。春梅刚开始还不好意思，说写啥信哩，他们从来没有写过信。根儿上到初三，还能写字看报，春梅是几乎不识字的，咋写呀。我说，你不会写，我替你写。咱好坏是个高中生，也是好浪漫，你哥在南方当海员，我们俩经常写信，还相互寄照片，感觉挺好的。每次来信，心里美哩不得了，再累也高兴。春梅知道我们经常通信，早就羡慕。最后她答应了。我就以春梅的名义给根儿写了封信，还加了些抒情话。写完给春梅念念，她听了，还只骂我，说谁想他了？但也不说让我再改，我就把信写好，封好，把地址写好，春梅拿到镇上邮局寄走了。

这下可坏事儿了，从寄出去第二天，春梅就开始天天等信，在村口等，有时还到邮局等，一看见邮递员来，就前后跟着，怕别人看出来，还非得拉上我。我告诉她，信来回走得二十多天，她不听，等了一个多月，还是没有信。我就想着，是不是信寄错地址了？按说不会啊，是按根儿寄钱回来的地址寄的。春梅有事没事就往我这儿跑，来了就问，咋回事，咋回事？我说，干脆，再写封信，上次有可能投错了。就又写了一封信，我还让春梅拿张相片夹进信里，让根儿见信回来。现在想想，我有点太急了，那时候应该先劝劝春梅，我这等于是火上浇油，把春梅领到死胡同里了。

这一等又是二十多天，根儿还是没回信，更别说人了。春梅也不来问我了，我去看她，她也懒得理我，成天坐在家里，关着门，辣椒也不摘了，地也不拾掇了，婆子说她几句，她也不像以前一样一句不饶。我心里着急啊，就偷偷又给根儿写封信，还找老支书，让他查根儿打过来的电话记录，老支书的电话就没有来电显示。我上网去找，根本找不到根儿打工的那家矿。你说这咋办?

我和春梅去镇上赶集，原来上街，每一次春梅不是在卖衣服的地方跟人家吵，就是在卖鞋、卖苹果的地方吵，热闹哩很，现在倒好，人一声不吭，眼睛直直的，见啥买啥，温顺哩很。我看她的脸，红得不像样子，摸她的手，潮热得很。有一段时间，忽然又狂躁哩不行，见人都吵，把她老公公、婆子、闺女吵哩门都摸不着，都不知道是为啥哩。

她婆子妈说她是得了“花痴”，想男人想疯了。俩人吵架，她婆子妈当着村里人的面，这样骂春梅，春梅脸挂不住，干脆钻到屋里不出来。还真有点像，最后这俩月，春梅连活都干不成，神志不清，有好几次去地里干活，把闺女落在地里，自己回来了，也不烧火做饭，见了村里的男人就跑，好像谁要抓住她一样，看着都不正常。村里也开始有人拿眼看春梅，背过去还议论，我也气哩不行，谁问我了，我都给戗回去。可有啥办法，根儿联系不上。也没往坏处想，联系不上也正常，平常没是没非，谁跟家里联系?到时候，自己回来就是了。

想着熬到割麦时，根儿可该回来了，没想到，这死劲头儿，还是没回来。不过，往年根儿割麦时也没回来，现在，都机械化了，机械直接把袋子装好，运到家里，也不需要多少人手。但是，现在情况不一样，春梅眼瞅着都不行了，人都快熬死了，她是一股劲儿憋着，成心病了。

要说，这还没事，说句难听的，春天猫都叫春，人也正常，熬一下，都过去了。可是，前几个月咱邻村王营出一个事儿，春梅又上住心了。王营一个小媳妇上吊自杀了。为啥哩?她丈夫回来，俩人好哩不行，一块同进同出十几天。走有月把天气，这媳妇一直下身发痒，她忍着，不好意思去看，最后开始发烧，才不得不去医院，一看，说是得性病了。还问她丈夫接触过什么人?要抽血查艾滋。村里人都知道了，这媳妇又羞又气，上吊死了。要说这和春梅啥关系?春梅一听说，疯了一样来找我，逼我，问我是不是根儿也在外面坏了，不敢回来了？我说这哪儿知道，再说，矿上挖煤的，都是男的，根本没有女的。春梅说，不是，她看过电视，矿上周围都有女的，专门干那事儿，肯定都有病。我咋解释也解释不清，我说，干脆，你带着闺女去找根儿，现在，大矿不都有家属区吗？租个房子也能住下。我一说，春梅又泄气了，她从来没出过门，晕头转向的，吓都吓死了。再说，她不年不月的去找根儿，村里人肯定会笑话她。家里的地，她舍不得给别人，她好不容易种的辣椒、绿豆，她还要撒肥料种萝卜白菜。根儿挣的钱到现在还不够盖房子，她咋能把地丢了呀。

后来，春梅也不提去找根儿的事儿，有事没事到王营去转悠，打听那个男的在哪儿打工，女的啥样子，咋染上这病的。回来还问我，是不是一跟别的女人在一块儿，男的就会得病？一惊一乍的，问得我心里也难受哩很。你想，你哥也在外面呢，当海员的，到哪一个地方不靠岸，哪一个岸边没有那样的地方？我先前从来没想过这事儿，挣个钱多不容易，谁有那闲钱去干那事？可是也架不住那么多人去呀。

大前天，不知道为啥事儿，跟婆子妈大吵一架，吵完架之后，春梅上地里去撒肥料，回来才想起来撒错地了，把整整两袋化肥撒到别人地里了。她又跑回到地里，在地头转了好多圈，我看她神情不正常，一直跟着她。回来，眨眼不见，就喝敌敌畏了。你说，傻不傻，村里有几个男人不是在外面，都像她这样，大家还活不活？

我都不敢跟你哥提我写信给根儿的事儿，你哥非骂死我不可，闲哩没事招啥风哩？

三天之后，派去的人和根儿哥一起回来，春梅的娘家又来闹一番，娘家哥在冲动之下，上去打了根儿哥几巴掌，根儿哥直挺挺地站着，也不还手，也不抹泪，甚至连泪都没流，好像麻木了一样。或者，他始终处于诧异之中，他似乎不明白，他的老婆，春梅，他们的日子越过越好，怎么会去自杀呢？我没有走过去，尽管我很想问他，是否收到春梅的信？如果收到了，为什么没有回来？现在通讯这么发达，为什么不配手机？难道他不想念春梅吗？不想念她那年轻的、仍然圆润的身体？

这一切又有什么意义呢？对于乡村人来说，没什么事儿，不年不节，又不是春忙秋种，回家一趟，是不可思议的事情，那绝对是浪费钱。而情感的交流与表达，更是难以说出的事情，他们已经训练出一套“压抑”自我的本领，性的问题，身体的问题，那是可以忽略不计的事情。中国有几亿这样的流动大军，如果要考虑这些“小”问题，那不是太麻烦了吗？

改革开放，“劳务输出”一词成为决定地方经济的重要指标，因为出门打工农民才能挣到钱，才能拉动地方经济。但是，这背后有多少悲欢离合、有多少生命被消磨殆尽并没有纳入到考虑的范围之内。男子离开家乡，一年回去一次，至多两次，加起来不会超过一个月。他们都正值青春或壮年，也是身体需求最旺盛的时期，但是，却长期处于一种极度压抑状态。即使夫妻同在一个城市打工，也很少有条件住在一起，因为建筑工地、厂家并没有义务给他们提供住宿，他们的收入很难租得起房，往往都是各自住在厂家，至于周末怎么相聚，怎么进行性生活，则是难以想象的黑暗问题。即使这样，能在一个城市，经常会会面已经是很幸运的了。由于性的压抑，乡村也出现了很多问题。农民工通过自慰或嫖娼解决身体的需求，有的干脆在打工地另组临时小家庭，产生了性病、重婚、私生子等多重社会问题；留在乡村的女性大多自我压抑，花痴、外遇、乱伦、同性恋等现象时有发生。这也为乡村黑暗势力提供了土壤，有些地痞流氓借此机会大肆骚扰女性，并且往往能够成功，有的村干部拥有“三妻四妾”，妇女们为其争风吃醋，衍生出很多刑事案件。

“性”问题的被忽略，显示出社会对农民的深层歧视。我们的政府、媒体，包括知识者，在探讨农民工问题时，更多地谈及他们的待遇问题，很少涉足他们的“性”问题。仿佛让他们多挣到钱就解决了一切问题，仿佛如果待遇好些，他们的性问题就可以忽略不计。难道他们，成千上万的中国农民，就没有权利过一种既能挣到钱、也能夫妻团聚的生活吗？

春梅终于下葬了，就埋在没有撒到肥料的那块地上，她最终以自己的身体给这块地施了肥。头七那天，根儿哥到坟上给春梅放了鞭炮烧了纸，又出去打工了。

义哥：现在咱是名副其实的企业家

义哥姓袁，四十岁左右，在梁庄是独姓。十七岁辍学后，全家离开村庄，到南方码头上讨生活。和当地人争地盘，凭着一股子拼命和不怕死的精神，终于在码头站住了脚，开海鲜批发，办公司，要风得风，要雨得雨，一时间，成为那一块儿的风云人物。

也许是从哥哥那儿听说我在家做这样一件事情，他一定要回来给我讲他的故事。那天，一辆大众车呼啸着停在了哥哥家门前，后面卷着一长串灰尘。然后，义哥带着母亲、儿子下了车。义哥脸庞油光泛亮，戴着闪亮的、粗粗的金项链，穿着一个白背心，块块肌肉从背心里鼓出来，使得个子不高、微胖的义哥显得非常有霸气。他说话声音非常豪爽，但是，一说到陈年往事，马上变得充满感情，有几次眼泪都掉了出来。义哥母亲，比起二十年前在村庄的时候仿佛还年轻了些，皮肤细白红润，一看就是过上了好日子的老人。儿子只有八九岁的样子，义哥说带他接受接受教育，这些孩子，不知道啥叫艰难，不知道他爹受过啥罪、吃过啥苦才混到今天。义哥是从另外一个县赶来，正在那儿谈一个铝矿开发的大项目。说了三个小时，又带着儿子、母亲匆匆赶回去。有朋友在等着他谈事情。他对自己赚钱的能力充满自信，对未来的经商生涯更是信心百倍。

> 我这一生，真是艰辛。要说得说上几天，能写一本书。
>
> 在咱村里的时候，真是饭都吃不上。我爸我妈房子盖起来，欠了一屁股外债。听说赶羊、卖鞋底能赚钱，想出去卖鞋底，那时候队里还不让卖，我妈就给队长下跪，也不行。后来养个羊，小偷从墙上剜个洞把羊偷走。你说背时不背时？
>
> 有一个事儿能说明那时候穷成啥样：爹妈出去卖鞋底，给家里留了二十七封挂面，不是现在超市卖的一斤装，是农村自己切的那种短的，最多半斤。玉米面啥都没有。我们姊妹几个就这样过了一个月零

二十天，姊妹四个放学分工，拾柴的拾柴，烧火的烧火，每天，都是稀汤面条，放些野菜、红薯叶子啥的，就这，到最后咋节省也没有了。我就出去借粮食，村里借遍，那时候都穷啊，谁敢借给你这群没爹娘的娃儿。等爹妈回来的时候，姊妹几个都快饿断气了。

由于在村里属于单姓，地位比较低，又在你们梁家这片儿住，老是受梁家欺负。为宅基地产生矛盾，万明家找事，打闹到门口。我一手拿菜刀，一手拿铁镐，不要命似的，打倒他们一大片。那时候，我才十几岁。梁万明是我老师，他说，义娃儿，你为啥打我？我说，你们欺人太甚，欺门霸户。

后来，爹妈从湖南回来，过了不多久，不小心把房子烧了，苞米都烧煳了，家里的铺盖啥的都被烧了。我爹围着房子转，我们全家坐在地上哭啊，可真是哭天无泪。最后借住在队里的一间炕烟房里。

十七岁全家到阳县。我妈从外婆家借一百多块钱，在阳县买了个磨机，打豆腐。爹妈在家做，我在阳县家属区到处卖。一年冬天，下大雪，南方下雪少哩很，我还得出去卖豆腐，上坡太滑，自行车倒了，豆腐全部散了，我坐在那儿哭，都不想活了。后来，想把事业扩展，阳县是苹果之乡，贩苹果比较赚钱。我联系了一个客户，一船苹果赚几千块，给我分了几百块，我高兴得不得了，正经是赚了第一桶金。但是，别人把我灌醉，把钱掏走，我放声大哭。这是他们设好的局，骗我的。后来，在船上贩鱼，受人欺负，被人打，要我下跪，我不下跪，打死也不跪。从那以后，我也硬起来，出来混，不能软，一软，当地人就把你收拾掉。后来开始结识阳县的各路大哥，人家也认为咱有豪气，没有看不起咱。人们都说河南娃儿咋了咋了，其实也是被迫无奈，才站起来，打造一片天。我在那儿，慢慢认识了咱们这儿的人，通过了解、沟通，找共同类型的人，讲义气的，结成一个联盟。

后来，在码头卖鲜鱼、海鲜产品，搞大批发，这是赚钱的买卖，没有霸气绝对不行。在这期间，打架拼人命的事情很多。有一个姓郑的，我们结下了梁子。一个人给郑家送鱼，被我拉走了。这个人听说我收得贵一些，就卖给我了。郑家不愿意，拿着刀，去砍那个人。我拿着刀就砍，当时弟兄俩都见血了。他们架着我，我从背后砍，妹夫直接用木棒打，把人家打成脑震荡。最后，他们放出话来，说见到我、见到我弟就劈，当时弟弟才十八九岁，我到阳县六七年的样子。最后，就拿着刀子拼命，结果是都付出同等的代价。还是用钱把官方摆平了，这事儿才算完。但当时没有法律意识，派出所人劝我，我说他们欺人太甚，最后才知道是防卫过当。

有一个阳县人和我同行，本乡本土，是城关镇一个地痞，很厉害，在当地，是一声令下就可以怎么样的人。他伙同郑家，想叫我们一家滚出阳县。后来，找我的朋友李老二，我称小哑巴，也是有名气的人，去谈判。要求双方互相低个头，他们不听。我朋友也没面子。当时真的是背水一战，要么卷着被窝回河南，要么在阳县站稳脚跟。我们在李老二家里设一个指挥中心，我们三个是指挥，我弟是第一干将，共几十人，那年二十六号，我弟把老郑和那一伙人从三楼砍到一楼，共砍倒八个。弟弟也因此坐了牢。

几次火拼后，结果是，我用钱打点轻描淡写处理了，没有法律意识，我妹夫付出沉重代价，坐了八个月，我花了几万块钱，免予起诉，坐了两个半月。我弟弟坐了八年。当时这件事轰动了阳县。也奠定了我在那一片的地位。我现在在阳县，无论什么事，只要我到位，都会买我三分账。

我一直做鲜鱼批发。生意开始红火的时候，一年能挣二十多万，我自己赚七八万就中了，其他都给了好朋好友。有肉大家一块吃，必须得讲义气，人家才给你拼命。这几年，国家形势变了，定点收购、批发，我们的海鲜批发每年收入才六七万，远远不够我的支出。没办法，才出去办厂。走三年麦城，没赚住啥钱。然后回阳县炼油，又被朋友骗，把钱卷走了。这中间有七八年时间总是在走麦城。九几年手里就有一百多万，后来都赔得差不多了。

后来又回阳县开茶馆，做偏门，设赌局，相当于地下赌场。三人合作开茶馆，赚有几百万。开茶馆的过程中，开始操作现在这个铝矿厂。七个人合作，每个人打进去几十万，找一个专业厂长，但是，厂长不会运作，赔了一些。后来，七个人不团结，为了争这个矿，差点就要动枪。我拿着现金把钱分给他们，把矿争了过来。现在矿山，我是法人代表。已经投资一千二百万，最后可能需要二千多万。不过我的产品质量已经得到国家许可，出来的货厂家已经接受。马上就可以赢利了。

我现在的专业知识也懂得很多，那名词你肯定都不懂。

人得有想象力。我总算明白了，官商一家。我现在可以与县长、公安局长光明正大坐一块儿，我原来是被抓的人，现在咱是名副其实的企业家。

昆生：住在墓地里的人

对农村无依无靠的老、弱、病、残及因劳力弱和遭受灾害而生活困难的特困户，市政府采取临时救济和春节前集中救济的办法，帮助他们解决生活困难。至 2000 年，共救济特困户 1.39 万户次，4.64 万人次，共发放救济款 178 万元。1998 年，市政府制定《穰县城镇居民最低生活保障暂行办法》，把户均月收入 80 元以下的城镇居民列为保障对象。至 2000 年，共发放城镇居民最低生活保障金 579 万元。

——《穰县县志·民政》

第一次看到墓地里的这户人家大约在十年前，也是夏天。一场暴雨之后，我和哥哥去给母亲上坟。哥哥说墓地另一头住着一户人家，是另一个自然村的，但不知为什么离群索居，住在这里。我很好奇，就去看看。河坡尽头的那片地已经被精心修整过，有碾平的打麦场，上面堆着尚未碾下麦粒的麦秆，可以看到最下面那厚厚一层发了芽的麦粒。还有一口水井，自制的磨盘等。中间的开阔处，有两个男人正在盖房子，墙刚刚垒好，是自己打制的粗糙的土坯，好像要搭屋梁的样子。旁边有一个小茅草屋。两个男人非常警惕地看着我们，不说话。哥哥给他们发一根烟，神情才略微有所缓和。我弯腰进到茅草屋里面，等眼睛适应了里面昏暗的光线之后，我被里面的情形惊呆了。

茅草屋并不完整，前面还有一个所谓的门洞，后面却只是玉米秆之类的东西糊起来的墙，暴雨穿透这些脆弱的遮挡物，浸泡了这狭小的空间。这应该是一个厨房，锅灶上面已经被雨和泥弄脏，没有看见可以吃的东西。整个空间唯一干燥的地方是灶台前面的那片地，有三张椅子那么大的地方。在这个小小的空间里，蜷伏着三个人，一位可能是母亲，两眼痴呆地望着前面。还有两个小孩，一个小孩趴在地上，下面有麦秸垫着，头发散披着，看不见她的脸，一动不动；另外一个大一点的小女孩正在哭，有十来岁的样子。哥哥过去摸了一下趴着的那个小孩，发现小孩发高烧了。哥哥和那个年龄大的女人说话，没有任何反应，又问外面的两个男人，说是昨晚小女孩儿淋雨了，一直在烧。

哥哥返回到镇上，拿了药，买了些面条、饼干、盐、菜，还去五金店割了几丈宽的厚塑料布，又回到那里。这个小空间还是我们离开时的样子。我把饼干送给姐姐，姐姐没有吃，扭过头去喊她的妹妹。妹妹，妹妹，饼干，姐姐轻声地叫着妹妹。妹妹还是一动不动。哥哥让两个男人把那位妇女搀出去，让小姐姐扶着妹妹，翻过身来，抱在怀里。小女孩儿满脸通红，眼睛紧闭着，好像没有呼吸的样子。哥哥给她打了一支退烧针。

我一直在琢磨，灶台前那三张椅子大小的地方是唯一一片干燥的地，晚上有五个人，有生病的小孩子，两个男人，一个半傻的妇人。他们如何度过昨天那个夜晚，漫长的、冰冷的、大雨如注的夜晚？到现在想起这个问题，心口还是莫名的疼痛。

刚能望到墓地头的那个小屋，就看见两个人在前面那块荒地里干活，一老一少，老的挥舞着锄头，少的正蹲在地上捡什么东西。看到我们这一群人，他们停了下来，直起腰，盯着我们看。毫无疑问，那个老的就是这家的户主，十来年不见，他已经成了一个白发苍苍的老头。头发看起来好长时间没有洗过，纠结在头上，垂过肩，胡须几乎遮住嘴唇，也是脏乱不堪。眼睛似乎有点白内障，眼白很多，看不清人的样子。旁边的小姑娘神色活泼一些，笑眯眯地看着我们。

我们让他从地里到田埂上来，他似乎没有听清，询问般地看着我们。小姑娘先上来了，略带羞涩，拘谨地看着我们。大姐拿出五十块钱，给小姑娘，小姑娘不要，又求救似的看着地里的老头。老头终于动身，嘴里嘟囔着什么，似乎是喃喃自语，但又看我们，好像是在与我们交流。姐姐把钱塞到他手里，他推辞了几下接住了，说着什么仍然听不清楚，又问了几次，才大致听清楚。他说的是，这白花花的银子不好拿（花）啊。不明白他表达的是个什么意思。这是一个长期孤独的人，已经失去了基本的表达与交流的能力。

我对身边的小妹妹特别感兴趣。她红扑扑的脸，瘦小，但很健康的样子，眼睛弯弯的，笑笑的，非常可爱、质朴。我很好奇，她是当年的姐姐还是妹妹呢？我问她，家里还有什么人。她说，姐姐已经出嫁了，母亲今年春天死了。那么，她就是那个生病的小妹妹了。竟然长这么大了，真的太好了。在言谈之中，才知道，姐姐嫁到贵州去了。问为什么嫁那么远，她也不知道。她没有上过学，不识字，也出去打过工，到广州，但很短时间就回来了。因为她不识字，很多东西不懂得，也害怕。忙过这段时间，准备到镇上食堂帮忙。说好了，一个月五百，管吃管住，食堂已经催了她好几次，等着她去呢。我听了，非常高兴，小姑娘自己也挣钱了，最起码，她的生活没问题了。问他们父女现在住哪儿，说是村里的炕烟房里，是村干部给找的，这边盖的房子老是塌。我看看周围，大致明白她所说的，这一片地势太低，夏天雨季的时候，很容易积水。

我提出给他们照张相，老头儿非常高兴，反复地用手捋自己的头发，怎么也捋不顺，他往手里吐了几大口唾沫，终于成了个大背头的形状。小女孩站在父亲旁边，双脚并拢，手扯着衣角，嘴角带着羞涩的微笑，看着我。

我的心一阵颤抖，不知道是激动还是欣喜，这样一个生命，终于熬过艰难岁月，又这么健康开朗，质朴纯洁。她未来的生活应该会更好些吧。我没有告诉她十年前的事情，当年才五六岁的小姑娘，应该是不记得那一幕吧？但愿她永远忘掉。

返回时已近中午，路经清道哥家，清道哥高朋满座，是镇政府里的一些朋友来他家打牌。清道哥又是打牌，又是不停招呼。看到我们经过，非常高兴，把我们喊过去，介绍了一番，言语之中也略有点炫耀。

说起墓地的那户人家，我才知道，他叫昆生。说实话，我也是第一次想到，他还应该有一个名字。

昆生，人称大胡子，年轻时候入伍做汽车兵，退伍后没有回来，在云南贵州一带做散活，据说，他手很巧，特别会编篾席，能够在席中间编出不同颜色的字和花。他在墓地那一片地的井、贮藏窖、房屋，都是自己弄的。

清道哥说，那货，可能是脑子有点问题。要说村里有他的宅基地，也有弟兄几个，不知道为啥，非要住到那个地方。那年他在墓地盖那个小房子，还来向我要砖，也不算傻嘛。我说，我上哪儿去弄，总不能把我的房子扒了，给你盖吧？清道哥在说的时候，是一种非常淡然，漫不经心，略带点蔑视的口吻。

我问清道哥，政府对他们这样的人家有没有具体的政策，譬如补助什么的。清道哥说咋没有，村里为他可没少操心。当年为他住在坟园，说多少回，让他回村里，就是不愿意。后来，夏天下大雨，冬天下大雪，坟园的房子塌了，嚷嚷着要回去。就把他安排在一队，把队里的老炕烟房又重新修修，算是住下了。他老婆春天死，也是村里帮他埋的，他享受五保，一年七八百块钱，还有三四百块钱照顾款，平时面粉、被子、衣裳都给他，实际过哩不错，比村里其他死出力的老实货还强呢。清道哥说着，带着他一贯的揶揄口气，周围的人也都附和着。

这时，一个正在打牌的年轻人插言了。清道哥说，这是咱们镇上民政所的干部，管咱们这片，最了解情况。年轻人说：

> 这个昆生，你看他一脸可怜相，其实坏哩很。有一次，他喝醉了，跑乡里告状，说没人管他。当时所长可不愿意了，出来骂他一通，说政府伺候哩像个活神仙，你还想干啥？政府要是不管你，你都饿死了。我说让他赶紧回去，别在这儿闹，他不听。后来我说，你要是不听我的，以后我都不管你了，民政所也不管你了。闹哩过头了还把你抓到派出所去。他也知道好坏，就不闹了。
>
> 他现在可不穷，精哩很。村里给他二亩地，他种着，坟园里那片地现在也不错，能蓄水，他种些藕，有存款，估计有万把块。前年把大闺女给卖了，给他五千块。这俩闺女都是抱的，也不稀罕。你别看他穿哩脏，衣裳多哩很，就是不洗。

听着这些议论，仿佛昆生还是一个品德极坏的人，喝酒闹事，勒索政府，卖闺女，故意装穷，等等。我默想着，如这真的是昆生的另一面，我是否应该因此而减淡自己的同情？因为他道德败坏，因为他懒惰，因为不懂得好坏，所以不值得同情。但是，很明显，他们所说的昆生与我所看到的昆生不是一个人，或者，不是一个观察体系中的人，他们是用另外的眼光来看昆生的。他真的是卖掉闺女了吗？我想，也许是闺女的婆家给了一点钱，而这一笔钱对于昆生这样的人来说，是不应该拥有的，他应该赤贫，应该一无所有，才配让人们给予同情的目光。而喝醉酒，对于这样一个享受着政府补贴的人来说，更是一种败类的形象。

我猛然惊醒，在乡村，像昆生这样的人，已经被排除在正常的道德体系和生存体系之外。他们的存在并非是一个村庄不人道的象征，相反，因为他们的与世隔绝，因为他们的愚笨、怪异，他们已经成为村庄的道德污点，成为被嘲笑和被拒斥的“异类”，根本不配享受关爱和帮助。当你自逐于群体，越来越孤绝，你也就被驱除出文化系统之外，成为不值得尊敬和不值得帮助的“废弃物”。

那些被遗忘的人

沿着窄窄的田埂慢走，从远处过来一个人，手里拿着一个黑色的塑料袋，边走边东张西望的。应该是捡垃圾的。略微近点看，这个人穿得非常破烂，白褂子已经变成灰黑色，黑裤子，脚上穿着八十年代乡村流行的黄胶鞋。这不是军哥吗？怎么变成一个流浪汉了？兴哥，军哥，还有那个弟弟，我已经忘了他的名字，弟兄三个，父母早逝，都没有结婚，从我记事起，他们弟兄三个就住在路边的一个土屋里。兴哥是退伍军人，小弟弟长得非常俊俏，也非常活跃，后来却做了小偷，长年在监狱住着，也死在监狱里了。关于他，他怎么做小偷，怎么从偷东西到偷女人，村里有很多传说。在村庄生活的两兄弟都沉默寡言，即使冬天的夜晚到哪一家去聊天，也只是黑暗角落的旁听者，从来没有听见过他们说话。再后来，随着老屋的倒塌，这三兄弟也就不知所终了。前些日子遇到兴哥，现在又碰到军哥，才知道，他们仍然在村庄。

看见我，军哥的眼睛似乎亮了一下，但又马上移开，回归一种陌生的神情。我站住，说，军哥，起恁早。他的嘴巴嗫嚅了几下，想说话，但最终没有说出来，眼睛也没有朝向我，而是朝着四周转了几转，掩饰自己的尴尬。他的脚步没有停，从我身边走了过去。我很奇怪他何以有如此强的陌生感，好像要把自己屏蔽掉，与我们无关，与村庄无关。

在一个村庄里，在一个生活的群体中，有多少这样被遗忘的人？我想起了春节在万虎家看到的场景。大年初二的中午，万虎端着一碗面条，没有一根青菜，白生生的，上面放着两个肝片，这是新年的饭。厨房乱糟糟的，他的妻子，一个曾经聪慧、秀丽的姑娘，因为夏天用井里的凉水洗澡把脑子洗坏了，坐在灶台后，直直地看着我，碗掉了都不知道。万虎的两个孩子，被寒风吹得脸红肿着，身上的衣服也不知道有多长时间没洗了，他们在院子里的小凳子上吸溜着面条，吃得很香。我问万虎，媳妇的病怎样，他说看了好多地方，后来没钱了，就不治了，现在连话都说不出来了。万虎还是有些结巴，憋得脸通红，听了好长时间，才明白，他现在在村里砖厂干活，一个月能挣几百块钱，但是，还不够媳妇吃药。我说不是有合作医疗吗？现在农村看病不是可以报销吗？他摇摇头，似乎有些茫然与不解。我这才明白，像万虎媳妇这样的病并不在医疗之内，这是慢性病，不住院，很难报销。连话都说不清楚的万虎是很难去争取一些权利的，政府当然也不会主动来帮助他们。

有多少这样被遗忘的人？小柱、清立、姜疙瘩、昆生……对了，还有万善，一个堂伯家的大儿子，小时候被淹傻了，现在应该已经五十多岁了吧。他常年在外流浪，偶尔回村庄，总是悄悄地沿着墙进到哪一家里，蹲在墙角。给人打招呼，很客气，也很正常，再说几句话，就开始表演，用手把耳朵拧了一下，用标准的普通话说：叮，中央人民广播电台，现在开始广播。然后，大家就会给他几个钱。这几十年来，每天晚上，他到底睡在哪儿，是一个谜。问哥哥，哥说，哪儿？麦秸堆，窑，野地，到处都是他的地儿。

还有那耍把戏的小女孩儿。戏班子带着这样几个女孩子，走乡串户，选一个背风的地方，敲一阵锣，就开场了。咔嚓一声，小女孩儿的胳膊被卸了下来，那样垂着，像面条一样，软绵绵的，在风里晃着，一直垂着。她的头也一直低着，仿佛抬不起来。有时候为了表现效果，小女孩儿还被要求抖动胳膊，以表明胳膊与身体的确是两截。那奇异的抖动与无力的胳膊，给人以永远难忘的观感。表演完了，大人会带着小女孩到各家去收点粮食，给多少算多少。

他们都到哪儿去了？

小柱埋在哪里？他四岁的女儿又到了哪里？有谁还记得他的存在？他曾经存在过？那样一个鲜活的、健康的生命。小柱，和我一年生的。小时候，我们俩最好，因为同一年生，似乎格外亲近。七八岁的时候，村里一个人问，你俩谁大，我抢着说，当然我大，我十月份，他四月份，不是我大还能是他大？这成了我的一个笑话，小柱妈、村里人每看见我俩在一块儿，就要笑，都要说起这件事。

我最后一次见小柱大约在十三四年前，过春节。大年初一，早上，我们村庄各家，尤其是梁姓家庭都要互相端饭，小柱把饭端到我家的时候，已经九点钟了。我一见是小柱，特别高兴，让他别再跑了，就在我家吃算了。他就留下了。那时候，我们刚二十岁，小柱个子很高大，有一米八左右，长得很洋气，不像农村人，性格本来就开朗，出去几年，又多了一点城市味，显得格外气派。他十六岁就出去打工。在北京干过保安、电焊工，翻砂厂里当过翻砂工，建筑队小工也干过。那一年刚到青岛的一个首饰厂，春节前回来结婚，过完初五就准备走。

没有人知道小柱是什么时候发的病，他在那个首饰厂干有十年时间，前年开始吐血。在县医院住有快俩月时间，血一直止不住，始终找不到病因。最后几个月，多器官功能衰竭。不停咯血，最后，从鼻子、嘴里呛血，轻轻一咳，血就喷出来，家里腥臭难闻。兄弟姊妹们刚开始还积极凑钱，花得差不多，眼看没什么指望了，于是为出钱也生了很多矛盾。没挨到小柱死，大家又都各自回到自己打工的城市。小柱死之后，他老婆带着女儿，又嫁了一家。第二年，小柱妈查出来是胃癌，没钱动手术，很快也死了。

梁庄村出去打工的人，除了少数在校油泵，少数大专毕业生在公司干些技术活，大部分是建筑工人、首饰厂工人、三轮车夫、塑料高温车间工人、翻砂厂翻砂工。赵嫂的两个儿子就在塑胶高温车间，还带了同村的几个男孩子去。据他姐姐讲，那环境差得很，他们经常头晕、呕吐。但是，并没有人以为这其中有什么必然的联系，即使知道，只要没出在自己头上，都认为很遥远。因为他们干的活，他们的环境，并不是中国最差的。

我少年的伙伴，那一个个少女，清丽、冬香、多子，都到哪儿去了，她们的生活如何？她们是不是也和春梅一样，在家里苦苦撑着，等着那一年中的几天？仅有的幸福的几天，然后又夫妻分离。王家的一个女孩儿，自十几岁出去之后，将近二十年了，就没与家里联系过，她是活着，还是早已葬身于城市的哪一个黑暗角落？

但是，也并非都是绝望或痛心，乡村的痛，乡村的悲，总是同时包含着温暖与坚韧，因此，也还隐约闪现着那永恒存在的希望。就像五奶奶、芝婶、赵嫂和她们的儿女，无论怎样的痛苦、抱怨与争吵，背后还有亲情，还有谅解。

在路上碰到韩家种菜的老两口。我一直搞不清楚怎么叫，韩家和梁家的辈分到底是怎么排的，父亲说那得从山西洪洞县迁过来那一辈儿说起，太久远了。反正，我和这老两口是同辈，叫韩哥，虽然他们已经七十多了。七十出头的韩哥用扁担挑着两筐菜颤悠悠地往这边走，腰几乎快弯成九十度了。韩嫂拿着一把菜，跟在后面，也是颤巍巍的。但很显然，他们还健康，还在田里劳作，依靠自己的劳动赚取生活的费用。

是的，也还是有生机。那天一个堂嫂子来看我，她和丈夫两口子在北京卖有十年的菜，盖了房，还有存款。在和我的交谈中，她用的是普通话，表现欲望很强，凡是谈到大的问题，她都竭力表达自己的观点。言语中对城市人的市民气严重不屑，因为市民总是为几分钱斤斤计较。说起现在房地产的行情，也很有自己的看法。虽然我并不喜欢她那股强势及自鸣得意的劲儿，但是，你不得不承认，常年的城市生活及对自己生活的满意使她有一种自信。那天去嫁到镇上的村里姑娘家吃饭，为她家里摆设的现代及生活方式的都市化而震惊，完全的城市生活模式，让人看到了金钱给乡村生活带来的巨大影响。

但是，身在城市的打工者，却永远是异乡人。回到家乡，堂嫂自信而活泼，然而，在都市里，她只是无数乡村打工者之一，是菜市场里的一个粗笨的卖菜人而已。我的表哥，在北京的一个建筑工地做小工。每次到我家，都手足无措，那种沉默、无奈的表情，常常让我震惊。实际上，他高中毕业，灵动，健谈，有头脑，在他们村子里是以聪明而著称的。但来到城市，他只是一个讨生活的，他的情感、智力、生命，与城市没有产生任何交叉。

在所谓现代社会中，农民在乡土社会里所形成的思维习惯、语言方式和生活模式完全失效，由陌生人所组成的现代社会是无法用乡土社会的习俗来应付的。那在城市各个角落成千上万的民工，他们衣衫破旧、神情怪异、动作拘谨，显得非常愚笨，就好像鱼离开了水，半死不活。谁能想到，在乡村，在他们的家，会是怎样的如鱼得水、生动自然呢?

老道义死了：把骨灰在棺材里撒成人形

20 世纪 90 年代中后期，推行火化。流行车队护送灵车，车队少则2辆至3辆组成，多则由10辆至20辆组成。2000年，实行殡葬改革，规定在全市范围内，除规定的回族等10个少数民族外，其他民族的国家干部、职工、城乡居民亡故后，都必须实行火化，严禁偷埋土葬。城市居民火化后，多葬于公墓，农村居民死亡火化后大多又土葬。

——《穰县县志·民俗文化》

“老道义”是我的一个大伯，没有出五服。他为什么叫“老道义”，说起来也颇有意思。大伯可以算作是我们村最早的大学生，先是在县城里高中教书，后来为支援家乡建设，被请回来到镇上高中做教务主任。虽然颇受学生喜爱，但却并不是受领导欢迎的人。他特别喜欢“论理”，倔强耿直，口头禅就是“做人要讲道义”。学校食堂饭菜不好，学生哪一项收费不合理，甚至，学校中间的路被一些老师的菜地侵占了，他都会去管。如果领导不管，他就直接去教办室，或到乡里去找，不厌其烦，直到解决为止。弄得学校、乡里都很烦。时间长了，人们背后叫他“老道义”。大伯和他的儿子关系并不好，三个儿子，小儿子考上大学，其他两个儿子高中毕业后都做了民办教师，九十年代初，教师民办转正非常多，他们的条件也都够，但是，每年名额有限，要排名评比，这里面，讲究很多。因为要讲“道义”，大伯不去找人说，更不送礼，儿子一说要怎样，大伯就大骂，说凭良心干活，该是啥是啥。到最后，俩儿子都没评上。后来，民办教师转正取消了，我的俩本家哥又都成了农民。有几年时间，儿子和父亲一直不说话。后来，大伯退休回到村里住，父子关系才又好一些。

我去大伯家的时候，我的本家哥万会正在看电视。他家还在村里面，三间青砖瓦房，大前檐，院子里铺的是砖路，当年也是村里数一数二的房子。现在，看起来有些低矮破败。大伯的相片供在堂屋的正中间，黑框，上面搭着一个黑绸的花结。

你伯是二〇〇四年死的，肺气肿，要是不死现在多好，还能给我看个门，我好出去干点活。病有六七年，以前身体就不好。死后在屋里放有两天，等你万安哥回来，为咋出葬，火葬还是土葬，我和你大娘发生了矛盾。

我咋都可以，人死了，生前孝顺就行。可是你伯生前有遗愿，他不想火化，他一直唠叨着怕疼，村支书来看他，他还给人家讲，不要火化他，哪怕出点钱也行。农村人怕成灰，只要能有完整的尸首就行，见不得烧那样子。

现在偷着埋哩多了。出两千多块钱就可以让完整地埋。一种是把钱直接交给支书，但也不能太明目张胆；另外一种半夜偷偷埋掉，也不敢哭。闺女来了都不敢哭，本来可以热闹一点，请铜器，吹吹打打送葬的。这是给了支书一些钱，支书点头了，半夜抬着棺材，孝子跟在后面，伤心得很了，捂着嘴硬憋气，就是不敢哭出声。实际上村里人也知道，大家心里都明镜似的。你说，谁没有往土里埋的那一天？

但也有背时的，咱们村周家保良，他们没有火化，把钱给了支书，说可以埋了。棺材刚下到墓坑里面，还没有扔土，民政上去了，也不敢说把钱已经交给支书了，只好又交一千块钱，算了啦。说难听话，也就是为那俩钱。啥政策不政策，经是正哩，关键是念经哩。

我一说火化，你大娘就哭。可是那段时间管哩严，咱们村成了典型，都在盯着哩。支书也不敢答应，只说，火化也没啥。最后，你万安哥回来，他在外面工作，也算是个面上人物，县里一些人知道了，也跟过来。这下不火化不行了。

咋办？又不能违背你大伯遗愿，后来，就想了个办法。没火化之前，就让阴阳先儿把手上指甲，脚上指甲剪掉，保存起来。火化回来后，把骨灰按人形撒在棺材里，指甲放在四肢旁，还做一个完整的躯体形状，这也算是一个囫囵人。实际上棺材一抬，肯定形状散了，但又能咋办？只能是去去心意。

拉你大伯去火化的时候，女婿们请哩响器，离开村的时候，也放鞭炮，孝子还下来磕头，也算送行了。现在农村兴这样，火化也摆排场，有钱人家还开一长溜小汽车，把亲戚们都拉去。回来再埋，再请吃饭。等于是花两回钱，费两回事。

我现在想想心里都不美气。心里明知道人死了啥没有，但还抱着一线希望，一想着要去火化心里就难受哩很。后来，到了火葬场，你大伯在火葬场的那个床上躺着，头上蒙着咱们农村用的那种黄纸，不知道为啥，它直往下掉。我把它拾起来盖上，一会儿又掉了。后来，才发现，你大伯胳膊压住了，是不是他嫌疼啊，一直在提示我。我就哭了，你伯是不情愿啊。我把他胳膊重又放好，说，爹，我也是没办法，现在政策这样，你多谅解。

烧完我去拿骨灰，都是白色的，就像屋里烧那种豆秆灰一样。虽说人埋在地下，也是慢慢朽了，但总想着还是好好的人。现在可好，成了一把灰了，你大娘都哭晕过去了。

这又回来，还得偷偷埋。坟头是已经挖好了，亲戚们也都来了，孝子们跪在那里，也还有支客①，招呼着亲戚，来磕头上礼，但是声音都很小，孝子们也不敢哭，都憋着，只是抹眼泪。想想你大伯也是可怜，辛苦一辈子，走的时候子女亲戚连送个行都不敢。

啥时候火化能实行开？真是不好说。就现在看，坟地其实跟原来一样多，只算是里面人烧了。原来大队部说，找一片地，盖个房，按村组来分，骨灰盒拿回来，按死的顺序埋，一人一个小格子。但是，这么些年了，在哪儿哩？在农村，这根本推行不开，猴年马月也不行，没这个风俗习惯。

你说那几年烧坟，事可多哩。咱们村里你华嫂子，得了失心疯，这你估计都不知道，华在外边跟其他女人胡混，把你华嫂子气伤住了。后来掉到坑里淹死了，偷偷埋了，不知道咋被知道了，就被扒了。当时被埋有半月多，尸体快化了，执法队的人用铁钩子拉出来，屁股都

---

① 支客：北方农村丧礼或喜宴上，安排来往亲戚坐次的人，在这一过程中，要特别讲礼数。一般做“支客”的人都是那些在村庄有威信的、能够服众、对村里各家的远近亲戚也比较熟悉的人。

划烂了，拉出来人都走样了。扒哩时候，华不在屋，兄弟也不管，执法队只好拉到城里烧了。后来娃儿回来，才把他妈哩骨灰收了。惊动大哩很，开车的人都停下来看。

万会哥坐在椅子上，声音越讲越低，完全没有了当年教我们时的风采。那时候，他，还有在前面提到的万明哥，是乡里都有些名气的民办教师。老高中毕业生，风华正茂，意气风发的，会教学，又负责任，正是他们的努力，才使得梁庄小学的毕业班成绩一直在乡里名列前茅。他对现在的葬丧制度及农村现状非常不满，但同时，也只是一种说法而已，他非常消沉，甚至不愿意更深地想问题。可以看得出，当年被踢回农村，重又成为农民，对他的打击非常大。

回到县城，在和大姐单位的一个人聊天时，他给我讲了一个故事。

这可是真事儿，那是一九九四年、一九九五年的时候，一天我突然接到个通知，叫我带个口罩，叫下乡。那次可能有万把人围观，人头攒动，俺们到一个村里去挖坟，那时候是刚开始实行火葬政策，有点杀鸡给猴看的意思。在农村，挖人家祖坟是晦气事，多少也有点不道德，一般人都不干这个事，所以，都找那种痞子、无赖，或劳改释放犯，他们动手，一个政府人员看着。俺们那一组的五个人就是这样的一个组合，我是组长。

扒的那个坟埋哩是个女的，刚死没多长时间，挖出来的时候，尸体刚肿胀起来，脸肿着，虚白胖大，还有蛆在爬。真是吓人。尸体就趴在墓坑沿上，没有人愿意再动。然后，浇上汽油，谁去点，是事先说好的，就是那几个二流子。结果，浇哩油太少，人烧了一半，不着了。你不知道那形状有多难看。就又点一次。那个坟园里有七八个刚埋的人，都是在那个下午烧的。狼烟四起，那味道，现在想起来，还恶心，想吐。点完之后，又烧了一会儿，我们这些烧的人就走了，也不管烧成什么样子。

那真是场面大，人山人海。烧着之后，有些人嫌味道难闻，就跑了。过一会儿，又回来，都想看看是什么样子。那些家属，刚开始哭着，骂着，拦着，被警察挡住了。其他一些地方因为烧坟，还发生了警民冲突。我们那次派去的警察多，没有闹起事儿。后来，味道实在难闻，连家属都坚持不下去了，哭着哭着，都跑了。过一会儿，回来，接着哭，又跑。

现在想想，真是对人不尊重。那几年为扒坟烧坟打架被抓的多哩很。这几年也不严了，就罚钱，特别有钱的，直接埋，也是偷偷的。一般都是先火化，再埋，只要你火化了，罚完钱，埋个坟头也没人管。都是睁一只眼闭一只眼。

焕嫂子：我是七仙女的命

雨季来了。虽然不是南方，但每年的这个季节总有十几天连续下雨。其实，我是喜欢这样的雨天的，雨哗哗下着，但并不阴暗，灰色的、发亮的天空，是一种寥廓与肃穆，让人有庄严与阔大之感。

河坡的树林是近几年才栽种的，林间还没有形成足够厚的草地，赤脚踩在沙土路上，细细的、湿湿的沙石，轻硌人的脚，微疼微痒，感觉非常舒服。河水哗哗奔腾过去，充满力量和向往，那巨大的芦苇丛接受着雨水的冲刷，稳重而又充满生命力。雨中的河，升腾着雾气，苍茫无边，却又具有永恒的清新。

河坡地里散落着许多小屋，基本上都是为看守庄稼而建的，在一片片空阔的沙地上，种西瓜和花生的非常多，它们最适宜在沙地上种植。偶尔可以看到一两个身影，在西瓜地里忙碌，估计是在检查西瓜的情况。这样的连阴雨对种瓜的人来说，是非常不好的事情。我们在一个开着门的小屋前张望，里面有一位妇女正在做家务，旁边一个三四岁的女孩子在玩。听到我们的声音，那位妇女扭过身来。哥哥笑了起来，这不是焕嫂子吗？

焕嫂子，今年四十二三岁的样子，当年和我们村张家小伙子谈恋爱，到村里玩，大家都被她的漂亮震住了，轰动一时。一个农村姑娘，常年下地干活，但却皮肤白皙，眼睛黑亮亮的，清澈透明，长发飘飘，像电影明星似的，走路腿一弹一弹的，韵味十足，唯一的缺点是鼻子过于直削，破坏了脸上的和谐感，但却让人感觉出，这是一个有主意和性格坚强的人。事实证明，焕嫂子也的确有主见。在嫁过来之后，她和丈夫就出去打工，一边偷生孩子。先是在小饭馆端盘子当小工，丈夫后来当拉面师傅，经过几年的观察和经济积累之后，他们在天津郊区也开了一家拉面馆，生意非常好，挣了不少钱。在村里公路边也盖了房子，是村里不多的三层小楼。

唯一的遗憾就是，焕嫂子一直没生男孩儿。张家是我们村的独姓，三兄弟，分为三户，这三兄弟结婚之后所生的都是女孩，在农村，这种情况被称为“绝户头”，是一种耻辱。焕嫂子的丈夫是长子，在他们结婚十多年间，前后估计生有五六个女儿，至今仍然没有儿子。

在焕嫂子身边玩的那个女孩子是她的小女儿。再打量焕嫂子，轮廓还在，仍然漂亮，只是黑了，瘦了，人显得很憔悴。问起焕嫂子为什么在这里，不是在天津开饭店吗？焕嫂子笑起来，她已经回来有十来天时间，主要是看病，腰椎疼，连带头晕，医生说是椎间盘突出，开了药，也不是一时半会儿就能好的。过几天就回天津，那边生意忙，离不开人。这是她婆婆的瓜地，连续下雨，她来看看怎么样。聊了一会儿天，我小心翼翼地说起我的想法，想听她讲讲自己的生活。焕嫂子非常认真地听我讲着，不时点头，最后她说，她愿意讲，这是好事，她自己有时也想着自己这一生，这些事儿，不知道做得对不对。坐在门边的小凳子上，搂着她乖巧、伶俐的小女儿，焕嫂子给我讲她生孩子的故事。

我就想生个儿子。张家这一大家，兄弟三个，没有一个男娃儿，人太单了，我得生一个，无论如何也得有一个。

女娃儿我也喜欢哩很，是我哩贴心小棉袄，你看我这小闺女，多可爱，我稀罕哩不得了。当初差点都不要她了。怀她到五个月时，去做B超，一看又是个女孩儿，就想着再引产引掉算了，前面生的那个闺女，刚出生，就被送走了，不知道有多伤心，现在连面都没见过，还不如没生下来的好。她姨，俺一个远方亲戚，俺们每次去，都是找她验的B超，她说你别引了，到时找个好人家，就在咱们县城里，想的时候，也可以偷偷去看一下。我一想，闺女也是一条命。引第一个闺女的时候，我多伤心啊，都五个月了，听说眉眼五脏都有了，可是，前面已经有俩了，我还想要个男孩，不能再要了，就引产引掉了。心里可难过了，可也没办法。后来那两个，连想也不想，就引掉了。我就是打算生下来，她爸也反对，一是还得好几个月时间，二是怕到时舍不得，再说，送人了，就不是自己的了，费这心也没啥用。

她姨这样一说，我又有些心动。我要求见见那家家长。那一对夫妻，还真是很有修养，比我岁数大不了多少，还年轻着呢，在政府部门上班，儿子已经上大学。我一看，挺喜欢的，就决定生了。但是，人家就是不同意以后认亲。那也没关系，我都想通了，能给闺女送个好人家，也可以。

她是提前生的（焕嫂子说着，怜惜地看一眼身边的女儿，用手抚摸着她的脸），比预产期早十来天，是个晚上，肚子突然疼了，到医院不到半个小时就生了。她姨还没来得及通知那家人。本来，我是不想见闺女的，想着直接送走算了，怕一见受不了。可她在那儿哭啊哭的，嗓子都哭哑了，那家人还没到。我怕她哭出事儿来，就让护士抱过来，我哄一下。谁知道，刚挨住我，她就不哭了。我扒开包裹，小家伙粉红透白，睁着大眼睛看我。我一下子心软了，就决定不送了。后来，那对夫妻来了，一看长得漂亮，就特别想要，给我送礼，还答应以后让认亲，我说啥也舍不得，她姨也气得不得了，为这，她还得罪了那家人。你看，幸亏没送人，这小家伙跟我亲得很，懂事得不得了。

说实话，以后我老了，就指望这几个闺女。闺女好，心细，嫁人了还会顾娘家。儿子有啥好哩，我清楚得很，你看看，农村有哪个儿子结婚后顾自己老娘？不是不孝顺，自己一家人还过不成呢，最多、最好的也不过就是给父母点钱花花，真正能心疼到父母的，能陪在身边说上两句话的，还是闺女。这我心里很清楚。但是，我还是想要个男娃儿，还得有个根。你张哥也想要，他是个闷葫芦，嘴上不说，他也看到我这些年受的罪了，知道求儿求不来了。但他有时那叹气声，真让人泄气。过年回家，那神情好像没儿子短别人一截似的，看着难受。人家都以为俺们想要男孩，就是想着自己的钱、房子怕没人继承，其实不是这样，就是觉得得有个男孩，一个大家庭，兄弟三个，连个男孩都没有，别人笑话，自己也心不甘。

你说身体受损伤没有？也没啥，咱们的爹妈哪一个不是生四五个，也不见得就咋样了，女人生小孩，是天生的，不会有啥影响。不过，这几年岁数大了，身体也开始有毛病了，不敢累着。三个闺女，老大老二上初中了，她们奶奶帮着看，现在住校，星期天回家住一下。这个小哩跟着我们在天津，她一点儿不费事。平时，饭店我也有请人，我主要管收钱、采买，不是很累，就是离不开。

早十来年，家里穷，生第二个闺女时，计划生育管哩严，俺们跑哩远，新疆、甘肃都去过，你张哥出去干活，我在租的小房子里就不敢出门。家里罚款拿不出来，差点把老房子都卖了，最后还是在我娘家借到钱，真是难哪！后来到天津才算安定下来。现在农村管哩松了，也让生二胎了。说老实话，真超生的也不多。现在养孩子成本高了，再生，也养不起，也没时间养。

还有个事，我还是给你说说吧。我这次回来，算了一命，算命先生说，我是七仙女的命，要凑够七仙女之后，才有男孩。我一想，连引掉的，我不刚好够七个了吗？要是再怀孕，不就应该是个男孩了吗？我想着，我再最后试一次，岁数大了，再拖，就生不了了。要是再不是，我就死了这条心了，你说，我生不生？我还没有给你张哥说呢。

望着漂亮、坦然、爽朗的焕嫂子，我有些迷惑，焕嫂子绝对是有见识的女人，做事情的方式，对事物的看法，对现代世界的认识，包括她讲到在天津做生意的理念，都很具有前瞻性。但是，在生男孩的问题上，似乎没有道理可言。她反复提到，她就是想生个男孩，不是因为落后观念，而是想要。

对于一位乡村女性来说，生育是伴随着对生命的破坏与轻视而发生的。当怀孕、引产，再怀孕、再引产，变为一种常态的时候，那种母亲的神圣感和喜悦感变得非常淡，到最后，从被迫变为自愿，从痛苦变为麻木，进而成为一种内在的自我要求。仿佛不达到这一目的，人生就不完整，任务就没完成。

但是，情形也在慢慢发生变化，农村生多胎的也越来越少，在农村，头胎是男娃儿，一般都不急着生二胎，或是抱养个小女孩子。二胎又是男娃，都哇一声，气哩不得了，咋了，养不起。一胎是女孩，百分之九十九的还是想生男孩。别绝了就行。生三胎的现在几乎没有。真要想生，你再罚，还是有办法生出来。计划生育政策本身并没有形成约束力，反而是经济约束着人的意识。

生命有时真的充满不可思议的韧性，眼前的焕嫂子，健康，开朗，所有的伤害与痛苦都被自我吸收并消化，或者被主动屏蔽掉。她向哥哥打听，城里哪所寄宿学校好，哪一个老师的学习班好，她的大女儿已经上初三，想考县里第一高中，焕嫂子对她抱的希望很大。我问她，知不知道天津的“移民政策”，只要在那里买房，就可以落户口，孩子可以在那里上学，并考大学，天津整体的分数要比河南低得多。她很惊异，还有这样的政策？她从来都不知道，她在天津，清晨五点起床，晚上十一点之前从来没有睡过觉，每天忙碌，很少看电视报纸。我想，即使偶尔看到这样的新闻，他们也会觉得与自己无关，就像即使生活在天津，“天津”这一名词也与自己无关一样。他们所有的注意力和努力的点位还在自己的家乡上。在了解到天津买一座房子大约要花四五十万时，焕嫂子又释然了，她根本买不起，前些年挣的钱全盖房了，现在手里最多也就十来万的样子，根本买不起。看着焕嫂子的表情，我有点难过，她的释然是因为她买不起，她可以不做“非分之想”了。

已经快中午了，又下起蒙蒙雨，焕嫂子锁上门，带着她的小闺女，和我们一块回村里。小姑娘真的很乖，一双黑色的大眼睛，骨碌碌地转，警惕地看着我们，一边紧紧拉着妈妈的手。想着她刚出生时，看到焕嫂子时戛然而止的哭声，真的精灵极了。也许，她早已预感到自己要被母亲抛弃，想以这哭声来反抗并感动母亲。她成功了。

回到哥哥家，发现雨水浩浩荡荡地在马路上奔腾，下水道不畅通，水没有地方流，只有在街道上漫溢。即使是镇上，也没有完整的下水管道。只是一些非常浅，并且窄小的通道，上面用石板随便盖着，生活垃圾、脏水、泥沙、石子都会漏到里面，时常被堵塞。一到下雨，问题就出来了，各种脏东西都泛了出来，散发着强烈的臭味。

巧玉：回来送前夫一程

韩家巧玉和梁家万青一块儿跑了。在深圳，一个在厂里做计件工，一个骑三轮车。同村的人也有在那里打工的，他们也不避讳，就住在一起。留下韩家巧玉的丈夫明在梁庄村里咆哮如雷，从村东骂到村西，村南骂到村北。几个月后，他带着几个同族兄弟去深圳抓巧玉，十几天之后，却一个个灰头土脸地回来，听说还是巧玉帮他们买的火车票。

韩家巧玉本不姓韩，在她三岁时，她的寡妇妈带着她嫁到了韩家，就跟着姓韩了。巧玉家里可怜，巧玉的继父是村里有名的老实疙瘩，沉默寡言，挣不来钱，粮食也不够吃，全靠巧玉的寡妇妈暗地里跟村里村外一些单身汉做些勾当，换些粮食、粮票或钱，虽说是暗地里，村里人也都知道。因此，巧玉家在梁庄村名声很不好，他们也自动不与村里人打交道，尤其是巧玉的妈，面部表情很木讷，路上相遇，远远瞥上一眼，表情很严峻，或者很警惕，然后就低下头继续走路，一语不发。在我小时候的印象中，他们的存在很怪异，村里人也几乎不谈起他们，好像他们完全不存在似的。

巧玉长大了，一直低眉顺眼的她个子长得特别高，也很丰满，细长的眼睛，配在她善良的长脸庞上，有一种说不出的温柔与光彩。再加上她那永远手足无措的慌乱与紧张劲儿，有一种异样的可爱。韩家小伙子明开始追求巧玉，明家是村里有名的富裕户，父亲是村干部，家里有磨面机、榨油机，还有一个代销点。巧玉辍学之后，就在明家的磨房里帮忙，每个月给点钱，有时还可以把一些小麦麸子拿回家。据村里人们说，这也是因为巧玉妈和明的父亲之间有些说不清的关系，明的父亲通过这种方式间接地接济巧玉一家的生活。

明的父亲坚决反对自己的儿子和巧玉谈恋爱，有几年时间里，明的父亲通过打骂、软禁等多种方式表示自己反对的决心，而明也总是通过忍、吵或逃跑的方式来显示自己非巧玉不娶的决心。最后，明和巧玉在村东头的一间破房子里结婚了。没有得到父亲的祝福，只有巧玉的母亲悄无声息地替女儿准备了几套被褥和厨房必备用品。这在梁庄村是一则新闻，同村人，又都姓韩，结婚的非常少见。但毕竟，巧玉不是真正的韩姓人，大家议论一段时间，在习惯了他们在村里同出同进后，也逐渐接受了他们。

他们生了一儿一女，还盖了新房，除了明的火暴脾气以及时不时对巧玉的暴打外，日子还算过得去。

记不清是哪一年的事情了，在一段时间内，我和小妹忽然经常出入巧玉家，她的善良的长脸庞，细长的眼睛，温柔的笑意，温柔的声音，对没有得到过母爱的我们俩来说，充满魅力。一到她家，她总是给我们拿出各种零食，还倒上茶。坐在堂屋的一张破圈椅上，和我们说话。由于身材高大，她的背略微有点驼，坐下来以后，显得更驼了，她的手特别大，特别阔，在不经意的抬手之间，似乎能够把我们拢过去，拢到她身边，有一种奇怪的安全感。我完全不记得我们都说了什么话，也非常奇怪，一个三十岁左右，有两个孩子，整天下地干活的妇女，和两个十几岁的小姑娘会有什么样的共同话题。我只记得，我们俩每次都是坐好久，吃好些东西，或者，有时，也在她家吃中午饭，然后，幸福地、做梦一般回家了。现在回想起来，还有一种充溢心间的幸福感和安全感。

谁也不知道巧玉和万青是什么时候联系上的。我的堂哥，万青，和村里其他男人一样，常年在外打工，只有农忙和春节回来。后来老婆病死，他出外打工的时间减少，在家里照顾俩孩子。万青聪明、爱说俏皮话，在村里是活跃分子，巧玉低眉顺眼，很少出入公共场合。他们连碰面的时间都没有。用村里人的话说，还真不知道他们咋对上眼的。同村男子一块儿到巧玉家找明玩耍，打牌、看电视、喝酒、聊天，巧玉往往在做完饭端上之后，就在厨房里呆着，很少主动和男人们打招呼，也不像村里其他妇女一样，和男人乱开玩笑。

在以后的几年里，巧玉和万青从偷偷摸摸到半公开，这期间，巧玉挨有多少打，似乎已经数不清了，梁庄村的人们对巧玉家里每隔十天半月发出的惨叫声见怪不怪，只不过，原来人们是骂明，有的还前去拉架，现在只是摇摇头，苦笑一下。巧玉年老色衰的寡妇妈被再次提起，还是那句古老的话，“有其母必有其女”。

巧玉和万青在深圳扎下根，几年没有回来，后来，巧玉的大女儿和万青的两个孩子也到深圳打工，他们像一家人一样，住在一起，过起了日子。明知道巧玉在哪儿，也知道闺女去跟了她妈，但是，非常奇怪的是，他却并没有再去找。时间一久，明的落魄模样就出来，一个刚硬、火暴性格的人逐渐变成整天沉默寡言、埋头干活的庄稼汉。在一年春节，他终于和巧玉办了离婚手续。

也就是他们离婚的第二年，明被诊断得了脑血栓，中风在床。在儿子打电话到深圳的当天晚上，巧玉和万青就买了回家的火车票。他们重又回到梁庄村，并不只是简单探望一下明，而是长住下来。巧玉和万青开始认认真真地服侍明，巧玉住在明家里，负责照顾病人，收拾家务，万青住在自己家里，种两家的地，农闲时在镇上打点短工。在明需要打针复诊的日子，万青推着三轮车，巧玉跟在旁边，三人一块儿去镇上，或坐车去县医院看病。一时间，他们三人成了方圆几十里内的风景，背后议论无数。一年之后，明去世了，万青把明的房子修缮了一遍，请梁家、韩家的长辈在一起吃了个饭，大意是向大家保证自己不会占据明的宅基地和房子，这也是人们一直在背后质疑的问题。

在古老的乡村大地上，只要你真正做出有美德的事情，人们会自然忽略你的其他问题。早就有人背后议论万青是为了霸占明的宅基地才回来的，也有人认为他们俩是内疚，因为明的病就是给他们气下的，但不管怎样，能够坚持一年，照顾一个臭气熏天的、已经不相干的人，并不是件容易的事。巧玉的诚恳与低调使她逐渐恢复了名声，而万青，也因为能够灵活、公正地处理各种事情，很快得到了韩家族人的谅解。巧玉和万青，终于成为名正言顺的、被人祝福的夫妻。

傍晚的时候，夏日的燥气下去，有风吹过，经过大妈家门口，听到了热闹的哄笑声，循着笑声进去，意外地发现巧玉和万青也在家里，问起，才知道，万青的儿子结婚，他们特地从深圳回来办喜事。巧玉的头发还是老样子，把前面全部向后梳，用一个长发卡拢住，很老式，像五六十年代妇女的打扮，她年轻时就是如此。我是很久以后才知道，在巧玉的头后中间部位，有一片是没有头发的，这是刚结婚时，她那火暴脾气的丈夫给她留下的印记。

巧玉脸红红的，惊喜地看着我，远远地坐着，背仍然驼在小凳子里面。她看着我，好像我们之间很陌生，但那惊喜的表情却又一直带在脸上，还有一点羞涩，两只大手来回对搓着，流露出内心的紧张。看得出她真的很高兴看见我，但又因为某种原因，她不敢，或者不好意思向我表示进一步的热情，就那么一直远远地看着我。我问她什么时候回来，过得怎么样，她也不说话，只是转向我的堂哥，示意他说，仿佛一切都以他说的为准。我问堂哥，听别人讲，他在深圳还有一个职业，即帮助别人打麻将，替别人支摊，输赢与自己无关，只按时间计费。据说因为堂哥打得好，开始只是偶尔为之，后来就变为专业了。堂哥听了，哈哈笑起来，这是谁胡编派我？纯是出我洋相，要是真打哩好，我还骑那三轮车干啥？但是，他眼睛一闪而过的狡黠却又让人有些疑惑。出去讨生活的人，谁没有秘密？

望着仔细倾听堂哥说话的巧玉，那个善良、温柔的女人还在，那双大手也还在，结结实实的，洋溢着生命力。但这一切，被一种温顺的、服从的天性遮蔽着，只有那些愿意接近她、爱她的人才能够发现。我真的有说不出的激动，甚至想冲过去拥抱她，但我也忍住了。

赵嫂：谁来给我养老

在村头和其他几位老人说着闲话，赵嫂两口子来了，推着婴儿手推车，车里躺着才刚十个月的小孙女。后面跟着俩孙子，分别有四岁、七岁的样子。婴儿车的把上搭着几块尿布，随风飘着，像旗帜一样，估计是孙女刚尿湿的。一看见我，赵嫂就嚷起来，你在干啥？咋到处都看见你。我笑起来，赵嫂，不见你干活，就见你走四方。话还未落，赵嫂就叫道，不干活？我干哩活还少？五六十了，养仨小鳖娃儿，你说还少？叫你养一下试试。赵家大哥不大说话，在一旁笑眯眯地看着。在我的印象中，好像赵家大哥就没说过话，常年在村里砖瓦厂干活，人干瘦，脸黑得就像烟熏过一样。问赵嫂怎么喂婴儿车里的孩子，累不累？爽利的赵嫂打开了话匣子：

我正经是不按你们城里的样子喂。娃儿不到半岁，玉米面、面条、南瓜都吃，吃哩可欢。孩子他妈打电话说，不让这样，不让那样，跟着城里人学。说哩可美，自己又不弄。我该咋着还是咋着，不按他们那样儿来。你要跟他们那养法，那就叫弄不成。原先，你们那时候，有病了给娃儿沾点土腥气，放到地下滚滚，不也就好了。哪像你们现在养孩子那样子？

他们挣那俩钱算啥！没有俺们给他看小孩，他们出去个屁！要不是俺们给他们当不要钱的保姆，算算就是没挣钱。我给你算算，老大家俩人在一个厂里，有三千多块钱，他俩自己租房子住，连吃带住得花一千多。俩娃儿在镇上她姑那儿上学，哪个月不得几百块钱，要是有个头疼脑热的，也得百十块钱，一个月最多剩下千把钱，可不就是俺们老两口的保姆钱。老二家俩人在两处打工，都吃住在厂里，一个月还能存上个一千多块钱，老二媳妇拿哩紧哩狠，一心想着盖房，也没说多给俺们俩点钱。

你以为他们感谢你，感谢个屁！这里面有啥原因，老人帮他们带孩子，他们的地老人种着，这等于是交换。他们不管你累不累，想着你种他地也算给你报酬了，也不管种地到底能不能赚到钱。有许多娃出去打工，孩子撇在家里，连一分钱都不给。有的老两口，好几个孩子，你留我也留，要不，吃亏了。还为谁留的多谁留的少打架，非得把老人撕吃了才行。

你看我这辈子容易不容易？可怜不可怜？才刚把他们拉扯出来，又得照顾他们的娃儿，到死都不得安生。你说不管他？眼看他日子过不去，你能不管？在家里没指望，又不让出去打工，儿媳妇非怪死你。你看农村有哪个敢说不管孙娃儿的？现在不给人家帮忙，想找死，老了还想不想活？咱们隔壁李村，老两口七十多岁了，四个儿子，两个闺女，没有一个养活爹妈。到哪家哪家都不欢迎，最后把儿子们告到法院。不告还可能有碗吃哩，一告倒好了，老两口连饭都没人送一口。二儿子把钱摔到他妈面前，说，你不是稀罕钱吗？拿去，从此以后，咱们井水不犯河水。说完，扭头就走。那家大儿子好赖还是个国家干部哩。也不见得咋样，给爹妈办个存折，把法院判的钱汇到存折上，让别人捎回去，见都不见。生气爹妈不顾他面子。现在，那老两口天天哭，后悔都来不及了。

还有，王营也有这事儿，寡妇把三个儿子拉扯大，把房子、宅基地都分给他们了，到最后，仨儿子个个不愿意让老母亲住自己家里。还都有一番理由，说是妈偏心这个，偏心那个。谁多上两年学，多花家里钱，就应该多养活，谁娶媳妇时，妈不愿意，少置办了彩礼，谁自己盖房，妈也没出钱。那说头可多了，听着都嫌丢人。老婆子嫌丢人，一头扎井里，想自己死了算了，结果，被救上来，仨儿好上几天，过后还是那样。最后，大队支书说，干脆让法院判。法院也判了，说是老母亲轮流住儿子家，一家一个月，有病集体掏钱。住到老二媳妇家里，刚照顾完媳妇月子，老婆子出去一趟，媳妇就隔着墙头把老婆子的包袱扔了出去，连门都不让进了，说我就不让住，有本事，还去告去。老婆子也不敢告，现在到城里给人当保姆了。过几年，老哩干不动了，还不知道会咋样呢。

世道变了，原先是媳妇怕恶婆子，现在是婆子没有不怕媳妇的。有哪个是省油灯？不把你榨干就不算完。你辛辛苦苦替她照顾孩子，回来该吵你还吵你，该不养活你还不养活你。给他们摆一下自己的功，说那是你孙子，你想让他饿死我也管不着。刻薄哩很。

你说小孩跟他妈有隔阂，不可能，还是人家妈亲。这小鳖娃们都能死了，他爹妈回来最多五分钟，就跟他妈亲哩不得了，前后追着他妈。你稀罕死，一年到头累死，不抵人家妈回来几天。你还不知道吧，我还有俩孙儿，跟着他们姑在镇上上学，把他姑也累得够呛。我呢，每周还得给他们蒸馍、轧面条。

出去打工的日子过哩可美啦！小两口上完班，回来吃吃饭，就能睡觉了，清闲哩不得了，俺们这些老骨头在家帮他们带小孩。你说，城里幼儿园又上不起，上学也没户口，谁接送？再说在工厂干活，一天下来，那可不是玩哩，累哩就不想动，也不愿小孩泼烦[1]。你侄儿在那啥胶厂里干活，高温，一天下来，烤得受不了，环境还差，咳嗽哩不得了。

你看，这是我那二孙子，一直在生气，怪汪汪的，想上他姑那儿。但他姑好不容易清净一下，也不想带他。这个小女娃子，生下来五个月的时候她妈就走了。这么长时间了，就没回来，就看这个年下[2]能不能回来了。

赵嫂一边“骂”着她的孙子孙女们，一边晃着婴儿车，时不时用手摸摸里面，看孩子尿了没有。农村留守老人的状况和城市的老人问题完全不一样。城市是孤独问题，而乡村的老人却是金钱问题。

农民打工的成本有多高，赵嫂给我们算了一笔账。如果不是老人当免费保姆，帮忙带孙子外孙，降低打工者的生活成本，打工挣的那点钱根本不足以支撑生活。另一方面，老人也不敢太多抱怨，因为将来还有个养老问题。所有乡村老人都是想万一有一天你躺倒在床上，不会动了，不能为人家服务了，指望谁？没有退休金，又没有社会保障体系，你现在不给

① 泼烦：麻烦，缠人。
② 年下：春节。

“人家”养孩子，不努力干活，将来“万一那一天”到来的时候是会有你好看的。

如果有多个儿子，那这家的老人要遭罪了，还有个“攀比”问题，如芝婶和赵嫂都提到的，都是“比着留”，因为你不留，你就吃亏了。即使如此，如赵嫂所言，没有哪一个农村老人会自己优哉游哉，喝着小酒，打着太极拳，眼看着儿女有难处不去管的。赵嫂还属于比较年轻的老人，有许多已经七十多岁的老两口也在强撑着为子女服务，他们也会抱怨，儿女也会心疼，却也没有想过如何改变这种状况，撑到哪一天是哪一天。在这里，探讨作为个人的生活、个人的自由，是可笑而不切实际的。

赵嫂热情地邀我到她家去坐。从外面看，赵嫂的房子非常一般，但是进到里面，看一些细节，就能发现当年主人的精心营造，是冲着住到老死的目的盖的。房子一砖到底，粗直的圆木屋梁，椽子上面铺着一层在乡村极其少见的细竹篾编成的席子。这既起加固的目的，同时也隔绝了瓦层上面的灰尘，使得房间显得雅致、明亮。地上铺着一层青砖，砖缝用水泥抹得非常平整，扫地时不留死角，整幢屋子里整洁、干净，是一个殷实、富足、会过日子的家庭。当我称赞起房子的时候，赵嫂有些伤感地说，人家要拆呢！“人家”就是他的小儿子和小儿媳。大儿子已经在路边买地起了一座两层小楼，小儿子折了一些钱给哥哥，这座房子和宅基地算是分给了小儿子。

又问老两口将来跟着谁住，赵嫂又是一声冷笑，跟着谁？谁也不跟。你别想着给“人家”侍候儿子闺女了，将来就可以让“人家”养你，门儿都没有。咱也不操那心。我和你赵哥还回到最早的房子里去，在那儿养老。儿子、闺女高兴了看看，给俩钱花，不高兴了，只要不骂我俩老不死的就行了。

我这才了解到，在春节里，赵嫂两口子和小儿、儿媳妇闹了别扭，还吵了一架。原因就是这房子。这栋房子是赵哥赵嫂俩人一生的心血，也是他们作为家长所拥有的权威的象征。赵哥前半辈子在村砖瓦厂里干活，也一砖一瓦一木地积攒自己盖房所需要的东西，光是砖、瓦就攒有八年之久。

当属于自己的那窑砖烧出来的时候，赵哥一个人躲在人后面哭了起来。房子是一九九三年盖起来的，房屋上梁那天，吝啬的赵嫂赵哥又是杀鸡宰羊，又是放鞭炮敬神，总算盖房起屋，像个人家了。那时候，赵嫂的女儿师范毕业，回到镇上教书，两个儿子虽说没有上成学，但也都初中毕业，准备出门打工了。赵家的好光景就要开始了。

在赵嫂心里，他们为小儿子留这个房子，也是想着将来跟小儿子一起过的。小儿子虽然折了一些钱给哥哥，但是，这些钱远远不够再买宅基地的钱。而大儿子之所以同意，也是认为既然老人将来要跟他们过，那现在少拿点钱也是应该的。

但是，今年春节回来，小儿媳妇提出要重新盖房。在协商的过程中，也暗示将来他们不应该单独承担赡养老人的责任，更何况，赵嫂也帮助大儿子看小孩，不应该只有他一家承担赡养的责任，这就打破了之前的平衡。赵嫂和两个儿子、两个儿子彼此之间开始有些龌龊。按照赵嫂的分析，小儿媳妇虽然表面上是要再盖房，实际上就是不想养活他们。把他们盖的房拆了，连证据都没有了，真正到争论的时候，连一点底气都没有，因为你住的也是人家的房。赵哥在旁边反驳赵嫂，认为小儿媳妇还没有那么恶毒，可能也是嫉妒大哥过得好，房子盖得好，现在流行盖平房、小楼房，你这瓦房再好，那不还是瓦房。

我知道，在乡村，经常有这样的情况，如果有两个儿子，往往是家产一分两半，又因为农村宅基地比较紧张，一般是其中一个儿子占用父母的宅基地，另外一个儿子补偿一点钱给这个儿子，这等于说父母到最后是瓦无半片，房无半间，只能依靠孩子。这种分配方法在现代观念里，似乎有点不可思议，因为在此过程中，父母的权利被完全剥夺了。但在乡村，这是再正常不过的情况。在一般状态下，儿子媳妇出去打工，需要老人照顾孩子和房子，不会产生什么问题，但一旦儿子儿媳回来，要落叶归根，问题就出来了。这时候，父母的命运往往是极其凄凉的。

对于老人来说，他们甚至不敢理直气壮地要求儿子尽传统的孝道，如和儿子一家在一块儿居住，要求尊重等等，因为他们没有给儿子提供更多的经济支持。儿子年少出去打工，彩礼、结婚、盖房，全是自己打工挣来的钱，父母根本没有权利支配。而家族制度的衰落、公共道德监督力的衰退、国家在法律与赡养习俗之间的矛盾都使得儿子，尤其是儿媳不把父母放在眼里。社会学家阎云翔把这一现象称之为“父母身份与孝道的世俗化”，传统的文化机制遭到破坏，孝道观念失去了文化与社会基础。

在中国文化的深层，有一种本质性的匮乏，即个人性的丧失。由于秩序、经济和道德的压力，每个人都处于一种高度压抑之中，不能理直气壮地表达自己的情感、需求和个人愿望。每个人都在一种扭曲中试图牺牲自己，成全家人，并且依靠这种牺牲生成一种深刻的情感。一旦这种牺牲不彻底，或中途改变，冲突与裂痕就会产生。在日常状态中，家庭成员彼此之间沉默、孤独，但是，这并不意味着他们对这种痛苦没有体会，只是，每个人都被看不见的绳索捆绑着，无法叙说。一旦矛盾爆发，往往极具伤害性。

非常奇怪的是，从赵嫂，从五奶奶、芝婶一些抱怨性的话中，却仍然可以感受到掩藏在背后的爱与宽容，对儿女，对他们在外面的艰难生活，对身边这一个个让他们老年还不得安生的孙子，仍然有一种非常细腻的感情。虽然他们也担心将来的生活，也担心儿媳的行为，但更多的时候，他们仍然兢兢业业地伺候孙子，替他们承担一切。他们不表达，不但对外人，对儿女更不表达。这一切，是属于地层之下的，被深深埋藏起来，连他们自己也意识不到。乡村的生命，其韧性之大，是与自然界的生物相等齐的。

赵嫂的厨房里冒着香味儿，大概是刚焖好的咸米饭。炒点肉和芹菜，多倒些水，把米放在里面，小火烧煮，二十几分钟后停火，再焖上一段时间，就好了，非常香。在我童年时代，这是只有在改善生活时才做的，一年一个家庭最多有多么两三次，也因此，对这香味有独特的记忆。而现在，早已是乡村的家常便饭了。这香的炊烟飘出院子，在乡村的上空散开，氤氲了整个村子。

清道哥的家庭生活

早上刚起床，父亲就接到清道哥的电话，说已经赶完集了，马上就开始备菜，叫我们一定要早点去。我回来了，清道哥说一定要表示表示。

清道哥的家，将近四分地，依公路而建。左边不远处是八十年代村子里最大的企业，梁庄煤矿建设有限公司（简称煤建），最兴盛的时候，方圆几十里的人都从这里拉煤，每天运煤的大型卡车来来往往，还有一串串架子车拉煤的普通农户。我们这些小孩放学去的最好地方就是那个大院子，高耸的黑色的煤山，有着别样的吸引力，我们看巨大的机器在那里吊煤、铲煤，看人们的白毛巾一把下去变成黑毛巾。我们在那里捉迷藏，在煤堆的周边乱蹭。围绕着煤建，形成了一系列小型的商业品种，饭店、小吃店、百货商店、澡堂等等，而生意最好的无疑是饭店。清道哥的手艺也是在那时候练成的。

早年，这里并没有房子，也不是田地，而是一片大坑塘，每到夏秋交季之时，坑塘里长满黑色、清甜、肥美的大菱角。经过锲而不舍的填埋，坑塘上面终于盖出了一排排房子。当然，这样临公路的地段不是谁想填就填的。现在这里的房子依次是清道哥家、会计家、队长家，和其他一些做生意的村户。作为支书，毫无疑问，他所占据的是当年村里最好的位置。那里面有清道哥一车土一车沙慢慢填坑的辛苦。现在，煤建早就破产了，连那个院子都不见了踪迹，清道哥的房子也有点前不着村后不着店的，有点荒凉，只有门口的平整与宽阔能够显示出昔日的繁华。

我们去的时候，面庞清秀，但眼睛浑浊的嫂子正在后院灶台烧茶。她前年得了乳腺癌，双乳切除，在大姐医院做的手术。大姐一去，就撩开衣服让看病情，也不管是否有外人。嫂子还留着那两条标志性的大辫子，但发质已经枯黄，瘦细，没有任何光泽，毛蓬蓬的，配着她不停眨巴、溢着眼屎的眼睛，更见苍老，有一种滑稽的哀伤。前院的房子是他们的百货店，现在上面的货架落满灰尘，几乎没有什么货品。中间的院子种一些丝瓜，瓜秧杂乱地到处爬着，自来水井旁边是自然溢出来的一片湿地，上面有鸡鸭在啄食。在闷热的夏天中午，淡淡的臭味弥漫了整个院子。一条狗呼啸来去，把鸡鸭吓得到处乱飞，鸡毛扑棱了一地。而厨房是开放式的，就在院子的角落，锅台很低，水缸、菜、面粉和其他一些杂物都随意摆着，鸡和鸭随时可以跳上去。

清道哥让我们看他准备的午餐，他已经下油锅炸了鱼块、鸡腿、青椒塞肉馅、小酥肉等八个荤菜，全是炸菜，吃的时候再烩一下就可以了。这是我们那里待客的最高规格。还有十来个做好的素菜、凉菜，只等上桌。我不相信这是他在短短一小时内弄出来的，他大笑，别瞧不起你道娃儿哥，做几桌子，待三五十个客还是没问题的，前天这里还办了三桌酒席，是村里订婚相亲。父亲在一旁说，这可是你清道哥现在的大收入，要不是，他赌博的钱从哪儿来？

“从哪儿来？”清道哥很不服气，“我有三个养鸡场，随便卖点鸡蛋、卖些鸡子哪儿不是钱？”父亲回道：“三个养鸡场，哪一个是你的？能得不轻，别看都是你弄的，现在你敢去把鸡蛋拿出去一个试试？”清道哥立马不说话了，过了一会儿，他赌气般地低声说：“我今年也要多养点鸡。”

我这才明白一些，清道哥共有三个儿子，现在是有三个儿媳、五个孙子孙女。儿子们刚结婚的时候，他把三个养鸡场分给了儿子，一家一个，不偏不倚。但是，为养鸡场的大小，位置的好坏，三个儿媳对他都有意见，相互之间也闹到几乎不说话的地步。清道哥，因为失去了对鸡场的掌控权，没有了经济来源，也就失去了说话权。经常被儿媳们白眼来去，也说不出话来。

后院是一个两层小楼，楼上楼下，共十二间房。清道哥很得意地告诉我，这都是他亲自设计，三个儿子，一个儿子两间房，谁也不偏不向。但是，这六间房都是空着的，儿子们没有一个过来住。一方面是有矛盾，儿媳不愿意住；另一方面，养鸡场也需要人看，所以，儿子们的家基本上就都在养鸡场。道娃儿哥盖的“城堡”显得空空荡荡。

虽然如此，清道哥仍然很自豪，他为儿子们办下了这家业。他让我和姐姐到后面大儿子的养鸡场去看看，顺便拔一些时令蔬菜。

养鸡场在通往河道旁的庄稼地里，刚走近那里，一股恶臭就随着风吹了过来，路边，是一个巨大的蓄粪池，这是养鸡场的副产品。蓄粪池上面有盖子，但是无法阻挡这臭味，道娃儿哥说这鸡粪很值钱，附近有养鱼的抢着来拉，但不知为什么，最近来的人少了，粪积在这里，出不去。

说实话，这是一个不错的乡村养鸡场，有三四个大棚，是养鸡棚，鸡在长条形的笼里，喂的饲料和水都掺有防止生病的药物，下面的水泥地也被冲得干干净净。但是，外面的生存环境却让人无法接受，主人的房子就在这养鸡场中间，门口拴两只大狗，说是为了防盗。主人家的两个小孩在这片恶臭中玩耍，女主人在门口的水井洗菜，洗衣，又把脏水随手泼在鸡粪上，更加剧了臭的味道。清道哥所说的时令蔬菜也是种在这鸡粪之上，踩上去，臭水立即渗了出来，我快快地逃了出来。中午，我还是吃了这里的“时令蔬菜”，好在还没有鸡粪味儿。

“城堡”的厕所建在院子外面的角落里，一个很低很小的土坯搭起来的小房子，要弯腰进去才行。门口用一个很短的塑料布遮挡，蹲下去，能看见里面的人，但这是家庭自用，所以一般不会在意这个问题。里面的坑池是用砖砌的，上面脚踏的地方也是两块砖垫上去的，当然，在这些砖的周围，少不了一些蛆虫的爬行。每去一次，姐姐总要感叹，厕所太脏。但在农村，这已经是好的了。回想起来，北方的村庄，最不堪的往往是厕所。每家房子的侧墙旁边都是一个天然的厕所，比较富裕和讲究的人家如清道哥这样才挖一个坑池。一般人家很少有意识，就是在侧墙的地上随便大小便，然后等着自然风干。童年少年最惨痛的记忆莫过于下雨天，侧墙的地到处软乎乎的，都是粪便，找不到下脚的地方，脚尖踮着往里面走，总会踩上各式“炸弹”。这种情况，一般都是到家里有人结婚，或发生重大事件才会改变。而那些临着村中路边的家庭，低矮的、胡乱搭起的围墙与房子侧墙之间的那个空间就是一个厕所。行人往往可以看到蹲厕人的头部，隔墙说话是常有的事。而最尴尬的莫过于辈分有别的人路过，因为站起来提裤子是要被路边的人看到赤白身体的。对于一个刚成年的少女来说，那种尴尬更是让人终生难忘。

上午的饭菜果然十分丰富，有童年的味道，虽然觉得油太多，过咸，过香。清道哥讲了许多顺口溜，每一个都逗得大家哈哈大笑，创作力惊人地旺盛。因为来了客人，大儿媳和二儿媳就也来帮忙，很自然地分工，一个洗菜，刷碗，照顾灶台，另一个负责上菜，端盘子，负责酒桌与厨房的传递工作。她们基本上不和我们说话，目光对接的时候，也只是很快就闪过去，很少有表情。乡村女性的情绪在外人面前是不大显露的，包裹得很严，偶然来到的客人很难窥探到她们之间的内在关系，更找不出矛盾所在。实际上，一旦有矛盾，即使是最善良的女性，也会马上翻脸，毫不留情地吵架。而需要共同露面的时候，她们也会暂时共同出场，保持和谐的表象。

吃过午饭，茶水泡好。清道哥喝得半醉，本来的紫脸膛更显黑红，眼神乱飞，不停地大笑，可见其开朗、豁达的性格。我让清道哥讲讲他的顺口溜故事，我想了解这样一个曾经的乡村政治人物的生活、情感与其生命状态。

你说想听我说顺口溜，妹子可是笑话我了。这梁庄出个梁清道，喝酒场里瞎胡闹。载入史册可丢人，人家说你胡球顺。

那二年交公粮，粮管所所长老二哥俺俩对劲儿，我上粮管所，可热闹。晌午一下班，就在那儿吃饭。吃罢喝罢，编个曲儿胡球出他洋相。我说，二哥，你这两天在村里影响不好，你都不听听群众啥议论。老百姓都在说，咱镇有个所长，交公粮开后门你算别想，交粮去了报杜南（村庄名），那是好坏都能过，要是报的是杜北（村庄名），好坏一样不吃亏。一报是梁庄，签子没拔就不行。咋，粮管所地盘在杜南，你把那儿的老百姓都维持完，把梁庄人都坑完。所长听了脸只红，去，去，来了好烟好酒吸吸喝喝，走了还编个曲儿气我。

交粮时上面来检查，他一听算急了，上上下下胡指挥。我说："这一听市长进了院，二哥出来赶紧喊金殿，麻利去给'拐子'说，赶紧停磅别出错。说，正收粮为啥停磅？懂个球，注意别叫他出问题，先把秤锤下面那坨泥抠下来。"所长一听，气哩乱蹦说，去去，日你妈，你看你糟蹋多狠，还秤锤糊哩泥，下回来了凉水都不叫你喝。实际上，没那回事，在一块儿对劲儿，胡球出他洋相，出他鲜点儿。

后来金殿当所长了，那几个坏货说，可给新所长也编个曲儿。那有球编哩："老崔退休换金殿，梁庄交粮超往年，过去交粮报梁庄，签子没拔就靠瘫[①]，今年交粮报梁庄，就没有剩下来一家儿。"一听可都笑开了，新所长表扬哩可怪好，不编不编曲儿可出来了。是不是金殿就比前所长强？强啥强，胡乱出洋相，说笑话哩。

还有那年那电管站的事儿。人们都说："党是爹，政府是娘，工商税务是两只狼，还有一只老虎是电霸王。"村里抗旱大忙，变压器烧坏了，自己去买个新哩用，这可得罪了电管站的人。这必须得通过他们换，他们能从中使私钱。站长说没有通过站上买，不给送电了。我去找站长说理，那个站长杨书敏说东说西，就是不给送。我说，你别说，你们是独家经营，不合理，别想着农村人对这件事不明白。"这管电哩下乡，村里招待都不一样，晌午只说招待差，下午生门儿[②]就停电，你这良心背不背。抗旱大忙巴结你，回头还是要停电，去问你们这为啥，看你下回招待还错不错。"那站长一听，气哩乱转圈，说，是这，你先回去，回头就送电过去。我就去找局长，局长也叫我先回去，说是回头给站长打电话。

我说，俺们回不去，老百姓拈着半截砖，在村头拦着，抗不了旱，老百姓只打我。一会儿想上县委去一下，看看这事咋个办？局长一听急了，拿起电话就骂杨书敏，不管啥原因，先把电通上。局长说，你走的时候，也给站长说个感谢话。感谢谁，那是他应尽的职责，感谢他干啥！还没走到家里，就听说，杨书敏在院子里气哩乱蹦！

家里的事就不说了，这清官难断家务事，我这支书干一辈子，家都没管好，你说窝囊不窝囊。

有人说我支书干一辈子，把梁庄也弄哩啥没啥。你说哩是球，群众楼上楼下，我要啥没啥。喝一肚子酒精，两手空空。这些年我胡球

---

① 靠瘫：完蛋了。
② 生门儿：想坏点子。

拾俩粪也能挣俩钱。

如果你出生在农村，又生长在农村，你会发现，在那些看似朴素、愚钝、木讷的脑袋中，常常蕴藏着惊人的幽默感。在午饭大槐树下的饭场中，在茶馆闲聚的喝茶者中，甚至在上地干活打招呼的过程中，幽默、智慧无所不在。那不时爆发的、爽朗的、略带狡猾的、会意的笑声在乡村的上空回响，为沉默的村庄增添着一份份生机和活力。清道哥正是这样的人。

清道哥一口气说了三个多小时，谈起自己编的顺口溜，尤其是政治方面的顺口溜最兴奋。他把自己对乡村生活、乡村政治的理解几乎是以艺术的方式呈现出来，嬉笑怒骂、随意成篇。但是，在涉及到具体人时，如现任支书、村长情况时，做村会计的堂叔总是及时打断。在清道哥谈话期间，房间另一处的牌场已经支好，另外一个好像长期跟着会计的什么人早已候在那里。我们谈话的时候，他在外面忙来忙去，干一些杂活。这是非常熟悉的乡村场景，在支书、会计、村长家里，总是有这样的人在帮忙。

清道哥站起来，伸了伸腰，看看牌桌，摩拳擦掌，喝几口酽茶，又上趟厕所，做好一切准备。父亲已在一声声地催，在我们说话的时候，他小睡了一会儿，此时也是精神百倍。我知道，这一战至少要到晚上。

那一夜，父亲打到十二点，是哥哥叫了几次才叫回来的。父亲的身体已经不允许熬夜，他的牌瘾很大，一坐到牌桌前就不起来。但是，与清道哥相比，就不值得一提。父亲说他是“常输将军”，都知道他喜欢打牌，还常输，就有人设局骗他。他照去不误，照输不误。很有气度。

父亲给我讲了一个笑话。说是前段时间清道哥在家里和老婆吵架，又和三儿媳的亲家拌了几句嘴，上街卖鸡蛋，消失了好几天，电话也不通，他老婆把所有他可能去的地方都找了，就是找不到。就来找父亲，怕他想不开，万一自杀了怎么办。父亲一听哈哈大笑，说不会，道娃儿要是想不开，这日子就没人能想开。前两天还见他骑着小三轮车，说是到什么地方去，肯定是去打牌了。第四天，清道哥施施然地出现在父亲那里，原来到另外一家打牌去了，前两天赢，后两天输了精光，还欠下一些债。清道哥在一旁听到了，指着他那长辫子老婆嚷道，我就是去卖个鸡蛋，你到处糟蹋我名声。

再见，故乡！再见，妈妈！

独自来到墓地，与母亲告别。

从母亲的坟往远处看，左边是绿色的田野，一望无际的平坦，低矮、新鲜的庄稼充满着生命力，灰蓝、微暗的天空，天边是暖红的彩霞；右边往下看是宽广的河坡，树林郁郁葱葱，粉红色的合欢花在树顶连绵起伏，随风起舞；围绕着树林，笼罩着一团团淡白的轻雾。不知为什么，那一刻，觉得母亲仍与我同在，她躺在这片土地中，而她的女儿在感受着这片土地，用她的灵魂与精神。有一种温暖慢慢进入心间，是的，妈妈，我来看您了，虽然次数越来越少，但每当想到这一方土地，想到在这一方土地上，有您躺着的坟地，就觉得我们心意相通，您还在注视着我们。

少年时代失去母亲，是我永远说不出的痛。想起母亲躺在床上，望着上学的我们，只能发出“啊、啊”的哭声，就无法抑制自己的眼泪。那是一位失去行动、失去语言的母亲的绝望，她无法表达她的爱，也为给这个家庭带来深重的灾难而歉疚。这一哭声犹如长久的阴影跟随着我，我的软弱、自卑、敏感、内向，通通来自于此。

我无法想象母亲在骨灰盒里，尤其是当站在她的坟前的时候。如果没有这象征性的坟头，如果她没有躺在土地之中，我无法想象，她是否还能关注我，我是否还能如此深刻地感到和她心意相通。每次家里有大事，都要来到这里，烧纸、磕头，然后，坐在坟边絮絮叨叨地给母亲说一说。少年时代，哥哥与父亲吵架，深夜里，拿着刀，往墓地跑，我跌跌撞撞跟在后面，心里害怕极了，不只是害怕哥哥会死掉，而是害怕母亲知道家里出了这么可怕的事，那一刻，我真的希望时光永远停下来。至今还能回忆起哥哥的哭声，声嘶力竭，那委屈，那依赖，是只有在母亲面前才能有的。

哥哥躺在母亲的坟前，在那里翻滚着，倾诉着，似乎渴望妈妈能抱住他，安慰他孤独可怜的心灵。这次回家我才知道，当年父亲手术成功，几个姐姐专门回家，到母亲坟边哭了一场，把这件事告诉了妈妈。这样大的事情必须告诉妈妈，才算达到真正的隆重。

这种古老的凭吊方式难道真的要成为过去？我记得一个南方朋友给我讲她们家乡凭吊亲人的方式，清明的时候，早晨起来，一家人带着吃的、喝的，来到亲人坟边，烧纸、放鞭炮、磕头，然后在那儿吃饭、说话、聊天、打牌，整整呆上一天时间，天黑以后才离开。当这样听时，我的心有一种说不出的感动、温暖与辛酸，多么温馨而又自然的纪念方式，陪上亲人一整天，和他一起生活，就仿佛他还在。我无法判断农村土葬能浪费多少土地，但是，如果真的以一种强制性的手段让民众失去这样的文化习俗，对于民族心理、民族性格也是一种伤害。像现在这样几结合的丧葬方式，并不见得就是好的，它产生的是一个啼笑皆非、不伦不类的结果。

乡村，并不纯然是被改造的，或者，有许多东西可以保持，因为从中我们看到一个民族的深层情感，爱、善、淳厚、朴素、亲情等等，失去它们，将会失去很多很多。

不知道为什么，有一种感觉，我以后会回来得越来越少。当故乡以整体的、回忆的方式在心灵中存在，回来的欲望非常强烈，对它的爱也是完整的，经过这几个月深入肌理的分析与挖掘，故乡在我心中已经变得面目全非。当爱和痛不再神秘，所有的一切都成为功利的东西，再回来的愿望与动力没有了。或许，是我的功利破坏、亵渎了对它的神圣情感，我对我故乡的人们的感情不再纯洁。

再见，故乡！

再见，妈妈！有您在，我会回来。

（原载《人民文学》2010 年 9 期）